本書出版得到國家古籍整理出版專項經費資助

中國文學研究典籍叢刊

升庵詞品箋證

上册

〔明〕楊　慎撰
王大厚　箋證

中　華　書　局

圖書在版編目(CIP)數據

升庵詞品箋證/(明)楊慎撰;王大厚箋證. —北京:中華書局,2018.7(2025.4 重印)
(中國文學研究典籍叢刊)
ISBN 978-7-101-13149-9

Ⅰ.升… Ⅱ.①楊…②王… Ⅲ.詞(文學)-詩詞研究-中國-明代 Ⅳ.I207.23

中國版本圖書館 CIP 數據核字(2018)第 057020 號

封面題簽:王大厚
責任編輯:許慶江
封面設計:周　玉
責任印製:韓馨雨

中國文學研究典籍叢刊
升庵詞品箋證
(全二册)
〔明〕楊　慎 撰
王大厚 箋證
*
中 華 書 局 出 版 發 行
(北京市豐臺區太平橋西里 38 號　100073)
http://www.zhbc.com.cn
E-mail:zhbc@zhbc.com.cn
北京僑友印刷有限公司印刷
*
850×1168 毫米 1/32 · 21½印張 · 4 插頁 · 420 千字
2018 年 7 月第 1 版　2025 年 4 月第 2 次印刷
印數:3001-3600 册　定價:88.00 元

ISBN 978-7-101-13149-9

《中國文學研究典籍叢刊》出版説明

中國古代學者對文學的認識、思考、研究和總結，是以多種形式書寫、流傳並發生影響的，有的是理論性的專著，有的是隨筆式的評論，有的是作品前後的序跋，有的是作品之中的評點。這些典籍數量豐富，種類衆多，涉及各個時期的不同的文學現象和文學思潮，以及不同的作家作品和文體文類。對這些典籍文獻的收集、整理，在近百年來，一直是學術界著力的重點，取得了很大的成績。

爲了進一步推動這一工作的進展，我們組織了《中國文學研究典籍叢刊》，選擇歷代具有代表性的、比較重要的典籍，採用所能得到的善本，進行深入的整理。因各類典籍情況差異較大，整理的方式也因書而異，不求一律，或校勘，或標點，或注釋，或輯佚，詳見各書的前言與凡例。《叢刊》的目的，是系統地爲學術界提供一套承載著中國古代學者文學研究成果的，内容更爲準確、使用更爲方便的基礎資料。我們熱切地期待學術界的同仁們參與這一澤惠學林的工作，並誠摯地歡迎讀者對我們的工作提出批評指正。

中華書局編輯部

二〇〇六年六月

目録

上册

升庵詞品箋證卷之二

升庵詞品箋證卷之三

下册

升庵詞品箋證卷之四

升庵詞品箋證卷之五

升庵詞品箋證卷之六

升庵詞品箋證拾遺

附録一　詞品補輯

附録二　序跋

前言

楊慎（一四八八—一五五九），字用修，升庵其號也，四川新都人。楊氏世代士宦，自父祖及叔伯子姪，一門七進士。祖楊春，精研《易》學，慎自幼秉承祖學，得其所傳。父廷和，懷經濟之才，負公輔之望。正德初劉瑾用事，八黨干政，閣臣李東陽援廷和入閣以相抗，卒誅劉瑾。正德七年，晋内閣首輔。時奸佞江彬等人導帝荒政出遊，廷和頗以持重，乂安中外。及帝崩，廷和主政三十七日，誅江彬、錢甯，革冒濫，裁工役，恩倖得官者大半斥去，正德蠹政，釐抉且盡。史稱其誅大奸，決大策，扶危定傾，功在社稷。然廷和新政，多不便於權豪貴倖，尤其爲失職者所恨。及世宗入嗣，詔議其父興獻王祀禮，新進及佞倖皆傾力附之。廷和堅執國典，主考孝宗，每抗旨執奏，封還御批。世宗大恨之，益鋭意尊親，主考興獻。因引張璁、桂萼，屏除閣臣，重用宦豎。凡正邪相争之事，皆以議禮出之。廷和不得已，嘉靖三年，上疏辭歸。於是張璁用事，大禮議成。按世宗在位四十年，於明乃升平盛世。史稱嘉靖初善政，張璁之功也。然廷和執政雖止三十七日，黜弊政，革冗員，興利除害，朝政一新。張璁繼之，不過規隨而已。蓋廷和於議禮，執意過偏，復恃擁立之功，視天子若出己門，致引世宗之恨，新政難施，甚而貽禍子孫，其可悲也乎！

升庵少年穎悟，以才情震播鄉里。武宗正德二年，鄉試第一，六年殿試狀元，授翰林院編修。世宗即位，爲經筵講官，預修《武宗實録》，秉筆直書，備具董狐之才。嘉靖三年，以「議大禮」，上言直諫，忤世宗，下詔獄，再受廷杖，死而復蘇，謫戍雲南永昌衛（今雲南保山）。從此僻居邊疆三十五年，嘉靖三十八年，卒於戍所，年七十二。

升庵以《黄葉詩》受知李東陽，出其門下。登第後入翰林，於秘閣書無所不讀。嘗語人曰：「資性不足恃，日新德業，當自學問中來。」〔一〕謫戍之後，更肆力於學。其自序《丹鉛別録》，嘗云：「自束髮以來，手所鈔録，帙成逾百，卷計越千。」足見其淹博融通，聰明穎悟之外，實自用功勤學中來也。其平生著述四百餘種〔二〕，廣涉經、史、百家、天文、地理、金石、博物、文獻考據、詩文詞賦以及音韻、文字之學。「凡宇宙名物之廣，經史百家之奧，下至稗官小説之微，醫卜技能、草木蟲魚之細，靡不究心多識，闡其理，博其趣，而訂其訛謬焉。」〔三〕其爲學，治經不專限一藝，傳疏不墨守一家，小學之業，自古音古訓，以至篆

〔一〕《明史》本傳。
〔二〕簡紹芳《升庵先生年譜》。
〔三〕李贄《續焚書》卷二十六。

籀銘刻，俗語雜字；諸子之書，自儒學道術，而旁及天文醫技，書畫博物。史則兼重雜載裔族，文獻金石，水經山圖，民俗方志；文則遍及詩賦詞曲，輯詩採謡，評文論藝。網羅百家，窮搜逸典，抉隱探微，針盲發墨，學者從風，日趨新變。《明史》本傳謂：「明世記誦之博，著作之富，推慎爲第一。」實非虚誇之言。

升庵究心詞學，尤極其力。任良幹序《詞林萬選》，嘗云「升庵太史公家藏有唐宋五百家詞」，雖曰誇飾，然亦足見其蒐集之功。平生編著《詞林萬選》、《百琲明珠》、《草堂詩餘補遺》、《古今詞英》、《詞苑增奇》、《填詞選格》、《填詞玉屑》、《詩餘輯要》諸書，並校點批評《花間集》、《草堂詩餘》。更著《詞品》一書，專論詞學。所作《升庵長短句》正、續編各三卷，存詞三百四十餘首，穠麗富贍，情致婉孌，尤以小令當行擅場，譽爲一代詞宗。今箋證《詞品》既竟，因擇其有裨詞學研究者數事，約略述之。

一

推尊詞體。自古文體有尊卑之别，詩尊而詞卑。蓋詩言志，詞則爲詩之餘，所言私情曲意，皆詩之不能道者也。雖「文章豪放之士鮮不寄意于此」，但隨後却往往「自掃其跡，曰謔浪遊戲而已」，不敢自毁其譽〔一〕。若柳永混跡烟花，專事於詞者，終爲士林所棄。今檢《全宋詞》録作者一千三百餘人，較《全宋詩》作者近萬，人數相差六七倍之巨。殆詩文辭賦，古人以爲名山事業，而作爲小詞，乃伶工賤役之事，士大夫初不屑爲。即便一時興到之作，亦往往棄之不惜，存之則别刻，不入本集。而樂工歌伎所作，率皆淫辭濫調，文理欠通，可傳者少，亡佚者多。下至於元，儒士處娼優、乞丐之間，無可進身，皆躭玩北曲，氣格鄙俚以近俗。歷元至明，朝廷以程、朱理學治天下，頒《五經》、《四書》、《性理大全》，禁性絶欲，規定八股明經取士。士子皓首窮經，競趨時文，以求進身。文章之士，噤若寒蟬。中葉以後，文壇「七子」復以古相尚，倡「文必秦漢、詩必盛唐，非是者弗道」〔二〕。「填詞於不朽之業，最爲小乘」〔三〕，「纖言麗語，大雅是病」〔四〕。而於時傳奇方興，南風正熾，「士夫稟心房之精，從婉孌之習者，風靡如一」〔五〕。至是詞學益衰，幾至於絶。當此之時，升

〔一〕胡寅《斐然集》卷十九《向薌林酒邊集後序》。
〔二〕《明史·李夢陽傳》。
〔三〕俞彦《爰園詞話》。
〔四〕陳霆《渚山堂詞話》。
〔五〕本書卷一「北曲」條。

庵疾起而力振之，作《詞品》六卷附《拾遺》一卷，凡三百二十餘則，彙集衆説，考流别、明正變、品評作品，欲示人以填詞之方，扶危濟傾，以救詞弊。因於《詞品序》首提「詩詞同工而異曲，共源而分派」之説〔一〕。强調詩、詞共源，將詞之地位，與詩並行。既曰「詩詞同源」，填詞亦可上追風雅，繼武樂府，所謂「情動於中而形於言，言之不足，故嗟歎之；嗟歎之不足，故永歌之」〔二〕。然詩之情曰暢志，詞之情曰縱欲，二者所司不同，功用各異，故曰「分派而異曲」。詞雖貴綺艷，不近「曲禮」，惟其能遣興抒懷、娱情怡性，「曲盡人情」之常，故偶然作之，亦無傷於大雅也。因舉勳德重望、剛方端嚴之士，若韓琦、范仲淹等，亦曾偶作綺艷小詞以遣興〔三〕，復謂「廣平之賦《梅花》，司馬公亦有艷辭，亦何傷於清介」！更引朱熹《雲谷寄友絶句》「日暮天寒無酒飲，不須空唤莫愁來」之句，指出「晦翁於宴席，未嘗不用妓」〔四〕。道學壁壘深嚴，而師儒老宿如朱子亦難忘情，何况世俗，於是詞可作而不必諱矣。

明初文坛，以「臺閣」相高，填詞意竟言終，殊少真趣；道學之士，復以談學論道入詞，

〔一〕《詞品序》。
〔二〕《詩大序》。
〔三〕本書卷三「韓范二公詞」條。
〔四〕本書拾遺卷「于湖南鄉子」條。

酸腐庸陋，讀之欲嘔。而世俗日偷，尚淫綺而斥莊雅，取法不高，詞風益卑。其時前代詞集盡佚，惟《草堂詩餘》行世，填詞者奉以爲圭臬，不辨良莠，徒事摹擬。升庵患之，乃於《詞品》中予《草堂詩餘》多加批評，指斥流弊，褒揚是非，明其得失，補其闕遺，意欲爲填詞者引航導路。明天順間詞人馬洪，以詞名東南，自序其《花影集》云：「花影者，月下燈前，無中生有。以爲假則真，謂爲實猶涉虚也。」升庵嘉其以情爲實，以境爲虚，虚實之間，意味無窮。因舉其「梅花」「江城引」，以爲「清氣逸發，瑩無塵想」；復舉其「題許東溟小景」《昭君怨》，以爲「言有盡而意無窮，方是作者」，可謂推崇備至。《詞品》録其作品多至十六首，全書所録唐、宋詞人詞作，無出其右者。蓋馬洪詞出《草堂》而取法其上，升庵欲以爲範，指示時人也〔一〕。

《詞品》一出，當時學人皆起而傚尤。或引而據之，或辯而難之，皆欲附其驥尾，以求一逞。一時蔚然，遂成大觀。其時舊本《草堂詩餘》，按時令節序分篇，不便取用。有顧從

〔一〕按馬洪詞今存二十九首，見於田汝成《西湖遊覽志》並《志餘》者二十五首。《詞品》卷六論馬洪詞四條，皆全録田書而不注所出，頗爲今人所詬。然後人論馬洪詞，多據《詞品》。今人饒宗頤、張璋編《全明詞》，輯馬洪詞十六首，全同《詞品》，於田書未見。蓋田書乃地志遊記之書，治詞史者未必及見。若非升庵博涉，闌入《詞品》，馬洪其人，或於史無聞，至今默默。

敬取以重編，類分以體調長短，得《類編草堂詩餘》五卷。升庵因取以批點，畀與《詞品》並而行之。自後是書大行，有明以來，翻刻改編不下數十餘種。而多取效升庵，增補評騭，繕而完之。明末清初詞學大興，升庵扶正糾偏、發矇震聵之功，不可没焉。

二

探究源流，以明詞史。宋王灼以爲：「蓋隋以來，今之所謂曲子者漸興，至唐稍盛，今則繁聲淫奏，殆不可數。古歌變爲古樂府，古樂府變今曲子，其本一也。後世風俗益不及古，故相懸耳。而世之士大夫，亦多不知歌詞之變。」[一]提出樂府詞曲嬗變之説。升庵於此，亦嘗論之：「漢代之音可以則，魏代之音可以誦，江左之音可以觀。雖則流例參差、散偶盷分，音節尺度粲如也。有唐諸子效法於斯，取材於斯，味者顧或尊唐而卑六代，是以枝笑幹，從潘非淵也，而可乎哉！」[二]因有《選詩外編》、《五言律祖》、《絶句衍義》以及《千里面譚》之輯，以見唐人聲詩，出於六朝樂府。二人所見，可謂略同。

[一]《碧鷄漫志》卷一。
[二]《選詩拾遺》序。

升庵又引王僧虔《古今樂録》：「諸曲調皆有辭有聲，而大曲又有艷、有趨、有亂。辭者，其歌詩也。聲者，若羊吾夷、伊那何之類也。艷在曲之前，趨與亂在曲之後。亦猶吴聲、西曲，前有和後有送也。」解之云：「艷在曲之前，與吴聲之和，若今之引子；趨與亂在曲之後，與吴聲之送，若今之尾聲。羊吾夷、伊那何，皆辭之餘音嫋嫋，有聲無字，雖借字作譜而無義，若今之哩囉嗹、唵唵吽也。」以爲「知此可以讀古樂府矣。」〔一〕宋沈括嘗云：「詩之外又有和聲，則所謂曲也。古樂府皆有聲有詞，連屬書之，如曰賀賀賀、何何何之類，皆和聲也。今管絃之中，纏聲亦其遺法也。唐人乃以詞填入曲中，不復用和聲。」〔二〕朱熹亦云：「古樂府只是詩，中間却添許多泛聲。後来人怕失了那泛聲，逐一聲添箇實字，遂成長短句，今曲子便是。」〔三〕二人所謂古樂府之「和聲」、「泛聲」，即升庵所説之「辭之餘音嫋嫋，有聲無字，雖借字作譜而無義」也。足見升庵於聲詩、曲詞嬗變之跡，已自得明晰之見。因云：「唐人絶句多作樂府歌，而七言絶句隨名變腔。如《水調歌頭》、《春鶯轉》、《胡渭州》、《小秦王》、《三臺》、《清平調》、《陽關》、《雨淋鈴》，皆是七言絶句而異其

〔一〕本書卷一「樂曲名解」條。
〔二〕《夢溪筆談》卷五。
〔三〕《朱子語類》卷一百四十。

名。其腔調不可考矣。」〔一〕「唐人絶句即是詞調，但隨聲轉腔，以別宮商。如《陽關》、《伊州》、《水調》皆是。」〔二〕指出七言絶句入樂，樂人多易其原題以就樂府之調名。同一七言絶句，可入任一樂調歌之，隨所入樂調之不同而「隨聲轉腔，以別宮商」。由是推知，同一詞調，歌者歌聲婉轉，轉折不同，則聲情各異。記譜者於轉折處添字注音，後之填詞者於注音處添加實字，則詞體生焉。故《詞品》又引《苕溪漁隱叢話》以證之，云：「唐初歌詞，多是五言詩或七言詩，初無長短句。中葉以後至五代，漸變成長短句。及本朝，則盡爲此體。」〔三〕

然升庵填詞之溯源尚不止於此，更提出「填詞起於唐人，而六朝已濫觴」〔四〕，倡言

〔一〕本書卷一「小秦王」條。

〔二〕《百琲明珠》卷一《小秦王》題注。

〔三〕本書卷三「瑞鷓鴣」條。

〔四〕本書卷一「梁武帝江南弄」條。清王奕清《歷代詩餘》卷一百十一引朱弁《曲洧舊聞》云：「詞起於唐人，而六代已濫觴矣。梁武帝有《江南弄》、陳後主有《玉樹後庭花》、隋煬帝有《夜飲朝眠曲》，豈獨五代之主蜀之王衍、孟昶；南唐之李璟、李煜；吴越之錢俶，以工小詞爲能文哉。」今人因謂宋人朱弁先有「詞起六朝」之議，升庵頗涉剿襲舊説之嫌。然今傳各本《曲洧舊聞》，皆無此條。檢《歷代詩餘》所録，緊接上文之後，尚有「王衍之『月明如水浸宮殿，有酒不醉真癡人』，李玉簫愛賞之，元人用爲傳奇」之語。朱弁南宋初人，如何先得預見元人傳奇？以此知《歷代詩餘》所録顯然不確，或即取升庵之説合而纂之，而誤注書名也。

「填詞必泝六朝，亦昔人窮探黄河源之意」之説〔一〕。即音樂而論，詞樂爲燕樂，此今人所共識。而六朝音樂乃爲清商樂，故人或以升庵「填詞必泝六朝」之説爲非。然清商與燕樂，豈可絶然劃分！《樂府詩集·近代曲辭序》云：「其著令者十部：一曰讌樂，二曰清商，三曰西涼，四曰天竺，五曰高麗，六曰龜兹，七曰安國，八曰疎勒，九曰高昌，十曰康國，而總謂之燕樂。聲辭繁雜，不可勝紀。凡燕樂諸曲，始於武德、貞觀，盛於開元、天寶。」則知清商實已包含於燕樂之中。《唐六典》云：「凡有大燕會，設十部之伎於庭，以備華夷。」〔二〕十部共奏，不過昭示大國雍熙，夷部諸樂，備數而已。故鄭樵言十部之樂，「其實皆主於清商」〔三〕。果然如此，則隋唐詞樂與六朝清商，實是一脈相承。如是而言，升庵之議，有何不可？升庵嘗論六朝梁、陳《選》詩云：「詳其旨趣，究其體裁，世代相沿，風流日下，填括音節，漸成律體。蓋緣情綺靡之説勝，而温柔敦厚之意荒矣。大雅君子，宜無所取。然以藝論之，杜陵詩宗也，固已賞夫人之清新俊逸，而戒後生之指點流傳。乃知六代之作，其旨趣雖不足以影響大雅，而其體裁，實景雲、垂拱之先驅，天寶、開元之濫觴也，

〔一〕本書卷一「王筠楚妃吟」條。
〔二〕《唐六典》卷十四。
〔三〕《通志·樂略》。

獨可少此乎哉！」〔一〕即填詞而論之，詞與六朝樂府「緣情綺靡」之情韻正同，堪可借鏡，此實升庵强調「填詞必泝六朝」之最終目的。升庵論詩主情，其《詩話》論之詳矣，而此説正其理論主張之擴展延伸。

唐宋詞調，多爲俗曲小唱。據今人統計，宋詞作者以南人爲多。南人所習用，自當以南方俗樂爲主。南方缺舌之音，更適南口，故宋詞中每有以南音入韻者。升庵於此亦有所見，其「填詞用韻宜諧俗」、「張仲宗」、「林外」諸條已言之矣〔二〕。然明人大多不明南北詞曲之辨，升庵於此亦不甚了了。故其《詞品》往往兼取詞曲而論之，作長短句，亦時取曲譜而填之。其時南詞北曲並行，填詞作曲，混雜不分。有識之士痛詞之入曲，欲嚴「詞」、「曲」之别，實則欲明其雅、俗之辨。升庵持論，亦乎如此。以爲詞用閩音，「乃是缺舌之病，豈可以爲法」。極稱「元人周德清著《中原音韻》，一以中原之音爲正，偉矣」〔三〕！嘗云：「近世北曲，雖皆鄭衛之音，然猶古者總章、北里之韻，梨園、教坊之調，是可證也。近日多尚海鹽南曲，士夫禀心房之精，從婉孌之習者，風靡如一。甚者北士亦移而躭之，更

〔一〕楊慎《選詩拾遺序》。
〔二〕本書卷一、卷三。
〔三〕本書卷一「填詞用韻宜諧俗」條。

數十年，北曲亦失傳矣。」〔一〕此雖言北曲，實則於詞調亡佚之由，已自在不言之中矣。然其發見宋詞多用南音，提出「填詞用韻宜諧俗」之論，實大輅之椎輪也。於後人進一步探討詞之南方特質，頗具發軔之效。

升庵非不知樂者，其説詞亦多從樂調入。其論「轉」、「慢」之爲曲名，填詞之「借腔别詠」等等之類〔二〕，皆具卓識。若其論「慢」字爲樂曲名云：「慢字爲樂曲名。陳後山詩：『吴吟未至慢，楚語不假些。』任淵注云：『慢謂南朝慢體，如徐、庾之作。』余謂此解是也，但未原其始。《樂記》云：『宫、商、角、徵、羽五者皆亂，迭相陵，謂之慢。』又曰：『鄭衛之音，亂世之音也，比於慢矣。』宋詞有《聲聲慢》、《石州慢》、《惜餘春慢》、《木蘭花慢》、《拜星月慢》、《瀟湘逢故人慢》，皆雜比成調，古謂之嘖曲。『嘖』與『賾』同，雜亂也。琴曲有名散，元曲有名犯。又曲終入破，義亦如此。」〔三〕凡此皆剖析委曲，見解新穎，爲治詞史者所樂道。

樂府宫調下轄曲子若干，其調或喜或悲，各寫名牌，以便樂部揀選，是爲曲名。填詞

〔一〕本書卷一「北曲」條。
〔二〕本書卷一「燕眆鶯轉」條、「哀曼」條、「乾荷葉」條。
〔三〕《升庵詩話》卷一「慢字爲樂曲名」條。

者選調填詞，須知曲調之喜怒哀樂，方可依調而填之。若詞意與曲調不諧，則難以感動人心。故沈括有云：「唐人填曲多詠其曲名，所以哀樂與聲尚相諧會，今人則不復知其聲矣。哀聲而歌樂詞，樂聲而歌怨詞，故語雖切而不能感動人情，由聲與意不相諧故也。」〔一〕宋人王灼《碧鷄漫志》嘗取樂曲二十餘首，考論調名之源。其時詞調未失，其論尚可及於音譜樂調之變。而當升庵之世，詞樂早亡，考訂詞調所出，已自不能。惟有據詞意推其詞名原義，或可進而探知其調之喜樂哀怨。故升庵於此，頗致意焉。嘗云：「唐詞多緣題所賦，《臨江仙》則言水仙，《女冠子》則述道情，《河瀆神》則詠祠廟，《巫山一段雲》則狀巫峽。如此詞題曰《醉公子》，即詠公子醉也。爾後漸變，與題遠矣。」〔二〕他如「《擣練子》，即詠擣練」、「《人月圓》，即詠元宵」、「《乾荷葉》，即詠乾荷葉」等皆是〔三〕。實則詞調創始之初，因事立題，是所必然，除沿用舊曲若《伊州》、《水調》者，類皆如此。惟是後世所賦漸多，離題漸遠，初始難索矣。然辨識詞名之始，此自是一途。

詞人創調製曲，肇錫以佳名，是所願也。摘取前人名言佳句以飾其作，自是首選之

〔一〕《夢溪筆談》卷五。
〔二〕本書卷二「醉公子」條。此語本出黄昇，見《唐宋諸賢絶妙詞選》卷一李珣《巫山一段雲》題注。
〔三〕本書卷一。

義。正德間都穆作《南濠詩話》，即明此理，嘗云：「昔人詞調，其命名多取古詩中語。」後四十年，升庵亦提出「詞名多取詩句」之説，正所謂英雄所見略同也。因例舉之云：「《蝶戀花》則取梁簡文帝『翻階蛺蝶戀花情』，《滿庭芳》則取吴融『滿庭芳草易黄昏』，《點絳脣》則取江淹『白雪凝瓊貌，明珠點絳脣』，《鷓鴣天》則取鄭嵎『春遊鷄鹿塞，家在鷓鴣天』，《惜餘春》則取太白賦語，《浣溪沙》則取少陵詩意，《青玉案》則取《四愁詩》語。……《西江月》，衛萬詩『只今惟有西江月，曾照吴王宫裏人』之句也。《瀟湘逢故人》，柳渾詩句也。《粉蝶兒》，毛澤民詞『粉蝶兒共花同活』句也。」〔一〕升庵以考證之法解析詞名，雖不無穿鑿附會、勉强臆測之處，要其新穎别致，思至情切，自非博洽廣識之士，不能出此。胡應麟於升庵「調名緣起」之説，辨駁尤多，然雖反復辨難，皆不過駁正糾偏而已，終不能證「唐詞多緣題所賦」、「詞名多取詩句」立論之非。胡氏因更立「樂府所重，在調不在題」之論，云：「余謂樂府之題，即詞曲之名也；其聲調，即詞曲音節也。今不按《醉公子》之腔，而但詠公子之醉；不按《河瀆神》之腔，而但賦河瀆之神，可以爲二曲乎？考宋人填詞絶唱，如『流水孤村』、『曉風殘月』等篇，皆與詞名了不關涉。而王晋卿

〔一〕本書卷一「詞名多取詩句」條。

《人月圓》、謝無逸《漁家傲》，殊碌碌無聞。則樂府所重，在調不在題，斷可見矣。」〔一〕詞具音樂屬性，聲腔韻律乃首要之義，以謂「樂府所重，在調不在題」，誠不爲過。然製詞創調須聲意相諧，因事立題，亦是必然，故詞名與曲意何得無關？升庵考訂詞名，其意正在追索曲意。胡氏取後世填詞所賦予詞名「了不關涉」之例，以證升庵考辨詞名源起爲枉費徒勞，實乃巧言佞説，强詞奪理也。後清人毛先舒頗承升庵之説，起而力駁胡氏之議，並從而衍之，有《填詞名解》之作。

三

升庵論詞，主婉孌盡情，而不廢豪放，抑揚褒貶，允執厥中。嘗云：「詩之爲教，逖矣玄矣！嬰兒赤子，則懷嬉戲抃躍之心；玄鶴蒼鸞，亦合歌舞節奏之應。况乎毓精二五，出類百千，六情静於中，萬物蕩於外。情緣物而動，物感情而遷，是發諸性情而協於律吕，非先協律吕而後發性情也。」〔二〕要娱樂，要發抒，是一切生物的本性，所謂「詩緣情」也。

〔一〕胡應麟《少室山房筆叢》卷二十一《藝林學山》三。
〔二〕《升庵文集》卷三《李前渠詩引》。

詩詞既曰「同源」，故皆主乎「情」。因云：「大率六朝人詩，風華情致，若作長短句，即是詞也。宋人長短句雖盛，而其下者，有曲詩、曲論之弊，終非詞之本色。」〔一〕

詞之「本色」在情，然抒情亦當節制有度，不可放任縱欲。故升庵力斥《草堂詩餘》選入柳永「願奶奶蘭心蕙性」之鄙俗，及「以文會友」、「寡信輕諾」之酸文〔二〕。又云：「大抵人自情中生，焉能無情，但不過甚而已。宋儒云禪家有爲絶欲之説者，欲之所以益熾也；道家有爲忘情之説者，情之所以益蕩也。聖賢但云寡欲養心，約情合中而已。」〔三〕張炎嘗云：「詞欲雅而正。志之所之，一爲物所役，則失其雅正之音。耆卿、伯可不必論，雖美成亦有所不免……所謂淳朴變澆風矣。」〔四〕升庵此説，與之暗合。「寡欲養心，約情合中」，反映其持論「發乎情，止乎禮義」，謹遵詩教而不違，尚未脱出名教之束縛。然升庵之「情」，自是「人之常情」，七情六欲無所不包。烟花風月之情自在其中，所謂「天之風月，

〔一〕本書卷一「王筠楚妃吟」條。
〔二〕本書卷三「柳詞爲東坡所賞」條。
〔三〕本書卷三「韓范二公詞」條。
〔四〕《詞源》卷下。

地之花柳，與人之歌舞，無此不成三才」也〔一〕。升庵嘗斥朱子議《大招》之偏云：「朱子謂《大招》平淡醇古，不爲詞人浮艷之態，而近於儒者窮理之學。蓋取其尚三王、尚賢士之語也。然論詞賦不當如此。以六經言之：『《詩》則正而葩，《春秋》則謹嚴。』今責十五國之詩人曰：『焉用葩也？何不爲《春秋》之謹嚴？』則《詩經》可燒矣。止取窮理，不取艷詞，則今日五尺之童，能寫仁、義、禮、智之字，便可以勝相如之賦；能抄道德性命之説，便可以勝李白之詩乎？」〔二〕道學家主張「存天理，滅人欲」，升庵此論，申張人性，爲填詞抒情張目正名，復不違「温柔敦厚」之旨，頗具推尊詞體之效。其後清人無論「雅正」、「興寄」諸説，或明或隱，皆徇此理。明世市情寖薄，淫靡風熾，升庵主情之説，頗協時好。明代後期「情」、「理」之争大起，升庵主情，實開其端。而王世貞乃變本加厲，以謂：「蓋六朝諸君臣，頌酒賡色，務裁艷語，默啓詞端，實爲濫觴之始。故詞須宛轉綿麗，淺至儇俏，挾春月烟花於閨幨内奏之。一語之艷，令人魂絶；一字之工，令人色飛，乃爲貴耳。至於慷慨磊落，縱横豪爽，抑亦其次。不作可耳，作則寧爲大雅罪人，勿儒冠而

〔一〕本書卷三「韓范二公詞」條。
〔二〕《丹鉛續録》卷五「大招」條。

胡服也。」〔一〕以爲詞不必作，要作則須放情縱欲，不必矯揉造作。其説恣肆縱放，不拘「詩教」，頗爲後人所詬病。晚明茅暎編《詞的》，承世貞之説，以爲「幽俊香艷」，詞家正調，「旨本淫靡，寧虧大雅；意非訓誥，何事莊嚴」。棄莊雅而重綺艷，誨色倡淫，綺詞艷曲，充斥其編。明中葉後詞風卑下，世貞難辭其咎也。

南宋以至元末明初，詞壇「狃於風情婉孌」，以周（邦彦）、姜（夔）相尚，斥疏狂、貶豪縱，極力標舉「清空」、「雅正」，强調填詞必合於律。升庵論詞，亦以「雅正」、「婉約」爲正，推尊清真、白石。如云姜夔「詞極精妙，不減清真樂府」〔二〕；洪瑹詞「用事用韻皆妙」，「全篇如《月華清》、《水龍吟》、《驀山溪》、《齊天樂》，皆不減周美成」〔三〕。蓋周、姜曉音律，自是詞家當行。而於豪放之詞，南宋詞學家沈義父論「豪放與叶律」云：「近世作詞者，不曉音律，乃故爲豪放不羈之語，遂借東坡、稼軒諸賢自諉。諸賢之詞，固豪放矣，不豪放處，未嘗不叶律也。如東坡之《哨遍》、『楊花』《水龍吟》，稼軒之《摸魚兒》之

〔一〕《藝苑卮言》附録一。
〔二〕本書卷四「姜堯章」條。
〔三〕本書卷四「洪叔璵」條。

類，則知諸賢非不能也。」〔一〕張炎亦云：「辛稼軒、劉改之作豪氣詞，非雅詞也。於文章餘暇，戲弄筆墨，爲長短句之詩耳。」〔二〕是二人之論，凡指謂「豪放」之處，即言其「非雅詞」、「不叶律」，「爲長短句之詩」也。然升庵持論通脱，不爲前輩時論所囿，力主「婉約」、「豪放」兼行並重，不可偏廢。蓋以爲作詞者依譜填詞，當以發抒盡情爲尚，不必亦步亦趨，拘拘於律也。且狂放疏逸、豪爽大度，亦頗適升庵廓落不拘之性。嘗云：「《六州歌頭》，本鼓吹曲也，音調悲壯。又以古興亡事實之，聞之使人慷慨，良不與艷辭同科，誠可喜也。」〔三〕《詞品》中大力推崇蘇、辛之豪放詞，於南宋以來豪放詞人，如岳珂、張元幹、張孝祥諸人感時傷世、寄慨抒憤、豪縱放歌之作皆亟力稱賞。如舉岳珂《祝英臺近》，以謂「感慨忠憤，與辛幼安『千古江山』一詞相伯仲」〔四〕、張元幹《賀新郎》，「雖不工亦當傳，況工緻悲憤如此，宜表出之」〔五〕、張鎡《賀新郎》詞，似辛稼軒，「非千鈞筆力，未易到

〔一〕《樂府指迷》。
〔二〕《詞源》卷下。
〔三〕本書卷一「六州歌頭」條。
〔四〕本書卷五「岳珂祝英臺近詞」條。
〔五〕本書卷三「張仲宗送胡澹庵詞」條。

此」〔一〕、姚遂《醉高歌》「高古不減東坡、稼軒」〔二〕、陳與義詞「語意超絶，筆力排奡，可摩坡仙之壘」〔三〕、劉克莊《賀新郎》詞「壯語亦可起懦」〔四〕。嘗引宋陳模《懷古録》云：「曲者曲也，固當以委曲爲體。然徒狃於風情婉孌，則亦易厭。回視稼軒所作，豈非萬古一清風哉。」〔五〕此見與王灼稱東坡「偶爾作歌，指出向上一路，新天下人耳目」〔六〕，語意正同。升庵以爲：「山林之詞清以激，感遇之詞淒以哀，閨閣之詞悦以解，登覽之詞悲以壯，諷諭之詞宛以切。之數者，人之情也。屬辭者，皆當有以體之，夫然後足以得人之性情，而起人之詠歎。」〔七〕此説升庵雖未明言，然於《詞品》所評所論，已見之矣。故周遜刻《詞品》，於《序》中特别表而出之。其後孟稱舜序《古今詞統》，承襲其説而衍之云：「蓋詞之與詩、曲，體格雖異，而同本於作者之情。古來才人豪客、淑姝名媛，悲者喜者、怨者慕者、懷

〔一〕本書卷四「張功甫賀新郎」條。
〔二〕本書卷五「牧庵詞」條。
〔三〕本書卷四「陳去非」條。
〔四〕本書卷五「劉後村」條。
〔五〕本書卷四「評稼軒詞」條，原出《懷古録》卷中。
〔六〕《碧鷄漫志》卷二。
〔七〕周遜《刻詞品序》。

者想者，寄興不一。或言之而低徊焉、宛孌焉，或言之而纏綿焉、淒愴焉，又或言之而嘲笑焉、憤悵焉、淋漓痛快焉。作者極情盡態，而聽者洞心聳耳，如是者，皆爲當行，皆爲本色。」指出詞之風格各異，無論其豪壯、香艷，凡作者盡情而令聽者傾心者，無不爲作者本性之發抒，皆得爲詞之當行本色。此論拓寬詞境，開人眼目，於當時以至後世詞壇，亦不無振頹救弊之效。

升庵以詞學大家品評詞作，見解獨到，精彩紛呈，自非「門外道黑白」〔一〕。其品評所及，士宦官紳而外，僧徒道流、婦孺倡優，乃至仙鬼異族之作，皆所不遺。周遜《刻詞品序》論其品詞原則，以爲：「徵求其端，大較詞人之體，多屬揣摩不置，思致神遇。然率於人情之所必不免者以敷言，又必有妙才巧思以將之，然後足以盡屬辭之藴。故夫詞成而讀之，使人恍若身遇其事，怵然興感者，神品也。意思流通，無所乖逆者，妙品也。能品不與焉，宛麗成章，非辭也。」舉凡詞體之風格、情性、辭藻、韻律兼及詞選之品位、得失，皆評騭中肯，往往一語破的，予後人啓迪良多。

大凡尚雅和寡，媚俗合衆。宋末諸家，論詞尚雅，曲高和寡，至明幾絶。升庵頗知此

〔一〕謝章鋌《賭棋山莊詞話》卷四。

理，故虽謂「詞欲雅正」，而不諱適俗，力欲驅俗入雅，以挽頽風而救薄俗。如李清照好以俗語入詞，張炎論之云：「李易安《永遇樂》云『不如向簾兒下，聽人笑語』，此亦自不惡。而以俚詞歌於坐花醉月之際，似乎擊缶《韶》外，良可嘆也。」〔一〕謂以俚語入雅詞，俗不可耐。升庵於此頗不認同，反以爲「以尋常言語，度入音律。鍊句精巧則易，平淡入妙者難，山谷所謂『以故爲新，以俗爲雅』者，易安先得之矣」〔二〕。如此持論，頗異時流。再若王灼嘗謂清照：「晚節流蕩無歸，作長短句，能曲折盡人意，輕巧尖新，姿態百出，閭巷荒淫之語，肆意落筆，自古縉紳之家能文婦女，未見如此無顧忌也。」〔三〕斥其婦德不修，無所羞畏，頗流於道學鄙見。而升庵乃謂：「宋人中填詞，李易安亦稱冠絕。使在衣冠，當與秦七、黄九争雄，不獨雄於閨閣也。」高論卓識，不落窠臼。明時世風向俗，升庵持論，頗協世好，無論倡優士豎、僧俗道流，「一時盛傳」、「當世所稱」之佳言妙句，皆其所選。若劉過《天仙子》以「詞俗意佳」選之，劉仙倫《繫裙腰》以用「詞猥薄而意優柔」選之。皆顯示其眼界開闊，迥出時輩也。然升庵之「俗」，實「雅俗」而非「淫艷」、「鄙庸」之俗。故舉凡

〔一〕《詞源》卷下。

〔二〕本書卷二「李易安詞」條。

〔三〕《碧鷄漫志》卷二。

柳耆卿之酸鄙、朱淑真之近娼，皆力斥不許。此亦見其持論有節，非如王世貞輩之縱邪逐淫也。

升庵評詞，極賞「新」、「奇」。嘗云：「宋之填詞爲一代獨藝，亦猶晉之字、唐之詩，不必名家而皆奇也。然奇而不傳者何限，而傳者未必皆奇。」〔一〕故凡性真情切，詞婉意美者，若石孝友詠「西湖」《多麗》、林逋「惜别」《長相思》、宋徽宗「詠杏花」《燕山亭》、岳珂「題北固亭」《祝英臺近》、周文璞「題酒家壁」《浪淘沙》、吴潛「贈妓」《賀新郎》、馬晋「述懷」《滿庭芳》、馮偉壽「春恨」《春風裊娜》、無名氏「題郝仙女廟」《喜遷鶯》，皆以爲奇作妙品，舉而贊之，以爲「比之晚唐酸餡味、教督氣，不侔矣」〔二〕。

或有謂升庵論詞不知「律」者。按宋人填詞自不言「律」，南宋人楊守齋《填詞五要》云：「自古作詞，能依句者已少，依譜用字者，百無一二。」〔三〕後世所謂之「律」，不過取宋人詞，同調排比，取其所同，注其句法字詞平仄韻位，成其所謂「詞律」以便填詞而已。於宋人詞調之「聲腔律格」，早已不得而知之矣。然升庵自是知音之人，陳繼儒《楊升庵先

〔一〕本書卷二「石次仲西湖詞」條。
〔二〕本書卷四「馮偉壽」條。
〔三〕張炎《詞源》附載。

生廿一史彈詞叙》云：「先生少時善琵琶，每自爲新聲度之。及第後，猶於暑月夜，綰兩角髻，着單紗半臂，背負琵琶，共二三騷人，携尊酒，席地坐西長安街上，酒酣和歌，撮撥到曉。」〔一〕其能自度新聲，且擅絃索，則於音律法度，所知亦非淺鮮也。今試觀《詞品》卷一「填詞句參差不同」條：「填詞平仄及斷句皆定數，而詞人語意所到，時有參差。如秦少游《水龍吟》前段歇拍句云『紅成陣、飛鴛甃』。換頭落句云『念多情但有，當時皓月，照人依舊』。以詞意言，『當時皓月』作一句，『照人依舊』作一句。以詞調拍眼，『但有當時』作一拍，『皓月照』作一拍，『人依舊』作一拍，爲是也。……別如二句分作三句，三句合作二句者尤多。然句法雖不同，而字數不少。妙在歌者上下縱横取協爾。」其云「填詞平仄及斷句皆定數」，非言詞律而何？其謂「填詞句參差不同」，而「妙在歌者上下縱横取協」，詞意拍眼，兼而論之，既明填詞斷句之法，復兼及詞意音韻之協和。其辨「凝」音「佞」云：「（凝）今多作平音，失之。音律亦不協也。」〔二〕此實非深知樂律者不能道也。他如

〔一〕明張復吾刊本《楊升庵先生廿一史彈詞》。
〔二〕本書卷一「凝音佞」條。

論填詞用韻之諧用南音〔一〕、填詞之借腔別詠〔二〕等等之類，無不如此。其時張綖《填詞圖譜》已成，《詞品》亦明明引而辨之矣。蓋明代詞調既亡，世傳詞牌早有定格，填詞者按譜填字，平仄韻律，自有限定。此一定之理，毋庸喋喋也。升庵所論諸條，不过因明人填詞多以《花間》、《草堂》爲範，徒事摹擬，故略舉其例外，以明填詞不可泥於選格，不知變通也。

四

升庵治學之方，一曰明音義，二曰通句法，三曰重校勘，四曰存佚逸。自清儒視之，已不足奇。然於明時，却爲創舉，故能丕變學風，影响後世。其治詞學，亦乎如此。《詞品》於文字校勘，語辭疏釋，作品輯佚，皆用力極勤，創獲甚多。升庵以世家而居翰苑，多見中秘之籍，重以搜求勤勉，積學多識，以其博洽之才，觸類旁通，因文求義，時生懸解。其於詞中之典實、音訓、名物等等，往往遊刃其間，無論經史文賦、諸子雜説，以至佛典道書、童

〔一〕本書卷一「填詞用韻宜諧俗」條。
〔二〕本書卷一「乾荷葉」條。

謡里諺，皆旁徵博引，疏其出處，辨其作用。其疑難未定者，不辭反覆探究，以求其是。若其釋「靨飾」云：「《説文》：『靨，頰輔也。』《洛神賦》：『明眸善睞，靨輔承權。』自吴宫有獺髓補痕之事，唐韋固妻少時爲盜刃所刺，以翠掩之，女妝遂有靨飾。其字二音，一音琰，一音葉。温飛卿詞：『繡衫遮笑靨，烟草粘飛蝶。』此音葉。又云：『粉心黄蕊花靨。黛眉山兩點。』此音琰。《花間》詞：『淺笑含雙靨』，又云『翠靨眉心小』，又『膩粉半粘金靨子，殘香猶暖繡薰籠』，又『一雙笑靨嚬香蕊』，又『濃蛾淡靨不勝情』，又『笑靨嫩疑花坼，愁眉翠斂山横』。宋詞：『杏靨夭斜，梅鈿輕薄』，又『小唇秀靨。團鳳眉心倩郎貼』。則知此飾，五代宋初爲盛。」〔一〕又釋「椒圖」云：「元人樂府：『户列八椒圖。』又貝翺《未央宫瓦頭歌》：『長楊昨夜西風早，錦縵椒圖跡如掃。』竟不知椒圖爲何物。近閲陸文量《菽園雜記》云：『《博物志》逸篇曰：龍生九子不成龍，各有所好。鴟吻、虮蜡之類也。椒圖，其形似螺，性好閉，故立於門上。』即詩人所謂金鋪也。司馬温公《明妃曲》云：『宫門金環雙獸面，回首何時復來見。』梁簡文《烏棲曲》云：『織成屏風金屈戍。』李賀詩：『屈戍銅鋪鎖阿甄。』皆指此也。又按《尸子》云：『法螺蚌而閉户。』《後漢書·禮儀志》：

〔一〕本書卷二「靨飾」條。

『殷人以水德王，故以螺著門户。』則椒圖之似螺形，其説信矣。」〔一〕蒐覽所及，乃至於小説。此正見其涉獵之廣，徵引之博，非常人可企及也。再如卷二「驪山詞」條，記其嘗「於臨潼驪山之温湯，見石刻元人一詞」，「再過之，已磨爲别刻矣」。則此詞非升庵掇拾，何得傳存至今？其存逸輯佚之功，豈可没哉！故其治學之方，多爲明清學人所遵循取法，争相繼述，徵故實，辨名物，考音訓，多取升庵之説，推而廣之，辨其然否。

總而言之，升庵《詞品》，旨在示人以作詞之法，其廣輯衆説，彙而集之，成一家言。雖編排欠周，體系未備，然點滴碎金，俯拾皆是。於詞學頹亡之際，補偏救弊，啓迪後昆，功在當世。然其於前人述作，有裨於用，可證成己説者，取用不避。若宋黄昇《花庵詞選》、元吴師道《吴禮部詩話》、明田汝成《西湖遊覽志》諸書，襲用極多。或引而據之，或録而述之，甚或取其所論，化爲己説。故後人嗤之，謂其攘取他人成説，頗存剽竊之病，不爲無因。原升庵在明，記誦廣博，推爲第一，凡所涉獵，人多不能到。論事造文，徵廣引博，往往洞燭幽隱。故其所建言，人多遵信不移，如是而成其倨傲驕矜之性，自恃賅洽，諒無人能起而難之。蓋明人好空談性理，空疏無學，升庵高視闊步，獨以考證之學睥睨一世，凡

〔一〕本書卷二「椒圖」條。

有所論，不加詳檢，强辭奪理，虚言妄語，英雄欺人，時亦有之。涉獵既廣，亦不免駁雜淆混。且《詞品》纂輯，謫在戍所，凡所論列，紬諸腹笥，記憶疏誤，亦所難免。然其所論，雖未必盡善盡確，而發人深思，啓人窮究，肇始之功，誠不可没。蓋前人學問，乃在博聞强記、積學多識，要之能左右逢源，融會貫通，順情愜理，而饜服人心。明人薛千仞嘗云：「用修過目成誦，故實皆在其胸中，下筆不考，誤亦有之。然無傷於用修！好事者尋章摘句，作意辯駁，得其一誤，如得一盜贓，沾沾自喜。此其人何心，良可笑也。」〔一〕故後之學者，發覆探微，繼廣前人之未及，爲前人補苴罅漏則可，若專以摘謬糾誤，指斥昔人，則其所爲，亦不足取也。《詞品》傳世，幾五百年，其詞學價值，定評在史。今箋證《詞品》，追索各條本源，意在探明升庵問學源流，立論依據。雖各各淵源有自，而彙纂總成之功，自非升庵莫屬。今若條條割裂，以謂此言已先，彼論早就，各歸其人，則非止於漠視《詞品》，實乃虚無歷史也。即以陳模論稼軒一條言之，若非《詞品》引録其説，則數百年間，知之者能得幾人？其説得升庵而傳，設若陳模有知，將無起而拊髀，會心而笑耶！

〔一〕周亮工《書影》卷八引。

升庵《詞品》，晚年於滇南成稿，持屬友人周遜及劉大昌校正付梓〔一〕。嘉靖三十三年，周遜序而刻之，是爲《詞品》最初之本（今簡稱「嘉靖本」）。其後劉大昌再刻於成都珥江書屋（今簡稱「珥江書屋本」），以嘉靖三十年所作《詞品後序》附之於後。其全書「詞」皆作「辭」，文字與周遜刻本頗有異同，當經劉氏校理，並於拾遺卷中增入「武寧貞女」一條，爲諸本所無。此上二本，爲《詞品》各本之祖。此次校理，取「嘉靖本」爲底本，而以「珥江書屋本」入參校之列，蓋以其曾經劉大昌校改，所訂或非升庵原意也。其餘各本情况以及箋證原則，已詳「凡例」，此不復贅。今略述數語，以志其初。上世紀八十年代，蜀中老輩前賢李一氓、張秀熟先生倡理蜀故，以校輯升庵文獻屬之王文才先生。文才先生欣然邀集家父仲鏞先生以及周虛白、王利器、白敦仁、李運益、劉繼華諸先生共襄其事。時余在巴蜀書社，爲社所遣，參與《楊升庵叢書》之編輯事宜。文才先生乃以《詞品》付余，囑以校勘之任。其時忽促就事，圖籍不備，亦無搜求之資。參校版本即以四川省圖書館及四川師大圖書館所藏諸本爲主。而底本，則請中國社會科學院文學所張錫厚先生，

〔一〕周遜，號五津，成都人。嘉靖三十五年進士，以疾居家。後徵爲刑部主事，累官雲南參議，辭歸。清操勁節，爲時推重。有《五津詩集》。劉大昌，號珥江，成都人。嘉靖七年領鄉薦。性恬淡高潔，不樂仕進，常與升庵倡和。於升庵著作，多所訂正。周、劉二人皆升庵妹丈，《升庵集》中每有寄妹丈劉珥江、周五津之作。

以其在京之便，取天都閣本爲工作本，比對北京圖書館所藏嘉靖三十三年刊本而爲之。此本據當時四川省圖書館專家沙銘璞、何金文先生著録，皆以「珥江書屋本」稱之〔一〕，因從其説，而其時實未及寓目後附劉大昌《詞品後序》之本也。《叢書》編纂十又餘年方畢其功，而巴蜀主政者乃困於經費，無力出書。不得已轉投天地出版社，終於二〇〇二年得以出版。所可歎者，諸先生於是書盡瘁竭力，書成竟至分文無所報。《詞品》於其間，小焉者也。當時校勘從簡，所不如意者常得四五，因取以重勘，箋而證之，欲以與《詩話》新箋同時並行。二〇〇八年，《詩話》新箋清稿先得，投寄中華書局文學編輯室，得俞國林先生俯拾不棄，以入《中國文學研究典籍叢刊》。而《詞品》箋證正待謄清，不意昊天不祐，右眼忽病，昏瞳眊瞀，未知痊損之期。一時以爲萬事皆休，從此惟有長夜聆風聽雨，枯坐待曉矣。是後十年，病情反覆，頗惜《詞品》箋證，前功盡棄。乃勉力董理，時作時輟，眇一目而爲之。所幸及今得以畢稿終志，上可覆文才先生之囑，下不遺無涯之憾矣。感銘五内者，國林先生於此書長年關注，不棄不捐，若非其勖勉，此書或已半途中折矣。顧惟此情，豈一謝字可表也哉！今復得本書責任編輯許君慶江大力斧正，檢舉罅漏，受教良多，謹

〔一〕沙銘璞、何金文《楊升庵著述現存版本考録》，見楊升庵博物館、新都縣楊升庵研究會編《楊升庵研究論文集》。

此一併敬致謝忱！

箋證《詞品》，曠日持久，玄晏多病，師丹善忘，未備不周之處必多。今沮眼疾，無力重審，惟有徒呼負負而已矣！自知末學，不入法家之目，難免野狐之譏。覆瓿支几，或其所宜。然敝帚自珍，今得公之同好，倘能搏讀者會心一粲，亦於願足矣。

王大厚

時丁酉八月中浣於成都華陽守素閣書齋

凡例

一、《詞品》一書，明、清刻本約存六卷附拾遺本六種，四卷本二種，合集本及節略本各一種。諸本大略情況，簡述如下。

明、清刻六卷附拾遺本六種：

（一）明嘉靖三十三年（一五五四）周遜序刻本（簡稱「嘉靖本」） 此本六卷、拾遺一卷，爲《詞品》初刻之本，前有楊慎明嘉靖三十年辛亥（一五五一）《詞品序》、明嘉靖三十三年甲寅（一五五四）周遜《刻詞品序》。王幼安校點《詞品》（人民文學出版社一九六〇年版），即以此本作底本。

（二）升庵妹丈劉大昌珥江書屋校刻本（簡稱「珥江書屋本」） 此本六卷附拾遺一卷。書後有劉大昌嘉靖三十年辛亥（一五五一）所撰後序。全書「詞」字皆作「辭」，無目録，條目順序與嘉靖本全同，惟卷三「木蘭花慢」條分爲「木蘭花慢」、「柳詞」、「中秋詞」三條；卷六「文山和王昭儀滿江紅詞」條中之「王昭儀詞」附列爲另一條。此外，拾遺中有「武寧貞女」一條，爲諸本所無。蓋升庵以此稿持付大昌，或囑以校勘之任，故此本較周遜序刻之本爲後出。取此本與周本相較，文字頗有異同，而其相異之處，多與升庵引據之原書相合，蓋剞劂之前，嘗取諸書以事校讎也。

（三）明萬曆四十五年丁巳（一六一七）楊有仁刻《升庵外集》本（簡稱「《外集》本」）

明焦竑編、顧起元校《升庵外集》一百卷，其卷八十一至卷八十六凡六卷爲《詞品》，拾遺部分附於卷八十六之末。焦竑編刻是書，以嘉靖本爲據，按類相從，條目順序有所調整，並刊去嘉靖本中以爲當入他類者十七條，另增以爲當入《詞品》者四條。

（四）明天啓七年丁卯（一六二七）安徽歙縣程好之刻《天都閣藏書》本（簡稱「天都閣本」）　《天都閣藏書》十五種，其第三種爲升庵《詞品》。此本源出珥江書屋本，卷次及條目順序悉同，惟删去拾遺卷「武寧貞女」一條。

（五）明陳繼儒序刻本（簡稱「陳序本」）　此本卷次及條目同嘉靖本，當爲萬曆間重刻之本。一九三四年唐圭璋《詞話叢編》收録《詞品》，陳作楫校點所稱之「嘉靖本」，當即此本。唐圭璋先生於升庵原序後注云：「原本殘蝕，此序末一字及作者姓氏均缺。嗣檢卓珂月《詞統》輯有諸家詞序，因得此篇，據以補一『云』字，並審爲升庵自序。惟原本有陳繼儒序一篇亦缺，僅存『友人陳繼儒撰』六字，珂月《詞統》亦未選載，無從校補，只付闕如。」所述與今南京圖書館藏本正同。按陳繼儒生當萬曆、天啓間，上不及得見升庵，其自稱之「友人」必非升庵，意當爲重刊此本之同輩友人也。南圖所藏之本，卷三末殘缺二條及前條末數十字。

（六）清乾隆綿州李氏萬卷樓刊、嘉慶十四年（一八〇九）李鼎元重校印李調元《函海》本（簡稱「《函海》本」）　此本六卷、拾遺二卷，出《外集》本。其第一、二、五卷同《外集》卷八十一、八十二、八十五，分《外集》卷八十三爲第三、四兩卷，《外集》本卷八十四爲第六卷，而以《外集》卷八十六爲拾遺卷上，《外集》卷八十六所附拾遺爲拾遺卷下。

明刻四卷本二種：

（一）明萬曆陳繼儒校訂本（簡稱「陳校本」）　此本原出六卷附拾遺系統，而經陳氏改編作四卷，惟删去拾遺卷中曲話八條。

（二）明萬曆四十六年（一六一八）周懋宗序刊本（簡稱「周序本」）　此本卷次編排與陳校本同，署「越州周懋宗因仲父校」，其前附周懋宗序文一則。

明刻節略本一種：

（一）明刻宛委山堂《説郛續》本　明陶珽宛委山堂刻元陶宗儀《説郛》一百二十卷，其後附其所編《説郛續》四十六卷。其中卷三十三爲《詞品》，選録升庵《詞品》三十四則，所據底本爲天都閣本。

清刻合集本一種：

（一）清鄭寶琛纂輯，光緒八年新都王鴻文堂刻《總纂升庵合集》本（簡稱「合集本」）

此書以《升庵全集》、《遺集》、《外集》及《函海》所收單刻三十餘種雜著彙爲一集。其卷一百五十二至一百六十一爲《詞品》，所據全出《函海》本，惟淆亂原編前後順序，厘爲十卷，漫無章法。此本删去「阿彈回」、「泥人嬌」、「李冠詞」、「鏡聽」四條，另據《升庵全集》卷六十一增入「鷓鴣天」、「點絳脣」、「薛沂叔守歲詞」、「尤延之落梅海棠二詞」、「玉樹曲」五條，卷一百五十四增入「羊叔子疏語」一條。

此次校訂《詞品》，取「嘉靖本」爲底本，以六卷附拾遺各本及《説郛續》本參校。四卷本二種及合集本或以乏善可陳，或以取閲艱難，未能據校，尚祈讀者諸君鑒之。

二、升庵論詞之説，散於所著各書者不少，因取《升庵先生文集》、《絶句衍義》、《百琲明珠》、《詞林萬選》、《升庵詩話》以及《丹鉛》諸録等參而校之。其有一事而兩説，或互有詳略者，輒加録乙，以供參詳。所據諸書版本大略如下：

（一）《絶句衍義》　明萬曆四十七年（一六一九）徐象枟曼山館刻本；

（二）《詞林萬選》　明毛晉汲古閣刻《詞苑英華》本；

（三）《百琲明珠》　明萬曆四十一年癸丑（一六一三）臨皋杜祝進刻本；

（四）《升庵詩話》　明萬曆四十五年丁巳（一六一七）楊有仁刻《升庵外集》卷六十七至七十八《詩品》十二卷本；

（五）《丹鉛總録》　明嘉靖三十三年（一五五四）梁佐編刻本；

（六）《丹鉛餘録、續録、摘録》　清乾隆文淵閣《四庫全書》本；

（七）《升庵先生文集》　明萬曆二十九年（一六〇一）王藩臣、蕭如松校刻本。

三、書中引文，儘可能採用唐、宋、元及明初重要總集、別集、選集與類書進行校勘。於升庵以後所成之書，則一般只取作參證，不作校勘主要依據。

四、升庵久在謫戍，隨身書籍不多，而才氣横溢，著述每憑腹笥，記憶偶疏，往往而在。摘録他書，亦往往不注所出，或竟攘爲己説。今箋證其書，凡有徵引，皆一一檢對原書，核其異同，標明出處。意在實事求是，爲前賢補苴罅漏，而不在於尋章摘句，務糾其失。一般按三種情況處理：

一曰校改　凡所引用之書，確有訛脱，顯然出於記憶不清或偶然筆誤，而不改則事實乖迕，文義有闕者，則改正本文，並别疏校記，記明所據，以供參考；

二曰校而不改　凡書中引據雖誤，而後文復據之敷衍爲説，改動則不知其所云者仍之，而出校詳加箋疏，以明其非。又改竄杜撰，爲明人陋習，升庵亦以此爲人詬病，其書中確知爲誤而疑其有意爲之者，抑或明知其隨口妄説，改動則有乖其本來原意者，皆於箋證中略加辨析，不動本文；

三曰存疑　升庵見識廣博，其所徵引，有與舊本異同，而難遽斷其是非者。凡此之類皆略加説明，記以存疑。

五、原本文字，凡用古文、異體，除特殊情况外，一律改爲通行字體，不另出校。原書引文，或有節略，凡確知其起訖者，均加引號。凡一詞而節引數句，或引二詞而並作一詞者，皆分别以引號加以區分。

六、《外集》本、《函海》本較嘉靖本《詞品》多出四條，珥江書屋本拾遺卷較嘉靖本多出一條；另《總纂升庵合集》所增六條中，「鷓鴣天」、「點絳脣」二條已見《詞品》卷一「詞名多取詩句」條中，「羊叔子疏語」條則非論詞者，其餘「薛沂叔守歲詞」、「尤延之落梅海棠二詞」、「玉樹曲」三條，以上共計八條。此外升庵論詞之語，有見於他書者，今搜輯其要，併前總得四十條，以爲「詞品補輯」，並加箋證，爲附録一。

七、《詞品》各本及相關各書序跋，輯爲附録二。

八、升庵批點《草堂詩餘》，其批評多可與《詞品》相互發明，更有《詞品》所未及者，實研究升庵詞學不可或缺之重要資料。今摘其簡端批評，以爲附録三。

九、升庵選《百琲明珠》，意欲爲《草堂詩餘》補偏救弊，故所評之語，亦有可與《詞品》相互印證者，今取其評語附諸書末，爲附録四。

升庵詞品箋證卷之一

陶弘景寒夜怨

陶弘景《寒夜怨》云：「夜雲生，夜鴻驚，悽切嘹唳傷夜情。」〔一〕後世填詞，《梅花引》格韻似之，後换頭微異〔二〕。

【箋證】

〔一〕陶弘景，字通明，南朝丹陽秣陵人。宋末爲諸王侍讀，除奉朝請。齊永明十年，脱朝服掛神武門，上表辭官，歸隱於句曲山。後以圖讖助梁武帝登位，甚得武帝之重，朝中大事，無不諮之，時人以山中宰相稱之。卒謚貞白先生。著有《真誥》、《肘後百一方》，今存，另有内外集若干卷，已佚，今有輯本《陶隱居集》傳世。《陶隱居集》載此詩，題作《寒夜愁》。升庵所據乃宋郭茂倩《樂府詩集》也，其卷七十六載此全詩云：「夜雲生，夜鴻驚。悽切嘹唳傷夜情。空山霜滿高烟平。鉛華沈照帳孤明。寒日微，寒風緊。愁心絶，愁淚盡。情人不勝怨，思來誰能忍。」陶引《樂府解題》曰：「晋陸機《獨寒吟》云：『雪夜遠思君，寒牕獨不寐。』但叙相思之意爾。陶弘景有《寒夜怨》、梁簡文帝有《獨處愁》亦皆類此。」

〔二〕《梅花引》，詞調名，又作《小梅花》。始見於宋賀鑄《東山寓聲樂府》。詞云：「思前别。記時節。美人顏色如花發。美人歸。天一涯。娟娟姮娥，三五滿還虧。翠眉蟬鬢生離訣。遥望青樓心欲絶。夢中尋。卧巫雲。覺來珠淚，滴向湘水深。」上片三平韻三仄韻，下片二仄韻三平韻。下片換七字仄起，升庵所謂「後換頭微異」指此。詞上片句式三三七三三四五，與陶詩句式三三七七三三三五五，句式略同，「格韻似之」，謂此也。

陸瓊飲酒樂

陳陸瓊《飲酒樂》云〔一〕：「蒲桃四時芳醇，琉璃千鍾舊賓。夜飲舞遲銷燭，朝醒弦促催人。春風秋月長好〔二〕，歡醉日月言新。」唐人之《破陣樂》、《何滿子》皆祖之〔三〕。

【箋證】

〔一〕《樂府詩集》卷七十七載陸瓊此詩，題作《還臺樂》；其卷七十四亦載此詩前四句，題《飲酒樂》，以爲晉陸機作，注曰：「《飲酒樂》，商調曲也。」宛委别藏本《陸士衡文集》卷七《樂府十首》中有此首，亦止前四句。明張溥《漢魏六朝百三家集·陸機集》中載此全首。清馮惟訥《古詩紀》卷三十四載此詩題陸機作，並注云：「《樂府》作《還臺樂》，謂陳陸瓊詩，誤。」然其復於卷一百十一録爲陸瓊作，題《還臺樂》，注云：「一作陸機，題云《飲酒樂》。」陸瓊，南朝陳吴郡吴縣人。幼聰慧，博學善屬文，號爲神童。陳天嘉中，以文學遷尚書殿中郎，深爲文帝所賞。後爲給事黃門侍郎，轉中庶子，領大著作，撰國史。終吏部尚書。《陳書》、《南史》有傳。

〔二〕「長好」，《樂府詩集》、《古詩紀》並作「恒好」。

〔三〕《樂府詩集》卷八十《近代曲辭》載張説《破陣樂》二首，皆六言八句。郭茂倩解題云：「《歷代歌辭》曰：『《破陣樂》，小歌曲。』《樂苑》曰：『商調曲也。』按：《破陣樂》本舞曲，唐太宗所造。玄宗又作《小破陣樂》，亦舞曲也。」白居易《何滿子》詩：「世傳滿子是人名，臨就刑時曲始成。一曲四詞歌八疊，從頭便是斷腸聲。」自注云：「開元中，滄州有歌者何滿子，臨刑進此曲以贖死，上竟不免。」見《白氏長慶集》卷三十五。王灼《碧鷄漫志》卷四云：「薛逢《何滿子》詞云：『繫馬宮槐老，持桮店菊黃。故交今不見，流恨滿川光。』五字四句。樂天所謂一曲四詞，庶幾是也。歌八疊，疑有和聲，如《漁父》、《小秦王》之類。……五代時尹鶚、李珣亦同此。其他諸公所作，往往只一段，而六句各六字，皆無復有五字者。句字既異，即知非舊曲。」《花間集》載和凝《何滿子》詞二首，毛文錫一首，皆六言六句。

梁武帝江南弄

梁武帝《江南弄》云〔一〕：「衆花雜色滿上林〔二〕。舒芳耀彩垂輕陰〔三〕。連手躞蹀舞春心〔四〕。舞春心，臨歲腴。中人望〔五〕，獨踟躕。」此辭絶妙。填詞起於唐人，而六朝已濫觴矣。其餘若「美人聯錦」、「江南稚女」諸篇皆是〔六〕。《樂府》具載，不盡録也。

【箋　證】

〔一〕《樂府詩集》卷五十《清商曲辭》録梁武帝《江南弄七首》，此其第一首。郭茂倩解題引《古今樂録》曰：「梁天監十一年冬，武帝改西曲，製《江南上雲樂》十四曲，《江南弄》七曲：一曰《江南弄》，二曰《龍笛曲》，三曰《採蓮曲》，四曰《鳳笛曲》，五曰《採菱曲》，六曰《遊女曲》，七曰《朝雲曲》。又沈約作四曲：一曰《趙瑟曲》，二曰《秦箏曲》，三曰《陽春曲》，四曰《朝雲曲》，亦謂之《江南弄》云。」《江南弄》一首解題引《古今樂録》曰：「《江南弄》，三洲韻，和云：『陽春路，娉婷出綺羅。』」又《文苑英華》卷二百一題作《江南行》。梁武帝蕭衍，字叔達，南蘭陵人。南朝齊宗室。南齊和帝中興二年，受禪稱帝，國號梁，在位四十八年。大同三年，侯景破臺城，被幽囚死。武帝好佛，大興佛寺，多次舍身同泰寺。有文學，今詩百餘首，皆輕艷綺靡之作。

〔二〕「上林」，《文苑英華》作「山林」。

〔三〕「耀彩」，《樂府詩集》作「耀緑」、《文苑英華》作「揺緑」。《文苑英華》「揺」下注云：「一作耀。」

〔四〕「躞蹀」，《樂府詩集》同。天都閣本作「蹹蹀」，《文苑英華》作「蹀躞」。按：躞、蹹字通。

〔五〕「中人」，《文苑英華》作「中心」，注云：「一作人。」又《文苑英華》「望」下有「盡」字，注云：「一無此字。」

〔六〕「美人聯錦」、「江南稚女」，此指梁武帝《江南弄七首》之二《龍笛曲》及之五《採菱曲》。「美人聯錦」，《樂府詩集》作「美人綿眇」，升庵《百琲明珠》卷一引之作「美人聯緜」。

徐勉迎客送客曲〔一〕

古者宴客有《迎客》、《送客》曲，亦猶祭祀有《迎神》、《送神》也〔二〕。梁徐勉《迎客曲》云：「絲管列，舞曲陳〔三〕。含聲未奏待嘉賓。羅絲管，陳舞席〔四〕。斂袖嘿唇迎上客。」《送客曲》云：「袖繽紛，聲委咽。餘曲未終高駕別。爵無筭，景已流。空紆長袖君不留〔五〕。」〔六〕徐勉在梁爲賢臣。其爲吏部日宴客，酒酣，有求詹事者。勉曰：「今宵且可談風月。」〔六〕其嚴正而又藴藉如此。江左風流宰相，豈獨謝安、王儉邪〔七〕？

【箋證】

〔一〕徐勉，字修仁，南朝梁東海郯人。舉射策高第，仕齊爲西陽王國侍郎，歷太學博士、鎮軍將軍、尚書殿中郎，累遷至中兵郎、領軍長史。梁武帝即位，累官吏部尚書，加中書令。大通中復授侍中、中衛將軍。卒謚簡肅。《梁書》、《南史》有傳。其所撰《迎客曲》、《送客曲》，見《樂府詩集》卷七十七《雜曲歌辭》。

〔二〕《迎神》、《送神》，祭祀之曲也，《樂府詩集》以入《郊廟歌辭》。

〔三〕「曲」，《樂府詩集》作「席」。

〔四〕「陳」，《樂府詩集》作「舒」。

〔五〕「君」，《樂府詩集》作「客」。

〔六〕《梁書·徐勉傳》：「常與門人夜集，客有虞暠求詹事五官。勉正色答云：『今夕止可談風月，不宜及公事。』故時人咸服其無私。」

〔七〕謝安，字安石，東晉陽夏人。少負公輔望，寓會稽東山，累徵不起。年四十始應桓温辟，累官至尚書僕射，領吏部，加後將軍、中書令。時苻堅率衆百萬欲一舉滅晉，師次淝水，安使從子謝玄以八千人破之，積尸蔽野，淝水爲之不流。以功進太保，卒贈太傅。王儉，字仲寶，南朝琅琊臨沂人。尚宋明帝陽羨公主，拜駙馬都尉。累遷黄門吏部郎。齊太祖蕭道成爲太尉，引爲右長史，專見任用，轉左長史。齊臺建，遷右僕射，領吏部。建元元年，改封南昌縣公。時朝廷初基，制度草創，儉識舊事，問無不答。太祖厭世，遺詔以儉爲侍中、尚書令。卒年三十八，謚文憲。儉性風流倜儻，嘗語人曰：「江左風流宰相，唯有謝安。」蓋自比也。（《南齊書》本傳。）

僧法雲三洲歌

梁僧法雲《三洲歌》云：「三洲斷江口，水從窈窕河傍流。啼將别共來，長相思。」又云：「三洲斷江口，水從窈窕河傍流。歡將樂共來，長相思。」〔一〕江左詞人多風致，而僧亦如此，不獨惠休之「碧雲」也〔二〕。

【箋證】

〔一〕僧法雲，義興陽羡人，晋處士周處裔孫。七歲出家，住莊嚴寺，天監中住持光宅寺，普通六年，爲大僧正，創立僧制。撰《成實論義疏》，爲成實宗著名高僧。《樂府詩集》卷四十八《三洲歌》解題云：「《唐書·樂志》曰：『《三洲》，商人歌也。』《古今樂録》曰：『《三洲歌》者，商客數遊巴陵三江口往還，因共作此歌。其舊辭云：「啼將別共來。」梁天監十一年，武帝於樂壽殿道義竟，留十大德法師設樂，敕人人有問，引經奉答。次問法雲：「聞法師善解音律，此歌何如？」法雲奉答：「天樂絶妙，非膚淺所聞。愚謂古辭過質，未審可改以不？」敕云：「如法師語音。」法雲曰：「應歡會而有别離，啼將别可改爲歡將樂。」故歌，歌和云：「三洲斷江口，水從窈窕河傍流。歡將樂共來，長相思。」舊舞十六人，梁八人。』」據此，知此詩原爲古辭，後和詩爲僧法雲所改，非其作也。

〔二〕「碧雲」，指江淹《休上人怨别詩》「日暮碧雲合，佳人殊未來」之句。見《江文通文集》卷四。升庵此謂「惠休之『碧云』」，記憶之疏也。江淹，字文通，梁濟陽考城人。官至散騎常侍，左衛將軍，封醴陵侯。事跡具《梁書》本傳。惠休，俗姓湯，字茂遠，南朝宋齊間人，早年爲僧，人稱「休上人」。與宋南兖州刺史徐湛之厚，孝武帝命其還俗，官至揚州從事史。惠休善屬文，辭采綺艷清新，頗富情致。顔延之以爲「委巷中歌謡」，《詩品》云：「惠休淫靡，情過其才。」

隋煬帝詞

隋煬帝《夜飲朝眠曲》云：「憶睡時，待來剛不來。卸妝仍索伴，解佩更相催。博山思結夢，沉水未成灰。」其二云：「憶起時，投籤初報曉。被惹香黛殘，枕隱金釵裊。笑動林中烏，除却司晨鳥。」〔一〕二詞風致婉麗。其餘如《春江花月夜》、《江都樂》、《紀遼東》，並載《樂府》〔二〕。其《金釵兩股垂》、《龍舟五更轉》〔三〕，名存而辭亡。《鐵圍山叢話》云：「寒鴉飛數點，流水繞孤村。」乃煬帝辭，而全篇不傳〔四〕。又傳奇有煬帝《望江南》數首，不類六朝人語，傳疑可也〔五〕。

【箋證】

〔一〕隋煬帝楊廣，文帝次子。少敏慧，好學，善詩文。開皇元年，立爲晋王。六年，任淮南道行臺尚書令，進位雍州牧、内史令。八年冬，統兵伐陳，封太尉。開皇二十年，立爲太子。仁壽四年即皇帝位，改元大業。在位十四年，死於江都之變。顔師古《大業拾遺記》云：「(煬)帝因曰：『曾效劉孝綽爲《雜憶詩》，常念與妃，妃記之否？』妃承問，即念云：『憶睡時云云。』又云：『憶起時云云。』帝聽之咨嗟，云：『日月遄逝，今來已是幾年事矣。』」此二詩，《樂府詩集》未收。或恐非煬帝之作。《玉臺新詠》卷五録沈約《六憶辭》四首，佚其二首。而此二詩與之體式相同，或即其所佚耶？參見本書「沈約六憶辭」條。

〔二〕《春江花月夜》二首，見《樂府詩集》卷四十七，辭云：「莫江平不動，春花滿正開。流波將月去，潮水帶星來。」其二：「夜露含花氣，春潭瀁月暉。漢水逢遊女，湘川值兩妃。」《樂府詩集》卷七十九有《江都宮樂歌》，當即所謂《江都樂》，辭云：「揚州舊處可淹留，臺榭高明復好遊。風亭芳樹迎早夏，長皋麥隴送餘秋。淥潭桂檝浮青雀，果下金鞍駕紫騮。緑觴素蟻流霞飲，長袖清歌樂戲州。」又《紀遼東》二首：「遼東海北剪長鯨，風雲萬里清。方當銷鋒散馬牛，旋師宴鎬京。前歌後舞振軍威，飲至解戎衣。判不徒行萬里去，空道五原歸。」其二：「秉旄杖節定遼東，俘馘振夷風。清歌凱捷九都水，歸宴雒陽宮。策功行賞不淹留，全軍藉智謀。詎似南宮複道上，先封雍齒侯。」《紀遼東》二首又見《文苑英華》卷二百一。

〔三〕《太平御覽》卷五百六十八引《樂志》云：「陳後主尤重樂聲，遣宮女於清樂中造《黄鸝留》、《玉樹後庭花》、《金釵兩股垂》，歌詞綺艷，極於輕薄。」則《金釵兩股垂》曲，乃陳後主所造，非煬帝也。又《龍舟》、《五更轉》，見於《文中子·周公篇第四》：「子遊太樂，聞《龍舟》、《五更》之曲，矍然而歸，曰：『靡靡樂也。作之邦國焉，不可以遊矣。』」阮逸注：「煬帝將遊江都宮，作此曲。」據《唐會要》卷三十三所載，太常梨園别教院所教法歌樂章曲中有《五更轉》樂、《泛龍舟》樂。二曲皆屬林鐘商小石調，故王通並舉之。煬帝《泛龍舟》辭今存，見《樂府詩集》卷四十七。升庵於此誤以二曲爲一曲，故以其「名存而辭亡」也。

〔四〕葉夢得《避暑録話》卷下、胡仔《苕溪漁隱叢話》後集卷三十三引《藝苑雌黄》並載秦觀《滿庭芳》「山抹微雲」詞用煬帝詩事。《鐵圍山叢話》，當即蔡絛《鐵圍山叢談》。其書今傳本凡六卷，未見有此記載。升庵於《千里面譚》卷下「隋煬帝《野望》詩」條載此詩全首四句，其後二句爲「斜陽欲落處，一望黯消魂」。其後莫是龍《筆塵》亦録此詩，並云：「此隋煬帝《野望詩》也，何異唐人五言絶句體耶？秦少游改作小詞。」其所録或當出於升庵，而升庵所據則不詳矣。秦觀詞云：「山抹微雲，天粘衰草，畫角聲斷譙門。暫停征棹，聊共引離尊。多少蓬萊舊事，空回首、烟靄紛紛。斜陽外，寒鴉數點，流水繞孤村。　消魂。當此際，香囊暗解，羅帶輕分。謾贏得、青樓薄倖名存。此去何時見也，襟袖上、空染啼痕。傷情處，高城望斷，燈火已黄昏。」

〔五〕唐佚名《海山記》云：「帝多泛東湖。帝因製湖上曲《望江南》八闋。」馮贄《南部烟花記》亦有「湖上曲」條云：「帝既作龍鳳舸，因製湖上曲《望江南》八闋，多令宮中美人歌唱之。」二書皆所謂傳奇小説也。

煬帝曲名

《玉女行觴》、《神仙留客》，皆煬帝曲名〔一〕。

【箋證】

〔一〕《隋書》卷十五《樂志下》：「煬帝不解音律，略不關懷。後大製艷篇，辭極淫綺，令樂正白明達造新聲。創《萬歲樂》、《藏鉤樂》、《七夕相逢樂》、《投壺樂》、《舞席同心髻》、《玉女行觴》、《神仙留客》、《擲磚續命》、《鬬鷄子》、《鬬百草》、《汎龍舟》、《還舊宮》、《長樂花》及《十二時》等曲。掩抑摧藏，哀音斷絶。帝悦之無已，謂幸臣曰：『多彈曲者，如人多讀書。讀書多則能撰書，彈曲多即能造曲，此理之然也。』」據知，諸曲乃煬帝自製艷辭，而由白明達創造新聲也。

王褒高句麗曲

王褒《高句麗曲》云：「蕭蕭易水生波，燕趙佳人自多。傾杯覆椀漼漼，垂手奮袖娑娑。不惜黄金散盡，惟畏白日蹉跎。」〔一〕與陳陸瓊《飲酒樂》同調。蓋疆場限隔，而聲調元通也。王褒，宇文周時人，字子深，非漢王褒也〔二〕。是時亦有蘇子卿，有《梅花落》一首〔三〕。方回遂以爲漢之蘇武〔四〕，何不考之過乎？

【箋證】

〔一〕《樂府詩集》卷七十八載此曲，題注云：「《通典》曰：高句麗，東夷之國也。其先曰朱蒙，本出於夫餘。朱蒙善射，國人欲殺之，遂棄夫餘東南走，渡普述水至紇升骨城居焉。號曰句麗，以高爲氏。」「惟畏」，《樂府詩集》作「只畏」。

〔二〕王褒，字子淵，琅邪臨沂人。仕梁歷吏部尚書、右僕射。荆州破，入北周，授車騎大將軍。明帝篤好文學，特加親待，加開府儀同三司。武帝時爲太子少保，遷少司空，出爲宜州刺史。「子淵」，《北史》作「子深」、《梁書》作「子漢」，乃唐人避高祖諱而改。漢王褒，亦字子淵，蜀人。

上《聖主得賢臣頌》，爲宣帝所賞。

〔三〕蘇子卿《梅花落》詩，見《樂府詩集》卷二十四：「中庭一樹梅，寒多葉未開。只言花是雪，不悟有香來。上郡春恒晚，高樓年易催。織書偏有意，教逐錦文回。」《升庵詩話》卷三引之，以子卿爲後周人。按《樂府詩集》載之於陳後主、徐陵與張正見、江總之間；又《藝文類聚》卷五十九、卷九十二復載有題「陳蘇子卿」之詩，可定子卿非北人也。

〔四〕方回語，見《瀛奎律髓》卷二十齊己《早梅》詩批注：「楊誠齋喜唐人崔道融十字，云『香中別有韻，清極不知寒』。未見全篇。以荆公之精於詩，梅花五言律無，七言律亦無之。止有五言絶句五首，有云：『墻角數株梅，凌寒獨自開。遥知不是雪，時有暗香來。』李雁湖注引古樂府：『庭前一樹梅，寒多未覺開。祇言花似雪，不悟有香來。』謂『介甫略轉換耳，或偶同也』。予考楊誠齋所言，則謂『祇言花似雪，不悟有香來』爲蘇子卿作。雖未必然，而『花是雪』與『花似雪』，一字之間，大有逕庭：知花之似雪，而云不悟香來，則拙矣。不知其爲花，而視以爲雪，所以香來而不知悟也。荆公詩似更高妙。」按：楊萬里「喜崔道融十字」，見《誠齋集》卷八十《洮湖和梅詩序》。其文中序蘇子卿於陰鏗、何遜之後，是其已明言蘇爲梁陳間人矣。蓋李壁注荆公詩，以「祇言花似雪，不悟有香來」詩爲古樂府，而楊萬里以爲蘇子卿作。方回因謂楊以此「古樂府」屬之蘇子卿爲「未必然」，初無以此蘇子卿爲漢蘇武之意也。

穆護砂

樂府有《穆護砂》，隋朝曲也〔一〕。與《水調》、《河傳》同時〔二〕，皆隋開汴河時，辭人所制勞歌也。其聲犯角，其後至今訛「砂」爲「煞」云〔三〕。予嘗有詩云：「桃根桃葉最夭斜。《水調》《河傳》《穆護砂》。無限江南新樂府，陳朝獨賞《後庭花》。」〔四〕

【箋證】

〔一〕《樂府詩集》卷八十《近代曲辭》載《穆護砂》一首，不題撰人。解題引《歷代歌辭》曰：「《穆護砂》曲，犯角。」其辭曰：「玉管朝朝弄，清歌日日新。折花當驛路，寄與隴頭人。」此詩前有《上巳樂》一首，題張祜作，《唐詩品彙》因以此詩屬之張祜，蓋承上之誤也。郭茂倩《近代曲辭》解題云：「近代曲者，亦雜曲也。以其出於隋唐之世，故曰近代曲也。」故升庵以之爲隋朝曲。

〔二〕劉餗《隋唐嘉話》：「煬帝鑿汴河，自製《水調歌》。」又《碧鷄漫志》卷四引張君房《脞説》云：「《水調》、《河傳》，煬帝將幸江都時所製，聲韻悲切，帝樂之。」

〔三〕黄庭堅《豫章黄先生文集》卷二十五《題牧護歌後》云：「曏嘗問南方衲子云：『《牧護歌》是何等語？』皆不能説。後聞劉夢得作夔州刺史時，樂府有《牧護歌》，似是賽神曲，然不可解。及在黔中聞賽神者夜歌，乃云『聽説儂家牧護』，末云『奠酒燒錢歸去』。雖長短不同，要皆自叙致五方之語。乃知蘇傒嘉州人，故作此歌學巴人曲，猶石頭學魏伯陽作《參同契》也。」宋張邦基《墨莊漫録》卷四云：「蘇陰和尚作《穆護歌》，又地里風水家亦有《穆護歌》，皆以六言爲句，而用側韻。黄魯直云：『黔南巴僰閒，賽神者皆歌《穆護》。其略云：聽唱商人《穆護》，四海五湖曾去。因問《穆護》之名。父老云：蓋木瓠耳。曲木狀如瓠，擊之以節歌耳。』予見淮西村人多作《炙手歌》，以大長竹數尺，刳去中節，獨留其底，築地逢逢若鼓聲。男女把臂成圍，撫髀而歌，亦以竹筒築地爲節。四方風俗不同，吴人多作山歌，聲怨咽如悲，聞之使人酸辛。柳子厚云：『欸乃一聲山水緑。』此又嶺外之音，皆此類也。」又姚寬《西溪叢語》卷四云：「《教坊記》曲名有《牧護》字，已播在唐樂府。《崇文書》有《牧護詞》，乃李燕撰六言文字，記五行災福之説。則後人因有作語爲《牧護》者，不止巴人曲也。祆之教法蓋遠，而《穆護》所傳則自唐也。蘇溪作歌之意，正謂旁門小道似是而非者，因以爲戲，非效《參同契》之比。山谷蓋未深考耳。且祆有祠廟，因作此歌以賽神。固未知劉作歌詩止效巴人之語，亦自知其源委也。」方以智《通雅》卷二十九「《穆護煞》西曲也」條謂張、姚「兩説皆非」，曰：「沈寵綏論北調失之江以南，當留之河以北。乃歷稽彼俗所傳，大名之《木魚兒》、彰德之《木斛沙》、陝右之《陽關三疊》、東平之《木蘭花慢》，已莫可得而問也。智按：《木斛沙》即《穆護沙》，始或以賽火祆之神起名，後入教坊樂府，文人取其名作歌，野人歌以賽神，樂人奏以爲《水調》，皆可。樂曲必煞，『煞』訛爲『沙』。而升庵反謂『沙』訛爲『煞』。」又，洪邁《容齋四筆》卷八「穆護歌」條引黄庭堅《題牧護歌後》文字有異，今録之備參：「予嘗問人此歌，皆莫能説『牧護』之義。昔在巴僰間六年，問諸道人，亦莫能說。他日，船宿雲安野次，會其人祭神，罷而飲福，坐客更起，舞而歌《木瓠》。其詞有云：『聽説商人木瓠，四海五湖曾去。』中有數十句，皆叙賈人之樂。末云：『一言爲報諸人，倒盡百瓶歸去。』繼有數人起舞，皆陳述己事，而始末略同。問其所以爲『木瓠』，蓋刳曲木狀如瓠。擊之以爲歌舞之節耳。乃悟『穆護』蓋木瓠也。」洪氏又云：「據此說，則茂倩所序，爲不知本原云。且四句律詩，如何便差排爲犯角曲？殊無意義。」

〔四〕此見《升庵文集》卷三十六，爲《三閣詞二首》之一，「最夭斜」作「鬬春葩」，「陳朝」作「君王」。

回紇

《回紇》，商調曲也〔一〕。其辭云：「陰山瀚海信難通〔二〕。幽閨少婦罷裁縫。緬想邊庭征戰苦，誰能對鏡治愁容〔三〕。久戍人將老，須臾變作白頭翁。」其辭纏綿含蓄，有長歌之哀，過於痛哭之意。惜不見作者名氏，必陳、隋、初唐之作也。又有《石州辭》云〔四〕：「自從君去遠巡邊。終日羅帷獨自眠。看花情轉切，攬涕淚如泉〔五〕。一自離君後，啼多雙眼穿〔六〕。何時狂虜滅，免得更留連。」並附於此。

【箋證】

〔一〕《樂府詩集》卷八十《近代曲辭》載《回紇》一首，引《樂苑》曰：「《回紇》，商調曲也。」

〔二〕「陰山瀚海信難通」，《樂府詩集》作「曾聞瀚海使難通」。

〔三〕「治」,《樂府詩集》作「治」。

〔四〕《樂府詩集》卷七十九載《石州》一首,引《樂苑》曰:「《石州》,商調曲也。」故升庵附之於此。

〔五〕「攬涕」,《樂府詩集》作「攬鏡」。

〔六〕「雙眼」,《樂府詩集》作「雙臉」。珥江書屋本同《樂府》。

沈約六憶辭

沈約《六憶辭》〔一〕,其一云:「憶來時,灼灼上階墀〔二〕。勤勤叙離别〔三〕,慊慊道相思。相看常不足,相見乃忘饑。」其二云:「憶坐時,黯黯羅帳前〔四〕。或歌四五曲,或弄兩三絃。笑時應莫比〔五〕,嗔時更可憐。」其三云:「憶眠時,人眠强未眠。解羅不待勸,就枕更須牽。復恐傍人見,嬌羞在燭前。」逸其三首。

【箋　證】

〔一〕《玉臺新詠》卷五載沈約《六憶詩四首》,此録其一、其二、其四。其三云:「憶食時,臨盤動容色。欲坐復羞坐,欲食復羞食。含哺如不飢,擎甌似無力。」沈約,字休文,吴興武康人。宋時累遷尚書度支郎。齊時任東陽太守、國子祭酒等職,爲「竟陵八友」之一。後以與范雲助蕭衍成帝業之功,封建昌縣侯,官至尚書令兼太子少傅,加特進。卒謚「隱」。約博學能文,尤擅於詩,齊永明間,與謝脁、王融等齊名,號永明體。創「四聲」、「八病」之説。著有《四聲韻譜》、

《宋書》等，後人輯有《沈隱侯集》。

〔二〕「灼灼」，《玉臺新詠》作「的的」。

〔三〕「叙」，《玉臺新詠》作「聚」。

〔四〕「黯黯」，《玉臺新詠》作「點點」。

〔五〕「莫比」，《玉臺新詠》作「無比」。

梁簡文春情曲〔一〕

梁簡文帝《春情曲》云：「蝶黄花紫燕相追。楊低柳合路塵飛。已見垂鈎掛緑樹，誠知淇水沾羅衣。兩童夾車問不已，五馬城南猶未歸〔二〕。鶯啼春欲駛，無爲空掩扉。」此詩似七言律，而末句又用五言。王無功亦有此體，又唐律之祖〔三〕。而唐詞《瑞鷓鴣》格韻似之〔四〕。

【箋　證】

〔一〕《玉臺新詠》卷九載此詩，題《雜句春情》。

〔二〕「城南」，原作「城頭」，據珥江書屋本、天都閣本及《玉臺新詠》改。

〔三〕升庵《千里面譚》卷上首録簡文此詩，評云：「此七言律之始，猶未能也。而格調高古，當知其濫觴。」又《升庵詩話》卷四「六朝七言律其體不純」條録此詩及温子昇《擣衣》「長安城中秋夜長，佳人錦石擣流黄。香杵紋砧知近遠，傳聲遞響何淒涼。七夕長河爛，中秋明月光。蠮螉塞邊絶候雁，鴛鴦樓上望天狼」、陳後主《聽箏》「文窗玳瑁影嬋娟，香帷翡翠出神仙。促柱點脣鶯欲語，調絃繫爪雁相連。秦聲本自楊家解，吴歈那知謝傳憐。只愁芳夜促，蘭膏無那煎」、王無功《北山》「舊知山裏絶氛埃，登高日暮心悠哉。子平一去何時返，仲叔長遊遂不來。幽蘭獨夜清琴曲，桂樹凌雲濁酒杯。槁項同枯木，丹心等死灰」三詩後云：「此四首聲調相類，七言律之濫觴也。」今按：温子昇、陳後主二首，檢逯欽立《先秦漢魏晋南北朝詩》，蓋均輯自《古詩紀》，而《古詩紀》實出升庵《詩話補遺》也。王績《北山詩》，今見明人所輯三卷本《東皋子集》卷中，而不見於宋吕才編五卷原本《王績集》。按王績《遊北山賦》中有句云：「舊知山裏絶塵埃，登高日暮心悠哉。子平一去何時返，仲叔長遊遂不來。幽蘭獨夜之琴曲，桂樹凌晨之酒杯。丘園散誕，窟室徘徊，坐等枯木，心如死灰。」與此詩文字幾近全同，疑此詩實升庵故弄狡獪，取賦文稍加改定而成，三卷本編者乃據《詩話補遺》輯入集中也。王績，字無功，唐絳州龍門人。隋末舉孝廉，除秘書正字，時天下大亂，棄官還鄉。唐武德中，待詔門下。貞觀初，以疾辭歸河渚間，躬耕東皋，自號東皋子。性簡傲，嗜酒。其詩淺近不俗，真率疏曠。初唐律體，無功實爲先聲。有《王績集》五卷。

〔四〕參見本書卷三「瑞鷓鴣」條。

長相思

徐陵《長相思》云〔一〕：「長相思，好春節〔二〕。夢裏恒啼悲不洩。帳中起，窗前咽〔三〕。柳絮飛還聚，遊絲斷復結。欲見洛陽花，如君隴頭雪。」蕭淳和之云〔四〕：「長相思，久離別。新燕參差條可結。狐關遠〔五〕，雁書絶。對雲恒憶陣，看花復愁雪。猶有望歸心，流黄未剪截。」二辭可謂勁敵。

【箋證】

〔一〕《樂府詩集》卷六十九《雜曲歌辭》載徐陵《長相思》二首及蕭淳和詩一首。此選載徐詩第二首。其第一首云：「長相思，望歸難。傳聞奉詔戍皋蘭。龍城遠，雁門寒。愁來瘦轉劇，衣帶自然寬。念君今不見，誰爲抱腰看。」郭茂倩《長相思》解題云：「古詩曰：『客從遠方來，遺我一書札。上言長相思，下言久離別。』李陵詩曰：『行人難久留，各言長相思。』蘇武詩曰：『生當復來歸，死當長相思。』長者，久遠之辭，言行人久戍，寄書以遺所思也。古詩又曰：『客從遠方來，遺我一端綺。文綵雙鴛鴦，裁爲合歡被。著以長相思，緣以結不解。』謂被中著綿，以致相思緜緜之意，故曰『長相思』也。」升庵《丹鉛餘録》卷十一釋之云：「古詩：『文綵雙鴛鴦，裁爲合歡被。著以長相思，緣以結不解。』著，昌慮切。鄭玄《儀禮注》：『著，充之以絮也。』緣，以絹切。鄭玄《禮記注》：『緣，飾邊也。』『長相思』，謂以絲縷絡綿，交互網之使不斷，長相思之義也。『結不解』，按《説文》，結而可解曰紐，結不解曰締。謂以針縷交鎖連結，混合其縫，如古人結綢繆、結同心制，取結不解之義也。」胡震亨《唐音癸籤》卷十三：「《長相思》，古曲。梁張率始以『長相思』三字爲句發端。陳後主及徐陵、江總輩襲其調，益工之。唐李白諸家，多有作。」徐陵，字孝穆，東海郯人。梁太子左衛率摛之子。八歲能屬文，既長，博涉史籍，在梁世已以文章名。入陳後，累官侍中、安右將軍、左光禄大夫、太子少傅。事跡具《陳書》本傳。陵文章綺麗，與庾信齊名，世號「徐庾體」。史稱其緝裁巧密，多有新意，自有陳創業，文檄軍書及禪授詔策，皆陵所製，爲一代文宗。

〔二〕「春節」，《樂府詩集》作「奉節」。

〔三〕「咽」，《樂府詩集》作「髻」。

〔四〕蕭淳，生卒不詳，陳宣帝時歷官謁者、中書舍人。

〔五〕「狐」，《樂府詩集》「壺」。

王筠楚妃吟

王筠《楚妃吟》〔一〕，句法極異。其詞云：「窗中曙〔二〕，句。花早飛。句。林中明，句。鳥早歸。句。庭中日〔三〕，句。暖春閨。句。香氣亦霏霏。句。香氣飄〔四〕，句。當軒清唱調。句。獨顧慕，句。含怨復含嬌。句。蝶飛蘭復薰〔五〕，句。裊裊輕風入翠裙〔六〕。句。春可遊，句。

歌聲梁上浮。句。春遊方有樂，句。沉沉下羅幕。」大率六朝人詩，風華情致，若作長短句，即是詞也。宋人長短句雖盛，而其下者，有曲詩、曲論之弊，終非詞之本色。予論填詞，必泝六朝，亦昔人窮探黄河源之意也〔七〕。

【箋　證】

〔一〕《樂府詩集》卷二十九《相和歌辭》有《吟歎曲》，郭氏解題云：「《古今樂録》曰：張永《元嘉技録》有《吟歎四曲》：一曰《大雅吟》、二曰《王明君》、三曰《楚妃歎》、四曰《王子喬》。《大雅吟》、《王明君》、《楚妃歎》並石崇辭，《王子喬》古辭。《王明君》一曲，今有歌，《大雅吟》、《楚妃歎》二曲，今無能歌者。」又於石崇《楚妃歎》題下注云：「劉向《列女傳》曰：『楚姬，楚莊王夫人也。莊王好狩獵畢弋，樊姬諫不止，乃不食禽獸之肉。王嘗與虞丘子語，以爲賢。樊姬笑之。王曰：「何笑也？」對曰：「虞丘子賢矣，未忠也。妾充後宫十一年，而所進者九人：賢於妾者二人，與妾同列者七人。虞丘子相楚十年，而所薦者非其子孫，則族昆弟，未聞進賢退不肖也。妾之笑，不亦宜乎！」王於是以孫叔敖爲令尹，治楚三年，而莊王以霸。』《樂府解題》曰：『陸機《吴趨行》云「楚妃且勿歎」，明非近題也。』」王筠，字元禮，一字德柔，南朝琅玡臨沂人。起家蕭宏中軍臨川王行參軍。累遷至雲騎將軍、司徒左長史。簡文帝即位，爲太子詹事。遇盜墜井而死，年六十九。有集百卷，今佚。《梁書》有傳。

〔二〕「窗中曙」三字，《樂府詩集》所載無。

〔三〕「庭中」，《樂府詩集》作「庭前」。

〔四〕「飄」，《樂府詩集》及珥江書屋本、天都閣本皆作「漂」。

〔五〕「蘭復薰」，《樂府詩集》無「薰」字。

〔六〕「入翠裙」，《樂府詩集》無「翠」字。

〔七〕升庵主情，此論專在明詩、詞之别。詩言志，詞則專在於情。六朝詩綺靡藴藉，情致婉孌，正所謂言情之祖也。凡抒懷言志，議古諷今，皆非詞之所宜。

宋武帝丁都護歌

宋武帝《丁都護歌》云〔一〕：「都護北征時〔二〕，儂亦惡聞許〔三〕。願作石尤風，四面斷行旅。」又云：「都護北征去，相送落星墟。帆檣如芒檉，都護今何渠？」唐人用丁都護及石尤風事，皆本此〔四〕。二辭絶妙。宋武帝征伐武略，一代英雄，而復風致如此，其殆全才乎！

【箋　證】

〔一〕《宋書·樂志》：「《督護哥》者，彭城内史徐逵之爲魯軌所殺，宋高祖使府内直督護丁旿收斂殯霾之。逵之妻，高祖長女也。呼旿至閤下自問斂送之事，每問輒歎息曰：『丁督護！』其聲哀切，後人因其聲，廣其曲焉。」《舊唐書·音樂志》云：「《督護》，晉、宋間曲也。……今歌是宋孝武帝所製。」《玉臺新詠》卷十録宋孝武帝《丁督護歌》二首，其一即升庵此録第一首；其第二首，《樂府詩集》以爲王金珠所作。《樂府詩集》卷四十五《清商曲辭》録《丁督護歌》五首，謂爲宋武帝所作。升庵此録二首，皆在其中。按：《玉臺新詠》、《舊唐書》皆以詩爲宋孝武帝作，《樂府詩集》屬之武帝，誤矣。而升庵據之爲説，因襲其誤，致有「征伐武略，一代英雄」之説也。宋孝武帝蕭駿，字休龍，文帝第三子，封武陵王。劉邵弑逆，駿起兵入討，元嘉三十年，即帝位。在位十一年。

〔二〕「都護」，各書皆作「督護」。李白有《丁都護歌》，胡震亨《唐音癸籤》卷二十一云：「歌稱『督護』，白改云『都護』者，《宋書·樂志》亦稱旿爲直都護，可通用耳。」「北征時」，《玉臺新詠》作「上征去」，《樂府詩集》作「初征時」。

〔三〕「惡」，《玉臺新詠》作「思」。

〔四〕洪邁《容齋五筆》卷三「石尤風」條：「石尤風，不知其義，意其爲打頭逆風也。唐人詩好用之。」升庵《丹鉛總録》卷二十「石尤風」條云：「郎士元《留盧秦卿》詩云：『知有前期在，難分此夜中。無將故人酒，不及石尤風。』石尤風，打頭逆風也，行舟遇之，則不行。此詩意謂行舟遇逆風，則住。故人置酒，而以前期爲辭，是故人酒不及石尤風矣。語意甚工。近人吴中刻唐詩，不解『石尤風』爲何語，遂改作『古淳風』，可笑又可恨也。」胡震亨《唐音癸籤》卷十六「石尤風」條辨之云：「陳子昂『寧知巴峽路，辛苦石尤風』、戴叔倫『知君未得去，慚愧石尤風』、司空文明『無將故人酒，不及石尤風』，唐人屢用之，而無其解。洪容齋意其爲打頭逆風。今觀宋孝武《丁督護歌》『願作石尤風，四面斷行旅』，則亦如嶺嶠颶風，四面俱具之類，非僅打頭逆風明矣。」

白團扇歌〔一〕

晉中書令王珉，與嫂婢謝芳姿有情愛，捉白團扇與之。樂府遂有《白團扇歌》云：「白團扇，憔悴無復理，羞與郎相見〔二〕。」其本辭云：「犢車薄不乘，步行耀玉顔。逢儂都共語，起欲著夜半。」其二云：「團扇薄不摇，窈窕摇蒲葵。相憐中道罷，定是阿誰非？」其三云：「御路薄不行，窈窕穿迴塘〔三〕。團扇障白日，面作芙蓉光。」其四云：「白錦薄不著，趣行著練衣〔四〕。異色都言好，清白爲誰施。」「薄」，如《唐書》「薄天子不爲」之「薄」〔五〕。芳姿之才如此，而屈爲人婢，信乎佳人薄命矣。元關漢卿嘗見一從嫁媵婢，作一小令云〔六〕：「鬢鴉。臉霞。屈殺了將陪嫁〔七〕。規摹全似大人家〔八〕。不在紅娘下。巧笑迎人〔九〕，文談回話。真如解語花。若咱。得他。倒了蒲桃架。」事亦相類而可笑，並附此。

【箋　證】

〔一〕《樂府詩集》卷四十五載《團扇郎六首》，解題引《古今樂録》曰：「《團扇郎歌》者，晉中書令王珉，捉白團扇，與嫂婢謝芳姿有愛，情好甚篤。嫂捶撻婢過苦，王東亭聞而止之。芳姿素善歌，嫂令歌一曲當赦之。應聲歌曰：『白團扇，辛苦五流連，是郎眼所見。』珉聞，更問之：『汝歌何遺？』芳姿即改云：『白團扇，憔悴非昔容，羞與郎相見。』後人因而歌之。」升庵此録乃其後四首。其第一、第二兩首，《玉臺新詠》卷十、《藝文類聚》卷四十三並題桃葉《答王團扇歌》，故升庵以其非古辭，不録。

〔二〕謝芳姿此歌又見《太平御覽》卷五百七十三，下多二句云：「願得隨郎手，因風從方便。」「無復理」，《太平御覽》、《樂府詩集》並作「非昔容」。

〔三〕「穿迴塘」，《樂府詩集》作「决横塘」。

〔四〕「白錦薄不著，趣行著練衣」，《樂府詩集》作「白練薄不著，趣欲著錦衣」。

〔五〕《資治通鑑》卷二百二十四《唐紀》四十：郭子儀子郭曖尚昇平公主。「曖嘗與昇平公主争言。曖曰：『汝倚乃父爲天子邪？我父薄天子不爲！』公主恚，奔車奏之。上曰：『此非汝所知。彼誠如是，使彼欲爲天子，天下豈汝家所有邪？』」新、舊《唐書》皆無此文，升庵記誤矣。

〔六〕此《中吕·朝天子》曲。元楊朝英《朝野新聲太平樂府》卷四、《詞林摘艷》卷一皆録此曲，題「書所見」，署周德清作。明蔣一葵《堯山堂外紀》卷六十八所載，及周楫《西湖二集》第十九卷「俠女散財殉節」所引，文字皆與升庵此條全同，當是採據升庵之説也。而升庵以此曲屬之關漢卿，則不知所出。

〔七〕《朝野新聲太平樂府》、《詞林摘艷》無「了」字。

〔八〕「全似」，《朝野新聲太平樂府》、《詞林摘艷》作「全是」。

〔九〕「巧笑迎人」，《朝野新聲太平樂府》、《詞林摘艷》作「笑眼偷瞧」。

五更轉

陳伏知道《從軍五更轉》云〔一〕：「一更刁斗鳴，校尉逴連城。懸聞射雕騎，遥憚將軍名〔二〕。」「二更愁未央，高城寒夜長。試將弓學月，聊持劍比霜。」「三更夜警新〔三〕，横吹獨吟春。强聽梅花落，誤憶柳園人。」「四更星漢低，落月與山齊〔四〕。依稀北風裏，胡笳雜馬嘶。」「五更催送籌，曉色映山頭。城烏初起堞，更人悄下樓〔五〕。」其後隋煬帝效之，作《龍舟五更轉》，見《文中子》〔六〕。

【箋　證】

〔一〕伏知道，南朝陳昌平人，梁武康令伏挺之姪，官至陳南徐州鎮北將軍府長史。能詩，善草書。其《從軍五更轉》，見《樂府詩集》卷三十三，郭茂倩解題云：「《樂苑》曰：『《五更轉》，商調曲。』按伏知道已有《從軍辭》，則《五更轉》蓋陳已前曲也。」王楙《野客叢書》卷十八「五更轉」條云：「陳伏知道《從軍五更轉》，有曰云云，似此五轉。今教坊以五更演爲五曲，爲街市唱，乃知有自。半夜角詞、吹落梅花，此意亦久。」

〔二〕「懸聞射雕騎，遥憚將軍名」二句，《藝文類聚》卷五十九、《樂府詩集》卷三十三並作「遥聞射雕騎，懸憚將軍名」。

〔三〕「警」，《藝文類聚》作「驚」。

〔四〕「與山齊」，《藝文類聚》、《樂府詩集》並作「與雲齊」。

〔五〕「悄」，《樂府詩集》注：「一作笑。」

〔六〕參見本卷「隋煬帝詞」條箋證〔三〕。

長孫無忌新曲

長孫無忌《新曲》云〔一〕：「家住朝歌下〔二〕，句。早傳名。句。結伴來遊淇水上，句。舊時情〔三〕。句。玉佩金鈿隨步動〔四〕，雲羅霧縠逐風輕。轉目機心懸自許，何須更待聽琴聲。」又一曲云：「迴雪凌波遊洛浦，句。遇陳王。句。婉約娉婷工語笑，句。侍蘭房。句。芙蓉綺帳開還掩〔五〕，翡翠珠被爛齊光。長願今宵奉顔色，不愛聞簫逐鳳凰〔六〕。」

【箋證】

〔一〕長孫無忌，字輔機，唐河南洛陽人。太宗文德皇后之兄。好學有籌略，佐太宗定天下，以功第一，封齊國公，徙趙國公。歷尚書僕射、司空，誠懼固辭，不許，復拜司徒。貞觀十七年，圖功臣二十四人於凌烟閣，無忌爲之冠。高宗即位，進太尉、同中書門下三品。後爲許敬宗誣搆，貶黔州，自縊死。纂《唐律疏議》三十卷，今存。《新曲》，《樂府詩集》歸入「新樂府辭」，解題云：「樂府之名，起於漢魏。自孝惠帝時夏侯寬爲樂府令，始以名官。至武帝，乃立樂府，采詩夜誦，有趙代秦楚之謳。則採歌謡，被聲樂，其來蓋亦遠矣。……新樂府者，皆唐世之新歌也。以其辭實樂府，而未常被於聲，故曰新樂府也。……其有雖用古題，全無古義，則《出門行》不言離別，《將進酒》特書列女；其或頗同古義，全創新詞，則《田家》止述軍輸，《捉捕》請先螻蟻，如此之類，皆名樂府。由是觀之，自風、雅之作以至于今，莫非諷興當時之事，以貽後世之審音者。儻採歌謡以被聲樂，則新樂府其庶幾焉。」

〔二〕「家住朝歌下」，《樂府詩集》卷九十同，《全唐詩》卷三十上多「阿儂」二字，並注云：「一本無此二字。」

〔三〕「時」，《樂府詩集》作「長」。

〔四〕「動」，《全唐詩》作「遠」，注云：「一作動。」

〔五〕「開還揜」，《樂府詩集》、《全唐詩》並作「還開揜」。

〔六〕「聞」，《全唐詩》作「吹」，注云：「一作聞。」

崔液踏歌行

唐崔液《踏歌辭》二首〔一〕，體制、藻思俱新。其辭云：「綵女迎金屋，仙姬出畫堂。鴛鴦裁錦繡〔二〕，翡翠帖花黄。歌響舞行分艷色，句。動流光〔三〕。句。」其二云：「庭際花微落，樓前漢已横。金壺催夜盡〔四〕，羅袖舞寒輕〔五〕。調笑暢歡情未半〔六〕，句。著天明。句。」近刻唐詩不得其句讀而妄改，特爲分注之〔七〕。

【箋　證】

〔一〕崔液，字潤甫，唐定州安喜人。崔湜之弟。舉進士第一。歷官監察御史、殿中侍御史、吏部員外郎。玄宗先天二年，坐兄湜附太平公主謀逆被誅事配流，亡命郢州。因作《幽征賦》以寄意，詞甚典麗。後遇赦，病殁於歸途中。液工五言詩，有集十卷，今佚。《樂府詩集》卷八十二「近代曲辭」收此二首，題作《踏歌詞》。唐李綽《輦下歲時記》「出宫女歌舞」條：「先天初，上御安福門觀燈。太常作歌樂，出宫女歌舞。朝士能文者爲踏歌，聲調入雲。」《舊唐書》：玄宗先天二年，「上元日夜，上皇御安福門觀燈，出内人連袂踏歌，縱百寮觀之。」

〔二〕「錦繡」，《樂府詩集》卷八十二作「錦袖」。

〔三〕「行分」，《樂府詩集》作「分行」，則上二句斷句當作「歌響舞分行，艷色動流光」。

〔四〕「金壺」，《樂府詩集》作「金臺」。

〔五〕「羅袖」原作「羅繡」，珥江書屋本、天都閣本皆作「羅袖」，按《樂府詩集》作「羅袖」，今據改。「舞」，《樂府詩集》作「拂」。

〔六〕「調笑」，《樂府詩集》作「樂笑」。

〔七〕本條所注四「句」字，爲升庵所加，原本脱，據《外集》本補，以與末句相應。

太白清平樂辭

李太白應制《清平樂》詞〔一〕云：「禁庭春晝。鶯羽披新繡。百草巧求花下鬬。只賭珠璣滿斗。　日晚却理殘粧。御前閒舞霓裳。誰道腰肢窈窕，折旋消得君王〔二〕。」其二云：「禁幃秋夜〔三〕。明月探窗罅〔四〕。玉帳鴛鴦噴蘭麝。時落銀燈香灺。　女伴莫話孤眠。六宫羅綺三千。一笑皆生百媚，宸遊教在誰邊〔五〕。」此詞見吕鵬《遏雲集》，載四首。黄玉林以其二首無清逸氣韻，止選二首〔六〕。慎嘗補作二首，其一云：「君王未起。玉漏穿花底。永巷脱簪妝黛洗。衣濕露華似水。　六宫鸞鳳鴛鴦，九重羅綺笙簧。但願君恩似日，從教妾鬢如霜。」其二云：「傾城艷質。本自神仙匹。二八承恩初選入。身是三千第一。　月明花落黄昏。人間天上消魂。且共題詩團扇，笑他買賦長門。」〔七〕永昌張愈光見而深愛之〔八〕，以爲遠不忘諫，歸命不怨，填詞中有風雅也。荒淺敢望前人，然亦不孤愈光之賞爾。

【箋　證】

〔一〕李白，字太白，涼武昭王九世孫。其先隴西成紀人，後徙居蜀之綿州彰明縣青蓮鄉，遂爲蜀人。

天寶初遊長安，賀知章薦其文，明皇召見，命供奉翰林。以忤權貴，賜金放歸。後坐永王璘事，流夜郎。遇赦放還，東歸，卒於當塗。李白爲唐代詩人之冠，其詞《憶秦娥》、《菩薩蠻》二首，詞林推尊爲「百代詞曲之祖」。有《李太白集》三十卷。《唐宋諸賢絶妙詞選》卷一載此二首，題作《清平樂令》。題下注云：「翰林應制。按唐吕鵬《遏雲集》載應制詞四首，以後二首無清逸氣韻，疑非太白所作。」升庵即據此爲説。此二詞，《彊村叢書》本《尊前集》題作《清平樂》。升庵《百琲明珠》録此二首，並云：「太白詩之聖、詞之祖也。《憶秦娥》、《菩薩蠻》二首，久已膾炙人口，而此二詞本集不載，特表出之。」按：此二詞爲李白之作，唐吕鵬《遏雲集》、五代《尊前集》皆載之。歐陽炯《花間集》序云：「在明皇朝，則有李太白應制《清平樂辭》四首。」北宋吴幵《優古堂詩話》「回眸一笑百媚生」條云：「白樂天《長恨歌》云『回眸一笑百媚生，六宫粉黛無顔色』，蓋用李太白應制《清平樂》。詞云：『女伴莫話孤眠，六宫羅綺三千。一笑皆生百媚，宸遊教在誰邊。』」知唐、五代於此多無異議，且已廣泛流傳。《唐宋諸賢絶妙詞選》此二首後復載《清平調辭》「沈香亭應制」三首。自唐以來，有人將此《清平樂》與《清平調》混爲一談。王灼《碧鷄漫志》「清平樂」條引唐李濬《松窗雜録》「李白進《清平調詞》三章」，辨之云：「張君房《脞説》指此《清平樂》曲。按明皇宣白進清、平調，乃是令白於清、平調中製詞。蓋古樂取聲律高下合爲三，曰清調、平調、側調，此謂三調。明皇止令就擇上兩調，偶不樂側調故也。況白詞七字絶句，與今曲不類。而《尊前集》亦載此三絶句，止目曰《清平調》。然唐人不深考，妄指此三絶句耳。此曲在越調，唐至今盛行。今世又有黄鍾宮、黄鍾商兩音者。歐陽炯稱『白有應制《清平樂》四首』，往往是也。」據此知李白應制非止一次，所作《清平樂》詞與《清平調》詞各不相同也。明人多不以此詞爲李白之作。王世貞《弇州山人四部稿》卷一百五十二云：「楊用修所載太白有《清平樂》二闋，識者以爲非太白作，謂其卑淺也。按太白《清平樂》，本三絶句而已，不應復有詞。」陳耀文《正楊》卷四辨升庵此條云：「張君房《脞説》指此（沈香亭應制）三首爲《清平樂》曲。《尊前集》及《樂府詩集》止曰《清平調》。今據所引，復有四首，不知當是何時所進，且其詞全不類謫仙語，豈吕鵬輩羼入者耶？」胡應麟《少室山房筆叢》卷四十一《莊嶽委談》下：「楊用修《詞品》又有《清平樂》詞二闋，尤淺俚，俱贋作也。」諸人或混《清平調》爲《清平樂》而疑之，或以詞意卑淺而疑之，皆無確據也。

〔二〕「消得」，《尊前集》作「笑得」。

〔三〕「秋夜」，《尊前集》作「清夜」。

〔四〕「明月探窗鏬」，《尊前集》、《唐宋諸賢絶妙詞選》作「月探金窗鏬」。

〔五〕「宸遊」，《尊前集》作「宸衷」。

〔六〕黄昇，字叔暘，號玉林，又號花庵詞客。宋建陽人，與作《詩人玉屑》之魏慶之同里。有《散花庵詞》一卷。理宗淳祐間選《唐宋諸賢絶妙詞選》十卷、《中興以來絶妙詞選》十卷，合稱《花庵詞選》，又稱《花庵絶妙詞選》。

〔七〕見《升庵長短句》續集卷一。

〔八〕張含，字愈光，明永昌衛人。武宗正德二年中雲南鄉試。與升庵終身爲友。其學出於李夢陽，升庵謂其爲文，「工於求古，昧於適俗。寄贈窮困節氣之交，萬言不竭；於通達周旋之友，片言即窮。」有《禺山詩文集》五卷。

白樂天花非花辭

白樂天之詞〔一〕，《望江南》三首在《樂府》〔二〕，《長相思》二首見《花庵詞選》〔三〕。予獨愛其《花非花》一首云：「花非花，霧非霧。夜半來，天明去。來如春夢不多時〔四〕，去似朝雲無覓處。」蓋其自度之曲，因情生文者也〔五〕。「花非花，霧非霧」，雖《高唐》、《洛神》〔六〕，奇麗不及也。張子野衍之爲《御街行》〔七〕，亦有出藍之色〔八〕。今附於此：「夭非花艷輕非霧。夜半來〔九〕，天明去。來如春夢不多時，去似朝雲無覓處〔一〇〕。乳鷄新燕〔一一〕，落月沉星〔一二〕，紞紞城頭鼓。參差漸辨西池樹。朱閣斜欹户〔一三〕。緑苔深徑少人行，苔上屐痕無數。殘香餘粉〔一四〕，閒衾剩枕〔一五〕，天把多情付〔一六〕。」

【箋　證】

〔一〕白居易，字樂天，唐太原人。少敏悟絶人，工文章。貞元十六年進士及第，補校書郎。元和初，對策入等，調盩厔尉、集賢校理。召爲翰林學士，左拾遺。以言事忤權貴，貶江州司馬，徙忠州刺史。穆宗初，以主客郎中知制誥，俄轉中書舍人。乞外任，歷杭州、蘇州刺史。文宗立，以秘書監召，遷刑部侍中。太和初，除太子賓客分司東都，拜河南尹。開成初，拜太子少傅。會昌初，以刑部尚書致仕。晚居洛陽香山，世稱香山居士。居易爲中唐大詩人，與同年元稹酬唱，號「元白」；復與劉禹錫酬唱，號「劉白」。有《白氏長慶集》，今存。

〔二〕《樂府詩集》卷八十二《近代曲辭》載白居易《憶江南》三首，解題云：「一曰《望江南》。《樂府雜録》曰：『《望江南》，本名《謝秋娘》，李德裕鎮浙西，爲妾謝秋娘所製，後改爲《望江南》。』」

〔三〕見黄昇《唐宋諸賢絶妙詞選》卷一。

〔四〕此見《白氏長慶集》卷十二「歌行曲引」中，「不多」，《白氏長慶集》作「幾多」。

〔五〕此長短句詩，自升庵以之爲白氏「自度之曲」，後世治詞者，多從其説，即取其首句爲調名。

〔六〕宋玉《高唐賦》、曹植《洛神賦》，並見《文選》卷十九。

〔七〕此詞見吴訥本、侯文燦本《張子野詞》，《彊村叢書》本《張子野詞》及《補遺》無之。吴昌綬雙照樓影宋本《歐陽文忠公近體樂府》卷三載此詞，《全宋詞》據以輯入歐詞。張先，字子野，宋湖州烏程人。仁宗天聖八年進士，歷官宿州掾、吴江知縣、嘉禾判官。皇祐二年，晏殊知永興軍，辟爲通判。後以屯田員外郎歷知渝州、虢州、安州。安州本名安陸郡，故史稱「張安陸」。治平元年，以尚書都官郎中致仕。晚年優遊杭、湖間，與蘇軾、蔡襄等遊。元豐元年卒，年八十九。

〔八〕升庵《百琲明珠》卷一白樂天《花非花》詞評語引子野詞後云：「雖襲用白語，而不及多矣。」與此説異。

〔九〕「夜半來」，吴訥本、侯文燦本《張子野詞》作「來夜半」。

〔一〇〕「無覓處」，吴訥本、侯文燦本《張子野詞》及《近體樂府》皆作「何處」。

〔一一〕「乳鷄新燕」，吴訥本、侯文燦本《張子野詞》作「遠鷄棲燕」；《近體樂府》作「乳鷄酒燕」。

〔一二〕「落月沉星」，吴訥本、侯文燦本《張子野詞》、《近體樂府》並作「落星沉月」。

〔一三〕「斜欹户」，吴訥本、侯文燦本《張子野詞》作「斜開户」。

〔一四〕「殘香餘粉」，吴訥本、侯文燦本《張子野詞》作「餘香遺粉」；《近體樂府》作「遺香餘粉」。

〔一五〕「閒衾剩枕」，吴訥本、侯文燦本《張子野詞》、《近體樂府》作「剩衾閒枕」。

〔一六〕「付」，吴訥本、侯文燦本《張子野詞》同；《近體樂府》作「賦」，《百琲明珠》同。

詞名多取詩句

詞名多取詩句，如《蝶戀花》則取梁簡文帝「翻階蛺蝶戀花情」〔一〕。《滿庭芳》則取吴融「滿庭芳草易黄昏」〔二〕。《點絳唇》則取江淹「白雪凝瓊貌，明珠點絳唇」〔三〕。《鷓鴣天》則取鄭嵎「春遊鷄鹿塞，家在鷓鴣天」〔四〕。《惜餘春》則取太白賦語〔五〕。《浣溪沙》則取少陵詩意〔六〕。《青玉案》則取《四愁詩》語〔七〕。《菩薩蠻》，西域婦髻也〔八〕。《蘇幕遮》，西域婦帽也〔九〕。《尉遲杯》，尉遲敬德飲酒必用大杯，故以名曲〔一〇〕。蘭陵王每入陣必先，故歌其勇〔一一〕。《生查子》，「查」，古「槎」字，張騫乘槎事也〔一二〕。《西江月》，衛萬詩「只今惟有西江月，曾照吴王宫裏人」之句也〔一三〕。《瀟湘逢故人》，柳渾詩句也〔一四〕。《粉蝶兒》，毛澤民詞「粉蝶兒共花同活」句也〔一五〕。餘可類推，不能悉載。

【箋證】

〔一〕此梁簡文帝《東飛伯勞歌》中句，見《文苑英華》卷二百三、《樂府詩集》卷六十八。「簡文帝」原誤作「元帝」，今據改。

〔二〕吴融，字子華，唐越州山陰人。昭宗龍紀元年及進士第。歷官侍御史、左補闕，以禮部郎中爲翰林學士，拜中書舍人。昭宗反正，進户部侍郎。終翰林學士承旨。詩宗温、李，有《唐英歌詩》三卷。此其《廢宅》詩中句，見《唐英歌詩》卷下。胡應麟《少室山房筆叢》卷二十一《藝林學山》三「詞名多取詩句」條駁升庵此説云：「唐人本形容凄寂，詞名《滿庭芳》豈應出此。」

〔三〕此江淹《詠美人春遊》詩，見《玉臺新詠》卷五、明張溥《漢魏六朝百三家集》本《梁江淹集》、張之象《古詩類苑》卷九十三。涵芬樓景明繙宋本《江文通文集》不載。

〔四〕鄭嵎詩今僅存《津陽門》詩一首，此引句未知所出。鄭嵎，字賓先，唐長安人，大中五年進士。開成中過華清宫舊址，作《津陽門》詩，聞名於時。

〔五〕李白《惜餘春賦》，見《李太白文集》卷二十五，中有「愛芳草兮如剪，惜餘春之將闌」之句。

〔六〕按杜詩中並無「浣溪沙」或「浣紗」之類字面。升庵云「取少陵詩意」，未知其指何詩也。唐人詩中詠西施越溪浣紗者多，後人因以釋此調，而以「沙」爲「紗」之誤。按《浣溪沙》，唐教坊曲名。崔令欽《教坊記》以其與《浪淘沙》、《撒金沙》並列，知「沙」字初不作「紗」也。檢杜甫《將赴成都草堂途中有作先寄嚴鄭公五首》其三中有「竹寒沙碧浣花溪」之句，其升庵之所指乎？杜甫，字子美。唐河南鞏縣人。天寶初應進士不第，後獻《三大禮賦》，明皇召授京兆府兵曹參軍。安禄山陷京師，肅宗即位靈武。甫自賊中遯赴行在，拜左拾遺。以論救房琯，出爲華州司功參軍。關輔饑亂，寓居同州同谷縣。久之，召補京兆府功曹，道阻不赴。嚴武鎮成都，奏爲節度參謀、檢校工部員外郎，賜緋。因於成都浣花里枕江結廬。武卒，甫無所依，乃之東蜀。是歲蜀大擾，甫携家避亂荆楚，扁舟下峽，泝沿湘流，寓居耒陽而卒。杜甫於詩壇稱聖，其詩後世號稱「詩史」。有《杜工部集》。

〔七〕張衡《四愁詩》有「何以報之青玉案」之句。見《文選》卷二十九。升庵《丹鉛總録》卷八「孟光舉案」條釋「青玉案」云：「宋林少穎云：『案』古『椀』字也。青玉盌也。南京人謂『傳碗』曰『案酒』，此可以證。又孟光舉案，恒與齊眉，亦言進食舉椀。若是案桌，何能高舉？』」張衡，字平子，東漢南陽西鄂人。通五經、貫六藝。和帝永元中，舉孝廉不行，連辟公府不就。擬班固《兩都》，作《二京賦》，十年乃成。安帝公車特徵，拜郎中，再遷爲太史令。順帝初再轉，復爲太史令，遷侍中。永和初出爲河間相。四年徵拜尚書，卒。

〔八〕《菩薩蠻》，詞牌名，參見本書卷一「菩薩鬘蘇幕遮」條。

〔九〕宋王明清《揮麈録》前録卷四記供奉官王延德太宗雍熙元年四月叙其使高昌行程云：「俗多騎射。婦人戴油帽，謂之『蘇幕遮』。」升庵或乃據此爲説。餘説參本書卷一「菩薩鬘蘇幕遮」條。

〔一〇〕尉遲恭，字敬德，唐朔州善陽鮮卑人。隋末初從劉武周，以武勇聞。後歸唐，佐太宗平王世充、竇建德。玄武門之變，殺太子建成、巢王元吉，功第一，封鄂國公。《少室山房筆叢》卷二十一《藝林學山三》云：「尉遲敬德大杯事，考本傳及唐雜説俱未見所出，豈誤憶元人雜劇《功臣燕》耶？並識以俟博考。」

〔一一〕唐杜佑《通典·散樂》：「歌舞戲有《大面》、《撥頭》、《踏摇娘》、《窟磊子》等戲，玄宗以其非正聲，置教坊於禁中以處之。」「《大面》出於北齊。蘭陵王長恭才武而貌美，常著假面以對敵。嘗擊周師金墉城下，勇冠三軍。齊人壯之，爲此舞以效其指麾擊刺之容，謂之《蘭陵王入陣曲》。」崔令欽《教坊記》：「《大面》出北齊。蘭陵王長恭，性膽勇而貌婦人，自嫌不足以威敵，乃刻木爲假面，臨陣著之。因爲此戲，亦入歌曲。」北齊文襄帝高澄第四子高長恭，封蘭陵王。

〔一三〕升庵此説，胡應麟《少室山房筆叢》卷二十一《藝林學山》三譏之云：「《生查》如用修解，意義殊不通，可一笑也。用修謂『查』即古『楂』字，故凡遇此字，輒附會之。夫古字固有通用者，豈容盡爾？詞名《生查》，即歸博望；藥名山查，亦可乘耶？」張騫，漢漢中成固人。武帝時兩使西域，通大宛、康居等數十國，以功封博望侯。乘槎泛天河事，最初出張華《博物志》，不言爲張騫。以張騫尋河源而附以乘槎事，據《古今事文類聚》前集卷十一、《苕溪漁隱叢話》前集卷十一等書所記，爲宗懍《荆楚歲時記》，但今存明人輯《廣漢魏叢書》本、《四庫全書》本《荆楚歲時記》皆無之。此事唐人多據信不疑，杜甫詩中即引爲常典，而宋人頗疑其爲宗懍誤改張華之文而成。

〔一三〕此衛萬《吴宫怨》詩中句，李康成《玉臺後集》、《樂府詩集》卷九十一、《唐詩品彙》卷三十七、《吴都文粹》續集卷十一並載之。衛萬其人，爵里不詳，其詩見於《玉臺後集》。《後集》成書在大曆、貞元間，則其人在世至遲不當晚於貞元也。《升庵詩話》卷六有「衛象吴宫怨」條，誤以此詩爲衛象作。又，李白《蘇臺覽古》末二句與此引二句文字全同。

〔一四〕柳惲《江南曲》：「洞庭有歸客，瀟湘逢故人。」見《玉臺新詠》卷五。柳惲，字文暢，河東解縣人。仕齊，歷官至驃騎從事中郎。入梁，歷給事黄門侍郎、步兵校尉、秘書監。天監中爲吴興太守。《梁書》有傳。其詩以工於發端，爲世所稱。

〔一五〕毛滂，字澤民，宋衢州江山人。哲宗元祐間爲杭州法曹。詞爲蘇軾所賞。晚年諂事曾布、蔡京，官至祠部員外郎，知秀州。有《東堂集》十卷、《東堂詞》一卷。此句出其《粉蝶兒》詞，見《東堂詞》，「共」前有「這回」二字。

鄒祇謨《遠志齋詞衷》曰：「調名源起之説，起於楊用修及都元敬。」都穆《南濠詩話》云：「昔人詞調，其命名多取古詩中語。如《蝶戀花》取梁簡文帝『翻階蛺蝶戀花情』；《滿庭芳》取柳柳州詩『滿庭芳草積』；《玉樓春》取白樂天詩『玉樓宴罷醉和春』；《丁香結》取古詩『丁香結恨新』；《霜葉飛》取老杜詩『清霜洞庭葉，故欲别時飛』；《宴清都》取沈隱侯詩『朝上閶闔宫，夜宴清都闕』。其間亦有不盡然者，如《風流子》出《文選》。劉良《文選注》曰：『風流，言其風美之聲流於天下；子者，男子之通稱也。』《荔枝香》、《解語花》，一出《唐書》，一出《開元天寶遺事》。《唐書·禮樂志》載：『明皇幸蜀，貴妃生日，命小部張樂，奏新曲而未有名，會南方進荔枝，遂命其名曰《荔枝香》。』《遺事》云：『帝與妃子共賞太液池千葉蓮，指妃子謂左右曰：「何如此解語花也？」』《解連環》出《莊子》。《莊子》曰：『南方無窮而有窮，今日適越而昔來，連環可解也。』《華胥引》出《列子》。《列子》曰：『黄帝晝寢，夢遊華胥之國。』他如《塞垣春》，『塞垣』二字出《後漢書·鮮卑傳》。《玉燭新》，『玉燭』二字出《爾雅》。即此觀之，其餘可類推也。」都氏長於升庵近三十歲，其《詩話》有正德八年刊本，升庵或嘗見之也。

踏莎行

韓翃詩：「踏莎行草過春谿。」〔一〕詞名《踏莎行》本此〔二〕。

【箋　證】

〔一〕此句今存《韓君平集》不載，實陳羽《過櫟陽山谿》詩中句。升庵或記誤也。全詩云：「衆草穿沙芳色齊，蹋莎行草過春谿。閒雲相引上山去，人到山頭雲却低。」陳羽，唐吴縣人，登貞元八年進士第。歷官東宫尉佐。羽能詩，早年與戴叔倫、楊衡等過從甚密。《全唐詩》卷三百四十八存其詩一卷。韓翃，字君平，唐南陽人。玄宗天寶十三年進士及第，入侯希逸幕。仕途蹭蹬，至德宗建中初，方以《寒食》詩得進，擢駕部郎中，知制誥，遷中書舍人。卒。翃爲大曆十才子，有集五卷，已佚，今有明人輯本《韓君平集》。

〔三〕《能改齋漫録》卷十一「錢文僖賦竹詩唱《踏莎行》」條云：「錢文僖公留守西洛，嘗對竹思鶴，寄李和文公詩云：『瘦玉蕭蕭伊水頭，風宜清夜露宜秋。更教仙驥傍邊立，盡是人間第一流。』其風致如此。淮寧府城上莎猶是公所植。公在鎮每宴客，命廳籍分行剗襪，步於莎上，傳唱《踏莎行》。一時勝事，至今稱之。」踏莎即唱《踏莎行》，猶是所謂詞名緣事立題之意也。

上江虹紅窗影

唐人小説《冥音録》，載曲名有《上江虹》，即《滿江紅》，《紅窗影》，即《紅窗迥》也〔一〕。

【箋證】

〔一〕《冥音録》，唐人傳奇小説，見《太平廣記》卷四百八十九。文云：「廬江尉李侃者，隴西人，家於洛之河南。太和初，卒於官。有外婦崔氏，本廣陵倡家，生二女，既孤且幼，孀母撫之，以道遠、子未成人，因寓家廬江。侃既死，雖侃之宗親居顯要者，絶不相聞。廬江之人咸哀其孤藐而能自强。崔氏性酷嗜音，雖貧苦求活，常以絃歌自娱。有女弟菃奴，風容不下，善鼓箏，爲古今絶妙，知名於時。年十七，未嫁而卒，人多傷焉。二女幼傳其藝。長女適邑人丁玄夫，性識不甚聰慧，幼時每教其藝，小有所未至，其母輒加鞭箠，終莫究其妙。每心念其姨，曰：『我姨之甥也，今既死生殊途，恩愛久絶，姨之生乃聰明，死何蔑然而不能以力祐助，使我心開目明，粗及流輩哉？』每至節朔，輒舉觴酹地，哀咽流涕。如此者八歲，母亦哀而憫焉。開成五年四月三日，因夜夢寐，驚起號泣，謂其母曰：『向者夢姨執手泣曰：「我自辭人世，在陰司簿屬教坊，授曲於博士李元憑。元憑屢薦我於憲宗皇帝。帝召居宫一年，以我鯁直，穆宗皇帝宫中以筆導諸妃出入一年。上帝誅鄭注，天下大酺，唐氏諸帝宫中互選妓樂以進神堯、太宗二宫，我復得侍憲宗。每一月之中，五日一直長秋殿，餘日得肆遊觀，但不得出宫禁耳。汝之情懇，我乃知也，但無由得來。近日襄陽公主以我爲女思念頗至，得出入主第，私許我歸，成汝之願。汝早圖之。陰中法嚴，帝或聞之，當獲大譴，亦上累於主。」』復與其母相持而泣。翌日，乃灑掃一室，列虚筵設酒果，髣髴如有所見。因執箏就坐，閉目彈之，隨指有得。初授人間之曲，十日不得一曲，此一日獲十曲。曲之名品殆非生人之意，聲調哀怨，幽幽然鴞啼鬼嘯，聞之者莫不歔欷。曲有《迎君樂》正商調二十八疊、《槲林歎》分絲調四十四疊、《秦王賞金歌》小石調二十八疊、《廣陵散》正商調二十八疊、《行路難》正商調二十八疊、《上江虹》正商調二十八疊、《晋城仙》小石調二十八疊、《絲竹賞金歌》小石調二十八疊、《紅窻影》雙柱調四十疊。十曲畢，慘然謂女曰：『此皆宫闈中新翻曲，帝尤所愛重。《槲林歎》、《紅牕影》等，每宴飲即飛毬舞盞，爲佐酒長夜之歡。穆宗敕修文舍人元稹撰其詞數十首，甚美。醼酣，令宫人遞歌之，帝親執玉如意擊節而和之。敕秘其詞極切，恐爲諸國所得，故不敢泄。歲攝提，地府當有大變，得以流傳人世。幽明異路，人鬼道殊，今者人事相接，亦萬代一時，非偶然也。會以吾之十曲，獻陽地天子，不可使無聞於明代。』於是縣白州，州白府。刺史崔璹親召而試之，則絲桐之音，搶摐可聽。其差琴調，不類秦聲，乃以衆樂合之，則宫商調殊不同矣。母令小女再拜，求傳十曲，亦備得之。至暮決去，數日復來曰：『吾聞揚州連帥取汝，恐有謬誤，汝可一一彈之。』又留一曲曰《思歸樂》。無何，州府果令送至揚州，一無差錯。廉察使故相李德裕議表其事，小女尋卒。」宋曾慥《類説》卷二十八《異聞集》節録之，朱勝非《紺珠集》卷十亦引録其文二條，並不題撰人。《説郛》卷一百十四録之，題爲「唐朱慶餘」作，明《虞初志》、清《唐人説薈》皆從之。案：《上江虹》與《滿江紅》、《紅牕影》與《紅窗迥》，詞名一字之差，乃以謂同調，實則互不干涉。然此説殆非始自升庵，宋袁文《甕牖閒評》卷五云：「曲名《紅牕迥》者，《紅牕影》也，見《異聞集》；名《賀新郎》者，《賀新涼》也，見《古今詞話》；名《二郎神》者，《大郎神》也，見《能改齋漫録》。」胡應麟《少室山房筆叢》卷二十一《藝林學山》三「上江虹」條云：「《冥音録》今見《太平廣記》中。古今樂府多有名同曲異者，如唐人《清平調》，與宋人《清平樂》迥不同。至宋人《黄鶯兒》、《桂枝香》、《二郎神》、《高陽臺》、《好事近》、《醉花陰》、《八聲甘州》之類，與元人毫不相似。若《菩薩蠻》、《西江月》、《一剪梅》、《鷓鴣天》，元人雖用，悉不可按腔，況《冥音》所載一字偶同者乎！」《異聞集》，唐陳翰編，晁公武《郡齋讀書志》謂其乃「以傳記所載唐朝奇怪事類爲一書」。《新唐書·藝文志》著録十卷，今已佚。《太平廣記》中收載二十餘篇，曾慥《類説》卷二十八所録二十五篇，則皆爲節録。

菩薩鬘蘇幕遮

西域諸國婦人，編髮垂髻，飾以雜華，如中國塑佛像瓔珞之飾，曰「菩薩鬘」，曲名取此〔一〕。《唐書》呂元泰上書：「比見方邑相率爲渾脱隊，駿馬胡服，名曰『蘇幕遮』。」曲名亦取此〔二〕。李太白詩「公孫大娘渾脱舞」〔三〕，即此際之事也。

【箋　證】

〔一〕唐蘇鶚《杜陽雜編》卷下：「大中初，女蠻國貢雙龍犀，有二龍，鱗鬣爪角悉備，明霞錦，雲鍊水香麻以爲之也，光耀芬馥，著人五色相間，而美麗於中國之錦。其國人危髻金冠，瓔珞被體，故謂之菩薩蠻。當時倡優遂製《菩薩蠻》曲，文士亦往往聲其詞。更有女王國，貢龍油綾、魚油錦，文彩尤異，皆入水不濡濕，云有龍油、魚油故也。優者亦作《女王國》曲，音調宛暢，傳於樂部。」又，唐釋慧琳《一切經音義》卷十八《雜阿毗曇心論》「華鬘」條云：「梵言磨羅，此云鬘，音蠻。案西域結鬘師多用蘇摩那花行列結之，以爲條貫，無問男女貴賤，皆此莊嚴，或首或身，以爲飾好。」升庵實本二書爲説。案：女蠻國乃西南夷，以爲西域之國，非也。而升庵復以《一切經音義》瓔珞之「鬘」易蠻夷之「蠻」，則不免向隅臆説之譏。

〔二〕《新唐書·宋務光傳》附《吕元泰傳》：清源尉吕元泰亦上書言時政曰：「比見坊邑相率爲渾脱隊，駿馬胡服，名曰『蘇莫遮』。」「吕元泰」，原誤作「吕元濟」，據改。「方邑」，《新唐書》作「坊邑」。升庵《丹鉛餘録》卷十引此並釋之曰：「渾脱隊，即所謂『公孫大娘渾脱舞』也。蘇莫遮，帽制，今曲名有之。」宋曾鞏《隆平集》卷三《雜録》記云：「高敞國，太平興國六年入貢其土，即後漢戊己校尉之地。其俗好騎射，戴油帽，謂之『蘇幕遮』。」《一切經音義》卷四十一《大乘理趣六波羅蜜多經音義》「蘇莫遮冒」條：「下毛報反。《説文》云：『小兒蠻夷頭衣也。从目冃聲。』冃音與上同。《文字集略》从巾作帽，亦同。西戎胡語也，正云『颯唐遮』。此戲本出西龜茲國，至今猶有此曲。此國渾脱、大面、撥頭之類也。或作獸面，或象鬼神，假作種種面具形狀，或以泥水霑灑行人，或持弱索搭鉤捉人爲戲。每年七月初，公行此戲，七日乃停。土俗相傳云，常以此法攘厭驅趁羅刹惡鬼食啖人民之灾也。」《蘇幕遮》，一作《蘇莫遮》、《蘇摩遮》，唐教坊有此曲，爲南吕調，時號水調。胡震亨《唐音癸籤》卷十四云：「潑寒胡戲，冬月爲海西胡人裸體寒水潑之，自則天末年始。中宗嘗因蕃夷入朝，作此戲御樓觀之，所歌曲，即《蘇摩遮》也。」殆《蘇幕遮》乃舞曲，其舞傳自中亞，舞人持油囊盛水，相潑爲戲，故又稱「潑胡乞寒」。宋陳暘《樂書》卷一百五十八《胡部·歌》記西戎有「乞寒」之歌，云：「『乞寒』本西國外蕃康國之樂也。其樂器有大鼓、小鼓、琵琶、五絃箜篌、笛。其樂大抵以十一月倮露形體，澆灌衢路，鼓舞跳躍而索寒也。」

〔三〕此李白《草書歌行》中句，見《李太白文集》卷六。詩末云：「王逸少，張伯英，古來幾許浪得名。張顛老死不足數，我師此義不師古。古來萬事貴天生，何必要公孫大娘渾脱舞。」

夜夜昔昔

梁樂府《夜夜曲》，或名《昔昔鹽》〔一〕。「昔」，即「夜」也。《列子》：「昔昔夢爲君。」〔二〕「鹽」，亦曲之別名〔三〕。

【箋　證】

〔一〕《樂府詩集》卷七十六以《夜夜曲》入《雜曲歌辭》，解題云：「《夜夜曲》，梁沈約所作也。梁《樂府解題》曰：『《夜夜曲》，傷獨處也。』」卷七十九又以《昔昔鹽》入《近代曲辭》，云：「隋薛吏部有《昔昔鹽》，唐趙嘏廣之爲二十章。《樂苑》曰：『《昔昔鹽》，羽調曲，唐亦爲舞曲。』『昔』，一作『析』。」據此，知二曲各爲曲，不可混同。升庵以「昔」即「夜」，故合二曲爲一，而爲之説。此條《升庵詩話》卷三亦載，題作「昔昔鹽」。

〔二〕《列子》卷三《周穆王》篇：「有老役夫，筋力竭矣，而使之彌勤。晝則呻呼而即事，夜則昏憊而熟寐。精神荒散，昔昔夢爲國君，居人民之上，總一國之事，遊燕宫觀，恣意所欲，其樂無比。

覺則復役。」晉張湛注：「昔昔，夜夜也。」

〔三〕《周禮·郊特牲》：「而流示之禽，而鹽諸利，以觀其不犯命也。」鄭玄注：「流，猶行也。行，行田也。鹽，讀爲艷。行田示之以禽，使歆艷之，觀其用命不也。」吴景旭《歷代詩話》卷二十七謂：「升庵別本乃引《戴記》『示之禽而鹽諸利』，注：『與艷同，使歆艷也。鹽者，艷之轉聲也。』」

以鹽爲曲別名之説，不始於升庵。張鷟《朝野僉載》卷一云：「麟德已來，百姓飲酒唱歌，曲終而不盡者，號爲族鹽。後閻知微從突厥領賊破趙定，後知微來，則天大怒，磔於西市……夷其九族。……其『族鹽』之言，於斯應矣。」「族鹽」，即「族閻」，族誅閻氏也。沈括《夢溪筆談》卷五：「頃年王師南征，得《黄帝炎》一曲于交趾，乃杖鼓曲也。唐曲有《突厥鹽》、《阿鵲鹽》。施肩吾詩云：『顛狂楚客歌成雪，嫵媚吴娘笑是鹽』，蓋當時語也。」注：「炎或作鹽。」洪邁《容齋續筆》卷七：「《昔昔鹽》，《樂苑》以爲羽調曲。《玄怪録》載『籧篨三娘工唱《阿鵲鹽》』。又有《突厥鹽》、《黄帝鹽》、《白鴿鹽》、《神雀鹽》、《疎勒鹽》、《滿座鹽》、《歸國鹽》。唐詩『媚賴吴娘唱是鹽』、『更奏新聲刮骨鹽』。然則，歌詩謂之『鹽』者，如吟、行、曲、引之類云。今南嶽廟獻神樂曲有《黄帝鹽》。」此升庵之所本。後明方以智《通雅》、清彭大翼《山堂肆考》、俞弁《逸老堂詩話》、沈德潛《古詩源》、阮葵生《茶餘客話》、吴景旭《歷代詩話》等人多從升庵之説，並引而廣之。今人任半塘《唐聲詩》下編有「昔昔鹽」條，論之甚詳。

阿蘋迴

太白詩「羌笛横吹阿蘋迴」〔一〕，番曲名。《張祜集》有《阿濫堆》，即此也〔二〕。番人無字，止以聲傳，故隨中國所書，人各不同爾，難以意求也。

【箋證】

〔一〕此李白《司馬將軍歌》中句，見《李太白文集》卷四。

〔二〕此條又見《升庵詩話》卷七，「即此也」前，多「蓋飛禽名。明皇御玉笛，採其聲翻爲曲子」數語。張祜詩，見《張承吉文集》卷四《華清宫四首》之三，下條已録全詩。

升庵以《阿蘋迴》即《阿濫堆》，胡震亨《唐音癸籤》卷十三駁之云：「《阿蘋迴》，本北魏《阿那瓌曲》。阿那瓌者，蠕蠕國主名，用爲曲。後訛爲《阿蘋迴》，唐沿之爲名。那，乃可切；蘋，典可切；瓌即『瑰』，姑回切。以音相近，故訛。顔真卿詩『莫唱《阿蘋迴》，應云《夜半樂》』是也。楊用修以爲即笛曲之《阿濫堆》，此自明皇時曲，失之遠矣。」

阿濫堆

張祜詩：「紅樹蕭蕭閣半開，玉皇曾幸此宫來。至今風俗驪山下，村笛猶吹阿濫堆。」宋賀方回長短句云：「待月上潮平波灩，塞管孤吹新《阿濫》。」〔一〕《中朝故事》云：「驪山多飛鳥，名阿濫堆，明皇採其聲爲曲子。」〔二〕又作《鶡爛堆》，《酉陽雜俎》云：「鶡爛堆黄，一變之鴇，色如鶩鷖。鴇轉之後，乃至累變。横理轉細，臆前漸漸微白。」〔三〕

【箋證】

〔一〕賀鑄，字方回，宋衛州人。唐賀知章之後。知章得玄宗詔賜鏡湖，謝承《會稽先賢傳》謂慶湖以王子慶忌得名，後訛爲鏡，故鑄自號慶湖遺老。孝惠皇后族孫，娶宗女，授右班殿直。元祐中李清臣奏换通直郎，通判泗州、太平州，卒。有《慶湖遺老集》九卷，今存。又有《東山寓聲樂府》三卷，已佚，《彊村叢書》彙刻舊殘本《東山詞》上卷、勞權傳鈔《賀方回詞》二卷、吴昌綬《東山詞補》一卷，存詞二百八十三首。此詞，今本《東山詞》不載，見李之儀《姑溪詞・天門謡》「次韻賀方回登采石蛾眉亭」詞下附録。全詞云：「牛渚天門險，限南北、七雄豪占。清霧斂。與閒人登覽。

待月上潮平波灩灩。塞管輕吹新《阿濫》。風滿檻。歷歷數、西州更點。」《碧鷄漫志》卷四「阿濫堆」條引之，以爲《朝天子》曲。《姑溪詞》「灩」字叠，《碧鷄漫志》引同。按李之儀次韻，此句作「正風静雲閒平瀲灩」，當以叠「灩」字爲是。「孤吹」，《姑溪詞》作「輕吹」。

〔二〕南唐尉遲偓《中朝故事》卷上：「驪山多飛禽，名阿濫堆。明皇帝御玉笛，採其聲翻爲曲子名焉。左右皆傳唱之，播於遠近，人競以笛效吹。故詞人張祜詩曰：『紅樹蕭蕭閣半開，上皇曾幸此宮來。至今風俗驪山下，村笛猶吹《阿濫堆》。』」王灼《碧鷄漫志》卷四、計有功《唐詩紀事》卷五十二、葛立方《韻語陽秋》卷十五並載明皇製此《阿濫堆》曲事。

〔三〕見《酉陽雜俎》前集卷二十「肉攫部」，「堆」字下原有注云：「一曰雌，一曰雄。」「横理轉細」此引原脱「轉」字，據《酉陽雜俎》補。

《碧鷄漫志》卷四「阿濫堆」條云：「《中朝故事》云：『驪山多飛禽，名阿濫堆。明皇御玉笛，採其聲翻爲曲子名，左右皆傳唱之，播於遠近，人競以笛效吹。故張祜詩云云、賀方回《朝天子》曲云云，即謂《阿濫堆》。江湖尚有此聲，予未之聞也。」升庵此條，或據王灼之説敷衍而成。

烏鹽角

曲名有《烏鹽角》，江鄰幾《雜志》云：「始，教坊家人市鹽，得一曲譜於角子中，翻之，遂以名焉。」〔一〕戴石屏有《烏鹽角行》〔二〕。元人《月泉吟社詩》：『山歌聒耳烏鹽角，村酒柔情玉練槌。』〔三〕

【箋　證】

〔一〕江鄰幾，名休復，宋開封府陳留縣人。舉進士，任桂陽監，調藍山尉。舉書判拔萃，改大理寺丞，遷殿中丞。召爲集賢校理、判尚書刑部。以事謫監蔡州商税。久之，復集賢校理，判吏部南曹登聞鼓院，爲群牧判官。出知同州，提點陝西路刑獄。入判三司鹽鐵勾院，修起居注。累遷尚書刑部郎中，仁宗嘉祐五年卒。有集早佚，今存其《嘉祐雜志》一卷。其原文作：「梅聖俞說：『曲名《鹽角兒令》者，始，教坊家人市鹽，於紙角子中得一曲譜，翻之，遂以名焉。』」

〔二〕見《石屏詩集》卷一。其詩謂烏鹽角爲桐葉捲成之吹角，與梅聖俞之説異，今録之備參：「鳳簫鼉鼓龍鬚笛，夜宴華堂醉春色。艷歌妙舞蕩人心，但有歡娱別無益。何如村落捲桐吹，能使時人知稼穡。村南村北聲相續，青郊雨後耕黄犢。一聲催得大麥黄，一聲喚得新秧緑。人言此角只兒戲，孰識古人吹角意。田家作勞多怨咨，故假聲音召和氣。吹此角，起東作。吹此角，田家樂。此角上與鄒子之律同宫商，合鐘呂。形甚朴，聲甚古，一吹寒谷生禾黍。」戴復古，字式之，宋天台人。幼孤，勉承家學，嘗登陸游之門。以詩鳴于江湖間，爲江湖派詩人中堅人物。所居有石屏山，因以爲號。今存《石屏詩集》六卷、《石屏詞》一卷。

〔三〕宋浦江吴渭，字清翁，號潛齋，宋義烏縣令。入元後退居吴溪，立月泉吟社。延請鄉里遺老方鳳、謝皋、吴思齊等主持社事。至元二十三年春，以《春日田園雜興》爲題，廣徵五、七言律詩，於次年正月得詩二千七百三十五卷，選中二百八十名，以前六十名詩彙爲一卷刊行，題其名曰《月泉吟社詩》。集中姓名均爲假託，復別注本名於其下。此引詩乃第三十一名陳希邵所作，下注本名曰「義烏陳舜道」。原作十首，此第二首中句。詩云：「春來非是愛吟詩，詩是田園樂興時。清入吟懷花月照，紅生笑面柳風吹。村聲遥耳烏鹽角，社酒柔情玉練槌。閒悶閒愁儂不省，春來非是愛吟詩。」

小梁州

賈逵曰：「梁米出於蜀漢，香美逾於諸梁，號曰竹根黄。」〔一〕梁州得名以此。秦地之西，燉煌之間，亦産梁米〔二〕，土沃類蜀，故號小梁州。曲名有《小梁州》〔三〕，爲西音也〔四〕。

【箋　證】

〔一〕賈逵，字景伯，東漢扶風平陵人。通五經大義，以《左傳》教授諸生。和帝時官至侍中。賈逵此語，未知所出，升庵當有所本。宋羅願《爾雅翼》卷一「釋粱」曰：「黄粱穗大毛長，穀米俱麤於白粱，而收子少，不耐水旱，食之香味逾於諸粱，人號爲竹根黄。」升庵《藝林伐山》卷十五亦載賈逵此語，題作「竹根黄」。

〔二〕《外集》本「梁米」作「粱米」。

〔三〕「曲名有《小梁州》」六字，原本及《外集》本、《函海》本俱無，據珥江書屋本、天都閣本補。

〔四〕《升庵文集》卷六十一亦載此條，文同，惟「梁」字俱作「粱」。

六州歌頭

《六州歌頭》〔一〕，本鼓吹曲也，音調悲壯。又以古興亡事實之，聞之使人慷慨，良不與艷辭同科，誠可喜也。六州得名，蓋唐人西邊之州，伊州、梁州、甘州、石州、渭州、氐州也。此辭宋人大祀大卹，皆用此調。國朝大卹，則用《應天長》云〔二〕。伊、梁、甘、石，唐人樂府多有之。《胡渭州》見張祜詩〔三〕。《氐州第一》見周美成詞〔四〕。

【箋證】

〔一〕《六州歌頭》，《樂府詩集》卷七十九《近代曲辭》載《陸州歌》三首、排遍四首，復載《簇拍陸州》一首，並不題撰人。升庵《絶句衍義》卷一選載《簇拍六州歌頭》一首，題岑參作。

〔二〕程大昌《演繁露》卷十六「六州歌頭」條：「《六州歌頭》，本鼓吹曲也。近世好事者，倚其聲爲弔古詞。如『秦亡草昧，劉項起吞併』者是也。音調悲壯，又以古興亡事實之，聞其歌使人悵慨，良不與艷辭同科，誠可喜也。本朝鼓吹止有四曲，《十二時》、《導引》、《降仙臺》并《六州》爲曲，每大禮宿齋，或行幸遇夜，每更三奏，名爲警場。真宗至自幸亳，親饗太廟，登歌始作，聞奏嚴遂，詔自今行禮罷乃奏。政和七年，詔《六州》改名《崇明祀》，然天下仍謂之《六州》，其稱謂已熟也。今前輩集中，大祀、大卹皆有此詞。」升庵當據此爲説。「秦亡草昧，劉項起吞併」，李冠《六州歌頭》詞句，升庵《詞林萬選》卷三選録之。《絶句衍義》卷一岑參《簇拍六州歌頭》詩後升庵注云：「伊州、渭州、梁州、氐州、甘州、涼州，謂之六州。宋時大喪以《六州歌頭》引之，本朝用《應天長》。」所云六州，較此多「涼州」而少「石州」。洪邁《容齋隨筆》卷十四「大曲伊涼」條：「今樂府所傳大曲皆出於唐，而以州名者五，伊、涼、熙、石、渭也。《涼州》今轉爲《梁州》，唐人已多誤用。其實從西涼府來也。」然胡震亨《唐音癸籤》卷十三辨之云：「按：《唐·

地理志》涼州屬隴右道，盡古雍、梁二州之境，用之非誤。」

〔三〕《樂府詩集》卷八十《近代曲辭》載《胡渭州》二首，未題撰人。其前有《上巳樂》、《穆護砂》、《思歸樂》二首、《金殿樂》四題，唯《上巳樂》下題「唐張祜」三字。緊接此後，還有《戎渾》及《墻頭花》二首二題，亦未題撰人。元楊士弘編《唐音》，以《穆護砂》、《思歸樂》、《金殿樂》、《胡渭州》及《墻頭花》屬之張祜（見明嘉靖本《唐音》卷十五）。升庵於此，或從其說。其後《全唐詩》更以數詩並入張祜詩卷中。考數詩中《思歸樂》二首，一爲王維《送友人南歸》詩前四句，一爲韓偓《大酺樂》；《戎渾》「風勁角弓鳴」，實王維《觀獵》前四句；《墻頭花》題下「妾有羅衣裳」一首，乃崔國輔《怨詩》。如是可知，《胡渭州》二詩亦未必是張祜所作。《胡渭州》「亭亭孤月」一首，升庵《絶句衍義》卷一又題爲張仲素所作，與此説異；明趙宧光重編本《萬首唐人絶句》卷十二增補此詩爲崔國輔《甘州》詩，「孤月」作「孤日」，洪邁原本不載。

〔四〕周邦彦《氐州第一》「波落寒汀」一首，見《片玉集》。汲古閣本《清真集》題作《熙州摘遍》，則「氐州」又作「熙州」。按，宋熙寧間收復唐臨州改置熙州，屬陝西路。故熙州之曲，唐代所無也。若以詩論，升庵《絶句衍義》卷二「張祜氐州第一」條録張祜「十指纖纖玉筍紅」一首，以爲《氐州第一》；而其詩本卷「小秦王」條中升庵又引之以爲無名氏詩。

升庵「六州歌」之説，明清以來，學者多沿其説。而近人任半塘力辨其非，《唐聲詩》下編「簇拍陸州」條云：「凡興於地方之聲樂，代表相鄰之某一地區則可，代表不同之若干地區則不可。」「此六州各有地區，且亦各有歌曲，如何又合有一《六州》總曲？ 唐樂未聞有此制。」又云：「唐六胡州在宥州，今陝西之靖邊、横山等縣，李益詩中之無定河亦在焉。六胡州所安置之胡部，稱『六州胡』。」按《舊唐書·地理志》「靈州大都督府」：「（貞觀）二十年，鐵勒歸附，於州界置皋蘭、高麗、祁連三州，並屬靈州都督府。永徽二年，廢皋蘭等三州。調露元年，又置魯、麗、塞、含、依、契等六州，總爲六胡州。」據知唐六胡州，乃專爲内附九姓鐵勒而設，其地當在今甘肅靈武一帶，即《唐會要》卷七十三「靈州都督府河曲六州」是也。任氏所云「唐六胡州在宥州，今陝西之靖邊、横山等縣」，地域稍誤，而其以「六州歌」爲「六胡州」歌，則似是矣。

法曲獻仙音

《望江南》，即唐《法曲獻仙音》也。但《法曲》凡三叠，《望江南》止兩叠爾。白樂天改《法曲》爲《憶江南》，其詞曰：「江南好，風景舊曾諳。」二叠云：「江南憶，最憶是杭州。」三叠云：「江南憶，其次憶吴宫。」見《樂府》〔一〕。南宋紹興中，杭都酒肆中有道人携烏衣椎髻女子，買斗酒獨飲，女子歌以侑之。歌詞非人世語。或記之，以問一道士。道士曰：「此赤城韓夫人作《法駕導引》也。烏衣女子蓋龍云。」其詞曰：「朝元路，朝元路，同駕玉華君。千乘載花紅一色，人間遥指是祥雲。迴望海光新。」二叠云：「東風起，東風起，海上百花搖。十八風鬟雲半動，飛花和雨著輕綃。歸路碧迢迢。」三疊云：「簾漠漠，簾漠漠，天淡一簾秋。自洗玉舟斟白酒，月華微映是空舟。歌罷海西流。」此辭即《法曲》之腔。文士好奇，故神其事以傳爾。豈有天仙而反取開元人間之腔乎〔二〕！

【箋證】

〔一〕唐玄宗選坐部伎子弟三百教於梨園，號梨園法部，所教樂曲，總稱《法曲》。《獻仙音》爲其中之一曲，後人摘取以爲詞，直以《法曲獻仙音》名之。其詞單調二十七字，句式作「三、五、七、七、五」。唐李德裕依之作詞，改名《謝秋娘》，白居易復改作《憶江南》。唐人作此詞皆單調或單調而賦連章。升庵所云作三疊者，唐宋皆無徵，檢元虞集《道園學古録》卷三十有《法曲獻仙音三疊爲陳溪山壽》，尚存其例。其一：「秋氣至，壽斝注天香。燕坐喜看扶兩几，擊鮮何必溷諸郎。長歲接賓行。」二疊：「盤石上，新畫太丘翁。扶老一枝風滿袖，凌霄千歲露垂松。不與世間同。」三疊：「千歲事，何許覓松喬。急雨輕雷開道路，星河北斗轉岧嶢。相對話漁樵。」其三疊互不通韻，實亦單調三連章而已。《白氏長慶集》卷三十四《憶江南詞》三首，與此句式全同。白氏自注云：「此曲亦名《謝秋娘》，每首五句。」三首亦不以三疊目之。《樂府詩集》卷八十二《近代曲辭》白居易《憶江南》三首解題云：「一曰《望江南》。《樂府雜録》曰：『《望江南》本名《謝秋娘》，李德裕鎮浙西，爲妾謝秋娘所製。後改爲《望江南》。』」自後唐教坊以《望江南》入教坊曲，唐宋人依式填詞者衆。而其調名，或以詠江南而名《夢江南》、《江南好》，或依情事而名《春去也》、《步虛詞》，或因曲調而定名《法曲獻仙音》、《法駕導引》，如是等等不一，要皆同調異名而已。今存宋詞另有調名《法曲獻仙音》者，皆雙調九十一二字長調，則與此無涉矣。

〔二〕陳與義《無住詞》首載《法駕導引》三首，序云：「世傳頃年都下市肆中，有道人攜烏衣椎髻女子，買斗酒獨飲，女子歌詞以侑，凡九闋，皆非人世語。或記之以問一道士，道士驚曰：『此赤城韓夫人所製《水府蔡真君法駕導引》也。烏衣女子疑龍云。』得其三而亡其六，擬作三闋。」升庵明明據此爲説，而又故隱其名，以譏簡齋之好奇耳。後之選本，多有據升庵此説而致列陳與義詞於仙鬼詞中者。陳與義，字去非，其先京兆人，避唐廣明之亂，入蜀居眉州青神。其大王父希亮，英宗朝官太常博士，舉家還洛，遂爲洛陽人。與義登政和三年進士，授文林郎，開德府教授。丁内艱，服除，以《墨梅》詩得薦爲太學博士、著作佐郎、司勳員外郎，擢符寶郎。以事謫監陳留酒。久之，召爲兵部員外郎。以紹興元年夏至行在所，爲起居郎。遷中書舍人兼掌内制，拜吏部侍郎，改禮部。後以徽猷閣直學士知湖州。復召爲給事中。以病告老，爲顯謨閣直學士、提舉江州太平觀。復用爲中書舍人，拜翰林學士、知制誥。紹興七年，爲參知政事。因病請辭，以資政殿學士特轉太中大夫、提舉臨安府洞霄宫致仕，卒。自號簡齋居士，有《簡齋集》。

小秦王

唐人絶句多作樂府歌，而七言絶句隨名變腔〔一〕。如《水調歌頭》〔二〕、《春鶯轉》〔三〕、《胡渭州》〔四〕、《小秦王》〔五〕、《三臺》〔六〕、《清平調》〔七〕、《陽關》〔八〕、《雨淋鈴》〔九〕，皆是七言絶句而異其名，其腔調不可考矣。予愛《小秦王》三首，其一云：「雁門山上雁初飛。馬邑闌中馬正肥。陌上朝來逢驛騎，殷勤南北送征衣。」〔一〇〕其二云：「柳條金嫩不勝鴉。青粉墻頭道韞家。燕子不來春寂寞，小窗和雨夢梨花。」〔一一〕其三云：「十指纖纖玉筍紅。雁行輕度翠絃中。分明自説長城苦，水闊雲寒一夜風。」〔一二〕第一首妓女盛小叢作，後二首無名氏。

【箋　證】

〔一〕升庵《百琲明珠》卷一選盛小叢一首及無名氏二首，題《小秦王》，注云：「唐人絶句即是詞調，但隨聲轉腔，以别宫商。如《陽關》、《伊州》、《水調》皆是。」又《絶句衍義》卷一「杜甫《贈花卿》」條云：「唐世樂府，多取當時名人之詩唱之，而音調名題各異云云。」此可與本書卷三「瑞鷓鴣」條互參。

〔二〕《欽定詞譜》卷二十七《水調歌頭》解題云：「《水調》乃唐人大曲，凡大曲有歌頭。此必裁截其歌頭，另倚新聲也。」《水調》，隋唐大曲，又作《水調歌》。《樂府詩集》卷七十九《近代曲辭》載《水調歌》十一疊，解題云：「《樂苑》曰：『《水調》，商調曲也。』舊説《水調》、《河傳》，隋煬帝幸江都時所製。曲成奏之，聲韻怨切。王令言聞而謂其弟子曰：但有去聲而無回韻，帝不返矣。後竟如其言。按：唐曲凡十一疊，前五疊爲歌，後六疊爲入破。」所録除第一疊及入破第六疊爲五絶外，其餘皆七言絶。

〔三〕《春鶯轉》，「轉」當是「囀」字之訛。《春鶯囀》，唐教坊舞曲名。《樂府詩集》卷八十《近代曲辭》録張祜《春鶯囀》，曰：「《樂苑》曰：『《大春鶯囀》，唐虞世南及蔡亮作。又有《小春鶯囀》，並商調曲也。』《教坊記》曰：『高宗曉聲律，聞風葉鳥聲，皆蹈以應節。嘗晨坐聞鶯聲，命樂工白明達寫之爲《春鶯囀》。後亦爲舞曲。』二説不同，未知孰是。」

〔四〕《胡渭州》，唐教坊曲名。《樂府詩集》卷八十《近代曲辭》録《胡渭州》二首，一七絶一五絶，解題引《樂苑》曰：「《胡渭州》，商調曲也。」胡震亨《唐音癸籤》卷十三：「胡渭州，商調曲。唐有兩渭州，一屬關内，一屬隴右。此出隴右渭州，爲近邊地，故以胡渭州别之。開元中樂工李龜年、鶴年兄弟尤妙製《渭州》。《五行志》云：『天寶樂曲，多以邊地爲名。其曲遍繁聲名入破，安史亂西幸後，其地盡爲吐蕃所没，破乃其兆也。』洪容齋曰：『今樂府所傳大曲，皆出于唐，而以州名者五：伊、涼、熙、石、渭也。』」

〔五〕《欽定詞譜》卷一《陽關曲》解題云：「《陽關曲》本名《渭城曲》。宋秦觀云：『《渭城曲》絶句，近世又歌入《小秦王》，更名《陽關曲》，屬雙調，又屬大石調。』按唐《教坊記》有《小秦王曲》，即《秦王小破陣樂》也，屬坐部伎。」升庵不取宋人此説，故於此下另列《陽關》一曲以別之。

〔六〕《三臺》，唐教坊曲名。《樂府詩集》卷七十五《雜曲歌辭》載韋應物《三臺》六言二首，解題云：「《後漢書》曰：『蔡邕爲侍御史，又轉持書侍御史，遷尚書。三日之間，周歷三臺。』馮鑑《續事始》曰：『樂府以邕曉音律，製《三臺曲》以悦邕，希其厚遇。』劉禹錫《嘉話録》曰：『三臺送酒。蓋因北齊高洋毁銅雀臺，築三個臺，宫人拍手呼，上臺送酒，因名其曲爲《三臺》。』李氏《資暇》曰：『《三臺》，三十拍促曲名。昔鄴中有三臺，石季龍常爲宴遊之所。樂工造此曲以促飲。』未知孰是。……按《樂苑》，唐天寶中，羽調曲有《三臺》，又有《急三臺》。」胡震亨《唐音癸籤》卷三十引之，並云：「今按諸説，李氏説似可據。」《樂府詩集》又録《江南三臺》、《上皇三臺》、《宫中三臺》皆六言四句。唯《突厥三臺》一首爲七言，即所謂盛小叢所歌者也。

〔七〕《清平調》，唐清商樂曲。參本卷「太白清平樂辭」條箋證〔一〕。

〔八〕《陽關》，唐曲名，一作《渭城曲》。《樂府詩集》卷八十《近代曲辭》録王維《渭城曲》一首。解題云：「《渭城》一曰《陽關》，王維之所作也。本《送人使安西》詩，後遂被于歌。劉禹錫《與歌者》詩云：『舊人唯有何戡在，更與慇懃唱《渭城》。』白居易《對酒》詩云：『相逢且莫推辭醉，聽唱《陽關》第四聲。』《陽關》第四聲，即『勸君更盡一杯酒，西出陽關無故人』也。《渭城》、《陽關》之名，蓋因辭云。」參本條箋證〔五〕。

〔九〕《雨淋鈴》，一作《雨霖鈴》。《樂府詩集》卷八十《近代曲辭》録張祜《雨霖鈴》七絶一首。解題云：「《明皇別録》曰：『帝幸蜀，南入斜谷，屬霖雨彌旬。於棧道雨中，聞鈴聲與山相應。帝既悼念貴妃，因採其聲爲《雨霖鈴》曲以寄恨焉。時獨梨園善觱栗樂工張徽從至蜀，帝以其曲授之。洎至德中復幸華清宮，從官嬪御皆非舊人，帝于望京樓命張徽奏《雨霖鈴曲》，不覺悽愴流涕。其曲後入法部。』《樂府雜録》曰：『明皇自蜀反正，樂工製《還京樂》、《雨霖鈴》二曲。』」

〔一〇〕《樂府詩集》卷七十五《雜曲歌辭》載此於韋應物《三臺》二首之後，題作《突厥三臺》，不著撰人，「陌上朝來逢驛騎」作「日旰山西逢驛使」。升庵《絶句衍義》卷一録此詩，題盛小叢作，此句則作「昨夜陰山逢驛使」。《雲溪友議》卷上「餞歌序」條：「李尚書訥夜登越城樓，聞歌曰：『雁門山上雁初飛』，其聲激切。召至，曰：『在籍之妓盛小叢也。』曰：『汝歌何善乎？』曰：『小叢是梨園供奉南不嫌女甥也，所唱之音，乃不嫌之授也。』」據知此詩實非小叢所作。又，明銅活字本《韋蘇州集》卷十載此詩，題《突厥臺》，「陌上朝來」作「日昨山西」。

〔一一〕《齊東野語》卷十六「降仙」條記董無益嘗記女仙三絶句，此其第一首。「墻頭」作「墻邊」，「不來」作「未來」。

〔一二〕《絶句衍義》卷一載此首題爲《氐州第一》，張祜作。其末注云：「按《張祜集》，題本作《丘家箏》。」檢《張承吉文集》，此詩題作《題宋州田大夫家樂丘家箏》，其二句「輕度」作「輕過」，三句「自説」作「似説」。又，「水闊」，珥江書屋本作「水咽」。

仄韻絶句

仄韻絶句，唐人以入樂府。唐人謂之《阿那曲》，宋人謂之《鷄叫子》〔一〕。唐詩「春草萋萋春水緑。野棠開盡飄香玉。繡嶺宫前鶴髮翁，猶唱開元太平曲」〔二〕，乃無名氏聞鬼仙之謡〔三〕，非李洞作也。李洞詩集具在〔四〕，詩體大與此不同，可驗。女郎姚月華二首〔五〕：「春草萋萋春水緑。對此思君淚相續。羞將離恨附東風，理盡秦箏不成曲。」又云：「與君形影分胡越。玉枕經年對離别。登臺北望烟雨深，回身泣向寥天月。」〔六〕宋朱敦儒詞云：「西樓月落鷄聲急。夜浸疏香寒淅瀝。玉人醉渴嚼春冰，曉色入簾横寶瑟。」〔七〕張文潛《荷花》一首云：「平池碧玉秋波瑩。緑雲擁扇青摇柄。水宫仙子鬬紅妝，輕步凌波踏明鏡。」〔八〕杜祁公《詠雨中荷花》一首云：「翠蓋佳人臨水立。檀粉不勾香汗濕。一陣風來碧浪翻，真珠零落難收拾。」〔九〕三首皆佳。宋人作詩與唐遠，而作詞不愧唐人，亦不可曉。《太平廣記》載妖女一詞云：「五原分袂真胡越，燕拆鶯離芳草歇。年少烟花處處春，北邙空恨清秋月。」〔一〇〕其詞亦佳。坡詞「春事闌珊芳草歇」亦用其語〔一一〕。或疑「歇」字似趁韻，非也。唐劉瑶詩：「瑶草歇芳心耿耿。」〔一二〕皆有出處，一字不苟如此〔一三〕。

【箋　證】

〔一〕《阿那曲》，阿那，本言舞姿輕柔，與婀娜同；又作若個、何處解。唐、宋皆無以「阿那」爲調名者，舊傳有唐玄宗妃楊玉環《阿那曲》。今檢《太平廣記》卷五十二「張雲容」條，記薛昭遇楊妃侍女張雲容自述其獨舞《霓裳》，楊妃贈詩曰：「羅袖動香香不已。紅蕖裊裊秋烟裏。輕雲嶺上乍摇風，嫩柳堤邊初拂水。」乃仄韻絶句一首。注出《傳記》。宋曾慥《類説》卷三十二亦録此條，云出《傳奇》。二書所記，皆無詩題。《萬首唐人絶句》卷六十五録此詩，則題爲楊妃《贈張雲容舞》，亦無《阿那曲》之名。明卓人月《古今詞統》卷一録此詩，始題其名曰《阿那曲》。原其所以，則以升庵謂「仄韻絶句即《阿那曲》」，故因以爲題也。《全唐詩》詩、詞兩載之，其卷八百九十九即據《詞統》録之，亦題曰《阿那曲》。後世多遵升庵此説，凡以仄韻絶句爲詞者，皆謂之《阿那曲》。亦有不取升庵此説者，《欽定詞譜》卷一於朱敦儒《春曉曲》後注云：「此詞見《花草粹編》，第二句本六字，乃舊譜於『香』字下增一『寒』字，作七言四句，名《阿那曲》。查唐、宋詞並無《阿那曲》名，自明楊慎以唐詩絶句僞託爲詞，今正之。」《鷄叫子》，宋代曲名。《宋史》卷一百四十二《樂志》云：「太平興國中，伶官蔚茂多侍大宴，聞鷄唱。殿前都虞候崔翰問之曰：『此可被管弦乎？』茂多即法其聲，製曲曰《鷄叫子》。」然此曲不傳。後世有名《鷄叫子》曲者，率皆依升庵此説而定名也。

〔二〕《太平廣記》卷五百三十「許生」條，記會昌元年春孝廉許生下第東歸，次壽安宿甘泉店甘棠館遇白衣叟事，注出《纂異録》。此詩即白衣叟所賦，文字全同。按：《纂異記》，傳奇小說集，唐李玫撰，全書早佚，今人有輯本。宋人朱勝非《紺珠集》卷一、曾慥《類説》卷十九皆節録其文。洪邁《萬首唐人絶句》卷六十六載此詩，題作《甘棠叟一首》。《全唐詩》卷五百六十二據之以爲李玫詩。宋周弼《三體唐詩》卷二、元楊士弘《唐音》卷十四則以爲李洞詩，題《繡嶺宫》，文字亦悉同。《唐詩品彙》卷五十四、《全唐詩》卷七百二十三亦録爲李洞詩，題作《繡嶺宫詞》，首句作「春日遲遲春草緑」，文字小異。

〔三〕「謡」，原本誤作「遥」，據珥江書屋本、天都閣本及《外集》本改。

〔四〕李洞詩集，《新唐書·藝文志》著録一卷，《宋史·藝文志》著録三卷，皆佚，今《全唐詩》輯存三卷。

〔五〕姚月華，生平里貫未詳。後蜀韋縠《才調集》卷十載其詩二首，知其爲唐人無疑。明人小説集《廣艷異編》卷八、《續艷異編》卷四、《情史類略》卷三皆載《姚月華小傳》。元伊世珍《琅嬛記》記其事跡數條，注出《本傳》。檢其文皆與《姚月華小傳》合，則此傳當爲宋元以前人所構也。傳謂月華幼年失母，嘗夢月輪墜於妝臺，覺而能詩。後隨父至揚子江，與鄰舟書生楊達以詩傳情，終未能結合。事出附會與否，不可考。《全唐詩》卷八百存其詩六首，其中《有期不至》、《楚妃怨》二首分别爲白居易、張籍詩。

〔六〕二詩見《才調集》卷十、《萬首唐人絶句》卷六十五、《樂府詩集》卷四十二、《全唐詩》卷二十，並題作《怨詩》。前首首句並作「春水悠悠春草緑」，三句「附」並作「向」。後首二句「經」作「終」。《全唐詩》卷八百復載二詩，題作《怨詩寄楊達》，題下注「一作《古怨》」，前首首句「春」下注「一作江」，四句「秦箏」下注「一作瑶琴」。後首首句「胡」作「吴」，二句「經」下注「一作終」，三句「臺」下注「一作高」。《姚月華小傳》只見前首，首句「春」作「江」，四句「秦箏」作「瑶琴」。

〔七〕此朱敦儒《春曉曲》，見《樵歌》卷下。升庵此引原誤作張仲宗詞，記憶偶疏也，據改。此詞按律二十七字，第二句「寒」字，《樵歌》無。此殆升庵爲凑足七字所增。朱敦儒，字希真，宋洛陽人。歷兵部郎中、臨安府通判、秘書郎、都官員外郎、兩浙東路提點刑獄。致仕居嘉禾。紹興二十九年卒。有詞集《樵歌》三卷。

〔八〕此張耒《對蓮花戲寄晁應之》詩前四句，見《張右史文集》卷十二。全詩云：「平池碧玉秋波瑩。緑雲擁扇青瑶柄。水宫仙女鬬新妝，輕步凌波踏明鏡。彩橋下有雙鴛戲。曾託鴛鴦問深意。半開微斂竟無言，裛露微微灑秋淚。晁郎神仙好風格。須遣仙娥伴仙客。人間萬事苦參差，吹盡清香不來摘。」按：此詩前四句「瑩」、「柄」、「鏡」三字去聲「二十五敬」韻；中四句「戲」、「意」、「淚」三字去聲「四置」韻；末四句「格」、「客」二字入聲「十一陌」韻，「摘」字入聲「十二錫」韻，陌、錫二韻多可通押。則此詩實連章仄韻絶句三首，故升庵得截取之。張耒，字文潛，號柯山，宋楚州淮陰人。神宗熙寧六年進士，任臨淮主簿。元豐中官壽安尉、咸平丞。

元祐初授秘書省正字，歷秘書丞、著作郎，官至起居舍人。哲宗紹聖元年，以直龍圖閣知潤州，徙宣州。紹聖四年黨禁起，謫監黄州酒税，旋改監復州酒税。徽宗時，通判黄州，知兖州，入爲太常少卿，再出知潁、汝二州。在潁時爲東坡舉哀行服，貶房州别駕，黄州安置。崇寧五年，詔除黨禁，歸淮陰。晚居陳州。政和四年卒，年六十一。耒爲蘇門四學士之一，有《柯山集》，今存。

〔九〕杜衍，字世昌，宋山陰人。大中祥符初登進士甲科，歷官至集賢殿大學士，兼樞密使。仁宗時，進太子太師，同中書門下平章事，封祁國公。卒，年八十。此引詩，見宋陳思《兩宋名賢小集》卷六十九。宋無名氏《錦繡萬花谷》後集卷三十七、宋陳景沂《全芳備祖》前集卷十一録此詩，首句下皆有「寂寞雨中相對泣，温泉洗出玉肌寒」二句，爲七言古詩。《錦繡萬花谷》只注詩題，不題撰人。《全芳備祖》題爲「任庵」作。按：「任庵」，當指任希夷。蓋希夷號「斯庵」，其書所録注出「斯庵」者多處，注「任庵」者僅此。則知「任」實「斯」之誤，手民偶疏也。《佩文齋廣群芳譜》卷三十録此詩作「任思庵」，雖有「斯」、「思」之訛，亦可證此説不謬。今按：此詩當依《全芳備祖》，爲任希夷作。《兩宋名賢小集》乃後人依託之作，不足盡信。以屬之「杜衍」者，蓋《錦繡萬花谷》此詩及後二首皆失題作者，再下一首則注「出杜衍」，《兩宋名賢小集》纂輯者當以此四首皆出杜衍，因據以選録删削之也。又，託名宋劉克莊《後村千家詩》，雖不足據信，但其書卷九載無名氏《雨中荷花》詩，乃截取七言古詩前四句爲之，亦足證《兩宋名賢小集》所載，本非絶句也。任希夷，字伯起，號斯庵，宋邵武人。淳熙三年進士第，調浦城簿、蕭山丞。寧宗開禧初爲太常寺主簿。嘉定四年，以宗正丞兼太子舍人。累遷禮部尚書兼給事中。十二年，簽書樞密院事，十三年，兼參知政事。十四年，出知福州。有《斯庵集》，今佚。《宋史》卷三百九十五有傳。

〔一〇〕《太平廣記》卷三百四十七「曾季衡」條，記曾季衡侍大父任五原，遇女鬼王麗貞事。注出《傳奇》。曾慥《類説》卷三十二節録之云：「曾季衡侍大父任五原，僕夫告曰：昔王使君女暴終於此，乃國色也。季衡炷香凝思，不以人鬼爲間。忽一女郎，縹緲有神仙之態，乃王氏之女也，自是每日晡即至。季衡偶泄於麾下將校，女曰：自此不可更接歡笑。留詩曰：『無緣分袂各胡越，燕拆鶯離芳草歇。年少烟花在處春，北邙空恨清秋月。』季衡曰：『江草青青雁欲歸，玉腮珠淚灑臨岐。雲鬟飄去香風盡，愁見鶯啼紅樹枝。』衡曰：『何時再會？』女曰：『非一甲子，無相見期。』言訖而没。」洪邁《萬首唐人絶句》卷六十六載此詩，誤「曾」爲「崔」，題作王使君女《贈崔季衡》。《全唐詩》卷八百六十六題作王麗真《與曾季衡冥會詩》。首句「胡越」，《太平廣記》、《全唐詩》並作「吴越」。《類説》所載，首句作「無緣分袂各胡越」。二句「拆」，原誤作「折」，據各書改，珥江書屋本、《外集》本所載不誤；「歇」，《太平廣記》、《萬首唐人絶句》作「竭」。三句「處處」，《類説》作「在處」。

〔一一〕此蘇軾「離別」《蝶戀花》詞首句。全詞云：「春事闌珊芳草歇。客裏風光，又過清明節。小院黄昏人憶别。落紅處處聞啼鴂。　咫尺江山分楚越。目斷魂消,應是音塵絶。夢破五更心欲折。角聲吹落梅花月。」蘇軾,字子瞻,一字和仲,號東坡,宋眉州眉山人。嘉祐二年進士,調福昌主簿。對制策入三等,除大理評事,簽書鳳翔府判官,入判登聞鼓院。丁父憂,熙寧二年還朝,判官吉院、權開封府推官。出判杭州,知密、徐、湖三州。以烏臺詩案,謫黄州團練副使,移常州。哲宗立,復朝奉郎,知登州。召爲禮部郎中,遷起居舍人。尋除翰林學士兼侍讀,拜龍圖閣學士,出知杭州。召爲翰林承旨,數月,出知潁州、揚州。復召爲兵部尚書兼侍讀,改禮部兼端明殿翰林、侍讀兩學士。出知定州。紹聖初,貶寧遠軍節度副使,惠州安置。再貶瓊州别駕,居儋耳。徽宗立,移舒州團練副使,徙永州。更三赦,提舉玉局觀,復朝奉郎。建中靖國元年卒於常州,年六十六。高宗朝贈太師,謚文忠。軾爲北宋名臣,詩、文、書、畫並稱大家。有《東坡全集》一百十五卷存世,《宋史》有傳。

〔二〕此劉瑶《暗别離》詩中句,見《才調集》卷十。詩云:「槐花結子桐葉焦,單飛越鳥啼青霄。翠軒輾雲輕遥遥,燕脂淚迸紅線條。瑶草歇芳心耿耿,玉佩無聲畫屏冷。朱絃暗斷不見人,風動花枝月中影。青鸞脈脈西飛去,海闊天高不知處。」劉瑶,生平里籍無考。辛文房《唐才子傳》卷八,末論閨閣英秀,以入「雅擅華藻,才色雙美」者。

〔三〕元陳秀明《東坡詩話録》卷三:「東坡『春事闌珊芳草歇』,或疑『歇』字似趁韻,非也。唐劉瑶詩:『瑶草歇芳心耿耿。』傳奇女郎玉貞詩:『燕拆鶯離芳草歇。』皆有出處,一字不苟如此。」

升庵於此，顛倒其序而用之。

阿那紇那曲名〔一〕

李郢《上元日寄湖杭二從事》詩曰：「戀别山燈憶水燈，山光水焰百千層。謝公留賞山公喚，知入笙歌阿那朋。」〔二〕劉禹錫《夔州竹枝詞》云：「楚水巴山小雨多。巴人能唱本鄉歌。今朝北客思歸去，回入《紇那》披緑蘿。」〔三〕《阿那》、《紇那》，皆當時曲名。李郢詩言變梵唄爲艷歌〔四〕，劉禹錫詩言翻南調爲北曲也〔五〕。《阿那》皆叶上聲，《紇那》皆叶平聲，此又隨方音而轉也。

【箋　證】

〔一〕本條中「紇那」，《升庵文集》卷五十六同條皆誤作「紇羅」。按：「紇那」爲曲名，劉禹錫有《紇那曲》二首，《竹枝詞》又有「回入《紇那》披緑羅」之句可證。「紇羅」，則魏神元皇帝曾孫上谷公名，無以作曲名者。

〔二〕李郢，字楚望，唐大中十年進士，初居杭州，歷爲藩鎮從事，終侍御史。郢工詩，與賈島、杜牧、方干等人唱和。「山燈」、「水燈」原作「山登」、「水登」，各本皆同，據宋蒲積中《歲時雜詠》卷七、洪邁《萬首唐人絶句》卷三十六、《全唐詩》卷五百九十改。

〔三〕劉禹錫此詩，《劉賓客文集》卷二十七、《尊前集》卷上、《樂府詩集》卷八十一「近代曲辭」，首句

「小雨」均作「江雨」，末句「緑蘿」均作「緑羅」。「蘿」當從諸書作「羅」爲是。珥江書屋本、天都閣本「小雨」作「烟雨」，「紇那」誤作「紇羅」。

〔四〕「阿那」爲曲名之説，參見前條注一。詳審李郢此詩，蓋羡友人上元觀燈之樂。「山燈」、「水燈」，「山光水艷」，言湖、杭燈市之勝也。「謝公留賞山公喚」，形容二友人鬧市中此呼彼喚，興致不淺。「阿那朋」，「阿那」，猶言哪個；「朋」，即群、隊之意也。詩意乃言湖、杭二從事上元賞燈，信步遊觀，不知走入笙歌何隊之中也。明胡震亨《唐音癸籤》卷二十四引遯叟之説曰：「阿那，李白『萬户垂楊裏，君家那阿邊』、李郢『知入笙歌阿那朋』。『阿那』猶言『若個』也。」升庵謂此詩「言變梵唄爲艷歌」，不知所云，但實非李郢原詩本義也。

〔五〕「紇那」，曲名。劉禹錫有《紇那曲詞》二首，有句云：「蹋曲興無窮，調同詞不同。」詩末有注云：「上詞先不入集，伏緣播在樂章，今附于卷末。」蓋《紇那》乃當時北方蹋歌曲子，可隨調填詞。此詩云北客思鄉，巴人歌舞中轉入北調以慰之也。故升庵謂其「翻南調爲北曲」。

醉公子

唐人《醉公子》詞云：「門外猧兒吠。知是蕭郎至。剗襪下香階，冤家今夜醉。　扶得入羅帷。不肯脱羅衣。醉則從他醉，還勝獨睡時。」〔一〕唐詞多緣題所賦，《臨江仙》則言水仙，《女冠子》則述道情，《河瀆神》則詠祠廟，《巫山一段雲》則狀巫峽。如此詞題曰《醉公子》，即詠公子醉也。爾後漸變，與題遠矣〔二〕。此詞又名《四換頭》，因其詞意四換也。前輩謂此可以悟詩法，或以問韓子蒼，子蒼曰：「只是轉折多。且如剗襪下階是一轉矣，而苦其今夜醉，又是一轉；喜其入羅帷，又是一轉；不肯脱衣，又是一轉；後兩句自開釋，又是一轉。」〔三〕其後製四換韻一調，亦名《醉公子》云，今附録之，蓋孟蜀顧敻辭也。「河漢秋雲淡。紅藕香侵檻。枕倚小山屏。金鋪向晚扃。　睡起横波慢。獨坐情何限。衰柳數聲蟬。魂銷似去年。」〔四〕

【箋證】

〔一〕宋陳模《懷古録》卷中引録此詞，「知是蕭郎至」作「知蕭郎來至」、「香階」作「芳階」、「羅帷」作「羅幃」、「獨睡」作「獨眠」。《全唐詩》卷八百九十九載此，作無名氏詞。升庵《百琲明珠》卷一録此，「剗襪」作「含笑」。

〔二〕《唐宋諸賢絶妙詞選》卷一載李詢《巫山一段雲》二首，題下注云：「唐詞多緣題所賦，《臨江仙》則言仙事，《女冠子》則述道情，《河瀆神》則詠祠廟。大概不失本意，爾後漸變，去題遠矣。如此二詞，實唐人本來詞體如此。」升庵説本此。

〔三〕明《説集》鈔本《懷古録》卷中引此詞後云：「此唐人詞也，前輩謂此可以悟詩法。或以問蒼山，蒼山曰：『此只是轉多。且如喜其至，剗襪下階，是一轉矣。而苦其今夜醉，又是一轉；喜其入羅幃，又是一轉；不肯脱羅衣，又是一轉；後兩句自開釋，又是一轉。』」陳模，字子宏，號月庭，宋江西廬陵人，生平仕履無考。所著《懷古録》三卷，成於宋理宗寶祐二年。曾原一爲之序，有云：「予少時嘗與南塘趙公論詩，公云：『在顓意者，詩不博取他書，間取之，得片語，躍然喜而成篇。養之未及熟，鍊之未及精，終氣味淺薄，由發用太匆爾。』原一佩師訓，自力三十年，雖未造精熟，每於摛文厲事，必以發用匆卒戒。余期宏者大，用以南塘告原一者爲宏告：『百步一尺，子弁矣。』宏曰：『唯。是又吾録所未及者，請以是説冠其首。』」據此，知曾原一年輩長於陳模，模師事之，故每稱其號。升庵此引，改「蒼山」作「子蒼」，以所論者爲韓駒。蓋誤以《懷古録》作者陳模，爲宋慶元中另一陳模字中行者。以其年輩長於原一，不應敬呼「蒼山」，故改「蒼山」爲「子蒼」也。其人字中行，泉州永春人，慶元二年進士。歷官秘書省正字、國史院編修兼實録院檢討官，嘉定二年除校書郎。著有《東宮備覽》六卷，今存。曾原一，字子實，號蒼山，宋江西寧都人，紹定四年領鄉薦，爲戴復古江湖吟社中人，有《蒼山詩集》。又：子蒼，韓駒字，四川仙井人。升庵好標舉川人，改「蒼山」爲「子蒼」，或其故弄玄虚，亦未可知也。

〔四〕顧敻此詞見《花間集》卷七。首句「河漢」，《花間集》作「漠漠」。顧敻，生卒未詳，字里無可考。前蜀時給事内庭。通正時，曾官茂州刺史。後蜀事孟知祥，爲太尉。能詩善詞，《花間集》存其詞五十五首。

如夢令

唐莊宗詞云〔一〕：「曾宴桃源深洞〔二〕。一曲舞鸞歌鳳〔三〕。長記別伊時〔四〕，和淚出門相送。如夢。如夢。殘月落花烟重〔五〕。」此莊宗自度曲也〔六〕。樂府取詞中「如夢」二字名曲，今誤傳爲呂洞賓〔七〕，非也。

【箋證】

〔一〕後唐莊宗李存勖，唐河東節度使、晋王李克用長子，沙陀人，本姓朱邪氏，小名亞子，以勇猛聞名。後梁龍德三年稱帝，國號唐，同年十二月滅後梁，建都洛陽，史稱後唐。存勖洞曉音律，能度曲。寵幸優伶，每於宫中粉墨登場以爲樂。在位四年，竟爲伶人所弑。今存詞四首，見《尊前集》。

〔二〕《花草粹編》卷一録此詞，「深」，作「仙」。

〔三〕「舞鸞歌鳳」，《尊前集》、《花草粹編》作「清歌舞鳳」。

〔四〕「別伊」，《尊前集》、《花草粹編》並《苕溪漁隱叢話》後集卷三十九所引並作「欲別」。

〔五〕《苕溪漁隱叢話》所引「和淚」句與「殘月」句互易，而與東坡詞所引同。

〔六〕《苕溪漁隱叢話》引《古今詞話》云：「後唐莊宗修内苑，掘得斷碑，中有字三十二曰：『曾宴桃源深洞。一曲舞鸞歌鳳。長記欲別時，殘月落花烟重。如夢。如夢。和淚出門相送。』莊宗使樂工入律歌之，名曰『古記』。」謂此詞非莊宗所作。《花草粹編》同引此文，並於詞末注云：「《仙鑑》：太白作。」然蘇軾《如夢令》序云：「此曲本唐莊宗所製，名《憶仙姿》，嫌其名不雅，故改爲《如夢令》。莊宗作此詞，卒章云：『如夢。如夢。和淚出門相送。』因取以爲名云。」胡仔以爲《詞話》多爲臆説，當以坡言爲是。《尊前集》載此詞題爲「唐莊宗《憶仙姿》」，謂「即《如夢令》之祖也」。

〔七〕吕巖，字洞賓，傳爲唐京兆人，禮部侍郎渭之孫。咸通中舉進士不第，遊長安酒肆，遇道士鍾離權，入終南山修仙得道，不知所往。後世以爲八仙之一。世傳吕仙聖跡極多，詩詞數百首，多後人託名之作。

陳耀文《正楊》卷四「如夢令」條駁升庵此説，引《翰府名談》云此詞乃「李白過潼關詞」。按：《翰府名談》，宋劉斧撰，《通志·藝文略》著録二十五卷，明代已不見著録。宋曾慥《類説》卷五十二採録《翰府名談》十五條，其「嵩山見李白」條云：「白龜年至嵩山，遥望東岩古木，簾幕窣地。步至其旁，樽俎羅列。有一人前曰：『李翰林相召。』龜年趨進，其人褒衣博帶，色澤秀發。曰：『吾則唐李白也。子之祖乃白居易也。雖不同代，亦一時人，以其道同，今相往復。吾自水解，放遁山水之間，因思故鄉，西歸嵩峰中，帝飛章上奏，見辟於此，掌牋奏已百年矣。近過潼，適有詞曰：「誤入桃源深洞。一曲妙歌舞鳳。常記欲别時，明月落花烟重。如夢。如夢。和淚出門相送。」』龜年曰：『吾祖今在何處？』曰：『在臺上，功德所從，昔日之志也。』又出書一卷遺龜年曰：『讀之可辨九天禽語、大地獸言，更修功行，可得仙也。』」此顯係小説家虚妄之言，宋人趙與時《賓退録》已謂「斧著書多誕妄，故觀者例不敢信」，陳耀文據以「正楊」，過矣。

擣練子

李後主《擣練子》云〔一〕：「深院静，小庭空。斷續寒砧斷續風。無奈夜長人不寐〔二〕，數聲和月到簾櫳。」詞名《擣練子》，即詠擣練，乃唐詞本體也〔三〕。

【箋　證】

〔一〕李煜，字重光，五代南唐國主李璟子，建隆二年嗣位，宋開寶八年國亡，在位十五年。被解入汴，太祖賜爵違命侯，太宗太平興國三年賜死。史稱南唐李後主。其詞作感事傷時，寄概遥深，爲後世詞家所宗尚。此詞又見《尊前集》卷上，以爲馮延巳作。

〔二〕「無奈」，《尊前集》作「好是」。

〔三〕升庵此説，胡應麟《少室山房筆叢》卷二十一《藝林學山》三「乾荷葉」條舉升庵此條及下「人月圓」、「乾荷葉」三條駁之，以爲此類當是「先有調而後命名，非先命名而後製曲」也。按沈括《夢溪筆談》卷五云：「唐人填曲多詠其曲名。」升庵取其説，言初創之詞，詞意曲情必相諧和，以此可追索詞名之緣起。非辨其詞、曲初創之孰先孰後也。

後主《擣練子》二首，明人有補加四句於前，以成《鷓鴣天》者。清徐釚《詞苑叢談》卷十記之云：「李重光『深院静』小令，升庵曰：『詞名《擣練子》，即詠擣練也。』復有『雲鬟亂』一篇，其詞亦同，衆刻無異。

嘗見一舊本，則俱係《鷓鴣天》。二詞之前，各有半闋。其『雲鬟亂』一闋云：『節候雖佳景漸闌。吴綾已暖越羅寒。朱扉日暮隨風掩，一樹藤花獨自看。　雲鬟亂，曉粧殘。帶恨眉兒遠岫攢。斜托香腮春筍嫩，爲誰和淚倚闌干。』其『深院静』一闋云：『塘水初澄似玉容。所思還在別離中。誰知九月初三夜，露似珍珠月似弓。　深院静，小庭空。斷續寒砧斷續風。無奈夜寒人不寐，數聲和月到簾櫳。』」同時賀裳《皺水軒詞筌》亦載此，唯文末多「增前四語，覺神采加倍」數字。《晨風閣叢書》載王國維《南唐二主詞校勘記》引《詞苑叢談》云：「『可憐九月初三夜，露似珍珠月似弓』，此樂天《暮江吟》後二句，見《白氏長慶集》卷十九，後主不應全襲之。且《鷓鴣天》下半首平仄亦與《搗練子》不合。顯係明人贋作。徐氏信之，誤矣。」況周頤《蕙風詞話》卷五復引《詞苑叢談》云：「楊用修席芬名閥，涉筆瑰麗，自負見聞賅博，不恤杜撰肆欺，跡其忍俊不禁，信有奇思妙語，非尋常才俊所及。嘗云：李後主《搗練子》『深院静』、『雲鬟亂』二闋，曩見一舊本，並是《鷓鴣天》云云。以『塘水初澄』比方玉容，其爲妙肖，匪夷所思。『雲鬟亂』闋前段，尤能以畫家白描法，形容一極貞静之思婦。綾羅間之暖寒，非深閨弱質、工愁善感者，體會不到。『一樹藤花』，確是人家庭院景物；曰：『獨自看』，其殆《白華》之詩『無營無欲』之旨乎！『扉無風而自掩』，境至清寂，無一點塵。如此云云，可知『遠岫眉攢』、『倚闌和淚』，皆是至真至正之情，有合風人之旨。即詞境詞格，亦與之俱高。雖重光復起，宜無間然。或猶譏其向壁虚造，寧非固歟？」蕙風以所增乃升庵所爲，然詳審徐氏之文，所云「嘗見舊本」，未明指升庵也。

人月圓

宋駙馬王晉卿元宵詞云〔一〕：「小桃枝上春來早〔二〕，初試薄羅衣〔三〕。年年此夜〔四〕，華燈盛照〔五〕，人月圓時。禁街簫鼓，寒輕夜永，纖手同携〔六〕。更闌人静〔七〕，千門笑語，聲在簾幃。」此曲晉卿自製，名《人月圓》，即詠元宵，猶是唐人之意。

【箋證】

〔一〕此詞見《唐宋諸賢絶妙詞選》卷三，題作「元夜」。《能改齋漫録》卷十六云：「（李）持正又作《人月圓》，今尤膾炙人口，云：『小桃枝上』云云。近時以爲小王都尉作，非也。」按升庵編《百琲明珠》收此詞，亦以爲王晉卿作。王詵，字晉卿，宋開封人。能詩善畫，選尚英宗女魏國大長公主，拜左衛將軍、駙馬都尉，爲利州防禦使。元豐二年，主薨，坐黨籍與蘇軾交厚，責授昭化軍節度使行軍司馬，潁州安置。元祐間起爲定州觀察使、登州刺史、駙馬都尉。卒，贈昭化軍節度使，謚榮安。李持正，字季秉，宋興化人。政和五年進士。歷知德慶、南劍、潮陽三郡。官終朝請大夫。

〔二〕「來」，《能改齋漫録》作「風」。

〔三〕「薄」字原脱，據《唐宋諸賢絶妙詞選》、《能改齋漫録》補。《百琲明珠》所收此字不缺。

〔四〕「此夜」，《能改齋漫録》作「樂事」。

〔五〕「盛照」，《能改齋漫録》作「競處」。
〔六〕「同」，《能改齋漫録》作「重」。
〔七〕「静」，《能改齋漫録》作「散」。

後庭宴

宋宣和中，掘地得石刻一詞，唐人作也。本無題，後人名之曰《後庭宴》。其詞云：「千里故鄉，十年華屋。亂魂飛過屏山簇。眼重眉褪不勝春，菱花知我銷香玉。　雙雙燕子歸來，應解笑人幽獨。斷歌零舞，遺恨清江曲。萬樹緑低迷，一庭紅撲簌。」〔一〕

【箋　證】

〔一〕宋陳巖肖《庚溪詩話》卷下：「宣政間，修西京洛陽大内，掘地得一碑，隸書小詞一闋，名《後庭宴》。其詞曰云云。余見此碑墨本於李丙仲南家，仲南云得之張魏公姪椿處也。」升庵此録，實即出此。其云「本無題，後人名之」者，乃其故弄狡獪之爲也。升庵《全蜀藝文志》卷二十五復録此詞爲《後庭怨》，題唐無名氏作，下注云：「建隆中旭川築城，掘得石刻，蓋唐人語也。」所記又異。旭川，今四川榮縣也。

趙熙《榮縣志·金石第十四》「後庭宴詞碑」：「楊用修《藝文志》：『建隆中旭川築城，掘得石刻。其詞云云。』題曰《後庭怨》。建隆爲宋太祖紀元初號，三年改乾德，又三年，王全斌入蜀，孟昶降。此石出土，猶孟蜀時，故曰旭川。後百年始改榮德。詞格近温、韋，惟莊入蜀在唐乾寧、光化間，至建隆僅踰六十年，不應石已入土。廣政中，歐陽炯譔《花間集》，韋相無此詞，則猶出韋前也。清朱竹垞《詞綜》、萬紅友《詞律》、張皋文《詞選》皆著録，題曰《後庭宴》，『屏山矗』，『矗』作『簇』。彭駿孫《詞統源流》謂爲『宣和間掘地得石刻』，偶失考耳。繹詞中『清江曲』及『庭樹紅緑』，確是榮州風土。『千里故鄉』，則流寓者；『十年華屋』，則或久官於榮也。唐人小令，以李太白爲初祖。宋大晟樂府，又以范榮國爲初祖。詞爲蜀學，兹詞又發見於榮州，惜王商彦從晏小山學詞，其集不傳。後世不知榮州爲詞家崑崙墟也。」

朝天紫

朝天紫，本蜀牡丹花名。其色正紫，如金紫大夫之服色，故名。後人以爲曲名。今以「紫」作「子」，非也。見陸游《牡丹譜》〔一〕。

【箋證】

〔一〕《朝天子》，《欽定詞譜》卷六謂爲「唐教坊曲名」。今檢唐曲中無此名，宋人晁補之、楊無咎各有此曲一首。「陸游《牡丹譜》」，即《渭南文集》卷四十二所載《天彭牡丹譜》。譜記「朝天紫」於顔色「未詳」之三十二品之中，知是花當時尚非名品，時人不致惟取此花名以名曲也。且據陸游所記，天彭牡丹之盛，乃在宣和之後，此前之人何得知天彭牡丹之有「朝天紫」，而取以爲曲名耶？晁補之元祐中人，先已有《朝天子》曲矣。今按：升庵所謂朝天紫「其色正紫」云云，或爲臆説之辭，謂出「陸游《牡丹譜》」，知其非真見其花也。陸游，字務觀，號放翁，宋越州山陰人。蔭補登仕郎，因薦送第一，爲秦檜所嫉，顯黜之。檜死始赴寧德簿。以薦除敕令所删定官。孝宗初，遷樞密院編修，兼編類聖政所檢討官。召見，賜進士出身。後出爲建康、隆興、夔州諸通判。范成大帥蜀，爲參議官。以不稽禮法，人譏其頹，因自號放翁。後累遷江西常平提舉，與祠。起知嚴州。再召見，除軍器少監。紹興元年，遷禮部郎中，兼實録院檢討官，同修三朝國史實録。史成，陞寶章閣待制，致仕，封渭南伯。有《渭南文集》、《劍南詩稿》，詞集名《放翁詞》。

乾荷葉

元太保劉秉忠《乾荷葉》曲云：「乾荷葉，色蒼蒼。老柄風揺盪。減了清香越添黄。都因昨夜一場霜。寂寞秋江上。」〔一〕此秉忠自度曲，曲名《乾荷葉》，即詠乾荷葉，猶是唐詞之意也。又一首弔宋云：「南高峰，北高峰。慘淡烟霞洞。宋高宗，一場空。吴山依舊酒旗風。兩度江南夢。」此借腔别詠，後世詞例也。然其曲悽惻感慨，千古之寡和也。或云非秉忠作〔二〕。秉忠助元兇宋，惟恐不早，而復爲弔惜之辭，其俗所謂「斧子斫了手摩挲」之類也〔三〕！

【箋證】

〔一〕劉秉忠《南吕・乾荷葉》八首，此引其第一、五兩首，見元楊朝英《陽春白雪》後集卷一、明無名氏《樂府群珠》卷二、明郭勛《雍熙樂府》卷二十。升庵《百琲明珠》卷五亦録之。劉秉忠，初名侃，字仲晦，元邢州人。少爲僧，法號子聰。隨其師海雲入見忽必烈于潛邸，遂留備顧問，時人稱爲「聰書記」。世祖至元初，改名秉忠，拜光禄大夫，位太保，參預中書省事。元世典制，多出其手。至元十一年卒，贈太師，封趙國公，謚文貞。成宗時，加贈太師，謚文正。仁宗時進封常山王。有《藏春散人集》。

〔二〕秉忠北人，卒於宋亡前五年，平生未及江南，如此首即景抒情之作，或難出其手。升庵疑之，是也。又，《陽春白雪》後集卷一「劉太保」下所録《乾荷葉》八首，其前四首每首另行單列，後四首則接續不另行，只兩首間加圈以作間隔。如此排列，似亦不以後四首爲秉忠之作也。

〔三〕宋王銍《雜纂續》「不濟事」中有「大斧傷人手摩挲」之語，即升庵此語之所出。該書乃續李商隱《雜纂》之作。

樂曲名解

「《古今樂録》云：『傖歌以一句爲一解，中國以一章爲一解。』王僧虔《啓》曰：『古曰章，今曰解。解有多少，當是先詩而後聲。詩叙事，聲成文，必使志盡於詩，音盡於曲。是以作詩有豐約，制解有多少。』又，『諸曲調皆有辭有聲，而大曲又有艷、有趨、有亂。辭者，其歌詩也。聲者，若羊吾夷、伊那何之類也。艷在曲之前，趨與亂在曲之後。亦猶吴聲、西曲，前有和後有送也。』」〔一〕慎按：艷在曲之前，與吴聲之和，若今之引子；趨與亂在曲之後，與吴聲之送，若今之尾聲。羊吾夷、伊那何，皆辭之餘音嫋嫋，有聲無字，雖借字作譜而無義，若今之哩囉嗹唵唵吽也。知此可以讀古樂府矣〔二〕。「齊歌曰歐，吴歌曰歈，楚歌曰些，巴歌曰嚁。」〔三〕

【箋證】

〔一〕此上全録自《樂府詩集》卷二十六《相和歌辭》。南北朝時，南人稱北人爲「傖」，而自稱「中國」。《晉書》卷五十八《周處傳》載周玘將卒，謂其子勰曰：「殺我者諸傖，子能復之，乃吾子也。」釋之云：「吴人謂中州人曰傖，故云耳。」《古今樂録》，南朝陳僧智匠撰。王僧虔，字簡穆，瑯琊臨沂人。王羲之四世族孫。歷仕宋、齊、梁，官至尚書令。善音律，通文史，特以擅書名於世。今存《王琰帖》，爲書家至寶。

〔二〕沈括《夢溪筆談》卷五：「古樂府皆有聲有詞，連屬書之，如曰『賀賀賀』、『何何何』之類，皆和聲也。今管絃之中纏聲，亦其遺法也。」朱熹《朱子語類》卷一百四十：「古樂府只是詩，中間却添許多泛聲。」二人所謂古樂府之和聲、泛聲，即升庵此説之「借字作譜而無義」也。「哩囉嗹」，本西域梵語音詞，初爲佛門偈頌語，唐、宋曲子詞中有借作襯字者。明清以後，散曲、戲劇、民間小唱中廣泛取用。如邵璨《香囊記》第十齣「瓊林」：「【哭岐婆】〔末扮首領官上〕金鞍驃裊，宫花壓帽。封章奏了，新承恩詔。瓊林賜宴集時髦。僊儀擁入蓬萊島。〔合〕嗹哩哩囉囉哩嗹嗹哩哩囉囉哩嗹。」《雍熙樂府》卷十五「前集」【商角調・黄鶯兒】：「唱一會羅哩嗹。想人生當消遣。金烏玉兔疾如箭。正青春少年。不覺得老顔。對青銅又早朱顔變。羅哩嗹。把眉頭放寬，直吃得醉如綿。」「唵唵吽」，道家唱咒用語。

〔三〕此引四句《詞品》各本皆無，據《升庵文集》卷六十補。《初學記》卷十五《樂部》上：「梁元帝《纂要》曰：『齊歌曰謳，吴歌曰歈，楚歌曰艷，淫歌曰哇。』」與此引稍異。「歐」同「謳」。「嬥」音「窕」。《文選》卷六左思《魏都賦》：「或明發而嬥歌。」李善注：「何晏曰：『巴子謳歌，相引牽連手而跳歌也。』」「楚歌曰呰」，蓋據《楚辭》而爲言。

鼓吹騎吹雲吹

樂府有鼓吹曲，其昉於黄帝記里鼓之制乎？後世有鼓吹、騎吹、雲吹之名。《建初録》云「列於殿廷者名鼓吹，列於行駕者名騎吹。」又曰：「鼓吹，陸則樓車，水則樓船。其在廷則以簨簴爲樓也。」水行則謂之雲吹〔一〕。《朱鷺》、《臨高臺》諸篇，則鼓吹曲也。《務成》、《黄雀》，則騎吹曲也。《水調》、《河傳》，則雲吹曲也。宋之問詩：「稍看朱鷺轉，尚識紫騮驕。」〔二〕此言鼓吹也。謝朓詩：「鳴笳翼高蓋，疊鼓送華輈。」〔三〕此言騎吹也。梁簡文詩：「廣水浮雲吹，江風引夜衣。」〔四〕此言雲吹也。

【箋證】

〔一〕郭茂倩《樂府詩集》卷十六《鼓吹曲辭》解題釋《鼓吹》頗詳，其文甚繁，升庵於此雜糅其説。郭氏原文有云：「《建初録》云：《務成》、《黄爵》、《玄雲》、《遠期》皆騎吹曲，非鼓吹曲。此則列於殿庭者名鼓吹；今之從行鼓吹爲騎吹。二曲異也。」其後郭氏復引《古今樂録》之文云：「按《古今樂録》有梁陳時宮懸圖，四隅各有鼓吹樓，而無建鼓。鼓吹樓者，昔蕭史吹簫於秦，秦人爲之築鳳臺，故鼓吹陸則樓車，水則樓船，其在庭則以簨虡爲樓也。」而有關「雲吹」之説，則似升庵傅會敷衍之論也。

〔二〕《文苑英華》卷三百十載宋之問《魯忠王挽詞三首》，此其第一首中句。宋之問，一名少連，字延清，汾州人，一説虢州弘農人。上元二年進士及第。歷洛州參軍、尚方監丞、左奉宸内供奉。神龍元年，以諂事張易之兄弟坐貶瀧州參軍。逃歸洛陽，附武三思，爲鴻臚主簿，再轉考功員外郎，又附太平、安樂二主。坐貪賄，貶越州長史。睿宗即位，流欽州，賜死。之問能詩，與沈佺期齊名，號沈宋。

〔三〕《樂府詩集》卷二十載謝朓《齊隨王鼓吹曲》十首，此其第四首《入朝曲》中句。《文選》卷二十八亦載此詩，題曰《鼓吹曲一首》。「鳴笳」，二書並作「凝笳」。謝朓，字玄暉。陳郡陽夏人。

起家豫章王蕭嶷行參軍，遷隨王蕭子隆東中郎府，轉王儉衛軍東閣祭酒。後爲隨王鎮西功曹，轉文學。永明中還京都，任新安王中軍記室，兼尚書殿中郎。又爲驃騎諮議，領記室，掌霸府文筆，掌中書詔誥。建武二年出爲宣城太守，後遷尚書吏部郎。永元元年，始安王蕭遥光謀逆，朓不預其謀，反遭構陷，下獄死。朓少以文學知名，竟陵王蕭子良開文學西邸，爲「竟陵八友」之一。善草隸，長於五言詩，與沈約同創「永明體」，與謝靈運並稱「大、小謝」，世號「謝宣城」。

〔四〕此簡文帝《泛舟横大江》詩中句。見《文苑英華》卷一百九十三、《樂府詩集》卷三十八。

唐詞多無换頭

張泌，南唐人，有《江城子》二闋〔一〕。其一云：「碧闌干外小中庭〔二〕。雨初晴。曉鶯聲〔三〕。飛絮落花，時節近清明。睡起捲簾無一事，匀面了〔四〕，没心情。」其二云：「浣花溪上見卿卿。眼波明〔五〕。黛眉輕。高綰緑雲〔六〕，低簇小蜻蜓〔七〕。好是問他來得麽？和笑道〔八〕，莫多情。」黄叔暘云：「唐詞多無换頭，如此詞自是兩首，故重押兩『情』字，兩『明』字。今人不知，合爲一首，則誤矣。」〔九〕

【箋　證】

〔一〕《花間集》卷五、《唐宋諸賢絶妙詞選》卷一、卓人月《古今詞統》卷三並載此二詞。其前一首，又傳爲馮延巳詞，見《陽春集》。張泌，字子澄，淮南人。仕南唐爲句容縣尉，累官至内史舍人。入宋官至虞部郎中。今詞存二十餘首，見《花間集》。

〔二〕「碧」，《陽春集》作「曲」。

〔三〕「曉」，《陽春集》作「早」。

〔四〕「睡起捲簾無一事，匀面了」三句，《陽春集》作「睡覺起來匀面了」。

〔五〕「眼波明」，《花間集》作「眼波秋水明」。

〔六〕「高綰緑雲」，《花間集》作「緑雲高綰」。

〔七〕「低」，《花間集》、《唐宋諸賢絶妙詞選》作「金」；《百琲明珠》亦作「金」。

〔八〕「和」，《唐宋諸賢絶妙詞選》作「還」；《百琲明珠》亦作「還」。

〔九〕「黄叔暘」，黄昇字也。《唐宋諸賢絶妙詞選》録此二詞，並云：「唐詞多無換頭，如此詞兩段，自是兩首，故兩押情字。今人不知，合爲一首，則誤矣。」升庵引之，稍易其説。

填詞句參差不同

填詞平仄及斷句皆定數，而詞人語意所到，時有參差。如秦少游《水龍吟》前段歇拍句云：「紅成陣、飛鴛甃。」换頭落句云：「念多情但有當時皓月，照人依舊。」以詞意言，「當時皓月」作一句，「照人依舊」作一句。以詞調拍眼，「但有當時」作一拍，「皓月照」作一拍，「人依舊」作一拍，爲是也〔一〕。維揚張世文云〔二〕：陸放翁《水龍吟》，首句本是六字，第二句本是七字。若「摩訶池上追遊客」則七字。下云：「紅緑參差春晚」，却是六字〔三〕。又如後篇《瑞鶴仙》，「冰輪桂花滿溢」爲句，以滿字叶，而以溢字帶在下句〔四〕。別如二句分作三句，三句合作二句者尤多。然句法雖不同，而字數不少。妙在歌者上下縱横取協爾。古詩亦有此法，如王介甫「一讀亦使我，慨然想遺風」是也〔五〕。

【箋證】

〔一〕此秦觀《水龍吟》「贈妓樓東玉」詞中句，見《淮海長短句》卷一、洪武本《草堂詩餘》卷四。張綖《詩餘圖譜》此詞前段歇拍斷作「賣花聲過盡垂楊院，落紅成陣飛鴛甃」；後段歇拍斷作「念多情但有當時皓月，照人依舊」。升庵未按其律也。秦觀，字少游，一字太虚，宋揚州高郵人。初舉進士不中，見蘇軾，軾以爲有屈宋才。介其詩於王安石，安石亦謂清新如鮑謝。元豐八年登第，調定海主簿，蔡州教授。元祐三年，蘇軾以賢良方正薦於朝，除太學博士，遷秘書省正字兼國史院編修官。紹聖初坐黨籍出判杭州，貶監處州酒税。被誣削秩，編管横州，徙雷州。徽宗放還，至藤州卒。觀爲「蘇門六學士」之一，有《淮海集》、《淮海居士長短句》。

〔二〕張綖，字世文，號南湖，明江蘇高郵人。正德八年舉人，選授武昌府通判，遷知光州。晚退居南湖，著《詩餘圖譜》，後世詞家取爲圭臬。有《南湖集》、《南湖詩餘》。

〔三〕此陸游《水龍吟》「春日遊摩訶池」詞中句，見《中興以來絶妙詞選》卷二、洪武本《草堂詩餘》卷四,「遊客」並作「遊路」;珥江書屋本、天都閣本亦作「遊路」。然汲古閣本《放翁詞》「遊路」作「遊客」,與此引同。《水龍吟》,張綖《詩餘圖譜》以秦觀「小樓連苑横空」首句六字者爲正體,升庵從其説,以陸游此詞首句七字者爲變體。宋人依首句六字填詞者多,但東坡有《水龍吟》「霜寒烟冷蒹葭老,天外征鴻嘹唳」,則爲七字首句。《欽定詞譜》因兩譜並存,以蘇詞爲正體,以秦詞爲又一體。

〔四〕此云「後篇」,乃據《草堂詩餘》,所載《水龍吟》、《瑞鶴仙》前後相接也。此康與之《瑞鶴仙》「上元應制」詞中句,見《中興以來絶妙詞選》卷一、洪武本《草堂詩餘》卷四。其詞上片云:「瑞烟浮禁苑。正絳闕春回,新正方半。冰輪桂花滿。溢花衢歌市,芙蓉開遍。龍樓兩觀。見銀燭、星毬有爛。捲珠簾、盡日笙歌,盛集寶釵金釧。」升庵之意,以「溢」字字意屬上,謂「冰輪桂花滿溢」自是一意境,後「花衢歌市,芙蓉開遍」又一意境也。然其已明言此句「以滿字叶」,初無改變詞調韻脚句式之意也。清人《御定詞譜·凡例》駁之云:「時流又謂斷句皆有定數,詞人語意所到,時有參差。如《瑞鶴仙》第四句『冰輪桂花滿溢』爲句,此論更奇。『滿』字是叶韻,自有此調,此句皆五字,豈伯可忽作六字乎?如此讀詞、論詞,真爲怪絶。」實誤讀升庵矣。康與之,字伯可,號順庵。宋滑州人,流寓嘉禾。建炎初上《中興十策》,不得用。秦檜當國,乃附合求進,爲承務郎,專以歌詞供奉,厠身優伶,爲士論所不齒。檜死除名,編管欽州。移雷州、新州,卒。有《順庵樂府》。

〔五〕此王安石《聖俞爲狄梁公孫作詩要予同作》詩中句，見《臨川文集》卷十一，「遺」作「餘」。王安石，字介甫，晚號半山，宋撫州臨川人。慶曆二年進士第四名，授淮南東路節度判官、調鄞縣令。歷舒州通判、知常州、提點江東刑獄。嘉祐三年，任三司度支判官。作《上仁宗皇帝萬言書》，倡改革。入直集賢院，同修起居注，改知制誥。以丁母憂辭歸江寧。神宗立，召知江寧府，旋召入爲翰林學士、兼侍講。熙寧二年拜參知政事，置三司制置條例司，行新法。四年罷相，再知江寧府。五年復相，至九年復罷。退居江寧，封舒國公，改荆國，世稱王荆公。元祐元年卒，謚曰文。

填詞用韻宜諧俗

沈約之韻，未必悉合聲律，而今詩人守之，如金科玉條。此無他，今之詩學李、杜，李、杜學六朝，往往用沈韻，故相襲不能革也。若作填詞，自可通變。如「朋」字與「蒸」同押，「打」字與「等」同押，「卦」字、「畫」字與「怪」、「壞」同押，乃是鴃舌之病，豈可以爲法耶！元人周德清著《中原音韻》，一以中原之音爲正。偉矣！然予觀宋人填詞，亦已有開先者。蓋真見在人心目，有不約而同者。俗見之膠固，豈能眯豪傑之目哉。試舉數詞於右。

東坡《一斛珠》云〔一〕：「洛城春晚。垂楊亂掩紅樓半。小池輕浪紋如篆。燭下花前，曾醉離歌宴。　自惜風流雲雨散。關山有限情無限。待君重見尋芳伴。爲説相思，目斷西樓燕。」「篆」字沈韻在「上」韻，本屬缺舌，坡特正之也。蔣捷「元夕」《女冠子》云〔二〕：「蕙花香也。雪晴池館如畫。春風飛到，寶釵樓上，一片笙簫，琉璃光射。而今燈謾掛〔三〕。不是暗塵明月，那時元夜。況年來心懶意怯，羞與鬧蛾兒爭耍〔四〕。　江城人悄初更打。問繁華誰解，再向天公借。剔殘紅灺，但夢裏隱隱，鈿車羅帕。吴牋銀粉砑〔五〕。待把舊家風景，寫成閒話。笑緑鬢鄰女，倚窗猶唱，夕陽西下〔六〕。」是駁正沈韻「畫」及「掛」、「話」及「打」字之謬也。呂聖求《惜分釵》云：「重簾下。微燈掛。背蘭同説春風話。」〔七〕用韻亦與蔣捷同意。晁叔用《感皇恩》云〔八〕：「寒食不多時，牡丹初賣。小院重簾燕飛礙。昨宵風雨，尚有一分春在。今朝猶自得，陰晴快。　熟睡起來，宿酲微帶。不惜羅襟揾眉黛。日長梳洗，看看花影移改〔九〕。笑拈雙杏子，連枝戴〔一〇〕。」此詞連用數韻，酌古斟今，尤妙。國初高季迪《石州慢》云〔一一〕：「落了辛荑，風雨頓催，庭院瀟灑。春來長恁，樂章嬾按，酒籌慵把。辭鶯謝燕，十年夢斷青樓，情隨柳絮猶縈惹。難覓舊知音，把琴心重寫。　夭冶。憶曾携手，鬭草闌邊，買花簾下。看轆轤低轉，秋千高打。如今何處，總有團扇輕衫，與誰共走章臺馬〔一二〕。回首暮山青，又離愁來也。」諸公數詞可爲用韻之式，不獨綺語之工而已。

【箋證】

〔一〕彊村本《東坡樂府》卷三注云：「元本無。案《一斛珠》即《醉落魄》，毛本分列，仍之。」

〔二〕蔣捷，字勝欲，宋宜興人。度宗咸淳十年登進士第，宋亡遁跡竹山，不仕以終。蔣捷博學工詞，學者稱竹山先生。有《竹山詞》。

〔三〕「謾掛」，《竹山詞》作「漫掛」。按：「謾」、「漫」字通，徒然也。

〔四〕「鬧」字《竹山詞》無，諸詞家選本所載皆無，依律亦當以無此字爲是。按：此字當是升庵所增，以意諧俗也。《詞林萬選》所載亦增此字。

〔五〕「砑」字原缺，據《竹山詞》補。《詞林萬選》「銀粉」下注云：「一本多『砑』字。」

〔六〕「西」字原無，據《竹山詞》補。《詞林萬選》「夕陽」下注云：「一本多『西』字。」

〔七〕吕聖求，名濱老，又作渭老，宋嘉興人。嘗爲朝士，宋徽宗宣和末以詩名。其詩集今不傳，詞集名《聖求詞》，今存。此引詞句，汲古閣本《聖求詞》首二句「下」、「掛」二字互乙。全詞云：「重簾挂。微鐙下。背闌同説春風話。月盈樓。淚盈眸。覷著紅裀，無計遲留。休。休。　鶯花謝。春殘也。等閒泣損香羅帊。見無由。恨難收。夢短屏深，清夜濃愁。悠。悠。」

〔八〕晁沖之，字叔用，宋濟州巨野人。舉進士不第，授丞務郎。紹聖初，元祐黨禍作，兄弟輩多遭貶逐，沖之退隱陽翟具茨山，世號具茨先生。政和間返京，當局者欲擢用之，終堅拒不受。有《具茨集》。《唐宋諸賢絶妙詞選》卷五載此詞，題作「寒食」。

〔九〕「影」，《唐宋諸賢絶妙詞選》作「陰」。

〔一〇〕「戴」，原作「帶」，據《唐宋諸賢絶妙詞選》改。

〔一一〕高啓，字季迪，明蘇州長洲人。元末隱於松江之青丘，自號青丘子。明太祖洪武初，徵修《元史》。書成，擢啓翰林院編修，命教勳臣子弟。洪武三年入對稱旨，擢授户部侍郎。啓辭以少未更事，得賜金帛，還居青丘。洪武七年，爲蘇州知府魏觀作《上梁文》獲罪，腰斬於市。此引詞見明正統本《鳧藻集》附《扣舷集》。

〔一二〕「共走」，《扣舷集》作「更走」，《詞林萬選》同。

清人鄒祇謨《遠志齋詞衷》「韻有統系」條云：「沈休文四聲韻中，如『朋』與『蒸』、『靴』與『戈』、『車』與『麻』、『打』與『等』、『卦』『畫』與『怪』『壞』之類，挺齋、升庵俱駁爲鴃舌。而宋詞中至張仲宗呼『否』爲『府』以叶『主』『舞』、林外呼『瑣』爲『掃』以叶『老』、俞克成呼『我』爲『襖』以叶『好』，《詞品》皆指爲閩音。其説甚當。而毛稚黄謂沈韻本屬同文，非江淮間偏音，挺齋詆之，謬已。蓋自《三百篇》、《楚詞》以迄南曲，一系相承，俱屬爲韻統。而北曲偏音，四聲不備，爲别統。故金、元人作詩亦用沈韻，作詞亦不專用周韻，從無以入聲分叶平、上、去者。又安得以曲韻廢詞韻，且上格詩韻乎！」

燕盱鶯轉

《禽經》:「燕以狂盱,鶯以喜轉。」盱,視也〔一〕。《夏小正》:「來降燕,乃睇。」〔二〕轉,曲名,鶯聲似歌曲,故曰轉〔三〕。

【箋證】

〔一〕《禽經》,舊題師曠撰,張華注。舊本不傳,今傳左圭《百川學海》本,乃南宋人託名僞撰。升庵此引,見宋陸佃《埤雅》卷六「釋鶴」所引。原文:「《禽經》曰:『鶴以怨望、鴟以貪顧、鷄以嗔睨、鴨以怒瞋、雀以猜瞿、燕以狂盱,視也。鶯以喜囀、烏以悲啼、鳶以飢鳴、鶴以潔唳、梟以凶叫、鴟以愁嘯,鳴也。』」

〔二〕《大戴禮記》卷二《夏小正》「二月」:「來降燕,乃睇。燕,乙也。降者,下也。言來者何也?莫能見其始出也,故曰來降。言乃睇何也?睇者,眄也。眄者,視可爲室者也。」

〔三〕陳伏知道有《從軍五更轉》。又《教坊記》云:「《春鶯囀》,高宗曉聲律,晨坐聞鶯聲,命樂工白明達寫之,遂有此曲。」「囀」,鶯聲婉轉也。按:《左傳·昭公三十一年》:「趙簡子夢童子贏而轉以歌。」杜預注:「轉,婉轉也。」《鹽鐵論·相刺》:「善聲而不知轉,未可爲能歌也。」由此可見,以「轉」形容樂曲,由來遠矣。

哀曼

晉鈕滔母孫氏《箜篌賦》曰：「樂操則寒條反榮，哀曼則晨華朝滅。」〔一〕「曼」與「慢」通，亦曲名，如《石州慢》、《聲聲慢》之類〔二〕。

【箋證】

〔一〕孫氏名瓊，富春人，晉吴興孝廉鈕滔母。能文章，有集二卷，今佚。《箜篌賦》見《藝文類聚》卷四十四、《初學記》卷十六。「反」，《初學記》作「早」。

〔二〕以「慢」字爲樂曲名，《升庵詩話》卷一「慢字爲樂曲名」條亦論之。其文云：「陳後山詩：『吴吟未至慢，楚語不假些。』任淵注云：『慢謂南朝慢體，如徐、庾之作。』余謂此解是也，但未原其始。《樂記》云：『宮、商、角、徵、羽，五者皆亂，迭相陵，謂之慢。』又曰：『鄭衛之音，亂世之音也，比於慢矣。』宋詞有《聲聲慢》、《石州慢》、《惜餘春慢》、《木蘭花慢》、《拜星月慢》、《瀟湘逢故人慢》，皆雜比成調，古謂之嘖曲。『嘖』與『賾』同，雜亂也。琴曲有名散，元曲有名犯。又曲終入破，義亦如此。」

北曲

《南史》蔡仲熊曰：「五音本在中土，故氣韻調平。今既東南土氣偏詖，故不能感動木石。」〔一〕斯誠公言也。近世北曲，雖皆鄭衛之音，然猶古者總章、北里之韻，梨園、教坊之調〔二〕，是可證也。近日多尚海鹽南曲〔三〕，士夫稟心房之精，從婉孌之習者，風靡如一。甚者北士亦移而躭之，更數十年，北曲亦失傳矣。白樂天詩：「吴越聲邪無法用，莫教偷入管絃中。」〔四〕東坡詩：「好把鸞黄記宫様，莫教絃管作蠻聲。」〔五〕

【箋證】

〔一〕此引見《南史》卷五十《劉瓛傳》，「今既」二字原脱，據補。蔡仲熊，南朝濟陽人。當時以禮學博聞稱。然執經議論，往往與時宰不合，故坎壈不進，歷年方至尚書左丞。

〔二〕北曲，明時稱金、元時北方散曲、雜劇總名曰「北曲」，與「南詞」，即詞相對而言。明代後期，詞亡而曲興，「南詞」則專指南方傳奇戲曲矣。明人多不明北曲、南詞音聲之辨。北曲用韻，一以周德清《中原音韻》爲準，而南詞用韻不嚴，且多俗音通押，故升庵乃有「填詞用韻宜諧俗」之説。「總章」、「北里」、「梨園」、「教坊」，皆古代樂署之名。

〔三〕海鹽南曲，明嘉靖間流行於浙江嘉興、温州、湖州、台州一帶的地方戲曲聲腔。其聲腔由宋元南方戲曲發展而來，王士禎《香祖筆記》卷一云：「《樂郊私語》云：『海鹽少年多善歌，蓋出於澉川楊氏。其先人康惠公梓，與貫雲石交善，得其樂府之傳。今雜劇中《豫讓吞炭》、《霍光鬼諫》、《敬德不伏老》皆康惠自製。家僮千指，皆善南北歌調，海鹽遂以善歌名浙西。』今世俗所謂海鹽腔者，實發於貫酸齋，源流遠矣。」《樂郊私語》，元姚桐壽至正中流寓海鹽時所撰。

〔四〕此詩見白居易《白香山詩集》卷三十二，爲《寄明州于駙馬使君三絶句》其二：「平陽音樂隨都尉，留滯三年在浙東。吴越聲邪無法用，莫教偷入管絃中。」

〔五〕此東坡《次韻和王鞏六首》第六首中句，見《東坡全集》卷十二，「好把鸞黄」作「勤把鉛黄」。全詩云：「君家玉臂貫銅青，下客何時見目成。勤把鉛黄記宫樣，莫教絃管作蠻聲。熏衣漸歎衙香少，擁髻遥憐夜語清。記取北歸携過我，南江風浪雪山傾。」

歐蘇詞用選語

歐陽公詞「草薰風暖摇征轡」〔一〕，乃用江淹《别賦》「閨中風暖，陌上草薰」之語也〔二〕。蘇公詞「照野瀰瀰淺浪，横空曖曖微霄」〔三〕，乃用陶淵明「山滌餘靄，宇曖微霄」之語也〔四〕。填詞雖於文爲末，而非自《選》詩、樂府來，亦不能入妙。李易安詞「清露晨流，新桐初引」，乃全用《世説》語〔五〕。女流有此，在男子亦秦、周之流也。

【箋證】

〔一〕此歐陽脩《踏莎行》「候館梅殘」中句，見《近體樂府》，汲古閣本《六一詞》「薰」作「熏」。宋本

《醉翁琴趣外篇》「草薰」作「草芳」，《唐宋諸賢絶妙詞選》、《花草粹編》同。歐陽脩，字永叔，宋吉州永豐人。仁宗天聖八年進士，補西京留守推官。召試學士院，爲館閣校勘。以書詆諫官高若訥，貶夷陵令。徙乾德，改判武成軍。遷太子中允、館閣校勘、集賢校理，知太常理院。出通判滑州。慶曆初，擢太常丞、知諫院，拜右正言，知制誥。以朋黨出知滁州。遷起居舍人，徙揚州、潁州。復龍圖閣直學士，知應天府。母憂起復，判流内銓，以翰林學士修《唐書》，加史館修撰，勾當三班院，判太常寺，拜右諫議大夫，判尚書禮部。又判秘書省兼龍圖閣學士，權知開封府。《唐書》成，拜禮部侍郎、樞密副使。未幾，參知政事，定議立英宗。以觀文殿學士、刑部尚書知亳州，徙青州、蔡州。以太子少師致仕。卒贈太子太師，謚曰文忠。歐陽脩爲北宋文壇領袖，自號六一居士，有《歐陽文忠集》。其詞集題《歐陽文忠公近體樂府》，一題《六一詞》，又題作《醉翁琴趣外篇》。

〔二〕江淹《别賦》，見《文選》卷十六。

〔三〕此蘇軾《西江月》「春夜行蘄水中」詞中句，見《東坡樂府》卷上。

〔四〕此陶潛《時運》詩四首第一首中句，見《陶淵明集》卷一。此詩《昭明文選》及《樂府詩集》不載，元初陳仁子並四詩收入《文選補遺》卷三十六。

〔五〕此李清照《念奴嬌》「春情」詞中句，見《唐宋諸賢絶妙詞選》卷十。《漱玉詞》所載，題作《壺中天慢》。用語典出《世説新語・賞譽第八》。李清照，號易安居士，宋濟南章丘人。其父禮部員外郎格非，文章爲蘇軾所稱。其母王氏，神宗相王圭女，亦工文章。清照少有才名，與其夫趙明誠共訂《金石録》爲世所稱。金人入汴，隨夫南奔。建炎三年，明誠知湖州，道卒。清照晚年流落輾轉吴越間，凄涼以終。有《漱玉集》三卷，已佚。後人輯其詞爲《漱玉詞》，存詞四十三首。易安詞尚典雅，重白描，用語清麗，强調格律，反對「以文爲詞」、「以詩爲詞」，倡「詞別是一家」之説。

草薰

佛經云：「奇草芳花，能逆風聞薰。」〔一〕江淹《別賦》「閨中風暖，陌上草薰」，正用佛經語。《六一詞》云「草薰風暖摇征轡」〔二〕，又用江淹語。今《草堂》詞改「薰」作「芳」〔三〕，蓋未見《文選》者也。《廣弘明集》：「地芝候月，天華逆風。」〔四〕

【箋證】

〔一〕《法句經·花香品第十二》：「琦草芳華，不逆風熏；近道敷開，德人逼香。」《成實論》卷二《論門品第十四》：「如説奇草芳花不逆風熏，又説拘毗羅花能逆風聞；爲人花故説不逆風聞，爲天花故説逆風熏。」凡花不可逆風而聞，天花則能逆風送香，此言功德可順逆遍布也。升庵節引，斷章取義，不取本旨。「熏」借作「薰」，香氣也。

〔二〕此歐陽脩《踏莎行》「候館梅殘」中句。見《樂府雅詞》卷上、《歐陽文忠集》、汲古閣本《六一詞》。

〔三〕《草堂》，指《草堂詩餘》。至正本、洪武本、懺花庵本《草堂詩餘》載歐陽脩此詞，「草薰」並作「草芳」。宋本《醉翁琴趣外篇》及《唐宋諸賢絶妙詞選》、《花草粹編》亦作「草芳」。

〔四〕此梁簡文帝《大法頌序》文，見《廣弘明集》卷二十。「廣」字原脱，據補。

南雲

晏元獻公《清商怨》云：「關河愁思望處滿。漸素秋向晚。雁過南雲，行人回淚眼。雙鸞衾裯悔展。夜又永，枕孤人遠。夢未成歸，《梅花》聞塞管。」此詞誤入歐公集中。〔一〕按《詩話》，或問晏同叔詞「雁過南雲」何所本，庚溪以江總詩「心逐南雲去，身隨北雁來」答之〔二〕。不知陸機《思親賦》有「指南雲以寄欽」之句〔三〕、陸雲《九愍》云「眷南雲以興悲」〔四〕。「南雲」字，當是陸公語也。

【箋證】

〔一〕此詞晏殊《珠玉詞》無，而歐陽脩《近體樂府》卷一載之，當爲歐詞無疑。晏殊，字同叔，宋撫州臨川人。七歲能屬文，真宗景德二年，以神童召試，賜同進士出身。累擢知制誥、翰林學士。仁宗慶曆中，拜集賢殿學士、同中書門下平章事，兼樞密院使。以撰修李宸妃墓誌事，貶工部尚書知潁州，後又以禮部、刑部尚書知陳州、許州。再以户部尚書、觀文殿大學士出知永興軍，徙河南。以疾請歸京師，得留侍經筵。卒，贈司空兼侍中，謚元獻。殊尤擅詞，與其子幾道並稱「大、小晏」。有《珠玉詞》，存詞一百三十餘首。

〔二〕此「《詩話》」，謂宋陳巖肖《庚溪詩話》。其卷下有云：「詩詞中多用『南雲』，晏元獻公《寄遠》詩曰：『一紙短書無寄處，數行征雁入南雲。』紹興庚午歲，余爲臨安秋賦考試官，同舍有舉歐陽公長短句詞曰：『雁過南雲，行人回淚眼。』因問曰：『南雲其義安在？』余答曰：嘗見江總詩云：『心逐南雲去，身隨北雁來。故園籬下菊，今日幾花開。』恐出於此耳。」升庵此條殆因《庚溪詩話》而爲説，復以其前文述及晏殊詩，而誤記下引歐詞亦晏作也。「江總」原誤作「江淹」，據《庚溪詩話》改；《升庵詩話》卷二、《丹鉛總録》卷二十及《百琲明珠》卷二「清商怨」條引此皆不誤。所引江總詩，爲其《九月九日至微山亭詩》中句，見《初學記》卷四，「去」作「逝」，「身」作「形」。江總，字總持，南朝梁濟陽考城人。少好學，年十八，起家梁武陵王法曹參軍，累遷至太子洗馬。侯景亂後，梁元帝徵爲明威將軍。入陳，累位司徒左長史、太常卿、尚書令、中權將軍。入隋，拜上開府。總擅詩，尤工五言七言，多作艷詩。

〔三〕此陸機《思親賦》中句，見《藝文類聚》卷二十、《古文苑》卷七。「欽」，《古文苑》同，《類聚》作「款」。陸機，字士衡，晋吴郡華亭人。吴大都督陸遜之孫。晋武帝太康十年入洛，得太常張華大爲稱揚，享譽京師，有「二陸入洛，三張減價」之説。歷國子祭酒、太子洗馬、著作郎。永康中，趙王倫以陸機爲相國參軍、中書郎。倫敗，收付廷尉，賴成都王穎救理，得免。後入成都王幕，參大將軍軍事，表平原內史。太安二年，成都王舉兵伐長沙王乂，以陸機爲後將軍、河北大都督。兵敗被殺，夷三族。機擅詩賦，富文采，鍾嶸以之爲「太康之英」。有《陸士衡集》。

〔四〕此陸雲《九愍·感逝》中句，見《陸士龍集》卷七。陸雲，字士龍，陸機之弟。六歲能屬文，少與兄機齊名，號曰「二陸」。年十六舉賢良，爲浚儀令。成都王穎表爲清河內史，轉大將軍右司馬。機死，雲亦被殺。有《陸士龍集》。

詞用晋帖語

「天氣殊未佳，汝定成行否？寒食近，且住爲佳爾。」此晋無名氏帖中語也〔一〕。辛稼軒融化作《霜天曉角》詞云：「吴頭楚尾。一棹人千里。休説舊愁新恨，長亭樹，今如此。宦遊吾倦矣，玉人留我醉。明日落花寒食，得且住，爲佳爾。」〔二〕晋人語本入妙，而詞又融化之如此，可謂珠璧相照矣。

【箋　證】

〔一〕此顔真卿《寒食帖》文，見《顔魯公文集》卷十一、《全唐文》卷三百三十七。升庵以爲晋人帖，誤。顔真卿，字清臣，唐琅邪臨沂人。玄宗開元二十二年中進士甲科，調醴泉尉，再遷監察御史。使河隴，以功遷殿中侍御史。宰相楊國忠惡之，出爲平原太守。安禄山陷河北二十四郡，唯平原得免。詔拜户部侍郎，加河北招討採訪使。肅宗即位，拜工部尚書，兼御史大夫。代宗時官至吏部尚書、太子太師，封魯郡開國公，世稱「顏魯公」。德宗建中四年，爲宰相盧杞構陷，被遣曉諭叛將李希烈，罵賊而死。真卿書工真草，爲後世書家所推尊，晋王羲之之後一人而已。有《顏魯公文集》。

〔二〕辛棄疾，字幼安，號稼軒，宋濟南歷城人。少時生長金國，年甫弱冠，入耿京義師抗金，爲掌書記。歸宋授承務郎。乾道四年，通判建康府，遷司農寺主簿。淳熙、紹熙、慶元間，歷任州府。寧宗開禧元年，召授鎮江知府、浙東安撫使。爲韓侂胄所劾，轉知江陵府。開禧四年，召赴行在奏事，進樞密都承旨，未赴而卒。德祐初追贈少師，謚忠敏。棄疾爲南宋著名豪放詞人，與蘇軾齊名，世稱「蘇辛」。有《稼軒詞》。

屯雲

中山王《文木賦》：「奔電屯雲，薄霧濃雰。」〔一〕皆形容木之文理也。杜詩「屯雲對古城」〔二〕，實用其字。李易安《九日》詞「薄霧濃雰愁永晝」，今俗本改「雰」作「雲」〔三〕。

【箋證】

〔一〕中山王劉勝，漢景帝第九子，《漢書》有傳。所作《文木賦》，見葛洪《西京雜記》卷六。

〔二〕此杜甫《與李十二白同尋范十隱居》詩中句，見《九家集注杜詩》卷十八。

〔三〕此李清照《醉花陰》詞首句，今傳諸本皆作「薄霧濃雲」，無作「薄霧濃雰」者。

樂府用取月字

《子夜歌》「開窗取月光」〔一〕，又「籠窗取涼風」〔二〕，妙在「取」字。

【箋　證】

〔一〕《樂府詩集》卷四十四《子夜四時歌·秋歌》十八首第四首：「開窗秋一作取月光，滅燭解羅裳。含笑帷幌裏，舉體蘭蕙香。」爲晋宋齊間舊辭。

〔二〕見《樂府詩集》卷四十九《壽陽樂》九首之第五首。郭茂倩解題云：「《古今樂録》曰：《壽陽樂》者，宋南平穆王爲豫州所作也。舊舞十六人，梁八人。按其歌辭，蓋叙傷別望歸之思。」

齊己詩

僧齊己詩：「重城不鎖夢，每夜自歸山。」〔一〕宋人小詞：「金門不鎖夢，隨意繞天涯。」〔二〕

【箋　證】

〔一〕齊己，俗姓胡，名得生，唐潭州益陽人。早歲出家，性喜吟，頸有瘤，人戲呼爲詩囊。跡不入王侯門，惟與鄭谷、司空圖相契。龍德元年，依南平王高季興，爲龍興寺僧正。有《白蓮集》十卷，今存。此引詩，見《白蓮集》卷二，題作《城中示友人》。

〔二〕《唐宋諸賢絶妙詞選》卷六載趙令畤《烏夜啼·春思》詞，末云：「重門不鎖相思夢，隨意繞天涯。」升庵改之。趙令時，初字景貺，蘇軾爲改字德麟，自號聊復翁。宋太祖次子燕王德昭玄孫。元祐六年，簽書潁州公事。時蘇軾爲知州，薦其才於朝。後坐與蘇軾交通，入元祐黨籍，被廢十年。紹聖初，官至右朝請大夫，改右監門衛大將軍，歷榮州防禦使，洪州觀察使。紹興初，襲封安定郡王，遷寧遠軍承宣使。卒，贈開府儀同三司。著有《侯鯖録》八卷。趙萬里輯其詞爲《聊復集》一卷。

歐詞石詩

歐陽公詞：「平蕪盡處是春山，行人更在春山外。」〔一〕石曼卿詩：「水盡天不盡，人在天盡頭。」〔二〕歐與石同時，且爲文字友，其偶同乎？抑相取乎？

【箋　證】

〔一〕此歐陽脩《踏莎行》「候館梅殘」中句。見《近體樂府》。

〔二〕石延年，字曼卿，一字安仁，其先幽州人，徙家於宋城。累舉不就，宋真宗録三舉進士，爲三班奉職。後以右班殿直改太常寺太祝，知金鄉縣。以薦爲通判乾寧軍，徙永静軍，歷大理評事、館閣校勘。終太子中允、同判登聞鼓院。以詩聞於時。有《石延年詩》一卷，不存，後人有輯本。此引詩句，見《後村詩話》續集卷一，注題爲《高樓》。

側寒

吕聖求《望海潮》詞云：「側寒斜雨，微燈薄霧，匆匆過了元宵。簾影護風，盆池見日，青青柳葉柔條。碧草皺裙腰。正晝長烟暖，蜂困鶯嬌。望處凄迷，半篙綠水斜橋〔一〕。孫郎病酒無聊。記烏絲醉語，碧玉風標。新燕又雙，蘭心漸吐，佳期趁取花朝。心事轉迢迢。但夢隨人遠，心與山遥。誤了芳音，小窗斜日到芭蕉〔二〕。」其用「側寒」字甚新。唐詩「春寒側側掩重門」〔三〕，韓偓詩「側側輕寒剪剪風」〔四〕，又無名氏詞「玉樓十二春寒側」〔五〕，與此「側寒斜雨」相襲用之，不知所出。大意：側，不正也，猶云峭寒爾〔六〕。聖求在宋人不甚著名，而詞甚工。如《醉蓬萊》、《撲胡蝶近》、《惜分釵》、《薄倖》、《選冠子》、《百宜嬌》、《豆葉黄》、《鼓笛慢》，佳處不減秦少游。見予所集《詞林萬選》及《填詞選格》〔七〕。

【箋　證】

〔一〕汲古閣本《聖求詞》「斜橋」上多「浸」字，詞末毛晋注云：「『半篙綠水浸斜橋』，一本作『半篙綠水斜橋』，按譜應作七字句。」

〔二〕「到」，《聖求詞》作「對」。

〔三〕此非唐人詩，乃元人趙孟頫《絶句》詩首句，見《松雪齋文集》卷五，「側側」作「惻惻」。升庵記誤。趙孟頫，字子昂，宋太祖之後。入元，程鉅夫搜訪遺逸，以孟頫入見，授兵部郎中，累官翰林學士承旨。卒，追封魏國公，謚文敏。子昂多才藝，書畫尤絶，然其以宋宗人而仕元，士人多恥之。

〔四〕此韓偓《寒食夜》詩首句，見《歲時雜詠》卷十二，「側側」作「惻惻」。《升庵詩話》卷五「側寒」條引此，誤作王安石詩，殆因李壁引此以注安石《夜直》「剪剪輕風陣陣寒」（見《王荆文公詩箋注》卷四十五）而致誤。韓偓，字致光，小字冬郎，唐京兆萬年人。龍紀元年進士擢第，初佐河中幕府，召拜左拾遺，遷累左諫議大夫。王溥薦爲翰林學士，遷中書舍人。昭宗出鳳翔，以功遷兵部侍郎、翰林學士承旨。爲朱全忠所惡，貶濮州司馬，再貶榮懿尉，徙鄧州司馬。後僑寓南安，自號玉山樵人，卒。有《玉山樵人集》。

〔五〕此即下條所載《玉樓春·聞笛》詞首句，詳參下條箋證。

〔六〕毛晉跋《聖求詞》，深然升庵此説，並云：「今坊本俱作『惻寒』，幾認『壹关』爲『壺矢』矣。」

〔七〕今本《詞林萬選》不載吕聖求詞，《百琲明珠》録有《薄倖》、《選冠子》、《百宜嬌》、《東風第一枝》、《陌上花》五首。《填詞選格》今無傳本。

聞笛詞

南渡後，有題聞笛《玉樓春》詞於杭京者〔一〕。其詞云：「玉樓十二春寒側〔二〕。樓角暮寒吹玉笛〔三〕。天津橋上舊曾聽，三十六宫秋草碧。昭華人去無消息。江上青山空晚色。一聲落盡短亭花，無數行人歸未得。」其詞悲感淒惻，在陳去非「憶昔午橋」之上，而不知名〔四〕。或以爲張子野，非也。子野卒於南渡之前，何得云「三十六宫秋草碧」乎？

【箋證】

〔一〕陳耀文《花草粹編》卷六載王子武「聞笛」《木蘭花》一首，即此。《詞綜》卷二十二載此，則題王武子作，並有注云：「一作子武。《文獻通考·經籍志》有詞一卷。」檢《直齋書録解題》卷二十一，著録《王武子詞》一卷。《全宋詞》因據之，録此詞爲王武子詞。升庵《丹鉛總録》卷二十二、《詩話》卷九、《文集》卷五十八並以爲「許奕小詞」。而其《詞林萬選》卷二，又選爲杜安世之作（檢今本杜安世《壽域詞》不載此首）。合此以爲無名氏詞，三處各不相同，見其莫衷一是也。

〔二〕「玉樓」，《花草粹編》、《詞綜》作「紅樓」；「春寒側」，《花草粹編》作「闌干側」，《詞林萬選》作「春寒惻」。

〔三〕「暮寒」，天都閣本作「暮雲」，《詞綜》作「何人」。

〔四〕此陳與義《臨江仙·夜登小閣憶洛中舊遊》詞中句，見景宋本《簡齋詩集附無注詞》。

等身金〔一〕

宋賈黄中，幼日聰悟過人。父取書與其身相等，令誦之，謂之「等身書」〔二〕。張子野《歸朝歡》詞云〔三〕：「聲轉轆轤聞露井。曉汲銀瓶牽素綆〔四〕。西園人語夜來風，叢英飄墜紅成逕。寶猊烟未冷。蓮臺香燭殘痕凝音佞。等身金，誰能得意，買此好光景。粉落輕粧紅玉瑩。月枕横釵雲墜領。有情無物不雙棲，文禽只合長交頸。晝長歡豈定〔五〕。争如翻做春宵永。日曈曨，嬌柔懶起，簾押捲花影。」此詞極工，全録之。不觀《賈黄中傳》，知「等身金」爲何語乎？

【箋證】

〔一〕「等身金」，《外集》本同，珥江書屋本、天都閣本誤作「等金身」。

〔二〕《宋史》卷二百六十五《賈黄中傳》：「黄中幼聰悟，方五歲，（父）玭每旦令正立，展書卷比之，謂之『等身書』。」賈黄中，字媧民，宋滄州南皮人。後漢乾祐初，六歲中神童選，十六歲舉進士甲科，授秘書郎。太祖建隆間，判太常禮院，累擢知制誥、翰林學士。太宗淳化二年，參知政事。四年罷，除禮部侍郎，兼秘書監。卒，贈禮部尚書。

〔三〕張先此詞見《彊村叢書》本《張子野詞》卷一、《天機餘錦》卷二。

〔四〕「曉汲」，《張子野詞》同，《天機餘錦》作「曉引」。

〔五〕「晝長」，《張子野詞》同；《天機餘錦》及珥江書屋本、天都閣本作「晝夜」。

關山一點〔一〕

杜詩「關山同一點」〔二〕，「點」字絶妙。東坡亦極愛之，作《洞仙歌》云：「一點明月窺人。」用其語也。《赤壁賦》云「山高月小」，用其意也。今書坊本改「點」作「照」，語意索然。且關山同一照，小兒亦能之，何必杜公也。幸《草堂詩餘》注可證〔三〕。

【箋證】

〔一〕此條全録元陳秀明《東坡詩話録》卷下，除文中「書坊本」作「坊本」外，餘文字全同。

〔二〕此杜甫《翫月呈漢中王》詩中句，見《九家集注杜詩》卷二十三，「點」字作「照」。

〔三〕「注」字原脱，據《升庵詩話》卷九補。至正本、洪武本《草堂詩餘》前集卷下載東坡《洞仙歌》，於「一點明月窺人」下，並注云：「杜《月》詩：『關山同一點。』」升庵批點本卷三載此，升庵批云：「『點』字妙，從『樹點千家小』『點』字用法。『山高月小』，即『一點明月窺人』。」按，今傳宋元舊本杜詩，「點」皆作「照」。《九家集注杜詩》引趙次公注曰：「『照』字舊一本作『點』，非也。『照』字乃出《月賦》，『千里共明月』之意。」《補注杜詩》黃希補注曰：「『照』或作『點』，嘗見善本如此，故東坡有『一點明月』之詞。」葉廷珪《海録碎事》卷一引此詩即作「點」字。

按：胡應麟《詩藪》卷四：「論詩最忌穿鑿。『朝廷燒棧北，鼓角滿天東』，『燒』與『滿』氣勢相應，而元晦以爲『漏天』；『關山同一照，烏鵲自多驚』，『照』與『驚』相應，而用修以爲『一點』。二君非不知詩者，朱乃偶爾失忘，楊則好尚新僻。」又於《少室山房筆叢》卷六《丹鉛新録二》「關山一點」條中，謂坡詞「繡簾開一點明月窺人」，當於「點」字句絶。吴景旭《歷代詩話》卷三十七「一點」條論之云：「『點』字較勝，工詩者自知。楊何必引坡詞，即據《嘯餘譜》所載，《洞仙歌》凡四體，而前段皆同，後段小變，坡詞乃第一體也。『繡簾開一點明月窺人』，九字爲一句。元瑞謂『點』字句絶，是未按本調，妄自爲説也。九字連讀，則『一點』非月而何？」又引田子藝云：「岑嘉州『嚴灘一點舟中月』，又《赤驃馬歌》『草頭一點疾如飛』，又『西看一點是關樓』；朱灣《白鳥翔翠微》詩『浄中雲一點』；宋張安國詞『洞庭青草近中秋，更無一點風色』，夫月、雲、風也，馬也，樓也，皆謂之一點，甚奇。」吴氏辨坡詞不當於「點」字句絶，的是。然杜詩作「關山同一照」，則有「隔千里兮共明月」之意，且下句爲「烏鵲自多驚」，關山同照，烏鵲自驚，抒羈旅之感也，作「照」似勝。

楊柳索春饒

張小山《小桃紅》詞云〔一〕：「一汀烟柳索春饒〔二〕。添得楊花鬧。盼殺歸舟木蘭棹。水迢迢。畫樓明月空相照。今番瘦了。多情知道。寬褪了翠裙腰〔三〕。」「蔞蒿穿雪動，楊柳索春饒」〔四〕，山谷詩也，此詞用之。今刻本不知，改「饒」爲「愁」，不惟無韻，且無味矣。

【箋證】

〔一〕此乃曲，非詞，見《新刊張小山北曲聯樂府》卷中，題作「春深」。張可久，字伯遠，號小山，元浙江慶元路人，生平事跡不詳。嘗以路吏轉首領官，又曾爲桐廬典史。至正初年已七十餘，尚爲崑山幕僚。晚居杭州，悠遊以終。可久以散曲盛稱於世，有《小山樂府》二卷，今存。清勞權有鈔校本《新刊張小山北曲聯樂府》三卷。

〔二〕「索春饒」，《新刊張小山北曲聯樂府》作「索春愁」。

〔三〕「寬褪了」，《外集》本無「了」字，《新刊張小山北曲聯樂府》作「寬盡」。

〔四〕此黄庭堅《豫章黄先生文集》卷十《次韻答高子勉十首》第十首中句。「索春繞」，任淵注典出陸龜蒙《自遣詩》：「亂和殘照紛紛舞，應索陽烏次第饒。」黄庭堅，字魯直，自號山谷道人，晚號涪翁，宋洪州分寧人。英宗治平四年進士。歷官葉縣尉、北京國子監教授、校書郎、著作佐郎、秘書丞兼國史編修官。後以元祐黨事坐貶涪州别駕、黔州安置。徽宗初，羈管宜州卒。與張耒、秦觀、晁補之同遊蘇軾之門，稱「蘇門四學士」。其詩與蘇軾並稱「蘇黄」，爲江西詩派開山之祖。其詞與秦觀齊名，並稱「秦黄」。書法與蘇軾、米芾、蔡襄並稱「宋四家」。

秋盡江南葉未凋

賀方回作《太平時》一詞，衍杜牧之詩也。其詞云：「秋盡江南葉未凋。晚雲高。青山隱隱水迢迢。接亭皋。二十四橋明月夜。弭蘭橈。玉人何處教吹簫。可憐宵。」〔二〕按此，則牧之本作「葉未凋」，今妄改作「草木凋」，與上下意不相接矣〔三〕。幸有此可正其誤。

【箋證】

〔一〕賀鑄《太平時》八首，此其四，題作《晚雲高》。見《彊村叢書》本《東山詞》卷上。

〔二〕杜牧《樊川詩集》卷四《寄揚州韓綽判官》詩：「青山隱隱水遥遥，秋盡江南草木凋。二十四橋明月夜，玉人何處教吹簫。」《才調集》卷四、《萬首唐人絶句》卷二十五、《唐詩紀事》卷五十六所載並同。宋周應合《景定建康志》卷十六注、宋李劉《四六標準》卷三十六注引此詩，「草木凋」則皆作「草未凋」。元盛如梓《庶齋老學叢談》卷中上云：「杜牧官於金陵，《寄揚州韓綽判官》詩云云，『草未凋』今作『草木凋』，不見江南草木經寒之意。」杜牧，字牧之，唐京兆萬年人。文宗大和二年進士，授弘文館校書郎。後赴江西、淮南觀察使幕。復入爲國史館修撰，歷膳部、比部、司勳員外郎，黄、池、睦諸州刺史。官終中書舍人。晚居樊川别墅，號樊川居士，世稱「杜樊川」。有《樊川文集》，今存。

《升庵詩話》卷五「唐詩絶句誤字」條：「唐詩絶句，今本多誤字，試舉一二：如杜牧之《江南春》云『十里鶯啼緑映紅』，今本誤作『千里』。若依俗本，『千里鶯啼』，誰人聽得？『千里緑映紅』，誰人見得？

若作『十里』，則鶯啼緑紅之景，村郭樓臺，僧寺酒旗，皆在其中矣。又《寄揚州韓綽判官》云『秋盡江南草未凋』，俗本作『草木凋』。秋盡而草木凋，自是常事，不必説也，况江南地暖，草本不凋乎！此詩杜牧在淮南而寄揚州人者，蓋厭淮南之摇落，而羡江南之繁華。若作『草木凋』，則與青山明月、玉人吹簫不是一套事矣。余戲謂此二詩絶妙，『十里鶯啼』，俗人添一撇壞了；『草未凋』，俗人减一畫壞了。甚矣，士俗不可醫也。又如，陸龜蒙《宫人斜》詩云『草著愁烟似不春』，只一句，便見墳墓淒惻之意。今本作『草樹如烟似不春』，『草樹如烟』，正是春景，如何下得『不春』字。讀者往往忽之，亦食不知味者也。」

玉船風動酒鱗紅

何晋之《小重山》詞云〔一〕：「緑樹啼鶯春正濃〔二〕。枝頭青杏小〔三〕，緑成叢。玉船風動酒鱗紅。歌聲咽，相見幾時重。　車馬去匆匆。路遥芳草遠〔四〕，恨無窮。相思只在夢魂中。今宵月，偏照小樓東。」臨邛高耻庵云：「『玉船風動酒鱗紅』之句，譬如雲錦月鈎，造化之巧，非人琢也。」〔五〕此等句在天地間有限。

【箋　證】

〔一〕《唐宋諸賢絶妙詞選》卷八載此詞。升庵選入《百琲明珠》卷三。何大圭，字晋之，廣德人。政和八年進士，爲秘書省著作郎。建炎中以坐失洪州，編管嶺南。得張浚保叙，紹興中復官左朝請郎、直祕閣。隆興初，以浙江安撫司參議官主管台州崇道觀。

〔二〕「啼鶯」，《唐宋諸賢絶妙詞選》作「鶯啼」。

〔三〕「枝頭」，《唐宋諸賢絶妙詞選》作「釵頭」。

〔四〕「路遥」，《唐宋諸賢絶妙詞選》作「路隨」。

〔五〕升庵所謂「臨邛高恥庵」云云，未知所從出。檢南宋高斯得，字不妄，邛州蒲江人。未知是否其人，姑志於此，以俟識者。高斯得，紹定二年進士，官至端明殿學士、簽書樞密院事兼參知政事。爲宰相留夢炎所排。宋亡隱居苕霅間以終。《宋史》有傳。有《恥堂存稿》八卷，今存。

泥人嬌

俗謂柔言索物曰「泥」，乃計切，諺所謂「軟纏」也。杜子美詩：「忽忽窮愁泥殺人。」〔一〕元微之憶内詩：「顧我無衣搜蓋篋，泥他沽酒拔金釵。」〔二〕杜牧之《登九峰樓》詩：「爲郡異鄉徒泥酒。」〔三〕皇甫《非烟傳》詩曰：「郎心應似琴心怨，脈脈春情更泥誰。」〔四〕楊乘詩：「晝泥琴聲夜泥書。」〔五〕元鄧文原《贈妓》詩：「銀燈影裏泥人嬌。」〔六〕柳耆卿詞：「泥歡邀寵最難禁。」〔七〕字又作「誽」，《花間集》顧敻詞：「黄鶯嬌轉誽芳妍。」〔八〕又：「記得誽人微斂黛。」〔九〕字又作妮，王通叟詞：「十三妮子緑窗中。」〔一〇〕今山東人目婢曰小妮子，其語亦古矣。

【箋證】

〔一〕此杜甫《冬至》詩中句，見《九家集注杜詩》卷三十二。

〔二〕此元稹《遣悲懷三首》第一首中句，詩乃「悼亡」，非「憶内」也。見《元氏長慶集》卷九，「藎篋」原誤作「畫匣」，據改。《升庵詩話》卷八同誤，《升庵集》卷六十一所引不誤。元稹，字微之，唐洛陽人。少孤，九歲能屬文，十五兩經擢第，二十四書判拔萃科入第四等，授秘書省校書郎。元和元年，舉才識兼茂、明於體用科第一，除右拾遺。以論事爲執政所惡，出爲河南縣尉。四年，爲監察御史，出使劍南，復以忤權宦，貶江陵府士曹參軍。後歷通州司馬、虢州刺史，十四年入爲膳部員外郎。穆宗立，因宦官崔潭峻援引，擢祠部郎中、知制誥。長慶元年，遷中書舍人、翰林院承旨。次年以工部侍郎拜相。不三月，出爲同州刺史。三年，爲越州刺史、浙東觀察使。大和三年，入爲尚書左丞。復出爲武昌軍節度使，卒。稹詩有天下大名，與白居易並稱「元白」，共倡「新樂府」，號「元和體」。其詩辭淺意哀，仿佛孤鳳悲吟，極爲扣人心扉，動人肺腑。有《元氏長慶集》，存詩八百三十餘首。

〔三〕「峰」原誤作「華」，按杜牧《樊川外集》載此詩，題作《登九峰樓》，《丹鉛總録》卷二十一、《升庵集》卷六十「軋軋鴉」條並引作《登九峰樓》，此處乃記憶偶誤也，據改。

〔四〕「皇甫」二字，《升庵集》、《升庵詩話》同條並無；「詩」，《升庵集》作「詞」。《非烟傳》，見唐皇甫枚所著筆記小説集《三水小牘》，今存涵芬樓《説郛》本卷三十三。傳記趙象贈非烟詩曰：

「一睹傾城貌，塵心只自猜。不隨蕭史去，擬學阿蘭來。」此引乃非烟答象詩中句。全詩云：「緑慘雙蛾不自持，只緣幽恨在新詩。郎心應似琴心怨，脈脈春情更泥誰。」《太平廣記》卷四百九十一、宛委山堂本《説郛》卷一百十二録《非烟傳》一篇，「泥」字皆作「擬」。皇甫枚，字遵美，唐安定三水人。生卒年不詳。咸通末，爲汝州魯山令。光啓中，僖宗在梁州，赴調行在。梁開平四年，旅食汾晋，手紀咸通中事，爲《三水小牘》三卷。

〔五〕此見《唐詩紀事》卷四十七，詩云：「自憐乖拙兩何如，晝泥琴聲夜泥書。數拍胡笳彈未熟，故人新命畫胡車。」題曰《膀句》。楊乘，唐馮翊人。宣宗大中元年登進士第。終殿中侍御史。

〔六〕此引句，見明嘉靖本《雍熙樂府》卷六，爲【中吕·粉蝶兒】套曲「題美人脚小」《醉春風》中句，不題撰人。原曲云：「香細裊紫金爐，酒頻斟白玉斝。銀燈影裏殢人嬌。他生的可喜殺殺，他生的宜喜宜嗔。便有他閑愁閑悶，見了他且休且罷。」嘉靖本《詞林摘艷》卷三所載，此套曲題作「思情」，以爲元蘭楚芳作。升庵此以爲鄧文原作，不知何據。鄧文原，字善之，一字匪石，元綿州人，以綿州古屬巴西郡，人稱「鄧巴西」。僑寓於浙，又爲杭州人。元初歷官江浙儒學提舉、江南浙西道肅政廉訪司事、集賢直學士兼國子監祭酒、翰林侍講學士。《元史》有傳。有《巴西文集》一卷。清鮑廷博、鮑正言輯其詩爲《履素齋稿》一卷。

〔七〕此柳永《夏雲峰》「宴堂深軒」詞中句，見汲古閣本《樂章集》，「泥」作「昵」，無「最」字。柳永，字耆卿，宋福建崇安人。仁宗景祐元年進士，授睦州團練推官，官終屯田員外郎。人稱「柳屯田」。以詞名世，葉夢得《避暑録話》卷下記當時「凡有井水飲處，即能歌柳詞」，足見其詞傳誦之廣。

〔八〕見《花間集》卷六顧敻《虞美人》六首之五。

〔九〕見《花間集》卷七顧敻《浣溪紗》八首之八。

〔一〇〕王觀此句，僅見升庵此引。王觀，字通叟，宋如皋人。仁宗嘉祐二年進士，官至翰林學士。以《清平樂》詞犯神宗諱而被斥，自號「逐客」。其詞宗柳永，情景交融，風趣近俚。《全宋詞》存其詞十六首並此斷句一則，《全宋詞補輯》復增輯詞十二首。

凝音佞

《詩》：「膚如凝脂。」〔一〕凝音佞。唐詩：「日照凝紅香。」〔二〕白樂天詩：「落絮無風凝不飛。」〔三〕又：「舞繁紅袖凝，歌切翠眉愁。」〔四〕又：「舞急紅腰凝，歌遲翠黛低。」〔五〕徐幹臣詞：「重省。別時淚漬，羅巾猶凝。」〔六〕張子野詞：「蓮臺香燭殘痕凝。」〔七〕高賓王詞：「想蕁汀，水雲愁凝。閒蕙帳，猿鶴悲吟。」〔八〕柳耆卿詞：「愛把歌喉當筵逞，遏天邊，亂雲愁凝。」〔九〕今多作平音，失之。音律亦不協也。

【箋證】

〔一〕此《詩·衛風·碩人》句。「凝脂」，宋釋適之《金壺字考》云：「凝，音佞。」

〔二〕此句未知所出，《全唐詩》並輯佚不收，或升庵誤記也。俟考。

〔三〕此白居易《酬李十二侍郎》詩中句，見《白氏長慶集》卷三十一。

〔四〕此白氏《想東遊五十韻》詩中句，見《白氏長慶集》卷二十七。「凝」字下注「去」字。

〔五〕此白氏《三月三日祓禊洛濱》，見《白氏長慶集》卷三十三。《才調集》載此詩，「凝」字下注：「去聲。」

〔六〕徐伸，字幹臣，宋三衢人。政和初，以知音律爲太常典樂。宣和中，出知常州。有《青山樂府》，今不傳。此引其自製《轉調二郎神》詞中句，「別時淚漬，羅巾猶凝」，《增修箋注妙選草堂詩餘》前集卷下所載同；王明清《揮麈餘話》卷二録作「別時淚滴，羅襟猶凝」、黄昇《唐宋諸賢絶妙詞選》卷八作「別時淚濕，羅衣猶凝」、曾慥《樂府雅詞》拾遺卷上作「別來淚滴，羅衣猶凝」。

〔七〕此張先《歸朝歡》「聲轉轆轤聞露井」詞中句，升庵批點本《草堂詩餘》卷五句下，升庵批注云：「叶去聲。《毛詩》：『膚如凝脂。』『凝』叶作『佞』，同此。」

〔八〕此高觀國「秋思」《玉胡蝶》詞中句，見《中興以來絶妙詞選》卷六。高觀國，字賓王，號竹屋，宋山陰人。工詞，與史達祖同時，常相唱和。有《竹屋癡語》一卷。

〔九〕此柳永「贈妓」《晝夜樂》詞中句，見《唐宋諸賢絶妙詞選》卷五。

胡應麟《少室山房筆叢》卷十九《藝林學山》一引此條，評云：「楊所引唐、宋用者十餘，然俱落何遜《梅花》詩後也。」按：何遜《詠早梅》詩「銜霜當路發，映雪擬寒開」，自《藝文類聚》卷八十六、《初學記》卷三、《文苑英華》卷三百二十二「擬」字俱無作「凝」者。胡氏據誤本以議其後，非也。

詞人用黦字

黦，黑而有文也，字一作⿰黑冤，於勿、於月二切〔一〕。周處《風土記》：「梅雨霑衣服，皆敗黦。」〔二〕此字文人罕用，惟《花間集》韋莊及毛熙震詞中見之〔三〕。韋莊《應天長》詞云：「別來半歲音書絶。一寸離腸千萬結。難相見，易相別。又見玉樓花似雪〔四〕。暗相思，無處説。惆悵夜來烟月。想得此時情更切〔五〕。淚霑紅袖黦。」毛熙震《後庭花》詞曰：「鶯啼燕語芳菲節。後庭花發〔六〕。昔時歡宴歌聲揭。管絃清越。自從陵谷追遊歇。畫梁塵黦。傷心一片如珪月。閒鎖宮闕。」此二詞皆工，全録之〔七〕。

【箋證】

〔一〕《説文·黑部》字作「⿰黑冤」，云：「黑有文也。从黑冤聲，讀若飴盌字，於月切。」「黦」，《廣韻》「於月、紆物二切」，《集韻》「紆勿切」。

〔二〕周處《風土記》，記陽羨風物，今不存，宛委山堂本《説郛》卷六十存節本一卷，無此。《古今事文類聚》前集卷五引此，原文作：「夏至之雨，名爲黄梅雨，沾衣服皆敗黦。」陳元靚《歲時廣記》所引同，惟「翫」作「翫」。周處，字子隱，義興陽羡人也。父魴，吴鄱陽太守。處少孤，不修細行，縱情肆慾，州曲以與北山虎、長橋蛟爲三害。處自知爲人所惡，慨然有改勵之志。乃入山殺虎、赴水斬蛟，而自投陸機、陸雲問學。不期年州府交辟。仕吴爲無難督。入晋，官至御史中丞。《晋書》有傳。

〔三〕韋莊，字端己，唐杜陵人。玄宗時宰相韋見素之後。應舉時，遇黄巢破長安，著《秦婦吟》，時人號「《秦婦吟》秀才」。乾寧元年登進士第，以中原多故，依蜀王建，爲掌書記。建立前蜀，莊官至吏部尚書、平章事。有詞五十五首，後人輯爲《浣花集》。毛熙震，蜀人，生卒年不詳。仕後蜀，爲秘書監。震擅詞，《花間集》存其詞二十九首。

〔四〕「見」，《花間集》卷二作「是」。

〔五〕《花間集》無「更」字。

〔六〕「後庭」，《花間集》卷二作「瑞庭」。

〔七〕《外集》本無此二句。

升庵詞品箋證卷之二

真　丹

王半山「和俞秀老禪思詞」曰：「茫然不肯住林間。有處即追攀。將他死語圖度，怎得離真丹。　漿水價，匹如閒。也須還。何如直截，踢倒軍持，贏取潙山。」〔一〕此詞意勸秀老純歸於禪，住山不出遊也。真丹，即震旦也。軍持，取水瓶也，行脚之具。踢倒軍持，勸其勿事行脚也。潙山和尚欲謀住山，曰：「此山名骨山，和尚是肉人，骨肉不相離。」言人不當離山也〔二〕。皆用佛書語。「漿水價」，「也須還」，則用《列子》「五漿先饋」事〔三〕。

【箋　證】

〔一〕王安石，晚號半山老人。此引詞，乃其《訴衷情》「和俞秀老鶴詞」五首之三，見宋龍舒本《王文公文集》卷八十。

〔二〕升庵此説，記憶多誤。胡應麟《少室山房筆叢》卷二十一《藝林學山》三「真丹」條駁之云：「此全用靈祐和尚賭潙山，踢倒軍持事。出處甚明，楊語皆臆度也。今録左方：『司馬頭陀自湖南來，謂丈曰：「頃在湖南尋得一山，名大潙，是一千五百人善知識所居之處。」丈曰：「老僧住得否？」陀曰：「非和尚所居。」丈曰：「何也？」陀曰：「和尚是骨人，彼是肉山。設居，徒不盈千。」丈曰：「吾衆中莫有人住得否？」陀曰：「待歷觀之。」時華林覺爲第一座。丈令侍者請至，問曰：「此人如何？」陀請謦欬一聲，行數步。陀曰：「不可。」丈又令喚師。師時爲典座，陀一見，乃曰：「此正是潙山主人也。」丈是夜召師入室，囑曰：「吾化緣在此。潙山勝境，汝當居之，嗣續吾宗，廣度後學。」而華林聞之曰：「某甲忝居上首，典座何得住持？」丈曰：「若能對衆下得一語出格，當與住持。」即指浄瓶問曰：「不得喚作浄瓶，汝喚作甚麼？」林曰：「不可喚作木楔也。」丈乃問師。師踢倒浄瓶便出去。丈笑曰：「第一座輸却山子也。」』右見《五燈會元》『潙山靈祐禪師』下。用修所解並誤。惟『骨山』、『肉人』語見前，本意自謂百丈不當住潙山耳。楊云『骨肉不相離』，亦誤會也。又以『骨人』爲『骨山』、『肉山』爲『肉人』。總之皆出處未真，影撰之語。」胡氏所引，見《五燈會元》卷九。

〔三〕《列子·黄帝篇》：「子列子之齊，中道而反，遇伯昏瞀人。伯昏瞀人曰：『奚方而反？』曰：『吾驚焉。』『惡乎驚？』『吾食於十漿，而五漿先饋。』」

金　荃

元好問詩：「《金荃》怨曲《蘭畹》詞。」〔一〕《金荃》，温飛卿詞名《金荃集》。荃即蘭蓀也，音筌〔二〕。《蘭畹》，唐人詞曲集名，與《花間集》出入，而中有杜牧之詞〔三〕。

【箋證】

〔一〕元好問，字裕之，號遺山，金山西秀容人。少以《箕山》、《琴臺》等詩爲趙秉文所稱，名震京師。登興定五年進士第，歷内鄉南陽令。天興初，由尚書省掾除左司都事。轉行省左司員外郎，入翰林知制誥。金亡不仕。元好問詩文史學，萃於一身，爲金一代文宗。纂輯《中州集》十卷附《中州樂府》一卷。有《遺山先生集》。事跡見《金史・文藝傳》。此引爲《贈答張教授仲文》詩中句，見《遺山先生集》卷四。

〔二〕《金荃》，唐詩人温庭筠文集名。《郡齋讀書志》卷四著録温庭筠《金荃集》七卷外集一卷，《新唐書・藝文志》著録作《金筌集》十卷。「筌」通作「荃」，香草，菖蒲也。宋羅願《爾雅異》云：「荃，昌蒲也。或讀若孫音，又一名蓀。」又云：「《楚辭》言香草皆以喻群臣，唯言蓀者喻君。」故升庵於此以「蘭蓀」當之，極稱温詞也。温庭筠，本名岐，字飛卿，唐太原祁人。庭筠早年多才不羈，行爲放浪，詩多側艷穠麗，與李商隱齊名，時稱「温李」。後屢舉進士不第，終生不得志。歷官隨縣、方城尉，終國子助教。其詞與韋莊齊名，並稱「温韋」，爲「花間派」首要詞人。有集不存，後人輯有《温飛卿詩集》及《金荃詞》，存詞七十六首。

〔三〕元朱晞顔《瓢泉吟稿》卷五《跋周氏塤篪樂府引》云：「舊傳唐人《麟角》、《蘭畹》、《尊前》、《花間》等集，富艷流麗，動盪心目。」以《蘭畹》爲唐人詞集，升庵此或據之爲説。然其《詞品》自叙又云「南唐之《蘭畹》」，《詞品拾遺》「于湖南鄉子」條又謂張孝祥詞「見《蘭畹集》」。三説不一，莫衷一是。按：《蘭畹》，詞集名，又名《蘭畹曲會》。《碧鷄漫志》卷二「蘭畹曲會」條云：「《蘭畹曲會》，孔甯極先生之子方平所集。……孔平日自號滍皋漁父，與姪處度齊名，李方叔詩酒侶也。」《容齋四筆》卷十三「秦杜八六子」條云：「予家舊有建本《蘭畹曲集》，載杜牧之一詞。」《苕溪漁隱叢話》後集卷九「王右丞」條云：「舊本《蘭畹集》載寇萊公《陽關引》，其語豪壯，送別之曲當爲第一。」元劉將孫《養吾齋集》卷九《新城饒克明集詞序》云：「樂府有集自《花間》始，皆唐詞。《蘭畹集》多唐末宋初詞。」明凌迪知《萬姓統譜》卷二十六「關沼」下注云：「字淵聖，杭人，登元祐三年進士。隱士孔夷嘗有《贈淵聖學士詩》云云。夷字方平，號滍皋先生，劉攽、韓維之畏友。」據上所引，知《蘭畹集》乃宋元祐間人孔夷所編，唐末宋初人詞集也。是書今已佚。

鞋襪稱兩

高文惠妻與夫書曰：「今奉織成襪一量〔一〕，願著之，動與福並。」量當作兩，《詩》「葛屨五兩」是也〔二〕。無名氏《踏莎行》詞末云：「夜深著輛小鞋兒，靠著屏風立地。」〔三〕輛、兩蓋古今字也。小詞用《毛詩》字亦奇。

【箋　證】

〔一〕高柔，字文惠，三國魏陳留圉人。高貴鄉公時封安國侯，轉太尉、常道鄉公。其妻姓氏未詳。《太平御覽》卷六百九十七録高文惠婦《與文惠書》曰：「今奉織成襪一量。」緊接其後又録曹植《賀冬表》曰：「獻襪七量」，並爲《襪頌》曰：「王趾既御，履和蹈貞。行與禄邁，動以福並。」升庵語出此，而將曹植文接入文惠妻語矣。

〔二〕此《詩經·齊風·南山》詩中句。《毛詩正義》曰：「屨必兩隻相配，故以一兩爲一物。」唐顔師古《匡謬正俗》卷七「兩、量」：「或問曰：『今人呼履、舄、屐、屩之屬，一具爲一量，於義何耶？』答曰：『字當作兩，詩云「葛屨五兩」者，相偶之名。屨之屬二乃成具，故謂之兩。兩音轉變，故爲量耳。』」

〔三〕此引詞，《説郛》卷二十七宋闕名《瑞桂堂暇録》，以爲無名士人之作；《説郛》卷二十宋周遵道《豹隱紀談》以爲「阮郎中贈妓」詞；宋趙聞禮《陽春白雪》卷三題《夜遊宫》，署陸維之作；升庵《詞林萬選》卷四，則以爲蘇軾《玉樓春》詞，並有注云：「舊本《踏莎行》，誤。」今《全宋詞》從《陽春白雪》，屬之陸維之。陸維之，字永仲，一名凝之，字子才，宋餘杭人。一試不得第，遂歸隱餘杭縣大滌洞天石室，人稱石室先生。高宗以布衣召授翰林，辭不就。終老於家。今據《豹隱紀談》録全詞於左，各書所載，詞句互有異同，兹不贅。其文云：「東風捻就，腰肢纖細。繫的粉裙兒不起。從來只慣掌中看，忍教在燭花影裏。　更闌應是酒紅微褪。暗蹙損，眉兒嬌翠。夜深着輛小鞋兒，靠那箇、屏風立地。」

麝月

蔡松年小詞：「喜銀屏小語，私分麝月，春心一點。」〔一〕麝月，茶名。麝言香，月言圓也。或説麝月是畫眉香煤，亦通，但下不得「分」字。又党懷英「茶」詞：「紅莎緑蒻春風餅。趁梅驛，來雲嶺。」〔二〕金國明昌、大定時，文物已埒中國，而製茶之精如此。胡雛亦風味也。非「見元宵燈以爲妖星下地」之日比也。

【箋證】

〔一〕蔡松年，字伯堅，金河北真定人。官至尚書右丞相，封衛國公，卒謚文簡。晚居蕭閒堂，自號蕭閒老人。工樂府，與吴彦高齊名，號「吴蔡體」。有《蕭閒老人明秀集》，今殘存三卷。此引其《尉遲杯》詞上闋末三句，見《中州樂府》，「喜」字原脱，據補。

〔二〕党懷英，字世傑，號竹溪，金山東奉符人。少與辛棄疾同師亳州劉瞻，時稱「辛党」。金人南下，棄疾率衆歸宋，懷英留金。世宗大定十年中進士，調任莒州軍事判官，後累遷汝陰縣尹、國史院編修官、應奉翰林文字、翰林待制兼同修國史。章宗明昌元年，升直學士、國子祭酒。遷侍講學士。章宗承安二年，出爲泰寧軍節度使，明年，再召爲翰林學士承旨致仕。卒，謚文獻。有《竹溪集》，今不存。《中州集》存其詩六十五首，另有詞五首，見《中州樂府》。此引其《青玉案》詞中句，「篛」原誤作「蒻」，據《中州樂府》改。《詞林萬選》卷四録此詞，題作「茶」。

檀色

畫家七十二色，有檀色，淺赭所合，詞所謂「檀畫荔枝紅」也〔一〕。而婦女暈眉色似之，唐人詩詞多用，試舉其略。徐凝《宮中曲》云：「檀妝惟約數條霞。」〔二〕《花間》詞云：「背人勻檀注。」〔三〕又「鈿昏檀粉淚縱横」〔四〕，又「臂留檀印齒痕香」〔五〕，又「斜分八字淺檀蛾」是也〔六〕。又云：「卓女燒春濃美，小檀霞。」〔七〕則言酒色似檀色。又云：「檀畫荔枝紅，金蔓蜻蜓軟。」〔八〕又「香檀細畫侵桃臉」〔九〕，又「淺眉微斂注檀輕」〔一〇〕，又「何處惱佳人，檀痕衣上新」〔一一〕，又「修蛾慢臉，不語檀心一點」〔一二〕，「歌聲慢發開檀點，笑拈金靨」〔一三〕，又「錦檀偏，翹鬢重，翠雲欹」〔一四〕，又「翠鈿檀注助容光」〔一五〕，又「粉檀珠淚和」〔一六〕。伊夢昌《黄蜀葵》詩：「檀點佳人噴異香。」〔一七〕杜衍《雨中荷花》詩：「檀粉不勻香汗濕。」〔一八〕則又指花色似檀色也。東坡《梅》詩：「鮫綃剪碎玉簪輕。檀暈粧成雪月明。肯伴老人春一醉，懸知欲落更多情。」〔一九〕唐宋婦女閨妝，面注檀痕，猶漢魏婦女之注玄的也〔二〇〕。嵇含《南方草木狀》：「枸緣子，漬以蜂蜜，點以燕檀。」〔二一〕

【箋　證】

〔一〕此張泌《生查子》「相見稀」詞中句，見《花間集》卷三，詞上闋：「相見稀，喜相見，相見還相遠。檀畫荔枝紅，金蔓蜻蜓軟。」

〔二〕此徐凝《宫中曲二首》第一首末句，全詩云：「披香侍宴插山花。厭著龍綃著越紗。恃賴傾城人不及，檀妝唯約數條霞。」見《萬首唐人絶句》卷三十九。徐凝，睦州分水人。元和間有詩名，爲元稹、白居易所推重。一生不仕，白衣以終。

〔三〕此顧敻《應天長》「瑟瑟羅裙金線縷」詞中句，見《花間集》卷七，所引「注」作「炷」。

〔四〕此鹿虔扆《虞美人》「卷荷香澹浮烟渚」詞中句，見《花間集》卷九。鹿虔扆，後蜀官至檢校太尉。《花間集》存其詞六首。

〔五〕此閻選《虞美人》「粉融紅膩蓮房綻」詞中句，見《花間集》卷九。閻選，後蜀布衣，善小詞，時人稱「閻處士」。《花間集》存其詞八首。

〔六〕《花間集》中未見此句。白居易《白香山詩集》卷二十七載《吴宫辭》有「淡紅花帔淺檀蛾，睡臉初開似剪波」之句，升庵或誤記矣。

〔七〕此牛嶠《女冠子》「錦江烟水」詞中句，見《花間集》卷四。牛嶠，字松卿，一字延峰，唐隴西人，宰相牛僧孺之後。乾符五年，登進士第。歷官拾遺、補闕、校書郎。王建以節度使鎮西川，辟爲判官。及蜀立國，拜給事中，卒。《花間集》存其詞三十一首。

〔八〕此張泌《生查子》「相見稀」中句，見《花間集》卷四。

〔九〕此顧敻《虞美人》「曉鶯啼破相思夢」詞中句，見《花間集》卷六。

〔一〇〕此顧敻《虞美人》「翠屏閒掩垂珠箔」詞中句，見《花間集》卷六，所引「注」作「炷」。

〔一一〕此尹鶚《醉公子》「暮烟籠蘚砌」詞中句，見《花間集》卷九。尹鶚，成都人。工詩詞，前蜀時累官至翰林校書。《花間集》存其詞六首。

〔一二〕此毛熙震《女冠子》「修蛾慢臉」詞中句，見《花間集》卷九。

〔一三〕此二句乃毛熙震《後庭花》「輕盈無妓含芳艷」詞中句，見《花間集》卷十。

〔一四〕此毛熙震《酒泉子》「閒卧繡幃」詞中句，見《花間集》卷十，所引「鬠」作「股」。

〔一五〕此李珣《浣溪沙》「入夏偏宜淡薄妝」詞中句，見《花間集》卷十。李珣，字德潤，唐梓州人。前蜀後主昭儀李舜弦之兄。以小詞爲後主王衍所賞。有《瓊瑶集》，不存。《花間集》存其詞三十七首。

〔一六〕此李珣《河傳》「春暮」詞中句，見《花間集》卷十。

〔一七〕《詩話總龜》卷四十七引《青瑣後集》云：「伊夢昌（「昌」字原無，據下文意補），不知何許人，因夢兩日，遂立此名。唐末不仕，披羽褐遊山水。」其後録所題《黄蜀葵》二句云：「露凝金盞滴殘酒，檀點佳人噴異香。」升庵此引「夢昌」原作「孟昌」，據改。

〔一八〕杜衍《詠雨中荷花》詩，見《錦繡萬花谷》後集卷三十七。詩云：「翠蓋佳人臨水立，寂寞雨中相對泣。温泉洗出玉肌寒，檀粉不勻香汗濕。一陣風來碧浪翻，真珠零落難收拾。」杜衍，字世昌，宋越州山陰人。大中祥符元年進士，累擢天章閣待制、樞密直學士、御史中丞、龍圖閣學士。康定元年，同知樞密院事，改副使，出爲河東宣撫使。慶曆三年，爲樞密使。次年拜相，兼樞密使。五年罷相，以太子少師致仕。謝事十餘年，累遷至太子太師，封祁國公。卒贈司徒，謚正獻。

〔一九〕此蘇軾《次韻楊公濟奉議梅花十首》之九，見《蘇軾詩集》卷三十二。

〔二〇〕《史記索隱》引姚察曰：「按《釋名》云：『天子諸侯，群妾以次進御，有月事者止不御，更不口説，故以丹注面目，的的爲識，令女史見之。王粲《神女賦》以爲：「脱桂裳免簪笄，施玄的結羽釵。」』的，即《釋名》所云也。」的，《釋名》作勺，灼也，顯明也。

〔二一〕晉嵇含《南方草木狀》卷下云：「枸緣子，形如瓜，皮似橙而金色。胡人重之。極芬香，肉甚厚，白如蘆菔。女工競雕鏤花鳥，漬以蜂蜜，點燕檀，巧麗妙絶，無與爲比。」此升庵之所據。「枸」原誤作「蒟」，據改。按：「枸緣」，即枸櫞，又名香櫞，芸香科柑橘屬植物，柑果長圓形，熟時檸檬黄色，芳香，可入藥，具理氣寬中、消脹降痰之功效。《廣東通志》卷五十二「物産志」引《草木狀》，注云：「鉤緣一作枸緣。按其形色，當即佛手柑。」「蒟」則爲藤本植物，其實蒟子可作醬，非水果也。《文選・蜀都賦》「其園則有蒟蒻茱萸」句，劉淵林注云：「蒟，蒟醬也，緣樹而生，其子如桑椹，熟時正青，長二三寸。以蜜藏而食之，辛香，温調五臟。」

黄額

後周天元帝令宫人黄眉黑妝，其風流於後世〔一〕。虞世南《詠袁寶兒》云：「學畫鴉黄半未成。」〔二〕此煬帝時事也，至唐猶然。駱賓王詩：「寫月圓黄罷，凌波拾翠通。」〔三〕又盧照鄰詩：「纖纖初月上鴉黄。鴉黄粉白車中出。」〔四〕王翰詩：「中有一人金作面。」〔五〕裴慶餘詩：「滿額鵝黄金縷衣。」〔六〕温庭筠詞：「小山重疊金明滅。」〔七〕又「蕊黄無限當山額」〔八〕，又「撲蕊添黄子，呵花滿翠鬟」〔九〕，又「臉上金霞細，眉間翠鈿深」〔一〇〕。牛嶠詞：「額黄侵膩髮，臂釧透紅紗。」〔一一〕張泌詞：「蕊黄香畫帖金蟬。」〔一二〕宋陳去非《臘梅》詩：「智瓊額黄且勿誇，眼明見此風前葩。」〔一三〕智瓊，晋代魚山神女也。額黄事，不見所出，當時必有傳記。而黄妝實自智瓊始乎〔一四〕？今黄妝久廢，汴蜀妓女以金箔飛額上，亦其遺意也。

【箋證】

〔一〕後周天元帝，北周宣帝宇文贇。《隋書》卷二十二《五行志》上載：後周大象元年，「令天下車以大木爲輪，不施輻。朝士不得佩綬，婦人墨妝黄眉。」《資治通鑑》卷一百七十三亦記此事云：「令天下車以渾木爲輪。禁天下婦人不得施粉黛，自非宫人，皆黄眉墨妝。」胡三省注「粉黛」云：「粉以傅面，黛以填額畫眉。」據此，知令「黄眉墨妝」者，乃天下婦人，非宫人，適與升庵説相反。禁施粉黛皆黄眉墨妝者，即不許以鉛粉傅面以螺黛畫眉，而只准以黑炭飾面以黄土塗眉也。然誤以爲「令宫人黄眉黑妝」者，非自升庵，《説郛》卷七十七録唐宇文氏《妝臺記》，即已云：「後周静帝，令宫人黄眉墨妝。」明張萱《疑耀》卷三亦取此説，而釋「黑妝」云：「黑粧即黛，今婦人以杉木炭研末抹額，即其制也。」

〔二〕《唐詩紀事》卷四「虞世南」下引顔師古《隋朝遺事》云：「洛陽獻合蒂迎輦花，煬帝令袁寶兒持之，號司花女。時詔世南草《征遼指揮德音敕》於帝側，寶兒注視久之。帝曰：『昔傳飛燕可掌上舞，今得寶兒，方昭前事。然多憨態，今注目於卿，卿才人，可便嘲之。』世南爲絶句曰云云。」所作即此詩。「虞世南」原作「虞世基」，記憶之誤也，今據改。

〔三〕見《樂府詩集》卷四十，題《櫂歌行》。駱賓王，唐婺州義烏人。早年落魄無行。高宗永徽中，爲道王李元慶府屬。歷武功、長安主簿。武后時左遷臨海丞，不得志，辭官。睿宗文明時，爲徐敬業作討武則天文，傳檄天下。敬業敗，亡命不知所終。賓王能屬文，尤妙於五言詩，爲「初唐四傑」之一。嘗作《帝京篇》，當時以爲絶唱。有《駱丞集》。

〔四〕盧照鄰，字昇之，自號幽憂子，唐幽州范陽人。初爲鄧王府典籤，調新都尉。以病去官，居長安。後手足攣廢，自沉潁水而死。以詩文稱名於當時，爲「初唐四傑」之一。此引句見其七言歌行《長安古意》，《唐音》卷一載其前後四句云：「片片行雲著蟬鬢，纖纖初月上鴉黄。鴉黄粉白車中出，含嬌含態情非一。」《文苑英華》卷二百五所載，句中二「鴉黄」分别作「鵶鬢」、

「淡黄」。

〔五〕王翰，字子羽，唐并州晋陽人。登進士第，舉直言極諫，調昌樂尉；復舉超拔群類，召爲秘書正字，擢通事舍人，駕部員外。出爲汝州長史，徙仙州别駕。日與才士豪俠飲樂遊畋，坐貶道州司馬，卒。此引其《春女行》詩中句，見《樂府詩集》卷九十。

〔六〕《唐摭言》卷十三：「裴虔餘，咸通末佐北門李公淮南幕。嘗遊江，舟子刺船，誤爲竹篙濺水濕近座之衣。公爲之色變。虔餘遽請彩牋紀一絶曰：『滿額鵝黄金縷衣。翠翹浮動玉釵垂。從教水濺羅衣濕，知道巫山行雨歸。』公覽之極歡，命謳者傳之。」按：「裴虔餘」，《吟窗雜録》卷二十八、《萬首唐人絶句》卷四十三、《苕溪漁隱叢話》後集卷十八、《唐詩紀事》卷六十所載皆同。曾慥《類説》卷三十四、《詩話總龜》卷四記此事及王十朋《東坡詩集注》注引，則又作「裴慶餘」。未知「慶餘」、「虔餘」乃各是一人，抑或「慶」、「虔」二字乃形近相混也。

〔七〕此温庭筠《菩薩蠻》其一首句，見《花間集》卷一。

〔八〕此温庭筠《菩薩蠻》其三首句，見《花間集》卷一。

〔九〕此温庭筠《南歌子》其五首二句，見《花間集》卷一。

〔一〇〕此温庭筠《南歌子》其四首二句，見《花間集》卷一。

〔一一〕此牛嶠《女冠子》其二「錦江烟水」中句，見《花間集》卷四。

〔一二〕此張泌《浣溪紗》其十「小市東門欲雪天」中句，見《花間集》卷四。

〔一三〕此見景宋本《簡齋詩集》卷二,「眼明見此」作「回眼視此」。

〔一四〕智瓊事,見《搜神記》卷一,《藝文類聚》卷七十九、《太平御覽》卷六百七十七皆引之。文記三國魏濟北郡從事掾玄超與神女成公智瓊事,然文中不及「智瓊額黃」。《太平廣記》卷四十「巴邛人」條,記種橘人得大橘二枚,剖視之,見二橘中各坐二叟作賭棋之樂,其賭棋之物,有「智瓊額黃十二枚」。其文末注出《玄怪録》。

靨飾

《說文》:「靨,頰輔也。」〔一〕《洛神賦》:「明眸善睞,靨輔承權。」〔二〕自吴宫有獺髓補痕之事〔三〕,唐韋固妻少時爲盜刃所刺,以翠掩之〔四〕,女妝遂有靨飾。其字二音,一音琰,一音葉。温飛卿詞:「繡衫遮笑靨,烟草粘飛蝶。」〔五〕此音葉。又云:「粉心黃蕊花靨。黛眉山兩點。」〔六〕此音琰。《花間》詞:「淺笑含雙靨。」〔七〕又云「翠靨眉心小」〔八〕,又「膩粉半粘金靨子,殘香猶暖繡薰籠」〔九〕,又「一雙笑靨嚬香蕊」〔一〇〕,又「濃蛾淡靨不勝情」〔一一〕又「笑靨嫩疑花坼,愁眉翠斂山横」〔一二〕。宋詞:「杏靨夭斜,梅鈿輕薄。」〔一三〕又「小唇秀靨團鳳眉心倩郎貼」〔一四〕。則知此飾,五代宋初爲盛。

【箋證】

〔一〕《說文》卷九:「靨,姿也。从面厭聲,於叶切。」無「頰輔」之義。檢《類篇》卷二十五:「靨,益涉切，頰輔也。或省靨。又於琰切，面上黑子。」升庵此條，當從此出，記憶偶疏也。

〔二〕曹植《洛神賦》，見《文選》卷十九。「明眸」，珥江書屋本、天都閣本及《外集》本引作「明眉」，誤。李善注引《楚辭·大招》「靨輔奇牙」王逸注曰：「美女頰有靨輔。」

〔三〕《酉陽雜俎》前集卷八：「近代妝尚靨，如射月曰黄星靨。靨鈿之名，蓋自吴孫和鄧夫人也。和寵夫人，嘗醉舞如意，誤傷鄧頰，血流，嬌婉彌苦。命太醫合藥，醫言得白獺髓，雜玉與琥珀屑，當滅痕。和以百金購得白獺，乃合膏。琥珀太多，及差，痕不滅，左頰有赤點如痣。視之，更益甚妍也。諸嬖欲要寵者，皆以丹點頰，而後進幸焉。」

〔四〕韋固妻事，見《續幽怪録》卷四「定婚店」條。略云：固少孤，欲早婚。於宋城南店遇一冥中老翁，指一眇目老嫗之幼女曰：「汝婚尚早，汝婦方三歲耳。」固大恚憤，使奴刺之，中其額。後十四年，固方得一十七歲美婦，眉間常貼一花子。固怪問之，曰：「少時爲盜所刺，眉目有痕，故以花子飾之。」固方悟婚姻前定也。

〔五〕此温庭筠《菩薩蠻》其四「翠翹金縷雙鸂鶒」下闋起二句，見《花間集》卷一。按「笑靨」指酒窩，非所謂「靨飾」也。

〔六〕此温庭筠《歸國謡》其二「雙臉」詞中句，見《花間集》卷一。

〔七〕此牛嶠《女冠子》其一「緑雲高髻」詞中句，見《花間集》卷四。

〔八〕此顧敻《虞美人》其六「少年艷質勝瓊英」詞中句，見《花間集》卷六。

〔九〕此孫光憲《浣溪沙》其三「花漸凋疏不耐風」詞中句，見《花間集》卷七，「繡」原作「舊」，據改。孫光憲，字孟文，自號葆光子，唐陵州貴平人。仕後唐爲陵州判官。後唐明宗天成初，避地荆南，依高季興爲從事。後勸高繼冲以荆南三州歸宋，授黄州刺史。著有《北夢瑣言》。《花間集》載其詞六十首。

〔一〇〕此魏承班《木蘭花》「小芙蓉」詞中句，見《花間集》卷九。魏承班，前蜀駙馬都尉，官至太尉。其父魏宏夫，前蜀王建假子，賜名王宗弼，封齊王。後唐魏王李繼岌滅蜀，承班與其父同時被誅。《花間集》載其詞十五首。

〔一一〕此毛熙震《臨江仙》「幽閨欲曙聞鶯囀」詞中句，見《花間集》卷九，「濃蛾淡靨」作「澹娥羞斂」。

〔一二〕此毛熙震《河滿子》「無語殘妝澹薄」詞中句，見《花間集》卷十，「坼」原作「拆」，據改。

〔一三〕此周邦彦《丹鳳吟》「春恨」詞中句，見《片玉詞》卷上，「梅鈿」作「榆錢」。

〔一四〕「小唇秀靨」，周邦彦《瑣窗寒》「寒食」詞中句，見《片玉詞》卷上。「團鳳眉心倩郎貼」，馮偉壽「上巳」《春雲怨》詞中句，見《中興以來絶妙詞選》卷十。升庵於此，殆强拼二人句以趁其「靨飾」之説也。馮偉壽，里籍無考。與黄昇交厚，偉壽從而學焉。《中興以來絶妙詞選》云：「馮偉壽，名艾子，號雲月雙溪子。精於律吕，詞多自製腔。」

花翹

韋莊《訴衷情》詞云：「碧沼紅芳烟雨静，倚蘭橈。垂玉珮。交帶。裊纖腰。鴛夢隔星橋。迢迢。越羅香暗銷。墜花翹。」〔一〕按此詞在成都作也。蜀之妓女，至今有花翹之飾，名曰「翹兒花」云〔二〕。

【箋　證】

〔一〕此引詞見《花間集》卷三，「垂」原作「重」，據改。

〔二〕曹學佺《蜀中廣記·詩話記》四云：「張泌《江城子》云：『浣花溪上見卿卿。臉波秋水明。黛眉輕。緑雲高綰，金簇小蜻蜓。好事問他來得麼，和笑道，莫多情。』按小蜻蜓之飾，正所謂翹兒花也。」

眼重眉褪

唐詞：「眼重眉褪不勝春。」〔一〕李後主詞：「多少淚，斷臉復橫頤。」〔二〕元樂府：「眼餘眉剩。」〔三〕皆祖唐詞之語。

【箋　證】

〔一〕此出《庚溪詩話》卷下，全詞已見本書卷一「後庭宴」條，可參。

〔二〕此李煜《望江南》其二「多少淚」詞中句，見《南唐二主詞》。

〔三〕此出元劉庭信元曲套數【雙調·夜行船】「青樓咏妓」，見《詞林摘艷》卷五，「眉剩」作「眉甚」。

角妓垂螺

張子野《減字木蘭花》云:「垂螺近額。走上紅裀初趁拍。只恐驚飛。擬倩遊絲惹住伊。　文鴛繡履。去似風流塵不起。舞徹梁州。頭上宫花顫未休。」〔一〕又晏小山詞云:「垂螺拂黛青樓女。」〔二〕又云:「雙螺未學同心綰,已占歌名。月白風清。長倚昭華笛裏聲。」〔三〕又云:「紅窗碧玉新名舊,猶綰雙螺。一寸秋波。千斛明珠覺未多。」〔四〕垂螺、雙螺,蓋當時角妓未破瓜時髮飾之名。今秦中妓及搬演旦色,猶有此制〔五〕。

【箋　證】

〔一〕此詞見彊村本《張子野詞》卷二,題作「贈伎」,「驚飛」作「輕飛」,「風流」作「楊花」下注「一作流風」,「梁州」作「伊州」,「宫花」下注「一作花枝」。

〔二〕此晏幾道《采桑子》二十五首第十五「年年此夕東城見」下闋起句,見《小山詞》,「青樓」,作「清歌」。《詞林萬選》卷二同。晏幾道,字叔原,號小山,晏殊幼子,撫州臨川人。初任太常寺祝,元豐中爲潁昌許田鎮監。崇寧四年,自乾寧軍通判轉開封府推官。幾道工詞,與其父齊名,稱「大小晏」,有《小山詞》一卷。

〔三〕此晏幾道《采桑子》二十五首第十六首上闋,見《小山詞》。

〔四〕此晏幾道《采桑子》二十五首第二十二首上闋,見《小山詞》。

〔五〕升庵於《詞林萬選》選録此三首《采桑子》之後，注云：「雙螺，歌辭屢言之，想是當年妓女額飾。」張萱《疑耀》卷五「女兒把子」條：「今江南女兒未破瓜者，額前髮縛一把子，即張子野詞『垂螺近額』，晏小山詞『雙螺未學同心結』。垂螺、雙螺，即把子也。」

銀　蒜

歐陽六一《倣玉臺體》詩：「銀蒜鈎簾宛地垂。」〔一〕東坡《哨遍》詞：「睡起畫堂，銀蒜押簾，珠幕雲垂地。」〔二〕蔣捷《白紵》詞：「早是東風作惡。旋安排，一雙銀蒜鎮羅幕。」〔三〕銀蒜，蓋鑄銀爲蒜形，以押簾也。元《經世大典》親王納妃、公主下降，皆有銀蒜簾押幾百雙〔四〕。

【箋　證】

〔一〕此歐陽脩《簾》詩中句，全詩云：「銀蒜鈎簾宛地垂，桂叢烏起上朝暉。枉將玳瑁雕爲押，遮掩春堂礙燕歸。」見《歐陽文忠集》卷五十五。按歐詩此句，用北周庾信《夢入堂内》詩「簾鈎銀蒜條」句，清人倪璠注云：「銀鈎若蒜條，象其形也。」則與下文「押簾」之銀蒜，非一物也。

〔二〕此東坡「春詞」《稍遍》上闋起句，見汲古閣本《東坡詞》，「押簾」二字原脱，據補。

〔三〕此蔣捷《白紵》「正春晴」詞中句，見《竹山詞》。

〔四〕「元《經世大典》」原作「宋元」二字，各本同，據《丹鉛摘録》卷六、《總録》卷八及《升庵文集》卷六十七改。元文宗天曆初，虞集倣《六典》法，纂《經世大典》，至順二年書成，一代典章文物粗備。其書明代即已散佚，《永樂大典》輯出之文，顛倒割裂，不可重編矣。

鬧裝

京師有鬧裝帶，其名始於唐。白樂天詩：「貴主冠浮動，親王帶鬧裝。」〔一〕薛田詩：「九苞綰就佳人髻，三鬧裝成子弟韉。」〔二〕詞曲有「角帶鬧黃鞓」，今作「傲黃鞓」非也〔三〕。

【箋證】

〔一〕見《白氏長慶集》卷十五《渭村退居寄禮部崔侍郎翰林錢舍人詩一百韻》。各本白集「帶」字皆作「轡」。按：轡，馬繮繩也。鞍轡上飾物，商周以來自古有之，今出土文物中馬飾極多。唐代貴家奢侈，多以珍寶綴飾其上，以顯其華貴不俗。美其名曰鬧裝，「鬧」字取「繁」、「雜」、「多」之義。今人繁華之所曰「鬧市」，同此意也。白氏《和高僕射罷節度讓尚書授少保分司喜遂遊山水之作》詩中有「鞍轡鬧裝光滿馬，何人信道是書生」之句，謂其人貴盛，非凡俗之人也。《唐會要》卷三十一：「鞍轡裝飾據所司條疏，用銀者，四品已下，並不得許用垂頭押胯。其用銀及鍮石者，並不得鬧裝。」

〔二〕薛田，字希稷，宋河中河東人。舉進士，仕丹州推官。歷著作佐郎，知中江縣。真宗時，通判陝州、亳州，遷殿中侍御史，權三司度支判官。改侍御史，益州路轉運使。請置交子務，蜀人便之。除陝西轉運使，進直昭文館、知河南府。復入度支，爲副使。使契丹還，擢龍圖閣待制、知天雄軍。未幾擢知開封府，以樞密直學士知益州。累遷左司郎中，代還知審刑院。遷右諫議大夫、知延州，徙同州，卒。此引其《成都書事百韻》詩中句，見宋袁説友《成都文類》卷二。

〔三〕明何璧校本元王實甫《北西廂記》第二折《請宴》【小梁州】曲：「則見他、叉手忙將禮數迎。我這裏萬福先生。烏紗小帽耀人明。白襴淨，角帶鬧黄鞓。」明嘉靖本《雍熙樂府》卷七《中吕·粉蝶兒》第六套中選載《西廂》此曲，「鬧」作「傲」。

鬧裝，唐宋人施之鞍轡，明人施之於帶。升庵以唐宋施之鞍轡之鬧裝爲明人施之於帶之鬧裝。胡應麟於《少室山房筆叢》卷二十一《藝林學山》三「鬧裝」條詳辨之曰：「楊因近有鬧裝帶之名，遂改白詩『轡』字爲『帶』以附會之，又改元調『傲黄』爲『鬧黄』。噫，亦太横矣。傲黄蓋顔色之名，如楊説，則裝可鬧，黄亦可鬧；帶可鬧裝，鞓亦鬧裝耶？按：鬧裝帶，余遊燕日，嘗見於東市中，合衆寶雜綴而成，故曰鬧裝。白詩之轡，薛詩之韉，蓋皆此類。」

椒圖

元人樂府：「户列八椒圖。」〔一〕又貝翱《未央宫瓦頭歌》：「長楊昨夜西風早，錦縵椒圖跡如掃。」〔二〕竟不知椒圖爲何物。近閲陸文量《菽園雜記》云：「《博物志》逸篇曰：龍生九子不成龍，各有所好。鴟吻、虮蜡之類也〔三〕。椒圖，其形似螺，性好閉，故立於門上。」〔四〕即詩人所謂金鋪也〔五〕。司馬温公《明妃曲》云：「宫門金環雙獸面。回首何時復來見。」〔六〕梁簡文《烏棲曲》云：「織成屏風金屈戌。」〔七〕李賀詩：「屈戌銅鋪鎖阿甄。」〔八〕皆指此也。又按《尸子》云：「法螺蚌而閉户。」〔九〕《後漢書·禮儀志》：「殷人以水德王，故以螺著門户。」〔一〇〕則椒圖之似螺形，其説信矣。

【箋證】

〔一〕此元曲套語，言高門大户富貴氣象也。如《元曲選》武漢臣《包待制智勘生金閣》第一折【金盞兒】：「雖不見門排十二戟，户列八椒圖。」又王實甫《北西廂記》第五折《還鄉》【沽美酒】曲：「門迎駟馬車，户列八椒圖。」又無名氏《隨何賺風魔蒯通》雜劇第一折【金盞兒】曲：「誰待要你這門排雙畫戟，户列八椒圖。」

〔二〕貝瓊，字廷琚，一名闕，字廷臣，明崇德人。元末領鄉薦，遭亂退居殳山。明初徵修《元史》，除國子監助教。有《清江詩文集》。集中無此詩。錢謙益《列朝詩集》前集卷十七載此，題貝翱作，「椒圖」作「椒塗」。有序云：「臨川宋季子得未央宫瓦頭一片代陶泓，因搨一紙見遺。上有『長樂未央』四字，其文古雅，余爲賦一首云。」《檇李詩繫》卷七所載同。此引「貝翱《未央宫瓦頭歌》」原作「貝瓊《未央瓦硯歌》」，今據改。貝翱，字季翔，貝瓊第三子。洪武初，以薦辟楚府紀善。

〔三〕「虮蜡」，珥江書屋本、天都閣本並作「虮蝮」。

〔四〕陸容，字文量，號式齋，明太倉州人。成化二年進士。歷官至浙江右參政。以忤權貴罷歸，卒。有《菽園雜記》十五卷，又有《式齋集》，並行於世。史稱容與張泰、陸釴齊名，時號「婁東三鳳」。《菽園雜記》卷二：「古諸器物異名：屭屓，其形似龜，性好負重，故用載石碑。螭吻，其形似獸，性好望，故立屋角上。徒牢，其形似龍而小，性吼叫，有神力，故懸於鐘上。憲章，其形似獸，有威，性好囚，故立於獄門上。饕餮，性好水，故立橋頭。蟋蜴，形似獸，鬼頭，性好腥，故用於刀柄上。蠻蛀，其形似龍，性好風雨，故用於殿脊上。螭虎，其形似龍，性好文彩，故立於碑文上。金猊，其形似獅，性好火烟，故立於香爐蓋上。椒圖，其形似螺螄，性好閉口，故立於門上，今呼鼓丁，非也。虭蛥，其形似龍而小，性好立險，故立於護朽上。鰲魚，其形似龍，好吞火，故立於屋脊上。獸吻，其形似獅子，性好食陰邪，故立門環上。金吾，其形似美人首，魚尾，有兩翼，其性通靈，不睡，故用巡警。出《山海經》、《博物志》。右嘗過倪村民家，見其雜録中有此，因録之以備參考。如詞曲有『門迎四馬車，户列八椒圖』之句，『八椒圖』人皆不能曉，今觀椒圖之名，義亦有出也。然考《山海經》、《博物志》，皆無之。《山海經》原缺第十四、十五卷。聞《博物志》自有全本，與今書坊本不同。豈記此者嘗得見其全書歟？」據此，知陸氏所記乃「古器物異名」，凡十四種，並無「龍生九子」之説，且明言今本「《山海經》、《博物志》，皆無之」，惟疑村民所録出於《博物志》「別本」也。按「龍生九子不成龍，各有所好」，乃李東陽之語，見《懷麓堂集》卷七十二「記龍生九子」條。其所記九物，與陸氏所記亦有不同，今録於後。升庵此條，乃混取李、陸二説，而出之以己意也。升庵另有「龍生九子」條，見《升庵文集》卷八十一，今並附於後。

〔五〕金鋪，宫庭高門大户門窗之上所設銅製獸面銜環鋪首，用以叩門及備扃鎖門户之用。司馬相如《長門賦》：「擠玉户以撼金鋪兮，聲噌吰而似鐘音。」

〔六〕見司馬光《傳家集》卷五，題爲《和王介甫明妃曲》，「金環」作「銅環」。司馬光，字君實，號迂叟，宋陝州夏縣涑水鄉人，世稱涑水先生。仁宗寶元二年進士，請簽蘇州判官事。歷天章閣待制兼侍講、知諫院，進龍圖閣直學士。神宗即位，擢翰林學士。王安石爲相，行新法，請判西京御史臺，退居洛陽，專修《資治通鑑》。歷十五年書成，加資政殿學士。哲宗即位，起知陳州，入拜尚書左僕射兼門下侍郎。爲相八月，盡廢新法。以病卒，贈太師、温國公，謚曰「文正」。有《司馬温公集》傳於世。

〔七〕見《玉臺新詠》卷九梁簡文帝《烏棲曲四首》之四，「屈戌」作「屈膝」。元陶宗儀《輟耕録》卷七「屈戌」條云：「今人家窗户設鉸具，或鐵或銅，名曰環紐，即古金鋪之遺意。北方謂之屈戌，其稱甚古。梁簡文詩：『織成屏風金屈戌。』李商隱詩：『鎖香金屈戌。』李賀詩：『屈膝銅鋪鎖阿甄。』『屈膝』當是『屈戌』。」按：「屈戌」一作「屈戍」，又作「屈膝」，即門窗箱匵之鎖環、門門、搭扣、插銷之類扃鎖之具。唐李商隱《驕兒》詩：「凝走弄香奩，拔脱金屈戌。」明顧璘《擬宫怨》其二：「屈戌横門金鎖冷，轆轤牽井玉瓶深。」清曹雪芹《紅樓夢》第七十三回：「原來是外間窗屜不曾扣好，蹋了屈戌、了吊下來。」

〔八〕此見《昌谷集》卷二，題作《宫娃歌》，「屈戌」亦作「屈膝」。李賀，字長吉，唐河南福昌人，唐宗室鄭王之後。以父名晋肅，諱不應進士舉。補太常寺協律郎，年二十七卒。賀長於歌詩，辭尚奇詭，當時以「詩鬼」稱之。有《昌谷集》。

〔九〕《尸子》早佚，今有輯本，無此文。檢宋陸佃《埤雅》卷十一《釋蟲》「蜘蛛」條云：「説者又以謂放蜘蛛而結網，法螺蚌而閉户，則古之知者創物，其兼取博矣。」升庵語或出此。

〔一〇〕《後漢書·禮儀志》中：「殷人水德，以螺首，慎其閉塞，使如螺也。」宋羅願《爾雅翼》釋「蠃」云：「或曰公輸般見蠡出頭，潛以足畫之，蠡引閉其户，終不可開。因傚之設於門户，欲使閉藏當如此固密也。今門户猶以蠃爲鋪首，古之遺制。」按：蠃、蠡皆通螺，蝸牛也。

李東陽《懷麓堂集》卷七十二「記龍生九子」條：「龍生九子不成龍，各有所好。囚牛，龍種，平生好音樂，今胡琴頭上刻獸是其遺像。睚眦，平生好殺，今刀柄上龍吞口是其遺像。嘲風，平生好險，今殿角走獸是其遺像。蒲牢，平生好鳴，今鐘上獸鈕是其遺像。狻猊，平生好坐，今佛座獅子是其遺像。霸下，平生好負重，今碑座獸是其遺像。狴犴，平生好訟，今獄門上獅子頭是其遺像。贔屭，平生好文，今碑兩旁龍是其遺像。蚩吻，平生好吞，今殿脊獸頭是其遺像。」《升庵文集》卷八十一另有「龍生九子」

條：俗傳龍生九子不成龍，各有所好。弘治中孝廟御書小帖以問内閣，李文正公具疏以對，據圭峰羅玘、蘆泉劉績之言。承上問而不蔽下臣之美，賢相之盛節也。文正嘗爲愼言，今影響記之，録於此：一曰贔屭，形似龜，好負重，今石碑下龜趺是也。二曰螭吻，形似獸，性好望，今屋上獸頭是也。三曰蒲牢，形似龍而小，性好叫吼，今鐘上紐是也。四曰狴犴，形似虎，有威力，故立於獄門。五曰饕餮，好飲食，故立於鼎蓋。六曰蚣蝮，性好水，故立於橋柱。七曰睚眦，性好殺，故立於刀環。八曰金猊，形似獅，性好烟，故立於香爐。九曰椒圖，形似螺蚌，性好閉，故立於門鋪首。又有金吾，形似美人首，尾似魚，有兩翼，其性通靈，不寐，故用警巡。」

又按《菽園雜記》，「獸蚴」、「椒圖」二物，前者「立門環上」，後者「立門上」，顯非一物。「獸蚴」一作「獸吻」，即銅鋪、金鋪。《明史·五行志》「雷震獸吻」之讖甚多，其形爲啣環之獸面，無可疑。明周祈《名義考》卷十一「母母爪剌屈膝叵羅」條云：京師人謂門鐶曰曲須，「曲須爲屈膝，李賀詩『屈膝銅鋪鎖阿甄』。蓋門鐶雙曰金鋪，單曰屈膝，言形如膝之屈也。」而椒圖，形似螺螄，性好閉口，立於門上，《菽園雜記》謂「今呼鼓丁」，即門上所飾金屬鼓丁也。「户列八椒圖」，謂所飾鼓丁之多，今宫觀大門上尚可見其遺制。

靺鞨

靺鞨，國名，古肅愼地也。其地産寶石，大如巨栗，中國謂之靺鞨〔一〕。文與可《朱櫻歌》

云：「金衣珍禽弄深樾，禁籞朱櫻斑若纈。上幸離宫促薦新，藤籃寶籠貂璫發。凝霜作丸珠尚軟，油露成津蜜初割。君王午坐鼓《猗蘭》，翡翠一盤紅靺鞨。」〔二〕葛魯卿《西江月》詞云：「靺鞨斜紅帶柳，琉璃漲緑平橋。人間花月正新妖。不數江南蘇小。恨寄飛花簌簌，情隨流水迢迢。鯉魚風送木蘭橈。迴棹荒鷄報曉。」〔三〕二公詩詞皆用靺鞨事，人罕知者，故詳疏之。

【箋證】

〔一〕《隋書》卷八十一《靺鞨列傳》：「靺鞨，在高麗之北，邑落俱有酋長，不相總一。凡有七種……其六曰黑水部，在安車骨西北。……黑水部尤爲勁健，自拂涅以東，矢皆石鏃，即古之肅慎氏也。」《新唐書》卷二百十九：「黑水靺鞨，居肅慎地，亦曰挹婁，元魏時曰勿吉。」皆不言其國産紅靺鞨。又《舊唐書》卷十《肅宗紀》：「楚州刺史崔侁獻定國寶玉十三枚……七曰紅靺鞨，大如巨栗，赤如櫻桃。」則紅靺鞨當産於楚州也。升庵當據此而推衍之爲説。然紅靺鞨並非産自靺鞨之國，升庵蓋因紅靺鞨之稱，想當而然之。

〔二〕宋高似孫《緯略》卷十「紅靺鞨」條引文同此詩，評云：「此歌最稱奇絶。然『靺鞨』二字人少用。按《唐寶記》曰：『紅靺鞨，大如巨栗，赤爛如朱櫻，視之如不可觸，觸之甚堅，不可破。』施此事於櫻桃，尤爲奇切。不讀《寶記》，未知文公用事之妙也。」詩見汲古閣本《丹淵集》卷三，「凝霜」作「凝霞」、「午坐鼓」作「日午坐」。文同，字與可，宋梓州梓潼人。蘇軾姑表兄弟也。

以學名世，操韻高潔，自號笑笑先生。皇祐元年進士，解褐爲邛州軍事判官，初官太常博士、集賢校理。後歷知陵州、洋州。元豐初，改知湖州，卒。有《丹淵集》。文同擅墨竹，爲世所寶。

〔三〕葛勝仲，字魯卿，宋江陰人。哲宗紹聖四年進士，授杭州司禮參軍。元符中薦試學官，除兗州教授，入爲太學正。歷禮部員外郎，終國子祭酒。有《丹陽集》，詞集名《丹陽詞》。此引詞見汲古閣本《丹陽詞》，「花月」作「風月」。

秋千旗

陸放翁詩云：「秋千旗下一春忙。」〔一〕歐陽公《漁家傲》云：「隔墻遥見秋千侣。緑索紅旗雙彩柱。」〔二〕李元膺《鷓鴣天》云：「寂寞秋千兩繡旗。」〔三〕予嘗命畫工作《寒食士女圖》，秋千架作兩繡旗，人多駭之，蓋未見三公之詩詞也。

【箋證】

〔一〕此陸游《晚春感事》四首第四首中句，見《劍南詩稿》卷二十二。

〔二〕此引二句，爲歐陽脩《漁家傲》「紅粉墻頭花幾樹」詞上闋末句、下闋起句，見《近體樂府》。

〔三〕李元膺，宋東平人。嘗爲南京教官。紹聖間李孝美作《墨譜法式》，元膺爲之序，蓋同時人也。此引其《鷓鴣天》「春情」詞首句，見《樂府雅詞》卷上。

三絃所始

今之三絃，始於元時〔一〕。小山詞云：「三絃玉指，雙鈎草字，題贈玉娥兒。」〔二〕

【箋證】

〔一〕三絃自唐有之，唐貞元中中天竺王雍羌獻其國樂，圖其樂器之形，其中「有龍首琵琶一，如龜茲製，而項長二尺六寸餘，腹廣六寸二。龍相向爲首，有軫柱各三，絃隨其數；兩軫在頂，一在頸。其覆形如師子。有雲頭琵琶一，形如前，面飾虺皮，四面有牙釘，以雲爲首，軫上有花，象品字；三絃，覆手皆飾虺皮，刻捍撥爲舞崑崙狀而彩飾之。」皆升庵所謂「今之三絃」也，可知三絃之始，遠早於元。元明北曲彈唱多用三絃、琵琶，故又稱「北曲」爲「絃索」。又清毛奇齡《西河詞話》云：「三絃起於秦，本三代鼗鼓之制而改形易響，謂之絃鞉。故雖能倚歌曲折，而仍以節扒輻輳其間。唐時坐部多習之，故世遂以爲邊樂，實非也。」其説與前説異，姑録之以備參考。

〔二〕此張可久新樂府《小桃紅》「湖上和劉時中」曲中句。見《新刊張小山北曲聯樂府》卷中，「玉娥」作「粉團」。

十二樓十三樓十四樓

《漢書》：「五城十二樓，仙人居也。」〔一〕詩家多用之。東坡詞：「遊人都上十三樓。不羨竹西歌吹古揚州。」〔二〕用杜牧詩「婷婷裊裊十三餘」之句也〔三〕。永樂中，晏振之《金陵春夕》詞：「花月春江十四樓。」〔四〕人多不知其事。蓋洪武中，建來賓、重譯、清江、石城、鶴鳴、醉仙、樂民、集賢、謳歌、鼓腹、輕烟、淡粉、梅妍、柳翠十四樓於南京，以處官妓。蓋時未禁縉紳用妓也〔五〕。

【箋　證】

〔一〕《漢書·郊祀志下》：太初三年，「東巡海上，考神僊之屬，未有驗者。方士有言黄帝時爲五城十二樓，以候神人於執期，名曰迎年。上許作之如方，名曰明年」。應劭注曰：「昆侖縣圃五城十二樓，僊人之所常居。」

〔二〕此東坡「遊賞」《南歌子》詞中句，見《東坡樂府》卷上。

〔三〕此杜牧《贈别二首》第一首中句，見《樊川詩集》卷四，「婷婷」作「娉娉」。按：據《乾道臨安志》卷二所記：「十三間樓去錢塘門二里許，蘇軾治杭日，多治事於此。」《武林舊事》、《夢粱録》皆記其事。則東坡詩乃實指其樓，非用典也。又，陳鵠《耆舊續聞》亦云：「《南歌子》云：『遊人都上十三樓，不羨竹西歌吹古揚州。』十三間樓在錢塘西湖北山。」胡應麟《少室山房筆叢》卷二十一《藝林學山》三「十三樓」條駁升庵此説云：「杜牧本詠婦人，於樓何與？楊以『十三餘』即爲『十三樓』，大可笑。」

〔四〕晏鐸，字振之，明富順人。永樂十六年進士，由庶吉士授福建道御史。歷按兩畿、山東，所至有聲。坐言事，謫上高典史。鐸有文名，與劉溥等以詩自豪，時稱「景泰十才子」。有《青雲集》，今不存。升庵所引，未知所出。「《金陵春夕》詞」，珥江書屋本、天都閣本、《外集》本、《函海》本皆作「《金陵春夕》詩」。

〔五〕明姜南《蓉塘詩話》卷十二「燕飲用女樂」條：「國朝洪武間，於南京建來賓、重譯、清江、石城、鶴鳴、醉仙、樂民、集賢、謳歌、鼓腹、輕烟、淡粉、梅妍、柳翠十四樓，以聚四方賓客，皆有官妓。嘗觀臨川揭孟同《宴南市樓》詩云云。觀此則知國初縉紳宴集，與唐宋不異也，後始有禁耳。孟同名軌，洪武初以明經舉，任清河知縣。」此升庵説之所出。又明周暉《金陵瑣事》卷一記洪武進士李公泰有《十六樓集句》詩。所詠十六樓，除此引十四樓外，尚多「南市」、「北市」二樓。《明實録》卷二百三十四：洪武二十七年八月「庚寅，新建京都酒樓成。先是上以四海内太平，思欲與民偕樂，乃命工部作十樓於江東諸門之外，令民設酒肆，以接四方賓旅。其樓有鶴鳴、醉仙、謳歌、鼓腹、來賓、重譯等名。既而又增作五樓。至是皆成，詔賜文武百官鈔，命宴於醉仙樓」。朱彝尊《明詞綜》録揭軌《宴南市樓》詩，注云：「蓋酒樓本十六，其一北市樓建後被焚，此《實録》止言增建五樓也。」胡應麟《少室山房筆叢》卷二十一《藝林學山》三「十三樓」條復云：「『十四樓』語近出，足爲詩家新料。」

五代僭主能詞

五代僭僞十國之主，蜀之王衍、孟昶，南唐之李璟、李煜，吴越之錢俶，皆能文，而小詞尤工。如王衍之「月明如水浸宫殿」〔一〕，元人用之爲傳奇曲子〔二〕。孟昶之《洞仙歌》，東坡極稱之〔三〕。錢俶「金鳳欲飛遭掣搦。情脈脈。行即玉樓雲雨隔」，爲宋藝祖所賞，惜不見其全篇〔四〕。

【箋　證】

〔一〕王衍，字化源，前蜀主王建幼子，舊名宗衍，登位後去「宗」字，許州舞陽人。年十八即位，世稱前蜀後主。衍能詩賦，好爲淫艷之詞。在位八年，爲後唐所滅。此引詩，見宋張唐英《蜀檮杌》卷上，詩云：「輝輝赫赫浮五雲，宣華池上月華新。月華如水浸宣殿，有酒不醉真癡人。」「月明」作「月華」，「宫殿」作「宣殿」。

〔二〕何璧校本《北西廂記》第四折《佳期》【混江龍】曲：「彩雲何在，月明如水浸樓臺。僧居禪室，雅噪庭槐。風弄竹聲，則道是金珮響；月移花影，疑是玉人來。意懸懸業眼，急穰穰情懷。身心一片，無處安排。我則索呆荅孩倚定門兒待。越越的青鸞信杳，黄犬音乖。」此升庵所謂元人傳奇曲子也。按：王衍此句，陸游《劍南詩稿》卷七《江瀆池納涼》有「月明如水浸胡牀」、卷八《城東醉歸深夜復呼酒作此詩》有「月明如水浸野堂」，已兩用之矣。

〔三〕蘇軾《洞仙歌》序云：「僕七歲時見眉州老尼，朱姓，忘其名，年九十餘。自言嘗隨其師入蜀主孟昶宫中。一日大熱，蜀主與花蕊夫人夜納涼摩訶池上，作一詞，朱具能記之。今四十年，朱已死久矣。人無知此詞者，但記其前兩句云：『冰肌玉骨，自清涼無汗。』暇日尋味，豈《洞仙歌令》乎？乃爲足之云。」張邦基《墨莊漫録》卷九引此序後云：「近見李公彦季成《詩話》，乃云楊元素作《本事》，記《洞僊歌》『冰肌玉骨，自清涼無汗』，錢唐有老尼能誦後主詩首章兩句，後人爲足其意，以填此詞。其説不同。予友陳興祖德服云，頃見一《詩話》，亦題云李季成作。乃全載孟蜀主一詩：『冰肌玉骨清無汗，水殿風來暗香滿。簾間明月獨窺人，攲枕釵横雲鬢亂。三更庭院悄無聲，時見疎星度河漢。屈指西風幾時來，只恐流年暗中换。』云：『東坡少年，遇美人，喜《洞仙歌》，又邂逅景色暗相似，故櫽括稍協律以贈之也。』予以謂此説近之。據此乃詩耳，而東坡自叙，乃云是《洞仙歌令》，蓋公以此叙自晦耳。《洞仙歌》腔出近世，五代及國初未之有也。」《苕溪漁隱叢話》前集卷六十「洞仙歌」條引《漫叟詩話》云：「楊元素作《本事曲》，記《洞仙歌》云云。錢塘有一老尼能誦後主詩，首章兩句，後人爲足其意以填此詞。余嘗見一士人誦全篇云云。」「苕溪漁隱曰：《漫叟詩話》所載《本事曲》云錢唐一老尼能誦後主詩，首章兩句與東坡《洞仙歌序》全然不同，當以序爲正也。」孟昶，初名仁贊，字保元，邢州龍崗人。後蜀高祖孟知祥第三子。明德元年即位，世稱孟蜀後主，在位三十年。宋太祖乾德二年，王全斌兩路伐蜀，圍成都，昶以城降。入宋，封檢校太師兼中書令、秦國公。次年被鴆而死。

〔四〕《後山詩話》云：「吴越後王來朝，太祖爲置宴，出内妓彈琵琶。王獻詞曰：『金鳳欲飛遭掣搦。情脉脉，看取玉樓雲雨隔。』太祖起拊其背曰：『誓不殺錢王。』」所引詞即止此數語。錢俶，字文德，五代杭州臨安人。吴越文穆王錢元瓘第九子。本名弘俶，以犯宋諱去之。年二十繼王位。後漢乾祐二年，授東南面兵馬都元帥、鎮海鎮東軍節度使、開府儀同三司、檢校太師兼中書令、杭越等州大都督、吴越國王。後周顯德二年，授天下兵馬都元帥。宋太祖乾德初，授天下兵馬大元帥。開寶中，歷賜功臣封號。九年入朝，加守太師，詔其還國。太宗太平興國三年，舉吴越兩浙十三州地歸宋，封爲淮海國王。雍熙元年，改漢南國王。四年春，出爲武勝軍節度使，改封南陽國王。俶上表讓國王之號，改封許王。端拱元年，徙封鄧王，卒。追封秦國王，謚忠懿。宋藝祖，指宋太祖趙匡胤。藝祖，顧炎武以謂「歷代太祖之通稱也」。見《日知録》。

花蕊夫人

花蕊夫人，宫詞之外，尤工樂府。蜀亡入汴，書葭萌驛壁云：「初離蜀道心將碎，離恨綿綿。春日如年。馬上時時聞杜鵑。」書未畢，爲軍騎催行。後人續之云：「三千宫女皆花貌，妾最嬋娟。此去朝天。只恐君王寵愛偏。」花蕊見宋祖，猶作「更無一個是男兒」之詩，焉有隨昶行而書此敗節之語乎？續之者不惟虛空架橋，而詞之鄙，亦狗尾續貂矣〔一〕！

【箋證】

〔一〕五代前後蜀，號花蕊夫人者二人。宋蔡絛《鐵圍山叢談》卷六云：「花蕊夫人，蜀王建妾也，後號小徐妃者。大徐妃生王衍，而小徐妃其女弟。在王衍時，二徐坐遊燕淫亂亡其國。莊宗平蜀後，二徐隨王衍歸中國，半途遭害焉。及孟氏再有蜀，傳至其子昶，則又有一花蕊夫人，作宮詞者是也。國朝降下西蜀，而花蕊夫人又隨昶歸中國。昶至且十日，則召花蕊夫人入宮中，而昶遂死。昌陵後亦惑之，嘗進毒，屢爲患，不能禁。太宗在晉邸時，數數諫昌陵，而未克去。一日兄弟相與獵苑中，花蕊夫人在側。晉邸方調弓矢引滿，政擬走獸，忽回射花蕊夫人，一箭而死。始所傳多僞，不知蜀有兩花蕊夫人，皆亡國，且殺其身。」後蜀花蕊之姓氏，又有費、徐二説。陳師道《後山詩話》云：「費氏，蜀之青城人，以才色入蜀宮。後主嬖之，號花蕊夫人。效王建作宮詞百首。國亡，入備後宮。太祖聞之，召使陳詩。誦其《國亡詩》云：『君王城上豎降旗，妾在深宮那得知。十四萬人齊解甲，更無一個是男兒。』太祖悦。蓋蜀兵十四萬，而王師數萬爾。」吴曾《能改齋漫録》卷十六「花蕊夫人詞」條云：「僞蜀主孟昶。徐匡璋納女于昶，拜貴妃，別號花蕊夫人。意花不足擬其色，似花蕊翾輕也。又升號慧妃，以號如其姓也。王師下蜀，太祖聞其名，命别護送。途中作詞自解曰：『初離蜀道心將碎，離恨綿綿。春日如年。馬上時時聞杜鵑。　三千宫女皆花貌，妾最嬋娟。此去朝天。只恐君王寵愛偏。』陳無己以夫人姓費，誤也。」升庵蓋據此兩條爲説。而辯此詞下闋爲後人所續，則始於升庵。又，《鑑誡録》卷五「徐后事」條：「興聖太子隨軍王承旨（失名）有《詠後主出降詩》曰：『蜀朝昏主出降時，銜壁牽羊倒繫旗。二十萬軍齊拱手，更無一個是男兒。』」《能改齋漫録》卷八「更無一個是男兒」條云：「前蜀王衍降後唐，王承旨作詩云云，其後花蕊夫人記孟昶之亡，作詩云云，陳無己詩話載之。乃知沿襲前作。」

女郎王麗真

女郎王麗真，有詞名《字字雙》：「牀頭錦衾斑復斑。架上朱衣殷復殷。空庭明月閒復閒。夜長路遠山復山。」〔一〕

【箋證】

〔一〕王麗真事，參見本書卷一「仄韻絶句」條箋證〔一〇〕。此引詞見《太平廣記》卷三百三十「中官」條：「有中官行宿於官坡館，脱絳裳，覆錦衣，燈下寢。忽見一童子捧一樽酒，銜扉而入，續有三人至焉。皆古衣冠，相謂云：『崔常侍來何遲？』俄復有一人續至，悽悽然有離别之意。蓋崔常侍也。及至，舉酒賦詩聯句，末即崔常侍之詞也。中官將起，四人相顧，哀嘯而去，如風雨之聲。及視其户，扃閉如舊，但見酒樽及詩在。中官異之，旦，館吏云：『里人有會者，失其酒樽。』中官出示之，乃里人所失者。聯句歌曰云云。」所歌即此，注出《靈怪録》。其第三句「明月」作「朗月」。明陳耀文《花草粹編》卷一載此詞爲女郎王麗真作，所據當即升庵此説。《詞的》、《古今詞統》卷一、《歷代名媛詩詞》卷十二並從之。《全唐詩》卷八百六十六載爲崔常侍作，題《官坡館聯句》，卷八百九十九復據升庵此説，録爲王麗真詩。

李易安詞

宋人中填詞，李易安亦稱冠絶。使在衣冠，當與秦七、黄九争雄，不獨雄於閨閣也〔一〕。其詞名《漱玉集》，尋之未得。《聲聲慢》一詞，最爲婉妙。其詞云：「尋尋覓覓，冷冷清清，淒淒慘慘戚戚。乍暖還寒時候，最難將息。三杯兩盞淡酒，怎敵他、晚來風急。雁過也，正傷心，却是舊時相識。　滿地黄花堆積。憔悴損，如今有誰堪摘。守著窗兒，獨自怎生得黑。梧桐更兼細雨，到黄昏，點點滴滴。這次第，怎一個愁字了得。」〔二〕荃翁張端義《貴耳集》云：「此詞首下十四個叠字，乃公孫大娘舞劍手。本朝非無能詞之士，未曾有下十四個叠字者，乃用《文選》諸賦格。『守著窗兒，獨自怎生得黑』，此『黑』字不許第二人押。又『梧桐更兼細雨，到黄昏點點滴滴』，四叠字又無斧鑿痕，婦人中有此，殆閒氣也。

晚年自南渡後，懷京洛舊事，賦『元宵』《永遇樂》詞，云『落日鎔金，暮雲合璧』，已自工緻。至於『染柳烟輕，吹梅笛怨，春意知幾許』，氣象更好。後叠云『於今憔悴，風鬟霜鬢，怕見夜間出去』，皆以尋常言語，度入音律。鍊句精巧則易，平淡入妙者難。」〔三〕山谷所謂「以故爲新，以俗爲雅」者〔四〕，易安先得之矣。

【箋證】

〔一〕《朱子全書》卷六十五：「本朝婦人能文，只有李易安與魏夫人。」清沈雄《古今詞話·詞話》上卷「李魏與秦黄争雄」條：「黄玉林曰：『李易安、魏夫人，使在衣冠之列，當與秦七、黄九争雄，不徒擅名閨閣也。』」沈雄此引，不見黄昇《花庵詞選》及《詩人玉屑》末附《中興詞話補遺》中，不知所出，俟考。

〔二〕崇禎本《漱玉詞》「晚來」作「曉來」。《花草粹編》卷十八「最難」作「正難」，「正傷心」作「縱傷心」，「堪摘」作「忺摘」。珥江書屋本「堪摘」作「忺摘」。

〔三〕《貴耳集》卷上：「易安居士李氏，趙明誠之妻，《金石録》亦筆削其間。南渡以來，常懷京洛舊事，晚年賦『元宵』《永遇樂》詞，云『落日鎔金，暮雲合璧』，已自工緻。至于『染柳烟輕，吹梅笛怨，春意知幾許』，氣象更好。後叠云『于今憔悴，風鬟霜鬢，怕見夜間出去』，皆以尋常語度入音律。鍊句精巧則易，平淡入調者難。且『秋詞』《聲聲慢》『尋尋覓覓，冷冷清清，淒淒慘慘戚戚』，此乃公孫大娘舞劍手，本朝非無能詞之士，未曾有一下十四叠字者，用《文選》諸賦格。

後疊又云『梧桐更兼細雨，到黄昏點點滴滴』，又使疊字，俱無斧鑿痕。更有一奇字，云『守定窗兒，獨自怎生得黑』，『黑』字不許第二人押。婦人中有此文筆，殆閒氣也。有《易安文集》。」升庵此引，在文句上作了調整改易。原本「日」誤作「月」，據《貴耳集》及《陽春白雪》卷二改。又「斧鑿痕」原本脱「鑿」字，據《貴耳集》補，洱江書屋本、天都閣本皆不誤。張端義，字正夫，自號荃翁，宋鄭州人，居蘇州。端平中應詔三上書，坐妄言，韶州安置。淳祐間追憶舊事，成書三卷，因古人有「入耳著心」之訓，名之曰《貴耳集》。

〔四〕《東坡志林》卷九：「詩須要有爲而後作，當以故爲新，以俗爲雅。好奇務新，乃詩之病。柳子厚晚年詩，極似淵明，知詩病也。」又，陳師道《後山詩話》：「閩士有好詩者，不用陳語常談，寫投梅聖俞。答書曰：『子詩誠工，但未能以故爲新，以俗爲雅爾。』」梅先於蘇，然當是所見適同，非相蹈襲也。山谷無此語。

辛稼軒用李易安詞語

辛稼軒詞：「泛菊杯深，吹梅角暖。」〔一〕蓋用易安「染柳烟輕，吹梅笛怨」也〔二〕。然稼軒改數字更工，不妨襲用。不然豈盜狐白裘手邪〔三〕！

【箋證】

〔一〕此引詞非辛稼軒作，乃劉過《柳梢青》「送盧梅坡」中句，見《龍洲詞》，「暖」作「遠」。

〔二〕此《永遇樂》「落日熔金」詞中句，見《陽春白雪》卷一。
〔三〕「盜狐白裘手」，此用《史記・孟嘗君列傳》「鷄鳴狗盜」故事，謂盜取高明，不留痕跡也。

朱淑真元夕詞

朱淑真「元夕」《生查子》云：「去年元夜時，花市燈如晝。月上柳梢頭，人約黄昏後。今年元夜時，月與燈依舊。不見去年人，淚濕春衫袖。」〔一〕詞則佳矣，豈良人家婦所宜邪？又其《元夕》詩云：「火樹銀花觸目紅，極天歌吹暖春風。新歡入手愁忙裏，舊事經心憶夢中。但願暫成人繾綣，不妨長任月朦朧。賞燈那得工夫醉，未必明年此會同。」〔二〕與其詞意相合，則其行可知矣。

【箋證】
〔一〕此歐陽脩詞，見《近體樂府》卷二。陳耀文《正楊》云：「此永叔辭也，或云少游。指爲淑真，不重誣人耶？」升庵於此，失於考索矣。《續選草堂詩餘》卷上以爲秦觀詞，方回《瀛奎律髓》卷十六引作李清照詞，皆誤。朱淑真，宋浙江海寧人，一説錢塘人，生當宋孝宗寧宗時。少隨其父官浙西，幼穎慧，通經史，曉音律，工詩詞，時稱才女。後嫁市井文法小吏，婚姻不如意，抑鬱以終。時人魏仲恭輯其詩詞爲《斷腸集》，行於世。
〔二〕朱淑真此詩見明刻遞修本《新注朱淑真斷腸詩集》卷三，爲《元夕三首》之三。「火樹」作「火燭」，「極天歌吹」作「揭天鼓吹」，「長任」作「常任」。

鍾離權

仙家稱鍾離先生者，唐人鍾離權也，與吕喦同時〔一〕。韓澗泉選唐詩絶句，卷末有鍾離一首，可證也〔二〕。近世俗人稱漢鍾離，蓋因杜子美《元日》詩有「近聞韋氏妹，迎在漢鍾離」。流傳之誤，遂傅會以鍾離權爲漢將鍾離眜矣〔三〕。可發一笑也。説神仙者，大率多欺世誑愚，如世傳《沁園春》及《解紅》二詞爲吕洞賓作〔四〕。按《沁園春》詞，宋駙馬王晋卿初製此腔〔五〕。解紅兒，則五代和凝歌童。凝爲製《解紅》一曲，初止五句，見陳氏《樂書》〔六〕，後乃衍爲《解紅兒慢》〔七〕。豈有吕洞賓在唐預知其腔，而填爲此曲乎？元俞琰又注《沁園春》〔八〕。琰雖博學，亦惑於長生之説，而隨俗爾。琰子仲温序其父《陰符經》云：「先君七十而逝。」〔九〕由此言之，琰之篤意養生，壽止於此。世有村夫，目不識《參同契》一字〔一〇〕，而年踰百歲，又何必勞心於不可知之術哉。達人君子，可以意悟。

【箋證】

〔一〕鍾離權，《唐詩紀事》卷七十稱之爲唐處士。《類説》卷十六引《倦遊雜録》，以之爲五代時隱士。《宣和書譜》卷十九記宋徽宗御府藏有元祐七年七月鍾離權《書贈王定國詩四首草書卷》，云：「神仙鍾離先生，名權，不知何時人。而間出接物，自謂生於漢。呂洞賓於先生執弟子禮。……狀其貌者作偉岸丈夫，或峩冠紺衣，或虬髯蓬鬢，不冠巾而頂雙髻。文身跣足，頎然而立，脾睨物表，真是眼高四海而遊方之外者。自稱『天下都散漢』，又稱『散人』。」《詩話總龜》前集卷四十四：「呂仙翁，名嵒，字洞賓，本關右人。咸通初舉進士，不第。巢賊爲梗，携家隱於終南山，學老子法。絶世辟穀，變易形骸，尤精劍術。今往往有人於關右途路間與之相逢，多不顯姓名，以其趍舍動作異於流俗，故爲人所疑。又爲篇詠，章句間洩露其意。嘗有詩送鍾離先生云：『得道來來相見難，又聞東去幸仙壇。杖頭春色一壺酒，頂上雲攢五岳冠。飲海龜兒人不識，燒山符手鬼難看。先生去後應難老，乞與貧儒換骨丹。』」注出《雅言雜載》。《唐才子傳》卷八：「呂巖，字洞賓，京兆人。禮部侍郎呂渭之孫也。咸通初中第，兩調縣令。更值巢賊，浩然發棲隱之志，携家歸終南，自放跡江湖。先是有鍾離權，字雲房，不知何代許人，以喪亂避地太白間，入紫閣石壁上，得金誥玉籙，深造希夷之旨。常髽髻衣槲葉，隱見于世。巖既篤志大道，遊覽名山，至太華遇雲房，知爲異人，拜以詩曰：『先生去後應須老，乞與貧儒換骨丹。』雲房許以法器，因爲著《靈寶異法》十二科，悉究性命之旨。坐廬山中數十年，金丹始就。逢苦竹真人，乃能驅役神鬼，時移世換，不復返也。」鍾離權、呂巖事，皆不見於宋前載籍，後世道家尊崇爲道教「八仙」。

〔二〕是書爲韓淲與趙蕃同選，今存有謝枋得《注解章泉澗泉二先生選唐詩》五卷，收録唐人七言絶句一百單一首。其書卷五末收録鍾離權、吕巖二人詩各一首，謝枋得注曰：「二公皆神仙，其詩出塵絶俗，不待學而能也。」韓淲，字仲止，號澗泉，宋信州上饒人。出仕不久即歸隱於家，以詩名於世。有《澗泉集》二十卷，今存。趙蕃，字伯昌，號章泉，宋河南鄭州人。博學工文詞，以蔭補官州文學，調太和主簿。以承議郎、直秘閣致仕。有《章泉集》。

〔三〕杜甫此詩題《元日寄韋氏妹》，見《九家集注杜詩》卷十九，「鍾離」下有注云：「濠州鍾離縣。」「迎」原作「遠」，各本《杜集》皆作「迎」，據改。唐濠州鍾離縣，在今安徽鳳陽縣東北。鍾離昧，楚漢相争時霸王項羽大將，項王敗，昧投奔韓信，被殺。

〔四〕《能改齋漫録》卷十六「沁水公主園」條云：「今世樂府傳《沁園春》辭，按《後漢書》，竇憲女弟立爲皇后，憲恃宫掖聲勢，遂以賤直請奪沁水公主園。然則沁水園者，公主之園也。故唐人類用之。……世所傳吕洞賓《沁園春》詞，所謂『七返還丹』，乃知唐之中世，已有此音矣。」《苕溪漁隱叢話》後集卷三十八「回仙」條録其全首。又，元彭致中《鳴鶴餘音》卷一録有《解紅》「洞天深處」詞一首，題吕洞賓作，當爲元人僞作。

〔五〕王晋卿即王詵，《唐宋諸賢絶妙詞選》卷三載其《花發沁園春》詞一首。其調與《沁園春》字數、斷句、韻脚皆異，王詵同時張先、蘇軾諸人皆有《沁園春》之作。按《沁園春》實爲古調，此謂《花發沁園春》爲王詵所創或可，謂《沁園春》爲其所創則必不可。

〔六〕和凝詞，見下條所引。陳暘《樂書》卷一百八十四「兒童解紅」條：「兒童解紅舞，衣紫緋繡襦，銀帶花鳳冠，綬帶。唐和凝《解紅兒歌》曰云云，則童兒《解紅》、《柘枝》之類也，其始於唐乎？」

〔七〕《欽定詞譜》卷一《解紅》詞調下注云：「《鳴鶴餘音》有《解紅兒慢》係元人所製，與此不同。」檢《鳴鶴餘音》所載《解紅》詞凡三首，一呂洞賓「洞天深處」，一三于真人「混元樸裂」，一馮尊師「杖藜徐步」，皆長調，當即升庵所指「衍爲《解紅兒慢》」者。

〔八〕《正統道藏·洞真部玉訣類》有《呂純陽真人沁園春丹詞注解》一卷，署俞琰撰。

〔九〕俞琰又有《黄帝陰符經注》一卷，見《正統道藏·洞真部玉訣類》，其前未見俞仲温序。

〔一〇〕《周易參同契》，漢魏伯陽撰，以納甲之法言坎離、水火、龍虎、鉛汞之要，以陰陽、五行、昏旦、時刻爲進退持行之候。借《周易》爻象以論鍊丹養命之意，爲道家爐火丹道最爲重要之經籍。俞琰，字玉吾，號全陽子，又號石澗、林屋山人，宋吴縣人。生理宗端平間，入元隱居著書，徵授温州學録，不赴。元仁宗延祐中卒。琰以《易》學名家，有《周易集説》、《周易參同契發揮》等著述傳於世。

胡應麟《少室山房筆叢》卷六《丹鉛新録》二「鍾離權」條力詆升庵此説云：「用修所解鍾離大可笑。案《宣和書譜》：『神仙鍾離先生，不知何時人，自謂生於漢。呂洞賓於先生執弟子禮。其狀虬髯蓬鬢雙髻，自稱天下都散漢。』則漢鍾離之名實出此。而用修以杜陵詩誤之，其可笑有如此者。夫『漢鍾離』，地名而以爲神仙，則『韋氏妹』即何仙姑耶？漫書此發讀者一大噱。《神仙通鑑·鍾離傳》以爲生漢時，仕至諫議大夫。又仕晉爲大將軍。皆附會也。蓋諫議附會鍾離意，大將軍則附會鍾離昧耳。又有神仙鍾離簡，亦漢人。又元人慶壽詞，明稱漢鍾離，豈皆本杜詩耶？」《少室山房筆叢》卷四十四《玉壺遐覽》三：「《仙鑑·鍾離傳》稱權仕漢，爲諫議、爲大將，皆附會舊史人名，極可笑。予已辯之《丹鉛新録》中。考神仙家又有鍾離簡兄弟，亦漢時人，皆得仙。又鍾離安，晉時人，許旌陽弟子，亦得仙。權後改名覺，字寂道，嘗自稱天下都散漢。見《宣和書譜》。元人傳奇因訛爲漢鍾離，今遂舛謬相承。不知漢時得仙者自是鍾離簡，晉時得仙者自是鍾離安，於鍾離權悉無與也。權自顯於宋世，王定國嘗與遊，王老志爲其弟子。蓋宣和間人，恐亦非唐人也。」按升庵此條，乃謂神仙説之虛妄欺世，而譏信衆之愚昧無知。其豈不知杜詩「鍾離」之爲地名耶！

解紅

曲名有《解紅》者，今俗傳爲呂洞賓作，見《物外清音》〔一〕。其名未曉。近閲《和凝集》，有《解紅歌》云：「百戲罷，五音清。《解紅》一曲新教成。兩個瑶池小仙子，此時奪却《柘枝》名。」〔二〕《樂書》云：「優童解紅舞，衣紫緋繡襦，銀帶花鳳冠。」〔三〕蓋五代時人也。焉有呂洞賓在唐世預填此腔邪？

【箋證】

〔一〕《物外清音》，據明祁承爜《澹生堂藏書目》，知其書又名《方外玄言》。今日本内閣文庫藏有明弘治十五年同文書院刊本《全真宗眼方外玄言》一卷。檢傅增湘《藏園群書經眼録》著録《鳴鶴餘音》八卷，云：「元刊本，十行，行十七八字不等，黑口雙闌。前虞道園序，次諸仙誕辰，次衆仙封號，次《全真宗眼方外玄言》目録。」則《方外玄言》或即《鳴鶴餘音》也。今國家圖書館藏元彭致中編《鳴鶴餘音》九卷，其書卷一開篇即吕純陽《解紅》詞。其詞云：「洞天深處。道非遠，咫尺人難悟。浮沉内景，須憑匠手工夫。專候曉來，一點陽生通玄路。盡藏在、碧波深深處。恁時主地雷，震動山頭雨。漸澆灌、黄芽乍離土。嬰兒採得携籃去。向真霞六陽，鼎内烹煮。　搬運轉，東西與南北，鋪八卦九宫，要知宗祖。十干數内分左右，要顯龍虎。玄武後隨，朱雀當先，祥雲布。曲江上，萬神都來聚，夫與婦。癸母跨赤龍，歸洞府。要尋覓金翁，問憑據。陰陽會合三千數。指天地海山，同壽堅固。」

〔二〕和凝，字成績，鄆州須昌人。後梁貞明二年進士，歷諸州從事。後唐歷官至中書舍人，工部侍郎。石晋時拜中書侍郎平章事，加左僕射。後漢除太子太保，封魯國公。後周再加太子太傅，卒，贈侍中。凝擅詞，有《紅葉詞稿》，今不存。《花間集》載其詞二十首，《尊前集》載其詞七首，《唐宋諸賢絶妙詞選》載其詞四首。而此首《解紅》不見其中。

〔三〕此見前條注〔六〕。「優童」，《樂書》作「兒童」。

白玉蟾武昌懷古

白玉蟾「武昌懷古」詞云：「漢江北瀉，下長淮、洗盡胸中今古。樓櫓横波征雁遠，誰見魚龍夜舞。鸚鵡洲雲，鳳皇池月，付與沙頭鷺。功名何處。年年惟見春絮。非不豪似周瑜，壯如黄祖，亦隨秋風度。野草閒花無限數。渺在西山南浦。黄鶴樓人，赤烏年事，江漢庭前路。浮萍無據。水天幾度朝暮。」〔一〕此調雄壯，有意效坡仙乎？詞名《念奴嬌》，因坡公詞尾三字，遂名《酹江月》；又恰百字，又名《百字令》〔二〕。玉蟾詞，他如「一葉飛何處，天地起西風」、「鱗鱗波上，烟寒水冷剪丹楓」〔三〕，皆佳句。詠燕子，有「秋千節後初相見，祓禊人歸有所思」〔四〕，亦有思致，不愧詞人云。

【箋證】

〔一〕白玉蟾，本姓葛，名長庚。父死，繼爲白氏子，更名白玉蟾，字如晦，又字白叟，宋福建閩清人。生於海南，故又自號海瓊子。幼聰慧，諳九經，能詩賦，擅書畫。篤志玄學，遍訪名師，後入武夷山從陳翠虚得道。寧宗嘉定中召赴，封紫清明道真人，爲道教南宗五祖。有《海瓊玉蟾先生集》、《海瓊詞》等。《彊村叢書》輯《玉蟾先生詩餘》一卷、續集一卷。此引詞題「武昌懷古」，調寄《酹江月》。「庭前」，《玉蟾先生詩餘》作「亭前」。「春絮」，珥江書屋本誤作「春暮」。

〔二〕蘇軾「赤壁懷古」《念奴嬌》詞，雙調一百字，其末句爲「一尊還酹江月」。

〔三〕此引皆《水調歌頭》「丙子中元後風雨有感」詞中句，「鱗鱗」，《玉蟾先生詩餘》作「吴江」。

〔四〕此引非白玉蟾詞，乃賀鑄七律《和田録事新燕》詩中句。全詩云：「新巢故園兩依依，似與春花秋葉期。雨過池塘得泥跡，日高臺榭卷簾遲。秋千節後初相見，祓禊人歸有所思。雙侣多情擬憑仗，小箋封就碧雲詩。」見《慶湖遺老詩集》卷六。然此誤非自升庵，劉克莊《分門纂類唐宋時賢千家詩選》卷十九，即以此詩爲白玉蟾作矣。

丘長春梨花詞

丘長春詠「梨花」《無俗念》云：「春遊浩蕩，是年年寒食，梨花時節。白錦無紋香爛熳，玉樹瓊苞堆雪。静夜沈沈，浮光靄靄，冷浸溶溶月。人間天上，爛銀霞照通徹。渾似姑射真人，天姿靈秀，意氣殊高潔。萬蕊參差，誰信道，不與群芳同列。浩氣清英，仙材卓犖，下土難分别。瑶臺歸去，洞天方看清絶。」〔一〕長春，世之所謂仙人也，而詞之清拔如此。予嘗問好事者曰：「神仙惜氣養真，何故讀書史，作詩詞？」答曰：「天上無不識字神仙。」予因語吾黨曰：「天上無不識字神仙，世間寧有不讀書道學耶？今之講道者，束書不看，號曰『忘言觀妙』，豈不反爲異端所笑耶！」

【箋　證】

〔一〕「丘」原作「邱」，下同，據珥江書屋本改。丘處機，字通密，道號長春子，金登州栖霞人。金世宗大定七年，拜全真道祖師王喆爲師，爲全真七子之一。大定二十八年，應召至中都，爲金庭諸帝所重。宣宗興定初入蒙古，以止殺爲勸，成吉思汗賜以「神仙」之號。有《磻溪集》六卷。此詞《磻溪集》不載，見《彊村》本《磻溪詞》補遺收録，題「靈虚宫梨花詞」，「瓊苞」作「瓊葩」，「殊高潔」作「舒高潔」。

鬼仙詞〔一〕

「曉星明滅〔二〕，白露點，秋風落葉〔三〕。故址頹垣，冷烟衰草〔四〕，前朝宫闕〔五〕。長安道上行客〔六〕。依舊名深利切〔七〕。改變容顔，銷磨今古，隴頭殘月。」此《五代新説》載鬼仙詞也。非太白、長吉之流，豈能及此〔八〕。

【箋　證】

〔一〕本條所引之詞，其出處舊有二説。其一見王明清《投轄録》「張中孚」條：「己未歲，金人歸我河南故地。大將張中孚、中彦兄弟自陝右來朝行在所。道出洛陽連昌宫故基之側，與二三將士張燭夜飲於郵亭。忽有婦人，衣服奇古而姿色絶妙，執役來歌於尊前曰云云。中孚兄弟大驚異，詰其所自，不應而去。」其二見《花草粹編》卷八録自《古今詞話》之《柳梢青》詞注，云：

「蜀州王守門下客遇紅梅花作祟，贈此。」《蜀中廣記》卷一百四亦記其事，並云：「紅梅仙詩在巴州廢義陽縣，乃州守王鶚之子所遇。」二處所引之詞稍異，而以前者更近於升庵之所録。此外，元彭致中《鳴鶴餘音》卷六收録此詞，調名《柳梢青》，未署撰人。其前有題「何仙姑」詞者，因又有人承前以此詞屬之何仙姑。

〔二〕「曉星」前，《花草粹編》、《鳴鶴餘音》多「依稀」二字。

〔三〕此句《花草粹編》、《鳴鶴餘音》作「蒼苔敗葉」。

〔四〕「冷烟」，《投轄録》、《花草粹編》作「荒烟」；《鳴鶴餘音》作「淡烟」。

〔五〕「前朝」，《投轄録》作「谿前」；《花草粹編》、《鳴鶴餘音》作「漢家」。

〔六〕「長安」，《花草粹編》、《鳴鶴餘音》作「咸陽」。「道上行客」，《鳴鶴餘音》作「陌上行人」。

〔七〕此句上《投轄録》多一「念」字。「名深利切」，《花草粹編》作「利名深切」；《鳴鶴餘音》作「名親利切」。

〔八〕宋晁公武《郡齋讀書志》卷二上著録張詢古《五代新説》二卷，云其書「以梁、陳、北齊、周、隋君臣雜事分三十門纂次」。故陳耀文《正楊》卷四「鬼仙詞」條據之譏升庵云：「時白、賀尚未生，豈謂前生之鬼耶？　蓋止知梁、唐、晋、漢、周爲五代也。」胡應麟以爲此書「五代」之説，起於唐太宗詔諸臣纂修梁、陳、北齊、周、隋五代之史，而《晋書》不預者，以其太宗御撰也。因謂：「楊用修以唐末五代當之固陋，晦伯止言詢古《新説》，亦未盡也。」（《少室山房筆叢》卷十三

《史書佔畢》一）今按：涵芬樓本《説郛》卷六十有《五代新説》一種，不題撰人。其首云：「余咸亨之始，著作東觀。」知其作者乃唐高宗時人。其下所記分全書三十篇爲二卷，與《郡齋讀書志》著録悉同。而其所録諸條，亦皆記六朝梁陳間事。因知其作者，張詢古無疑也。唯升庵所引此條，不見其中。而宛委山堂本《説郛》所載此書，與涵芬樓本内容悉同，而於題下署作者爲「徐鉉」，則不知其所據。又，今檢《宋史·藝文志》於卷二百三著録張詢古《五代新説》二卷外，復於卷二百六著録張説《五代新説》二卷。張説之書，未見他書著録，其内容不詳。

郝仙女廟詞

博陵縣有郝仙女廟。仙女，魏青龍中人。年及笄，姿色姝麗。採蘋水中，蒼烟白霧，俄失所在。其母哀求水濱，願言一見。良久，異香襲人，隱約於波渚間曰：「兒以靈契，託跡綃宫，陰主是水府。世緣已斷，毋用悲悒。而今而後，使鄉社田蠶歲宜，有感而通，乃爲吾驗。」後人立廟焉。後有題《喜遷鶯》詞於壁云：「汀洲蘋滿。記翠籠采采，相將鄰媛。蒼渚烟生，金支光爛，人在霧綃鮫館。小鬟頓成雲散。羅襪凌波，不見翠鸞遠。但清溪如鏡，野花留靨。　情睠。驚變現。身後神功，緣就吴蠶繭。漢女菱歌，湘妃瑶瑟，春動倚雲層殿。彤車載花一色，醉盡碧桃清宴。故山晚。歎流年一笑，人間飛電。」（一）

【箋　證】

〔一〕此元王惲詞，見《彊村叢書》本《秋澗樂府》卷二，題下注「題聖姑廟」，有序云：「仙姓郝氏，博陵縣會渦里人。里去滱水甚邇，水多蘋藻蘭茝。仙年方笄，姿態殊麗，嘗同女郎輩採蘋溪中，樂而忘返。一日欻蒼烟盛起，白晝異色，龍淵鮫室，金支光爛，飄飄然有波神泝流而上。衆姝驚散，仙獨留不去。遥見與神顧語，乘碧茵同逝。俄烟開日晶，遂失所在。其母哀求水濱，願言一見。良久，覺異香襲人，仙霧鬟風馭，隱約於波渚間，若有以謝曰：『兒以靈契，託跡綃宮，陰主是水。塵緣已斷，毋庸悲悒。今而後，使鄉梓田蠶歲宜，有感而通，乃爲吾驗。』時魏青龍二年也。後人相與館仙於博陵城，臺制甚宏麗。縣教諭李曜告余如此。今燕趙間合竈日，香火趨祀者，所至風動，以孝感聖姑稱云。至元庚辰夏四月，按部至縣，喜其事甚異，爲民禱蠶祠下，以仙吕命曲，庶爲迎送神辭，俾邦人歲時歌以祀焉。」升庵此條，全自此出而未署作者，而其《詞林萬選》卷四收録此詞，則徑題「王秋澗」作矣。「緣就」，《詞林萬選》同，《秋澗樂府》作「絲滿」。又《太平廣記》卷六十據《莫州圖經》記「郝姑」事云：「郝姑祠，在莫州莫縣西北四十五里。俗傳云：郝姑字女君，本太原人，後居此邑。魏青龍年中，與隣女十人於漚洟洩水邊挑蔬，忽有三青衣童子至女君前，云：『東海公娶女君爲婦。』言訖，敷茵褥於水上，行坐往來，有若陸地。其青衣童子便在侍側，沿流而下。隣女走告之。家人往看，莫能得也。女君遥語云：『幸得爲水仙，願勿憂怖。』仍言『每至四月，送刀魚爲信』。自古至今，每年四月内，多有刀魚上來，鄉人每到四月祈禱。州縣長吏若謁此祠，先拜然後得入。於祠前忽生青白石一所，縱横可三尺餘，高二尺餘，有舊題云：『此是姑夫上馬石。』至今存焉。」則與王惲所述稍異，蓋傳聞異辭也。王惲，字仲謀，元衛州汲縣人。有俊才，操履端方，好學，善屬文。中統初，姚樞辟爲詳議官，尋擢監察御史。歷遷翰林學士。成宗即位，加通議大夫、知制誥，同修國史。纂修《世祖實録》，進中奉大夫。卒，贈太原郡公。有《秋澗集》一百卷，及《玉堂嘉話》八卷，今並存。

鵲橋仙三詞

《齊東野語》載鸞箕《鵲橋仙》詞詠「七夕」，以「八」、「煞」爲韻。其詞曰：「鸞輿初駕，牛車齊發。聽隱隱、鵲橋伊軋。尤雲殢雨正歡濃，但只怕、來朝初八。　霞垂彩幔，月明銀蠟。更馥郁、香焚金鴨。年年此際一相逢，未審是、甚時結煞。」〔一〕方秋崖「除夜小盡生日」詞曰：「今朝二十九，明朝初一。怎欠個、秋崖生日。客中情緒老天知，道這月、不消三十。　春盤縷翠，春缸揺碧。便泥做、梅花消息。雪邊試問是耶非，笑今夕、不知何夕。」〔二〕近時東莞方彦卿俊正月六日於俞君玉席上，擘糟蟹薦酒，壽其友人黄瑜，亦依此調〔三〕。其詞云：「草頭八足，一團大腹。持螯笑向俞君玉。花燈預賞爲先生，生日是新正初六。　今宵過了，七人八穀。又七日、天官賜福。福如東海壽如山，願歲歲春盤盈綠。」〔四〕瑜字廷美，香山人。其孫才伯佐，與予同官，嘗爲予誦之〔五〕。

【箋證】

〔一〕事見《齊東野語》卷十六「降仙」條：「宋慶之寓永嘉時，遇詔歲，鄉士從之結課者頗衆。適逢七夕，學徒醵飲，有僧法辨者在焉。辨善五星，每以八、煞爲説，時人號爲『辨八煞』。酒邊一士致仙扣試事，忽箕動，大書『文章伯降』。宋怪之，漫云：『姑置此，且求一七夕新詞如何？』復請韻，宋指辨云：『以八、煞爲韻。』意欲困之也。忽運箕如飛，大書《鵲橋仙》一闋云云，亦警敏可喜。」所引詞，《齊東野語》無「聽」字、「更」字，「蠟」作「燭」，「焚」作「噴」。

〔二〕方岳，字巨山，號秋崖，宋祁門人。紹定五年進士，除淮東安撫司幹官。淳祐六年，遷宗學博士，差知南康軍。以忤賈似道，調知邵武。歷知饒、袁、寧國諸州，終朝散大夫。岳自號秋崖，有《秋崖小稿》。此引詞，見影宋本《秋崖先生小稿》卷三十九，「二十九」作「廿九」，「怎欠個秋崖生日」作「怎欠秋崖個生日」，「笑」字原脱，據《秋崖先生小稿》補。

〔三〕方俊，字彦卿及俞君玉二人，仕宦居里不詳，皆黄瑜好友。黄瑜《雙槐歲鈔》卷八嘗記三人會試同寓俞君玉家，正月六日同賞花燈之樂。黄瑜，字廷美，明筠州人。代宗景泰七年鄉試舉人。赴禮部試不就，入太學肄業。居京八年不第，銓選惠州長樂縣。後歸鄉閒居二十年，以壽終。有《雙槐集》、《雙槐歲鈔》。

〔四〕此詞見《雙槐歲鈔》卷八「鵲橋仙」條，「如山」作「南山」，「春盤」作「春杯」。

〔五〕黄佐，字才伯，號泰泉，其先筠州人，隨父移居廣州，遂爲香山人。正德十五年進士，改庶吉士，授編修。出爲江西提學僉事。棄官歸養，久之起右春坊、右諭德，擢侍讀學士，掌南京翰林院事。卒，贈禮部右侍郎，謚文裕。佐以儒行名世，學者稱泰泉先生。

升庵此條全據黄瑜《雙槐歲鈔》而改寫之，今録原文於左，以供參考。《嶺南遺書》本《雙槐歲鈔》卷八「鵲橋仙」條：「東莞方彦卿俊，敏才博學，最善戲謔，作詩文走筆立成，座中屈服。……天順癸未，與予同會試，寓新安俞君玉家。正月六日，賀予縣弧，邀往預賞花鐙，擘糟蟹薦酒。戲贈予詞云云，借蟹寓予姓名，大笑曰：『子謂韻用日數何出？』予謝不知。則曰：『出《齊東野語》，以八、煞爲韻，子忘之乎？』即朗誦曰云云，且問優劣。予曰：『比方殊欠俊耳。』君玉亦誦其鄉先生方秋崖《除夜小盡生日》詞曰云云，復問。予對如前，始覺予指其姓名。大笑浮白，盡歡而罷。詞蓋《鵲橋仙》也。」

衲子填詞

唐宋衲子詩，儘有佳句，而填詞可傳者僅二首〔一〕。其一，報恩和尚《漁家傲》云：「此事楞嚴嘗布露。梅花雪月交光處。一笑寥寥空萬古。風甌語。迥然銀漢横天宇。　蝶夢南華方栩栩。班班誰跨豐干虎。而今忘却來時路。江山暮。天涯目送飛鴻去。」〔二〕其二，壽涯禪師「詠魚籃觀音」云：「深願宏慈無縫罅。乘時走入衆生界。窈窕丰姿都没

賽。提魚賣。堪笑馬郎來納敗。　清冷露濕金襴壞。茜裙不把珠瓔蓋。特地掀來呈捏怪。牽人愛。還盡許多菩薩債。」〔三〕

【箋證】

〔一〕「二首」原作「數首」，據珥江書屋本、天都閣本改。

〔二〕報恩和尚，法號法常，宋開封浚儀人，丞相薛居正之裔。爲嘉興府報恩寺首座，淳熙七年十月，書此《漁家傲》詞於門而逝。見《五燈會元》卷十八，《漁家傲》作《漁父詞》，「布露」作「露布」，「飛鴻」作「鴻飛」。

〔三〕壽涯禪師，北宋英宗時高僧，住持潤州鶴林寺。周敦頤、胡宿讀書寺中，皆師事之。嘗傳《先天圖》於周敦頤，對周氏創爲《太極圖説》，影響極大。又，周清源《西湖二集》卷十四「邢君瑞五載幽期」引録此詞。

菩薩蠻〔一〕

「牡丹帶露真珠顆〔二〕，佳人折向庭前過〔三〕。含笑問檀郎，花强妾貌强。　檀郎故相惱，只道花枝好〔四〕。一向發嬌嗔〔五〕，碎挼花打人〔六〕。」此詞無名氏，唐宣宗嘗稱之，蓋又在《花間》之先也。

【箋證】

〔一〕宛委山堂本《説郛》卷二十四宋章淵《槁簡贅筆》「詠婦人」條云：「今人見婦人，轟率者戲之曰：『碎挼花打人。』唐宣宗時，有婦人以刀斷其夫兩足。宣宗戲語宰相曰：『無乃碎挼花打人？』蓋引當時人有詩云云。」此當爲升庵所本。按此詞又作張先詞，見彊村本《張子野詞》卷一。又作黄公度詞，見《知稼翁集》卷下末附「詞律補遺」，據《四庫提要》所云，乃天啓間其裔孫崇翰刊刻此本時所補。

〔二〕「帶」，《槁簡贅筆》、《張子野詞》作「含」。

〔三〕「佳人」，《槁簡贅筆》、《張子野詞》作「美人」；「庭前」，《張子野詞》作「簾前」。

〔四〕「只」，《槁簡贅筆》作「須」，《張子野詞》作「剛」。

〔五〕「向」，《槁簡贅筆》、《知稼翁集》作「面」。

〔六〕末二句，《張子野詞》作「花若勝如奴，花還解語無」。

徐昌圖

徐昌圖，唐人。「冬景」《木蘭花》一詞，縟麗可愛。今人《草堂》之選，然莫知其爲唐人也〔一〕。

【箋　證】

〔一〕徐昌圖，五代莆田人。初仕閩，奉陳洪進《降表》入汴。宋太祖命爲國子博士，累遷殿中丞。《尊前集》卷下及各本《草堂詩餘》並載其《木蘭花》詞。《唐宋諸賢絶妙詞選》卷一亦載之，題作《木蘭花令》。其詞云：「沈檀烟起盤紅霧。一翦霜風吹繡户。漢宫花面學梅粧，謝女雪詩裁柳絮。長垂天幕孤鸞舞。旋炙銀笙雙鳳語。紅窻酒病對寒冰，永覺相思無夢處。」各本文字稍異，不贅。

小重山

韋莊《小重山》前段，今本「羅衣濕」下，遺「新揾舊啼痕」五字〔一〕。

【箋　證】

〔一〕至正本《草堂詩餘》誤奪此五字，當即升庵所謂之「今本」。按：至正本距升庵近二百年，實當以「舊本」稱之，蓋升庵欲趁其説，故云「今本」耳。今存《草堂詩餘》諸本皆不缺五字：洪武本、荆本作「流血舊啼痕」；升庵批點本作「紅袂有啼痕」（下注「一作『新揾舊啼痕』」），與《花間集》、《唐宋諸賢絶妙詞選》同；沈本、王本所載則與升庵批點本「一作」同。《花間集》卷三所載詞云：「一閉昭陽春又春。夜寒宫漏永，夢君恩。卧思陳事暗消魂。羅衣濕，紅袂有啼痕。歌吹隔重闈。遶庭芳草緑，倚長門。萬般惆悵向誰論。凝情立，宫殿欲黄昏。」

牛嶠

牛嶠，蜀之成都人，爲孟蜀學士〔一〕。其《酒泉子》云：「紫陌青門，三十六宫春色。御溝輦路暗相通。杏園風。　咸陽沽酒寶釵空。笑指未央歸去，插花走馬落殘紅。月明中。」〔二〕其《楊柳枝》詞數首尤工，見《樂府詩集》〔三〕。

【箋證】

〔一〕牛嶠，唐相牛僧孺之後，隴西人也，升庵此云「蜀之成都人」，隨口臆説而已。《升庵詩話》卷四「蜀詩人」條謂其爲「他方流寓而老於蜀者」，則頗近實。

〔二〕此非牛嶠詞，乃張泌《酒泉子》詞二首之二，見《花間集》卷五。此卷前載牛嶠詞二十六首，後載張泌詞二十三首，而僅於每人第一首標署作者之名。升庵翻檢偶疏，未見張泌之名，因致此誤。

〔三〕牛嶠《楊柳枝》詞五首，見《樂府詩集》卷八十一。

日鶩

《北史》王晞詩〔一〕：「日鶩當歸去〔二〕，魚鳥見留連。」俗本改「鶩」爲「暮」，淺矣。孟蜀牛嶠詞：「日鶩天空波浪急」〔三〕，正用晞語。

【箋　證】

[一] 王晞，字叔朗，北海劇縣人。仕北齊，官至大鴻臚，加開府儀同三司。入周，爲儀同大將軍，太子諫議大夫。《北齊書》、《北史》有傳。「北史」原誤作「南史」，升庵誤記也，今據改。

[二] 「日鶩當歸」，《北齊書》、《北史》本傳所引並作「日落應歸」。《太平廣記》卷二百四十七「北齊王晞」條引作「日暮當歸」。

[三] 此牛嶠《江城子》詞其二「極浦烟消水鳥飛」中句，見《花間集》卷四。「鶩」，《花間集》各本並作「暮」。胡應麟《少室山房筆叢》卷二十一《藝林學山》三「日鶩」條云：「此語宋人已用，如『魚鳥留連，不覺日暮』之類。今改爲『鶩』，未詳。昔蘇長公詩：『身行萬里半天下，僧卧一庵初白頭。』魯直與文潛語，定以『白』爲『日』字。張後語蘇，蘇笑曰：『黄九要改作日字，也無奈他何！』用修謂哉。」

孫光憲

孫光憲，蜀之資州人[一]。事荆南高氏，爲從事，有文學名，著《北夢瑣言》。其詞見《花間集》，「一庭疏雨濕春愁」[二]，秀句也。

【箋　證】

[一] 孫光憲，陵州貴平人，升庵此云「資州」。蓋二州相鄰，貴平近資陽，地域相混也。

〔三〕此見《花間集》卷七孫光憲《浣溪沙》，全詞云：「攬鏡無言淚欲流。凝情半日懶梳頭。一庭疎雨濕春愁。楊柳只知傷怨別。杏花應信損嬌羞。淚沾魂斷軫離憂。」

李珣

李珣，蜀之梓州人，事王宗衍。《浣溪沙》詞有「早爲不逢巫峽夢，那堪虚度錦江春」之句〔一〕。詞名《瓊瑶集》。其妹事王衍，爲昭儀，亦有詞藻〔二〕。有「鴛鴦瓦上忽然聲」詞一首〔三〕，誤入《花蕊夫人集》。蓋一百一首，本羨此首也。

【箋證】

〔一〕此李珣《浣溪沙》第三首「訪舊傷離欲斷魂」中句，見《花間集》卷十，「夢」原作「夜」，據改。

〔二〕明曹學佺《蜀中廣記》卷四云：「《成都文類》云：『李珣梓州人，其妹爲蜀王衍昭儀，有詞藻。』即所稱李舜絃夫人矣。」《唐人萬首絶句》卷六十八載李舜絃夫人《蜀宫應制》、《釣魚不得》、《隨駕遊青城》絶句詩三首。

〔三〕此詞計有功《唐詩紀事》卷四十四載入王建宫詞，但洪邁《唐人萬首絶句》王建宫詞中不載此首。按：王建宫詞，宋代傳本多有舛訛脱漏，趙與時《賓退録》、胡仔《苕溪漁隱叢話》皆辨之，以爲惟洪邁《唐人萬首絶句》所載爲其完璧。今此首不見洪書，則非王建所作可知。汲古閣本《三家宫詞》卷中《花蕊夫人宫詞》載有此首。宋袁説友《成都文類》卷十五記王安國序《花蕊夫人宫詞》云：「熙寧五年，臣安國奉詔定蜀民、楚民、秦民三家所獻書可入三館者，令令史李希顔料理之。其書多剥脱，而得一敝紙，所書花蕊夫人詩筆。書乃出於花蕊手，而詞甚奇，與王建宫詞無異。……臣令令史郭祥繕寫入三館，而歸口誦數篇於丞相安石。明日與中書語及之，而王珪、馮京願傳其本，於是盛行於時。花蕊者，僞蜀孟昶侍人，事在國史。」毛晋《花蕊夫人宫詞》跋云：「蜀主有前後之異，而世傳夫人爲蜀主妃，不及考其爲王、爲孟、爲徐、爲費、爲順聖、爲花蕊邪？今《宫詞百首》，實孟昶妃費氏作，不聞小徐妃云。」升庵《全蜀藝文志》卷七「花蕊夫人宫詞」後補入三首中有「鴛鴦瓦上」一首。注云：「『鴛鴦瓦上』一首，趙與時《賓退録》云『不知名』，李珣《瓊瑶集》以爲王衍宫人李玉籌作。」「籌」或是「簫」字形近之訛。《全唐詩》卷九十七據之，以此詩爲李玉簫作。並於題下注云：「一作王建詩，又作花蕊夫人詩。」李玉簫，亦王衍宫人也。《蜀檮杌》卷上載王衍命宫人李玉簫，歌所撰宫詞送王宗壽酒事。所歌詞曰：「輝輝赤赤浮五雲，宣華池上月華新。月華如水浸宣殿，有酒不醉真癡人。」

毛文錫

毛文錫、鹿虔扆、歐陽炯、韓琮、閻選，皆蜀人。事孟後主，有「五鬼」之號〔一〕。俱工小詞，並見《花間集》。此集久不傳，正德初，予得之於昭覺僧寺。乃孟氏宣華宫故址也。後傳刻於南方云〔二〕。

【箋　證】

〔一〕按此升庵「五鬼」之説，實爲杜撰之辭。韓琮，字成封，唐穆宗長慶四年李群榜進士及第（見《登科記考》）。《唐詩紀事》卷五十八云其「大中中爲湖南觀察使，待將士不以禮。宣宗時，爲都檢石載順等所逐」。大中下至後蜀廣政，近百年矣，則其在生之年不至事孟蜀後主。升庵殆因《蜀檮杌》載有王衍唱其《楊柳枝》詩事，而誤以其曾仕於蜀也。其「五鬼」之説，本無所據，或乃取南唐馮延巳等五人以邪佞事主，世稱「五鬼」，以況此五人亦以邪佞事孟後主也。《堯山堂外紀》卷四十「歐陽炯」條：「炯與毛文錫、鹿虔扆、韓琮、閻選俱工小詞，事孟後主，時號『五鬼』。」則顯然據升庵爲説也。其後清王士禛《池北偶談》卷二十七「兩五鬼」條、吴任臣《十國春秋》皆承其説。毛文錫，字平珪，高陽人。年十四登進士第，入成都依蜀主王建，官翰林學士承旨。前蜀永平四年，遷禮部尚書，判樞密院事。通正元年，進文思殿大學士，拜司徒。天漢中因與宦官争權，貶茂州司馬。後蜀時，復以小詞諂事孟昶。《花間集》存其詞三十一首。歐陽炯，益州華陽人。少事前蜀後主王衍，爲中書舍人。後唐平蜀，隨王衍入洛。孟知祥鎮成都，炯復入蜀。知祥稱帝，累遷門下侍郎，兼户部尚書平章事。蜀亡歸宋，太祖以爲散騎常侍、翰林學士。《花間集》載其詞十七首，《尊前集》録其詞三十一首。

〔二〕升庵有《評點花間集》二卷，始刻於雲南，原本已佚。湯顯祖自序其《批點花間集》云：「《花間集》久失其傳。正德初，楊用修遊昭覺寺，寺故孟氏宣華宫故址，始得其本，行於南方。余於

《牡丹亭》亭夢之暇，結習不忘，試取而點次之，評騭之，期世之有志風雅者，與詩餘互賞。」知湯評本乃由升庵此本出。此本又有天啓四年重刻本，載升庵跋云：「此本余曾得於蜀之昭覺寺僧龕，雜於佛事中，後有陸放翁手書跋語。其本最善。」又昭覺寺亦非蜀宮故址，乃託言之，欲示其所得乃孟氏故物也。

潘祐

潘祐，南唐人。事後主，與徐鉉、湯悅、張泌，俱有文名〔一〕。而祐好直諫。嘗應後主令作小詞，有「樓上春寒山四面。桃李不須誇爛熳。已失了東風一半」。蓋諷其地漸侵削也。可謂得諷諭之旨〔二〕。

【箋證】

〔一〕潘祐，其先幽州人，徙居金陵。仕南唐，以薦授秘書省正字，值崇文館。李煜嗣位，歷官虞部員外郎、史館修撰、知制誥、中書舍人。因累疏極論時政，觸後主怒，遣使收之，自殺而死。

〔二〕檢明以前書，未見有記潘祐此事者。清徐釚《詞苑叢談》卷六載此事云：「潘祐與徐鉉、湯悅、張泌俱有文名。而祐好直諫。後主於宮中作紅羅亭，四面栽紅梅，作艷曲歌之。祐應命作小詞，有『樓上春寒山四面，桃李不須誇爛熳，已輸了春風一半。』時已失淮南，故云。」沈雄《古今詞話》、王奕清《歷代詞話》、馮金伯《詞苑萃編》及張宗橚《詞林紀事》俱載此文，云出《鶴林玉露》。王百里《詞苑叢談校箋》亦注云出《鶴林玉露》。然遍檢《鶴林玉露》，未見此文。今檢《江鄰幾雜誌》記李後主事云：「李後主於清微殿歌『樓上春寒水四面』，學士刁衎起奏：『陛下未睹其大者、遠者爾。』人疑其有規諷，訊之。云：『風乍起、吹皺一池春水。』又作紅羅亭子，四面栽紅梅花，作艷曲歌之。韓熙載和云：『桃李不須夸爛熳，已輸了春風一半。』時已割淮南與周矣。」則「樓上春寒」句乃後主所歌，後二句爲韓熙載所作，不屬一首也。宋曾極《金陵百詠》、周應合《景定建康志》卷二十二「羅江亭」考證引《古今詩話》、阮閱《詩話總龜》卷三十六、祝穆《方輿勝覽》卷十四「養種園」注、元張鉉《至大金陵新志》卷十二上所引，皆不録前句也。按：「樓上春寒山四面」，實馮延巳《鵲踏枝》「梅落繁枝千萬遍」詞中句，疑此文乃升庵誤記《江鄰幾雜誌》，以後主所歌「樓上春寒」句與韓熙載斷句拼合而屬之潘祐，後人不知其所出，妄加《鶴林玉露》於後。

盧絳〔一〕

盧絳，南唐人。夢一人歌《菩薩蠻》云：「玉京人去秋蕭索，畫簷鵲起梧桐落。欹枕悄無言。月和清夢圓〔二〕。　背燈惟暗泣。甚處砧聲急〔三〕。眉黛小山攢。芭蕉生暮寒。〔四〕」其名不著，詞頗清潤，特録之。

【箋證】

〔一〕盧絳此事傳有二説，今節述其要。馬令《南唐書》卷二十二《盧絳傳》云：「盧絳……病痁且死，夜夢白衣婦人，頗有姿色，歌《菩薩蠻》勸絳樽酒。其辭云云。歌數闋，因謂絳曰：『子之疾，食蔗即愈。』詰朝，求蔗食之，疾果差。迨數夕，又夢前白衣麗人曰：『妾乃玉真也。他日富貴，相見於固子坡。』……絳臨刑，有白衣婦人同斬，姿貌如此夢。問其受刑之地，即固子坡也。婦人姓耿，名玉真。其夫死，與前婦之子通，當極法，與絳同斬焉。」又，龍袞《江南野史》卷十載此事，白衣女子所贈乃詩而非詞，其被刑之地爲「孟家坡」而非「固子坡」。其詩曰：「清風良月夜深時，箕帚盧郎恨尚遲。他日孟家陂上約，再來相見是佳期。」《苕溪漁隱叢話》後集卷三十八載《藝苑雌黄》引録楊億《談苑》及《江南野録》二説，復引《南唐書》辨之云：「《洞微志》志所記，亦與此同。《南唐書》三十卷，馬令所撰，成一代之史，所記必審，當以爲正也。」升庵此條，所據當即《南唐書》，詞句全同。盧絳，字晋卿，南昌人。初以盜庫金，入廬山白鹿洞書院，猶亡賴。人多患之，與諸葛濤、蒯鼇號廬山三害。後以縱横之説爲南唐樞密使陳喬所重，授沿江巡檢，以善戰聞。宋兵南下，後主以絳爲凌波都虞候、沿江都部署，守秦淮水栅，戰屢勝，爲諸將所忌，共説後主，遣絳出援潤州，授昭武軍節度留後。金陵破，絳獨不降，太祖使其弟説降之。至京師，授冀州團練使。後爲太祖所忌，誅殺之。陳應行《吟窗雜録》卷四十七亦載此事，云出《南唐遺事》。

〔二〕「清夢」，《吟窗雜録》作「殘夢」。

〔三〕「甚處砧聲急」，《吟窗雜録》作「睡起羅衣濕」。

〔四〕「小山」，《吟窗雜録》作「遠山」。又趙令畤《侯鯖録》卷七云：「楊大年《談苑》中末句不同，云：『獨自憑欄干，衣襟生暮寒。』不知孰是。予嘗謂『芭蕉生暮寒』妙甚，與『衣襟』大段相遠。大年必不知此道也。」陳耀文《正楊》卷四云：「絳事見馬令《南唐書》本傳，末句作『獨自倚闌干，衣襟生暮寒』云。」與今本《南唐書》異，而與《侯鯖録》所記《談苑》同。

花深深

《草堂》詞「花深深」〔一〕，按《玉林詞選》，乃李嬰之作。今以爲孫夫人，非也〔二〕。

【箋　證】

〔一〕此詞調寄《憶秦娥》。元至正本、明洪武本《草堂詩餘》後集卷下載孫夫人詞三首，其第一首《南鄉子》下署作者名，後二首《憶秦娥》、《燭影摇紅》皆承前未署作者。顧從敬《類編草堂詩餘》以詞小令、中調、長調分編，遂分别於各首之下均題孫夫人。此詞見升庵批點本《草堂詩餘》卷一，乃從顧本出也。詞末升庵批云：「《玉林詞選》云李嬰之作，今以爲孫夫人，非。」《説郛》卷四十七元李有《古杭雜記》、明田汝成《西湖遊覽志餘》卷十六載此詞，以爲鄭文妻作。明陳耀文《花草粹編》録此詞爲孫夫人作，並於下注「鄭文妻」。明酈琥《彤管遺編》後集卷十二謂：「孫夫人，鄭文妻也，秀州人。其夫久寓行都，孫多以閨情詞寄之。」所録詞四首，《草堂詩餘》三首皆在其中。

〔二〕「《玉林詞選》」，指黄昇《唐宋諸賢絶妙詞選》。檢今傳本《唐宋諸賢絶妙詞選》僅收李嬰《滿江紅》詞一首。《苕溪漁隱叢話》前集卷五十七云：「元豐間，都人李嬰調蘄水縣令，作《滿江紅》一曲往黄州上東坡，東坡甚喜之。」即《唐宋諸賢絶妙詞選》所據。升庵此以「花深深」一詞歸之，不知何據。按此詞作者，向來衆説紛紜，莫衷一是。《古杭雜記》云有「以爲歐陽永叔詞」者（參本書《詞品拾遺》「平韻憶秦娥」條），明吴從先《草堂詩餘雋》卷三則以爲黄庭堅作，《歷代詩餘》卷十五更以爲孫道絢作。《全宋詞》從《古杭雜記》，定爲鄭文妻作。至《花草粹編》、《彤管遺編》以爲鄭文妻即孫氏，則似綜合「鄭文妻」及「孫夫人」兩種題法爲説也。

坊曲

唐制：妓女所居曰坊曲。《北里志》有南曲、北曲，如今之南院、北院也。宋陳敬叟詞：「窈窕青門紫曲。」〔一〕周美成詞：「小曲幽坊月暗。」〔二〕又「愔愔坊曲人家」，近刻《草堂詩餘》，改作坊陌，非也〔三〕。謝皋羽《天地間集》載孟鯁《南京》詩云〔四〕：「愔愔坊曲傍深春〔五〕。活活河流過雨渾〔六〕。花鳥幾時充貢賦，牛羊今日上丘原。猶傳柳七工詞翰，不見朱三有子孫。我亦前生梁楚士，獨持心事過夷門。」

【箋證】

〔一〕陳敬叟，名以莊，號月溪，宋建安人。劉克莊有《陳敬叟集序》，同時人也。此《水龍吟》「記錢塘之恨」詞中句，見《中興以來絶妙詞選》卷十。詞云：「晚來江闊潮平，越船吴榜催人去。稽山滴翠，胥濤濺恨，一襟離緒。訪柳章臺，問桃仙浦，物華如故。向秋娘渡口，泰娘橋畔，依稀是、相逢處。　窈窕青門紫曲，蒨羅新衣翻金縷。舊音怳記，輕攏慢撚，哀絃危柱。金屋難成，阿嬌已遠，不堪春暮。聽一聲杜宇，紅殷緑老，雨花風絮。」

〔二〕此周邦彦《拜星月慢》「夜色催更」詞中句，見《片玉詞》卷上。周邦彦，字美成，號清真居士，宋錢塘人。元豐初獻《汴都賦》，命爲太學正。出爲廬州教授、知溧水縣，還爲國子主簿。哲宗時歷官秘書省正字、校書郎、考功員外郎、衛尉宗正少卿兼議禮局檢討。以直龍圖閣知河中府。徽宗時知龍德府，徙明州。入拜秘書監，進徽猷閣待制、提舉大晟府。未幾知順昌府，徙處州，卒。邦彦好音樂，工詞章，後世譽爲「詞家正宗」，有《清真集》傳於世。

〔三〕此《瑞龍吟》「章臺路」詞中句，見《片玉詞》卷上。「坊曲」，至正本、洪武本《草堂詩餘》並作「坊陌」。惟沈本作「坊曲」，乃據升庵説改。各本《片玉詞》及各詞選，如曾慥《樂府雅詞》、趙聞禮《陽春白雪》、黄昇《唐宋諸賢絶妙詞選》等，亦皆作「坊陌」，無作「坊曲」者。

〔四〕謝翱，字皋羽，號晞髮，宋長溪人，有《晞髮集》。所編《天地間集》五卷，爲宋遺民詩總集，今不傳。孟鯁，字介甫，曲阜人。元杜本編《谷音》，卷上録其詩四首，此其一，並云：「鯁沈毅雄略，中統癸亥，山東兵欲起，劫鯁計事。甲者三至，鯁不肯，遂被害。」

〔五〕「坊曲」，《谷音》作「坊陌」。

〔六〕「過雨渾」，《谷音》作「雨過渾」。

簷花

杜詩「燈前細雨簷花落」〔一〕，注謂「簷下之花」〔二〕，恐非。蓋謂簷前雨映燈花如花爾。後人不知，或改作「簷前細雨燈花落」〔三〕，則直致無味矣。宋人小詞多用「簷花」字，周美成云：「浮萍破處，簾花簷影顛倒。」〔四〕又云：「簷花紅雨照方塘。」〔五〕多不悉記。

【箋證】

〔一〕此杜甫《醉時歌》詩中句，見郭知達編《九家集注杜詩》卷一。

〔二〕《九家集注杜詩》此句下録趙彦材注云：「劉邈《雜詩》曰：『簷花初照月，洞户未垂帷。』又沈如筠《雜怨》詩云：『簷花生蒙羃，孤帳日愁寂。』李暇《擬古歌》曰：『簷花照月鶯對棲，空留可憐暗中啼。』徐侍中《爲人贈婦》詩云：『但看依井蝶，共取落簷花。』簷花，近乎簷邊之花也。學者不知所出，或以簷雨之細如花，或遂以簷花爲簷雨之名，故特爲詳之。」

〔三〕《九家集注杜詩》此句「燈」下注「一作簷」，「簷」下注「一作燈」。

〔四〕此周邦彦「中山縣圃姑射亭避暑作」《隔浦蓮近拍》「新篁摇動翠葆」詞中句，見《片玉詞》卷上。

《苕溪漁隱叢話》前集卷五十九苕溪漁隱曰：「詞句欲全篇皆好，極爲難得。……周美成：『水亭小。浮萍破處，簷花簾影顛倒。』按杜少陵詩『燈前細雨簷花落』，美成用此『簷花』二字，全與出處意不相合，乃知用字之難矣。」王楙《野客叢書》卷十「周侍郎詞意」條云：「苕溪漁隱謂周侍郎詞『浮萍破處，簷花簾影顛倒』，『簷花』二字用杜少陵『燈前細雨簷花落』，全與出處意不相合。又趙次公注杜少陵詩，引劉邈『簷花初照日』之語。僕謂二説皆考究未至。少陵『簷花落』三字，元有所自。丘遲詩曰：『共取落簷花。』何遜詩曰：『燕子戲還飛，簷花落枕前。』少陵用此語爾。趙次公但見劉邈有此二字，引以證杜詩；漁隱但見杜詩有此二字，引以證周詞。不知劉邈之先，已有『簷花落』三字矣。李白詩：『簷花落酒中。』李暇亦有『簷花照月鶯對棲』之語，不但老杜也。詳味周用『簷花』二字，於理無礙。漁隱謂與少陵出處不合，殆膠於所見乎！大抵詞人用事圓轉，不在深泥出處。其紐合之工，出於一時自然之趣。」

〔五〕此非美成詞。沈雄《古今詞話·詞品》卷下「用事」録此句作「簷花細雨照方塘」，以爲謝逸詞，然《全宋詞》謝逸詞中亦無此句。俟考。

十六字令

周美成《十六字令》云〔一〕：「眠〔二〕。月影穿窗白玉錢。無人弄，移過枕函邊。」詞簡思深，佳詞也。其《片玉集》中不載，見《天機餘錦》〔三〕。

【箋證】

〔一〕此引詞見《天機餘錦》卷四，文字悉同。汲古閣影宋本《片玉集》不載，毛晉據《天機餘錦》輯此詞入《片玉集補遺》，又據升庵此説，題爲周邦彦作。《花草粹編》卷一載此，題周晴川作，注出《天機餘錦》。朱彝尊《詞綜》卷三十録此詞，並云：「是詞見《天機餘錦》，係周晴川詞。今相沿刻周美成，然《片玉集》無此，不係美成明矣。」周晴川，名玉晨，宋末元初人。朱晞顔《瓢泉吟稿》卷三有《水龍吟》「簡周晴川教授會飲和韻，其兄晴山有《吹壎吹篪詞稿》」、《大聖樂》「至日與周晴川兄弟會飲」詞。二人蓋同時人也。晞顔，生於宋寧宗嘉定末，歿於元世祖至元間。元程鉅夫《雪樓集》卷二十五《題晴川樂府》云：「余於近世諸家，惟清真犁然當於心。晴川樂府殊有宗風，雨坐空山，試閲一解，便如輕衫駿騎上下五陵，花發鶯啼垂楊拂面時也。起敬起敬！」清沈雄《古今詞話·詞辨》據程氏此云「宗風」二字，遂謂晴川爲清真從子，誤。蓋二人相去已百餘年矣。

〔二〕眠，《花草粹編》及珥江書屋本、天都閣本作「明」。《詞綜》又云：「《十六字令》即《蒼梧謡》也。張安國集中三首、蔡仲道集中一首，其首俱以一字句斷。今本訛『眠』字爲『明』，遂作三字句斷，非。」

〔三〕《天機餘錦》，今存明藍格鈔本，四卷，題明程敏政編，共收唐宋金元明詞一千二百五十六首。程敏政，字克勤，明休寧人。成化二年進士，授編修。歷左諭德、直講東宮。弘治元年被劾致仕。五年起復，尋改太常卿兼侍讀學士，掌院事，進禮部右侍郎。十二年以禮幃失題事，被誣下獄。敏政出獄，被勒致仕，憤恚發癰卒。有《篁墩文集》。另編有《新安文獻志》及《休寧縣志》等。

應天長

周美成「寒食」《應天長》詞：「條風布暖，霏霧弄晴，池塘偏滿春色。正是夜堂無月，沈沈暗寒食。」今本遺「條風」至「正是」二十字〔一〕。

【箋　證】

〔一〕此引周邦彥《應天長》「寒食」詞上片前段。今傳各本《片玉詞》、《清真集》載此詞皆完整無缺。檢至正本、洪武本《草堂詞餘》後集卷上所載誤脱此二十字，當即升庵所指「今本」也。

過秦樓

周美成《過秦樓》首句是「水浴清蟾」，今刻本誤作「京浴」〔一〕。

【箋　證】

〔一〕原本「京浴」誤作「涼浴」，《外集》本、《函海》本同，據珥江書屋本、天都閣本改。今傳各本《片玉詞》、《清真集》無作「京浴」者，惟汲古閣本注云：「俗本作『京浴』，誤。」乃據升庵爲說。

《草堂詩餘》至正本、洪武本前集卷下載此詞皆作「京浴」，升庵所謂「今刻本」，指此。

李冠詞

《草堂詩餘》「朦朧淡月雲來去」，齊人李冠之詞。今傳其詞，而隱其名矣〔一〕。冠又有《六州歌頭》，道劉項事，慷慨悲壯，今亦不傳〔二〕。

【箋證】

〔一〕李冠，字世英，山東歷城人。真宗時，與劉潛同以文學稱京東。舉進士不第，得同三禮出身，調乾寧主簿，卒。有《東皋集》二十卷。此引李冠《蝶戀花》「遥夜亭皋閒信步」詞中句，見黄昇《唐宋諸賢絶妙詞選》卷六。升庵批點本《草堂詩餘》卷三署作李世英。《尊前集》載此爲李後主詞。《花草粹編》卷十三同，有注云：「見《尊前集》，《本事曲》以爲山東李冠作。」此外，此詞又别作歐陽脩詞，見《近體樂府》卷二；又别作李魁詞，見《古今别腸詞》卷三。

〔二〕《後山詩話》云：「尚書郎張先善著詞，有云：『雲破月來花弄影』、『簾幕捲花影』、『墮輕絮無影』，世稱誦云『張三影』。王介甫謂『雲破月來花弄影』，不如李冠『朦朧淡月雲來去』也。冠，齊人，爲《六州歌頭》道劉項事，慷慨雄偉。劉潛，大俠也，喜誦之。」升庵乃據此爲説。《六州歌頭》「秦亡草昧」詞，題作「項羽廟」，《詞林萬選》卷三、《花草粹編》卷十二所載，皆從《後山詩話》，署爲李冠詞。《唐宋諸賢絶妙詞選》卷五載之，則作劉仲方詞。按仲方乃劉潛字，或因其喜誦李冠此詞，而致後人誤屬之也。又，《朝野遺記》另署此詞爲京東張李二生之作。升庵此云「今亦不傳」，乃就《草堂詩餘》不録而言，非謂其詞不存也。

魚遊春水

尾句：「雲山萬重，寸心千里。」〔一〕今刻誤作「雲山萬里」。以前段「鶯轉上林」，「林」字平聲例之可知。又注引李詩「雲山萬重隔」，爲「重」字無疑〔二〕。

【箋證】

〔一〕《苕溪漁隱叢話》後集卷三十九：「《復齋漫録》云：『政和中，一中貴人使越州回，得辭于古碑陰，無名無譜，不知何人作也。録以進御，命大晟府填腔。因詞中語，賜名《魚遊春水》。云：「秦樓東風裏。燕子還來尋舊壘。餘寒初退，紅日薄侵羅綺。嫩草初抽碧玉簪，細柳輕窣黄金縷。鶯囀上林，魚遊春水。　幾曲闌干遍倚。又是一番新桃李。佳人應念歸期，梅粧淚洗。鳳簫聲絶沉孤雁，目斷清波無雙鯉。雲山萬重，寸心千里。」』《古今詞話》云：『東都防河卒于汴河上掘地得石刻，有詞一闋，不題其目。臣僚進上。上喜其藻思絢麗，欲命其名，遂摭詞中四字，名曰《魚遊春水》，令教坊倚聲歌之。詞凡九十四字，而風花鶯燕動植之物曲盡之。此唐人語也，後之狀物寫情，不及之矣。』二説不同，未詳孰是。」《草堂詩餘》至正本前集卷上、洪武本前集卷上及顧從敬本卷三所載詞末皆注引此文。《能改齋漫録》卷十六亦記此事，所引詞，字句稍異。

〔二〕《草堂詩餘》至正本前集卷上、洪武本前集卷上皆作「雲山萬里」，並於「萬里」下注云：「李：『雲山萬重隔。』」謂此用李白詩典也。李詩句出《望夫山》詩，見《李太白文集》卷十九。升庵批點本《草堂詩餘》卷三載此詞，亦作「雲山萬里」，此其所謂「今刻」之本也。大抵升庵此説前，諸刻本皆作「萬里」，而自其説出，後出諸本，如嘉靖安肅荆聚本、陳鍾秀本、及顧從敬本等，皆從其説而改之矣。

春霽秋霽

《草堂詞選》，《春霽》、《秋霽》二首相連，皆胡浩然作也。格韻如一，尾句皆是「有誰知得」。而不知何等妄人，於《秋霽》下添入陳後主名，不知六朝焉有如此等慢調。况其中有「孤鶩」「落霞」語，乃襲用王勃之序，陳後主豈能預知勃文而倒用之邪〔一〕？

【箋證】

〔一〕《草堂詩餘》至正本前集卷上、洪武本前集卷上、升庵批點本卷五所載《秋霽》一詞，均署爲陳後主作。升庵批點本於其後亦有駁正，説與此同。顧從敬本《類選箋釋草堂詩餘》卷五、崑石山人本《類編草堂詩餘》卷四、胡桂芳本《類編草堂詩餘》卷中又署爲李後主之作。《全宋詞》以其難辨，姑録入無名氏詞中。其前首《春霽》詞，署胡浩然。今比勘二首，實爲一人之作，當從升庵之辨，作「胡浩然」爲是。胡浩然，生平無考。田汝成《西湖遊覽志餘》卷三載淳熙十二年立春，有「胡浩然上郡守《喜遷鶯》」詞，則其爲南宋孝宗時人也。升庵所云「王勃之序」，謂《滕王閣序》，有句云：「落霞與孤鶩齊飛，秋水共長天一色。」《秋霽》上闋有「孤鶩高飛，落霞相映，遠狀水鄉秋色」之句，用其典也。

岸草平沙

《草堂》詞《柳梢青》「岸草平沙」一首，僧仲殊作也〔一〕。今刻本往往失其名，故特著之。宋人小詞，僧徒惟二人最佳，覺範之作類山谷〔二〕，仲殊之作似《花間》。祖可、如晦俱不及也〔三〕。

【箋　證】

〔一〕至正本、洪武本、荆本《草堂詩餘》録此詞皆未署作者，升庵批點本誤作秦觀詞，批云：「此詞僧仲殊作，誤作少游，非。」此詞見《唐宋諸賢絶妙詞選》卷九所録僧仲殊詞中，即升庵所據也。詞云：「岸草平沙。吴王故苑，柳裊烟斜。雨後寒輕，風前香軟，春在梨花。　行人一棹天涯。酒醒處、殘陽亂鴉。門外秋千，墻頭紅粉，深院誰家。」此條所及四僧，皆見《唐宋諸賢絶妙詞選》同卷。僧仲殊，字師利，俗姓張，名揮，宋安州人，生年不詳。初舉進士，其妻以藥毒之，遂棄家削髮，居杭州吴山寶月寺，時食蜜以解藥毒。蘇軾稱之曰「蜜殊」。徽宗崇寧中，自經於枇杷木下。《東坡志林》卷二云：「蘇州仲殊師利和尚能文，善詩及歌詞，皆操筆立成，不點竄一字。予曰：『此僧胸中無一毫髮事。』故與之遊。」黄昇評其詞曰：「篇篇奇麗，字字清婉，高處不減唐人風致。」有《寶月集》，今不傳。

〔二〕覺範，名惠洪，一名德洪，自稱洪覺範，宋筠州人，俗姓彭。大觀中入京，依宰相張商英及術士郭天信。政和元年，張、郭得罪，覺範決配朱崖。覺範善作小詞，黄昇曰：「許彦周稱其善作小詞，情思婉約，似秦少游云。」著有《石門文字禪》、《筠溪集》、《天厨禁臠》、《冷齋夜話》等。

〔三〕祖可，字正平，宋丹陽人。俗姓蘇，名序，伯固之子，住廬山。有《東溪集》。如晦，名仲皎，居剡之明心寺，有《梅花賦》傳於世。

周晋仙浪淘沙

周晋仙，名文璞，宋淳熙間人〔一〕。其字曰晋仙者，因名璞，義取郭璞，故曰晋仙也。能詩詞，好奇怪。有《灌口二郎歌》，爲時所稱，以爲不減李賀。又《題鍾山》云：「往在秦淮問六朝。江頭只有女吹簫。昭陽太極無行路，幾歲鵝黄上柳條。」嘗云：「《花間集》只有五字佳：『細雨濕流光。』語意俱微妙。」〔二〕又有題酒家壁《浪淘沙》一詞云〔三〕：「還了酒家錢，便好安眠。大槐宫裏著貂蟬。行到江南知是夢，雪壓漁船。　磐薄古梅邊，也是前緣〔四〕。鵝黄雪白又醒然。一事最奇君記取〔五〕，明日新年。」其詞飄逸似方外塵表，又因字晋仙，相傳以爲仙也，誤矣。晋有徐仙民，唐有牛仙客、王仙芝〔六〕，豈皆仙乎？甚矣，人之好奇而不察也。然觀此則世之所傳仙跡，不幾類是哉！

【箋證】

〔一〕周晋仙，名文璞，號野齋，又號山楹，宋陽穀人。仕履不詳。文璞有名淳熙間，爲江湖派中著名詩人，有《方泉先生詩集》。按：陳起刊周晋仙等人詩於《江湖集》，理宗寶慶初江湖詩案發，毁《江湖集》板，而張端義《貴耳集》云「余有挽晋仙詩，載《江湖集》中」，知晋仙嘉定末當已辭世。

〔二〕張端義《貴耳集》卷上：「野齋周晋仙文璞曾語余曰：『《花間集》只有五字絶佳，「細雨濕流光」，景意俱微妙。』《題鍾山》云：『往在江淮問六朝，江樓只有女吹簫。昭陽太極無行路，幾歲鵝黄上柳條。』《晨起》云：『閉門不與俗人交，玄晏春秋日日抄。清曉偶然隨鶴出，野風吹折白櫻桃。』有《灌口二郎歌》、《聽歐陽琴行》、《金銅塔歌》，不減賀、白。」升庵乃據此爲説。然其集中詩，無題《灌口二郎歌》者，《四庫全書方泉集提要》云：「《灌口二郎歌》，集無此題，惟四卷之首有《瞿塘神君歌》，觀其詞意，殆即所謂《灌口二郎歌》者。或文璞以名不雅馴，後改此題歟？」按：「細雨濕流光」，非《花間》詞，乃馮延巳《南鄉子》中句也，見《陽春集》。「細雨」原誤作「絲雨」，據《貴耳集》、《陽春集》改。

〔三〕此詞元人張雨《貞居詞》中《浪淘沙》詞序引之，並云：「晋仙，宋南渡來名士，一號方泉老人。

此詞鮮于困學每愛書之。百年後方外士張雨追和一章，以爲笑樂，惜困學公不能爲我賞音。」其和詞云：「抛下杖頭錢，取次高眠。玉梅金縷孟家蟬。説著錢塘都似夢，嬾問遊船。　誰信酒壚邊，別有仙緣。自家天地一陶然。醉寫桃符都不記，明日新年。」

〔四〕「是」，《貞居詞》引作「信」。

〔五〕「記」，《貞居詞》引作「聽」。

〔六〕徐邈，字仙民，晋東莞姑幕人，徐廣之兄。歷官中書舍人、太子前衛率、驍騎將軍。牛仙客，唐涇州鶉觚縣人。開元間歷河西節度使、朔方行軍大總管。官至工部尚書、同中書門下三品，知門下事，封豳國公。　王仙芝，濮州私鹽販，唐末農民起義首領。

閒適之詞

宋傅公謀《水調歌頭》曰〔一〕：「草草三間屋，愛竹旋添栽。碧紗窗户，眼前都是翠雲堆。一月山翁高卧，踏雪水村清冷〔二〕，木落遠山開。惟有平安竹，留得伴寒梅。　喚家童〔三〕，開門看，有誰來。客來一笑。清話煮茗更傳杯。有酒只愁無客，有客又愁無月〔四〕，月下且徘徊〔五〕。明日人間事，天自有安排。」黄玉林《酹江月》云〔六〕：「吾廬何有〔七〕，有一灣蓮蕩〔八〕，數間茅宇。斷塹疏籬聊補葺，那得粉墻朱户。禾黍西風〔九〕，鷄豚曉日，活脱田家趣。客來茶罷，自挑野菜同煮。　多少甲第連雲，十眉環座，人醉黄金塢。回首邯鄲春夢破，零落珠歌翠舞。得似衰翁，蕭然陋巷，長作溪山主。紫芝可採，更尋巖谷深處。」又劉静修《風中柳》云〔一〇〕：「我本漁樵，不是白駒過谷〔一一〕。對西山、悠然自足。北窗疏竹。南窗叢菊。愛村居、數間茅屋。風烟草屨，滿意一川平緑。問前溪、今朝酒熟。幽泉歌曲。清泉琴筑。欲歸來、故人留宿。」並吕居仁「東里先生家何在」四詞〔一二〕，每獨行吟歌之，不惟有隱士出塵之想，兼如仙客御風之遊矣。昔人謂「詩情不似曲情多」，信然。

【箋　證】

〔一〕此引詞，見十八卷本《鶴林玉露》丙編卷五「傅公謀詞」條。《百琲明珠》卷二選録此詞。傅大詢，字公謀，宋分宜人。分宜有鈐崗，因以自號。孝宗淳熙間在世。

〔二〕「踏」，《鶴林玉露》作「連」。

〔三〕「喚」字《鶴林玉露》無。此字或爲升庵所補，《欽定詞譜》列此詞爲《水調歌頭》又一體，下片起句斷作「家童開門看，有誰來」。

〔四〕「無月」，《鶴林玉露》作「無酒」。

〔五〕「月下」，《鶴林玉露》作「酒熟」。

〔六〕此引詞見《中興以來絶妙詞選》卷十，題作「戲題玉林」。

〔七〕「吾盧」，《中興以來絶妙詞選》作「玉林」。

〔八〕「蕩」，《中興以來絶妙詞選》作「沼」。

〔九〕「西風」，《中興以來絶妙詞選》作「秋風」。

〔一〇〕劉因，字夢吉，元雄州容城人。早年鄉居授徒，以理學聞。世祖至元十九年以薦徵爲承務郎、右贊善大夫，教宫學近侍子弟。未幾辭歸。後復以集賢學士徵，固辭不就。有《静修集》二十五卷、續集三卷。《元史》有傳。此引詞見《静修集》卷六《樵庵詞一》，題作「飲山亭留宿」。

〔一一〕「過」，珥江書屋本、天都閣本及《静修集》並作「空」。

〔一二〕吕本中，字居仁，號紫微，宋壽州人。少穎悟，以曾祖公著恩，授承務郎。元符中，主濟陰簿、秦州士曹掾，辟大名府帥司幹官。宣和六年，除樞密院編修官。靖康改元，遷職方員外郎，以父嫌奉祠。丁父憂，服除，召爲祠部員外郎，以疾告去。再直秘閣，主管崇道觀。紹興六年，賜進士出身，擢起居舍人，兼權中書舍人。八年，遷中書舍人，兼權直學士院。忤秦檜，劾罷之，提舉太平觀。卒，賜謚文清。本中爲江西詩派中人，著《江西詩社宗派圖》，學者稱東萊先生。有《東萊先生詩集》。此詞調寄《滿江紅》，見《中興以來絶妙詞選》卷一、《苕溪漁隱叢話》前集卷五十一。詞云：「東里先生，家何在、山陰溪曲。對一川平野，數間茅屋。昨夜江頭新雨過，門前流水清如玉。抱小橋、回合柳參天，摇新緑。　疎籬下，叢叢菊。虚簷外，蕭蕭竹。歎古今得失，是非榮辱。須信人生歸去好，世間萬事何時足。問此春、春釀酒何如，今朝熟。」題作「幽居」。

驪山詞

昔於臨潼驪山之温湯，見石刻元人一詞曰〔一〕：「三郎年少客，風流夢、繡嶺蠱瑶環。漸浴酒發春〔二〕，海棠睡暖，笑波生媚，荔子漿寒。況此際、曲江人不見，偃月事無端。羯鼓三聲〔三〕，打開蜀道；霓裳一曲，舞破潼關。　馬嵬西去路，愁來無會處，但淚滿關山。空有香囊遺恨〔四〕，錦襪傳看。嘆玉笛聲沉〔五〕，樓頭月下；金釵信杳，天上人間。幾度秋風渭水，落葉長安。」再過之，石已磨爲別刻矣。

【箋證】

〔一〕陝西省臨潼縣志編纂委員會編《臨潼縣志》卷三十三《文物志》第二節「詩石」所記，有《金移刺霖風流子詞石》一方，石長七十八釐米，寬四十三釐米。現砌華清池三間廳前廊西壁。其石首行題詞名「風流子」，二行署作者名「古齋僕散汝弼良弼」。録詞曰云云。詞後跋云：「近侍副使僕散公博學能文，尤工於詩。昔過華清，嘗作《風流子》長短句題之於壁。其清新婉麗，不減秦、晏。四方衣冠爭誦傳之，稱爲今之絶唱。恐久而湮滅，命刻於右，以傳不朽。正大三年重九日，承務郎、主簿慕藺記。明威將軍縣尉李春、定遠大將軍縣丞楊永達、奉國上將軍臨潼縣令僕散希魯立石。」王昶《金石萃編》卷一百五十八「温泉風流子詞」條，所記文字與此石同，而記尺寸爲「横廣三尺三寸，高一尺八寸」，似較此石爲大。王昶並録畢沅《關中金石紀》卷七所記僕散希魯跋云：「宋、元至今刻石甚多，殆難勝記，而當以此爲第一。其詞幽麗悽惋，字畫勁峭，有如拱璧，因砌而珍之。」此跋石刻王昶未見，今亦無存。升庵謂其石「已磨爲別刻」，未知今存之石及王昶所見，是否爲補刻之石也。王昶復跋之云：「按碑刻《風流子》一詞，僕散汝弼所作。慕藺記稱其博學能文，尤工於詩。而遺山《中州集》未收此詞，亦不見録於竹垞《詞綜》。考萬紅友《詞律》云：《風流子》有二體，一體三十四字，一體雙調一百十字，又名《内家嬌》。其一百十字者，載宋張耒一闋，此詞亦不載。以此詞與張耒詞校多一字，下闋『但淚滿關山』句，按之張詞只四字，不應有『但』字。蓋是又一體，爲百十一字者，《詞律》失採。然《詞律》注引升庵語，正謂此詞，云：於驪山見石刻一詞，必元人作，即《詞統》所選『三郎年少客』一首也。《圖譜》竟於《風流子》外，另收此詞，别加一名曰《驪山石》，因而分字句處，與《風流子》兩様云云。據此，是《詞統》、《圖譜》皆收此詞，獨《詞綜》遺之也。升庵謂必元人作者，蓋匆匆見石刻，未及細檢《記》有『正大三年』字耳。」按「正大」乃金哀宗完顔守緒年號，「正大三年」，當公元一二二六年。

〔二〕「漸」，原石及《金石萃編》作「看」。

〔三〕「三」，原石及《金石萃編》作「數」。

〔四〕「空有香囊遺恨」，原石及《金石萃編》作「賴有紫囊來進」。

〔五〕「嘆」字原脱，據原石及《金石萃編》補。

石次仲西湖詞

石次仲「西湖」《多麗》一曲云：「晚山青。一川雲樹冥冥。正參差、烟凝紫翠，斜陽畫出南屏。館娃歸、吴臺遊鹿，銅仙去、漢苑飛螢。懷古情多，憑高望極，且將樽酒慰漂零。自湖上、愛梅仙遠，鶴夢幾時醒。空留在、六橋疎柳，孤嶼危亭。待蘇堤、歌聲散盡，更須携妓西泠。藕花深、雨凉翡翠，菰浦軟、風弄蜻蜓。澄碧生秋，鬧紅駐景，采菱新唱最堪聽。見一片、水天無際，漁火兩三星。多情月，爲人留照，未過前汀。」〔一〕次仲詞在宋未著名，而清奇宕麗如此。宋之填詞爲一代獨藝，亦猶晋之字、唐之詩，不必名家而皆奇也。然奇而不傳者何限，而傳者未必皆奇。如唐之胡曾〔二〕、宋之杜默〔三〕，識者知笑之，而不能靳其傳。蓋亦有幸不幸乎！

【箋證】

〔一〕石孝友，字次仲，宋南昌人。孝宗乾道二年進士。當時以詞名，有詞集《金谷遺音》一卷。然《金谷遺音》不載此詞，而見元張翥《蜕巖詞》卷上，題云「西湖泛舟夕歸，施成大席上以『晚山青』爲起句，各賦一詞」。今各本文字全同，惟「一片水天無際」句前皆空一字。按律此句應作七字，張詞同題之作亦皆七字。《歷代詩餘》以此詞爲《多麗》又一體，所録此句前有「見」字，萬樹《詞律》所載亦同，今據補。張翥，字仲舉，晉寧人。至正初以薦爲國子助教，累官河南行省平章政事、兼翰林學士。有《蛻庵詩集》五卷、《蛻巖詞》二卷。

〔二〕胡曾，唐邵陽人。舉進士不第，咸通末，爲漢南從事。乾符中，高駢鎮蜀，辟爲掌書記。以幕僚終。有《詠史詩》三卷。胡曾以《詠史詩》著稱於世，然其卑淺直露，頗爲升庵所鄙。《升庵詩話》卷十「劉允濟詩」條，議劉允濟《經廬嶽迴望江州想洛陽有作》云：「此詩綺繪焕發，比興溫然。雖王、楊、盧、駱，未能先也，然不甚流傳。而王周、李山甫、林寬、盧延遜、周曇、胡曾之徒，鄙猥俚賤，優人羞道者，乃有集行世。噫！『至言不出，俗言勝也』，文亦有幸不幸哉。」卷十一「錢珝詠史」條議錢珝《詠史》詩云：「括書詠史如此，射雕手也。如胡曾、汪遵，不堪爲奴僕矣。」「胡曾詠史」條云：「慎少侍先師李文正公，公曰：『近日兒童村學教以胡曾《詠史詩》，入門先壞了聲口矣。』慎曰：『如詠蘇武一首，亦好。』公曰：『全是偷杜牧之《聞胡笳》詩。』退而閱之，誠然。曾之詩，此外無留良者。」

〔三〕杜默，字師雄，宋濮州人。神宗熙寧九年以特奏名獲進士出身，任新淦縣尉。有《詩豪集》一卷。杜默詩粗豪卑淺，多不合律。《東坡志林》卷一譏之云：「石介作《三豪詩》，其略云：『曼卿豪於詩，永叔豪於文，而杜默師雄豪於歌也。』永叔亦贈默詩云：『贈之三豪篇，而我濫一名。』默之歌少見於世，初不知之，後聞其一篇云：『學海波中老龍，聖人門前大蟲。』皆此等語。甚矣！介之無識也。永叔不欲嘲笑之者，此公惡争名，且爲介諱也。吾觀杜默豪氣，正是京東學究飲私酒、食瘴死牛肉，醉飽後所發者也。作詩狂怪至盧仝、馬異極矣，若更求奇，便作杜默矣。」王楙《野客叢書》卷二十：「包拯爲臺官，嚴毅不恕，朝列有過，必須彈擊，故言事無瑕疵者曰『没包彈』。杜默爲詩多不合律，故言事不合格者爲『杜撰』。世言『杜撰』、『包彈』本此。」

梅詞

呂聖求《東風第一枝》詞云〔一〕：「老樹渾苔，横枝未葉，青春肯誤芳約。背陰未返冰魂，陽梢已含紅萼。佳人寒怯，誰驚起，曉來梳掠。是月斜窗外棲禽〔二〕，霜冷竹間幽鶴。　雲淡澹，粉痕漸薄。風細細，凍香又落。叩門喜伴金樽，倚闌怕聽畫角。依稀夢裏，半面淺窺珠箔〔三〕。甚時重寫鸞箋〔四〕，去訪舊遊東閣。」古今梅詞，以坡仙「緑毛幺鳳」爲第一〔五〕，此亦在魁選矣。

【箋證】

〔一〕此引詞《聖求詞》不見，而見於張翥《蜕巖詞》卷下，題作「憶梅」。當爲張詞無疑，升庵誤。《百琲明珠》卷三亦誤。

〔二〕「窗外棲禽」，《蜕巖詞》作「花外幺禽」。

〔三〕「半」字上，《蜕巖詞》有「記」字，依律當補。

〔四〕「重」字上，《蜕巖詞》有「得」字，依律當補。

〔五〕此指東坡《西江月》「梅花」詞：「玉骨那愁瘴霧。冰肌自有仙風。海仙時遣探芳叢，倒掛緑毛幺鳳。　素面翻嫌粉涴，洗妝不褪脣紅。高情已逐曉雲空，不與梨花同夢。」東坡自注：「惠州梅花上珍禽曰倒掛子，似緑毛鳳而小。」

折紅梅

宋人《折紅梅》詞云〔一〕：「喜輕澌初綻〔二〕，微和漸入〔三〕，郊原時節〔四〕。春消息、夜來陡覺〔五〕，紅梅數枝爭發〔六〕。玉溪珍館〔七〕，不似個、尋常標格〔八〕。化工別與，一種風情，似匀點胭脂，染成香雪。　重吟細閲。比繁杏夭桃，品流終別〔九〕。可惜彩雲易散〔一〇〕，冷落謝池風月。憑誰向説。三弄處、龍吟休咽。大家留取，時倚闌干〔一一〕，聞有花堪折，勸君須折。」此詞見杜安世集，《中吳紀聞》又作吴應之，未知孰是。

【箋　證】

〔一〕宋龔明之《中吴紀聞》卷一「紅梅閣」條：「吴感，字應之，以文章知名。天聖二年，省試爲第一。又中天聖九年書判拔萃科，仕至殿中丞。居小市橋，有侍姬曰紅梅，因以名其閣。嘗作《折紅梅》詞云云。其詞傳播人口，春日郡宴，必使倡人歌之。吴死，其閣爲林少卿所得，兵火前尚存。子純，字晦叔，文行亦高，鄉人呼爲吴先生。」所作即此詞。此事范成大《吴郡志》卷

十四、周密《浩然齋雅談》卷上皆記之。另，宋黄大輿《梅苑》卷三載此詞，亦題吴感作。宋陳景沂《全芳備祖》前集卷四，則别題杜安世作，杜安世《壽域詞》亦載之。《全宋詞》據《中吴紀聞》，定爲吴感之作。吴感，字應之，吴郡人。仁宗天聖二年進士。天聖九年，爲湖州歸安縣主簿。應書判拔萃科，入第五等，授江州軍事推官。官至殿中丞。杜安世，字壽域，生卒不詳，京兆人。陳振孫《直齋書録解題》卷二十一載《杜壽域詞》一卷，云：「京兆杜安世壽域撰，未詳其人，詞亦不工。」

〔二〕「輕」，《梅苑》作「冰」；「綻」，《梅苑》、《中吴紀聞》作「泮」。

〔三〕「微和漸入」，《全芳備祖》作「漸入微和」。

〔四〕「郊原」，《梅苑》作「東郊」；《中吴紀聞》卷一作「芳郊」。

〔五〕「陡」，《梅苑》作「頓」。

〔六〕「紅」，《梅苑》作「寒」。

〔七〕「珍」，《梅苑》、《中吴紀聞》作「仙」。

〔八〕「似」，《梅苑》、《中吴紀聞》作「是」。

〔九〕「品流終别」，《梅苑》作「品格真别」；《中吴紀聞》作「品流真别」。

〔一〇〕「可惜」，《梅苑》、《中吴紀聞》作「只愁共」。

〔一一〕「時」字原脱，據《梅苑》、《壽域詞》、《全芳備祖》補。

洪覺範梅詞

洪覺範「詠梅」《點絳唇》詞云〔一〕：「流水泠泠，斷橋斜路梅枝亞〔二〕。雪花飛下〔三〕。渾似江南畫〔四〕。　白璧青錢，欲買春無價〔五〕。春歸也〔六〕，風吹平野〔七〕。一點香隨馬。」梅詞如此清俊，亦僅有者，惜未入《草堂》之選。

【箋　證】

〔一〕《梅苑》卷十載此詞，題作惠洪（即覺範）作。《唐宋諸賢絶妙詞選》卷九載洪覺範詞三首，此其一。升庵此條據之録出，並選入《百琲明珠》卷四。按：此詞實非覺範所作。曾慥《樂府雅詞》拾遺上載此詞於覺範《鳳棲梧》、《千秋歲》、《青玉案》三詞之後，未題撰人。或其偶然之疏也，後人因據之承前而致誤，將此詞歸之覺範也。《苕溪漁隱叢話》前集卷五十九已辨其非，然又以此詞爲孫和仲作，不知何據。宋洪邁《容齋四筆》卷十三「二朱詩詞」條及宋陳鵠《耆舊續聞》卷一皆記此詞本事。宋陳鵠《耆舊續聞》云：「待制公（翌）十八歲時嘗作樂府云云。朱希真訪司農公不值，於几案間閲見此詞，驚賞不已，遂書於扇而去。初不知何人作也。一日洪覺範見之，叩其所從來。朱具以告。二人因同往謁司農公問之。公亦愕然。客退從容詢及待制公。公始不敢對，既而以實告。司農公責之曰：『兒曹讀書，正當留意經史間，何用作此等語耶！』然其心實喜之，以爲此兒他日必以文名於世。今諸家詞集及《漁隱叢話》皆以爲孫和仲或朱希真所作，非也。正如詠『摺疊扇』詞云云，余嘗親見稿本於公家，今《于湖集》乃載此詞。蓋張安國嘗爲人題此詞於扇故也。」陳鵠於此文末注云：「曾原伯云。」曾原伯，名逢，曾幾子，官至徽猷閣待制。明陳耀文《花草粹編》據《耆舊續聞》收作朱翌詞。《四庫全書》據《永樂大典》輯朱翌《灊山集》三卷，收此詞入卷三「詩餘」，題爲「梅」。

〔二〕「斜路」，《耆舊續聞》、《梅苑》、《樂府雅詞》、《唐宋諸賢絶妙詞選》、《灊山集》及《百琲明珠》並作「橫路」。

〔三〕《耆舊續聞》無「花」字。「飛」，《樂府雅詞》、《苕溪漁隱叢話》作「初」。

〔四〕「渾似」，《耆舊續聞》作「全勝」，《樂府雅詞》、《苕溪漁隱叢話》作「全似」。

〔五〕「欲」，《苕溪漁隱叢話》作「難」。

〔六〕「春歸」，《耆舊續聞》、《樂府雅詞》、《苕溪漁隱叢話》、《梅苑》、《唐宋諸賢絶妙詞選》、《灊山集》並作「歸來」。上二句，《百琲明珠》誤作「欲買春歸也」。

〔七〕「風吹」，《灊山集》作「西風」。

曹元寵梅詞

曹元寵梅詞「竹外一枝斜，想佳人天寒日暮」〔一〕，用東坡「竹外一枝斜更好」之句也〔二〕。徽宗時禁蘇學，元寵又近幸之臣，而暗用蘇句，其所謂掩耳盜鈴者。噫，姦臣醜正惡直，徒爲勞爾。

【箋證】

〔一〕曹組，字元寵，宋潁昌人。六舉不第。宣和三年，以下使臣承信郎特令就殿試，中五甲，賜同進士出身，有旨換武階，兼閤職，仍給事殿中。官止閤門宣贊舍人、睿思殿應制。元寵以滑稽下里之詞知名於世，嘗作《紅窗迥》百餘首，爲時人所傳。有《箕潁集》，今不存。曹組此詞調寄《驀山溪》，見《梅苑》卷二、《樂府雅詞》卷下、《唐宋諸賢絶妙詞選》卷八。詞云：「洗妝真態，不在鉛華御。竹外一枝斜，想佳人、天寒日暮。黄昏小院，無處著清香，風細細，雪垂垂，何況江頭路。　月邊疎影，夢到消魂處。結子欲黄時，又須作、廉纖微雨。孤芳一世，供斷有情愁，消瘦損，東陽也，試問花知否。」

〔二〕此東坡《和秦太虚梅花》詩中句，見《東坡集》卷十三。

李漢老

李漢老，名邴，號雲龕居士。伯父昭玘，元祐名士，東坡門生。漢老才學，世其家者也〔一〕。其《漢宮春》梅詞入選，最佳〔二〕。曹元寵梅詞：「竹外一枝斜，想佳人天寒日暮。黄昏院落〔三〕，無處著清香。風細細，雪融融〔四〕，何況江頭路。」甚工，而結句落韻，殊不强人意。曹蓋富於才而貧於學也。漢老詠「美人寫字」云〔五〕：「雲情散亂未成篇，花骨欹斜終帶軟。」亦新美可喜。

【箋證】

〔一〕《中興以來絶妙詞選》卷一李漢老小傳云：「名邴，號雲龕居士。其伯父昭玘，元祐名士，漢老才學，世其家者也。」升庵當據此爲説，「伯父」原作「父」，偶然疏誤耳，今據補。《文獻通考》卷二百三十七記漢老書《樂静集》後曰：「東坡罷徐守時，伯父以書抵之。坡答書歷道黄、張、鼂、秦數公，且曰：此數子者，挾其有餘之姿，而騖無涯之知，必極其所如往而後已，則此安所歸宿哉？惟明者念有以反之。其意蓋以彼爲不然，而勉其有所至也。……其爲詩奇麗愜適，章斷句絶，餘思羨溢，得詩人味外之味。」亦以昭玘爲伯父。李邴，字漢老，宋濟州任城人。崇寧五年進士，累官翰林學士。紹興初，拜參知政事、資政殿學士。寓泉州，卒謚文敏。有《雲龕草堂集》。《小學紺珠》記真西山語，以之爲南渡三詞人之一。昭玘字成季，元豐二年進士，以薦爲秘書正字，歷起居舍人。崇寧中入黨籍，奪官閒居，自號樂静先生。有《樂静集》。

〔二〕此詞《梅苑》卷一、《樂府雅詞》拾遺卷上、《玉照新志》卷三、《全芳備祖》前集卷一及《中興以來絶妙詞選》皆題李漢老《漢宮春》「詠梅」詞，即升庵所指。其云「入選」，謂入《草堂詩餘》之選也。詞云：「瀟洒江梅，向竹梢疎處，横兩三枝。東君也不愛惜，雪壓風欺。無情燕子，怕春寒、輕失佳期。惟是有、南來歸雁，年年長見開時。清淺小溪如練，問玉堂何似、茅舍疎籬。傷心故人去後，冷落新詩。微雲淡月，對江山、分付他誰。空自倚、清香未減，風流不在人知。」而各本《草堂詩餘》所載，皆署爲晁叔用之作。《苕溪漁隱叢話》前集卷五十九、《直齋書録解題》卷二十一亦以爲晁叔用作。《苕溪漁隱叢話》嘗引此詞本事而辯之云：「端伯所編《樂府雅詞》中，有《漢宫春》梅詞，云是李漢老作，非也，乃晁沖之叔用作。政和間作此詞獻蔡攸，是時，朝廷方興大晟府，蔡攸携此詞呈其父云：『今日於樂府中得一人。』京覽其詞喜之，即除大晟府丞。」今《全宋詞》兩存之。

〔三〕此引曹元寵《驀山溪》「梅」詞上片後段。「院落」，《梅苑》卷二、《樂府雅詞》卷下及《中興以來絶妙詞選》卷八並作「小院」。

〔四〕「融融」，《梅苑》、《樂府雅詞》、《中興以來絶妙詞選》並作「垂垂」。

〔五〕此李漢老《木蘭花》「美人書字」詞，云：「沉吟不語晴窗畔。小字銀鈎題欲遍。雲情散亂未成篇。花骨欹斜終帶軟。　重重説盡情和怨。珍重提携常在眼。暫時得近玉尖纖。翻羨縷金紅象管。」見《中興以來絶妙詞選》卷一。又，四庫館臣據《永樂大典》輯此詞入李呂《澹軒集》卷四。李呂，字濱老，一字東老，邵武軍光澤人。生平行事無可考。

蔣捷一剪梅

蔣捷《一剪梅》云〔一〕：「一片春愁帶酒澆〔二〕。江上舟摇。樓上簾招。秋娘容與泰娘嬌〔三〕。風又飄飄。雨又蕭蕭。　何日雲帆卸浦橋〔四〕。銀字箏調〔五〕。心字香燒。流光容易把人抛。紅了櫻桃。緑了芭蕉。」

【箋證】

〔一〕《竹山詞》、《花草粹編》卷十三此詞題作「舟過吴江」。《百琲明珠》卷三選入此詞。

〔二〕「帶」，《竹山詞》、《花草粹編》作「待」。

〔三〕「容與」，《竹山詞》作「度與」。《花草粹編》此句作「秋娘渡與泰娘橋」。

〔四〕「雲帆卸浦橋」，《竹山詞》、《花草粹編》皆作「歸家洗客袍」，彊村本《竹山詞》同，注云：一本作「雲帆卸浦橋」。

〔五〕「筝」，《竹山詞》、《花草粹編》作「笙」。

心字香

詞家多用「心字香」，蔣捷詞云：「銀字筝調，心字香燒。」〔一〕張于湖詞：「心字夜香清。」〔二〕晏小山詞：「記得年時初見，兩重心字羅衣。」〔三〕范石湖《驂鸞録》云：「番禺人作心字香，用素馨、茉莉半開者，著浄器中，以沉香薄劈，層層相間，密封之。日一易，不待花蔫。花過香成。」〔四〕所謂心字香者，以香末縈篆成心字也。「心字羅衣」，則謂心字香薰之爾。或謂女人衣曲領如心字，又與此别。

【箋證】

〔一〕全詞已見前條。

〔二〕此句今本《于湖文集》及《于湖詞》皆未見。蔣捷《竹山詞》「秋思」《金籛子》詞中有「心字夜香消」之句。《花草粹編》卷二十一録之，「消」字作「清」，與升庵此引句同，疑升庵誤記也。

〔三〕此晏幾道《臨江仙》詞。《小山詞》「年時」作「小蘋」。

〔四〕《黄氏日抄》卷六十七《讀書記》記范成大《桂林虞衡志·志花》云：「泡花，採以蒸香。法以佳沉香薄劈，著浄器中，鋪半開，花與香層層相間，蜜封之。日一易，不待花蔫。花過香成。番禺人吴興作心字香、瓊香，用素馨、末利，法亦然。大抵泡取其氣，未嘗炊焮。」今本《桂海虞衡志》「泡花」條佚此製香之法。黄氏抄録或有節略，周去非淳熙中官桂林通判，與石湖去桂時間相接，自序其作《嶺外代答》，乃「本范成大《桂海虞衡志》而益以耳目所見聞」。其所記文字較詳，録以備參。《嶺外代答》卷八「泡花」條云：「泡花，南人或名柚花。春來開，蘂圓白如大珠。既拆，則似茶花。氣極清芳，與茉莉、素馨相逼。番禺人採以蒸香，風味超勝。桂林好事者或爲之。其法以佳沉香，薄片劈，著浄器中，鋪半開，花與香層層相間，密封之。明日復易，不待花萎香蔫也。花過乃已，香亦成。番禺人吴宅作心字香及瓊香，用素馨、茉莉，法亦爾。」升庵蓋據《黄氏日抄》而改易其説。以謂《驂鸞録》者，則因黄氏所抄，《虞衡志》之前爲《驂鸞録》，翻書偶失檢點也。

招落梅魂

蔣捷有「效稼軒體招落梅魂」《水龍吟》一首云：「醉兮瓊瀣浮觴些。招兮遣巫陽些。君勿去此，颶風將起，天微黄些。野馬塵埃，污君楚楚，白霓裳些。駕空兮雲浪，茫洋東下，流君往、他方些。　月滿兮方塘些〔一〕。叫雲兮笛淒涼些。歸來兮爲我〔二〕，重倚蛟背，寒鱗蒼些。俯視春紅〔三〕，浩然一笑，吐幽香些〔四〕。翠禽兮弄晚〔五〕，招君未至，我心傷些。」其詞幽秀古艷，迥出纖冶穠華之外，可愛也。稼軒之詞曰《醉翁操》，並録於此：「長松。之風。如公。肯予從〔六〕。山中。人心與吾兮誰同。湛湛千里之江〔七〕，上有楓。噫，送子于東〔八〕。望君之門兮九重〔九〕。女無悦己，誰適爲容。　不龜手藥，或一朝兮取封〔一〇〕。昔與遊兮皆童。我獨窮兮今翁。一魚兮一龍。勞心兮冲冲〔一一〕。　噫，命與時逢。子取之食兮萬鍾〔一二〕。」小詞中《離騷》，僅見此二首也〔一三〕。

【箋證】

〔一〕「方塘」，《竹山詞》作「西廂」。

〔二〕彊村本《竹山詞》無「兮」字。

〔三〕「紅」字原脱，據《竹山詞》補。

〔四〕「幽」，原作「出」，彊村本《竹山詞》作「山」，皆形近之誤，據四庫本《竹山詞》改。

〔五〕「晚」，《竹山詞》作「曉」。

〔六〕「予」，《稼軒長短句》作「余」。

〔七〕「湛湛」，原未叠，據《稼軒長短句》補。

〔八〕「于東」，原脱「于」字，據《稼軒長短句》補。

〔九〕「君」字原重，據《稼軒長短句》删。

〔一〇〕「兮」字原脱，據《稼軒長短句》補。

〔一一〕「冲冲」，《稼軒長短句》作「忡忡」。

〔一二〕「子取之食兮」，《稼軒長短句》作「子之所食兮」。

〔一三〕按：蔣捷所效稼軒之騷體，乃《水龍吟》押些字一首，非《醉翁操》也。王幼安《詞品》校點後記已指出之。稼軒原詞有序云：「用些語再題瓢泉，歌以飲客，聲語甚諧，客爲之釂。」姑録其詞於後，以備參考。詞云：「聽兮清珮瓊瑶些。明兮鏡秋毫些。君無去此，流昏漲膩，生蓬蒿些。虎豹甘人，渴而飲汝，寧猿猱些。大而流江海，覆舟如芥，君無助，狂濤些。路險兮山高些。塊予獨處無聊些。冬槽春盎，歸來爲我，製松醪些。其外芳芬，團龍片鳳，煮雲膏些。古人兮既往，嗟予之樂，樂簞瓢些。」然升庵於此，實明知而故意另取《醉翁操》以當之，蓋《醉翁操》亦稼軒效騷體而爲之者，升庵所取在其效騷體之法，而非取其韻押「些」字也。

柳枝詞

唐人《柳枝詞》，劉禹錫、白樂天而下，凡數十首。予獨愛無名氏云〔一〕：「萬里長江一帶開〔二〕。岸邊楊柳是誰栽〔三〕。錦帆落盡西風起〔四〕，惆悵龍舟更不回。」此詞詠史詠物，兩極其妙。首句見隋開汴通江。次句「是誰栽」三字作問詞，尤含蓄。不言煬帝，而譏弔之意在其中。末二句俯仰今古，悲感溢於言外。若情致，則「清江一曲柳千條〔五〕。十五年前舊板橋〔六〕。曾與情人橋上別〔七〕，更無消息到今朝〔八〕。」此詞，小説以爲劉採春女周德華之作。又云劉禹錫，然劉集中不載也〔九〕。柳詞當以二首爲冠。

【箋證】

〔一〕五代何光遠《鑒誡録》卷七「亡國音」條録此詩爲胡曾作。《碧鷄漫志》卷五「楊柳枝」條録此詩爲無名氏作。檢《萬首唐人絶句》卷五十三胡曾《詠史百首》中有《汴河》一首云：「千里長河一旦開。亡隋波浪九天來。錦帆未落干戈起，惆悵龍舟更不回。」字句雖有異，而命意造境顯然一貫。然胡詩詠史而不詠物，殊少蘊籍。疑先有胡詩，而後人傳唱改作此詩也。升庵《絶句衍義》卷二亦載此詩。

〔二〕「一帶」，《鑒誡録》、《碧鷄漫志》作「一旦」。

〔三〕「是誰」，《鑒誡録》、《碧鷄漫志》作「幾千」。

〔四〕「落盡西風」，《鑒誡録》、《碧鷄漫志》作「未落干戈」；《絶句衍義》作「未落西風」。

〔五〕「清江」，《雲溪友議》卷下「温裴黜」條引作「春江」。

〔六〕「十五」，《雲溪友議》作「二十」。

〔七〕「情人」，《雲溪友議》作「美人」。

〔八〕「更」，《雲溪友議》作「恨」。

〔九〕升庵所云「小説」，指《雲溪友議》。其卷下「温裴黜」條略云：「德華者乃劉採春女也。雖《羅嗊》之歌不及其母，而《楊柳枝》詞，採春難及。……所唱者七八篇，乃近日名流之詠也。滕邁郎中一首『三條陌上拂金羈』云云，賀知章祕監一首『碧玉裝成一樹高』云云，楊巨源員外一首『江邊楊柳麴塵絲』云云，劉禹錫尚書一首『春江一曲柳千條』云云，韓琮舍人二首『枝鬬芳腰葉鬬眉』、『梁苑隋堤事已空』云云。」檢今傳各本《劉夢得文集》不載此詩。《全唐詩》卷三百六十五收録此詩，所據當即《雲溪友議》。清王士禛《香祖筆記》卷五引升庵此説，並辨之云：「余按：此乃白樂天詩。詩本六句，非絶句；題乃《板橋》，非《柳枝》。蓋唐人樂部所歌，多剪截四句歌之，如高達夫『開篋淚沾臆』本古詩，止取四句；李巨山『山川滿目淚沾衣』本《汾陰行》，止取末四句也。升庵博及群書，豈未睹《長慶集》者，而有此誤耶？」《白氏長慶集》卷十九《板橋路》詩云：「梁苑城西二十里，一渠春水柳千條。若爲此路今重過，十五年前舊板橋。曾共玉顔橋上别，不知消息到今朝。」漁洋之辨周德華所唱取自白詩，是也。然《雲溪友議》已云德華所唱爲劉禹錫《柳枝詞》，則其誤不始於升庵，且升庵已云「劉集中不載」矣。又升庵《絶句衍義》卷二收録此詞，有注云：「周德華，鏡湖妓劉採春女也。此詩隱括白香山古詩爲七絶，而其妙思如此，真花月之妖也。」則升庵實先已知此乃隱括白詩也。

竹枝詞

元楊廉夫《竹枝詞》，一時和者五十餘人，詩百十餘首〔一〕。予獨愛徐延徽一首云〔二〕：「盡説盧家好莫愁〔三〕。不知天上有牽牛。賸拋萬斛燕脂水，瀉向銀河一色秋。」

【箋證】

〔一〕楊維楨，字廉夫，號鐵厓、東維子，又號鐵笛道人、抱遺老人，元紹興諸暨人。泰定四年登進士第，任天台尹。歷錢清揚鹽司令、杭州四務提舉、建德路總管府推官。被命奉訓大夫江西等處儒學提舉，未赴。會兵亂，避地富春山。洪武初詔修樂書，留京四月，白衣而歸。尋卒。有《東維子集》、《鐵崖古樂府》。維楨居西湖時，所作《西湖竹枝詞》，廣傳天下，膾炙人口，一時和者數百人。至正八年乃以自作詩九首，選録和者一百二十人，共一百七十五首爲《西湖竹枝集》。升庵所云，或統計未全也。王世貞《藝苑巵言》卷六云：元時「法網寬，人不必仕宦。浙中每歲有詩社，聘一二名宿如廉夫輩主之，刻其尤者爲式」。此《西湖竹枝詞》所由刻也。

〔二〕徐哲，字延徽，元萊州陽縣人。性曠達，才氣過人。以茂才薦，授峽州路長楊縣教諭，不就。有

《齊東野語集》。《西湖竹枝集》選録其詩五首，此其第三首。

〔三〕「盧家」，《西湖竹枝集》作「西湖」。

蓮詞第一〔一〕

歐陽公「詠蓮花」《漁家傲》云：「葉重如將青玉亞。花輕疑是紅綃掛。顏色清新香脱灑。堪長價。牡丹怎得稱王者。　雨筆露牋吟彩畫〔二〕。日鑪風炭薰蘭麝。天與多情絲一把。誰厮惹。千條萬縷縈心下。」又云：「楚國纖腰元自瘦〔三〕。文君膩臉誰描就。日夜鼓聲催箭漏〔四〕。昏復晝。紅顔豈得長如舊。　醉折嫩房紅蕊嗅〔五〕。天絲不斷清香透。却倚小闌凝望久〔六〕。風滿袖。西池月上人歸後。」前首工緻，後首情思兩極，古今蓮詞第一也。

【箋證】

〔一〕此引二詞，皆見《近體樂府》卷二。第二首又見晏殊《珠玉詞》。

〔二〕「吟」，《近體樂府》作「勻」。

〔三〕「纖」，《近體樂府》、《珠玉詞》並作「細」。

〔四〕「鼓聲」，《珠玉詞》作「聲聲」。

〔五〕「折」，《近體樂府》作「拆」。「紅」，《珠玉詞》作「和」。

〔六〕「倚」，《近體樂府》、《珠玉詞》作「傍」。「望」，《珠玉詞》作「坐」。

升庵詞品箋證卷之三

蘇易簡

蘇易簡，梓州人，宋太宗朝狀元〔一〕。所著有文集及《文房四譜》，行於世。宋世蜀之大魁，自蘇始。其後閬州三人，簡州四人，夔州一人，終宋三百年，得十六人，而陳氏、許氏皆兄弟，可謂盛矣〔二〕。蘇之詞，惟《越江吟》應制一首，見予所選《百琲明珠》〔三〕。

【箋證】

〔一〕蘇易簡，字太簡，宋梓州銅山人。太宗太平興國五年進士第一，官至參知政事。以禮部侍郎出知鄧州，移陳州，卒。事跡具《宋史》本傳。所著文集今佚，另有《文房四譜》五卷，存。

〔二〕升庵所謂宋代蜀人中狀元者十六人，「閬州三人」，指端拱二年陳堯叟、咸平二年陳堯咨、元祐六年馬涓；「簡州四人」，指後蜀王歸璞、嘉祐八年許將、紹興二十四年張孝祥、慶元五年許奕；「夔州一人」，指元祐三年詹邈（施州人，明屬夔州路）。此八人外，尚有太平興國五年蘇易簡（中江人）、雍熙間李協恭（儀隴人）、政和五年何㮚（仙井人）、宣和六年馮時行（壁山人）、紹興二年趙逵（資陽人）、紹興三年程掌（眉州人）、開禧間蒲國寶（富順人），以及奪魁時間無考者王樾（蒼溪人）。其中王歸璞早於蘇易簡，未入宋；許將爲福建閩縣人（《宋史》有傳），張孝祥爲和州烏江人（參本書卷四「張安國」條箋證〔二〕），皆非蜀人。然致此誤者，非自升庵。《方輿勝覽》卷五十二《簡州》「事要」記簡州「四出大魁」，注云：「《圖經》云：『王歸璞，僞蜀時狀元；皇朝許將、張孝祥及許奕云云，皆此邦之人。』」升庵據之爲説而已。

〔三〕蘇易簡《越江吟》詞，見《苕溪漁隱叢話》前集卷十六引《冷齋夜話》云：「世傳琴曲宮聲十小調，皆隋賀若弼所製，最爲絶妙。一《不博金》、二《不換玉》、三《峽泛》、四《越溪吟》、五《越江吟》、六《孤猿吟》、七《清夜吟》、八《葉下聞蟬》、九《三清》、十亡其名，琴家但名『賀若』而已。太宗尤愛之，爲之改《不博金》曰《楚澤涵秋》，《不換玉》曰《塞門積雪》，仍命詞臣各探調製詞。時北門學士蘇易簡探得《越江吟》，其詞曰：『神仙神仙瑶池宴。片片碧桃，零落春風晚。翠雲開處，隱隱金轝挽。玉麟背吟清風遠。』又一本云：『非雲非烟瑶池宴。片片碧桃，零落黄金殿。蝦鬚半捲天香散。春雲和孤竹，清婉入霄漢。紅顔醉態，爛熳金輿轉。霓旌影亂簫聲遠。』此篇勝前篇也。」升庵《百琲明珠》卷二所録爲其後者，《詞林萬選》卷四同。宋文瑩《續湘山野録》亦記此事，所載詞則爲前者。

韓范二公詞

韓魏公《點絳唇》詞云〔一〕：「病起懨懨，庭前花樹添憔悴〔二〕。亂紅飄砌。滴盡真珠淚〔三〕。　惆悵前春，誰向花前醉。愁無際。武陵凝睇〔四〕。人遠波空翠。」范文正公《御街行》云〔五〕：「紛紛墜葉飄香砌〔六〕。夜寂靜，寒聲碎。珍珠簾捲玉樓空，天淡銀河垂地。年年今夜，月華如練，長是人千里。　愁腸已斷無由醉。酒未到，先成淚。殘燈明滅枕頭欹，諳盡孤眠滋味。都來此事，眉間心上，無計相迴避。」二公一時勳德重望，而詞亦情致如此。大抵人自情中生，焉能無情，但不過甚而已。宋儒云禪家有爲絶欲之説者，欲之所以益熾也；道家有爲忘情之説者，情之所以益蕩也。聖賢但云寡欲養心，約情合中而已〔七〕。予友朱良矩嘗云〔八〕：「天之風月，地之花柳，與人之歌舞，無此不成三才。」雖戲語，亦有理也。

【箋證】

〔一〕韓琦，字稚圭，宋相州安陽人。仁宗天聖五年進士第二。歷同中書門下平章事、集賢殿大學士，累封魏國公。薨，贈尚書令，謚忠獻。有《安陽集》，今存。《宋史》有傳。此引詞，見宋吴處厚《青箱雜記》卷八、江少虞《宋朝事實類苑》卷三十八。

〔二〕「庭前花樹」，《青箱雜記》作「畫堂花謝」、《宋朝事實類苑》作「宴堂花謝」。涵芬樓本《説郛》卷七十六引作「宴對堂前花樹」。又，珥江書屋本、天都閣本「庭」字前有「對」字。

〔三〕「真珠」，各本均作「胭脂」。

〔四〕「凝」，各本均作「回」。

〔五〕范仲淹，字希文，蘇州人。登宋真宗大中祥符八年進士第，官至樞密副使、參知政事。卒謚文正。有集今存。事跡具《宋史》本傳。此引詞見《范文正集》補編卷一，題作「秋日懷舊」。

〔六〕「墜」，《彊村叢書》本《范文正公詩餘》作「墮」。

〔七〕此伊川程子之言。宋程頤《伊川文集》卷九《顔子所好何學論》云：「天地儲精，得五行之秀者，爲人。其本也，真而静。其未發也，五性具焉，曰仁義禮智信。形既生矣，外物觸其形，而動於中矣。其中動，而七情出焉，曰喜怒哀樂愛惡欲。情既熾而益蕩，其性鑿矣。是故覺者約其情，使合於中，正其心，養其性，故曰性其情。愚者則不知制之，縱其情而至於邪僻，梏其性而亡之，故曰情其性。凡學之道，正其心，養其性而已。中正而誠，則聖矣。」程頤，字正叔，洛陽人。明道先生程顥弟。與兄同受學於周敦頤。年十八，遊太學，作《顔子所好何學論》。時胡瑗主教，一見大驚，延學職。舉進士不第，遂不復就試。哲宗初，得吕公著、司馬光交薦，詔爲西京國子教授，不就。元豐八年再詔，授崇政殿説書，入侍經筵。後被誣去官。紹聖中，竄涪州。元符末，復通直郎、權判西京國子監。言者復論其著書毁朝政，有旨追毁所著書。後復宣議郎，致仕，卒年七十五。與兄顥倡明道學，以繼絶緒，世稱伊川先生。著《易》《春秋》傳諸書，嘉定中賜謚曰「正」。淳祐元年，封伊陽伯，從祀孔子。

〔八〕朱良矩，正德九年進士，與王廷表同年，嘗刻《經義模範》一書。據《四庫提要》所考，疑其人名方，浙江永康人，仕履未詳。

宋吴處厚《青箱雜記》卷八云：「文章純古，不害其爲邪；文章艷麗，亦不害其爲正。然世或見人文章鋪陳仁義道德，便謂之正人君子；若言及花草月露，便謂之邪人，玆亦不盡也……韓魏公晚年鎮北州，一日病起，作《點絳唇》小詞曰云云。」宋楊湜亦有相似之論云：「賢如寇準、晏殊、范仲淹，勳名重臣，不少艷詞；即丁謂、賈昌朝、夏竦，亦有綺語流傳。當不以人廢言也。」見《歷代詩餘》卷一百十四引《古今詞話》。又，舊題南宋王霆震亨福編《古文集成》卷四十五録葉肅《情論》云：「有爲忘情之説，不知忘情者，情之所以滋也。有爲制情之説，不知制情者，情之所以縱也。君子之於情，致其養而已。」升庵即感諸家之論而發。

滿江紅

范文正公謫睦州，過嚴陵釣臺。會吴俗歲祀，里巫迎神，但歌《滿江紅》，有「湘江好，洲漠漠。波似染，山如削。遶嚴陵灘畔，鷺飛魚躍」之句。公云：「吾不善音律，撰一絶送神。」曰：「漢包六合網英豪。一個冥鴻惜羽毛。世祖功臣三十六，雲臺争似釣臺高。」吴俗至今歌之〔一〕。《湘山野録》。

【箋證】

〔一〕此條録自宋釋文瑩《湘山野録》卷中，「嚴陵釣臺」作「嚴陵祠下」、「湘江好，洲漠漠」作「桐江好，烟漠漠」，餘文字全同。南宋初董棻知嚴州，輯嚴州詩文編《嚴陵集》九卷，載此詩於卷三，題作《題釣臺》，以爲「張保雝」作，「三十六」作「三十二」，「争似」作「何似」。按：據《後漢書》卷五十二，「雲臺功臣」爲三十二人，此云「三十六」，誤。

温公詞

世傳司馬温公有席上所賦《西江月》詞云〔一〕：「寶髻鬆鬆綰就〔二〕，鉛華淡淡妝成。紅顔翠霧罩輕盈〔三〕。飛絮遊絲無定。　相見争如不見，有情還似無情〔四〕。笙歌散後酒微醒〔五〕。深院月明人静〔六〕。」仁和姜明叔云：「此詞决非温公作。宣和間恥温公獨爲君子，作此誣之，不待識者而後能辨也。」〔七〕

【箋證】

〔一〕宋趙令畤《侯鯖録》卷八：「司馬文正公言行俱高，然亦每有謔語。嘗作詩云：『由來獄吏少和氣，臯陶之狀如削瓜。』又有長短句『寶髻忽忽梳就』云云，風味極不淺，乃《西江月》詞也。」

〔二〕「鬆鬆綰」，《侯鯖録》作「忽忽梳」。

〔三〕「紅顔翠霧」，《侯鯖録》作「青烟紫霧」。

〔四〕「還似」，《侯鯖録》作「何似」。

〔五〕「微」，《侯鯖録》作「初」。

〔六〕「明」，《侯鯖録》作「斜」。

〔七〕明徐伯齡《蟫精雋》卷十五「詞誣良善」條：「楊元素學士跋温公《西江月》，詞曰云云。元素跋云：『温公剛風勁節，聳動朝野，宜其金心鐵意，不善吐軟媚語。近得其席上所製小詞，雅亦風情不薄。』由今觀之，決非温公作。此宣和間恥温公獨爲君子，作此託爲其詞，以誣良善，不待識者而後能辯也。」姜南《蓉塘詩話》卷十「温公詞」條全録其文。升庵此條本據《蓉塘詩話》轉引爲説，然以「此詞決非温公作」云云屬之姜南，誤矣。按姜南師事馬洪，而洪乃徐伯齡内弟，姜之於徐，亦當持晚輩弟子之禮也。姜南，字明叔，號蓉塘，明浙江仁和人。正德十四年鄉試舉人。其所撰《蓉塘詩話》二十卷，嘉靖二十二年刊行，先於《詞品》，故升庵書中多有採引。楊繪，字元素，宋綿竹人。真宗皇祐五年進士第二，嘗官天章閣待制。長於《易》、《春秋》，居無爲山，號無爲子，名其所居曰自信堂。元祐三年卒，年六十二。著有《時賢本事曲子集》，爲至今所知最早之詞話。其書早佚，有梁啓超、趙萬里輯存九則，見《詞話叢編》。

夏英公詞〔一〕

姚子敬嘗手選《古今樂府》一帙〔二〕，以夏英公竦《喜遷鶯》宮詞爲冠〔三〕。其詞云：「霞散綺，月沉鈎。簾捲未央樓。夜涼河漢接天流〔四〕。宮闕鎖清秋。瑶階樹〔五〕，金莖露。玉輦香和雲霧〔六〕。三千珠翠擁宸遊。水殿按涼州。」富艷精工，誠爲絶唱。

【箋證】

〔一〕此條全録自元吴師道《吴禮部詞話》。

〔二〕姚式，字子敬，元歸安人。天資高爽，趙孟頫視爲畏友，浙西平章高彦敬薦之爲錫山儒學教授。

〔三〕夏竦，字子喬，宋江州德安人。以父死事補官。真宗景德四年舉賢良方正，除光禄丞。仁宗朝，累擢知制誥，拜同中書門下平章事，改樞密使，封英國公，進封鄭國公。卒贈太師中書令，謚文莊，有《文莊集》一百卷。《宋史》有傳。《青箱雜記》卷五：「景德中，夏公初授館職，時方早秋，上夕宴後庭，酒酣，遽命中使詣公索新詞。公問：『上在甚處？』中使曰：『在拱宸殿按舞。』公即抒思，立進《喜遷鶯》詞曰云云。中使入奏，上大悦。」宋孔平仲《談苑》卷三亦記其事。宋黄昇《唐宋諸賢絶妙詞選》卷二録此詞作《喜遷鶯令》。

〔四〕「接」，《吴禮部詞話》並各本均作「截」。「河漢」，《唐宋諸賢絶妙詞選》作「銀漢」。

〔五〕「瑶階」，《唐宋諸賢絶妙詞選》作「瑶臺」。「樹」，《談苑》、《青箱雜記》作「曙」。

〔六〕「玉輦」，《談苑》、《青箱雜記》、《唐宋諸賢絶妙詞選》作「鳳髓」。「香和」，《吴禮部詞話》作「香秋」，《唐宋諸賢絶妙詞選》作「香盤」。「雲霧」，《唐宋諸賢絶妙詞選》作「烟霧」。

林和靖

林君復惜别《長相思》詞云〔一〕：「吴山青。越山青。兩岸青山相送迎〔二〕。誰知離别情〔三〕。　君淚盈。妾淚盈。羅帶同心結未成。江頭潮已平〔四〕。」甚有情致。《宋史》謂其不娶，非也。林洪著《山家清供》，其中言先人和靖先生云云，即先生之子也。蓋喪偶後，遂不娶爾〔五〕。

【箋證】

〔一〕林逋，字君復，宋錢塘人，隱西湖之孤山，終生不娶，自號梅妻鶴子。真宗聞其名，詔長吏歲時勞問。卒賜謚和靖。有《林和靖集》四卷。此詞見《林和靖集》卷四、《唐宋諸賢絕妙詞選》卷二，文字悉同。宋曾慥《樂府雜詞》拾遺卷上，調作《相思令》。

〔二〕「相送」，《樂府雅詞》作「相對」。

〔三〕此句《樂府雅詞》作「爭忍有離情」。

〔四〕「江頭」，《樂府雅詞》作「江邊」。

〔五〕林洪字龍發，理宗淳祐間人。宛委山堂本《說郛》卷七十四《山家清供》「寒具」條有「吾翁和靖先生《山中寒食》詩」云云，升庵謂其父爲林逋，即本此說。然洪於其《山家清事》「種梅養鶴圃說」條中云：「七世祖逋，寓孤山，國朝謚和靖先生。」於其《文房圖贊》序中復自署云：「嘉熙初元王春元日，和靖七世孫可山林洪龍發序。」其自述不一如此。按：林逋無子，宋曾鞏《隆平集》卷十五《林逋小傳》明載：「逋不娶，無子，教兄之子宥登進士第。」《宋史·林逋傳》取其說。逋既無子，自無嫡嗣。故林洪自謂逋子或七世孫之說，當時即有人嘲其冒認親族。元韋居安《梅磵詩話》卷中云：「泉南林洪，字龍發，號可山，肄業杭泮，粗有詩名。理宗朝上書言事，自稱爲和靖七世孫，冒杭貫取鄉薦。刊中興以來諸公詩，號《大雅復古集》，亦以己作附於後。時有無名子作詩嘲之，曰：『和靖當年不娶妻，只留一鶴一童兒。可山認作孤山種，正是瓜皮搭李皮。』蓋俗云以强認親族者爲瓜皮搭李樹云。」而升庵所謂「喪偶後遂不娶」之説，臆度之辭也。

康伯可詞

康伯可西湖《長相思》詞云：「南高峰。北高峰。一片湖光烟靄中。春來愁殺儂。　郎意濃。妾意濃。油壁車輕郎馬驄。相逢九里松。」〔一〕蓋效和靖「吴山青」之調也。二詞可謂敵手。

【箋　證】

〔一〕康與之，字伯可，又字叔聞，號退軒，宋滑州人。南渡初上《中興十策》，聲名甚著。後以諂事秦檜，擢臺郎。與之專以應制諛詞粉飾太平，士林恥之。檜死，貶死。有《順庵樂府》一卷，今佚。此詞見黄昇《中興以來絶妙詞選》卷一，題作「遊西湖」。姜南《蓉塘詩話》卷十八「長相思」條載林和靖、康與之二詞，云：「二詞皆艷麗，伯可固詞客耳，和靖亦作此語耶？」升庵二條當據《蓉塘》此條而拆分之。

東坡賀新郎詞〔一〕

東坡《賀新郎》詞「乳燕飛華屋」云云，後段「石榴半吐紅巾蹙」以下，皆詠榴。《卜算子》「缺月掛疏桐」云云，「縹緲孤鴻影」以下，皆説鴻。别一格也。

【箋　證】

〔一〕此條録自《吴禮部詞話》，文字悉同。《苕溪漁隱叢話》前集卷三十九：「山谷云：『東坡道人在黄州，作《卜算子》云：「缺月掛疎桐，漏斷人初静。誰見幽人獨往來，縹緲孤鴻影。驚起却回頭，有恨無人省。揀盡寒枝不肯棲，寂寞沙洲冷。」語意高妙，似非喫烟火食人語，非胸中有數萬卷書，筆下無一點塵俗氣，孰能至此。』苕溪漁隱曰：『揀盡寒枝不肯棲』之句，或云鴻雁未嘗棲宿樹枝，惟在田野葦叢間，此亦語病也。此詞本詠夜景，至换頭但只説鴻，正如《賀新郎》詞『乳燕飛華屋』本詠夏景，至换頭但只説榴花。蓋其文章之妙，語意到處即爲之，不可限以繩墨也。」説本此。

東坡詠吹笛

嶺南太守閭丘公顯致仕，居姑蘇，東坡每過必留連。坡嘗言：「過姑蘇不遊虎丘，不謁閭丘，乃二欠事。」其重之如此。一日，出其後房佐酒，有懿卿者，善吹笛，坡作《水龍吟》贈之，「楚山修竹如雲」是也〔一〕。詞見《草堂詩餘》，而不知其事，故著之〔二〕。

【箋證】

〔一〕東坡此詞云：「楚山修竹如雲，異材秀出千林表。龍鬚半剪，鳳膺微漲，玉肌匀繞。木落淮南，雨晴雲夢，月明風裊。自中郎不見，桓伊去後，知辜負，秋多少。　聞道嶺南太守，後堂深、緑珠嬌小。綺窗學弄，梁州初遍，霓裳未了。嚼徵含宫，泛商流羽，一聲雲杪。爲使君洗盡、蠻風瘴雨，作霜天曉。」傅幹《注坡詞》卷一載此詞，題下注云：「『時太守閭丘公顯已致仕，居姑蘇，後房懿卿者，甚有才色，因賦此詞。』」一云：『贈趙晦之。』」元刊本《東坡樂府》卷上所載，題下注：「贈趙晦之吹笛侍兒。」按此詞舊有二説。其一見北宋孔平仲《孔氏談苑》，云：「朝士趙昶有兩婢，善吹笛。知藤州日，以丹砂遺子瞻。子瞻以蘄笛報之，並有一曲。其詞甚美，云：『木落淮南，雨晴雲夢，日斜風裊。』又云：『自桓伊不見，中郎去後，孤負秋多少。』斷章云：『爲使君洗盡，蠻風瘴雨，作清霜曉。』昶曰：『子瞻罵我矣！』昶，南雄州人，意謂子瞻以蠻風譏之。」所贈即此詞。趙昶字晦之，東坡有《答趙昶晦之》詩四首。另一説，見南宋龔明之《中吴紀聞》卷五「閭丘大夫」條，云：「閭丘孝終，字公顯。東坡謫黄州時，公爲太守，與之往來甚密。未幾掛其冠而歸，與諸名人爲九老之會。東坡過蘇必見之。今蘇集有詩詞各二篇，皆爲公作也。公後房有懿卿者，頗具才色，詩詞俱及之。東坡嘗云：『蘇州有二丘，不到虎丘，即到閭丘。』」未言所贈何詞。黄昇《唐宋諸賢絶妙詞選》卷二選録此詞，於題下注云：「太守閭丘公顯，致仕居姑蘇。公飲其家，出後房佐酒。有懿卿者善吹笛，公因賦此以贈。」蓋取龔氏之説。考閭丘公顯，官止黄州（今湖北黄岡，北宋屬淮南西路）太守，未嘗歷官嶺南。檢東坡詞中有「嶺南太守，後堂深、緑珠嬌小」，「爲使君洗盡，蠻風瘴雨」之句，所指顯非閭丘也。而趙昶嘗知藤州（今廣西藤縣，北宋屬廣南西路），且爲南雄州（今廣東南雄，北宋屬廣南東路）人，則其所贈，當從《談苑》爲趙昶無疑。自傅幹、黄昇誤注閭丘事於題下，後人多誤以其爲東坡自注。升庵此條，蓋誤採《中吴紀聞》及《唐宋諸賢絶妙詞選》之説也。毛晋汲古閣本《東坡詞》題下注云：「嶺南太守閭丘公顯致仕，居姑蘇，東坡每過必留連。嘗言：『過姑蘇不遊虎丘，不謁閭丘，乃二欠事。』其重之如此。一日，出其後房佐酒，有懿卿者，甚有才色，善吹笛，因以《水龍吟》贈之。」龍榆生校云：「此説出《鶴林玉露》。」檢今傳本《鶴林玉露》無此文，毛氏注乃據升庵之説也。又，《東坡全集》卷十八有《次韻王忠玉遊虎丘絶句三首》，其一云：「當年大白此相浮，老守娱賓得二丘。」下自注云：「郡人有閭丘公。太守王規父嘗云：『不謁虎丘，即謁閭丘。』規父，忠玉伯父也。」則言「不謁虎丘，即謁閭丘」者爲王規父，非東坡也。

〔二〕洪武本《草堂詩餘》後集卷下載此詞，題作「詠笛」《水龍吟》。升庵批點本《草堂詩餘》卷四批云：「此詞爲嶺南太守閭邱公顯侍兒懿卿作。」

密雲龍

密雲龍，茶名，極爲甘馨。宋廖正一，字明略，晚登蘇東坡之門，公大奇之。時黄、秦、晁、張號蘇門四學士，東坡待之厚，每來必令侍妾朝雲取密雲龍，家人以此知之。一日，又命取密雲龍，家人謂是四學士，窺之，乃廖明略也〔一〕。東坡詠茶《行香子》云：「綺席纔終，歡意猶濃。酒闌時、高興無窮。共捧君賜，初拆臣封。看分月餅，黄金縷，密雲龍。鬭贏一水，功敵千鍾。覺凉生、兩腋清風。暫留紅袖，少却紗籠。放笙歌散，庭館静，略從容。」〔二〕

【箋證】

〔一〕廖正一，字明略，宋安州人。元豐二年與晁無咎同榜進士。晁公武《郡齋讀書志》卷四下云：「元祐中召試館職，蘇子瞻在翰林，見其所對策，大奇之，俄除正字。時黄、秦、晁、張皆子瞻門下士，號四學士，子瞻待之厚，每來必命侍妾朝雲取密雲龍。家人以此知之。一日，子瞻又取密雲龍，家人謂是四學士，窺之，乃明略來謝也。紹聖間，明略貶信州玉山監税，鬱鬱不得志，喪明而没。自號竹林居士。」宋王稱《東都事略》卷一百十六亦載此事。此升庵説之所出。汲古閣本《東坡詞》所載《行香子》此詞，題下所注與此引文字全同，當即據升庵此説也。

〔二〕諸本《東坡詞》及《唐宋諸賢絶妙詞選》卷二所載，「捧」並作「誇」；「月餅」，並作「香餅」。又，《丹鉛總録》卷十六載此條，末有「山谷有喬雲龍，亦茶名也」一句。

瑞鷓鴣〔一〕

苕溪漁隱曰：「唐初歌詞，多是五言詩或七言詩，初無長短句。中葉以後至五代，漸變成長短句。及本朝，則盡爲此體。今所存者，止《瑞鷓鴣》、《小秦王》二闋，是七言八句詩並七言絶句詩而已。《瑞鷓鴣》猶依字易歌；若《小秦王》，必須雜以虚聲乃可歌爾。」其詞云：「碧山影裏小紅旗。儂是江南踏浪兒。拍手又嘲山簡醉〔二〕，齊聲争唱浪婆詞。西興渡口帆初落，漁浦山頭日未欹。儂送潮回歌底曲，樽前還唱使君詩。」此《瑞鷓鴣》也。「濟南春好雪初晴。行到龍山馬足輕。使君莫忘霅溪女，時作陽關腸斷聲。」此《小秦王》也〔三〕。皆東坡所作。

【箋證】

〔一〕此條全録《苕溪漁隱叢話》後集卷三十九。

〔二〕「又」，傅榦《注坡詞》、《苕溪漁隱叢話》作「欲」，珥江書屋本、天都閣本同。

〔三〕傅榦《注坡詞》卷九於《陽關曲三首》第一首題下注云：「本名《小秦王》，入腔即《陽關》。」舊題王十朋《東坡詩集注》卷十二載《陽關詞三絶》，此其二，題作《答李公擇》。注云：「次公：『三詩各自説事，惟是皆可歌之，故曰《陽關三絶》。』按《王立之詩話》云：『先生作彭門守時，過齊州李公擇，中秋席上賦一絶云云。其後山谷在黔南，令以《小秦王》歌之。次公謂先生名之爲《陽關三絶》，則必用「西出陽關無故人」之聲歌之矣。』王立之説恐非也。蓋贈張繼愿言『戲馬臺』，則在徐州所贈也。答李公擇云『濟南春好雪初晴』，則自是春初之作，豈可便指爲齊州作邪？意者三詩先生皆以《陽關》歌之，乃聚爲一處，標其題曰《陽關三絶》。」

陳季常〔一〕

苕溪漁隱曰：「東坡云：『龍丘子自洛之蜀，載二侍女，戎裝駿馬，至溪山佳處，輒留數日，見者以爲異人。後十年，築室黄岡之北，號静庵居士。作《臨江仙》贈之。』〔二〕云：『細馬遠馱雙侍女，青巾玉帶紅靴。溪山好處便爲家。誰知巴峽路，却見洛城花。面旋落英飛玉蕊，人間春日初斜。十年不見紫雲車。龍丘新洞府，鉛鼎養丹砂。』龍丘子，即陳季常也〔三〕。秦太虚寄之以詩，亦云：『侍童雙擢玉，鬢髮光可照。駿馬錦障泥，相隨窮海嶠。』『暮年更折節，學佛得心要。鬻馬放阿樊，幅巾對沉燎。』〔四〕《西清詩話》云：『季常自以爲飽禪學，妻柳頗悍忌，季常畏之。故東坡作詩戲之，有「忽聞河東獅子吼，拄杖落手心茫然」之句〔五〕。』觀此，則知季常載侍女以遠遊，及暮年甘於枯寂，蓋有所制而然，亦可憫笑也哉。」

【箋證】

〔一〕此條録自《苕溪漁隱叢話》後集卷三十九。

〔二〕此上乃《臨江仙》詞自序，「作《臨江仙》贈之」，傅幹《注坡詞》卷三，作「乃作《臨江仙》詞以記之」，元刊本《東坡樂府》作「作此詞贈之」。

〔三〕陳慥，字季常，其先京兆人，避唐廣明之亂，入蜀居眉州青神，遂爲青神人。其父希亮，英宗朝官太常博士，舉家遷洛，遂又爲洛陽人。季常少時使酒好劍，嘗與蘇軾論用兵及古今成敗，自謂一世豪士。晚棄田宅，遯於光、黄間之岐亭，庵居蔬食，不與世相往來。山中人見其帽獨方聳而高，因謂之方山子。蘇軾謫居於黄，過岐亭適見之，爲作《方山子傳》。

〔四〕此摘引秦觀《寄陳季常》詩二段八句，全詩五十四句，見《淮海集》卷三。

〔五〕此上自「《西清詩話》云」至「畏之」共二十二字，原未引録，今據《苕溪漁隱叢話》補。曾慥《類説》卷五十七引《西清詩話》「東坡戲陳季常畏内」云：「東坡謫黄州，與陳慥季常遊。季常自以飽禪學，而妻柳氏頗悍，季常畏之，客至或詬駡未已，聲達於外。東坡因詩戲云：『誰似龍丘居士賢，談空説有夜不眠。忽聞河東獅子吼，拄杖落手心茫然。』」所引乃東坡《寄吴德仁兼簡陳季常》詩中句，見《東坡詩集注》卷十。《西清詩話》，宋徽宗權相蔡京季子蔡絛所作。京晚年不能視事，朝事悉決於絛，凡京所判，皆絛爲之。且代京入奏，恣爲姦利，竊弄威柄，其罪蓋與京等。然其人崇尚元祐之學，晚流白州，著《西清詩話》，多稱引蘇黄諸人逸事，蓋奸人而附風雅者也。升庵不欲顯其名，有以哉！

六客詞〔一〕

東坡云：「吾昔自杭移高密，與楊元素同舟，而陳令舉、張子野皆從予過李公擇於湖，遂與劉孝叔俱至松江。夜半月出，置酒垂虹亭上。子野年八十五，以歌詞聞於天下，作《定風波令》。其略云：『見説賢人聚吴分。試問，也應傍有老人星。』坐客歡甚，有醉倒者，此樂未嘗忘也。今七年爾，子野、孝叔、令舉皆爲異物，而松江橋亭，今歲七月九日海風駕潮，平地丈餘，蕩盡無復孑遺矣。追思曩時，真一夢爾。」苕溪漁隱曰：「吴興郡圃，今有六客亭，即公擇，子瞻、元素、子野、令舉、孝叔也。時公擇守吴興也。」〔二〕東坡又云：「余昔與張子野、劉孝叔、李公擇、陳令舉、楊元素會於吴興，時子野作六客詞，其卒章：『盡道賢人聚吴分。試問，也應傍有老人星。』凡十五年，再過吴興，而五人皆已亡矣。時張仲謀與曹子方、劉景文、蘇伯固、張秉道爲坐客。仲謀請作後六客詞。云：『月滿苕溪照野堂。五星一老鬬光芒。十五年間真夢裏。何事。長庚對月獨淒涼。　緑鬢蒼顔同一醉。還是。六人吟笑水雲鄉。賓主談鋒誰得似。看取。曹劉今對兩蘇張。』」〔三〕

【箋證】

〔一〕此條録自《苕溪漁隱叢話》後集卷三十九，文字全同。

〔二〕此上出《東坡志林》卷一「記遊松江」條，末記其時曰：「元豐四年十二月十二日，黄州臨皋亭夜坐書。」其中所引張先《定風波令》見《張子野詞》。詞云：「西閣名臣奉詔行。南牀吏部錦衣榮。中有瀛仙賓與主。相遇。平津選首更神清。　溪上玉樓同宴喜。歡醉。對堤杯葉惜秋英。盡道賢人聚吴分。試問。也應中有老人星。」有序云：「霅溪席上同會者六人：楊元素侍讀、劉孝叔吏部、蘇子瞻、李公擇二學士、陳令舉賢良。」此所謂「前六客詞」也。

〔三〕上引東坡云云，乃蘇軾《定風波》詞並序，見傅幹《注坡詞》卷四。張仲謀，名詢，時爲吴興太守。又宋祝穆《方輿勝覽》卷四「吴興郡」云：「六客亭，在郡圃中。元祐中，守張復作《後序》曰：『昔李公擇爲此郡，張子野、劉孝叔在焉。而楊元素、蘇子瞻、陳令舉過之，會於碧瀾堂。子野作六客詞，傳於四方。今僕守是邦，子瞻與曹子方、劉景文、蘇伯固、張秉道來過，與僕爲六，而向之六客，獨子瞻在，復繼前作。子野爲前六客詞，而子瞻爲後六客詞。』」所記太守名「復」，則稍誤矣。

東坡中秋詞〔一〕

《古今詞話》云：「東坡在黄州，中秋夜對月獨酌，作《西江月》詞云：『世事一場大夢，人生幾度新涼。夜來風葉已鳴廊〔二〕。看取眉間鬢上〔三〕。　酒賤常愁客少，月明多被雲妨。中秋誰與共孤光。把盞淒然北望〔四〕。』坡以讒言謫居黄州，鬱鬱不得志，凡賦詩綴詞，必寫其所懷。然一日不負朝廷，其懷君之心，末句可見矣。」苕溪漁隱曰：「《聚蘭集》載此詞，注云『寄子由』〔五〕。故後句云：『中秋誰與共孤光，把酒淒然北望。』則兄弟之情見於句意之間矣。疑是倅錢塘時作〔六〕，子由時爲濰陽幕客〔七〕。若《詞話》所云，則非也。」

【箋　證】

〔一〕此條録自《苕溪漁隱叢話》後集卷三十九。

〔二〕「廊」，傅幹《注坡詞》作「榔」。

〔三〕「眉尖」，傅幹《注坡詞》、《苕溪漁隱叢話》作「眉頭」。

〔四〕「把盞淒然」，傅幹《注坡詞》作「把酒淒然」，《苕溪漁隱叢話》作「托盞淒涼」。

〔五〕龍榆生校云：「傅幹《注坡詞》題作『中秋寄子由』。」然今所見傅注本均作「和子由」，未知其所據。

〔六〕「倅」，《苕溪漁隱叢話》作「在」。

〔七〕「濰陽」，《苕溪漁隱叢話》作「睢陽」。

晁次膺中秋詞〔一〕

苕溪漁隱曰：「中秋詞自東坡《水調歌頭》一出，餘詞盡廢。然其後亦豈無佳詞，如晁次膺《緑頭鴨》一詞，殊清婉。但樽俎間，歌喉以其篇長憚唱，故湮没無聞焉。其詞云：『晚雲收，淡天一片琉璃。爛銀盤來從海底，皓色千里澄暉。瑩無塵、素娥淡佇，浄可數、丹桂參差。玉露初零，金鳳未凛，一年無似此佳時。露坐久、疏螢時度〔二〕，烏鵲正南飛。瑶臺冷，欄干憑暖，欲下遲遲。　念佳人，音塵隔後，對此應解相思。最關情、漏聲正永，暗斷腸、花影潛移〔三〕。料得來宵，清光未減，陰晴天氣又争知。共凝戀，如今别後，還是隔年期，人縱健〔四〕，清樽素月〔五〕，長願相隨。』」

【箋　證】

〔一〕此條録自《苕溪漁隱叢話》後集卷三十九。晁端禮，字次膺，宋鉅野人。熙寧六年進士，歷官泰寧軍節度推官、知大名府莘縣。元豐七年坐事廢。晚得蔡京薦，上《並蒂芙蓉》諛詞得幸，除大晟府協律郎，不三閲月而卒。有《閒齋琴趣外篇》六卷。

〔二〕「露坐」，《苕溪漁隱叢話》作「回坐」，珥江書屋本、天都閣本作「向坐」。「螢」，《苕溪漁隱叢話》作「星」，珥江書屋本、天都閣本同。

〔三〕「潛」，《閑齋琴趣外篇》作「偷」。

〔四〕「縱」，《閑齋琴趣外篇》作「强」。

〔五〕「月」，《閑齋琴趣外篇》作「影」。

蘇養直

蘇養直，名伯固，與東坡爲同族，坡集中有「送伯固兄」詩是也。詩有《清江曲》「屬玉雙飛水滿塘」，當時盛傳〔一〕。詞亦佳，「醉眠小塢黄茅店，夢倚高城赤葉樓」，《鷓鴣天》之佳句也〔二〕。

【箋證】

〔一〕蘇養直，名庠，泉州人。初以病目，自號眚翁；後徙居丹陽之後湖，更號後湖病民。幼嘗一就舉，以犯諱黜，由是悟得失有分，遂安貧守道，不復進取。紹興三年因徐俯薦，凡三徵，皆堅辭不赴。有《後湖集》。其父蘇堅，字伯固，嘗官九江主簿，與東坡唱和，相與甚洽。晚爲建昌軍通判致仕，卒。有弟名祖可，字正平，世號「癩可」，廬山高僧也。《鶴林玉露》甲編卷五「蘇後湖」條云：「蘇養直之父伯固，從東坡遊，『我夢扁舟浮震澤』之詞，爲伯固作也。養直『屬玉雙飛水滿塘』之句，亦見賞於坡，稱爲『吾家養直』。作此詩時，年甚少，而格律已老蒼如此。」《苕溪漁隱叢話》前集卷五十三「蘇養直」條：「東坡云：『屬玉雙飛水滿塘，菰蒲深處浴鴛鴦。白蘋滿棹歸來晚，秋著蘆花一岸霜。扁舟繫岸依林樾，蕭蕭兩鬢吹華髮。萬事不理醉復醒，長占烟波弄明月。』此篇若置太白集中，誰疑其非者？乃吾家養直所作《清江曲》也。」其爲東坡見賞如此。南宋末人撰《京口耆舊傳》有養直並其弟祖可傳，叙其行跡頗詳。按：東坡蓋因其同姓世交而云「吾家養直」，升庵以其與東坡同姓，聯宗爲同族亦無不可，而以養直名伯固，則誤矣。然此誤實不始於升庵，黄昇《唐宋諸賢絶妙詞選》卷七録蘇庠詞，即謂「蘇養直，名伯固，號後湖居士」矣。又《東坡全集》卷二十六有《古别離送蘇伯固》，當即升庵所謂「送伯固兄」詩也。《東坡詞》又有「和賀方回韻送伯固歸吴中故居」《青玉案》詞。

〔三〕此見《樂府雅詞》卷下，詞云：「楓落河梁野水秋。淡烟衰草接郊丘。醉眠小塢黄茅店，夢倚高城赤葉樓。天杳杳，路悠悠。鈿箏歌扇等閒休。灞橋楊柳年年恨，鴛浦芙蕖葉葉愁。」

蘇叔黨詞

叔黨名過，東坡少子〔一〕。《草堂》詞所載《點絳唇》二首，「高柳蟬嘶」及「新月娟娟」，皆叔黨作也。是時方禁坡文，故隱其名。相傳之久，遂或以爲汪彦章，非也〔二〕。

【箋　證】

〔一〕蘇過，字叔黨，宋眉州眉山人，東坡少子。以父蔭官右承務郎。軾遠貶諸州，過皆隨侍。晚官權通判中山府。家潁昌，營湖陰水竹數畝，名曰小斜川，自號斜川居士。有《斜川集》。

〔二〕黄昇《唐宋諸賢絶妙詞選》卷三載叔黨《點絳唇》「新月娟娟」一首，題下注云：「此詞作時，方禁坡文，故隱其名以傳於世。今或以爲汪彦章所作，非也。」升庵此説乃據黄氏所記爲説。按：此二詞《草堂詩餘》至正本、洪武本、升庵批點本皆題汪彦章作。汪藻《浮溪集》卷三十二亦收録此二詞。《能改齋漫録》卷十六、《玉照新志》卷四引此亦皆謂汪藻所作。黄公度《知稼翁集》卷下有《點絳唇》「嫩緑嬌紅」詞一首，其子黄沃注云：「汪彦章藻出守泉南，移知宣城，内不自得，乃賦詞云：『新月娟娟，夜寒江浄山含斗。起來搔首。梅影横窗瘦，好箇霜天閒却傳杯手。君知否？亂鴉啼後歸思濃如酒。』公時在泉南簽幕，依韻作此送之。」汪藻，字彦章，宋饒州德興人。崇寧五年進士，官至翰林學士，終宣州太守。有《浮溪集》。

程正伯

程正伯，號書舟，眉山人，東坡之中表也〔一〕。其《酷相思》詞云：「月掛霜林寒欲墜。正門外，催人起。奈別離、如今真個是。欲住也，留無計。欲去也，來無計。馬上離情衣上淚。各自個，供憔悴。問江路、梅花開也未。春到也，須頻寄。人到也，須頻寄。」〔二〕其《四代好》、《折紅英》皆佳，見本集〔三〕。

【箋　證】

〔一〕程垓，字正伯，南宋眉山人。淳熙間遊臨安，與陸游、尤袤諸人交。紹熙五年，同時人王稱爲其序《書舟詞》。其上世祖正輔，名之才，仁宗嘉祐進士，與東坡爲中表，復娶東坡姊。《東坡集》有《次韻表兄程正輔江行見桃花》詩。按：正伯爲正輔裔孫，先後相去已近百年，而升庵此云正伯爲東坡中表，實乃謂程氏於蘇，有世代姻戚之舊，故耳濡目染有所自來。其云詞「見本集」，則王稱之序，必嘗寓目，因而二程異代，何得不知也。其牽連東坡，不過故弄玄虛，以張人目而已。後世論詞者未會此意，多以升庵爲病。毛晋跋《書舟詞》乃云：「正伯与子瞻，中表兄弟也。」於「中表」後加「兄弟」二字，坐實其誤矣。

〔二〕此詞見《書舟詞》，「各自個」原脱「個」字，據補。

〔三〕三詞升庵並録入《百琲明珠》卷三。

李邦直

李邦直，與東坡同時人〔一〕。小詞有：「楊花落。燕子横穿朱閣。苦恨春醪如水薄。閒愁無處著。　緑野帶江山落角〔二〕。桃杏參差殘蕚〔三〕。歷歷危檣沙外泊〔四〕。東風晚來惡。」爲坡所稱。

【箋　證】

〔一〕李清臣，字邦直，宋安陽人。皇祐五年進士，歷官至門下侍郎，終知大名府。《施注蘇詩》卷十《答李邦直》詩施元之注云：「李邦直，名清臣，早以詞藻受知人主。然志於利禄，操持悖繆，與鄧温伯、章惇諸人，鋭意紹述，正人竄逐，幾無噍類。……東坡七年瘴海，僅得生還，推原禍本，實自邦直發之云。」下引詞，見宋趙聞禮《陽春白雪》卷一，爲賀鑄詞，調作《謁金門》。題下有賀氏自注云：「李黄門夢得一曲，前遍二十言，後遍二十二言，而無其聲。余採其前遍，潤一『横』字，已續二十五字寫之云。」據此注所云，此詞前遍乃李邦直所作。今檢王得臣《麈史》卷二「神授」條下記云：「王樂道幼子銍，少而博學，善持論。嘗爲予説李邦直作門下侍郎日，忽夢一石室，有石牀，李披髮坐於上。旁有人曰：『此王陵舍也。』夢中因爲一詞。既覺書之，因示韓治循之。其詞曰：『楊花落。燕子穿高閣。長恨春醪如水薄。閒愁無處著。　去年今日王陵舍。鼓角秋風。千歲遼東。回首人間萬事空。』後李出北都，逾年而卒。王陵舍，乃近北都地名也。」所記即李邦直原詞，其上遍二十字而無「横」字，後遍二十二字，正與賀詞注文所云合也。然以賀詞爲李詞，其誤非始自升庵。曾敏行《獨醒雜誌》卷三、趙令畤《侯鯖録》卷七所録，即以賀詞爲李詞矣。又范公偁《過庭録》、曾季貍《艇齋詩話》所録李邦直詞，下遍則皆近《麈史》。

〔二〕「江」，原作「紅」，據《陽春白雪》、《侯鯖録》及《百琲明珠》改。「落」，《陽春白雪》作「絡」。

〔三〕「桃杏」，《陽春白雪》作「桃葉」。「殘萼」，《陽春白雪》作「前約」。

〔四〕「危檣」，《陽春白雪》作「短檣」。

柳詞爲東坡所賞

東坡云：「人皆言柳耆卿詞俗，如『霜風淒緊，關河冷落，殘照當樓』，唐人佳處不過如此。」〔一〕按其全篇云：「對瀟瀟暮雨灑江天，一番洗清秋。漸霜風淒緊，關河冷落，殘照當樓。是處紅衰緑減，冉冉物華休。惟有長江水，無語東流。不忍登高臨遠，望故鄉渺渺〔二〕，歸思悠悠〔三〕。歎年來蹤跡，何事苦淹留。想佳人、妝樓凝望，誤幾回、天際識歸舟。爭知我、倚闌干處〔四〕，正恁凝眸〔五〕。」蓋《八聲甘州》也。《草堂詩餘》不選此，而選其如「願奶奶蘭心蕙性」之鄙俗〔六〕，及「以文會友」〔七〕、「寡信輕諾」之酸文〔八〕，不知何見也。

【箋證】

〔一〕《侯鯖録》卷七：「東坡云：世言柳耆卿曲俗，非也。如《八聲甘州》云：『霜風淒緊，關河冷落，殘照當樓。』此語於詩句，不減唐人高處。」

〔二〕「渺渺」，汲古閣本《樂章集》作「渺邈」。

〔三〕「悠悠」，《樂章集》作「難收」。

〔四〕「凝望」，《樂章集》作「顒望」。

〔五〕「眸」，《樂章集》作「愁」。

〔六〕見洪武本《草堂詩餘》後集卷下、升庵批點本《草堂詩餘》卷五，調名《玉女摇仙佩》「飛瓊伴侣」。《樂章集》有注云：「或入《片玉集》。」中有句云：「且恁相偎倚。未消得、憐我多才多藝。願奶奶，蘭心蕙性，枕前言下，表余深意。爲盟誓。今生斷不孛鴛被。」

〔七〕見洪武本《草堂詩餘》前集卷下、升庵批點本《草堂詩餘》卷五，調名《女冠子》「淡烟飄薄」。有句云：「以文會友，沈李浮瓜忍輕諾。」

〔八〕見洪武本《草堂詩餘》後集卷下、升庵批點本《草堂詩餘》卷四，調名《尾犯》「夜雨滴空階」，有句云：「佳人應怪我，别後寡信輕諾。記得當時，翦香雲爲約。」

木蘭花慢〔一〕

《木蘭花慢》，柳耆卿「清明」詞得音調之正。蓋「傾城」、「盈盈」、「歡情」於第二字中有韻。近見吴彦高「中秋」詞，亦不失此體，餘人皆不能。然《元遺山集》中凡九首，内五首兩處用韻，亦未爲全知〔二〕。今載二詞於後。

柳詞云：「拆桐花爛熳〔三〕，乍疏雨，洗清明。正艷杏燒林，湘桃繡野，芳景如屏。傾城。盡尋勝去，驟雕鞍、紺幰出郊坰。風暖繁絃脆管，萬家齊奏新聲〔四〕。　盈盈。鬬草踏青。人艷冶，遞逢迎。向路傍往往，遺簪墮珥，珠翠縱横。歡情。對佳麗地，任金罍罄竭〔五〕，玉山傾。拚却明朝永日，畫堂一枕春酲。」

吴詞云：「敞千門萬户，瞰蒼海，爛銀盤。對沆瀣樓高，儲胥雁過，墜露生寒。闌干。眺河漢外，送浮雲、盡出衆星乾。丹桂霓裳縹緲，似聞雜佩珊珊。　長安。底處高城〔六〕，人不見，路漫漫。歎舊日心情，如今容鬢，瘦沈愁潘。幽歡。縱容易得，數佳期〔七〕，動是隔年看。歸去江湖一葉，浩然對景垂竿。」

然吴詞後段起句，又異常體，柳爲正。

【箋　證】

〔一〕此條全録自《吴禮部詞話》。珥江書屋本、天都閣本、《外集》本及《函海》本均分列柳詞爲「柳詞」條，吴詞爲「中秋詞」條。按：此條《吴禮部詞話》以柳詞、吴詞低格另行排，升庵初本當亦照録，實爲一條也。當以底本作一條爲是。吴激，字彦高，宋建州人。米芾之壻。工詩能文，字書俊逸，尤精樂府。將宋命使金，以知名被留，累官翰林待制。皇統初，出知深州，到官三日卒。自號東山，有《東山集》十卷，今佚。趙萬里輯其詞爲《東山樂府》，存詞十首。

〔二〕宛委别藏本《遺山先生新樂府》卷四載《木蘭花慢》九首。其中合於三處皆用韻者，只「擁岧岧雙闕」一首。

〔三〕「拆」，原作「折」，據《吴禮部詞話》及《樂章集》改。

〔四〕「齊」，《吴禮部詞話》及《樂章集》作「競」。

〔五〕「罄」字原脱，據《吴禮部詞話》及《樂章集》補。
〔六〕「城」，《吴禮部詞話》、《花草粹編》卷二十一作「寬」。
〔七〕「數佳期」三字原脱，據《吴禮部詞話》及《東山樂府》補。《花草粹編》卷二十一載此詞，「數」作「奈」。

潘逍遥

潘閬，字逍遥，其人狂逸不檢，而詩句往往有出塵之語，詞曲亦佳〔一〕。有「憶西湖」《虞美人》一闋云：「長憶西湖湖水上〔二〕。盡日憑欄樓上望。三三兩兩釣魚舟。島嶼正清秋。　笛聲依約蘆花裏。白鳥成行忽飛起〔三〕。别來閒想整綸竿〔四〕。思入水雲寒。」此詞一時盛傳。東坡公愛之，書於玉堂屏風〔五〕。

【箋　證】

〔一〕《湘山野録》卷下：「潘逍遥閬，有詩名，所交遊者皆一時豪傑。盧相多遜欲立秦邸，潘預其謀。」事敗，多遜伏誅。閬亡命，匿於友人阮某家。「阮後徐諷秦帥曹武惠彬曰：『朝廷捕潘閬甚急，聞閬亦豪邁之士，竄伏既久，欲宣死地，稍裂網他逸，則何所不至。公大臣也，可奏朝廷少寬捕典，或聊以一小官召出，亦羈縻之一端也。』帥然之，遂削奏太宗，以四門助教招之。因遂出。閬有清才，嘗作《憶餘杭》一闋曰云云。錢希白愛之，自寫於玉堂後壁。」升庵此條，乃據此爲説。彊村本《逍遥詞》載潘閬《酒泉子》十首，此其三。升庵以之爲《虞美人》，不知何據，其律不叶。沈雄《古今詞話・詞辨》嘗辨之，以爲此非《虞美人》，亦非《酒泉子》，乃潘閬自度之《憶餘杭》也。《夢溪筆談》卷二十五：「潘閬，字逍遥，咸平間有詩名，與錢易、許洞爲友。狂放不羈，嘗爲詩曰：『散拽禪師來蹴踘，亂拖遊女上鞦韆。』此其自序之實也。後坐盧多遜黨，亡命。捕跡甚急，閬乃變姓名，僧服入中條山。……後會赦，以四門助教召之。閬乃自歸，送信州安置。仍不懲艾，復爲《掃市舞》詞曰：『出砒霜價錢，可赢得撥灰兼弄火。暢殺我。』以此爲士人不齒，放棄終身。」又一説，晁公武《郡齋讀書志》卷四中云：「潘閬，字逍遥，大名人。通《易》、《春秋》，尤以詩知名。太宗嘗召對，賜進士第，將官，使之不就。王繼恩與之善。繼恩下獄，捕閬甚急，久之弗得。咸平初來京師，尹收繫之。真宗釋其罪，以爲滁州參軍。後卒于泗上。……小説中謂閬坐盧多遜黨，嘗追捕。非也。」按：潘閬生平，今人多從晁氏之説。

〔二〕「湖水上」三字，《湘山野録》、《逍遥詞》無。《吟窗雜録》卷五十所載亦無。

〔三〕「成行忽飛起」，《吟窗雜録》作「成行忽驚起」；《湘山野録》、《逍遥詞》作「幾行驚起」。

〔四〕「綸」，《吟窗雜録》作「釣」；《湘山野録》、《逍遥詞》作「漁」。

〔五〕據《湘山野録》、《吟窗雜録》所記，書此詞於玉堂壁者爲錢易，非東坡。此升庵記憶偶疏也。

斜陽暮

秦少游《踏莎行》「杜鵑聲里斜陽暮」，極爲東坡所賞。而後人病其「斜陽暮」似重複。非也。見斜陽而知日暮，非複也〔一〕。猶韋應物詩「須臾風暖朝日暾」〔二〕，既曰「朝日」，又曰「暾」，當亦爲宋人所譏矣。此非知詩者。古詩「明月皎夜光」〔三〕，明、皎、光，非複乎？李商隱詩「日向花間留返照」〔四〕，皆然。又唐詩「青山萬里一孤舟」〔五〕，又「滄溟千萬里，日夜一孤舟」〔六〕。宋人亦言「一孤舟」爲複〔七〕，而唐人累用之，不以爲複也。

【箋　證】

〔一〕《苕溪漁隱叢話》前集卷五十引《冷齋夜話》録此詞後云：「東坡絶愛其尾兩句，自書於扇，曰：『少游已矣，雖萬人何贖。』」又引范温《詩眼》云：「後誦淮海小詞云：『杜鵑聲裏斜陽暮。』公（指黄山谷）云：『此詞高絶。但既云斜陽，又云暮，則重出矣。』欲改『斜陽』作『簾櫳』。余曰：『既言孤館閉春寒，似無簾櫳。』公曰：『亭傳雖未必有簾櫳，有亦無害。』余曰：『此詞本模寫牢落之狀，若曰簾櫳，恐損初意。』先生曰：『極難得好字，當徐思之。』然余因此曉句法不當重疊。」宋人對此，已多辨其非複。王楙《野客叢書》卷二十「少游斜陽暮」條云：「《詩眼》載前輩有病少游『杜鵑聲裏斜陽暮』之句，謂『斜陽暮』似覺意重。僕謂不然。此句讀之，於理無礙。謝莊詩曰：『夕天際晚氣，輕霞澄暮陰。』一聯之中三見晚意，尤爲重疊。梁元帝詩：『斜景落高春。』既言『斜景』復言『高春』，豈不爲贅？古人爲詩，正不如是之泥。觀當時米元章所書此詞，乃是『杜鵑聲裏斜陽曙』，非『暮』字也。得非避（英宗趙曙）廟諱而改爲暮乎？」張端義《貴耳集》卷下亦云：「嘗見少游真本，乃『斜陽樹』，後避廟諱，故改定耳。」

〔二〕此韋應物《聽鶯曲》中句，見《韋蘇州集》卷十。

〔三〕此見《文選》卷二十九，爲《古詩十九首》第五首首句。

〔四〕此李商隱《寫意》詩中句，見《李義山詩集》卷二。

〔五〕此劉長卿《重送裴郎中貶吉州》詩中句，見《劉隨州集》卷八。

〔六〕此劉昚虛《海上詩送薛文學歸東海》詩中句，見《河嶽英靈集》卷七。

〔七〕元楊士宏《唐音》卷四載孟浩然《宿桐廬江》：「風鳴兩岸葉，月照一孤舟。」張震注引「批」云：「一孤似病，天趣自得。」高棅《唐詩品彙》卷六十則引作「劉批」。按：此「劉」某，必宋元間人也。升庵或即據此爲說。

秦少游贈樓東玉

秦少游《水龍吟》，贈營妓樓東玉者，其中「小樓連苑」及換頭「玉珮丁東」，隱「樓東玉」三字。又贈陶心兒，「天外一鈎殘月，帶三星」，亦隱「心」字〔一〕。山谷贈妓詞「你共人女邊著子，爭知我門裏添心」，亦隱「好悶」二字云〔二〕。

【箋　證】

〔一〕《苕溪漁隱叢話》前集卷五十引《高齋詩話》云：「少游在蔡州，與營妓婁婉字東玉者甚密，贈之詞云『小樓連苑橫空』，又云『玉珮丁東別後』者是也。又贈陶心兒詞云：『天外一鈎橫月，帶三星。』謂心字也。」此升庵所本。所引二詞，前者見《淮海居士長短句》卷上《水龍吟》「小樓連苑横空」，題下有注云：「贈妓婁東玉。」後者見卷下《南歌子》「玉漏迢迢盡」，題下注：「贈陶心兒。」「天外」二字原失引，據補。

〔二〕山谷作《兩同心》三首，其「一笑千金」、「秋水遥岑」二首中皆有此二句，見《山谷詞》，「添」皆作「挑」。

鶯花亭

秦少游謫處州日，作《千秋歲》詞，有「花影亂，鶯聲碎」之句，後人慕之，建鶯花亭〔一〕。陸放翁有詩云：「沙上春風柳十圍，緑陰依舊語黄鸝。故應留與行人恨，不見秦郎半醉時。」

【箋　證】

〔一〕《唐宋諸賢絶妙詞選》卷四載此詞，題下注云：「少游謫處州日作。今郡治有鶯花亭，蓋因此詞取名。」《後村詩話》卷五：「秦少游常謫處州，後人摘『柳邊沙外』詞中語爲鶯花亭，題詠甚多。」按：范成大《石湖居士詩集》卷十《次韻徐子禮提舉鶯花亭序》云：「秦少游『水邊沙外』之詞，蓋在括蒼監徵時所作。予至郡，徐子禮提舉按部來過，勸予作小亭記少遊舊事。又取詞中語名之曰『鶯花』，賦詩六絶而去。明年亭成，次韻寄之。」據此，知亭蓋范成大乾道五年春知處州時作也。其和徐子禮詩之第五首云：「山碧叢叢四打圍，煩將舊恨訪黄鸝。纈林霜後黄鸝少，須是愁紅萬點時。」

〔二〕陸游此詩乃和范或徐詩之作，韻脚悉同。此詩陸游集不載，錢仲聯《劍南詩稿校注》據升庵《詞品》收録入「逸稿補遺」之中。按：明李賢等《明一統志》卷四十四「處州府」：「鶯花亭在府治南園，宋范成大建。取秦觀『花影鶯聲』之句爲名。陸游詩：『沙外春風柳十圍，緑陰依舊著黄鸝。故應留與行人恨，不見秦郎半醉時。』」此志成於英宗天順間，升庵著述多有引録，此詩升庵或即取之於此。

少游嶺南詞

少游謫藤州〔一〕，一日醉野人家。有詞云：「唤起一聲人悄。衾冷夢寒窗曉〔二〕。瘴雨過，海棠開〔三〕，春色又添多少。社甕釀成微笑。半缺椰瓢共舀〔四〕。覺傾倒〔五〕，急投牀，醉鄉廣大人間小。」此詞本集不收，見於地志，而修《一統志》者不識「舀」字，妄改可笑〔六〕。聊著之。

【箋　證】

〔一〕《詩話總龜》前集卷十五引《冷齋夜話》云：「少游在黄州，飲於海橋。橋南北多海棠，有老書生家海棠叢間，少游醉卧宿於此。明日題其柱曰云云。東坡愛之，恨不得其腔。」《苕溪漁隱叢話》前集卷五十所引與此同，亦云出《冷齋夜話》。然今本《冷齋夜話》無此條。此詞少游本集不載，《全芳備祖》前集卷七録作《添春色》、《花草粹編》卷四題作《醉鄉春》，蓋少游自度曲也。汲古閣本《淮海詞》據升庵此條補入此詞。「藤州」，《詩話總龜》、《苕溪漁隱叢話》並作「黄州」。按少游未嘗到過黄州，而嘗「編管横州」，當以「横州」爲是，蓋形近之訛也。《方輿勝覽》卷三十九「横州」下記橋梁有「海棠橋」，並云：「故老云：此橋之南北，舊皆海棠，有書生祝其姓者家焉。少游嘗醉宿其家，明日題一詞而去，所謂『醉鄉廣大人間小』是也。」則作「横州」不誤矣。按藤、横皆廣西路，故云「藤州」亦大體不差，黄州則在淮南矣。

〔二〕「冷」，《詩話總龜》作「枕」，《苕溪漁隱叢話》作「暖」。

〔三〕「開」，《詩話總龜》、《苕溪漁隱叢話》並作「晴」。

〔四〕「半缺椰瓢共舀」，《詩話總龜》作「半破共癭瓢共舀」，《苕溪漁隱叢話》作「半破癭瓢共舀」。

〔五〕「傾」，《詩話總龜》、《苕溪漁隱叢話》並作「健」。

〔六〕李賢等《明一統志》卷六十一記黄州府城中有「海橋」，其下即録《冷齋夜話》此文。升庵所謂「地志」，當指此。而其「舀」作「釃」，即升庵所謂「妄改可笑」者也。

滿庭芳

秦少游《滿庭芳》「晚色雲開」，今本誤作「晚兔雲開」，不通〔一〕。維揚張綖刻《詩餘圖譜》，以意改「兔」作「見」，亦非〔二〕。按《花庵詞選》作「晚色雲開」，當從之〔三〕。

【箋　證】

〔一〕「晚色」，至正本、洪武本及升庵批點本《草堂詩餘》並作「晚兔」。升庵批云：「《花庵詞選》作『色』字，極是。今人作『兔』，不通。」

〔二〕萬曆二十七年謝天瑞刻本《詩餘圖譜》卷五録此詞，「晚色」作「晚見」。「張緌」，珥江書屋本誤作「張紞」。

〔三〕「晚色」，《淮海居士長短句》、《唐宋諸賢絶妙詞選》卷四作「曉色」。

明珠濺雨

秦淮海《望海潮》詞云：「紋錦製帆，明珠濺雨，寧論爵馬魚龍。」〔一〕按《隋遺録》，煬帝命宮女灑明珠於龍舟上，以擬雨雹之聲，此詞所謂「明珠濺雨」也〔二〕。

【箋　證】

〔一〕此見《淮海居士長短句·望海潮》「星分牛斗」詞，題「廣陵懷古」。

〔二〕《隋遺録》，又名《大業拾遺記》，記隋煬帝逸事，唐顔師古撰，見《説郛》卷一百十。然其中並無「灑明珠於龍舟上」之説。

天粘衰草

秦少游《滿庭芳》「山抹微雲，天粘衰草」，今本改「粘」作「連」，非也〔一〕。韓文：「洞庭汗漫，粘天無壁。」〔二〕范成大詩：「草色粘天鶗鴂恨。」〔三〕山谷詩：「遠水粘天吞釣舟。」〔四〕邵博詩：「老灘聲殷地，平浪勢粘天。」〔五〕趙文鼎詞：「玉關芳草粘天碧。」〔六〕嚴次山詞：「粘雲江影傷千古。」〔七〕葉夢得詞：「浪粘天、蒲桃漲緑。」〔八〕劉行簡詞：「山翠欲粘天。」〔九〕盧申之詞：「暮烟細草粘天遠。」〔一〇〕粘字極工，且有出處，又見《避暑録話》可證〔一一〕。若作「連天」，是小兒之語也。

【箋證】

〔一〕各本《淮海集》、《淮海居士長短句》並《唐宋以來絶妙詞選》卷四皆作「天連」。惟汲古閣本《淮海詞》作「天粘」，則乃據升庵此説改定，其詞末並引升庵此條爲注。至正本、洪武本、升庵批點本《草堂詩餘》亦作「天連」，惟沈本作「粘」，亦乃從升庵説也。

〔二〕此韓愈《祭河南張署員外文》中句，見《韓昌黎文集》卷三。

〔三〕此范成大《代聖集贈别》詩中句，見《石湖居士詩集》卷一。「范成大」原誤作「張祜」，據改。

〔四〕此黄庭堅《四月末天氣陡然如秋，遂御袷衣遊北沙亭觀江漲》詩中句，見《山谷集》别集卷一。

〔五〕邵博，字公濟，宋河南人。雍之孫。紹興八年賜同進士出身，除秘書省校書郎。九年出知果州，徙眉州。《全宋詞》存其詞一首，未收此引斷句。按：《丹鉛總録》卷二「粘天」條論「粘」字出處云：「庾闡《揚都賦》『濤聲動地，浪勢粘天』，本自奇語。昌黎祖之曰云云。」下引韓愈、張祜（范成大）、黄庭堅、秦觀詞句與此同，而無邵博此句，疑此處升庵記憶有誤也。

〔六〕此見《中興以來絶妙詞選》卷四趙文鼎「春思」《重疊金》。「趙文鼎」原誤作「趙文昇」，據改。珥江書屋本、天都閣本不誤。趙善扛，字文鼎，别號解林居士。宋太宗第四子商王元份六世孫。南宋淳熙間，嘗知蘄、處二州。《中興以來絶妙詞選》載其詞十四首。

〔七〕此見《中興以來絶妙詞選》卷五嚴次山「清浪軒送春」《賀新郎》。嚴仁，字次山，號樵溪，宋邵武人。與嚴羽、嚴參並稱邵武三嚴。有《清江欸乃集》，今佚。《中興以來絶妙詞選》載其詞三十首。

〔八〕此見《中興以來絶妙詞選》卷一葉少藴「春晚」《賀新郎》。葉夢得，字少藴，宋烏程人。紹聖四年進士，授丹徒尉。累官中書舍人、翰林學士、吏部尚書，龍圖閣直學士，帥杭州。高宗建炎二年，授户部尚書，遷尚書右丞。紹興中授江東安撫大使，兼知建康府、行營留守。移知福州，提舉洞霄宫。晚居吴興弁山，自號石林居士。有《石林集》。《中興以來絶妙詞選》載其詞七首。

〔九〕此爲劉一止《水調歌頭》「縹緲清溪畔」詞中句，見彊村本《苕溪樂章》。劉一止，字行簡，宋湖州歸安人。宣和三年進士，爲監秀州都酒務，遷越州教授。紹興初召試館職，除秘書省校書郎。歷監察御史，起居郎，以言事罷，主管台州崇道觀。再起知袁州，改浙東路提點刑獄。召爲中書舍人兼侍講，遷給事中，復以言事罷，提舉江州太平觀。以敷文閣直學士致仕。有《苕溪集》，今存。

〔一〇〕此見《中興以來絶妙詞選》卷八盧申之「荼蘼」《水龍吟》。「盧申之」原作「劉叔安」，升庵記憶偶誤也，今改正。盧祖皋，字申之，號蒲江，永嘉人。樓鑰之甥。登慶元五年進士，嘉定中爲軍器少監，權直學士院。與趙師秀、翁卷諸人爲詩文友。有《蒲江集》。《中興以來絶妙詞選》載其詞二十四首。

〔一一〕《避暑録話》卷下：「『寒鴉飛萬點，流水繞孤村』，本隋煬帝詩也，少游取以爲《滿庭芳》詞。而首言『山抹微雲，天粘衰草』，尤爲當時所傳。」此即升庵所指。

山抹微雲女壻

范元實，范祖禹之子，秦少游壻也。學詩於山谷，作《詩眼》一書。爲人凝重，嘗在歌舞之席，終日不言。妓有問之曰：「公亦解詞曲否？」笑答曰：「吾乃『山抹微雲』女婿也。」〔一〕可見當時盛唱此詞，《草堂詩餘》亦有范元實詞〔二〕。

【箋　證】

〔一〕范温，字元實，宋華陽人，范祖禹幼子，秦觀女壻。嘗學詩於黄庭堅，著有《潛溪詩眼》，今佚。蔡絛《鐵圍山叢談》卷四：「温嘗預貴人家會，貴人有侍兒，善歌秦少游長短句，坐間略不顧。

溫亦謹，不敢吐一語。及酒酣懽洽，侍兒者始問：『此郎何人耶？』溫遽起，叉手而對曰：『某乃「山抹微雲」女婿也。』聞者多絶倒。」

〔三〕今傳各本《草堂詩餘》無范元實，而有范元卿詞，或升庵記誤。范元卿，名端臣，蘭溪人。紹興中進士，淳熙中官至中書舍人、右史。

晴鴿試鈴

張子野《滿江紅》：「晴鴿試鈴風力軟，雛鶯弄舌春寒薄。」〔一〕清新，自來無人道。

【箋　證】

〔一〕此張先「初春」《滿江紅》詞中句，見《唐宋諸賢絶妙詞選》卷五。詞云：「飄盡寒梅，笑粉蝶遊蜂未覺。漸迤邐，水明山秀，暖生簾幕。過雨小桃紅未透，舞烟新柳青猶弱。記畫橋深處水邊亭，曾偷約。　多少恨，今猶昨。愁和悶，都忘却。拚從前爛醉，被花迷著。晴鴿試鈴風力軟，雛鶯弄舌春寒薄。但只愁錦繡鬧妝時，東風惡。」

初寮詞

王初寮，字安中，名履道。初爲東坡門下士，詩文頗得膏腴。其詞有「椽燭垂珠清漏長」、「遲留春筍緩催觴」之句〔一〕。又「天與麟符行樂分。緩帶輕裘，雅宴催雲髻。翠霧縈紆銷篆印。箏聲恰度秋鴻陣。」〔二〕爲時所稱。其後附蔡京，遂叛東坡。其人不足道也。

【箋證】

〔一〕王安中，字履道，號初寮，宋中山陽曲人。元符三年進士。政和中諂事宦官梁師成，累官中書舍人、御史中丞。以疏劾蔡京，擢翰林學士承旨，再拜尚書左、右丞。出授慶遠軍節度使、河北河南燕山府路宣撫使，知燕山府。復召除檢校太保、大名府尹。靖康初，以附王黼、童貫被劾，責授朝議大夫、秘書少監，分司南京，隨州居住。再貶單州團練副使，象州安置。紹興初召爲左中大夫。安中初爲東坡門下士，後附宦官以求進，爲士林所不齒。有《初寮詞》。此引王安中「夜宴」《小重山》詞中句，前句屬上片，後句屬下片，見《初寮詞》、《唐宋諸賢絶妙詞選》卷六。詞云：「椽燭垂珠清漏長。酒黏衫袖濕，有餘香。紅牙雙捧旋排行，將歌處、相向更勻妝。　明月映東墻。海棠花徑密，迸流光。遲留春筍緩催觴，蘭堂靜、人已候虛廊。」

〔二〕此王安中《蝶戀花》詞下片，見《唐宋諸賢絶妙詞選》卷六，其上片云：「千古銅臺今莫問。流水浮雲，歌舞西陵近。烟柳有情看不盡。東風約定年年信。」「緩帶輕裘」，曾慥《樂府雅詞》卷中載此詞作「帶緩裘輕」，《初寮詞》載作「帶緩毬紋」。

王元澤

王雱，字元澤，半山之子。或議其不能作小詞，乃援筆作《倦尋芳》詞一首〔一〕。《草堂詞》

所載「露晞向曉」是也〔二〕。自此絶不作。

【箋　證】

〔一〕王雱，字元澤，宋臨川人，王安石子。治平四年進士，授旌德尉。熙寧六年，拜天章閣待制兼侍講，遷龍圖閣直學士。九年以病卒，贈左諫議大夫。《捫蝨新話》前集卷四：「世傳王元澤一生不作小詞，或者笑之。元澤遂作《倦尋芳慢》一首，時服其工。其詞曰：『露晞向曉，簾幕風輕，小院閒晝。翠徑鶯來，驚下亂紅鋪繡。倚危欄，登高榭，海棠著雨胭脂透。算韶華，又因循過了，清明時候。　倦遊燕，風光滿目，好景良辰，誰共携手。恨被榆錢，買斷兩眉長鬬。憶得高陽人散後。落花流水仍依舊。這情懷，對東風、盡成消瘦。』此詞甚佳，今人多能誦之。然元澤自此亦不復作。」

〔二〕此詞見升庵批點本《草堂詩餘》卷四。其卷一另有題王元澤《眼兒媚》一首云：「楊柳絲絲弄金柔。烟雨織成愁。海棠未雨，梨花先雪，一半春休。　而今往事難重省，歸夢遶秦樓。相思只在，丁香枝上，豆蔻梢頭。」《花草粹編》卷七亦載作王元澤詞。然至正本、洪武本載此詞於《倦尋芳》後而不署作者姓名，《全宋詞》以此收入無名氏詞中。其是否王雱詞，遽難定論，姑録於此，疑以存疑也。

宋子京

宋子京小詞，有「春睡騰騰，困入嬌波慢。隱隱枕痕留一線。膩雲斜溜釵頭燕」〔一〕，分明寫出春睡美人也。

【箋證】

〔一〕宋祁，字子京，與兄庠同舉進士，拜太常博士。詔定新樂，遷尚書工部員外郎。累官翰林學士、禮部侍郎，加龍圖閣學士。與歐陽脩同修《唐書》成，進工部尚書、翰林學士承旨。卒，贈尚書，謚景文。有集今存。此引詞見《唐宋諸賢絶妙詞選》卷三，調名《蝶戀花》，「一線」，作「玉臉」。全詞云：「繡幕茫茫羅帳捲。春睡騰騰，困入嬌波慢。隱隱枕痕留玉臉。膩雲斜溜釵頭燕。　遠夢無端歡又散。泪落胭脂，界破蜂黄淺。整了翠鬟匀了面。芳心一寸情何限。」

韓子蒼

韓駒，字子蒼，蜀之仙井人，今井研縣也〔一〕。其中秋《念奴嬌》「海天向晚」一首，亞於東坡之作，《草堂》已選〔二〕。雪詞《昭君怨》云〔三〕：「昨日樵村漁浦。今日瓊川銀渚〔三〕。山色捲簾看，老峰巒。　錦帳美人貪睡。不覺天花剪水。驚問是楊花？是蘆花？」

【箋證】

〔一〕韓駒，字子蒼，宋蜀仙井監人。政和中召試，賜進士出身，爲秘書省正字。累除中書舍人、權直學士院。南渡初，知江州。有《陵陽集》。駒學出蘇氏，其詩頗類黄山谷，吕本中列之於《江西宗派圖》中。

〔二〕此韓駒「詠月」《念奴嬌》詞，見至正本、洪武本《草堂詩餘》後集卷上、升庵批點本卷四。此詞又見宋李呂《澹軒集》中，乃爲四庫館臣據《永樂大典》誤輯入者。

〔三〕此金主完顏亮詞。《夷堅支志》景集卷四「完顏亮詞」條：「建康歸正官王和尚，濟南人，能誦完顏亮小詞。其『詠雪』《昭君怨》曰云云。」所載即此詞。《桯史》卷八「逆亮辭怪」條亦載此詞。升庵以爲韓駒詞，不知所據。「瓊川」，《外集》本作「瓊州」。「銀渚」，《夷堅支志》、《桯史》並作「小渚」。完顏亮，字元功，本名迪古乃，金太祖庶長子宗幹子。熙宗任爲丞相。皇統九年弒熙宗自立，遷都燕京，更燕京名中都。正隆六年，大舉攻宋，在采石爲宋軍所擊，敗退瓜洲，爲部將所殺。死後追貶海陵王，再貶海陵庶人。

俞秀老弄水亭詞

俞紫芝秀老，弟澹清老，名字見王介甫、黄魯直集中。詩詞傳世雖少，亦間見《文鑑》等篇。葉石林《詩話》誤以爲揚州人。魯直《答清老寒夜三詩》，其一引「牧羊金華山黄初平事」言之，蓋黄上世亦出金華也。近覽《清溪圖》，有秀老手題《臨江仙》詞一闋，後書俞紫芝。此詞世少知之，録於後：「弄水亭前千萬景，登臨不忍空迴。水輕墨澹寫蓬萊。莫教世眼，容易洗塵埃。　收去雨昏都不見，展時還似雲開。先生高趣更多才。人人盡道，小杜却重來。」〔一〕

【箋證】

〔一〕葉夢得《石林詩話》卷中：「俞紫芝，字秀老，揚州人。少有高行，不娶，得浮屠心法，所至翛然，而工於作詩。王荆公居鍾山，秀老數相往來，尤愛重之。……弟澹，字清老，亦不娶。滑稽善諧謔，洞曉音律，能歌。荆公亦善之，晚年作《漁家傲》等樂府數闋，每山行即使澹歌之。然澹使酒好駡，不若秀老之恬静。一日見公云：『吾欲去爲浮屠，但貧無錢買祠部爾。』公欣然爲置祠部。澹約日祝髮，既過期，寂無耗。公問其然。澹徐曰：『吾思僧亦不易爲，公所贈祠部，已送酒家償舊債矣。』公爲之大笑。」元吴師道《敬鄉録》卷二辯之云：「俞紫芝秀老，弟澹清老，名字見王介甫、黄魯直集中。二人志操修潔，爲諸公所稱。然秀老恬静，而清老頗使酒好歌。嘗欲爲僧，不果而止。葉石林以爲揚州人。按秦少游《俞紫芝字序》作『金華居士』，魯直作《清老寒夜三詩》，末一首云：『牧羊金華山，早通玉帝籍。至今風低草，⿰角戠⿰角戠見白石。金華風烟下，亦有君履跡。何爲紅塵裏，頷鬚欲雪白。』蓋黄上世亦出金華也。張公詡《青溪圖》，秀老手書一詞，後題云：『金華俞紫芝。』石林所記誤矣。二人詩亦少傳，如《南澗月夕》、《旅中論懷》二章，《文鑑》取之。『夜寒童子喚不醒，猛虎一聲山月高』之句，不見全篇。餘詩今録於左。」其後録二人詩詞若干首，此詞即在其中，題作《題青溪圖》。《文鑑》，指吕祖謙所編《宋文鑑》。所指二詩，前者見其卷二十三，後者見其卷二十五。「等編」原作「等篇」，據珥江書屋本、天都閣本改。升庵此條即據《敬鄉録》爲説也。黄初平，晉丹溪人，少牧羊入金華山，遇道成仙，號赤松子，能叱石成羊。

孫巨源

孫洙字巨源，嘗注杜詩，注中「洙曰」是也〔一〕。元豐間，爲翰林學士，與李端愿太尉往來尤數〔二〕。會一日鎖院，宣召者至其家，則出。十餘輩蹤跡，得之於李氏。時李新納妾，能琵琶，公歆不肯去，而迫於宣命，入院幾二鼓矣。草三制罷，作此詞，遲明遣示李〔三〕。其詞云：「樓頭尚有三通鼓〔四〕。何須抵死催人去。上馬苦匆匆，琵琶曲未終。　回頭凝望處〔五〕，那更簾纖雨〔六〕。漫道玉爲堂，玉堂今夜長。」或傳以爲孫覿，非也〔七〕。

【箋　證】

〔一〕孫洙，字巨源，宋廣陵人。皇祐元年，未冠舉進士，復舉制科。授秀州司法參軍，遷集賢校理、知太常禮院，兼史館檢討同知。同修起居注，進知制誥。元豐初，兼直學士院，復擢翰林學士。不踰月暴卒。按：注杜詩稱「洙曰」者，乃王洙字叔原者也。升庵何至憒憒如此，以王爲孫，無異郢書燕説矣。

〔二〕「李端愿」，原誤作「李端原」，據《夷堅甲志》改。李端愿，真宗萬壽長公主子，歷官至醴泉觀使、定國軍節度使，以太子少保致仕。

〔三〕《夷堅甲志》卷四「孫巨源官職」條：「孫公在時，嘗一日鎖院，宣召者至其家，則已出。數十輩蹤跡之，得於李端愿太尉家。時李新納妾，能琵琶。孫飲不肯去，而迫於宣命，不敢留，遂入院。草三制罷，復作長短句，寄恨恨之意。遲明遣示李，其詞曰云云。或以爲孫將亡時所作，非也。」《説郛》卷五十宋曾紆《南遊記舊》「詞讖」條亦記此事，末云：「李邦直在坐，頗以卒章非佳語。巨源是夕得疾於玉堂，後六日卒。」《夷堅甲志》文末「非也」之説，謂此也。《苕溪漁隱叢話》前集卷五十九、《詩話總龜》後集卷三十二並記此事，皆不取「詞讖」之説。按黄昇《唐宋諸賢絶妙詞選》卷三録孫洙此詞爲《菩薩蠻》，其題下注云：「公於元豐間爲翰苑，與李端愿太尉往來尤數。會一日鎖院，宣召者至其家，則出。數十輩蹤跡，得之於李氏。時李新納妾，能琵琶。公飲不肯去，而迫於宣命，入院幾二鼓矣。草三制罷，作此詞記恨。遲明遣示李。」即升庵此條所出。

〔四〕《南遊記舊》「樓」作「城」，「通」作「鼕」。

〔五〕「凝望」，《南遊記舊》作「腸斷」。

〔六〕「那」，《南遊記舊》作「却」。

〔七〕元富大用《古今事文類聚新集》卷二十載此詞末二句，以爲張洙詩。

陳後山

陳後山爲人極清苦，詩文皆高古，而詞特纖艷。如《一落索》换頭云：「一顧教人微俏，那堪親見。不辭紫袖拂清塵，也要識春風面。」〔二〕又有席上贈妓詞云：「不愁歌裏斷人腸，只怕有腸無處斷。」〔二〕所謂「彼亦直寄焉，以爲不知己者詬厲也」〔三〕。

【箋證】

〔一〕陳師道，字無己，自號後山居士，宋彭城人。元祐初因蘇軾薦，除徐州教授。轉潁州教授。紹聖元年，以蘇黨罷歸。徽宗元符三年，召爲秘書省正字。師道詩深得老杜句法，江西詩派尊爲一祖三宗之一，有《後山集》，今存。此引其《洛陽春》「素手拈花纖軟」詞下闋，見弘治本《後山先生集》卷三十，「微俏」作「微倩」。其上闋云：「素手拈花纖軟。生香相亂。却須詩力與丹青，恐俗手難成染。」按《一落索》即《洛陽春》也。

〔二〕此《後山先生集》卷三十《木蘭花》「陰陰雲日江城晚」詞中句，全詞云：「陰陰雲日江城晚。小院回廊春已滿。誰教言語似黄鸝，深閉玉籠千萬怨。　蓬萊易到人難見。香火無憑空有願。不辭歌裏斷人腸，只怕有腸無處斷。」「愁」作「辭」。

〔三〕此《莊子·人間世》中語，謂大櫟樹寄跡於社旁，以自招詬厲保其長生。升庵以爲後山詩文高古，其爲人可知。而其詞特纖艷，不過是寄跡其中以避時忌而已。

雙魚洗

張仲宗《夜遊宫》詞云〔一〕：「半吐寒梅未拆〔二〕。雙魚洗、冰澌初結。户外明簾風任揭。

擁紅爐，灑窗間，惟稷雪〔三〕。此日去年時節〔四〕。這心事〔五〕、有人歡悅〔六〕。斗帳重熏鴛被叠。酒微醺，管燈花，今夜別。」雙魚洗，盥手之器，見《博古圖》〔七〕。稷雪，霰也。形如米粒，能穿瓦透窗，見《毛詩疏》〔八〕。

【箋證】

〔一〕張元幹，字仲宗，宋福州長樂人，自號蘆川居士。曾入李綱行營爲屬官，歷仕至將作少監。紹興初致仕，以《賀新郎》詞送胡銓，得罪秦檜，被追大理除名。元幹工詞，有《蘆川歸來集》。

〔二〕雙照樓影宋本《蘆川詞》卷下及汲古閣本「拆」皆作「折」。

〔三〕「惟」字原脱，據雙照樓本、汲古閣本補。「稷」，汲古閣本注「一作霰」，雙照樓本作「霰」。

〔四〕「此日」二字，汲古閣本、雙照樓本並作「比」。

〔五〕「這」，《外集》本、《函海》本作「道」。

〔六〕「歡悅」，汲古閣本、雙照樓本作「忻說」；珥江書屋本作「忺悅」，《外集》本、《函海》本作「訴說」。

〔七〕《重修宣和博古圖》卷二十「匜匜盤洗盆鋗杅總說」云：「匜爲盥手瀉水之具，而義取於順，乃其理也。若夫盥之棄水，必有洗以承之。《禮圖》所謂『承盥洗棄水之器者』是也。惟以承棄水，故其形若盤。抑嘗見有底間飾以雙魚者，爲其爲承水之具故也。」其書卷二十一並記「漢雙魚洗」之大小形制圖。

〔八〕〉《説文解字》卷十一下：「霰，稷雪也。」宋范處義《詩補傳》卷二十：「霰，稷雪也。或謂之米雪，謂其粒若稷若米然。將雨雪則霰先集。」

石州慢

張仲宗《石州慢》：「寒水依痕，春意漸回，沙際烟闊。」爲一句〔一〕。今刻本於「沙際」之下截爲一句，非也。下文「烟闊溪梅」，成何語乎〔二〕？

【箋證】

〔一〕張元幹《石州慢》：「寒水依痕，春意漸回，沙際烟闊。溪梅晴照生香，冷蕊數枝争發。天涯舊恨，試看幾許消魂，長亭門外山重叠。不盡眼中青，是愁來時節。情切。畫樓深閉，想見東風暗消肌雪。辜負枕前雲雨，樽前花月。心期切處，更有多少淒涼，殷勤留與歸時説。到得再相逢，恰經年離别。」見雙照樓本《蘆川詞》卷上。《中興以來絶妙詞選》卷一、至正本、洪武本《草堂詩餘》前集卷上載之，並題「初春感舊」。

〔二〕升庵所謂「今刻本」，當指所見之洪武本《草堂詩餘》也。其於「春意漸回沙際」下注云：「杜詩『春從沙際歸』。」蓋注其出典也。杜甫《閬水歌》有「更復春從沙際歸」之句，見《集千家注杜工部詩集》卷十。若依詞韻爲句，則自以升庵之説爲是。「溪梅」原誤作「溪柳」，據洪武本《草堂詩餘》改。

張仲舉詞用唐詩語

張仲舉，填詞最工〔一〕。其《踏莎行》云：「芳草平沙，斜陽遠樹。無情桃葉江頭渡。醉來扶上木蘭舟，將愁不去將人去。　薄劣東風，夭斜落絮。明朝重覓吹笙路。碧雲香雨小樓空，春光已到銷魂處。」〔二〕唐李群玉詩：「江上晴樓翠靄間。滿闌春水滿窗山。青楓緑草將愁去，遠入吴雲暝不還。」〔三〕此詞「將愁不去將人去」一句，反用之。「夭斜」音「歪斜」，白樂天詩：「錢塘蘇小小，人道最夭斜。」自注：「夭音歪。」〔四〕若不知其出處，不見其工。詞雖一小技，然非胸中有萬卷，下筆無一塵，亦不能臻其妙也。

【箋　證】

〔一〕「張仲舉」，條目及條文中原均誤作「張仲宗」。按：此條所引實元人張翥詞，見《蜕巖詞》卷下。《丹鉛摘録》卷十、《丹鉛總録》卷十九載此條皆作「仲舉」，知升庵本不誤，作「仲宗」實乃後人妄改，今據改正。「仲舉」下，原有「號蘆川」三字，《丹鉛摘録》、《丹鉛總録》皆無，亦當爲編刻《詞品》者所加，今據删。

〔二〕此引詞，《蜕巖詞》題作「江上送客」，「香雨」作「紅雨」。按：此詞又見汲古閣本《蘆川詞》及《蘆川歸來集》卷七中，題作「别意」，注出「《草堂别選》」，則當爲後人據《詞品》之誤輯入者。

〔三〕此見《李群玉詩集》卷中，題作《漢陽太白樓》，「滿闌」作「滿簾」。《文苑英華》卷三百十三、

《萬首唐人絶句》七言卷二十七所載並同。「李群玉」原誤作「李端」，今據改。《丹鉛總録》卷十九同條引此詩後云：「張詞全用李詩語，若不知其出處，亦不見其工緻也。」無以下文字。

〔四〕此白居易《和春深二十首》之最末一首中句，見《白香山詩集》卷二十九，「錢塘」作「杭州」。「天」字下白氏有自注云：「伊耶反。」則非如升庵所云音「歪」也。

張仲宗送胡澹庵詞

張仲宗「送胡澹庵赴貶所」《賀新郎》一闋云〔一〕：「夢繞神州路。恨西風〔二〕，連營畫角，故宫禾黍〔三〕。底事崐崘傾砥柱。九地黄流亂注。聚萬落千村狐兔。天意從來高難問，况人情易老悲難訴〔四〕。更南浦，送君去。　涼生岸柳催殘暑。耿斜河、疏星澹月，淡雲微度〔五〕。萬里江山知何處。回首對牀夜雨。雁不到、書成誰與。目盡青天懷今古。肯兒曹恩怨相爾汝。舉太白，聽金縷〔六〕。」秦檜知之，亦與作詩王庭珪同貶責〔七〕。此詞雖不工亦當傳，况工緻悲憤如此，宜表出之。

【箋　證】

〔一〕胡銓，字邦衡，號澹庵，宋廬陵人。高宗建炎二年進士甲科，爲承直郎。復以賢良方正薦，除樞密院編修官。紹興八年，上封事力排和議，乞斬秦檜、孫近、王倫等，坐是貶福州簽判。十二年，詔除名，編管新州。孝宗朝歷權中書舍人兼國子祭酒。遷權兵部侍郎，以資政殿學士致仕。卒謚忠簡。有《澹庵集》。胡將赴新州貶所，張元幹作此詞送之。久之，秦檜聞此詞，張已掛冠，被追赴大理寺除名。此詞雙照樓本《蘆川詞》卷上題「送胡邦衡待制赴新州」，《中興以來絶妙詞選》卷一題爲「送胡邦衡謫新州」。

〔二〕「恨西風」，《蘆川詞》、《中興以來絶妙詞選》作「悵秋風」。

〔三〕「禾黍」，《蘆川詞》、《中興以來絶妙詞選》作「離黍」。

〔四〕「易老悲難訴」，《蘆川詞》作「老易悲如許」，《中興以來絶妙詞選》作「易老悲如許」。

〔五〕「淡雲」，《蘆川詞》、《中興以來絶妙詞選》作「斷雲」。

〔六〕「太白」，《蘆川詞》、《中興以來絶妙詞選》作「大白」。「聽」，《中興以來絶妙詞選》作「唱」。

〔七〕王庭珪，字民瞻，宋廬陵人。登政和八年進士第，調衡州茶陵丞，不就。隱居盧溪，自號盧溪老人。時胡銓謫嶺南。庭珪送以詩，觸秦檜之忌，坐流夜郎。檜死得還，除國子監主簿，主管台州崇道院。乾道六年，除直敷文閣。年九十餘卒。有《蘆溪文集》五十卷，今存。其《送胡邦衡之新州貶所》詩二首，見《蘆溪文集》卷十三。其第二首云：「大厦元非一木支，欲將獨力拄傾危。癡兒不了公家事，男子要爲天下奇。當日姦諛皆膽落，平生忠義只心知。端能飽喫新州飯，在處江山足護持。」

張仲宗

張仲宗，三山人，以送胡澹庵及寄李綱詞得罪〔一〕，忠義流也。其詞最工，《草堂詩餘》選其

「春水連天」及「卷珠箔」二首，膾炙人口〔二〕。他如「簾旌翠波颭，窗影殘紅一線」〔三〕，及「溪邊雪靄藏雲樹，小艇風斜沙嘴路」〔四〕，皆秀句也。詞中多以「否」呼爲「府」，與「主」、「舞」字同押，蓋閩音也〔五〕。如林外以「鎖」爲「掃」〔六〕，俞克成以「我」爲「襖」，與「好」同押〔七〕，皆鴃舌之音，可删不可取也。曹元寵亦以「否」呼爲「府」〔八〕。

【箋證】

〔一〕寄李綱詞爲《賀新郎》「曳杖危樓去」一首，題作「寄李伯紀丞相」，見雙照樓本《蘆川詞》卷上、《中興以來絶妙詞選》卷一。

〔二〕二詞並見至正本、洪武本《草堂詩餘》前集卷上，前者爲《滿江紅》「春水連天」，後者爲《蘭陵王》「卷珠箔」。升庵批點本《草堂詩餘》卷四、卷五分載之。按：《草堂詩餘》各本遞有增補，元幹詞，至正本、洪武本二首外尚選有《石州慢》一首，升庵批點本更增有《漁家傲》、《謁金門》各一首。

〔三〕此《蘭陵王》「綺霞散」中句，見雙照樓本《蘆川詞》卷上。

〔四〕此《漁家傲》「樓外天寒山欲暮」中句，見《蘆川詞》卷下。

〔五〕張元幹《賀新郎》「寄李伯紀丞相」中有「誰伴我，醉中舞」及「喚取謫仙平章看，過苕溪尚許垂綸否」之句，即以「舞」、「否」爲韻。又《漁家傲》「樓外天寒山欲暮」下闋：「短夢今宵還到否。葦村四望知何處。客裏從來無意緒。催歸去。故園正要鶯花主。」即以「否」、「主」爲韻。

按：「舞」、「主」皆屬四「虞」韻，而「否」屬十二「有」韻，本不可通押也。

〔六〕林外，字豈塵，晋江人。紹興三十年進士，官興化令。有《嬾窟類稿》，不傳。今存詞一首，即升庵所謂以「鎖」、「掃」爲韻者。見下條。

〔七〕俞克成，生平事跡不詳。升庵批點本《草堂詩餘》載其《蝶戀花》「夢斷池塘驚乍曉」、《聲聲令》「簾移碎影」二詞，皆非以「我」爲「襖」，與「好」同押者。按《聲聲令》一首，至正本、洪武本皆未署作者，《全宋詞》以入無名氏，而《欽定詞譜》、萬樹《詞律》皆題爲俞作。

〔八〕曹組《驀山溪》「洗妝真態」下闋：「月邊疎影，夢到銷魂處。結子欲黄時，又須作廉纖細雨。孤芳一世，供斷有情愁，銷瘦損，東陽也，試問花知否。」以「否」押「雨」，亦入「虞」韻者也。

林　外

林外字豈塵，有《洞仙歌》書於垂虹橋。作道裝，不告姓名，飲醉而去。人疑爲吕洞賓，傳入宫中。孝宗笑曰：「『雲屋洞天無鎖』，『鎖』與『老』叶韻，則『鎖』音『掃』，乃閩音也。」偵問之，果閩人林外也〔一〕。此詞亦不工，不當入選〔二〕。

【箋　證】

〔一〕宋葉紹翁《四朝聞見録》卷三丙集「洞仙歌」條：「紹興間，有題《洞仙歌》於垂虹者，不繫其姓名。龍蛇飛動，真若不烟火食者。時皆喧傳以爲洞賓所爲書。浸達於高宗，天顔爨然而笑曰：『是福州秀才云爾。』左右請聖諭所以然。上曰：『以其用韻蓋閩音云。』其詞曰：『飛梁壓水，虹影澄清曉。橘里漁村半烟草。今來古往，物是人非，天地裏惟有江山不老。雨巾風帽。四海誰知我。一劍横空幾番過。按玉龍、嘶未斷，月冷波寒歸去也，林屋洞天無鎖。認雲屏烟障是吾廬，任滿地蒼苔，年年不掃。』久而知爲閩士林外所爲。聖見異矣。蓋林以巨舟仰書橋梁，水天渺然，旁無來跡，故人益神之。」按此詞《茗溪漁隱叢話》前集卷五十八以爲呂洞賓詞；《翰墨大全》後乙集卷十三以爲蘇軾詞。皆非。又，元初徐大焯撰《燼餘録》，其乙編載此詞，則以爲李山民作。其文云：「吴雲公雅善詩詞，居城東之臨頓里，著有《香天雪海集》，傳誦一時。靖康國難後，披髮佯狂，自號中興野人，厭棄城市，時往來於吴江李山民家。李即忠愍公諱若水之姪，避寇來吴，就館吴江，與雲公爲僚壻，且同爲歲寒社詩友也。山民嘗題《洞仙歌》於吴江橋亭云云。雲公和以《念奴嬌》云云。」

〔二〕「入選」，謂入《草堂詩餘》之選。此詞見至正本、洪武本《草堂詩餘》後集卷上、升庵批點《草堂詩餘》卷三。

宋周密《齊東野語》卷十三「林外」條亦記此，録之備參：「林外，字豈塵，泉南人。詞翰瀟爽，詼譎不羈，飲酒無算。在上庠，暇日獨遊西湖，幽寂處得小旗亭，飲焉。外美丰姿，角巾羽氅，飄飄然神仙中人也。預市虎皮錢篋數枚藏腰間，每出其一，入酒家保傾倒，使視其數，酬酒直即藏去。酒且盡，復出一篋，傾倒如初。逮暮，所飲幾斗餘不醉，而篋中錢若循環無窮者，肆人皆驚異之。將去，索筆題壁間曰：『藥爐丹竈舊生涯，白雲深處是吾家。江城戀酒不歸去，老却碧桃無限花。』明日都下盛傳某家酒肆有神仙至云。又嘗爲《垂虹亭》詞，所謂『飛梁遏水』者，倒題橋下，人亦傳爲吕翁作。惟高廟識之，曰：『是必閩人也，不然何得以鎖字協埽字韻？』已而知其果外也。」

韓世忠詞〔一〕

韓世忠以元樞就第，絶口不言兵。杜門謝却酬酢，時乘小騾，放浪西湖泉石間。一日至香林園，蘇仲虎尚書方宴客，王徑造之。賓主懽甚，盡醉而歸。明日王餉以羊羔，且手書二詞以遺之。《臨江仙》云：「冬日青山瀟灑静〔二〕，春來山暖花濃〔三〕。少年衰老與花同〔四〕。世間名利客〔五〕，富貴與貧窮〔六〕。　榮華不是長生藥〔七〕，清閒不是死門風。勸君識取主人翁〔八〕。單方只一味，盡在不言中。」《南鄉子》云：「人有幾多般〔九〕。富貴榮華總是閒〔一〇〕。自古英雄都是夢，爲官。寶玉妻兒宿業纏〔一一〕。　年事已衰殘〔一二〕。鬢髮蒼蒼骨髓乾〔一三〕。不道山林多好處〔一四〕，貪歡。只恐癡迷誤了賢。」王生長兵間，未嘗知書，晚歲忽若有悟，能作字及小詞，皆有意趣。信乎非常之才也。

【箋　證】

〔一〕《齊東野語》卷十九「清涼居士詞」條：「韓忠武王以元樞就第，絶口不言兵。自號清涼居士，時乘小騾放浪西湖泉石間。一日至香林園，蘇仲虎尚書方宴客，王徑造之，賓主歡甚，盡醉而歸。明日王餉以羊羔，且手書二詞以遺之。《臨江仙》云云、《南鄉子》云云。王生長兵間，未能知書，晚歲忽若有悟，能作字及小詞。詩詞皆有見趣，信乎非常之才也。」此升庵之所本。費衮《梁谿漫志》卷八「韓蘄王詞」條亦記此事云：「紹興間，韓蘄王自樞密使就第，放浪湖山，匹馬數童，飄然意行。一日至湖上，遥望蘇仲虎尚書宴客，蘄王徑造其席，喜甚醉歸。翌日折簡謝，餉以羊羔，且作二詞，手書以贈。蘇公緘藏之，親題其上云：『二闋三紙，勿亂動。』淳熙丁未，蘇公之子壽父山丞太府，携以示蘄王長子莊敏公，莊敏以示予。字畫殊傾欹，然其詞乃林下道人語。莊敏云：『先人生長兵間，不解書，晚年乃稍稍能之耳。』」其後録二詞，末云：「世忠上。」則費氏所見乃世忠手書真跡也。韓世忠，字良臣，延安人。建炎四年，以宣撫使駐鎮江，尋進屯大儀，連捷江口。論者以爲中興武功第一。六年，授京東淮東路宣撫處置使，屯楚州。十一年，拜樞密使。上表乞骸，罷爲醴泉觀使、奉朝請。十三年封咸安郡王。二十一年薨。孝宗追封蘄王，謚忠武。

〔二〕「冬日青山瀟洒静」，《梁谿漫志》作「冬看山林蕭疎淨」。

〔三〕「山暖」，《梁谿漫志》作「地潤」。

〔四〕「花」，《梁谿漫志》作「山」。

〔五〕「名利客」，《梁谿漫志》作「争名利」。

〔六〕「貧窮」，珥江書屋本及《齊東野語》、《梁谿漫志》同，《外集》本、《函海》本作「窮通」。
〔七〕「榮華不是」，《梁谿漫志》作「榮貴非干」。
〔八〕「翁」，《齊東野語》、《梁谿漫志》作「公」。
〔九〕「多」，《齊東野語》、《梁谿漫志》作「何」。
〔一〇〕「是」，《梁谿漫志》作「如」。
〔一一〕「兒」，《梁谿漫志》作「男」。
〔一二〕「年事已衰殘」，《梁谿漫志》作「年邁衰殘」。
〔一三〕「鬚髩蒼蒼」，《齊東野語》作「髩鬚蒼蒼」，《梁谿漫志》作「鬚髮蒼浪」。
〔一四〕「多」，《梁谿漫志》作「有」。

中國文學研究典籍叢刊

升庵詞品箋證

下册

〔明〕楊　慎　撰
王大厚　箋證

中　華　書　局

升庵詞品箋證卷之四

趙元鎮

趙鼎，字元鎮，宋中興名相。小詞婉媚，不減《花間》、《蘭畹》〔一〕。「慘結秋陰」一首〔二〕，世皆傳誦之矣。《點絳唇》一首云〔三〕：「香冷金猊〔四〕，夢回鴛帳餘香嫩。更無人問。一枕江南恨。　消瘦休文，頓覺春衫褪。清明近。杏花吹盡。薄暮寒成陣〔五〕。」

【箋　證】

〔一〕趙鼎，字元鎮，自號得全居士，宋解州聞喜人。崇寧五年進士。累官河南洛陽令、開封士曹。二京陷，金人議立張邦昌，鼎與張浚、胡寅逃太學中，不書議狀。南渡後，官至尚書左僕射，同中書門下平章事。與宗澤、李綱同爲名臣。爲秦檜所忌，出知紹興府，復貶清遠軍節度副使，潮州安置。再爲檜黨詹大方誣訐，安置吉陽軍。鼎曰：「檜必欲殺我。」遂自銘云：「身騎箕尾歸天上，氣作山河壯本朝。」不食而死。孝宗朝，贈太傅，追謚忠烈。有《得全居士集》。《中興以來絶妙詞選》卷二録趙鼎詞，注云：「號得全居士，中興名相，詞婉媚不減《花間集》。」升庵此條，即採《花庵》之説也。

〔二〕此趙鼎《滿江紅》詞，《中興以來絶妙詞選》卷二題作「丁未九月南渡，泊舟儀真江口作」，洪武本《草堂詩餘》前集卷下題作「秋景秋望」。全詞云：「慘結秋陰，西風送、絲絲雨濕。凝望眼、征鴻幾字，暮投沙磧。欲問鄉關何處是，水雲浩蕩連南北。但修眉、一抹有無中，遥山色。　江上路，天涯客。腸已斷，頭應白。空搔首興歎，暮年離隔。欲待忘憂除是酒，奈酒行有盡愁無極。便挽將、江水入尊罍，澆胸臆。」

〔三〕此詞《中興以來絶妙詞選》題作「春愁」。

〔四〕「猊」，《中興以來絶妙詞選》作「爐」。

〔五〕「寒成陣」，《中興以來絶妙詞選》作「東風緊」。

賀方回

賀方回《浣溪沙》云〔一〕：「鵞外紅銷一縷霞〔二〕。淡黄楊柳帶棲鴉。玉人和月折梅花。　笑撚粉香歸繡户〔三〕，半垂羅幙護窗紗〔四〕。東風寒似夜來些。」此詞句句綺麗，字字清新，當時賞之，以爲《花間》、《蘭畹》不及，信然。近見《玉林詞選》〔五〕，首句二字作「樓角」，非也。「樓角」與「鵞外」，相去何啻天壤。

【箋證】

〔一〕此詞見《唐宋諸賢絶妙詞選》卷四，題作「閨思」。又見《樂府雅詞》卷中、《彊村叢書》本《賀方回詞》卷二。升庵批點本《草堂詩餘》卷一收此詞以爲周美成詞，乃刻工誤植。顧從敬本《草堂詩餘》則不誤也。

〔二〕「鶯外紅銷」，《唐宋諸賢絶妙詞選》作「樓角紅銷」、《樂府雅詞》作「樓角初銷」。

〔三〕「繡户」，《樂府雅詞》作「洞户」。

〔四〕「半垂」，《樂府雅詞》作「更垂」。

〔五〕《玉林詞選》即《花庵詞選》，乃《唐宋諸賢絶妙詞選》與《中興以來絶妙詞選》之合稱。以黄昇號玉林，又號花庵詞客也。

孫浩然〔一〕

「一帶江山如畫。風物向秋瀟灑〔二〕。水浸碧天何處斷，霽色冷光相射〔三〕。蓼嶼荻花洲〔四〕，掩映竹籬茅舍。雲際客帆高掛〔五〕。烟外酒旗底亞〔六〕。多少六朝興廢事，盡入漁樵閒話。悵望倚層樓〔七〕，寒日無言西下〔八〕。」此孫浩然《離亭宴》詞也〔九〕，悲壯可傳。

【箋證】

〔一〕孫浩然，生平里第不詳。此引詞見《唐宋諸賢絶妙詞選》卷七。樓鑰《攻媿集》卷七十跋「王晉卿《江山晚秋圖》」云：「宋大夫聞『襄王之夢』，孫興公見《天台山圖》，皆想像爲之賦，文章之妙如此。若丹青，非親見景物則難爲工。晉卿固自名勝，然方其以金狨遊冶都城，嫩寒中安知江山秋晚時事。不有南州之行，寧能盡寫浩然詞意耶？孫浩然詞云云。」後即附録此詞。王晉卿，王詵也。初尚英宗魏國大長公主，故謂其「金狨冶遊都城」。元豐中謫居潁上，方得有「南州之行」。據知浩然乃元祐以前人也。然此詞宋范公偁《過庭録》又別題作張昪作，其云：「張康節公居江南，有詞云云。公晚年鰥居，有侍妾晏康，奉公甚謹，未嘗少違意。公嘗召而謂曰：『吾死亦當從我爾。』妾亦恭應曰：『唯命是從。』公薨，妾相繼果死。人以爲異。」張昪，字杲卿，宋韓城人。大中祥符八年進士，爲楚丘主簿。仁宗時累官至參知政事、樞密使。英宗時以太子太師致仕。卒謚康節。升庵《百琲明珠》卷三録此爲孫浩然詞。

〔二〕「風物」，《攻媿集》作「景物」。

〔三〕「霽色」，《過庭録》作「翠色」。

〔四〕「蓼嶼」句，《攻媿集》作「橘樹蓼花洲」，《過庭録》作「蓼岸荻花中」。

〔五〕「雲」，《攻媿集》、《過庭録》並作「天」。

〔六〕《過庭録》「烟」作「門」，「亞」作「迓」。

〔七〕「層樓」，《唐宋諸賢絶妙詞選》卷七作「城樓」，《過庭録》作「危欄」。

〔八〕「寒」，《攻媿集》、《過庭録》並作「紅」。「西下」，《百琲明珠》誤作「低下」。

〔九〕「離亭宴」，《唐宋諸賢絶妙詞選》引作「離亭燕」，《攻媿集》引此詞後注亦作「離亭燕」。「宴」、「燕」字通。珥江書屋本及《百琲明珠》録作「離亭煞」，皆手民形近刊刻之訛也。

查荎透碧霄〔一〕

「艤蘭舟。十分端是載離愁。練波送遠，屏山遮斷，此去難留。相從争奈，心期久要，屢變霜秋〔二〕。歎人生、杳似萍浮。又飜成輕别，都將深恨，付與東流。　想斜陽影裏，寒烟明處，雙槳去悠悠〔三〕。愛渚梅幽香動，須採擷，倩纖柔。艷歌粲發，誰傳餘韻，來説仙遊。念故人留此遐州〔四〕。但春風老去〔五〕，秋月圓時，獨倚江樓〔六〕。」此查荎《透碧霄》詞也，所謂一不爲少。

【箋　證】

〔一〕查荎，生平里第不詳。此引詞見《唐宋諸賢絶妙詞選》卷七，題作「惜别」。又見曾慥《樂府雅詞》拾遺卷上。其詞僅傳此一首，故曰「一不爲少」。

〔二〕「屢變」，《樂府雅詞》作「屢更」。

〔三〕「去」，《樂府雅詞》作「來」。

〔四〕「遐州」，《唐宋諸賢絶妙詞選》作「遐洲」。

〔五〕「去」，《樂府雅詞》、《唐宋諸賢絶妙詞選》作「後」。

〔六〕「江樓」，《樂府雅詞》作「西樓」。

陳子高

陳子高，名克，天台人。有《赤城詞》一卷〔一〕，甚工緻流麗。《草堂》詞「愁脉脉」一篇，子高詞也，今刻失其名〔二〕。

【箋　證】

〔一〕陳克，字子高，臨海人，僑寓金陵，自號赤城居士。不事科舉，博學，專用以資爲詩。吕祉帥建康，辟置爲右承議郎都督府準備差遣。淮西事起，祉爲兵部尚書，都督淮西，辟克自隨。祉死兵變。朝論以凡祉失軍情，皆克所爲，送吏部與遠小監當差遣。有《天台集》，不傳。《唐宋諸賢絶妙詞選》卷八録陳子高詞，注云：「名克，天台人。吕安老帥建康，辟爲參議。有《赤城集》一卷。」升庵此條即據其文。

〔二〕此陳克「春思」《謁金門》詞。《草堂詩餘》至正本、洪武本、荆本失題作者名。升庵批點本卷一題作「俞克成」，蓋因《草堂》諸本此前有俞克成《蝶戀花》詞而致誤。升庵批曰「工緻流麗」，並云：「此詞乃陳克字子高所作，非俞克成也。」亦定其非。《唐宋諸賢絶妙詞選》卷八、《樂府雅詞》卷下皆作子高詞，不誤。

陳去非

陳去非，蜀之青神人，陳季常之從孫也，徙居河南。宋南渡後，又居建業〔一〕。詩爲高宗所簡注，而詞亦佳。語意超絶，筆力排奡，識者謂其可摩坡仙之壘，非溢美云〔二〕。《草堂》詞惟載「憶昔午橋」一首〔三〕。其「閩中」《漁家傲》云〔四〕：「今日山頭雲欲舉。青蛟翠鳳移時舞〔五〕。行到石橋聞細雨。聽還住。風吹却過溪西去。我欲尋詩寬久旅。桃花落盡春無數〔六〕。渺渺籃輿穿翠楚。悠然處。高林忽送黄鸝語。」又《虞美人》云〔七〕：「吟詩日日待春風。及至桃花開後却匆匆。」又《點絳唇》云〔八〕：「愁無那。短歌誰和。風動梨花朵。」又《南柯子》云：「闌干三面看晴空。背插浮圖，千尺冷烟中。」〔九〕皆絶似坡仙語。

【箋　證】

〔一〕陳與義，字去非，其先京兆人，避唐廣明之亂，入蜀居眉州青神。其大王父希亮，英宗朝官太常博士，舉家遷洛，遂爲洛陽人。希亮四子：悦、恪、恂、慥。與義，希亮三子恂之孫，慥之從孫也（據宋杜大珪編《名臣碑傳琬琰集》中卷三十一范鎮《陳少卿希亮墓誌銘》及張嵲《紫微集》卷三十五《陳公資政墓誌銘》）。徽宗政和三年甲科進士，授開德府教授。宣和四年，擢太學博士。南渡後避居襄漢。高宗建炎四年，召爲兵部員外郎。紹興中，遷中書舍人、給事中、翰林學士。八年，以資政殿學士知湖州，病卒。有《簡齋集》三十卷。升庵此以去非爲季常孫，誤矣。今據補「從」字。

〔二〕《中興以來絶妙詞選》卷一録去非詞，注云：「名與義，自號簡齋居士。以詩文被簡注於高宗皇帝，入參大政。有《無住詞》一卷。詞雖不多，語意超絶，識者謂其可摩坡仙之壘也。」升庵據之爲説。然「簡注」去非者，實乃徽宗，非高宗也。按：葛立方《韻語陽秋》卷十八記其父葛勝仲政和中薦去非於朝，以其《墨梅》詩繳進，去非因得入朝授太學博士事。周密《齊東野語》卷十六「詩道否泰」條亦云：「是歲冬初雪，太上皇喜甚。吴居厚首作詩三篇以獻，謂之《口號》，上和賜之。自是聖作時出，訖不能禁。而陳簡齋遂以《墨梅》詩擢置館閣焉。」升庵不察，乃從黄昇之誤。「簡注」原作「眷注」，據《中興以來絶妙詞選》改。玶江書屋本、《外集》本、天都閣本皆作「簡注」。簡，選也。

〔三〕此簡齋《臨江仙》詞，見至正本、洪武本《草堂詩餘》後集卷下，題「夜登小閣，憶吴中舊遊」。升庵批點《草堂詩餘》卷三，題作「感舊」。據宋胡穉《增廣箋注簡齋詩集》附《無住詞》所載，至正本、洪武本《草堂詩餘》「吴中」當爲「洛中」之誤。

〔四〕《無住詞》題作「福建道中」。《樂府雅詞》卷下、《中興以來絶妙詞選》卷一皆收録此詞，題同。

〔五〕「翠鳳」，《無住詞》、《樂府雅詞》、《中興以來絶妙詞選》並作「素鳳」。

〔六〕「數」，《無住詞》、《樂府雅詞》作「所」。

〔七〕《無住詞》、《樂府雅詞》題作「大光祖席，醉中賦長短句」；《中興以來絶妙詞選》題作「祖席醉中」。

〔八〕《無住詞》題作「紫陽寒食」，《樂府雅詞》無題。

〔九〕《無住詞》、《樂府雅詞》、《中興以來絶妙詞選》並題「塔院僧閣」，「晴空」作「秋空」。《南柯子》，《樂府雅詞》、《中興以來絶妙詞選》作《南歌子》。

陳去非桂花詞〔一〕

苕溪漁隱曰：「木犀，閩中最多，路傍往往有參天合抱者，土人以其多而不貴之。漕宇門前兩徑，自有一二百株，至秋花盛開，籃輿行清香中，殊可愛也。古人賦詠，惟東坡倅錢塘，《八月十七日天竺送桂花分贈元素》詩云〔二〕：『月缺霜濃細蘂乾，此花元屬桂堂仙。鷲峰子落驚前夜，蟾窟枝空記昔年。破裓山僧憐耿介〔三〕，練裙溪女鬬清妍。願公採擷紉幽佩，莫遣孤芳老澗邊。』陳去非有詞云〔四〕：『黄衫相倚。翠葆層層底。八月江南風日美。弄影山腰水尾。　楚人未識孤妍〔五〕。《離騷》遺恨千年。無住庵中新夢〔六〕，一枝喚起幽禪。』万俟雅言有詞云：『芳菲葉底。誰會秋工意〔七〕。深緑護輕黄，怕青女、霜侵憔悴。開分早晚，都占九秋天〔八〕，花四出，香七里。獨步珠宫裏。佳名巖桂。却因是遺子〔九〕。不自月中來，又那得、蕭蕭風味。霓裳舊曲，休問廣寒人，飛太白，酹仙蘂〔一〇〕。香外無香比。』」

《文昌雜録》云：「京師貴家，多以酴醾漬酒，獨有芬香而已。近年方以樨楂花懸酒中，不惟馥郁可愛，又能使酒味辛洌。始於戚里，外人蓋所未知也。」〔一一〕

【箋　證】

〔一〕此條全録自《苕溪漁隱叢話》後集卷三十五。

〔二〕東坡此詩見《集注分類東坡先生詩》卷十五。

〔三〕「破械山僧」，原作「破衲山僧」，據珥江書屋本改。《苕溪漁隱叢話》作「破械山僧」，《集注分類東坡先生詩》作「破械高僧」。

〔四〕《無住詞》此詞題《清平樂》「木犀」。《樂府雅詞》卷下載此詞，無題。

〔五〕「楚人」，《樂府雅詞》有注云：「『楚人』一作『三閭』。」

〔六〕「新夢」，《無住詞》、《樂府雅詞》並作「新事」。

〔七〕此万俟詠《薦山溪》「桂花」詞。「工」，《苕溪漁隱叢話》作「江」。万俟詠，字雅言，自號詞隱。遊上庠不第，崇寧中，充大晟府製撰。建炎四年，任通直郎。紹興五年，補下州文學。有《大聲集》，不傳。

〔八〕《苕溪漁隱叢話》「天」下有「氣」字。

〔九〕「因是」，《苕溪漁隱叢話》作「是因」。

〔一〇〕「酹」，《苕溪漁隱叢話》作「酬」。

〔一一〕《文昌雜録》云云，《苕溪漁隱叢話》另作一條，末句無「所」字。《文昌雜録》卷三所載，其前尚有「禮部王員外言」六字。《文昌雜録》，宋龐元英撰，多記元豐間尚書省典章故實。《宋史·藝文志》著録七卷。

葉少藴

葉少藴名夢得，自號石林居士。妙齡秀發，有文章盛名〔一〕。《石林詞》一卷，傳於世。《賀新郎》「睡起流鶯語」、《虞美人》「落花已作風前舞」，皆其詞之入《選》者也〔二〕。「中秋宴客」《念奴嬌》末句云：「廣寒宫殿，爲余聊借瓊林。」〔三〕英英獨照者。

【箋　證】

〔一〕《中興以來絶妙詞選》卷一録葉少藴詞七首，注云：「名夢得，自號石林居士。妙齡秀發，有文章盛名。早受知於蔡元長。建炎初，召爲户侍，入翰苑，參大政，以節度使致仕。」升庵此條據之。

〔二〕此舉二詞，並見《中興以來絶妙詞選》，《賀新郎》題作「春晚」，《虞美人》題作「雨後置酒林檎花下」。其所謂入「選」者，入《草堂詩餘》之選也。《賀新郎》，見至正本、洪武本後集卷下，升庵批點本卷五誤作李玉詞，當是手民誤刻；《虞美人》，升庵批點本卷二誤作周邦彦詞。至正本、洪武本後集載此不題撰人，其前一首爲周詞，致手民承前誤刻。此皆升庵批點《草堂》所未及者。

〔三〕此亦入《草堂詩餘》之選者也。見至正本、洪武本後集卷下、升庵批點本卷四。《石林詞》題作「中秋燕客有懷壬午歲吴江長橋」。

曾空青

曾紆，字公衮，號空青先生，子宣之子〔一〕。《清樾軒》二詩名世〔二〕。詞亦佳，其《臨江仙》云〔三〕：「後院短墻臨緑水，春風急管繁絃。向誰親按小嬋娟〔四〕。玉堂天上客〔五〕，琳館地行仙。　安得此身長是健〔六〕，徘徊夜飲朝眠〔七〕。江南刺史漫垂涎。安排腸已斷〔八〕，何况到樽前。」又《菩薩蠻》〔九〕：「山光冷浸清江底〔一〇〕。江光只到柴門裏〔一一〕。卧對白蘋洲。欹眠數釣舟。」亦佳，惜全篇未稱。

【箋　證】

〔一〕曾紆，字公衮，宋南豐人。曾布之子，以蔭補官太常寺主簿。崇寧二年，坐黨籍貶官，編管永州。紹興元年，爲直顯謨閣江東轉運副使，權兩浙副使，充修奉官。尋遷直寶文閣。紹興五年，爲新福建路提點刑獄公事，知衢州，卒。自號空青先生，有《空青集》。《中興以來絶妙詞選》卷一收曾公衮詞，注云：「名紆，號空青先生，子宣之子。官至中奉大夫，直寶文閣。」子宣，曾布字也。

〔二〕宋魏慶之《詩人玉屑》卷一「趙章泉論詩貴乎似」條云：「論詩者貴乎似，論似者可以言盡耶？少陵《春水生》二首云：『二月六夜春水生，門前小灘渾欲平。鸕鷀鸂鶒莫漫喜，吾與汝曹俱眼明。』『一夜水高二尺强，數日不敢更禁當。南市津頭有船賣，無錢即買繫籬傍。』曾空青《清樾軒》二詩云：『卧聽灘聲㶁㶁流，冷風淒雨似深秋。江邊石上烏臼樹，一夜水長到梢頭。』『竹間嘉樹密扶疎，異鄉物色似吾廬。清曉開門出負水，已有小舟來賣魚。』似耶不似耶？學詩者不可以不辨。」

〔三〕此詞《中興以來絶妙詞選》題作「感舊」。《樂府雅詞》卷下亦載之。

〔四〕「向誰」，《中興以來絶妙詞選》、《樂府雅詞》並作「問誰」。

〔五〕「天上客」，《中興以來絶妙詞選》、《樂府雅詞》並作「真學士」。

〔六〕「長是健」，《中興以來絶妙詞選》、《樂府雅詞》並作「來此處」。「此身」，《樂府雅詞》誤作「此聲」。

〔七〕此句，《中興以來絶妙詞選》、《樂府雅詞》並作「依稀一夢梨園」。

〔八〕「安排」，《中興以來絶妙詞選》、《樂府雅詞》並作「據鞍」。

〔九〕此詞《中興以來絶妙詞選》題作「月夜」，此引其上闋。亦見《樂府雅詞》卷下。

〔一〇〕「清江」，《中興以來絶妙詞選》、《樂府雅詞》並作「清溪」。

〔一一〕「江光只到」，《中興以來絶妙詞選》、《樂府雅詞》並作「溪光直到」。

曾純甫

曾覿，字純甫，號海野。東都故老，見汴都之盛，故詞多感慨，《金人捧露盤》是也〔一〕。《採桑子》云：「花裏遊蜂。宿粉棲香錦繡中。」爲當時傳歌〔二〕。

【箋證】

〔一〕曾覿，字純甫，號海野，宋汴京人。以父任補郎官。紹興三十年，以寄班祗侯與龍大淵同爲建王内知客。孝宗即位，以潛邸舊人，除權知閤門事。淳熙初，官至開府儀同三司，加少保，醴泉觀使。與龍大淵同爲孝宗倖臣，《宋史》以入《佞倖傳》。有《海野詞》。《中興以來絶妙詞選》卷一收曾純甫詞十四首，注云：「名覿，號海野，東都故老，及見中興之盛者。詞多感慨，如《金人捧露盤》、《憶秦娥》等曲，悽然有黍離之悲。」《金人捧露盤》題作「庚寅春，奉使過京師」，詞云：「記神京，繁華地，舊遊蹤。正御溝、春水溶溶。平康巷陌，繡鞍金勒躍青驄。解衣沽酒，醉絃筦柳緑花紅。　到如今，餘霜鬢，嗟前事，夢魂中。但寒烟、滿目飛蓬。雕欄玉砌，空餘三十六離宮。塞笳驚起暮天雁，寂寞東風。」

〔二〕《採桑子》題作「清明」。並見《中興以來絶妙詞選》。

張材甫〔一〕

張材甫，名掄。南渡故老。詞多應制〔二〕。元夕「雙闕中天」一首，繁華感慨，已入《選》矣〔三〕。「詠瑞香花」《西江月》：「剪就碧雲團葉〔四〕，刻成紫玉芳心。淺春不怕嫩寒侵〔五〕。暖徹薰籠瑞錦。　花裏清芬獨步，樽前勝韻難禁。飛香直到玉杯深。消得厭厭夜飲〔六〕。」又《柳梢青》前段云：「柳色初勻，輕寒如水〔七〕，纖雨如塵。一陣東風，縠紋微皺，碧沼鱗鱗。」亦佳。足稱詞人。

【箋　證】

〔一〕此條珥江書屋本、天都閣本移次於「潮詞」條之後。

〔二〕張掄，字材甫，宋汴京人。嗣濮王仲偁婿，歷官郎署。紹興三十年，爲武翼大夫、貴州刺史、兩浙西路馬步軍副都總管，知閤門事。淳熙五年，爲寧武軍承宣使，知閤門事，兼客省四方館事。自號蓮社居士，有《蓮社詞》一卷。《中興以來絶妙詞選》卷二選録張材甫詞九首，注云：「名掄，號蓮社居士。南渡故老，及見太平之盛者。集中多應制詞。」本條所引三首，皆見其中。

〔三〕此「上元有懷」《燭影摇江》詞首句，見《中興以來絶妙詞選》。至正本、洪武本《草堂詩餘》後集卷上、升庵批點本卷四録之，此云「已入《選》矣」，謂入《草堂》之選也。

〔四〕「團」，《中興以來絶妙詞選》作「鬧」。

〔五〕「嫩寒」，《中興以來絶妙詞選》作「峭寒」。

〔六〕「夜飲」，《中興以來絶妙詞選》作「痛飲」。

〔七〕此「侍宴」《柳梢青》詞上闋，「如」，《中興以來絶妙詞選》作「似」。此詞下條已全録之。

曾覿張掄進詞〔一〕

曾覿進詞賦，遂進《阮郎歸》云〔二〕：「柳陰庭院占風光〔三〕。呢喃春晝長〔四〕。碧波新漲小池塘。雙雙蹴水忙。　萍散漫，絮飛揚〔五〕。輕盈體態狂。爲憐流水落花香〔六〕。銜將歸畫梁。」既登舟，知閤張掄進《柳梢青》云〔七〕：「柳色初濃〔八〕，餘寒似水〔九〕，纖雨如塵。一陣東風，縠紋微皺，碧沼鱗鱗。　仙娥花月精神。奏鳳管、鸞絃鬭新〔一〇〕。萬歲聲中，九霞杯内〔一一〕，長醉芳春。」曾覿和進云〔一二〕：「桃靨紅勻〔一三〕，梨腮粉薄〔一四〕，鴛徑無塵〔一五〕。鳳閣凌虚，龍池澄碧，芳意鱗鱗。　清時酒聖花神。看内苑〔一六〕、風光又新。一部仙韶，九重鸞仗〔一七〕，天上長春。」

【箋　證】

〔一〕《武林舊事》卷七「德壽宮起居注」條記宋孝宗乾道三年三月十一日過德壽宮奉太上皇後苑看花事，云：「太上倚闌閒看，適有雙燕掠水飛過，得旨令曾覿題詞。遂賦進《阮郎歸》云云。既登舟，知閤張掄進《柳梢青》云云。曾覿和進云云。各有宣賜。」本條全引録之，詞句文字全同。

〔二〕此詞《中興以來絶妙詞選》卷一題下注云：「上苑初夏，侍宴池上，雙飛新燕掠水而去，得旨賦之。」升庵批點《草堂詩餘》卷一題作「初夏，新燕掠水」。

〔三〕「庭院」，《中興以來絶妙詞選》、《草堂詩餘》作「庭館」。「占」，《西湖遊覽志餘》作「進」。

〔四〕「春晝」，《中興以來絶妙詞選》、《草堂詩餘》作「清晝」。

〔五〕「飛揚」，《中興以來絶妙詞選》、《草堂詩餘》作「飄揚」。

〔六〕「流水落花」，《中興以來絶妙詞選》、《草堂詩餘》作「流去落紅」。

〔七〕見《中興以來絶妙詞選》卷二，題作「侍宴」。

〔八〕「初濃」，《中興以來絶妙詞選》作「初匀」。

〔九〕「餘寒」，《中興以來絶妙詞選》作「輕寒」。

〔一〇〕「鸞絃」，《中興以來絶妙詞選》作「鸞絲」。

〔一一〕「杯内」，《中興以來絶妙詞選》作「杯裏」，珥江書屋本作「斗内」。

〔一二〕此詞見《中興以來絶妙詞選》卷一，題注云：「侍宴禁中，和張知閤應制作。」

〔一三〕「桃靨紅匀」，《中興以來絶妙詞選》作「梅粉輕匀」。

〔一四〕「梨腮粉薄」，《中興以來絶妙詞選》作「和風布暖」。

〔一五〕「鴛徑」，《中興以來絶妙詞選》作「香徑」。

〔一六〕「看」，《中興以來絶妙詞選》作「見」。

〔一七〕「九重」，《中興以來絶妙詞選》作「九曲」。

雪詞〔一〕

「紫皇高宴僊臺〔二〕，雙成戲擊瓊苞碎〔三〕。何人爲把，銀河水剪，甲兵都洗。玉様乾坤，八荒同色，了無塵翳。喜冰消太液，暖融鳷鵲，端門曉，班初退。　聖主憂民深意。轉鴻鈞、滿天和氣。太平有象，三宫二聖，萬年千歲。雙玉杯深，五雲樓迥，不妨頻醉。看來不是飛花〔四〕，片片是、豐年瑞。」上大喜〔五〕，賜鍍金酒器二百兩〔六〕。

【箋證】

〔一〕此條節引《武林舊事》卷七「德壽宫起居注」所記宋孝宗淳熙八年正月初二，與太上皇於明遠樓張燈進酒，節使吳琚進「喜雪」《水龍吟》詞事。升庵節引未及作者、詞調及本事，今補録於此：「未初雪大下，正是臈前。太上、官家甚喜。云：『今年正欠些雪，可謂及時。』太上云：『雪却甚好，但恐長安有貧者。』上奏云：『已令有司比去年倍數支散矣。』太上亦命提舉官於本宫支撥官會，照朝廷數目發下臨安府，支散貧民一次。又移至明遠樓，張燈進酒。節使吳琚進『喜雪』《水龍吟》詞云云。上大喜，賜鍍金酒器二百兩、細色段疋、復古殿香、糕兒酒等。太后命本宫歌板色歌此曲進酒，太上盡醉。至更後宣轎兒入便門，上親扶太上上輦還宫。」

〔二〕「僊臺」，《武林舊事》作「簫臺」。

〔三〕「璚苞」，《武林舊事》作「瓊包」。

〔四〕《武林舊事》「看」上多一「細」字。

〔五〕「上」前原有「太」字，據《武林舊事》删。

〔六〕「二」原誤作「三」，據《武林舊事》改。珥江書屋本、天都閣本皆不誤。

月詞〔一〕

曾覿《壺中天》詞云：「素飆漾碧〔二〕，看天衢穩送，一輪明月。翠水瀛壺人不到，比似世間秋别。玉手瑶笙，一時同色，小按霓裳疊。天津橋上，有人偷記新闋。當日誰幻銀橋，阿瞞兒戲，一笑成癡絶。肯信群仙高宴處，移下水晶宫闕。雲海塵清，山河影滿，桂冷吹香雪。何勞玉斧，金甌千古無缺。」上皇大喜，曰：「從來月詞，不曾用金甌事，可謂新奇。」賜金束帶、紫番羅、水晶盌。上亦賜寶醆。至一更五點還宫。是夜，西興亦聞天樂焉。

【箋　證】

〔一〕此條節録《武林舊事》卷七「德壽宫起居注」所記淳熙九年八月十五日，孝宗奉太上皇於德壽宫香遠堂賞月，曾覩上《壺中天慢》詞事。原文云：「待月初上，簫韶齊舉，縹緲相應，如在霄漢。既入座，樂少止。太上召小劉貴妃獨吹白玉笙《霓裳中序》，上自起，執玉杯奉兩殿酒，并以纍金嵌寶注椀杯柈等賜貴妃。侍宴官開府曾覿恭上《壺中天慢》一首云云。上皇曰：『從來月詞不用金甌事，可謂新奇。』賜金束帶、紫番羅水晶注椀一副。上亦賜寶盞、古香。至一更五點還内。是夜，隔江西興，亦聞天樂之聲。」

〔二〕「漾碧」，《武林舊事》作「颺碧」。

潮　詞〔一〕

江潮亦天下所獨，宣諭侍官各賦《酹江月》一曲。至晚呈上，以吴琚爲第一。其詞曰：「玉虹遥掛，望青山隱隱，有如一抹〔二〕。忽覺天風吹海立，好似春霆初發。白馬凌空，瓊鰲駕水，日夜朝天闕。飛龍舞鳳，鬱葱環拱吴越。　此景天下應無〔三〕，東南形勝，偉觀真奇絶。好是吴兒飛綵幟，蹴起一江秋雪。黄屋天臨，水犀雲擁，看擊中流楫。晚來波静，海門飛上明月。」兩宫賞賜無限，至月上始還。

【箋證】

〔一〕此條節引《武林舊事》卷七「德壽宫起居注」所記淳熙十年八月十八日，孝宗請太上皇浙江亭觀潮，因命侍宴官各賦《酹江月》詞事，文字略有改易。原文云：「自龍山以下，貴邸豪民綵幕凡二十餘里，車馬駢闐，幾無行路。西興一帶，亦皆抓縛幕次，綵繡照江，有如鋪錦。市井弄水人，如僧兒、留住等凡百餘人，皆手持十幅綵旗，踏浪争雄，直至海門迎潮。又有踏混木、水傀儡、水百戲、撮弄等，各呈伎藝，並有支賜。太上喜見顔色，曰：『錢塘形勝，東南所無。』上起奏曰：『江潮亦天下所獨有也。』太上宣諭侍宴官，令各賦《酹江月》一曲。至晚進呈，太上以吴琚爲第一。其詞云云。兩宫並有宣賜。至月上還内。」

〔二〕「有如一抹」，「有」字原無，據《花草粹編》卷二十、《西湖遊覽志餘》卷三補，《武林舊事》作「一眉如抹」。

〔三〕「此景」，《武林舊事》作「此境」。

朱希真

朱希真，名敦儒，博物洽聞，東都名士也。天資曠遠，有神仙風致。其《西江月》二首，詞淺意深，可以警世之役役於非望之福者。《草堂》入選矣〔一〕。其《相見歡》云〔二〕：「東風吹盡江梅。橘花開〔三〕。舊日吴王宫殿長青苔。今古事，英雄淚，老相催。常恨夕陽西下晚潮回〔四〕。」《鷓鴣天》云〔五〕：「檢盡曆頭冬又殘。愛他風雪耐他寒〔六〕。拖條竹杖家家酒，上個籃輿處處山。　添老大，轉癡頑。謝天教我老年閒〔七〕。道人還了鴛鴦債，紙帳梅花醉夢間。」其《水龍吟》末云〔八〕：「奇謀報國，可憐無用，塵昏白羽。鐵鎖横江，錦帆衝浪，孫郎良苦。」亦可知其爲人矣。

【箋證】

〔一〕朱敦儒，字希真，河南洛陽人。志行高潔，雖爲布衣，而有朝野之望。紹興二年，詔肇慶府遣詣行在。既至命對明暢，賜進士出身，爲秘書省正字。俄兼兵部郎官，遷兩浙東路提點刑獄。尋罷歸。十九年，秦檜當國，復除敦儒鴻臚少卿。檜死，敦儒亦廢。時人笑之，以爲志節不終云。有《巖壑老人詩文》一卷、詞有《樵歌》三卷。《中興以來絶妙詞選》卷一收朱希真詞十首，注云：「名敦儒，博物洽聞，東都名士。南渡初，以詞章擅名。天資曠遠，有神仙風致。其《西江月》二曲，辭淺意深，可以警世之役役於非望之福者。」此升庵之所本。所云《西江月》二首，一題「警悟」，一題「自樂」，皆見《中興以來絶妙詞選》。此二詞，至正本、洪武本《草堂詩餘》及升庵批點本僅載「警悟」一首。然洪武本詞末有注，中録「自樂」一首云：「黄玉林云：『希真又有一闋云云。此一詞詞淺意深，可以警世之役役於非望之福者。』」故二詞實已並見於《草堂詩餘》。升庵此云二詞皆入《草堂》之選，不過語焉未周而已。

〔二〕此詞見《樵歌》卷下。《樂府雅詞》卷下、《中興以來絶妙詞選》亦載之。

〔三〕「橘」，《詞品》各本原皆作「揉」，據《彊村叢書》本《樵歌》、《樂府雅詞》卷下、《中興以來絶妙詞選》改。

〔四〕「西下」，《樵歌》、《中興以來絶妙詞選》作「西去」。

〔五〕此詞見《樵歌》卷上。《中興以來絶妙詞選》亦載之。

〔六〕「耐」，《樵歌》作「忍」。升庵批點本《草堂詩餘》作「耐」，有批云：「惟其愛，不得不耐。」

〔七〕「老年閒」，《樵歌》、《中興以來絶妙詞選》作「老來閒」。

〔八〕此詞見《樵歌》卷上及《中興以來絶妙詞選》，題作「感事」。其下闋云：「回首妖氛未掃，問人間、英雄何處。奇謀報國，可憐無用，塵昏白羽。鐵鎖横江，錦帆衝浪，孫郎良苦。但愁敲桂櫂，悲吟梁甫。淚流如雨。」

李似之

李似之，名彌遜，仙井監人，自號筠翁，宋南渡名士。不附秦檜，坐貶〔一〕。有「别友」《菩薩蠻》一首云〔二〕：「江城烽火連三月。不堪對酒長亭别〔三〕。休作斷腸聲，老來無淚傾。　風高帆影疾。目送舟痕碧。錦字幾時來。薰風無雁回。」

【箋　證】

〔一〕李彌遜，字似之，號筠溪翁，宋連江人，居於吴縣。大觀三年，以上舍登進士第一。政和中累官起居郎。以封事剴切，貶知盧山縣，改奉嵩山祠。宣和末，知冀州。靖康中，歷知瑞、吉二州。紹興七年冬試中書舍人，再任户部侍郎。以争和議忤秦檜。九年，以徽猷閣直學士知端州，改知漳州。十年，歸隱連江西山。有《筠溪集》二十七卷，詞《筠溪詞》一卷。《中興以來絶妙詞選》卷二載李似之詞，注云：「名彌遜，自號筠翁，中興初名士。不附秦檜，坐貶。」升庵據之爲説，而以其爲仙井監人，則不知所據。仙井，今四川仁壽也。

〔二〕此詞見《中興以來絶妙詞選》，又見《樂府雅詞》拾遺卷上。

〔三〕「長亭」，《樂府雅詞》作「江亭」。

張安國〔一〕

張孝祥，字安國，蜀之簡州人，四狀元之一也〔二〕。後卜居歷陽。平昔爲詞，未嘗著稿，筆酣興健，頃刻即成，無一字無來處。如《歌頭》「凱歌」諸曲〔三〕，駿發蹈厲，寓以詩人句法者也。有《于湖紫微雅詞》一卷，湯衡爲序云云〔四〕。其詠物之工，如「羅帕分柑霜落齒，冰盤剥芡珠盈掬」〔五〕。寫景之妙，如「秋净明霞乍吐，曙凉宿靄初消」〔六〕。麗情之句，如「佩解湘腰，釵孤楚鬢」〔七〕。不可勝載。

【箋　證】

〔一〕張孝祥，字安國，學者稱于湖先生，和州烏江人。紹興初，金人逼和州，隨父渡江，居蕪湖昇仙橋西，自號于湖居士。紹興二十四年廷試，擢進士第一，授承事郎，簽書鎮東軍節度判官廳公事。時考官先已定秦檜孫塤第一，而高宗親拔孝祥，檜忌之，下其父張祁於獄。會檜死，轉秘書省正字，遷校書郎、尚書禮部員外郎。二十八年，除起居舍人權中書舍人。被劾罷。尋除知撫州事。孝宗即位，遷知平江府。以張浚薦，除中書舍人，遷直學士院兼都督府參贊軍事，領建康留守。張浚敗，罷歸。乾道二年再起知潭州、荆南湖北路安撫使。以疾請祠歸，卒。有《于湖居士文集》四十卷，《于湖詞》四卷。《中興以來絶妙詞選》卷二録張安國詞二十四首，注云：「名孝祥，號于湖，歷陽人。以射策魁天下，不數載，入直中書。有《紫微雅詞》，湯衡爲之序，稱其平昔爲詞，未嘗著稿，筆酣興健，頃刻即成，無一字無來處。如《歌頭》『凱歌』諸曲，駿發蹈厲，寓以詩人句法者也。」此爲升庵此條所本。湯衡《張紫微雅詞序》云：「公平昔爲詞，未嘗著稿，筆酣興健，頃刻即成，初若不經意，反復究觀，未有一字無來處。如《歌頭》『凱歌』、『登無盡藏』、『岳陽樓』諸曲，所謂駿發踔厲，寓以詩人句法者也。自仇池仙去，能繼其軌者，非公其誰與哉？覽者擊節，當以予爲知言。」此又花庵之所出也。

〔二〕《于湖居士文集》附録陸世良紹熙五年所撰《宣城張氏信譜傳》云：張孝祥「本貫和州烏江縣，唐司業張籍七世孫」，「紹興初年金人逼和州，隨父渡江居蕪湖昇仙橋西」。《宋史》本傳即採其説。檢《新唐書》卷一百七十六《張籍傳》所載，張籍即和州烏江人。升庵以其爲「蜀之簡州人，四狀元之一」，乃據《方輿勝覽》卷五十二《崇慶府・簡州》「建制沿革」爲説，「四狀元」者，謂有宋一代，簡州嘗出狀元四人也。參見本書卷三「蘇易簡」條箋證〔二〕。

〔三〕張孝祥《水調歌頭》有「凱歌上劉恭父」、「汪德藻無盡藏」、「過岳陽樓作」諸作，即湯衡《序》中所稱者也。

〔四〕張孝祥詞，《四部叢刊》景宋本《于湖居士文集》存樂府四卷。馬端臨《文獻通考》卷二百四十六、陳振孫《直齋書録解題》卷二十一皆著録《于湖詞》一卷。此一卷本今不傳。今傳詞集，有雙照樓景宋本《于湖居士樂府》四卷，當自集本出。陶氏涉園景宋本《于湖先生長短句》五卷、拾遺一卷，爲建安坊刻之本。毛氏汲古閣本《于湖詞》三卷，據其第一卷末跋語，知其第一卷乃自《中興以來絶妙詞選》輯出並增補四闋而成。而其第二、第三卷則當自陶氏涉園所景宋本輯出。以其前與陶氏涉園景宋本同附宋乾道七年湯衡《張紫微雅詞序》及陳應行《于湖先生雅詞序》也。據二序，知于湖詞集初名《雅詞》。升庵此云「《于湖紫微雅詞》一卷」，未見著録，或乃於《中興以來絶妙詞選》之「紫微雅詞」前誤加「于湖」二字而成。蓋「于湖」、「紫微」皆謂孝祥，「于湖紫微」，所謂「叠牀架屋」也。其所謂「一卷」，當指《中興詞選》所録之二十四闋。毛氏之本，其初蓋據升庵之説刻成一卷，後得見全集，乃復增二卷於後。

〔五〕此《滿江紅》「秋滿瀟源」中句，《于湖居士文集》卷三十二題作「思歸寄柳州」；《于湖先生長短句》卷一、《中興以來絶妙詞選》卷二題作「秋懷」。

〔六〕此《雨中花》「一葉凌波」中句，《于湖居士文集》卷三十一「秋净」作「秋霽」；《于湖先生長短句》卷二「曙」作「夜」，「靄」作「霧」；《中興以來絶妙詞選》卷二題作「長沙」。汲古閣本《于湖詞》調作《雨中花慢》，注云：「向失慢字，誤。」

〔七〕此《木蘭花慢》「送歸雲去雁」中句，見《于湖居士文集》卷三十一、《于湖先生長短句》卷一。《中興以來絶妙詞選》卷二載此詞，調名《木蘭花》，題作「離思」。

于湖詞〔一〕

于湖玩鞭亭，晋明帝覘王敦營壘處。自温庭筠賦詩後，張文潛又賦《于湖曲》，以正「湖陰」之誤〔二〕。詞皆奇麗警拔，膾炙人口。徐寶之、韓南澗亦發新意，張安國賦《滿江紅》云：「千古淒涼，興亡事、但悲陳跡。凝望眼〔三〕、吴波不動，楚山空碧〔四〕。巴滇緑駿追風遠，武昌雲旆連天赤〔五〕。笑老姦、遺臭到如今，留空壁。　邊書静〔六〕，烽烟息。通軺傳，銷鋒鏑〔七〕。仰太平天子，聖明無敵〔八〕。蹙踏揚州開帝里〔九〕，渡江天馬龍爲匹。看東南、佳氣鬱葱葱，傳千億。」雖問採温、張語，而詞氣亦不在其下〔一〇〕。嘗見安國大書此詞，後題云：「乾道元年正月十日。」筆勢奇偉可愛。《建康實録》，唐許嵩所著者，亦稱「湖陰」云云。庭筠之誤，有自來矣〔一一〕。

【箋　證】

〔一〕此條全録自《吴禮部詞話》，文末《建康實録》云云，爲吴氏舊注。

〔二〕《晉書》卷六《明帝紀》：太寧二年六月，「敦將舉兵内向，帝密知之，乃乘巴滇駿馬，微行至于湖，陰察敦營壘而出。有軍士疑帝非常人，又敦正晝寢，夢日環其城。驚起曰：『此必黄鬚鮮卑奴來也。』帝母荀氏，燕代人，帝狀類外氏，鬚黄，敦故謂帝云。於是使五騎物色追帝，帝亦馳去。馬有遺糞，輒以水灌之。見逆旅賣食嫗，以七寶鞭與之，曰：『後有騎來，可以此示也。』俄而追者至，問嫗。嫗曰：『去已遠矣。』因以鞭示之。五騎傳玩，稽留遂久；又見馬糞冷，以爲信遠，而止不追。帝僅而獲免。」《建康實録》卷六：晉明帝太寧二年「夏五月，王敦在湖陰謀舉逆，帝密知之，自乘巴滇駿馬，微行至於湖陰，察敦營壘而出。」誤「于湖」爲「湖陰」。温庭筠因作《湖陰曲》，並序曰：「王敦舉兵至湖陰，明帝微行視其營伍。由是樂府有《湖陰曲》，而亡其詞，因作而附之。」見《才調集》卷二，《樂府詩集》卷七十五亦載之。故張耒作《于湖曲》以正其非。《柯山集》卷三載其詩並序云：「蕪湖令寄示温庭筠《湖陰曲》，其序乃云『晉王敦反，屯于湖陰，帝微行至其營，敦夢日遶之，覺而追不及。故樂府有《湖陰曲》』。按《晉·地志》有于湖，而無湖陰。本紀云：『敦屯于湖。』又曰：『帝至于湖，陰察營壘而去。』頃予遊蕪湖，問父老湖陰所在，皆莫之知也。然則『帝至于湖』，當斷爲句。乃作《于湖曲》以遺之，使正其是非云。」《丹鉛摘録》卷六「湖陰曲題誤」條升庵亦嘗辯之云：「『王敦屯于湖，帝至于湖，陰察營壘而去。』此《晉紀》本文。于湖，今之歷陽也。『帝至于湖』爲一句，『陰察營壘』爲一句。温庭筠作《湖陰曲》，誤以『陰』字屬上句也。張耒作《于湖曲》以正之。」又，玩鞭亭，在宋太平州當塗縣。見《方輿勝覽》卷十五。晉屬丹陽郡于湖縣。

〔三〕「凝」，《于湖先生長短句》拾遺作「迷」。

〔四〕「空碧」《于湖居士文集》卷三十二、《于湖先生長短句》拾遺作「叢碧」。

〔五〕「天」，《于湖居士文集》、《于湖先生長短句》拾遺作「江」。

〔六〕「邊」，《于湖先生長短句》拾遺作「軍」。

〔七〕「銷」，《于湖先生長短句》拾遺作「消」。

〔八〕「聖明無敵」，《于湖居士文集》、《于湖先生長短句》拾遺作「坐收長策」。

〔九〕「蹙」，《于湖先生長短句》拾遺作「蹴」。

〔一〇〕温庭筠詩有「吴波不動楚山晚，花壓闌干春晝長」之句，張耒詩有「巴滇騄駿風作蹄，去如滅没來不斷」、「浮江天馬是龍兒，蹙踏揚州開帝里」之句，皆爲孝祥詞所採者。

〔一一〕《建康實録》卷六：「敦將謀簒奪，諷朝廷徵己，帝手詔徵之。敦下屯於湖陰。帝乃轉司空導爲司徒。敦自領揚州牧。」

醉落魄

張于湖《醉落魄》詞云：「輕寒澹緑〔一〕。可人風韻閒梳束〔二〕。多情早是眉峰蹙。一點秋波，閒裏覷人毒。　桃花庭院光陰速〔三〕。銅鞮誰唱大堤曲。歸來想是櫻桃熟〔四〕。不道秋千，誰伴那人蹴。」此詞「毒」、「蹴」二字難下。《醉落魄》，元曲訛爲《醉羅歌》。

【箋　證】

〔一〕「輕寒」，《于湖居士文集》卷三十三、《于湖先生長短句》卷四作「輕黄」。

〔二〕「梳」，《于湖居士文集》、《于湖先生長短句》作「裝」。

〔三〕「光陰速」，原作「閒裝束」，與前重，據珥江書屋本、《于湖居士文集》、《于湖先生長短句》改。

〔四〕「歸來」，《于湖居士文集》、《于湖先生長短句》作「歸時」。

史邦卿

史邦卿，名達祖，號梅溪〔一〕。今録其《萬年懽》一首〔二〕，亦鼎之一臠也。「兩袖梅風，謝橋邊、岸痕猶帶陰雪〔三〕。過了匆匆燈市，草根青發。燕子春愁未醒，誤幾處芳音遼絶。烟谿上，採緑人歸，定應愁沁花骨。　非干厚情易歇。奈燕臺句老，難道離別。小徑吹衣，曾記故里風物。多少驚心舊事，第一是、侵階羅襪。如今但、柳髮晞春，夜來和露梳月。」「春雪」詞云〔四〕：「行天入鏡，都做出〔五〕、輕鬆纖軟。」「寒爐重暖，便放慢春衫針線。恐鳳鞋挑菜歸來，萬一灞橋相見。」此句尤爲姜堯章拈出〔六〕。「輕鬆纖軟」，元人小令借以詠美人足云。又「元夕」詞〔七〕：「羞醉玉，少年丰度。懷艷雪，舊家伴侶。」「醉玉生春」

出《蘭畹》詞，「艷雪」出韋詩〔八〕，語精字鍊，豈易及耶。

【箋證】

〔一〕史達祖，字邦卿，號梅溪，宋汴京人。寧宗開禧間，韓侂胄當國，用邦卿爲堂吏，詔制堂帖皆出其手，一時門庭若市。侂胄敗，被黥隸嶺南。《中興以來絶妙詞選》卷七載史邦卿詞，注云：「達祖，號梅溪，有詞百餘首。張功父、姜堯章爲序。堯章稱其詞『奇秀清逸，有李長吉之韻。蓋能融情景於一家，會句意於兩得』。」

〔二〕此詞見《梅溪詞》及《中興以來絶妙詞選》，題作「春思」。

〔三〕「岸痕」二字原脱，據《梅溪詞》及《中興以來絶妙詞選》補。

〔四〕此下摘引詠「春雪」《東風第一枝》詞，見《梅溪詞》及《中興以來絶妙詞選》。

〔五〕「都做」，《梅溪詞》及《中興以來絶妙詞選》並作「做弄」。

〔六〕此句乃《中興以來絶妙詞選》黄昇於詞末所加批語。

〔七〕此詠「元夕」《東風第一枝》「酒館歌雲」詞下闋中句，見《梅溪詞》及《中興以來絶妙詞選》。

〔八〕《蘭畹集》今佚，升庵或曾見之，所云「醉玉生春」，不知所指矣。宋蔡伸《友古詞》中有《行香子》「珠露初零」一首，有「夢回時、酒力初醒；緑雲堆枕，紅玉生春」之句，亦當出此。韋應物《答徐秀才》詩中有「清詩舞艷雪，孤抱瑩玄冰」之句，見《韋蘇州集》卷五。

杏花天

史邦卿《杏花天》詞云〔一〕：「軟波拖碧蒲芽短。畫樓外〔二〕，花晴柳暖。今年自是清明晚。便覺芳情較嬾。　春衫瘦，東風剪剪。逼花塢〔三〕，香吹醉面。歸來立馬斜陽岸。隔水歌聲一片〔四〕。」姜堯章云：「史邦卿之詞，奇秀清逸，有李長吉之韻，蓋能融情景於一家，會句意於兩得。」〔五〕姜亦當時詞手，而服之如此。

【箋　證】

〔一〕此詞見《梅溪詞》、《中興以來絶妙詞選》卷七，題作「清明」。

〔二〕「畫樓」，《梅溪詞》、《中興以來絶妙詞選》皆作「畫橋」。

〔三〕「逼」，《梅溪詞》、《中興以來絶妙詞選》皆作「過」。

〔四〕「水」，《梅溪詞》、《中興以來絶妙詞選》皆作「岸」。

〔五〕此黄昇所引姜白石語，見《中興以來絶妙詞選》。周密《絶妙好詞箋》卷二亦引之。

姜堯章

姜夔，字堯章，號白石道人，南渡詩家名流。詞極精妙，不減清真樂府。其間高處，有周美成不能及者。善吹簫，自製曲，初則率意爲長短句，然後協以音律云〔一〕。其詠「蟋蟀」《齊天樂》一詞最勝〔二〕，其詞曰：「庾郎先自吟愁賦。淒淒更聞私語。露濕銅鋪，苔侵石井，都是曾聽伊處。哀音似訴。正思婦無眠，起尋機杼。曲曲屏山，夜涼獨自甚情緒。西窗又吹暗雨。爲誰頻斷續，相和砧杵。候館吟秋，離宮弔月，別有傷心無數。邠詩漫與。笑籬落呼燈，世間兒女。寫入琴絲，一聲聲更苦。」其「過苕霅」云：「拂雪金鞭，欺寒茸帽，不記章臺走馬。」「雁磧沙平，漁汀人散，老去不堪遊冶。」〔三〕「人日」詞云：「池面冰膠，墻頭雪老，雲意還又沉沉。」「朱户粘鷄，金盤簇燕，空嘆時序侵尋。」〔四〕《湘月》詞云：「歸禽時度，月上汀洲冷。中流容與，畫橈不點清鏡。」〔五〕從柳子厚「緑净不可唾」之語翻出〔六〕。「戲張平甫納妾」云：「別母情懷，隨郎滋味，桃葉渡江時。」〔七〕《翠樓吟》云：「檻曲縈紅，簷牙飛翠。」「酒祓清愁，花消英氣。」〔八〕《法曲獻仙音》云：「過秋風未成歸計。誰念我，重見冷楓紅舞。」〔九〕《玲瓏四犯》云：「輕盈喚馬，端正窺户。酒醒明月下，夢逐潮聲去。」〔一〇〕其腔皆自度者〔一一〕，傳至今，不得其調，難入管絃，秖愛其句之奇麗耳。

【箋　證】

〔一〕姜夔，字堯章，宋鄱陽人。少從父宦居漢陽，姊遂嫁於沔之山陽，父死孤貧，寄食其姊家幾二十年。淳熙中，以詩見賞於蕭得藻，妻以姪女，遂移居湖州武康，與白石洞天爲鄰，因自號白石道人。寧宗慶元三年，進《大樂議》、《琴瑟考古圖》，乞正雅樂；五年復上《聖宋鐃歌》十二章。寧宗詔免解，與禮部試，不第。以布衣終。有《白石道人詩集》二卷、《白石道人歌曲》四卷。《中興以來絶妙詞選》卷六録姜堯章詞，黄昇注云：「名夔，號白石道人，中興詩家名流。詞極精妙，不減清真樂府。其間高處，有美成所不能及。善吹簫，自製曲，初則率意爲長短句，然後協以音律云。居鄱陽。」升庵全録其説。

〔二〕此詞見《白石道人歌曲》卷三，有序云：「丙辰歲，與張功父會飲張達可之堂，聞屋壁間蟋蟀有聲，功父約予同賦以授歌者。功父先成，辭甚美。予徘徊茉莉花間，仰見秋月，頓起幽思，尋亦得此。蟋蟀，中都呼爲促織，善鬭。好事者或以二三十萬錢致一枚，鏤象齒爲樓觀以貯之。」《中興以來絶妙詞選》卷六，題下注云：「蟋蟀，中都呼爲促織。」

〔三〕此上所引兩段分别爲《探春慢》「衰草愁烟」詞上下闋中句。此詞《中興以來絶妙詞選》題「過苕霅别鄭次臯諸君」。《白石道人歌曲》卷三載此詞，序云：「予自孩幼從先人宦于古沔，女須因嫁焉。中去復來，幾二十年，豈惟姊弟之愛，沔之父老兒女子，亦莫不予愛也。丙午冬，千巖老人約予過苕霅，歲晚乘濤載雪而下，顧念依依，殆不能去。作此曲别鄭次臯、辛克清、姚剛中諸君。」「不記」，《白石道人歌曲》、《中興以來絶妙詞選》並作「還記」。

〔四〕此上所引爲《一萼紅》「古城陰」詞上下闋中句。此詞《中興以來絶妙詞選》題「人日長沙登定王臺」。《白石道人歌曲》卷三載此詞，有序云：「丙午人日，予客長沙别駕之觀政堂。堂下曲沼，沼西負古垣，有盧橘幽篁，一逕深曲。穿逕而南，官梅數十株，如椒如菽，或紅破白露，枝影扶疏。著屐蒼苔細石間，埜興橫生，亟命駕登定王臺，亂湘流入麓山。湘雲低昂，湘波容與，興盡悲來，醉唫成調。」「墻頭」，《白石道人歌曲》、《中興以來絶妙詞選》並作「墻腰」。

〔五〕此《湘月》詞上闋中句。《中興以來絶妙詞選》題下注：「雙調，即《念奴嬌》之鬲指聲也。」《白石道人歌曲》卷三載此詞，序末云：「予度此曲，即《念奴嬌》鬲指聲也，於雙調中吹之。鬲指亦謂之過腔，見晁無咎集。凡能吹竹者，便能過腔也。」

〔六〕此非柳宗元詩，乃韓愈《題合江亭寄刺史鄒君》詩中句，見《韓昌黎文集》卷二。升庵記誤。

〔七〕此《少年遊》詞上闋中句。此詞《中興以來絶妙詞選》題「戲張平甫」，《白石道人歌曲》卷三題「戲平甫」。

〔八〕此上所引爲《翠樓吟》詞上下闋中句。此詞《中興以來絶妙詞選》題下注：「雙調。武昌安遠樓成。」《白石道人歌曲》卷四詞序云：「淳熙丙午冬，武昌安遠樓成，與劉去非諸友落之，度曲見志。予去武昌十年，故人有泊舟鸚鵡洲者，聞小姬歌此詞，問之，頗能道其事，還吴爲予言之。興懷昔遊，且傷今之離索也。」「酒祓」原作「酒破」，據《白石道人歌曲》、《中興以來絶妙詞選》改。「花消」，《中興以來絶妙詞選》作「花嬌」。

〔九〕此《法曲獻仙音》下闋中句，「誰念我」三字原脱，當爲刻工誤脱，據《白石道人歌曲》卷三、《中興以來絶妙詞選》補。此詞《中興以來絶妙詞選》題下注：「張彥功官舍。」《白石道人歌曲》詞序云：「張彦功官舍在鐵冶嶺上，即昔之教坊使宅高齋。下瞰湖山，光景奇絶。予數過之，爲賦此。」

〔一〇〕此《玲瓏四犯》下闋中句。此詞《白石道人歌曲》卷三及《中興以來絶妙詞選》並題：「越中歲暮聞簫鼓感懷。」「唤馬」，《白石道人歌曲》作「换馬」。

〔一一〕按此上所引各詞，唯《湘月》及《翠樓吟》爲白石自度曲，其餘皆倚聲填詞者。蓋因黄昇於所録第一首《揚州慢》詞調下云：「此後凡載宫調者，並是自度曲。」升庵閲讀偶疏，未見「凡載宫調」四字，乃致誤以爲白石所賦皆是自度曲。

高賓王

高觀國，字賓王，號竹屋，詞名《竹屋癡語》。陳造爲序，稱其與史邦卿皆秦、周之詞，所作要是不經人道語，其妙處，少游、美成亦未及也〔一〕。舊本《草堂詩餘》選其《玉蝴蝶》一首，書坊翻刻欲省費，潛去之。予家藏有舊本，今録於此，以補遺略焉〔二〕。「唤起一襟涼思，未成晚雨，先做秋陰。楚客悲殘，誰解此意登臨。古臺荒，斷霞斜照，新夢黯，微月疏砧。總難禁，盡將幽恨，分付孤斟。　從今。倦看青鏡，既遲勳業，可負烟林。斷梗無憑，歲華摇落又驚心。想蘋汀，水雲愁凝去聲。閒蕙帳，猨鶴悲吟。信沉沉，故園歸計，休更侵尋。」又「詠轎」《御街行》云〔三〕：「藤筠巧織花紋細。稱穩步，如流水。踏青陌上雨初晴，嫌怕濕[四]，文鴛雙履。要人送上，逢花須住。纔過處，香風起。裙兒掛在簾兒底。更不把窗兒閉。紅紅白白簇花枝，却稱得、尋春芳意[五]。歸來時晚，紗籠引道，扶下人微醉。」他如「秋懷」《喜遷鶯》、「弔青樓」《永遇樂》[六]，佳作也。

【箋證】

[一] 高觀國，字賓王，自號竹屋居士，宋山陰人。仕履不詳。與史達祖多有唱和，陳造、陸游皆嘗與之交遊。有《竹屋癡語》一卷。《中興以來絶妙詞選》卷六載高賓王詞，小傳云：「名觀國，號竹屋。詞名《竹屋癡語》。陳造爲序，稱其與史邦卿皆秦、周之詞，所作要是不經人道語，其妙處，少游、美成若唐諸公亦未及也。」陳造，字唐卿，自號江湖長翁，宋高郵人。淳熙六年進士，官至淮南西路安撫司參議。有《江湖長翁集》四十卷，今存。

[二] 此高觀國《玉蝴蝶》詞，《中興以來絶妙詞選》載此，題作「秋思」。顧從敬本卷三、升庵批點本卷四並載此詞，亦題作「秋思」，文字與《中興以來絶妙詞選》悉同。而至正本、洪武本《草堂詩餘》皆不載。按：升庵此云「家藏舊本」，必爲顧本之後按調編排本之一種。而所謂書坊「省費潛去之」之本，則指顧本以前之類編本。蓋《草堂詩餘》歷有增補，此詞乃顧本所增也。明代詞樂已亡，顧本改原本按類編排爲按調編排，實便文人依調填詞，故顧本出而類編本漸亡。升庵於此顛倒後先，或乃故弄狡獪以戲讀者也。

[三] 《中興以來絶妙詞選》題作「賦轎」。此詞升庵選入《百琲明珠》卷三。

〔四〕《百琲明珠》無「嫌」字。

〔五〕《百琲明珠》無「芳」字。

〔六〕上舉二詞並見《中興以來絶妙詞選》。

盧申之

盧申之，名祖皋，邛州人。有《蒲江詞》一卷，樂章甚工，字字可入律呂〔一〕。彭傳師於吴江作釣雪亭，擅漁人之窟宅，以供詩境也。約趙子野、翁靈舒諸人賦之，惟申之擅場。「江寒雁影梅花瘦。四無塵，雪飛風起，夜窗如畫」，其警句也〔二〕。《水龍吟》「詠荼蘼」云：「蕩紅流水無聲，暮烟細草粘天遠。低迴倦蝶，往來忙燕，芳期頓嬾。緑霧迷墻，翠虬騰架，雪明香暖。笑依依欲挽，春風教住，還疑是、相逢晚。　不似梅妝瘦減。占人間、丰神蕭散。攀條弄蕊，天涯猶記，曲闌小院。老去情懷，酒邊風味，有時重見。對枕幃空想，東窗舊夢，帶將離怨〔三〕。」《洞仙歌》「詠茉莉」云：「玉肌翠袖，較似酴醿瘦。幾度熏醒夜窗酒。問炎州何事、得許清涼〔四〕，塵不到、一段冰壺剪就〔五〕。　晚來庭户悄，暗數流光，細拾芳英黯回首。念日暮江東，偏爲魂銷，人易老、幽韻清標似舊。正簟紋如水帳如烟，更奈向、月明露濃時候。」

【箋證】

〔一〕盧祖皋，字申之，又字次夔，號蒲江，宋永嘉人。少繼世科，爲郡博士，寧宗慶元五年登進士第。嘉定中，歷秘書省正字、校書郎、著作郎，終將作少監、權直學士院。祖皋爲樓鑰甥，學有淵源。嘗與永嘉四靈以詩相倡和，然其詩集不傳。詞有《蒲江詞》一卷。《中興以來絶妙詞選》卷八載盧申之詞二十四首，小傳云：「名祖皋，號蒲江，樓攻媿先生之甥，趙紫芝、翁靈舒諸賢之詩友。樂章甚工，字字可入律吕，浙人皆唱之。有《蒲江詞稿》行於世。」升庵之説本之於此。此下所引三詞，皆見《中興以來絶妙詞選》。按：盧申之爲永嘉人，見於樓鑰《攻媿集》，其仕履亦詳於史。然升庵以盧申之爲邛州人，亦或有據。宋陳起《江湖小集》、陳思《兩宋名賢小集》卷三百二十六皆録劉過《除夜寄盧申之》詩，中有「夜寒裾犢鼻，應念馬相如」之句，蓋用司馬相如在臨邛著犢鼻裩當壚之典；又有「雪便金帳暖，雲蔭玉川居」，亦臨邛之景也。永嘉盧申之仕履不及於蜀，或劉過所寄乃另一臨邛之盧申之，升庵誤合二人爲一人耶？且劉詩首云「見説盧夫子，詩成手自書」，尊之曰「夫子」，則此盧申之年齒當長於劉過。劉過卒於開禧二年，時年五十二歲，其於慶元五年妙年登第之永嘉盧申之，似不得以「夫子」相稱也。劉過《龍洲集》卷七所載此詩題作《除夜寄盧菊磵》，則此盧申之，或號菊磵也。

〔二〕《中興以來絶妙詞選》載此，爲《賀新郎》「挽住風前柳」詞中句，「江寒」作「江涵」。有序云：「彭傳師於吴江三高堂之前作釣雪亭，蓋擅漁人之窟宅以供詩境也。趙子野約余賦之。」升庵於此改「趙子野約」爲「彭傳師約」，又添「翁靈舒」之名，非也。「彭傳師」，原誤作「彭帥」，據《中興以來絶妙詞選》及《蒲江詞》改補。彭濼，字傳師，嘗爲法曹。岳珂《桯史》卷十五云：「傳師，豪士，以恩科得官，依錢東巖之門。不伈伈顧宦，督府嘗欲舉以使虜，而不克遣，終老於選調云。」趙子野，名汝淳，宋宗室，開禧元年進士。翁靈舒，翁卷也，宋樂清人，以詩名，爲「永嘉四靈」之一，而無詞作存於世。《詩人玉屑》卷二十一附《中興詞話補遺》載「盧申之」條，以爲此詞「無一字不佳。每一詠之，所謂如行山陰道中，山水映發，使人應接不暇也。」

〔三〕「離怨」，《中興以來絶妙詞選》、《蒲江詞》皆作「離恨」。

〔四〕「事得」二字原脱，據《中興以來絶妙詞選》及《蒲江詞》補。《外集》本、《函海》本不誤。

〔五〕「一段」二字原脱，據《中興以來絶妙詞選》及《蒲江詞》補。《外集》本、《函海》本不誤。

劉改之詞〔一〕

「新來塞北。傳到真消息。赤地居民無一粒。更五單于争立。　維師尚父鷹揚。熊羆百萬堂堂。看取黄金假鉞，歸來異姓真王。」〔二〕又云〔三〕：「堂上謀臣樽俎〔四〕，邊頭將士干戈〔五〕。天時地利與人和。燕可伐與曰可。　今日樓臺鼎鼐〔六〕，明年帶礪山河〔七〕。大家齊唱《大風歌》〔八〕。同日四方來賀〔九〕。」世傳辛幼安壽韓侂胄詞也。又有小詞一首，尤多俚談〔一〇〕，不録。近讀謝叠山文，論李氏《繫年録》、《朝野雜記》之非〔一一〕。謂乾道間，幼安以金有必亡之勢，願召大臣預修邊備，爲倉卒應變之計，此憂國遠猷也。今摘數語，而曰「贊開邊」，借劉過小詞〔三〕，曰「此幼安作也」。忠魂得無冤乎！故今特爲拈出。

【箋證】

〔一〕此條録自《吴禮部詞話》。

〔二〕此詞調寄《清平樂》，《吴禮部詞話》以爲劉過詞，汲古閣本《龍洲詞》不載，《彊村叢書》本收入《龍洲詞補遺》。宋滄洲樵叟《慶元黨禁》記韓侂胄謀北伐事，有云：「辛棄疾因壽詞贊其用兵，則用司馬昭假黄鉞、異姓真王故事，由是人疑其有異圖。自知積失人心，中外嗟怨，乃爲始禍之計，蓄無君之謀，輕動干戈，圖危宗社。」宋人所撰《兩朝綱目備要》卷十、《宋史全文》卷二十九下，皆載此文，則以此詞爲辛棄疾作。劉過，字改之，自號龍洲道人，宋吉州太和人。嗜酒放誕，豪縱不羈。光宗紹熙間叩閽上書，請光宗過重華宫，辭意懇切，聲重一時。復上書時宰，直陳恢復方略，大言妄議，以爲中原可一戰而復。執政不聽，以是困躓潦倒，流蕩江湖間，布衣以終。嘗與陳亮、陸游、辛棄疾、岳珂等人交，以詩俠稱湖海間，爲江西詩派中人。有《龍洲集》十四卷，詞集名《龍洲詞》。

〔三〕此下引詞調寄《西江月》，見唐宋名賢百家詞本《稼軒詞》丁集，而文字多異。汲古閣本《龍洲詞》有此詞，則乃據《吴禮部詞話》收録，文字全同。《全宋詞》收入辛詞之中。按上引二詞，鄧廣銘《稼軒詞編年箋注》編入嘉泰四年至開禧三年間，然以爲是否稼軒所作，難下斷語。

〔四〕「樽俎」，《稼軒詞》作「帷幄」。

〔五〕「將士」，《稼軒詞》作「猛將」。

〔六〕「今」，《稼軒詞》作「此」。

〔七〕「明年帶礪」，《稼軒詞》作「他時劍履」。

〔八〕「大家齊唱」，《稼軒詞》作「都人齊和」。

〔九〕「同日四方」，《吴禮部詞話》作「不日四方」、《稼軒詞》作「管領群臣」。

〔一〇〕「又有小詞一首，尤多俚談」，珥江書屋本、天都閣本作「又一首小陶韻聲，多俚談」。

〔一一〕此指李心傳《建炎以來繫年要録》及《建炎以來朝野雜記》二書。

〔一二〕「借劉過小詞」，《吴禮部詞話》作「借江西劉過京師人小詞」。

天仙子

劉改之「赴試別妾」《天仙子》云〔一〕：「別酒醺醺渾易醉〔二〕。回過頭來三十里。〔三〕馬兒不住去如飛〔四〕，行一憩來牽一憩〔五〕，斷送殺人山共水〔六〕。是則是功名終可喜〔七〕。不道恩情拋得未〔八〕。梅村雪店酒旗斜〔九〕，去也是，住也是〔一〇〕，煩惱自家煩惱你〔一一〕。」詞俗意佳，世多傳之。又小説載曹東畝赴試步行，戲作《紅窗迥》慰其足云〔一二〕：「春闈期近也，望帝鄉迢迢〔一三〕，猶在天際。懊恨這一雙脚底，一日厮趕上五六十里。爭氣。扶持我去，轉得官歸、恁時賞你。穿對朝靴，安排你在轎兒裏。更選對宫様鞋兒〔一四〕，夜間伴你〔一五〕。」其詞雖相似，而不及改之遠甚。曹東畝名豳，字西士。

【箋　證】

〔一〕此詞見《中興以來絶妙詞選》卷五，題「初赴省别妾」。《龍洲詞》題作「初赴省别妾于三十里頭」，下注「或作《水仙子》，誤」。洪邁《夷堅支志》丁集卷六「劉改之教授」條載劉過赴試遇仙事，所記此詞作《水仙子》。

〔二〕「别」，《夷堅支志》作「宿」。「渾易」，《夷堅支志》作「猶自」、《龍洲詞》作「容易」。

〔三〕「回過」，《夷堅支志》作「回顧」。

〔四〕「不住」，《夷堅支志》、《龍洲詞》作「只管」。

〔五〕此句《中興以來絶妙詞選》作「牽一憩，坐一憩」，《夷堅支志》作「騎一會，行一會」，《龍洲詞》作「牽一會，坐一會」。

〔六〕「山共水」，《龍洲詞》作「山與水」。

〔七〕「是則是」各書並無下「是」字；「功名終」，《中興以來絶妙詞選》、《龍洲詞》作「青衫終」，《夷堅支志》作「青山深」。

〔八〕「抛」，各書並作「拚」。

〔九〕「梅村雪店」，《中興以來絶妙詞選》、《龍洲詞》作「雪迷村店」；《夷堅支志》此句作「雪迷前路小橋橫」。

〔一〇〕上二「也」字，《中興以來絶妙詞選》、《龍洲詞》並作「則」，《夷堅支志》並作「底」。

〔一一〕此句《夷堅支志》作「思量我了思量你」。

〔一二〕曹豳，字西士，號東畝，宋瑞安人。寧宗嘉泰二年進士，累官左司諫。以論事忤旨，遷起居郎，進禮部侍郎，以寶章閣待制致仕，謚文恭。其以詞慰足事，見《庶齋老學叢談》卷中下。

〔一三〕「帝鄉」，《庶齋老學叢談》作「帝京」。

〔一四〕《庶齋老學叢談》「對」作「箇」，無「兒」字。

〔一五〕天都閣本此下多一「睡」字。

《夷堅支志》丁集卷六亦載之，其「劉改之教授」條云：「劉過，字改之，襄陽人。雖爲書生，而貲產贍足。得一妾，愛之甚。淳熙甲午，預秋薦，將赴省試。臨歧眷戀不忍行，在道賦《水仙子》一詞，每夜飲旅舍，輒使隨直小僕歌之。其語曰云云。其詞鄙淺，姑以寫意而已。到建昌，遊麻姑山，薄暮獨酌，屢歌此詞，思想之極，至於墮淚。二更後，一美女忽來前，執拍板曰：『願唱一曲勸酒。』即歌曰：『别酒未斟心先醉，忽聽《陽關》辭故里。揚鞭勒馬到皇都。三題盡，當際會，穩跳龍門三級水。天意令吾先送喜，不審君侯知得未。蔡邕博識爨桐聲。君背負，只此是，酒滿金杯來勸你。』蓋賡和元韻。劉以『龍門』之句，喜甚，即令再唱，書之於紙，與之歡接。但不曉『蔡邕』、『背負』之意，因留伴寢，始問爲何人。曰：『我本麻姑上仙之妹，緣度王方平、蔡經不力，謫居此山，久不得回玉京。恰聞君新製雅麗，勉趁韻自媒，從此願陪後乘。』劉猶以辭却之，然素深於情，長途遠客，不能自制，遂與之偕東，而令乘小轎，相望於百步之間。迨入都城，僦委巷密室同處。果擢第，調金門教授以歸。過臨江，因遊閣皂山。道士熊若水修謁，謂之曰：『欲有所言，得乎？』劉曰：『何不可者。』熊曰：『吾善符籙，竊疑隨車娘子恐非人也。不審於何地得之？』劉具以告。曰：『是矣，是矣。俟兹夕與並枕時，吾於門外作法行持。呼教授緊抱同衾人，切勿令竄佚。』劉如所戒，喚僕秉燭排闥入，見擁一琴。頓悟昔日『蔡邕』之語。堅縛寘于傍，及行，親自挈持，眠食不捨。及經麻姑，訪諸道流，乃云：『頃有趙知軍携古琴過此，實惜甚至，因摶拊之際，誤觸墮砌下石上，損破不可治，乃埋之官廳西邊。斯其物也。』遽發瘞視之，匣空矣。劉舉琴置匣，命道衆焚香誦經咒，泣而焚之，且作小詩述懷。予案：劉當在詹騤牓中，而《登科記》不載。」

嚴次山

嚴仁，字次山，詞名《清江欸乃》。其佳處，有「粘雲江影傷千古，流不去、斷魂處」之句〔一〕。又長於慶壽、贈行，灑然脱俗。如「壽蕭禹平」云：「雲表金莖珠璀璨。當日投懷驚玉燕。文章議論壓西崑，風流姓字翔東觀。」〔二〕「贈歐太守」云：「坐嘯清香畫戟，聽丁丁、滴花晴漏。棠陰晝寂，賡賓客、竹枝楊柳。」〔三〕「送別」云：「相逢斜柳絆輕舟，渚香不斷蘋花老。」〔四〕又：「窗兒上，幾條殘月，斜界羅幃。」〔五〕皆爲當時膾炙。

【箋證】

〔一〕此嚴仁「清浪軒送春」《賀新郎》詞末句，見《中興以來絶妙詞選》卷五。

〔二〕此「壽蕭禹平知縣」《歸朝歡》上闋前段，「西崑」，《中興以來絶妙詞選》作「西廱」。

〔三〕此「題連州翼然亭呈歐守」《水龍吟》中句，《中興以來絶妙詞選》「賡」上有「細」字。

〔四〕此出「别意」《歸朝歡》。

〔五〕此出「記恨」《多麗》，《中興以來絶妙詞選》「斜界」作「斜玉界」字。

吴大年

吴億，字大年，南渡初人〔一〕。元夕「樓雪初消」一首入選〔二〕。予愛其《南鄉子》一首云〔三〕：「江上雪初消。暖日晴烟弄柳條。認得裙腰芳草緑〔四〕，魂銷。曾折梅花過斷橋。　蟬鬢爲誰凋〔五〕。長恨含嬌那處嬌〔六〕。遥想晚妝呵手罷，無聊〔七〕。更傍朱唇暖玉簫。」

【箋證】

〔一〕吴億，字大年，號溪園，宋蘄春人。嘗爲静江通判。陳振孫《直齋書録解題》卷十八云：「《溪園集》十卷，蘄春吴億大年撰。其父擇仁爲尚書，億仕至静江倅，居餘干，有溪園佳勝。世傳其『樓雪初銷』詞，爲建康帥晁謙之作。」按：《中興以來絶妙詞選》卷二吴大年名下注云：「名億，渡江初人。」升庵本之。

〔二〕此《燭影揺紅》詞中句，《樂府雅詞》拾遺上題「上晁共道」，《中興以來絶妙詞選》卷二題作「元夕」。所謂「入選」，入《草堂詩餘》之選也。《草堂詩餘》至正本、洪武本後集卷上及升庵批點本卷四題作「上元」，「樓雪」並作「梅雪」。

〔三〕此見《樂府雅詞》拾遺上，無題。《中興以來絶妙詞選》卷二題作「江上」。

〔四〕「緑」，《樂府雅詞》作「路」。

〔五〕「蟬」，《中興以來絶妙詞選》、《樂府雅詞》並作「潘」。

〔六〕「含嬌那處嬌」，《中興以來絶妙詞選》、《樂府雅詞》並作「金閨閉阿嬌」。

〔七〕「無聊」，《樂府雅詞》、《中興以來絶妙詞選》並作「夭嬈」。

張功甫

張功甫，名鎡，有《玉照堂詞》一卷。玉照堂以種梅得名，其詞多賞梅之作。其佳句如「光揺動，一川銀浪，九霄珂月」〔一〕，又「宿雨初干，舞梢烟瘦金絲裊」、「粉圍香陣擁詩仙，戰退春寒峭」〔二〕，皆詠梅之作。雖不驚人，而風味殊可喜。

【箋　證】

〔一〕張鎡，字功甫，號約齋，宋鳳翔府成紀人，張俊曾孫。居杭州，築玉照堂，以植梅勝。歷官奉義郎，值秘閣。開禧中忤史彌遠，坐除名，象州編管，卒。有《南湖集》、《玉照堂詞》，皆不存，《四庫》館臣據《永樂大典》輯其詩九卷、詞一卷，合爲《南湖集》十卷。此引句爲「小圃玉照堂賞梅呈洪景盧内翰」《滿江紅》中句，見《中興以來絶妙詞選》卷三、《南湖集》卷十。

〔二〕此引分别爲「燈夕玉照堂梅花正開」《燭影摇紅》上下片中句，見《中興以來絶妙詞選》卷三、《南湖集》卷十。

張鎡於杭州建桂隱園，園池聲伎服玩之麗，甲於天下。其中玉照堂以梅勝。《齊東野語》卷十五「玉照堂梅品」條録張鎡《梅品序》曰：「梅花爲天下神奇，而詩人尤所酷好。淳熙歲乙巳，予得曹氏荒圃於南湖之濱，有古梅數十，散漫弗治。爰輟地十畝，移種成列。增取西湖北山别圃江梅，合三百餘本，築堂數間以臨之。又挾以兩室，東植千葉緗梅，西植紅梅各一二十章。前爲軒楹，如堂之數。花時居宿其中，環潔輝映，夜如對月，因名曰『玉照』。復開澗環繞，小舟往來，未始半月捨去。自是客有遊桂隱者，必求觀焉。頃亞太保周益公秉鈞，予嘗造東閣，坐甫定，首顧予曰：『一棹徑穿花十里，滿城無此好風光。人境可見矣。』蓋予舊詩尾句。衆客相與歆艷，於是遊玉照者，又必求觀焉。值春凝寒，反能留花，過孟月始盛。名人才士，題詠層委，亦可謂不負此花矣。但花艷並秀，非天時清美不宜；又標韻孤特，若三閭大夫、首陽二子，寧槁山澤，終不肯頫首屏氣，受世俗湔拂。間有身親貌悦，而此心落落不相領會，甚至於污褻附近，略不自揆者。花雖眷客，然我輩胸中空洞，幾爲花呼叫稱冤，不特三歎、屢歎、不一歎而足也。因審其性情，思所以爲獎護之策，凡數月乃得之。今疏花宜稱、憎嫉、榮寵、屈辱四事，總五十八條，揭之堂上，使來者有所警省。且世人徒知梅花之貴，而不能愛敬之，使予之言傳聞流誦，亦將有愧色云。紹熙甲寅人日約齋居士書。」

賀新郎

張功甫〔一〕，善填詞。嘗即席作《賀新郎》「送陳退翁分教衡湘」云〔一〕：「桂隱傳杯處。有風流千巖勝韻〔二〕，太丘遺譜〔三〕。玉季金昆霄漢侣。平步鸞坡揮麈。莫便駕、飛帆烟渚。雲動精神衡嶽去。向君山，帝野鏘韶濩〔四〕。藝蘭畹〔五〕，弔湘楚。南湖老矣無襟度。但樽前，踉蹡醉飲〔六〕，帽花顛仆。只恐清時專文教，猶貸陰山狂虜。卧玉帳〔七〕、貔貅鉦鼓〔八〕。忠烈前勳賫萬恨，望神都、魏闕奔狐兔。呼翠袖，爲君舞。」此詞首尾變化，送教官而及陰山狂虜，非善轉換不及此。末句「呼翠袖，爲君舞」六字又能換回結煞，非千鈞筆力未易到此。辛稼軒有「憑誰喚取，盈盈翠袖，揾英雄淚」〔九〕，此末句似之。

【箋　證】

〔一〕此下原有「名鎡」二字，與前條重，據天都閣本删。

〔二〕此見《中興以來絶妙詞選》卷三，題作《送陳退翁分教衡湘將行酒闌索詞漫成》。

〔二〕「勝韻」，《中興以來絶妙詞選》作「韻勝」。

〔三〕「譜」，《中興以來絶妙詞選》作「緒」。

〔四〕「野」，《中興以來絶妙詞選》作「樂」。

〔五〕「藝蘭畹」，《中興以來絶妙詞選》作「蘭藝畹」。

〔六〕「飲」，《中興以來絶妙詞選》作「影」，珥江書屋本、天都閣本同。

〔七〕「玉」，《中興以來絶妙詞選》作「錦」。

〔八〕「鉦」，《中興以來絶妙詞選》作「征」。

〔九〕此辛棄疾「登建康賞心亭」《水龍吟》詞末句，《稼軒詞》、《中興以來絶妙詞選》並作「倩何人喚取，紅巾翠袖，揾英雄泪」。

吴子和

吴子和，名禮之，錢塘人。有「閏元宵」《喜遷鶯》一詞入選〔一〕。

【箋　證】

〔一〕《中興以來絶妙詞選》卷四録吴子和詞十六首，小傳云：「名禮之，號順受老人，錢塘人。有詞五卷，鄭國輔序之。」詞云：「銀蟾光彩。喜稔歲閏正，元宵還再。樂事難并，佳時罕遇，依舊試燈何礙。花市又移星漢，蓮炬重芳人海。盡勾引、徧嬉遊寶馬，香車喧隘。　晴快。天意教、人月更圓，償足風流債。媚柳烟濃，夭桃紅小，景物迴然堪愛。巷陌笑聲不斷，襟袖餘香仍在。待歸也，便相期明日，踏青挑菜。」曰「入選」，入《草堂詩餘》之選也。此詞見至正本、洪武本《草堂詩餘》後集卷上、升庵批點本《草堂詩餘》卷五。

鄭中卿

鄭中卿，名域，三山人，號松窗。使虜回，有《燕谷剽聞》二卷，紀虜事甚詳〔一〕。《昭君怨》「詠梅」一詞云：「道是花來春未。道是雪來香異。水外一枝斜。野人家。 冷淡竹籬茅舍。富貴玉堂瓊榭。兩地不同栽。一般開。」〔二〕興比甚佳。「麗情」云：「合是一釵雙燕，却成兩處孤鸞。」〔三〕樂府多傳之。

【箋證】

〔一〕《中興以來絶妙詞選》卷四鄭中卿小傳云：「名域，三山人，號松窗。慶元丙辰，多隨張貴謨使虜，有《燕谷剽聞》兩卷，記虜中事甚詳。」此升庵所本。此下所引二詞，並見其中。鄭域，淳熙十一年進士及第，嘗歷宰宜春、婺源。慶元二年，隨張貴謨使金。嘉定中，官行在諸軍糧料院幹辦。有《松窗醜鏡集》，不傳。

〔二〕此詞《中興以來絶妙詞選》題作「梅花」。《全芳備祖》前集卷一「梅花門」載此詞。

〔三〕此《畫堂春》「東風吹雨破花慳」詞中句，《中興以來絶妙詞選》題作「春思」，升庵此題曰「麗情」，不知所據。「兩處」，《中興以來絶妙詞選》作「兩鏡」，珥江書屋本、天都閣本同。

謝勉仲

謝勉仲，名懋，號静寄居士。吴伯明稱其片言隻字，戛玉鏘金，醞藉風流，爲世所貴云〔一〕。其「七夕」《鵲橋仙》一詞入選，「鈎簾借月」是也〔二〕。若「餘醒未解扶頭懶，屏裏瀟湘夢遠」〔三〕，亦的的佳句。

【箋　證】

〔一〕《中興以來絶妙詞選》卷四謝勉仲小傳云：「名懋，號静寄居士，有《樂章》二卷。吴坦伯明爲序，稱其片言隻字，戛玉鏗金，醖藉風流，爲世所貴云。」升庵引之。謝懋，宋新喻人，哲宗元祐六年進士。

〔二〕此引詞見《中興以來絶妙詞選》卷四，題曰「七夕」，詞云：「鈎簾借月，染雲爲幌，花面玉枝交映。涼生河漢一天秋。問此會、今宵孰勝。　銅壺尚滴，燭龍已駕，淚浥西風不盡。明朝烏鵲到人間。試説向、青樓薄倖。」此詞入選《草堂詩餘》，見至正本、洪武本《草堂詩餘》後集卷上，升庵批點本卷二。

〔三〕《中興以來絶妙詞選》題作「春思」《杏花天》，詞云：「海棠枝上東風軟。蕩霽色，烟光弄暖。雙雙燕子歸來晚。零落紅香過半。　琵琶淚揾青衫淺。念事與，危腸易斷。餘醒未解扶頭懶。屏裏瀟湘夢遠。」

趙文鼎

趙文鼎，名善扛，號解林居士〔一〕。其「春遊」《重叠金》云：「楚宮楊柳依依碧。遥山翠隱橫波溢。絶艷照濃春。春光欲醉人。　纖纖芳草嫩。微步輕羅襯。花戴滿頭歸。遊蜂花上飛。」其二：「玉關芳草粘天碧。春風萬里思行客。驕馬向風嘶。道歸猶未歸。　南雲新有雁。望眼愁邊斷。膏沐爲誰容。日高花影重。」〔二〕《重叠金》即《菩薩蠻》也〔三〕。又《十拍子》一闋亦佳〔四〕。

【箋　證】

〔一〕《中興以來絶妙詞選》卷四載趙文鼎詞十四首，小傳：「名善扛，號解林居士。詩詞甚富，蓋趙德莊之流也。」文鼎爲太宗第四子商王元份六世孫，江西隆興人。紹興十一年生，嘗守蘄州、處州。淳熙中卒。

〔二〕第二首，《中興以來絶妙詞選》題作「春思」，末句「日高花影重」，作「倚樓烟雨中」。按：此乃升庵以己意改之，「日高花影重」，唐詩人杜荀鶴《春宮怨》詩中名句也。

〔三〕温庭筠《菩薩蠻》詞有「小山重叠金明滅」之句，後人因以《重叠金》爲《菩薩蠻》之别名。

〔四〕此《十拍子》亦見《中興以來絶妙詞選》，題作「上巳」。詞云：「柳絮飛時緑暗。荼蘼開後春酣。花外青帘迷酒思，陌上晴光收翠嵐。佳辰三月三。　解佩人逢遊女。踏青草鬬宜男。醉倚畫欄欄檻北，夢遶清江江水南。飛鸞與並驂。」

趙德莊

趙德莊，名彥端，有《介庵詞》一卷〔一〕。《清平樂》一首云〔二〕：「桃根桃葉。一樹芳相接。春到江南二三月〔三〕。迷損東家蝴蝶。　殷勤踏取春陽〔四〕。風前花正低昂。與我同心梔子，報君百結丁香。」爲集中之冠。

【箋　證】

〔一〕趙彥端字德莊，號介庵，宋太宗弟魏王廷美七世孫，鄱陽人。紹興八年進士。乾道、淳熙間，以直寶文閣知建寧府，卒。有《介庵集》，不傳。今存《介庵詞》一卷，有毛晉汲古閣《宋六十名家詞》本。

〔二〕此引詞，見《中興以來絕妙詞選》卷四，題作「閨思」。

〔三〕「二三月」，《中興以來絕妙詞選》、《介庵詞》作「三二月」。

〔四〕「春陽」，《介庵詞》作「青陽」。

易彦祥

易祓，字彦祥，長沙人，寧宗朝解褐狀元〔一〕。《草堂》詞《鶯山溪》「海棠枝上，留取嬌鶯語」〔二〕，其所作也。

【箋證】

〔一〕升庵此云易祓寧宗朝「狀元」，乃從《中興以來絶妙詞選》卷四易祓小傳之説。按：據《南宋館閣續録》卷八「著作郎」所録云：「易祓，字彦章，潭州寧鄉人。淳熙十一年上舍釋褐出身。治《周禮》。六年八月除，九月知江州。」知升庵此云易祓字「彦祥」、「寧宗朝狀元」爲誤。易祓，字彦章，號山齋，潭州寧鄉人。淳熙十一年進士。慶元六年八月除著作郎，九月知江州。以諂事蘇師旦，由司業超擢左司諫，再遷禮部尚書兼直學士院。師旦敗，追三官，融州安置，死。著有《周易總義》二十卷及《周官總義》三十卷等。

〔二〕《中興以來絶妙詞選》卷四録易祓此詞，題作「春情」。至正本前集卷上、洪武本前集卷上及升庵批點本《草堂詩餘》卷三並選此首。詞云：「海棠枝上，留得嬌鶯語。雙燕幾時來，並飛入、東風院宇。夢回芳草，緑遍舊池塘，梨花雪，桃花雨。畢竟春誰主。　東郊拾翠，襟袖霑飛絮。寶馬趁彫輪，亂紅中、香塵滿路。十千斗酒，相與買春閒，吴姬唱，秦娥舞。拚醉青樓暮。」

李知幾

李石，字知幾，號方舟，蜀之井研人。文章盛傳，有《續博物志》〔一〕。詞亦風致，《草堂》選「烟柳疏疏人悄悄」，其「夏夜」詞也〔二〕。「贈官妓」詞，有「暖玉倚香愁黛翠。勸人須要人先醉。問道明朝行也未。猶自記。燈前背立偷垂淚〔三〕」。好事者或改「偷」爲「佯」。

【箋　證】

〔一〕李石，字知幾，號方舟，宋資陽槃石人。乾道中以薦任太學博士，出爲成都學官。有《方舟集》，已佚，今有《四庫》館臣《永樂大典》輯本二十卷。所著《續博物志》今存。

〔二〕《中興以來絶妙詞選》卷四録李石詞四首，此詞調寄《臨江仙》，題作「夜景」。《草堂詩餘》至正本後集卷上、洪武本後集卷上、升庵批點本卷三，題作「秋夜」。詞云：「烟柳疎疎人悄悄，畫樓風外吹笙。倚欄聞喚小紅聲。薰香臨欲睡，玉漏已三更。　坐待不來來不去，一方明月中庭。粉墻東畔小橋横。起來花影下，扇子撲飛螢。」

〔三〕此「贈鼎州官妓」《漁家傲》詞下闋。「暖玉」，《中興以來絶妙詞選》作「瘦玉」。其上闋云：「西去征鴻東去水，幾重別恨千山裏。夢繞緑窗書半紙。何處是，桃花溪畔人千里。」

危逢吉

危逢吉，名積，有《巽齋詞》一卷〔一〕。其「詠箜篌」《漁家傲》云〔二〕：「老去諸餘情味淺。詩情不上閒釵釧〔三〕。寶幌有人紅兩靨。簾間見。紫雲元在深深院〔四〕。十四條絃音調遠。柳絲不隔芙蓉面。秋入西窗風露晚。歸去懶。酒酣一任烏巾岸。」按箜篌本二十三絃，十四絃蓋後世從省，非古制矣〔五〕。

【箋　證】

〔一〕危積，字逢吉，號巽齋，宋臨川人。孝宗淳熙十四年進士，歷官至著作郎兼屯田郎官。以迕宰相，出知潮州、漳州。有《巽齋集》，不傳。宋陳起《江湖小集》收其詩一卷。

〔二〕此引詞見《中興以來絶妙詞選》卷四，題作「和晏虞卿詠侍兒彈箜篌」。

〔三〕「詩情」，《中興以來絶妙詞選》作「詩詞」。

〔四〕「深深」，《中興以來絶妙詞選》作「梨花」。

〔五〕《舊唐書·音樂志》二：「箜篌，漢武帝使樂人侯調所作，以祠太乙。舊説亦依琴制，今按其形，似瑟而小，七絃，用撥彈之，如琵琶。」此則箜篌之古制也。一九六九年吐魯番阿斯塔那唐墓二百三十號墓出土絹畫樂舞屏風，所繪箜篌即爲七絃。明韓邦奇《苑洛志樂》卷九引《九絃琴圖説》曰：「絃有七有九，實即五絃七絃倍其二。九絃倍其四，所用者五音，亦不以二變爲散聲也。或因以七絃變五音二變，以餘兩絃爲倍。若七絃分倍七音，則是今之十四絃也。」《宋史·樂志》：「十四絃以意裁聲，不合正律，繁數悲哀，棄其本根，失之太清。」陸游《長歌行》亦有「春入箜篌十四絃」之句。又，唐杜佑《通典·樂》四：「豎箜篌，胡樂也，漢靈帝好之。體曲而長，二十二絃，豎抱於懷中，用兩手齊奏。俗謂之擘箜篌、鳳首箜篌。篌頸有軫。」杜佑此文，鄭樵《通志·樂略》引作「二十三絃」，《海録碎事》卷十六引之，亦爲「二十三絃」。則知升庵所謂之「古制」，乃謂胡樂之豎箜篌也。

劉巨濟

劉涇，字巨濟，簡州人。文曰《前溪集》〔一〕。其《夏初臨》詞「小橋飛蓋入橫塘」，今刻本「飛」下落一「蓋」字〔二〕。

【箋證】

〔一〕劉涇，字巨濟，簡州陽安人。熙寧六年進士，因王安石薦，爲經學所檢討。歷國子監丞，知處、號、真、坊四州。元符末上書召對，除職方郎中。尋卒。有《前溪集》，不傳。

〔二〕《草堂詩餘》至正本前集卷下、洪武本前集卷下及升庵批點本所載此詞皆無「蓋」字，惟沈本有「蓋」字，或乃從升庵之説而加者。萬樹《詞律》卷十五據沈本增此一字，以爲《夏初臨》又一體。注云：「舊刻此詞俱作『小橋飛入橫塘』，沈天羽云『飛』字下缺『蓋』字。愚謂：據此調風範，『小橋』句當以六字爲正，况有前洪詞可據。但天羽或有所考，故收此九十八字體，然作者只從洪平齋可耳。」

劉巨濟僧仲殊

張樞言龍圖守杭，一日湖上開宴，劉涇巨濟、僧仲殊在焉。樞言命即席作填詞，巨濟先倡曰：「憑誰好筆。横掃素縑三百尺。天下應無。此是錢塘湖上圖。」仲殊應聲曰：「一般奇絶。雲淡天高秋夜月。費盡丹青。只這些兒畫不成。」樞言又出梅花，邀二人同賦。仲殊曰：「江南二月。猶有枝頭千點雪。邀上芳樽。却占東君一半春。」巨濟曰：「樽前眼底。南國風光都在此。移過江來。從此江南不復開。」〔一〕乃《減字木蘭花》調也。

【箋　證】

〔一〕《苕溪漁隱叢話》後集卷三十七引《復齋漫録》云：「元豐末，張詵樞言龍圖之守杭也，一日宴客湖上，劉涇巨濟、僧仲殊在焉。樞言命即席賦詩曲。巨濟先唱云：『憑誰妙筆。横掃素縑三百尺。天下應無。此是錢塘湖上圖。』仲殊遽云：『一般奇絶。雲淡天高秋夜月。費盡丹青。只這些兒畫不成。』樞言又出梅花，邀二人同賦。仲殊即作前章云：『江南二月。猶有枝頭千點雪。邀上芳樽。却占東君一半春。』巨濟不復繼也。後陳襲善云：『我爲續之。』曰：『尊前眼底。南國風光都在此。移過江來。從此江南不復開。』」第二首後章《復齋漫録》明記爲陳襲善作，升庵好誇蜀士，不欲劉涇稍遜仲殊，因或有意易之，以示二人之功力悉敵也。《苕溪漁隱叢話》同卷復引《古今詞話》云：「東坡守錢塘，劉巨濟赴處州道過錢塘，東坡留飲于中和堂，僧仲殊與焉。時堂之屏有《西湖圖》，東坡遽索牋管，作《減字木蘭花》曰：『憑誰妙筆。橫掃素縑三百尺。天下應無。此是錢塘湖上圖。』以後疊屬巨濟，辭遜再三，遂以屬仲殊。繼曰：『一般奇絶。雲淡天高秋夜月。費盡丹青。只這些兒畫不成。』東坡大稱賞之。」其後胡仔評云：「苕溪漁隱曰：此詞首句云『憑誰妙筆，橫掃素縑三百尺』，則是初無此西湖圖，姑言之耳。《詞話》乃云『中和堂屏有《西湖圖》』，可見其附會爲説，全與詞意不合。以此驗之，其以爲東坡作，亦必妄言，當以《復齋》爲正也。」

劉叔擬

劉叔擬，名仙倫，廬陵人，號招山。樂章爲人所膾炙〔一〕。其「賞牡丹」《賀新郎》「誰把天香和晚露，倩東風、特地勻芳臉」、「隔花聽取提壺勸。道此花過了春歸，蝶愁鶯怨」最佳，而結句意俗〔二〕。「秋日」《念奴嬌》云〔三〕：「西風何事，爲行人、掃盪煩襟如洗。垂漲蒸瀾都捲盡，一片瀟湘清泚。酒病驚秋，詩愁入鬢，對影人千里。楚宮故事，一時分付流水。　江上買取扁舟，排雲湧浪，直過金沙尾。歸去江南丘壑處，不用重尋月姊〔四〕。風露杯深，芙蓉裳冷，笑傲烟霞裏。草廬如舊，卧龍知爲誰起。」此首絶佳。又有《繫裙腰》一詞云：「山兒矗矗水兒清。船兒似、葉兒輕。風兒更没人情。月兒明。厮合凑〔五〕，送人行〔六〕。　眼兒蔌蔌淚兒傾。燈兒更、冷清清。遭逢雁兒〔七〕，又没前程。一聲聲。怎生得、夢兒成。」此詩「詞猥薄而意優柔」〔八〕，亦柳永之流也。

【箋　證】

〔一〕《中興以來絶妙詞選》卷四劉叔擬小傳云：「名仙倫，廬陵人，自號招山，有詩集行於世，樂章尤爲人所膾炙。」此升庵所本。

〔二〕《中興以來絶妙詞選》録此，題作「洪守席上詠牡丹」，其結句云：「最愛就中紅一朵，似狀元、得意春風殿。還惹起、少年恨。」

〔三〕此詞《中興以來絶妙詞選》題作「長沙趙帥席上作」。

〔四〕「重」，《中興以來絶妙詞選》作「來」。

〔五〕「凑」，《中興以來絶妙詞選》作「造」。

〔六〕「人行」，《中興以來絶妙詞選》作「行人」。

〔七〕「雁」字上《中興以來絶妙詞選》有「著」字。

〔八〕此句爲黄昇於本詞末所加評語。「猥」，珥江書屋本、天都閣本作「儇」，義通；嘉靖本誤作「穠」，形近之訛也，據《中興以來絶妙詞選》改。「此詩詞」三字，《詞話叢編》本删「詩」字，以爲「詩詞」二字義重字複。然删「詩」字，則成「此詞猥薄」矣，與下言「意優柔」相左。蓋此句意，乃謂此詞用詞雖輕佻浮薄，而其意境却率意從容也。設若此詞意境猥薄，則升庵何取焉。升庵此處用詩而不用詞字，無他，不過行文用字避重而已。

洪叔璵

洪叔璵，名瑹，自號空同詞客〔一〕。其《瑞鶴仙》云〔二〕：「聽梅花吹動，涼夜何其，明星有爛。相看淚如霰。問而今去也，何時會面。匆匆聚散，恐便作、秋鴻社燕〔三〕。最傷心〔四〕，夜來枕上，斷雲零雨何限。　因念。人生萬事，回首悲涼，都成夢幻。芳心繾綣。空惆悵，巫陽館。况船頭一轉，三千餘里，隱隱高城不見。恨無情，春水連天，片帆似箭。」詠「新月」《南柯子》云：「柳浪搖晴沼，荷風度晚簷。碧天如水印新蟾。一鋝清光，斜露玉纖纖。　寶鏡微開匣，金鈎未押簾〔五〕。西樓今夜有人歡〔六〕。應傍妝臺，低照畫眉尖。」「水宿」《菩薩蠻》云〔七〕：「斷虹遠飲橫江水。萬山紫翠斜陽裏。繫馬短亭西，丹楓明酒旗。　浮生長客路。事逐孤鴻去。又是月黄昏。寒燈人閉門。」其餘如：「笑捐瓊珮遺交甫，肯把文梭擲幼輿。花上蝶，水中鳧。芳心密意兩相於。」〔八〕用事用韻皆妙。又「合數松兒，分香帕子，總是牽情處」〔九〕，用唐詩「樓頭擊鼓轉花枝，席上藏鬮握松子」事也〔一〇〕。全篇如《月華清》、《水龍吟》、《驀山溪》、《齊天樂》，皆不減周美成。不盡録也。

【箋證】

〔一〕《中興以來絶妙詞選》卷十載洪叔璵詞十六首，此其小傳，後引詞句並出其中。按：毛晋《宋六十名家詞》中《空同詞》一卷，皆輯自《中興以來絶妙詞選》，非有他本也。

〔二〕此詞《中興以來絶妙詞選》題作「離筵代意」。

〔三〕「恐」字原脱，據《中興以來絶妙詞選》補。《百琲明珠》卷二録此詞亦有「恐」字。

〔四〕「心」，《中興以來絶妙詞選》、《百琲明珠》作「情」。

〔五〕「未」，《中興以來絶妙詞選》作「半」。

〔六〕「歡」，《中興以來絶妙詞選》作「忺」。

〔七〕「水宿」，《中興以來絶妙詞選》題作「宿水口」。

〔八〕此引句，見「情景」《鷓鴣天》。

〔九〕此引句，見「送春」《永遇樂》。

〔一〇〕此引唐詩句，見《苕溪漁隱叢話》後集卷十六引《東皋雜録》云：「孔常甫言：唐人詩有『城頭催鼓傳花枝，席上摶拳握松子』，乃知酒席藏鬮爲戲，其來已久。」僅此斷句一聯，全詩不存，《全唐詩》卷七百九十六收入「無名氏」。升庵此引，文字小異，惟「傳」原作「轉」，當爲傳刻之訛，今據《苕溪漁隱叢話》正之。

馮偉壽

馮偉壽，名艾子，號雲月，詞多自製腔〔一〕。《草堂》詞選其「春風惡劣，把數枝香錦，和鶯吹折」一首〔二〕。又《春風裊娜》〔三〕，其自度曲也：「被梁間雙燕，話盡春愁。朝粉謝、午花柔。倚紅闌，故與蝶圍蜂繞，柳綿無數，飛上搔頭。鳳管聲圓，蠶房香暖，笑挽羅衫須少留。隔院蘭馨趁風遠，鄰墻桃影伴烟收。　些子風情未減，眉頭眼尾，萬千事、欲説還休。薔薇刺〔四〕，牡丹毬。殷勤記省，前度綢繆。夢裏飛紅，覺來無覓，望中新緑，别後空稠。相思難偶，歎無情明月，今年已見〔五〕，三度如鈎。」殊有前宋秦、晁風艷，比之晚宋酸餡味、教督氣不侔矣。餘句如「笑呼銀漢入金鯨」〔六〕，臨邛高恥庵列爲《麗句圖》云〔七〕。

【箋　證】

〔一〕馮艾子，字偉壽，宋延平人。父取洽，號雙溪翁，艾子則自號雲月雙溪子。父子皆黄昇花庵詞客也。有《艾子詞》，不存。《中興以來絶妙詞選》卷十録其詞六首，有小傳云：「名艾子，號雲月雙溪子，精於律吕，詞多自製腔。」此爲升庵所據，所引詞並見其中。「名艾子」原作「字艾子」，據改。

〔二〕《中興以來絶妙詞選》、至正本、洪武本後集卷上及升庵批點本《草堂詩餘》卷五並載此詞，調名《春雲怨》，題作「上巳」，下注其調曰「黄鐘商」，此亦其自製之腔也。

〔三〕此詞《中興以來絶妙詞選》題作「春恨」，下注其調曰「黄鐘羽」。

〔四〕「刺」，《中興以來絶妙詞選》作「露」。

〔五〕「見」，《中興以來絶妙詞選》作「是」。

〔六〕此「和答玉林韻」《木蘭花慢》詞中句。

〔七〕高恥庵，已見本書卷一「玉船風動酒鱗紅」條箋證〔五〕。

吴夢窗

吴夢窗，名文英，字君特，四明人。尹君煥序其詞云：「求詞於吾宋，前有清真，後有夢窗。此非煥之言，四海之公言也。」〔一〕有《聲聲慢》一詞云：「檀欒金碧，婀娜蓬萊，遊雲不蘸芳洲。露柳霜蓮，十分點綴殘秋。新彎畫眉未穩，似含羞、低度墻頭。愁送遠，駐西臺車馬，共惜臨流。　知道池亭多宴，掩庭花，長是驚落秦謳。膩粉闌干，猶聞憑袖香留。輸他翠漣拍甃，瞰新妝、終日凝眸。簾半捲，戴黄花，人在小樓。」蓋九日宴郭園作也〔二〕。

【箋　證】

〔一〕吴文英，字君特，號夢窗，宋四明人。一生未仕，流寓蘇、杭間，以詞名世。晚入越州，爲杭東安撫使吴潛、嗣榮王趙與芮幕客，困躓以終。夢窗爲詞學大家，沈義父從其學，著《樂府指迷》，傳其詞學於世。其詞質實密麗，與姜夔之疏宕清空，各争一時之勝。《中興以來絶妙詞選》卷十載吴文英詞九首，云：「吴君特，名文英，自號夢窗，四明人。從吴履齋諸公遊。山陰尹焕叙其詞，略曰：求詞於吾宋者，前有清真，後有夢窗，此非焕之言，四海之公言也。」此升庵言之所據。尹焕，字惟曉，山陰人。嘉定十年吴潛榜進士及第。淳祐六年官江西運判，七年除左司郎中。有《梅津集》，不傳。「尹君焕」，珥江書屋本、天都閣本作「陰君焕」，誤。

〔三〕此詞《中興以來絶妙詞選》題作「閏重九飲郭園」。「芳洲」原作「芳州」，「宴郭園」原作「宴侯家園」，據《中興以來絶妙詞選》改。

玉樓春〔一〕

吴夢窗《玉樓春》云：「茸茸貍帽遮梅額。金蟬羅剪胡衫窄。肩輿争看小腰身〔二〕，倦態强隨閒鼓笛。　問稱家在城東陌〔三〕。欲買千金應不惜。歸來困頓殢春眠〔四〕，猶夢婆娑斜趁拍。」深具意態者也。

【箋　證】

〔一〕宋周密《武林舊事》卷二「元夕」記臨安燈市之盛云：「都城自舊歲冬孟駕回，則已有乘肩小女鼓吹舞綰者數十隊，以供貴邸豪家幕次之翫。而天街茶肆，漸已羅列燈毬等求售，謂之燈市。自此以後，每夕皆然。三橋等處，客邸最盛，舞者往來最多。每夕樓燈初上，則簫鼓已紛然自獻於下。酒邊一笑，所費殊不多，往往至四鼓乃還。自此日盛一日。姜白石有詩云云，吴夢窗《玉樓春》云云，深得其意態也。」此升庵此條所據。

〔二〕「乘肩」原作「肩輿」。按《武林舊事》所云「乘肩小女」，指站立在人肩上做戲之小女子，故夢窗詞謂「乘肩争看小腰身」。升庵改「乘肩」作「乘輿」，誤矣，今據正。《彊村叢書》本《夢窗詞》載此詞，「肩輿」作「乘肩」。

〔三〕「家在」，《武林舊事》、《夢窗詞》作「家住」。

〔四〕「滯」，《武林舊事》、《夢窗詞》作「殢」。

王實之

王邁，字實之，號臞軒，莆陽人，丁丑第四人及第〔一〕。劉後村贈之詞云：「天壤王郎，數人物、方今第一。談笑裏，風霆驚坐，雲烟生筆。落落元龍湖海氣，琅琅董相天人策。」〔二〕其重之如此。余又見《翰苑新書》，劉後村與王實之四六啓云〔三〕：「聲名早著，不數黄香之無雙；科目小低，猶壓杜牧之第五。元化孕此五百年之間氣，同輩立於九萬里之下風。」又云：「朱雲折檻，諸公慚請劍之言；陽子哭庭，千載壯裂麻之語〔四〕。一葉身輕，何去之勇；六丁力盡，而挽不回。有謫仙人駿馬名姬之風，無杜少陵冷炙殘杯之態〔五〕。」「麗人歌陶秀實郵亭之曲，好事繪韓熙載夜宴之圖。擁通德而著書，命便了以沽酒〔六〕。」云云。

觀此，實之蓋進則忠鯁，退則豪俠，元龍、太白一流人也。可以補史氏之遺。

【箋　證】

〔一〕此録自《中興以來絶妙詞選》卷九王實之小傳。王邁，字實之，號臞軒，宋興化軍仙遊人，嘉定十年殿試第四，爲潭州觀察推官。丁内艱，調浙西安撫司幹官、考廷試詳定官。再調南外睦宗院教授。召試學士院，改通判漳州。淳祐中，知邵武軍，予祠。卒贈司農少卿。有《臞軒集》，已佚。《四庫》館臣自《永樂大典》輯存十六卷。「臞軒」原誤作「臞庵」，今據《中興以來絶妙詞選》改。

〔二〕此劉克莊「送王實之」《滿江紅》詞中句，見《後村居士集》卷二十。《中興以來絶妙詞選》卷七亦選載之。

〔三〕《翰苑新書》前集七十卷，後集上二十六卷、下六卷，别集十二卷，續集四十二卷，舊題宋謝枋得纂。此下所引，見《翰苑新書》别集卷八，題《宴吉倅王實之致語》。又見《後村居士集》卷二十九，題作《宴吉倅王實之樂語》。劉克莊，字潛夫，號後村，宋莆田人。寧宗嘉定二年以廕補入仕，歷知州府，出入樞密院編修、侍郎諸官。理宗淳祐六年，以文名昭著，特賜同進士出身，秘書少監、實録院檢討。景定三年授工部尚書，兼侍讀。度宗咸淳四年，特授龍圖閣學士。卒謚文定。克莊詩出江湖詩派，而特出於江湖諸人之上。詞宗蘇、辛而才力不逮，多直露近俗之作。

〔四〕此二句，《後村居士集》所載同，《翰苑新書》作「楊子哭廷，千載壯裂麻之舉」。按《唐國史補》卷上：「陽城爲諫議大夫，德宗欲用裴延齡爲相，城曰：『白麻若出，吾必裂之而死！』德宗聞之以爲難，竟寢之。」升庵此引縱《後村居士集》，是。作「楊子」誤。

〔五〕上二句，《翰苑新書》作「有謫仙人駿馬名姬豪放之風，無杜陵老殘杯鈴悲辛之態」、《後村居士集》作「有謫仙人駿馬名姬豪放之風，無杜陵老殘杯冷炙悲辛之態」。

〔六〕《翰苑新書》、《後村居士集》「擁通德」二句並在「麗人歌」二句之前，「以沽酒」皆作「而沽酒」。

馬莊父

馬莊父，字子嚴，號古洲，建安人〔一〕。有經學，多論著，填詞其餘事也。《草堂》詞選其「春遊」《歸朝歡》一首〔二〕。餘如《月華清》云：「悵望月中仙桂。問竊藥佳人，與誰同歲。」《賀聖朝》云：「遊人拾翠不知遠，被子規呼轉。」《阮郎歸》結句云：「三三兩兩叫船兒，人歸春也歸。」〔三〕「元夕」詞云〔四〕：「玉梅對妝雪柳，鬧蛾兒象生嬌顫。」可考見杭都節物。

【箋證】

〔一〕《中興以來絶妙詞選》卷六載馬莊父詞十一首，此據據其小傳爲説。馬子嚴，字莊父，自號古洲居士，宋建安人，淳熙二年進士，嘗爲丹陽郡文學、鉛山尉、岳陽守。有《岳陽志》二卷，不傳。

升庵此以子嚴之字爲名，殆誤從花庵也。

〔二〕見《草堂詩餘》至正本、洪武本前集卷上、升庵批點本卷五。《中興以來絶妙詞選》亦載之。

〔三〕《中興以來絶妙詞選》所載，《月華清》題作「憶别」，《賀聖朝》題作「春遊」，《阮郎歸》題作「西湖春暮」。

〔四〕此詞《中興以來絶妙詞選》作「早春」《孤鸞》。按周密《乾淳歲時記》：「元夕節物：婦人皆帶珠翠鬧蛾、玉梅雪柳菩提葉燈毬、銷金合蟬貉袖項帕。」升庵蓋以此詞所詠皆元夕節物，因改其題爲「元夕」也。

万俟雅言

万俟雅言，精於音律，自號詞隱。崇寧中充大晟府製撰，按月用律進詞，故多新聲〔一〕。《草堂》選載其《三臺》及《梅花引》二首而已〔二〕。其《大聲集》多佳者，山谷稱之爲一代詞人。黄玉林云：「雅言之詞，發妙旨於律吕之中，運巧思於斧鑿之外，蓋詞之聖也。」〔三〕今約載其二篇。《昭君怨》云：「春到南樓雪盡。驚動燈期花信。小雨一番寒。倚闌干。　莫把闌干倚。一望幾重烟水。何處是京華，暮雲遮。」《卓牌兒》云：「東風緑楊天，如畫出、清明院宇。玉艷淡泊，梨花帶月，燕支零落，海棠經雨。單衣怯黄昏，人正在、珠簾笑語。相並戲蹴秋千，共携手、同倚闌干，暗香時度。　翠窗綉户。路繚繞、潛通

幽處。斷魂凝佇。嗟不似飛絮。悶悶悶愁難消遣，此日年年意緒。無據。奈酒醒春去。」〔四〕

【箋證】

〔一〕《唐宋諸賢絶妙詞選》卷七載万俟雅言詞十三首，其小傳云：「万俟雅言，精於音律，自號詞隱。崇寧中充大晟府製撰，依月用律製詞，故多應制。所作有《大聲集》五卷，周美成爲序。山谷亦稱之爲一代詞人。」升庵蓋據之爲説也。下引詞皆見其中。

〔二〕二詞謂「冬怨」《梅花引》、「清明應制」《三臺》，分别見至正本、洪武本《草堂詩餘》前集卷上、後集卷下，升庵批點本卷二、卷五。升庵批點本卷一復增入「山驛」《長相思》一首，並有評云：「景真語近，勝鏤琢者多矣。」「三臺」原誤作「三詞」，據珥江書屋本、天都閣本改。

〔三〕《唐宋諸賢絶妙詞選》万俟雅言「山驛」《長相思》詞末黄昇評云：「雅言之詞，詞之聖者也。發妙旨於律呂之中，運巧思於斧鑿之外，平而工，和而雅，比諸刻琢句意而求精麗者，遠矣。」此升庵所本。「妙旨」原誤作「妙音」，據改。

〔四〕此詞《唐宋諸賢絶妙詞選》題作「春晚」，「共攜手」句，無「手」字。

黄玉林

黄玉林，名昇，字叔暘，有散花庵，人止稱花庵云。嘗選唐宋詞，名曰《絶妙詞選》，與《草堂詩餘》相出入。今《草堂》詞刻本多誤字及失名字者，賴此可證。此本世亦罕傳，予得録於王吏部相山子。名嘉賓。〔一〕玉林之詞，附録卷尾，凡四十首。《草堂》詞選其二，「南山未解松梢雪」及「枕鐵稜稜近五更」是也〔二〕。然非其佳者。其《月照梨花》一首云：「晝景。方永。重簾花影。好夢猶酣，鶯聲唤醒。門外風絮交飛。送春歸。　修蛾畫了無人問。幾多別恨。淚洗殘粉。不知郎馬何處嘶〔三〕。烟草萋迷鷓鴣啼。」此首有《花間》遺意。又《賀新郎》「梅」詞云：「自掃梅花下。問梢頭、冷蘂疏疏，幾時開也。問者闊焉今久矣，多少幽懷欲寫。有誰是，孤山流亞。香月一聯真絶唱，與詩人、千載爲嘉話。餘興味，付來者。　清癯不戀雕闌榭〔四〕。待與君，白髮相歡〔五〕，竹籬茅舍。幸甚今年無酒禁〔六〕，溜溜小漕壓蔗。已準擬，霜天雪夜〔七〕。自醉自吟仍自笑，任解冠、落佩從嘲駡。書此意，寄同社。」此詞用文句入音律而不酸，宋詞之體也。其餘若「九日」詞「蘭珮秋風冷，茱囊晚露新」〔八〕、「秋懷」詞「月印金樞曉未收」〔九〕、「夜涼」詞「冰雪襟懷，琉璃世界，夜氣清如許」〔一〇〕、「暮春」詞「戲臨小草書團扇，自揀殘花插浄瓶」〔一一〕，又「夜來能有幾多寒，已瘦了梨花一半」〔一二〕。「贈丁南鄰」云「待踞龜食蛤，相期汗漫，與烟霞會」〔一三〕，用盧敖事也，見《淮南子》〔一四〕。

【箋　證】

〔一〕今傳本《中興以來絶妙詞選》卷十所附黄昇詞均爲三十八首，升庵此云「四十首」，或今本已佚二首，或其計算有誤。毛晉《宋六十名家詞》輯黄昇詞四十三首爲一卷，曰《散花庵詞》。其中出《中興以來絶妙詞選》者亦三十八首，而其跋所云四十首，則承升庵之説也。其所增五首，均見於《石屏詞》中，乃誤録戴復古詞也。《絶妙詞選》前有淳祐九年胡德芳之序云：「玉林早棄科舉，雅意讀書，間以吟咏自適。閣學受齋游公嘗稱其詩爲晴空冰柱。閩帥秋房樓公聞其與魏菊莊爲友，並以泉石清士目之。」又其「乙巳病中」《木蘭花慢》詞云：「念少日書癖，中年酒病，晚歲詩愁。」據此，知其一生隱逸不仕，與游九功、魏慶之遊，淳祐五年尚健在人世。至其生平事履，則無從可考矣。又，黄昇字號，見於《絶妙詞選》，升庵此云「有散花庵，人止稱花庵」，當據馮熙之《沁園春》「中和節日爲黄玉林壽」詞「立玉林深，散花庵小，中有翛然自在身」之句爲説。毛晉採以爲黄昇詞集之名，非另有所本也。此下所引各詞均見於《中興以來絶妙詞選》中。「王吏部相山子」，王嘉賓，字孔昭，相山其號也，四川合州人。嘉靖五年進士，十一年任禮部主客司主事，十八年任吏部驗封司郎中，改文選司郎中。歷官湖廣按察副使、南京通政使。其人嘗叙《升庵詩話補遺》，於升庵以鄉先生稱之，交往甚密。

〔二〕此引二句，前者出《南鄉子》詞，見《草堂詩餘》至正本、洪武本後集卷上，升庵批點本卷二。後者出《重疊金》詞，見《草堂詩餘》至正本、洪武本前集卷下；升庵批點本卷一録此首，易調名爲《菩薩蠻》。所引「枕」字，《草堂詩餘》各本及《中興以來絶妙詞選》並作「衾」。又，《草堂詩餘》至正本前集卷下、升庵批點本卷一尚載黄昇「秋懷」《長相思》一首，升庵未及。

〔三〕「淚洗殘粉，不知郎馬何處嘶」二句，《中興以來絶妙詞選》「殘」字下多「妝」字，無「嘶」字。《欽定詞譜》、《詞律》皆謂「嘶」字多餘，於律不合。

〔四〕「雕闌」，《中興以來絶妙詞選》作「華亭」。

〔五〕「歡」，《中興以來絶妙詞選》作「親」。

〔六〕「幸」，《中興以來絶妙詞選》作「喜」。

〔七〕《中興以來絶妙詞選》「霜」與「雪」二字互乙。

〔八〕見「丙申重九」《南柯子》詞。《中興以來絶妙詞選》「晚」作「曉」。

〔九〕見「秋懷」《長相思》詞。以下並見《中興以來絶妙詞選》。

〔一〇〕見「夜涼」《酹江月》詞。

〔一一〕見「暮春」《鷓鴣天》詞。

〔一二〕見《鵲橋仙》「青林雨歇」詞。

〔一三〕見「贈丁南鄰」《水龍吟》詞。

〔一四〕盧敖事，見《淮南子·道應訓》。言盧敖遊北海，見一士深目而玄鬢，淚注而鳶肩，豐上而殺下。見盧敖慢然下其臂，遯逃乎碑。盧敖就而視之，方拳龜殼而食蛤梨。謂敖曰：「吾與汗漫期於九垓之外，不可久留。」舉臂而竦身，遂入雲中。

評稼軒詞〔一〕

廬陵陳子宏云：「蔡光工於詞，靖康中陷虜庭〔二〕。辛幼安嘗以詩詞謁之〔三〕，蔡曰：『子之詩則未也，他日當以詞名家。』故稼軒歸宋〔四〕，晚年詞筆尤高。嘗作《賀新郎》云〔五〕：『緑樹聽鵜鴂〔六〕。更那堪杜鵑聲住，鷓鴣聲切〔七〕。啼到春歸無尋處，苦恨芳菲都歇。算未抵、人間離别。馬上琵琶關塞黑，更長門、翠輦辭金闕。看燕燕，送歸妾。將軍百戰身名裂。向河梁回頭萬里，故人長絶。易水蕭蕭西風冷，滿座衣冠似雪。正壯士、悲歌未徹。啼鳥還知如許恨，料不啼、清淚長啼血。誰伴我〔八〕，醉明月。』此詞盡集許多怨事〔九〕，全與李太白《擬恨賦》手段相似〔一〇〕。又『止酒』《沁園春》云〔一一〕：『杯、汝前來〔一二〕。老子今朝，點檢形骸。甚長年抱渴〔一三〕，咽如焦釜，於今喜溢〔一四〕，氣似奔雷。漫説劉伶〔一五〕，古今達者，醉後何妨死便埋。渾如許，歎汝於知己，真少恩哉。更憑歌舞爲媒。算合作、人間鴆毒猜〔一六〕。況怨無大小〔一七〕，生於所愛；物無美惡，過則爲災〔一八〕。與汝成言，勿留亟退〔一九〕，吾力猶能肆汝杯。杯再拜，道麾之即去，有召須來〔二〇〕。』此又如《賓戲》、《解嘲》等作，乃是把做古文手段寓之於詞〔二一〕。『賦築偃湖』云〔二二〕：『疊嶂西馳，萬馬迴旋，衆山欲東。正驚湍直下，跳珠倒濺，小橋横截，新月初弓〔二三〕。老合投閒，天教多事，檢校長身十萬松〔二四〕。吾廬小、在龍蛇影外，風雪聲中。争先見面重重〔二五〕。看爽氣，朝來三四峰。似謝家子弟，衣冠磊落，相如庭户，車騎雍容。我覺其間，雄深雅健，如對文章太史公。新堤路，問偃湖何日，烟水濛濛。』且説松，而及謝家、相如、太史公〔二六〕，自非脱落故常者，未易闖其堂奥。劉改之所作《沁園春》，雖頗似其豪，而未免於粗。近日作詞者〔二七〕，惟説周美成、姜堯章，而以稼軒詞爲豪邁，非詞家本色。紫岩潘牥云：『東坡爲詞詩，稼軒爲詞論。』〔二八〕此説固當，蓋曲者曲也，固當以委曲爲體〔二九〕。然徒狃於風情婉孌，則亦易厭〔三〇〕。回視稼軒所作，豈非萬古一清風哉。或云周、姜曉音律〔三一〕，自能撰詞調，故人尤服之。」

【箋　證】

〔一〕此條全録自宋陳模《懷古録》卷中。

〔二〕「虜廷」，《懷古録》作「於虜中」。蔡光其人其事，嘗經鄧廣銘先生百計考之而未得（見中華書局《懷古録校注》前言）。

〔三〕「謁之」，《懷古録》作「參請之」。

〔四〕「宋」，《懷古録》作「本朝」。

〔五〕此詞《稼軒長短句》卷一題作「别茂嘉十二弟」。

〔六〕「樹」字《懷古録》脱。

〔七〕上引二句中，《懷古録》、《稼軒長短句》「杜鵑」、「鷓鴣」前後互乙。

〔八〕「歌未徹啼鳥還知如許恨料不啼清淚長啼血誰伴我」二十一字今傳《説集》本《懷古録》脱，據升庵此引，知其乃今本傳鈔脱誤，而原本不缺也。

〔九〕「此詞盡」，《懷古録》作「此盡是」。

〔一〇〕《擬恨賦》，見《李太白文集》卷二十四。

〔一一〕此詞《懷古録》有題注云：「將止酒，戒酒杯使勿近。」與《稼軒長短句》卷二同。《中興以來絶妙詞選》卷三録此，無「使勿近」三字。

〔一二〕「前來」，《懷古録》、《稼軒長短句》、《中興以來絶妙詞選》並作「來前」。

〔一三〕「渴」，《中興以來絶妙詞選》作「病」。

〔一四〕「溢」，《懷古録》、《稼軒長短句》、《中興以來絶妙詞選》並作「眩」。

〔一五〕「漫」，《懷古録》、《稼軒長短句》、《中興以來絶妙詞選》並作「汝」。

〔一六〕「人間」，珥江書屋本、天都閣本作「平居」。

〔一七〕《懷古録》脱「無」字。「大小」，《懷古録》、《稼軒長短句》、《中興以來絶妙詞選》作「小大」。

〔一八〕「過」，《懷古録》脱。

〔一九〕「亟退」,《懷古録》作「亟去」。

〔二〇〕「有召」,《懷古録》、《稼軒長短句》作「招亦」。

〔二一〕《賓戲》,謂班固《答賓戲》也,《懷古録》作《如賓對》,誤。

〔二二〕此詞調寄《沁園春》,見《稼軒長短句》卷二,題「靈山齊庵賦時築偃湖未成」。

〔二三〕「新」,《懷古録》、《稼軒長短句》、《中興以來絶妙詞選》並作「缺」。

〔二四〕《懷古録》「校」作「點」,脱「松」字。

〔二五〕《懷古録》脱「面」字。

〔二六〕《懷古録》「謝家」下有「子弟」二字,「相如」下有「車騎」二字,「太史公」下有「文章」二字。

〔二七〕「近日作」,《懷古録》作「近時宗」。

〔二八〕「而以」下「稼軒詞爲豪邁非詞家本色紫岩潘牥云」十六字原脱,今據《懷古録》補。「東坡爲詞詩,稼軒爲詞論」,《懷古録》作「東坡詞詩,稼軒詞是詞論」。

〔二九〕「蓋曲者曲也固當」七字,《懷古録》脱。

〔三〇〕「易厭」,《懷古録》作「不足以啓人意」。

〔三一〕「周姜」,《懷古録》作「美成堯章以其」。

升庵詞品箋證卷之五

虞美人草〔一〕

《賈氏談録》云：「褒斜谷中，有虞美人草，狀如鷄冠，花葉相對。」〔二〕《益州草木記》云：「雅州名山縣出虞美人草，唱《虞美人》曲，應拍而舞。」〔三〕《酉陽雜俎》云：「舞草出雅州。」〔四〕《益州方物圖讚》「虞」作「娱」〔五〕。唐人舊曲云〔六〕：「帳中草草軍情變〔七〕。月下旌旗亂。攬衣推枕愴離情〔八〕。遠風吹下楚歌聲。正三更〔九〕。　烏騅欲上重相顧〔一〇〕。艷態花無主。手中蓮鍔凜秋霜。九泉歸去是仙鄉。恨茫茫。」宋黄載萬和云〔一一〕：「世間離恨何時了。不爲英雄少。楚歌聲起霸圖休。玉帳佳人血淚滿東流〔一二〕。　葛荒葵老蕪城暮〔一三〕。玉貌知何處。至今芳草解婆娑。只有當時魂魄未消磨〔一四〕。」

【箋　證】

〔一〕此條據《碧鷄漫志》卷四「虞美人」條改寫。《碧鷄漫志》卷四：「《虞美人》，《脞説》稱起於項籍《虞兮之歌》。予謂後世以此命名可也，曲起於當時，非也。曾子宣夫人魏氏作《虞美人草行》，有云：『三軍散盡旌旗倒。玉帳佳人坐中老。香魂夜逐劍光飛，青血化爲原上草。芳菲寂寞寄寒枝，舊曲聞來似斂眉。』又云：『當時遺事久成空，慷慨尊前爲誰舞。』亦有就曲志其事者，世以爲工。其詞云云。黄載萬追和之，壓倒前輩矣。其詞云云。按《益州草木記》：『雅州名山縣出虞美人草，如鷄冠花，葉兩兩相對。爲唱《虞美人曲》，應拍而舞，他曲則否。』《賈氏談録》：『褒斜山谷中有虞美人草，狀如鷄冠花，大葉相對。或唱《虞美人》，則兩葉如人拊掌之狀，頗中節拍。』《酉陽雜俎》云：『舞草出雅州，獨莖三葉，葉如決明，一葉在莖端，兩葉居莖之半，相對。人或近之，則欹。及抵掌謳曲，葉動如舞。』《益州方物圖讚》改『虞』作『娱』，云：『今世所傳《虞美人曲》，下音俚調，非楚虞姬作。意其草纖柔，爲歌氣所動，故其莖至小者，或若動揺，美人以爲娱耳。』《筆談》云：『高郵桑景舒，性知音，舊聞虞美人草逢人作《虞美人曲》，枝葉皆動，他曲不然。試之，如所傳。詳其曲，皆吴音也。他日取琴，試用吴音製一曲，對草鼓之，枝葉皆動，乃目曰《虞美人操》。其聲調與舊曲始末不相近，而草輒應之者，律法同管也。今盛行江湖間，人亦莫知其如何爲吴音。』《東齋記事》云：『虞美人草，唱他曲亦動，傳者過矣。』予考六家説，各有異同。《方物圖讚》最穿鑿，無所稽據。舊曲固非虞姬作，若便謂下音俚調，嘻其甚矣。亦聞蜀中數處有此草，予皆未之見，恐種族異，則所感歌亦異。然舊曲三，其一屬中吕調，其一中吕宫，近世轉入黄鍾宫。此草應拍而舞，應舊曲乎？新曲乎？桑氏吴音合舊曲乎？新曲乎？恨無可問者。又不知吴草與蜀産有異同否耶。』

〔二〕《賈氏談録》，宋張洎撰。張洎，字思黯，自南唐入宋，官至參知政事。其書今存《説郛》本一卷，記事數則。其「虞美人草」條云：「褒斜山谷中有虞美人草，狀如鷄冠，大而無花，葉相對。行路人見者，或唱《虞美人》，則兩葉漸摇動，如人撫掌之狀，頗應節拍。或唱他辭，即寂然不動也。賈君親見之。」

〔三〕《全芳備祖》後集卷十一「虞美人草」條引《草木記》云：「雅州名山縣出虞美人草，花葉兩兩相對，人或近之，即向人而俯。如爲唱《虞美人曲》，則此草應拍而舞，他曲則否。」

〔四〕《酉陽雜俎》卷十九：「舞草出雅州，獨莖三葉，葉如决明。一葉在莖端，兩葉居莖之半，相對。人或近之歌，及抵掌謳曲，必動葉如舞也。」

〔五〕《益州方物圖讚》，當指宋祁《益部方物賛》。其書今存《説郛》本一卷。其「娱美人草」條云：「蜀中傳虞美人草，予以『虞』作『娱』，意其草柔纖，爲歌氣所動，故其葉至小者或動摇，美人以爲娱樂耳。」

〔六〕此詞《四庫》本《全芳備祖》後集卷十一「虞美人草」條所引，未署作者之名。然況周頤《蕙風詞話》卷四「顧卞詞」條自《全芳備祖》引此詞，云「苟無肥遯著録，則顧卞姓名失傳矣」，認定此詞爲顧卞所作，或其所見版本不同，而《全宋詞》從之。按，《全芳備祖》，宋陳景沂撰。景沂號肥遯，天台人，仕履未詳。

〔七〕「中」，《碧鷄漫志》、《全芳備祖》作「前」。

〔八〕《碧鷄漫志》、《全芳備祖》「攬」作「褫」，《全芳備祖》「愴」作「惜」。

〔九〕「正」，《全芳備祖》作「月」。

〔一〇〕「烏騅」，《碧鷄漫志》作「撫騅」，《全芳備祖》作「撫鞍」。

〔一一〕黄大輿，字載萬，自號岷山耦耕，南北宋間人。編《梅苑》十卷，輯唐宋人詠梅詞數百首。

〔一二〕「玉帳佳人血淚滿東流」九字原脱，據《花草粹編》卷六補。《知不足齋叢書》本《碧鷄漫志》作「一似水東流□□□□」，有案云：「錢校本『霸圖休』下元缺九字，别本有『一似水東流』五字，今依《詞譜》，『一似』下仍空四字，庶與調合，更俟善本校補。」

〔一三〕「葛荒葵老蕪城暮」原作「野葛荒葵老吴城暮」，據《碧鷄漫志》及《花草粹編》改。

〔一四〕「當時」，《碧鷄漫志》作「當年」。

並蒂芙蓉詞〔一〕

宋政和癸巳，大晟樂成。嘉瑞既生〔二〕，蔡元長以晁端禮次膺薦於徽宗〔三〕。詔乘驛赴闕。次膺至都下〔四〕，會禁中嘉蓮生，異苞合趺〔五〕，夐出天造，人意有不能形容者。次膺效樂府體屬詞以進，名《並蒂芙蓉》。上覽之稱善，除大晟樂府協律郎〔六〕，不克受而卒。其詞云：「太液波澄，向鑑中照影，芙蓉同蒂。千柄緑荷深，並丹臉争媚。天心眷臨聖日，殿宇分明敞嘉瑞。弄香嗅蘂。願君王，壽與南山齊比。　池邊屢回翠輦，擁群仙醉賞，憑闌凝思。蓴緑攬飛瓊，共波上遊戲。西風又看露下，更結雙雙新蓮子。鬭妝競美。問鴛鴦，向誰留意。」不惟造語工緻，而曲名亦新，故録於此。然大臣諛，小臣佞，不亡何俟乎？

【箋證】

〔一〕明姜南《蓉塘詩話》卷三載「並蒂芙蓉詞」條，文字與升庵此録全同。姜南撰《蓉塘詩話》有嘉靖二十二年張氏刻本、二十六年洪氏刻本，皆較嘉靖三十三年周遜序《詞品》早，則此條或乃升庵轉録自《蓉塘詩話》也。又，此條「不惟造語工緻」句前，全出《能改齋漫録》卷十六「並蒂芙蓉詞」條。而吴曾此條則據李昭玘《樂静集》卷二十八《晁次膺墓誌銘》改寫而成。其《墓誌》文云：「政和癸巳，大晟樂既成，八音克諧，人神以和。嘉瑞繼至，宜德能文之士，作爲辭章歌詠盛德，鋪張弘休，以傳無窮。士於此時，秉筆待命，願備撰述，以幸附託，亦有日矣。公相太師蔡魯公，知公之才，以姓名聞上。詔乘驛赴闕。公久廢不試，亦冀自見於時。……入都門，士大夫聞公來者，相告曰：『晁次膺自此升矣！』翌日，太師召公語曰：『高卧三十年，復何所得？』公曰：『未嘗不欲仕也。特以罪負，斥伏若將終身，不意倒屣掃門，乃在今日。』會禁中嘉蓮生，分苞合趺，夐出天造，人意有不能形容者。公效樂府體，屬辭以進。上覽之稱善。未幾中暍感疾，更十數醫不得愈。命下，除大晟府按協聲律，奄奄不克受。賀者及門，聞哭聲入弔而去。」

〔二〕「生」，《能改齋漫録》作「至」。

〔三〕蔡京，字元長，宋仙遊人。熙寧三年進士，徽宗朝力推新法，官至太師。《宋史》入《奸臣傳》。端禮因蔡京薦而進諛詞，故爲後世所不齒。

〔四〕「下」字，《能改齋漫録》無。

〔五〕「異」，《能改齋漫録》作「分」。

〔六〕「樂」字，《能改齋漫録》無。

宋徽宗詞

宋徽宗北隨金虜，後見杏花，作《燕山亭》一詞云〔一〕：「裁剪冰綃，輕疊數重〔二〕，冷淡臙脂凝注〔三〕。新樣靚妝，艷溢香融，羞殺蘂珠宫女。易得凋零，更多少無情風雨。愁苦。閒院落淒涼，幾番春暮。　憑寄離恨重重，這雙燕何曾，會人言語。天遥地遠〔四〕，萬水千山，知他故宫何處。怎不思量，除夢裏有時曾去。無據。和夢也，有時不做〔五〕。」詞極淒惋，亦可憐矣。又〔六〕，在北遇清明日詩曰：「茸母初生認禁烟。草名〔七〕。無家對景倍淒然。帝城春色誰爲主，遥指鄉關涕淚連。」又戲作小詞云：「孟婆孟婆，你做些方便。吹個船兒倒轉〔八〕。」孟婆，宋汴京勾闌語，謂風也。〔九〕茸母、孟婆，正是的對。

【箋　證】

〔一〕此詞見宋末徐大焯《燼餘録》甲編，《朝野遺記》録詞末數句（商務本《説郛》卷二十九）。升庵録入《詞林萬選》卷二，《花草粹編》卷十九亦載之。《陽春白雪》卷二録此詞爲僧仲殊作，誤。

〔二〕「輕」，《燼餘録》作「打」。

〔三〕「凝」，《燼餘録》無，《陽春白雪》、《花草粹編》作「勻」。

〔四〕「遠」《朝野遺記》作「闊」。

〔五〕「有時」，《花草粹編》作「新來」。

〔六〕此下文字同《丹鉛總録》卷二十一「茸母孟婆」條。其條末升庵注云：「邵桂子《甕天解語》引《天會録》。」商務本《説郛》卷五十七引邵桂子《雪舟脞語》（其下有注云：「先名《甕天脞語》。」）：「徽宗亦工長短句，方北狩，在舟中作小詞云：『孟婆孟婆，你做些方便，吹箇船兒倒轉。』後在汧州，有二絶云：『國破山河在，人非殿宇空。中興何日是，搔首賦《車攻》。』又云：『國破山河在，宮庭荆棘春。衣冠今左衽，忍作北朝臣。』又云：『投袂汧城北，西風又是秋。中原心耿耿，南淚思悠悠。嘗膽思賢佐，顒情憶舊遊。故宮禾黍徧，行役閔宗周。』又云：『杳杳神京路八千，宗祊隔越幾經年。衰殘病渴那能久，茹苦窮荒敢怨天。』又《清明日作》云：『茸母初生忍禁烟，無家對景倍凄然。帝城春色誰爲主，遥指鄉關涕淚漣。』以上詩並見《天會録》。」《雪舟脞語》又見宛委山堂本《説郛》卷二十九，署其作者「元王仲暉」。

〔七〕原注「草名」下，《丹鉛總録》多「北地寒食茸母生」七字。《雪舟脞語》注無「草名」二字。

〔八〕《雲麓漫鈔》卷四云：「徽廟既内禪，尋幸淮浙，嘗作小詞名《月上海棠》，末句云：『孟婆，且與我做些方便。』隆祐保祐之功，蓋讖於此。」《甕牖閒評》卷五引作：「今小詞中謂：『孟婆，且告你，與我佐些方便，風色轉，吹箇船兒倒轉。』孟婆二字不爲無所本也。」此詞全首今已不傳。

孟婆

俗謂風曰孟婆，蔣捷詞云〔一〕：「春雨如絲，繡出花枝紅裊。怎禁他孟婆合皁〔二〕。」宋徽宗詞云：「孟婆，好做些方便。吹個船兒倒轉。」〔三〕江南七月間有大風，甚於舶趠〔四〕，野人相傳以爲孟婆發怒。按北齊李騊駼聘陳，問陸士秀：「江南有孟婆，是何神也？」士秀曰：「《山海經》，帝之二女遊於江中，出入必以風雨自隨。以帝女，故曰孟婆，猶《郊祀志》以地神爲泰媪。」〔五〕此言雖鄙俚，亦有自來矣〔六〕。

風生於無而歸於無，惟竅之所受不同，在人之所聞亦異。比於萬物，禀受亦然。衆竅爲風所鳴，萬形爲化所役。風不能鳴，則萬竅虛；化不能役，則萬竅息。林疑獨注《莊子》「天籟」一節〔七〕。

【箋　證】

〔一〕此蔣捷「春」《解佩令》詞中句，見《竹山詞》。

〔二〕「皁」原作「早」，《竹山詞》作「皁」，異體形近之訛，據改。珥江書屋本、天都閣本及《丹鉛總録》

卷一皆作「皂」，《外集》本作「阜」，不誤。

〔三〕此上三句，《外集》本、《函海》本作「宋徽宗詞云云孟婆宋汴京勾闌語蓋言風也」。當爲焦竑編輯《外集》時據《丹鉛總録》卷二十一、《升庵文集》卷七十二「萁母孟婆」條注文改。

〔四〕蘇軾《舶趠風》詩引云：「吴中梅雨既過，颯然清風彌旬，歲歲如此。湖人謂之舶趠風，是時海舶初回，云此風自海上與舶俱至云。」葉夢得《避暑録話》卷上：「常歲五六月之間梅雨時，必有大風連晝夕，踰旬乃止。吴人謂之舶趠風，以爲風自海外來，禱于海神而得之。」

〔五〕明王鏊《姑蘇志》卷五十四：「陸士秀，字南容，郡人。博通百姓之言，幼時在陳，容儀迅舉。齊使李騊駼至江南，問：『江南孟婆，是何神也？』士秀曰：『《山海經》云：帝之二女遊於江。郭璞注云：天帝二女，尊之爲神。由此言之，則孟婆也。以天帝女，尊之爲孟婆，猶《郊祀志》以地神爲泰媪也。』騊駼曰：『僑南之辯，無以加焉。』」陳耀文《正楊》卷四亦引此文，注云出《談藪》。陳振孫《直齋書録解題》卷七著録《談藪》二卷，云：「北齊秘書省正字、北平陽玠松撰。事綜南北，時更八代，隋開皇中所述也。」

〔六〕陳耀文《正楊》卷四引《雲麓漫鈔》及《談藪》後，辯「風隨孟婆」之謬云：「尊之爲神，不云風自隨也，引之而遷就以證風，誤。《漢書》『媪神蕃釐』，陸云『泰媪』，亦誤。」按《雲麓漫鈔》卷四：「徽廟既内禪，尋幸淮浙，嘗作小詞名《月上海棠》。末句云：『孟婆，且與我做些方便。』隆祐保祐之功，蓋讖於此。諺語謂風爲孟婆，非也。段公路《北户録》云：南方祀船神，呼爲孟姥孟公。」《北户録》卷二「鷄骨爲卜」條：「南方逐除夜及將發船，皆殺鷄擇骨爲卜，傳古法也。卜吉，即以肉祠船神，呼爲孟公孟姥。其來尚矣。按，梁簡文《船神記》云：船神名馮耳。《五行書》云：『下船三拜，三呼其名，除百忌。』又呼爲孟公孟姥。劉思貞云：玄冥爲水官，死爲水神。冥、孟聲相似。又，孟公父名幘，母名衣，孟姥父名板，母名履。或云冥公冥姥，因玄冥也。」然《山海經・中山經》云：「洞庭之山……帝之二女居之，是常遊於江淵。澧沅之風，交瀟湘之淵，是在九江之間，出入必以飄風暴雨。」據此，則升庵以「風隨孟婆」爲不誤。而陳耀文謂「陸云『秦媪』亦誤」，則是。《漢書・禮樂志・郊祀歌・惟泰元七》「惟泰元尊，媪神蕃釐」，李奇曰：「元尊，天也；媪神，地也。」師古注：「泰元，天也。蕃，多也。釐，福也。言天神至尊，而地神多福也。」此條言泰媪，直合天神泰、地神媪爲一矣。

〔七〕此段《詞品》各本皆無，據《丹鉛總録》卷一「孟婆」條補。「林疑獨」，原誤作「休疑獨」。按：林自，字疑獨，宋福建莆田仙遊人。宋元豐五年以上舍生恩賜釋褐，官宣德郎。撰有《莊子注》。今據改。此引文見宋褚伯秀《南華真經義海纂微》卷二《齊物論》注引林疑獨《莊子注》：「風出空虛，尋求無跡，起於静而復於静，生於無而歸於無。惟竅之所受不同，在人之所聞亦異。比於萬物，稟受亦然。衆竅爲風所鳴，萬形爲化所役。風不能鳴，則萬竅虚，化不能役，則萬物息。若夫無聲無竅者，非風所能入。」

憶君王

徽宗被虜北行〔一〕，謝克家作《憶君王》詞云〔二〕：「依依宫柳拂宫墻〔三〕。宫殿無人春晝長〔四〕。燕子歸來依舊忙。憶君王。月照黄昏人斷腸〔五〕。」忠憤之氣，寓於聲律，宜表出之。其調即《憶王孫》也。

【箋證】

〔一〕據《鼠璞》及《避戎夜話》所載，此詞乃爲「淵聖北狩」而作。「淵聖」，謂欽宗也。

〔二〕按：宋丁特起，靖康中爲太學生，身處圍城，所撰《孤臣泣血録》，逐日記靖康元年、二年二帝北狩事甚詳。其録此詞於靖康二年正月二十八日，以爲謝元及作。舊題陳東《靖炎兩朝見聞録》所録同，「元及」作「元汲」。其書或據《泣血録》轉録，「汲」乃「及」字之訛也。又石茂良《避戎夜話》卷下録此，亦題謝元及作。宋戴埴《鼠璞》卷下「麥秀黍離之歌」條録此詞，謂：「語意悲凄，讀之令人淚墮，真愛君憂國之語也。」不言作者。而《三朝北盟會編》卷七十八、商務本《説郛》卷四十四韓淲《澗泉日記》録此詞，則又以謂「謝克家」之作。今按：謝元及，惟《孤臣泣血録》及《避戎夜話》二書見之，不見他書。而謝克家，紹聖四年進士，建炎四年拜參知政事，終資政殿學士，乃建炎名相，其字壬伯，見於諸書。若其别字元及，他書亦當必有所載也。且《孤臣泣血録》乃作者親歷親聞，當可確信，《三朝北盟會編》、《靖康以來繫年要録》皆用其説。又其書中謝元及除此一見外，另見謝克家凡四處之多。所記事異名殊，必非一人而出二名也。升庵以此詞屬之謝克家，或據《三朝北盟會編》，而今《全宋詞》收此詞，云出《避戎夜話》，作者則逕題「謝克家」，未知其所據。

〔三〕「宮柳」，《孤臣泣血録》、《避戎夜話》、《三朝北盟會編》、《澗泉日記》並作「官柳」。

〔四〕「宮殿」，《孤臣泣血録》作「寶殿」，《避戎夜話》、《三朝北盟會編》、《澗泉日記》作「樓殿」。

〔五〕「月照」，《孤臣泣血録》、《避戎夜話》、《三朝北盟會編》、《澗泉日記》作「月破」；《鼠璞》作「獨立」。

陳敬叟

陳敬叟，名以莊，號月溪〔一〕。有《水龍吟》一首，自注：「記錢塘之恨。」蓋謝太后隨北虜去事也〔二〕。其詞曰：「晚來江闊潮平，越船吴榜催人去。稽山滴翠，胥濤濺恨，一襟離緒。訪柳章臺，問桃仙圃〔三〕，物華如故。向秋娘渡口，泰娘橋畔，依稀是、相逢處。　窈窕青門紫曲，舊羅衣〔四〕、新番金縷〔五〕。仙音恍記〔六〕，輕攏慢撚，哀絃危柱。金屋難成，阿嬌已遠，不堪春暮。聽一聲杜宇，紅殷緑老〔七〕，雨花風絮。」是時謝太后年七十餘，故有「金屋阿嬌，不堪春暮」之句。又以秋娘、泰娘比之，蓋惜其不能死也，有愧於苻登之毛氏〔八〕、竇建德之曹氏多矣〔九〕。同時孟鯁有《折花怨》云：「匆匆杯酒又天涯。晴日墻東叫賣花〔一〇〕。可惜同生不同死，却隨春色去誰家。」鮑輗亦有詩云〔一一〕：「生死雙飛亦可憐〔一二〕。若爲白髮上征船。未應分手江南去，更有春光七十年。」噫！婦人不足責，誤國至此者，秦檜、賈似道，可勝誅哉。

【箋證】

〔一〕《中興以來絶妙詞選》卷十録陳敬叟詞二首，此其一。另一首《賀新郎》題「和劉潛夫韻」，知其與劉克莊交，淳祐間人也。《後村居士集》卷二十三有《陳敬叟集序》叙二人交往，知其人甚爲劉克莊所重。

〔二〕謝太后名道清，宋理宗皇后。度宗立，尊爲皇太后，恭帝立，尊爲太皇太后，垂簾聽政。德祐二年正月，元兵逼迫臨安，謝遣使上傳國璽請降，被北遷至燕，降封壽春郡夫人。王幼安校點《詞品》後記，以爲此詞作於宋亡前十餘年，與謝太后北去無涉，未詳所據。

〔三〕「囿」，《中興以來絶妙詞選》作「浦」。

〔四〕「舊羅衣」，《中興以來絶妙詞選》作「蒨羅新」。

〔五〕「新」，《中興以來絶妙詞選》作「衣」。

〔六〕「仙」，《中興以來絶妙詞選》作「舊」。

〔七〕「緑」原作「絲」，據珥江書屋本、天都閣本及《中興以來絶妙詞選》改。

〔八〕前秦末帝苻登妻毛氏爲姚萇所執，萇欲納之。毛氏罵曰：「吾天子后，豈爲賊羌所辱？」寧死不屈。蕢怒殺之。見《晉書》卷九十六《列女傳》。

〔九〕唐圍王世充，世充求救於竇建德。建德國子祭酒凌敬進言，以爲如悉兵濟河，收取河東之地，鄭圍自解，其妻曹氏亦力勸建德采納敬言。但建德剛愎不用，終致慘敗被虜。建德被擒，其妻曹氏以天命在唐，爲免生靈塗炭，率衆舉山東之地歸唐。參見《舊唐書》卷五十四《竇建德傳》。

〔一〇〕此見《谷音》卷上，「晴」作「遲」。

〔一一〕此引鮑輗詩，爲其《重到錢塘》五首之一，見《谷音》卷下。鮑輗，字以行，宋括蒼人。嗜酒，性傲誕，晚衲衣鬆結，遊青城不返。

〔一二〕「亦」，《谷音》作「正」。

陳剛中詞〔一〕

天台陳剛中孚在燕，端陽日當母誕，作《太常引》二首云：「彩絲堂敞簇蘭翹〔二〕。記生母、在今朝〔三〕。無地捧金蕉〔四〕。奈烟水、龍沙路遥。　碧天迢遞，白云何處，急雨瀟瀟。萬里夢魂銷。待飛逐、錢塘夜潮。」其二：「短衣孤劍客乾坤。奈無策、報親恩。三載隔晨昏。更疏雨、寒燈斷魂。　赤城霞外，西風鶴髮，猶想倚柴門。蒲醑漫盈樽。倩誰寫、青衫淚痕。」時爲編修云〔五〕。

【箋證】

〔一〕此條全録自元蔣子正《山房隨筆》，見《説郛》宛委山堂本卷四十、商務本卷二十七。

〔二〕「敞」，《山房隨筆》作「上」。

〔三〕「在」，《山房隨筆》作「正」。

〔四〕「蕉」，原作「焦」，《山房隨筆》宛委山堂本同，據商務本改。

〔五〕陳孚，字剛中，號笏齋，台州臨海人。元世祖至元中上《大一統賦》，調翰林國史院編修。終奉直大夫、台州路總管府治中。

惜分釵

吕聖求《惜分釵》一詞云〔一〕：「春將半。鶯聲亂。柳絲拂馬花迎面。小堂風〔二〕。暮樓鐘。草色連雲，暝色連空。重重。　秋千畔。何人見。寶釵斜照春妝淺。酒霞紅。與誰同。試問別來，近日情悰。忡忡〔三〕。」此詞妙在促韻〔四〕。

【箋證】

〔一〕此見汲古閣本《聖求詞》，《花草粹編》卷十二亦收此詞。升庵《詞林萬選》卷一録作張元幹詞，誤。

〔二〕「堂」，《花草粹編》作「塘」。

〔三〕「忡忡」，《花草粹編》作「冲冲」。

〔四〕「促韻」原作「足韻」，據天都閣本改。此詞上下片各三仄韻四平韻，句短韻促，故以爲「妙」也。

鄒志完陳瑩中詞〔一〕

《復齋漫録》云：「鄒志完徙昭〔二〕，陳瑩中貶廉〔三〕，間以長短句相諧樂。『有個胡兒模樣別。滿頷髭鬚，生得渾如漆。見説近來頭也白。髭鬚那得長長黑。逸一句。籋子摘來〔四〕，鬢有千莖雪〔五〕。莫向細君容易説。恐他嫌你將伊摘。』此瑩中語，謂志完之長髭也。『有個頭陀修苦行，頭上頭髮毵毵〔六〕。身披一副黲裙衫。緊纏雙脚，苦苦要遊南。聞説度牒一朝到〔七〕，並除頷下髭髯。鉢中無粥住無庵。摩登伽處，只恐却重參。』此志完語，謂瑩中之多欲也。廣陵馬推官往來二公間，亦嘗以詩詞贈之。『有才何事老青山。十載低回北斗南。肯伴雪髯千日醉，此心真與古人參。』『不見故人今幾年。年來風物尚依然。遥知閒望登臨處，極目江湖萬里天。』志完語也。『一樽薄酒。滿酌勸君君舉手。不是朋親〔八〕。誰肯相從寂寞濱。　人生似夢〔九〕。夢裏惺惺何處用。盞倒休辭。醉後全勝未醉時。』瑩中語也。初，志完自元符間貶新州〔一〇〕。徽宗即位，以中書舍人召〔一一〕。未幾謫零陵別駕〔一二〕，龍水安置。未幾徙昭焉。」

【箋證】

〔一〕此條全録自《苕溪漁隱叢話》後集卷三十九。

〔二〕「完」，《苕溪漁隱叢話》誤作「全」。鄒浩，字志完，宋常州晋寧人。元豐五年進士，擢右正言。以諫立劉后，謫新州。徽宗即位，以中書舍人召，遷吏部侍郎。坐黨籍，貶衡州别駕，再貶昭州。大觀元年復直龍圖閣，卒。

〔三〕陳瓘，字瑩中，號了翁。宋沙縣人。元豐二年進士，爲湖州掌書記。徽宗朝，歷右司諫、權給事中。崇寧中，以黨籍除名，編管袁州，移廉州，再移楚州，卒。

〔四〕「摘」，《苕溪漁隱叢話》作「鑷」。

〔五〕「莖」，《苕溪漁隱叢話》作「堆」。

〔六〕「毵毵」，原作「摻摻」，據珥江書屋本、天都閣本及《苕溪漁隱叢話》改。

〔七〕「一朝」，《外集》本、《函海》本作「一夕」，珥江書屋本、天都閣本、《苕溪漁隱叢話》作「朝夕」。

〔八〕「朋親」，《苕溪漁隱叢話》作「親朋」。

〔九〕「似」，《苕溪漁隱叢話》作「如」。

〔一〇〕「志完自」，《苕溪漁隱叢話》作「自志完」。

〔一一〕「以中書舍人召」，《苕溪漁隱叢話》作「以爲中書舍人」。

〔一二〕「未幾」，《苕溪漁隱叢話》作「乃未幾」。

詞讖〔一〕

《復齋漫録》云：鄧肅謂余曰〔二〕：「宣和五年，初復九州，天下共慶，而識者憂之也。都下盛唱小詞云：『喜則喜，得入手。愁則愁，不長久。歡則歡〔三〕，我兩個厮守。怕則怕，人來破鬬。』雖三尺之童皆歌之，不知何謂也。七年，九州復陷，豈非不長久也〔四〕。郭藥師，契丹之帥也，我用以守疆。啓敵國禍者郭爾，非破鬬之驗耶？〔五〕」

【箋證】

〔一〕此條全録自《苕溪漁隱叢話》後集卷三十九。

〔二〕鄧肅，字志宏，號栟櫚居士，宋南劍沙縣人。欽宗召爲鴻臚寺簿。南渡後爲左正言。以争李綱罷相事，罷歸。有《栟櫚集》。

〔三〕「歡則歡」，《苕溪漁隱叢話》作「忻則忻」，珥江書屋本作「忺則忺」。

〔四〕「也」，《苕溪漁隱叢話》作「邪」。

〔五〕郭藥師，渤海鐵州人。爲遼諸衛上將軍、涿州留守。宣和四年，奉涿、易二州歸宋，爲恩州觀察使，進安遠軍承宣使。再拜武泰軍節度使，加檢校少保、同知燕山府。宣和七年金兵南下，藥師舉兵叛。徽宗隱之，猶進封燕王，使世守燕。斡離不至慶源，聞徽宗内禪，欲回軍。藥師曰：「南朝未必有備，不如姑行其後。」金兵趦趄京城，詰索宮省，邀取寶器服玩，皆藥師導之也。《金史·郭藥師傳》贊曰：「郭藥師者，遼之餘孽，宋之厲階，金之功臣也。以一臣之身而爲三國之禍福，如是其不侔也。」

無名氏撲蝴蝶詞〔一〕

苕溪漁隱曰：「舊詞高雅，非近世所及。如《撲蝴蝶》一詞，不知誰作，非惟藻麗可喜，其腔調亦自婉美〔二〕。詞云：『烟條雨葉〔三〕，緑遍江南岸。思歸倦客，尋芳來較晚〔四〕。岫邊紅日初斜〔五〕，陌上花飛正滿。淒涼數聲羌管〔六〕。怨春短。玉人應在，明月樓中畫眉懶。鸞牋錦字〔七〕，多少魚雁斷〔八〕。恨隨去水東流〔九〕，事與行雲共遠〔一〇〕。羅衾舊香猶暖〔一一〕。』」

【箋證】

〔一〕此條全録自《苕溪漁隱叢話》後集卷三十九。

〔二〕《陽春白雪》卷三載此詞爲晏幾道詞，今本《小山詞》不載。明温博《花間集補》録唐人詞，卷下收無名氏二首，此其一。《花草粹編》署作「苕溪漁隱」，記其所出也。

〔三〕「烟條」，《陽春白雪》作「風梢」。

〔四〕「較」，《陽春白雪》作「最」。

〔五〕《陽春白雪》「岫」作「酒」，「斜」作「長」。

〔六〕「羌」，《陽春白雪》作「弦」。
〔七〕「鑾」，《陽春白雪》作「魚」。
〔八〕「時」，原作「少」，據《苕溪漁隱叢話》及《陽春白雪》改。「魚雁」，《陽春白雪》作「音信」。
〔九〕此句《陽春白雪》作「恨如去水空長」。
〔一〇〕「共」，《陽春白雪》作「漸」。
〔一一〕「猶」，《陽春白雪》作「餘」。

曹元寵詞〔一〕

苕溪漁隱曰：「曹元寵本善作詞，特以《紅窗迥》戲詞盛行於世，遂掩其名〔二〕。如『望月』《婆羅門》一詞，亦豈不佳。詞云：『漲雲暮卷，漏聲不到小簾櫳。銀河淡掃澄空〔三〕。皓月當軒高掛。秋入廣寒宮。正金波不動，桂影朦朧〔四〕。　佳人未逢。歎此夕與誰同〔五〕。望遠傷懷對影，霜滿秋紅〔六〕。南樓何處，想人在長笛一聲中〔七〕。凝淚眼〔八〕、立盡西風〔九〕。』此詞語病在『霜滿秋紅』之句〔一〇〕，時太早爾。曾端伯編《雅詞》，乃以此爲楊如晦作〔一一〕，非也。」

【箋　證】

〔一〕此條録自《苕溪漁隱叢話》後集卷三十九。

〔二〕宋章定《名賢氏族言行類稿》卷十九:「亳人曹元寵,善爲謔詞,所著《紅窗迥》者百餘篇,雅爲時人傳頌。」宋洪邁《夷堅支志》乙集卷六「單于問家事詞」條:「紹興中,曹勛功顯使金國。好事者戲作小詞,其後闋曰:『單于若問君家世。説與教知。説與教知。便是《紅窗迥》底兒。』謂功顯之父元寵,昔以此曲著名也。」惜今傳曹組詞中已不存。

〔三〕此句《樂府雅詞》拾遺上、《陽春白雪》卷二作「銀漢夜洗晴空」。

〔四〕「朦朧」,《樂府雅詞》、《陽春白雪》作「玲瓏」。

〔五〕「歎」,《樂府雅詞》、《陽春白雪》作「悵」。

〔六〕此二句,《樂府雅詞》、《陽春白雪》作「對酒當歌,追念霜滿愁紅」。

〔七〕「長」,《樂府雅詞》、《陽春白雪》作「横」。

〔八〕「淚」,《樂府雅詞》、《陽春白雪》作「望」。

〔九〕「立」,《苕溪漁隱叢話》作「泣」。

〔一〇〕「語病」,《苕溪漁隱叢話》作無「語」字。

〔一一〕曾慥,字端伯,宋晋江人。紹興間官尚書郎,直寶文閣。奉祠閒居,自號至遊居士,所編《類説》六十卷、《樂府雅詞》三卷拾遺二卷,今存。此詞《樂府雅詞》拾遺卷上,題楊如晦作。又,《陽春白雪》亦以此詞爲楊如晦作。

王寀漁家傲詞〔一〕

《復齋漫録》云：「王寀輔道，觀文韶子也。徽宗朝，妄奏天神降於家，卒以此受禍。人以其父熙河妄殺之報爾。嘗爲《漁家傲》詞云：『日月無根天不老。浮生總被消磨了。陌上紅塵常擾擾。昏復曉。一場大夢誰先覺。　洛水東流山四繞。路傍幾個新華表。見説在時官職好〔二〕。争信道。冷烟寒雨埋荒草。』」

【箋　證】

〔一〕此條全録自《苕溪漁隱叢話》後集卷三十六。《能改齋漫録》卷十七「王輔道詞」條亦記其事云：「『日月無根天不老』云云，王寀輔道侍郎《漁家傲》詞也，歌之使人有遺世之意。王在徽宗朝嘗奏天神降其家。徽宗欲出幸，左右恐有不測，宜有以審其真僞。即中使至其家，無有也，因坐誣以死。世謂輔道乃曉人，不應爾。蓋輔道韶之子，韶熙河用兵，其濫殺者多，故冤以致其禍耳。」王韶，字子純，宋江州德安人。嘉祐二年進士。熙寧間議平西夏，授秦鳳路經略司經略機宜文字。六年伐西夏，復五州，韶實主其事，征伐殺戮甚衆。以功官觀文殿學士、樞密副使。《宋史》有傳。子厚、寀傳附。寀，字輔道，號南陔。好學，工詞章，登第至校書郎。好左道之術，以妄言可召天神，爲道士林靈素所陷，下大理，獄成棄市。「寀」各本皆作「采」，字義本通，然以人名，據《宋史》、《苕溪漁隱叢話》、《能改齋漫録》改。

〔二〕「見」，《苕溪漁隱叢話》作「盡」。

洪覺範浪淘沙〔一〕

《冷齋夜話》云：「予留南昌，久而忘歸。獨行無侶，意緒蕭然。偶登秋屏閣望西山，於是浩然有歸志，作長短句寄意。其詞曰：『城裏久偷閒。塵涴雲衫〔二〕。此身已是再眠蠶。隔岸有山歸去好，萬壑千巖。

霜曉更憑闌〔三〕。滅盡晴嵐〔四〕。微雲生處是茅庵。試問此生誰作伴〔五〕，彌勒同龕。』」

【箋證】

〔一〕此條全録自《苕溪漁隱叢話》後集卷三十七，《詩話總龜》卷四十二亦録此詞。二書皆未注詞調，按律當是《浪淘沙》也。

〔二〕「涴」，《苕溪漁隱叢話》作「浣」，誤。「衫」，《詩話總龜》作「山」。

〔三〕「霜曉」，《苕溪漁隱叢話》同，琱江書屋本、天都閣本作「霜晚」。

〔四〕「滅盡」，《苕溪漁隱叢話》、《詩話總龜》作「減盡」。

〔五〕「生」，《詩話總龜》作「行」。

洪覺範禪師贈女真詞〔一〕

《復齋漫録》云：「臨川距城南一里，有觀曰魏壇，蓋魏夫人經遊之地，具諸顔魯公之碑〔二〕。以故諸女真嗣續不絶〔三〕，然而守戒者鮮矣。陳虚中崇寧間守臨川，爲詩曰：『夫人在兮若冰雪。夫人去兮仙跡滅〔四〕。可惜如今學道人，羅裙帶上同心結。』洪覺範嘗以長短句贈一女真云：『十指嫩抽春筍〔五〕，纖纖玉軟紅柔〔六〕。人前欲展强嬌羞。微露雲衣霓袖。　最好洞天春晚〔七〕，黄庭卷罷清幽。凡心無計奈閒愁。試撚花枝頻嗅。』」

【箋　證】

〔一〕此條全録自《苕溪漁隱叢話》後集卷三十七。又見趙氏小山堂鈔本、臨嘯書屋本《能改齋漫録》卷十七。

〔二〕顔真卿《晉紫虚元君領上真司命南岳夫人魏夫人仙壇銘》，見《顔魯公集》卷九，《全唐文》收入卷三百四十。魏夫人名華存，字賢安，晉任城人。學道成仙，白日飛昇，得玉虚上聖授夫人紫虚元君，領上真司命南岳夫人，主訓奉道教，授當爲仙者，男曰真人、女曰元君。事見《太平廣記》卷五十八「魏夫人」條。

〔三〕「續」，《能改齋漫録》作「緒」。「女真」，此謂女道士也。

〔四〕「跡」，《苕溪漁隱叢話》、《能改齋漫録》並作「蹤」。

〔五〕「春」，《能改齋漫録》作「新」。
〔六〕「玉軟」，《能改齋漫録》作「工染」。
〔七〕「晚」，《能改齋漫録》作「曉」。

錢思公詞〔一〕

《侍兒小名録》云〔二〕：「錢思公謫漢東日〔三〕，撰《玉樓春》詞曰：『城上風光鶯語亂。城下烟波春拍岸。緑楊芳草幾時休，淚眼愁腸先已斷。情懷漸變成衰晚〔四〕。鸞鏡朱顔驚暗换〔五〕。往年多病厭芳樽〔六〕，今日芳樽惟恐淺〔七〕。』每酒闌歌之，則泣下。後閣有白髮姬，乃鄧王歌鬟驚鴻也。遽言：『先王將薨，預戒挽鐸中歌《木蘭花》，引紼爲送。今相公亦將亡乎？』果薨於隨州。鄧王舊曲亦嘗有『帝鄉烟雨鎖春愁，故國山川空淚眼』之句。」〔八〕

【箋證】

〔一〕此條全録自《苕溪漁隱叢話》後集卷三十九。又見《湘山野録》卷上、《詩話總龜》卷二十四、卷三十三。《唐宋諸賢絶妙詞選》卷二亦録此詞。

〔二〕《侍兒小名録》，《直齋書録解題》卷十一著録此書，云：「序題『朋谿居士』而不著名氏。始洪炎玉父集爲此書，王銍性之、温豫彦幾續補。今又因三家而增益之，且爲分類。其中多用古字，或云董彦遠家子弟所爲也。」其書全本早佚。《説郛》卷七十七録《侍兒小名録》四種各一卷，一王銍撰、一洪遂撰、一温豫撰、一張邦幾撰，内容條目各不相同。

〔三〕錢惟演，字希聖，吴越王錢俶之子。入宋，爲右神武軍將軍。真宗朝累遷工部尚書。仁宗即位，進兵部，加樞密使。出爲保大軍節度使，知河陽。踰年請入朝，加同中書門下平章事，判許州。天聖七年，改武勝軍節度使。明年來朝，以判河南府，改泰寧軍節度。明道二年，被劾擅議宗廟，落平章事，以崇信軍節度使歸鎮，卒。謚曰思，世稱錢思公。慶曆中改謚文僖，又稱錢文僖。惟演文辭清麗，與楊億、劉筠同爲宋初西崑體著名詩人。

〔四〕「情懷」，《詩話總龜》卷二十四作「年年」。

〔五〕「鏡」，《湘山野録》、《詩話總龜》卷二十四作「鑑」。

〔六〕「往」，《湘山野録》、《詩話總龜》卷二十四、《唐宋諸賢絶妙詞選》作「昔」。

〔七〕「恐」，天都閣本作「怨」。

〔八〕鄧王，吴越王錢俶，歸宋後封鄧王。其詞僅存此二句，《全唐詩》卷八百九十九録之，注題爲「木蘭花」。

劉後村

劉克莊，字潛夫，號後村。有《後村别調》一卷，大抵直致近俗，效稼軒而不及也〔一〕。「夢方乎若」《沁園春》云：「何處相逢，登寶釵樓，訪銅雀臺。喚厨人斫就，東溟鱠；圉人呈罷，西極龍媒。天下英雄，使君與操，餘子誰堪共酒杯。車千乘，載燕南代北〔二〕，劍客奇材。　飲酣畫鼓如雷〔三〕。誰信被、晨鷄催喚回。歎年光過盡，功名未立；書生老去，機會方來。使李將軍，遇高皇帝，萬户侯、何足道哉。推衣起，但淒涼感舊，慷慨生哀。」舉一以例，他詞類是。其「詠菊」《念奴嬌》後段云〔四〕：「嘗試銓次群芳，梅花差可，伯仲之間耳。佛説諸天金色界，未必莊嚴如此。尚友靈均，定交元亮，結好天隨子。籬邊坡下，一杯聊泛霜蕊。」亦奇甚。「送陳子華帥真州」云〔五〕：「記得太行兵百萬〔六〕，曾入宗爺駕御〔七〕。今把做〔八〕、握蛇騎虎。」「堪笑書生心膽怯〔九〕，向車中〔一〇〕、閉置如新婦。」空目送，孤鴻去〔一一〕。」壯語亦可起懦。「旅中」《浪淘沙》云：「紙帳素屏遮。全似僧家。無端霜月闖窗紗。驚起玉關征戍夢〔一二〕，幾叠寒笳。　歲晚客天涯。髩髮蒼華。今年衰似去年些。詩酒近來都減價〔一三〕，孤負梅花。」見《天機餘錦》〔一四〕。

【箋證】

〔一〕《歷代詩餘》卷一百十八録此前一段，注以爲張炎所云。沈雄《古今詞話》詞評卷上亦載此語云：「張叔夏曰：『潛夫負一代詩名，《别調》一卷，大約直致近俗，效稼軒而不及者。』」《四庫全書總目》卷二百《後村别調提要》：「克莊在宋末以詩名，其所作詞，張炎《樂府指迷》譏其直致近俗，效稼軒而不及。」按：《樂府指迷》，宋沈義父撰，明清人多誤以爲張炎所作。今本《樂府指迷》自《花草粹編》附本輯出，凡二十八條，並無此文。或其逸文乎？抑或取升庵語以歸之叔夏乎？檢張炎《詞源》中亦無，俟考。

〔二〕「代北」，《後村居士集》卷十九、《後村長短句》卷一作「趙北」。方信孺，字孚若，興化人。信孺少有雋材，周必大、楊萬里咸器之。以父廕補番禺尉，轉蕭山丞。開禧三年，以薦爲樞密院參謀官使金，不辱命。歸爲韓侂胄所斥，奪三秩羈管臨江軍。後起通判肇慶府。尋遷提點廣東刑獄，再遷淮東轉運判知真州。山東内附，信孺請選威望重臣開幕以鎮，反坐責降三秩，再奉祠，抑鬱以終。孚若長潛夫十歲，時已亡故，感其壯心未酬而賦此詞。

〔三〕「畫鼓」，《後村長短句》同，《中興以來絶妙詞選》卷五、《後村居士集》作「鼻息」。

〔四〕此詞見《後村居士集》卷二十。其上闋云：「老夫白首，尚兒嬉、廢圃一番料理。餐飲落英並墜露，重把《離騷》拈起。野艷幽香，深黄淺白，占斷西風裏。飛來雙蝶，繞叢欲去還止。」

〔五〕此詞調寄《賀新郎》。「帥」，《中興以來絶妙詞選》卷七作「赴」。《後村長短句》卷三題作「送陳真州子華」。《後村居士集》卷十九題作「送陳倉部知真州」。

〔六〕「兵」，《後村居士集》、《後村長短句》、《中興以來絶妙詞選》作「山」。

〔七〕「御」，《後村居士集》、《後村長短句》、《中興以來絶妙詞選》作「馭」。

〔八〕「倣」，《後村居士集》、《後村長短句》、《中興以來絶妙詞選》作「作」。

〔九〕「堪」，《後村居士集》、《後村長短句》、《中興以來絶妙詞選》作「應」。

〔一〇〕「向」字原脱，據《後村居士集》、《後村長短句》、《中興以來絶妙詞選》補。

〔一一〕「孤」，《後村居士集》、《後村長短句》、《中興以來絶妙詞選》作「塞」。

〔一二〕「驚」，《後村居士集》、《後村長短句》卷五、《中興以來絶妙詞選》作「喚」。

〔一三〕「近來都減價」，《後村居士集》卷二十、《後村長短句》卷五、《中興以來絶妙詞選》卷七作「新來俱倚閣」。

〔一四〕此詞今存藍格鈔本《天機餘錦》不載，疑升庵此處云「見《天機餘錦》」，乃誤記也。

劉伯寵

劉伯寵，名褒，一字春卿，其詞多俊語〔一〕。「元夕」云〔二〕：「金猊戲掣星橋鎖。」「絳紗萬炬，玉梅千朵〔三〕。羯鼓喧空〔四〕，鵾絃沸曉，櫻梢微破。」「春日旅況」云〔五〕：「遺策誰家蕩子，唾花何處新妝。流紅有恨〔六〕，拾翠無心，往事淒涼。」「紅淚不勝閨怨，白雲應老他鄉。」「送別」云〔七〕：「枕臂香痕未落〔八〕，舟横岸、作計匆匆。」「愁如織，斷腸啼鴃，饒舌訴東風。」

【箋證】

〔一〕劉褒，字伯寵，一字春卿，宋崇安人。淳熙五年進士。歷官至司門郎中。罷歸，自號梅山老人，有《梅山老人詩集》。《詩人玉屑》卷二十一附《中興詞話》「劉伯寵」條云：「劉伯寵，武夷之文士，尤工於樂府，而鮮傳於世。余極愛其『桂林元夕呈帥座』一闋云云，蓋《水龍吟》也。又『春詞』云云，蓋《雨中花慢》也。下字造語，精深華妙，惟識者能知之。」

〔二〕此引爲《水龍吟》「桂林元夕呈帥座」詞中句，見《中興以來絶妙詞選》卷七、《詩人玉屑》卷二十一附《中興詞話》。

〔三〕「玉」，《中興以來絶妙詞選》、《中興詞話》並作「雪」。

〔四〕「喧」，《中興詞話》作「轟」。

〔五〕此引爲「春日旅況」《雨中花慢》詞中句，見《中興以來絶妙詞選》卷七、《詩人玉屑》卷二十一附《中興詞話》。

〔六〕「流紅」上，《中興以來絶妙詞選》、《詩人玉屑》並有「想」字。

〔七〕此爲「留别」《滿庭芳》詞中句，見《中興以來絶妙詞選》卷七。

〔八〕「枕」上原有「紅」字，爲誤録上句「花艷覺羞紅」末字，今删。

劉叔安

劉叔安，名鎮，號隨如〔一〕。元夕《慶春澤》一首，入《草堂》選〔二〕。又有《阮郎歸》云：「寒陰漠漠夜來霜。階庭風葉黄。歸鴉數點帶斜陽。誰家砧杵忙。　燈弄幌，月侵廊。薰籠添寶香。小屏低枕怯更長。和雲入醉鄉。」亦清麗可誦。其「詠茉莉」云〔三〕：「月浸闌干天似水，誰伴秋娘窗户。」評者以爲不言茉莉，而想像可得，他花不能承當也。又「春宴」云〔四〕：「庭花弄影，一簾香月娟娟〔五〕。」有富貴藴藉之味。餞元宵、餞春二詞皆奇〔六〕，南渡填詞鉅工也。

【箋證】

〔一〕劉鎮，字叔安，南海人。嘉泰二年進士。自號隨如，學者稱隨如先生。有《隨如百詠》，不傳，今人有輯本。《中興以來絶妙詞選》卷八録劉叔安詞二十二首，此下言及之詞皆見之。劉克莊云：「叔安樂府，麗不至褻，新不犯陳，周、柳、辛、陸之能事，庶乎兼之。」見周密《絶妙好詞》卷二。

〔二〕見洪武本《草堂詩餘》後集卷上、升庵批點本《草堂詩餘》卷四。

〔三〕此詠「茉莉」《念奴嬌》詞。

〔四〕此「鄭賀守席上懷舊」《漢宫春》詞。「云」原誤作「一」，據諸本並《中興以來絶妙詞選》改。

〔五〕「娟娟」，原誤作「涓涓」，據珥江書屋本、《中興以來絶妙詞選》改。

〔六〕此指「丁亥餞元宵」《浣溪紗》及「三月晦日西湖餞春」《江神子》二詞。

施乘之

施乘之，號楓溪〔一〕。「野外元夕」云〔二〕：「休言冷落山家〔三〕。山翁本厭繁華。試問蓮燈千炬，何如月上梅花。」高情可想也。

【箋　證】

〔一〕施乘之，號楓溪，南宋末詞人。朱彝尊謂：「施乘之、孫季蕃盛以詞鳴，沈伯時《樂府指迷》亦爲矜譽，今求其集，不可復睹。」見《詞綜發凡》。今檢《樂府指迷》中不及「施乘之」，惟有「施梅川音律有源流，故其聲無舛誤，讀唐詩多，故語雅淡」一則。按：據周密《武林舊事》卷五所記，「施梅川，名岳，字仲山，吴人。能詞，精於律吕。」周密嘗親爲其墓碑題蓋，二人相知，當不至有誤，則「梅川」顯非「乘之」。朱氏或誤。施乘之詞，今存僅此一首。

〔二〕詞見《中興以來絶妙詞選》卷八，題「元夕」《清平樂》。此引爲下闋，其上闋云：「風消雲縷。一碧無今古。欲壞上元天不許。晴了晚來些雨。」

〔三〕「休」，《中興以來絶妙詞選》作「莫」。

戴石屏

戴石屏，名復古，字式之。能詩，江湖四靈之一也〔一〕。詞一卷，惟「赤壁懷古」《滿江紅》一首〔二〕，句有「萬騎臨江貔虎噪〔三〕，千艘烈炬魚龍舞〔四〕」、「幾度東風吹世换，千年往事隨潮去」，而全篇不稱〔五〕。《臨江仙》一首差可，見予所選《百琲明珠》〔六〕。餘無可取者，方虚谷議其「胸中無百字成誦書」故也〔七〕。

【箋證】

〔一〕戴復古，字式之，號石屏，台州黄巖人。爲南宋後期江湖派重要詩人。有《石屏集》十卷、《石屏詞》一卷。但戴氏非四靈之一。四靈即「永嘉四靈」，指徐照（字靈暉）、徐璣（字靈淵）、翁卷（字靈舒）、趙師秀（字靈秀）。

〔二〕此詞見《中興以來絶妙詞選》卷八及《石屏詞》。

〔三〕「騎」，原作「炬」，與下句「烈炬」重，據《中興以來絶妙詞選》卷八及《石屏詞》改。

〔四〕「舞」，《中興以來絶妙詞選》、《石屏詞》作「怒」。

〔五〕《中興以來絶妙詞選》所録全詞如下：「赤壁磯頭，一番過、一番懷古。想當時、周郎年少，氣吞區宇。萬騎臨江貔虎噪，千艘烈炬魚龍怒。卷長波、一鼓困曹瞞，今如許。　江上渡，江邊路。形勝地，興亡處。覽遺蹤勝讀、史書言語。幾度東風吹世換，千年往事隨潮去。問道傍、楊柳爲誰春，摇金縷。」

〔六〕《臨江仙》一詞，《石屏詞》題下注「代作」二字，當代妓人作。詞云：「誤入風塵門户，驅來花月樓臺。樽前幾度得徘徊。可憐容易別，不見牡丹開。　莫恨銀瓶酒盡，但將妾淚添杯。江頭恰恨北風回。再三相祝去，千萬寄書來。」升庵收入《百琲明珠》卷四。

〔七〕方回，字萬里，號虚谷，宋歙縣人。宋景定三年別省登第，提領池陽茶鹽，累遷知嚴州。宋亡降元，爲建德路總管，尋廢。選輯唐宋人詩爲《瀛奎律髓》四十九卷，並採當時遺聞舊事加以評注。然升庵此云其譏戴氏之語，未見書中。

張宗瑞

張宗瑞，鄱陽人，號東澤。詞一卷，名《東澤綺語債》。其詞皆倚舊腔，而別立新名，亦好奇之過也〔一〕。《草堂》詞選其《疏簾淡月》一篇，即《桂枝香》也〔二〕。予愛其《垂楊碧》一篇，即《謁金門》。其詞云：「花半濕，睡起一窗晴色。千里江南空咫尺〔三〕。醉中歸夢直。前度蘭舟送客，雙鯉沉沉消息。樓外垂楊如此碧。問春來幾日。」

【箋　證】

〔一〕《中興以來絶妙詞選》卷九録張宗瑞詞二十一首，此引二詞並見。小傳云：「名輯，鄱陽人，自號東澤。有詞二卷，名《東澤綺語債》。朱湛廬爲序，稱其得詩法於姜堯章。世所傳《欸乃集》，皆以爲采石月下謫仙復作，不知其又能詞也。其詞皆以篇末之語而立新名云。」按：張輯，連州知州張履信子，紹定、端平間人。

〔二〕洪武本《草堂詩餘》前集卷上録《疏簾淡月》，注：「寓《桂枝香》詞。」升庵批點本卷四逕題《桂枝香》。詞云：「梧桐雨細。漸滴作秋聲，被風驚碎。潤逼衣篝，線裊蕙鑪沈水。悠悠歲月天涯醉。一分秋、一分憔悴。紫簫吹斷，素牋恨切，夜寒鴻起。又何苦、淒涼客裏。負草堂春緑，竹溪空翠。落葉西風，吹老幾番塵世。從前諳盡江湖味。聽商歌、歸興千里。露侵宿酒，踈簾淡月，照人無寐。」

〔三〕「空」，《中興以來絶妙詞選》作「真」。

李公昂

李公昂，名昂英，號文溪，資州磐石人〔一〕。「送太守」詞「有脚艷陽難駐」一詞得名〔二〕，然其佳處不在此。《文溪全集》，予家有之。其《蘭陵王》一首絶妙〔三〕，可並秦、周。其詞云：「燕穿幕。春在深深院落。單衣試，龍沫旋熏，又怕東風曉寒薄。別來情緒惡。瘦得腰圍柳弱。清明近，正似海棠怯雨，芳踈任飄泊〔四〕。　釵留去年約。恨易老嬌鶯，多誤靈鵲。碧雲杳杳天涯各〔五〕。望不斷芳草，又迷香絮〔六〕，迴文强寫字屢錯。淚欲注還閣。　孤酌。住春脚。更彩局誰歡〔七〕，寶軫慵學。階除拾取飛花嚼。是多少春恨，等閒吞却。猛拍闌干〔八〕，歎命薄。悔舊諾。」

【箋　證】

〔一〕李昂英字俊明，號文溪，宋番禺人。寶慶三年廷對第三，歷官秘書郎。淳祐初，官至龍圖閣待制、吏部侍郎致仕，卒。有《文溪集》二十卷。毛晋刊《文溪詞》，從升庵説，題作者「李公昂」。按：黄昇《中興以來絶妙詞選》已明言「昂英，字俊明」，升庵此云「李公昂，名昂英，資州磐石人」，不知所據。《四庫全書總目·文溪詞提要》斥其杜撰，宜矣。

〔二〕《中興以來絶妙詞選》卷九選録此詞，題「送王子文知太平州」《摸魚兒》。又見《文溪集》卷十八，「艷陽」作「陽春」。

〔三〕此詞見《文溪集》卷十八。

〔四〕「疏」，《文溪集》作「踪」。

〔五〕「杳杳」，《文溪集》作「杳渺」。

〔六〕「又」，《文溪集》作「更」。

〔七〕「歡」，《文溪集》作「忺」。

〔八〕「猛拍闌干」，《文溪集》作「闌干猛拍」。

陸放翁

放翁詞，纖麗處似淮海，雄慨處似東坡。其「感舊」《鵲橋仙》一首〔一〕：「華燈縱博，雕鞍馳射，誰記當年豪舉。酒徒一半取封侯〔二〕，獨去作、江邊漁父。輕舟八尺，低篷三扇，占斷蘋洲烟雨。鏡湖元自屬閒人，又何必、官家賜與〔三〕。」英氣可掬，流落亦可惜矣。其「墜鞭京洛，解佩瀟湘」、「欲歸時，司空笑問；漸近處，丞相嗔狂」〔四〕，真不減少游。

【箋　證】

〔一〕此詞見《中興以來絶妙詞選》卷二、《渭南文集》卷五十。

〔二〕「一半」，《中興以來絶妙詞選》、《渭南文集》作「一二」。

〔三〕「官家」，《中興以來絶妙詞選》、《渭南文集》作「君恩」。

〔四〕上引二句出「王忠州家席上作」《玉胡蝶》詞，見《中興以來絶妙詞選》卷二、《渭南文集》卷五十，「漸」皆作「微」。「笑問」，《中興以來絶妙詞選》同，《渭南文集》作「笑悶」。

張東父

張震，字東父，號無隱居士，蜀之遂寧人也〔一〕。孝宗朝爲諫官，有直聲。孝宗稱其知無不言，言無不當。光宗朝以數直言去位。時稱：「王十朋去，省爲之空；張震去，臺爲之空。」一代名臣也〔二〕。而其詞婉媚風流，乃知賦梅花者，不獨宋廣平也〔三〕。其《驀山溪》「青梅如豆」一首，《草堂》入選，而失其名字〔四〕。

【箋　證】

〔一〕「遂寧」原作「益寧」，據珥江書屋本、天都閣本改。曹學佺《蜀中廣記》亦引作「遂寧」。益寧唐屬昆州，今雲南昆明地也。

〔二〕《中興以來絶妙詞選》卷三載張東父詞五首，其小傳云：「名震，號無隱居士。詞甚婉媚，蓋富貴人語也。」按，時有兩「張震」，一字真父，四川遂寧人，時當高宗、孝宗朝；一字東父，福建龍湖人，時當孝宗、寧宗朝。升庵於此將二人混爲一談，實乃大謬不然。據陳騤《南宋館閣録》卷七：「張震，字真甫，綿竹人。（紹興二十一年辛未）趙逵榜進士及第，治《周禮》。三十一年十月除（著作佐郎），三十二年四月爲殿中侍御史。」又卷八：「張震（紹興）二十五年十月除（秘書省正字），二十六年八月通判荆南府。」周必大《文忠集》卷一百六十四：「（隆興元年）丙辰，張震除中書舍人。或謂廟堂有所疑，故峻遷，使去風憲。上諭三省云『震知無不言，言皆當理。』遂諭當制舍人載之訓詞。真甫辭免去。自太上中興，殿中侍御史凡五十二人，未有徑除三省者。」陸游《老學庵筆記》卷六：「張真甫舍人，廣漢（遂寧，漢廣漢郡之廣漢縣地）人，爲成都帥，蓋本朝得蜀以來所未有也。未至前旬日，大風雷，龍起劍南西川門，揭牌擲數十步外，壞南字，爪跡宛然。人皆異之。真甫名震。」《歷代名臣奏議》卷二百五胡銓《論賣直疏》曰：「自頃以來，張震之去，西省一空；王十朋之去，臺列一空。」據以上諸書所録，足證所謂「孝宗朝爲諫官」、「光宗朝去位」者，乃遂寧人張震字真父者也。而另一張震，字東父，號無隱居士，即《中興以來絶妙詞選》所録存詞五首者。據《全宋詞》所考，其爲福建龍湖人，慶元三年守湖州，五年福建提刑，江西提刑，嘉定元年爲右司郎中。《建炎雜記》乙集卷十一「淳熙至嘉定蜀帥薦士總記」記蜀帥謝用先所薦五人中，有「張東父，名震，龍湖人，時知彭州」，知其孝宗時嘗宦於蜀中也。

〔三〕宋璟，唐開元名相，累封廣平郡公，世稱「宋廣平」。作有《梅花賦》，皮日休《皮子文藪》卷一《桃花賦序》云：「余常慕宋廣平之爲相，貞姿勁質，剛態毅狀，疑其鐵腸石心，不解吐婉媚辭。然睹其文而有《梅花賦》，清便富艷，得南朝徐庾體，殊不類其爲人也。」

〔四〕此詞《草堂詩餘》洪武本前集卷上、升庵批點本卷三並署張東父作，失其名者不知何本。詞亦見《中興以來絶妙詞選》張東父詞中。

天風海濤

趙汝愚《題鼓山寺》云〔一〕：「幾年奔走厭塵埃，此日登臨亦快哉。江月不隨流水去，天風常送海濤來。」朱晦翁摘詩中「天風海濤」字題扁，人不知其爲趙公詩也〔二〕。嚴次山有《水龍吟》題於壁云〔三〕：「飈車飛上蓬萊，不須更跨琴高鯉。砉然長嘯，天風澒洞，雲濤無際。我欲乘桴，從茲浮海，約任公起〔四〕。辦虹竿千丈，犗鈎五十，親點對、連鰲餌。　誰榜佳名空翠。紫陽仙去騎箕尾。銀鈎鐵畫，龍拏鳳翥〔五〕，留人間世。更憶東山，哀箏一曲〔六〕，灑沾襟淚〔七〕。到而今，幸有高亭遺愛，寓甘棠意。」此詞前段言江山景，後段「紫陽仙去」指朱文公〔八〕，「東山」、「甘棠」指趙公也。趙詩、朱字、嚴詞，可謂三絶。特記於此。

【箋證】

〔一〕趙汝愚，字子直，宋宗室，乾道二年進士。官至吏部尚書，知樞密院事。孝宗崩，光宗疾，汝愚請立寧宗，進右丞相。爲韓侂胄所陷，謫寧遠軍副使，卒。此詩見宋祝穆《方輿勝覽》卷十。《宋詩紀事》卷八十五題作《同林擇之姚宏甫遊鼓山》。詩爲七律，此引前四句，「常送」作「直送」。其後四句爲：「故人契闊情何厚，禪客飄零事已灰。堪歎人生只如此，虚闌獨倚更徘徊。」詩中「故人」即謂朱熹。

〔二〕《方輿勝覽》卷十「福建路福州」：「鼓山，在閩縣。有石狀如鼓，故名。或云每雷雨作，中若鼓聲。有銘曰：『鼓屴崱，頂峰特。窮島夷鵜封城上。』有亭，朱元晦書『天風海濤』四大字。趙子直嘗賦詩云云。」

〔三〕嚴仁此詞，見《中興以來絶妙詞選》卷五，題作「題天風海濤呈潘料院」。

〔四〕「公起」，《中興以來絶妙詞選》作「公子」，珥江書屋本、天都閣本作「翁起」。

〔五〕「翥」，《中興以來絶妙詞選》作「峙」。

〔六〕「哀箏」二字原脱，據《中興以來絶妙詞選》補。

〔七〕「灑」字原脱，據《中興以來絶妙詞選》補。

〔八〕朱熹，字元晦，宋徽州婺源人。紹興十八年進士，授同安主簿，遷樞密院編修。淳熙中知南康軍。寧宗即位，除焕章閣待制。以忤韓侂胄落職。朱熹爲宋代大儒，初居紫陽山下，徧讀書堂曰「紫陽書堂」。後築室建陽，號雲谷老人，其草堂曰晦庵，自號晦翁。晚居考亭精舍，號滄洲病叟。最後號遯翁。卒謚曰文。

劉篁㟪

劉圻父，名子寰，號篁㟪。早登朱文公之門，居麻沙，有文集行世〔一〕。其《玉樓春》云：「今來古往長安道〔二〕。歲歲榮枯原上草。行人幾度到江濱，不覺身隨楓樹老〔三〕。蒲花易晚蘆花早。客裏光陰如過鳥。一般垂柳短長亭，去路不如歸路好。」頗有警悟。「觀泉」二句云：「静坐時看松鼠飲，醉眠不礙山禽浴。」〔四〕亦新。

【箋　證】

〔一〕劉子寰，字圻父，宋建陽人。嘉定十年進士，累官至欽州知府。有《篁㟪集》。此述劉圻父事，本之《中興以來絶妙詞選》卷十録劉篁㟪詞八首，有小傳云：「劉圻父，名子寰，號篁㟪翁。居麻沙，早登朱文公之門。劉後村嘗序其詩，行於世。」此引二詞並入《花庵》之選，升庵誤引「名子寰」作「字子寰」，據改。劉克莊《劉圻父詩序》云：「劉君圻父，融液衆格，自爲一家。短章有孔鸞之麗，大篇有鯤鵬之壯，枯槁之中含腴澤，舒肆之中寓揫斂。非深於詩者不能也。」見《後村居士集》卷二十三。

〔二〕此「題小草嶺」中句，「長安」，《中興以來絶妙詞選》作「吴京」。

〔三〕「楓」,《中興以來絶妙詞選》作「風」。

〔四〕「此二句爲「風泉峽觀泉」《滿江紅》中句。全詞云:「雲壑飛泉。蒲根下,懸流陸續。堪愛處、石池湛湛,一方寒玉。暑際直當磐石坐,渴來自引懸瓢掬。聽泠泠清響瀉淙琤,勝絲竹。寒照膽,消炎燠。清徹骨,無塵俗。笑幽人忻玩,滯留空谷。静坐時看松鼠飲,醉眠不礙山禽浴。唤仙人、伴我酌瓊瑶,餐秋菊。」

劉德修

劉光祖,字德修,號後溪,蜀之簡州人。有《鶴林文集》,小詞附焉〔一〕。其《醉落魄》云:「春風開者。一時還共春風謝。柳條送我今槐夏。不飲香醪,孤負人生也。　曲塘泉細幽琴寫。胡牀滑簟應無價。日遲睡起簾鈎掛。何不歸與,花竹秀而野。」〔二〕

【箋　證】

〔一〕《中興以來絶妙詞選》卷五云:「劉德修,名光祖,號後溪,蜀之名士。有《鶴林文集》,小詞附焉。」升庵本此爲説。按,劉光祖,宋簡州人,乾道五年進士,終顯謨閣直學士。真德秀《西山文集》卷四十三《劉閣學墓誌銘》叙其事跡甚詳。所記其著述,有「《後溪集》百餘卷,在襄有《峴山集》、潼曰《鶴林集》、果曰《金泉集》、眉曰《眉山集》合若干卷,諸經講義若干卷」,今皆不傳。其詞名《鶴林詞》,今亦不存,惟《中興以來絶妙詞選》録存十首,《翰墨大全》丁集卷一録存一首。

〔三〕此詞《中興以來絶妙詞選》題作「春日懷故山」。

潘庭堅

潘牥，字庭堅，號紫巖，乙未何桌榜及第第三人。美姿容，時有諺云：「狀元真何郎，榜眼真郭郎，探花真潘郎」也〔一〕。庭堅以氣節聞於時，詞止《南鄉子》一首，《草堂》所選是也〔二〕。首句「生怕倚闌干」，今本「生」誤作「伐」〔三〕。

【箋證】

〔一〕潘牥，字庭堅，號紫巖，宋福建富沙人。理宗端平二年進士廷對第三，歷太學正、通判潭州。有《紫巖集》，不傳。《中興以來絶妙詞選》卷九潘庭堅小傳云：「名牥，號紫巖，乙未探花，以氣節聞於時。」升庵蓋本此。按，潘牥理宗端平二年乙未吴叔告榜第三人進士及第，何桌爲徽宗政和五年乙未狀元，二人相去一百二十年。升庵之誤，乃誤記《上庠録》所致。《苕溪漁隱叢話》後集卷三十六引《上庠録》曰：「政和丙申殿試，何桌爲狀元，潘良貴次之，皆年少有風貌，而第三人郭孝友頗古怪。唱名日呵出御街，觀者皆曰：『狀元真何郎，榜眼真潘郎，第三人真郭郎也。』」

〔二〕「此詞《中興以來絶妙詞選》題作「題南劍州妓館」；《草堂詩餘》至正本、洪武本後集卷下所載同，升庵批點本《草堂詩餘》卷二題作「妓館」。

〔三〕《草堂詩餘》至正本、洪武本皆作「伐怕倚闌干」，所謂「今本」也。升庵批點本不誤。「誤作『伐』」，原本「伐」誤作「我」，據珥江書屋本、天都閣本改。

魏了翁

魏了翁，字華父，號鶴山，邛州人。慶元己未第二人及第，與真西山齊名。道學宗派，詞不作艷語。長短句一卷，皆壽詞也〔一〕。《菩薩蠻》「壽江靖倅」云〔二〕：「東窗五老峰前月。南窗九疊坡前雪。推出侍郎山。著君窗户間。《離騷》鄉裏住。却記庚寅度〔三〕。挹取芷蘭芳，酌君千歲觴。」又《鷓鴣天》「壽范靖州」云：「誰把璿璣運化工。參旗又掛玉梅東。三三律琯聲餘亥，九九玄經卦起中。」〔四〕又《水調歌頭》云：「玉圍腰，金繫肘，繡籠鞍。」〔五〕宋代壽詞，無有過之者。

【箋證】

〔一〕魏了翁，字華父，號鶴山，宋邛州蒲江人。慶元五年進士。官至資政殿大學士，參知政事。有《鶴山集》、《九經要義》等存世。《宋史》有傳。《中興以來絶妙詞選》卷七載其詞四首，小傳云：「名了翁，臨邛人，號鶴山先生。慶元己未黄甲第三名。晚與真西山齊名。有詞附《鶴山集》，皆壽詞之得體者。」升庵此説本之，而又誤「三名」爲「二名」。此下所引詞，皆見《中興以來絶妙詞選》。又《鶴山先生大全集》中詞爲卷九十四至九十六共三卷，單行各本《鶴山詞》亦皆爲三卷，升庵此云一卷，或乃據《中興以來絶妙詞選》臆測之詞。

〔二〕《中興以來絶妙詞選》題作「靖倅江塤生日」，《鶴山集》卷九十六題作「江通判塤生日」。據知所壽者靖州通判姓江名塤，非范姓也。則「范靖倅」乃「江靖倅」之誤，據改。

〔三〕「却」，《中興以來絶妙詞選》、《鶴山集》作「恰」，珥江書屋本、天都閣本作「怯」。

〔四〕《中興以來絶妙詞選》題作「范靖州二月廿一日生日」，《鶴山集》作「范靖州良輔生日」。此引上闋，其下闋云：「新歲月，舊遊從。一觴還似去年冬。人間事會無終極，分付翹關老令公。」

〔五〕《中興以來絶妙詞選》題作「范靖州生日」。詞云：「猶托端門外，鞭袖五更寒。一聲天上鐘柝，金鎖掣重關。君向紫宸上閣，我侍玉皇香案，都號舍人班。夢覺帝鄉遠，相對兩蒼顔。
玉圍腰，金繫肘，繡籠鞍。鄉人衮衮，嚴近五馬度荆山。收拾五湖氣度，卷束蟠胸兵甲，春意滿人間。天錫公純嘏，氣象自平寛。」

吴毅甫

吴毅甫，名潛，號履齋，嘉定丁丑狀元，爲賈似道所陷，南遷。有《履齋詩餘》行世〔一〕。有「送李御帶琪」一詞〔二〕：「報國無門空自怨，濟時有策從誰吐。」亦自道也。李琪號竹湖，亦當時名士。所著有《春秋王霸列國分紀》，予得之於市肆故書中，乃爲傳之，亦奇事也〔三〕。並附見。

【箋　證】

〔一〕《中興以來絶妙詞選》卷九載吴毅甫詞十三首，小傳云：「名潛，號履齋，嘉定丁丑狀元，有《履齋詩餘》行於世。」升庵據之爲説。吴潛官至左丞相，爲賈似道所陷，貶竄循州，卒。《宋史》有傳。

〔二〕《中興以來絶妙詞選》題作「送李御帶珙」《滿江紅》。詞云：「紅玉階前，問何事、翩然引去。湖海上、一汀鷗鷺，半帆烟雨。報國無門空自怨，濟時有策從誰吐。過垂虹、亭下繫扁舟，鱸堪煮。　拚一醉，留君住。歌一曲，送君路。遍江南江北，欲歸何處。世事悠悠渾未了，年光冉冉今如許。試舉頭、一笑問青天，天無語。」「珙」原誤作「祺」，據改。下同。

〔三〕李珙，字伯開，號竹湖，宋吴郡人。慶元二年進士，官國子司業。所著《春秋王霸列國世紀編》三卷，今存。

履齋贈妓詞

吴履齋有「贈建寧妓女」《賀新郎》詞〔一〕，集中不載，見於小説，今録於此：「可意人如玉。小簾櫳，輕勾淡佇〔二〕，道家妝束。長恨春歸無尋處，全在波明黛緑。看冶葉、倡條渾俗〔三〕。比似江梅清有韻，更臨風對月斜依竹。看不足，詠不足。　曲屏半掩青山簇〔四〕。正輕寒，夜永花睡〔五〕，半欹殘燭。縹渺九霞光裏夢，香在衣裳賸馥。又只恐、銅壺聲促。試問送人歸去後，對一奩〔六〕、花影垂金粟。腸易斷，恨難續〔七〕。」

【箋　證】

〔一〕宛委山堂本《説郛》卷二十宋周遵道《豹隱紀談》載：「徐恭政清叟微時，贈建寧妓唐玉詩云：『上國新行巧様花，一枝聊插鬢雲斜。嬌羞未肯從郎意，故把芳容半面遮。』吴履齋丞相『和新郎』詞云云。」此升庵所本。彊村本《履齋先生詩餘》題作「寓言」。升庵《詞林萬選》卷三亦收録此詞。

〔二〕「淡佇」，《豹隱紀談》作「淡抹」。

〔三〕「渾」原作「非」，據珥江書屋本、天都閣本改。《豹隱紀談》、《履齋詩餘》作「渾」。

〔四〕「春山」原作「青山」，據珥江書屋本、天都閣本改。《豹隱紀談》作「春山」。

〔五〕「永」，《履齋詩餘》作「來」。

〔六〕《豹隱紀談》無「對」字。

〔七〕「恨難續」，《豹隱紀談》作「情難續」，《履齋詩餘》作「倩誰續」。

向豐之

向豐之，號樂齋，有《如夢令》一詞云〔一〕：「誰伴明窗獨坐。我和影兒兩個〔二〕。燈盡欲眠時，影也把人抛躲。無那，無那。好個淒惶的我。」詞似俚而意深，亦佳作也。

【箋　證】

〔一〕向滈，字豐之，宋開封人。紹興間爲萍鄉令。有《樂齋詞》。此詞見紫芝漫鈔本《樂齋詞》、《續選草堂詩餘》。明錢允治《類編箋釋續選草堂詩餘》卷上誤此詞爲李清照詞。

〔二〕「我和」，《樂齋詞》、《續選草堂詩餘》作「和我」。

〔三〕「抛躲」，《續選草堂詩餘》作「抛彈」。

毛　幵

毛幵小詞一卷，惟予家有之〔一〕。其《滿江紅》云：「潑火初收，鞦韆外，輕烟漠漠。春漸遠，緑楊芳草，燕飛池閣。已著單衣寒食後，夜來還是東風惡。對空山、寂寂杜鵑啼，梨花落。　傷別恨，閒情作。十載事，驚如昨。向花前月下，共誰行樂。飛蓋低迷南苑路，湔裙悵望東城約。但老來、憔悴惜春心，年年覺。」此作亦佳，聊記於此。

【箋　證】

〔一〕毛幵，字平仲，宋信安人。曾官宛陵、東陽二州通判。撰《樵隱集》十五卷，尤袤爲之序，惜今不傳，另有《樵隱詞》一卷，今有毛晋《宋六十名家詞》本、吴訥《宋百名家詞》本。《花草粹編》卷十七收録此詞，作者名「幵」誤作「栞」。

驀山溪

葛魯卿有《驀山溪》一曲，詠天穿節郊射也〔一〕。宋以前，以正月二十三日爲天穿節。相傳云女媧氏以是日補天。俗以煎餅置屋上，名曰補天穿。今其俗廢久矣〔二〕。詞云：「春風野外，卵色天如水。魚戲舞綃紋，似出聽、新聲北里。追風駿足，千騎卷高岡〔三〕。一箭過，萬人呼，雁落寒空裏。　天穿過了，此日名穿地〔四〕。橫石俯清波〔五〕，競追隨、新年樂事。誰憐老子〔六〕，使得縱遨遊〔七〕，争捧手〔八〕，共憑肩〔九〕，夾路遊人醉〔一〇〕。」詞不甚工，而事奇，故拈出之。「卵色天」，用唐詩「殘霞蹙水魚鱗浪，薄日烘雲卵色天」之句〔一一〕。東坡詩亦云：「笑把鴟夷一杯酒，相逢卵色五湖天。」〔一二〕今刻蘇詩不知出處，改卵色爲柳色，非也。《花間》詞「一方卵色楚南天」，注以「卵」爲「泖」，亦非〔一三〕。

【箋　證】

〔一〕此引詞，《丹陽集》卷二十三、百家詞本《丹陽詞》題作「天穿節和朱刑掾二首」，此其第二首。《詞林萬選》卷三收録此詞，題作「詠天穿節」，下注「宋以前以正月二十三日爲天穿節」。

〔二〕宋陳元靚《歲時廣記》卷一「繫煎餅」條：「《拾遺記》：『江東俗號正月二十日爲天穿日，以紅縷繫煎餅餌置屋上，謂之補天穿。』李白詩云：『一枚煎餅補天穿。』」按：今本《拾遺記》無此文，所引詩非李白詩句，乃宋李覯詩。以覯字太白，遂至後人之誤。李覯《盱江集》卷三十六《正月二十日，俗號天穿日，以煎餅置屋上，謂之補天，感而爲詩》：「媧皇没後幾多年，夏伏冬愆任自然。只有人間閒婦女，一枚煎餅補天穿。」

〔三〕「岡」，原作「門」，《丹陽詞》、《詞林萬選》同，今據《丹陽集》改。

〔四〕「名穿地」，《丹陽集》、《丹陽詞》並作「穿名地」。

〔五〕「横」，《丹陽集》、《丹陽詞》作「摸」。

〔六〕「憐」，《丹陽集》、《詞林萬選》作「哀」。

〔七〕「縱」，《丹陽集》、《詞林萬選》作「暫」。

〔八〕「捧手」，《丹陽集》作「捧腹」。

〔九〕「共」，《丹陽集》、《丹陽詞》作「乍」。

〔一〇〕「路」，《丹陽集》、《丹陽詞》作「道」。

〔一一〕此非唐人詩，乃陸游詩句，其集中且兩用之。一見《劍南詩稿》卷八《東門外遍歷諸園及僧院觀遊人之盛》詩，作「微風蹙水魚鱗浪，薄日烘雲卵色天」。一見卷七十九《初冬雜詠》詩，作「微風蹙水靴紋浪，薄日烘雲卵色天」。按，《太平廣記》卷三百四十三引唐人張讀《宣室志》，記進士陸喬夢沈約子青箱賦《過臺城感舊》詩，中有「夜月琉璃水，春風卵色天」之句（今本《宣室志》作「柳色天」）。此唐人詩，升庵不之引（其《詩話補遺》卷一嘗已引之），乃强以陸游詩句屬之唐人。元人郭翼《雪履齋筆記》云：「風雨積五六日，江上初霽，遥望天際作月白色，間作淡黄色，所謂卯色天也。」

〔三〕此蘇軾《和林子中待制》詩中句，見《蘇軾詩集》卷三十三。

〔三〕此孫光憲《河瀆神》詞中句，見《花間集》卷八。宋晁謙之本《花間集》「卵」作「卯」，注云：「『卵』作『卯』，『卯』，古『柳』字。作『泖』。泖，水名。」

張即之書莫崙詞〔一〕

「聽春教、燕韆鶯訴。朝朝花困風雨。六橋忘却清明後，碧盡柳絲千縷。蜂蝶侶。正閒覓，閒花閒草閒歌舞。最憐西子，尚薄薄雲情，盈盈波淚，點點舊眉嫵。流紅記，空泛秋宫怨句。才色何處嬌妬。落紅無限隨風絮。詩恨有誰曾遇。堪恨處。恨前度花信催花去〔二〕。東君暗苦。更多囑多情，多愁杜宇，多訴斷腸語。」此宋人莫崙之詞，張即之書，孫生顯祖家藏。墨跡如新，而字極怪，録其詞如此。即之號樗寥，莫崙號若山〔三〕。

【箋　證】

〔一〕莫崙此詞，見《花草粹編》卷二十四，調寄《摸魚兒》。朱彝尊《詞綜》卷二十三采録之。

〔二〕「前度」，《花草粹編》同，《詞綜》作「二十四番」。按詞律或當以作「二十四番」爲是。

〔三〕張即之，字温夫，號樗寮，宋和州烏江人。參知政事孝伯子，孝祥姪，以父恩授承務郎。官司農寺丞，知嘉興府，至直祕閣致仕。以能書名天下，特善大字，爲世所重。入《宋史・文苑傳》。莫崙，字子山，號兩山，宋江都人。寓家丹徒，登咸淳四年進士第。周密《癸辛雜識》續集卷上「子山隆吉」條：「梁棟字隆吉，鎮江人，登第，嘗授尉。與莫子山甚稔。一日，偶有客訪，子山留飲，作菜元魚爲饌，偶不及棟。棟憾之，遂告子山嘗作詩有譏訕語。官捕子山入獄，久之始得脱而歸，未幾病死。余嘗挽之云：『秦邸獄成杯酒裏，烏臺禍起一詩間。』紀其實也。」《詞綜》於莫崙名下注「字若山」，當出升庵此説。

寫詞述懷

扶風馬大夫作詞述懷，聲寄《滿庭芳》〔一〕云：「雪點疏髯〔二〕，霜侵衰鬢，去年猶勝今年。一迴老矣，堪歎又堪憐〔三〕。思昔青春美景，無非是、月下花前。誰知道，金章紫綬，多少事憂煎。　侵晨，騎馬出，風初暴横，雨又淒然。想山翁野叟，正爾高眠。更有紅塵赤日〔四〕，也不到、松下林邊〔五〕。如何好，吴淞江上，閒了釣魚船。」大夫名晋，字孟昭，嘗爲仕宦〔六〕。

【箋證】

〔一〕此條全録明姜南《蓉塘詩話》卷十三「寫詞述懷」條，文字全同。郎瑛《七修類稿》卷三十四「述懷詞」條云：「成化間，仁和教諭聶大年，以詩書名世。人來乞書，多以東坡《行香子》、馬晋

《滿庭芳》應之。二詞一言不必深求問學，一言仕宦亦勞，皆不如隱逸之樂也。後聶召至京，修史而死，貧不能斂，似若預爲己已言者然。二詞亦果痛快，今録之。」其後即録所舉東坡、馬晋二詞。清卓回《古今詞彙二編》卷三選此詞，題曰「述懷」。然《七修類稿》記聶大年「成化間」以詩書名世，則時間稍晚，大年之亡在景泰六年，下至成化至少十年矣。

〔二〕「點」，《七修類稿》作「漬」。

〔三〕「又堪」，《古今詞彙二編》作「不須」。

〔四〕「更」，《古今詞彙二編》作「便」。

〔五〕「下」，《古今詞彙二編》作「竹」。

〔六〕「仕宦」，珥江書屋本作「官仕」，天都閣本作「官任」。《七修類稿》條末云：「馬晋，字孟昭，仕國初，吴下人也。」按：馬晋與崑山顧瑛交厚，元末顧瑛編《玉山名勝集》，録其詩一首，又載其《絳雪亭詩卷》序跋各一則，自稱爲扶風人。

岳珂祝英臺近詞

岳珂「北固亭」《祝英臺近》填詞云〔一〕：「淡烟横，層霧斂。勝概分雄占。月下鳴榔〔二〕，風急怒濤颭。關河無限清愁，不堪臨檻〔三〕。正雙鬟，秋風塵染。漫登覽。極目萬里沙場，事業頻看劍〔四〕。古往今來，南北限天塹。倚樓誰弄新聲，重城門正掩〔五〕。歷歷數、西州更點。」此詞感慨忠憤，與辛幼安「千古江山」一詞相伯仲〔六〕。

【箋　證】

〔一〕岳珂，字肅之，號亦齋，又號倦齋，岳飛之孫，宋相州湯陰人。歷管内勸農使、知嘉興府，至户部侍郎、淮東總領兼制置等使。有《玉楮集》、《棠湖詩稿》、《愧郯録》、《桯史》、《金佗粹編》及《寶真齋法書贊》行於世。此詞見明正德七年刻本《京口三山志》卷三，又見《花草粹編》卷十五。

〔二〕「月下」，《京口三山志》作「明月」。

〔三〕「臨檻」，《京口三山志》作「臨鑒」。

〔四〕「看劍」，《京口三山志》作「看見」。

〔五〕《京口三山志》、《花草粹編》無「門」字。

〔六〕此辛棄疾「京口北固亭懷古」《永遇樂》詞首句。

姚雪坡贈楊直夫詞〔一〕

姚雪坡贈楊直夫名楝，青神人。詞云：「允文事業從容了。要岷峨人物，後先相照。見説君王曾有問，似此人才多少。」「况蜀珍、先已登廊廟。但側耳，聽新詔。」〔二〕按小説，高宗曾問馬騏曰：「蜀中人才如虞允文者有幾？」騏對曰：「未試焉知？允文亦試而後知也。」

姚與楊、馬皆蜀人〔三〕。楊在眉山爲甲族。直夫之妹通經學，比於曹大家。嫁虞氏，生虞集，爲鉅儒。其學無師，傳於母氏也〔四〕。此事蜀人亦罕知，故著之。馬騏，南部人，涓之孫〔五〕。

【箋證】

〔一〕姚勉，字述之，一字成一，號雪坡，宋瑞州高安人。寶祐元年進士第一，除校書郎兼太子舍人，忤賈似道，罷歸。有《雪坡文集》五十卷，今存。此引詞，見該書卷四十四。此條「姚」原皆誤作「蘇」，今據改。曹學佺《蜀中廣記》一百四全録升庵此文，更誤「蘇雪坡」爲「蘇東坡」。致王士禛《古夫于亭雜録》卷三云：「按允文采石之功，在南渡以後，時東坡之殁久矣，安得先有此詞。誤甚矣，而曹能始《蜀中十志》亦載之，略不駁正，何也？」四庫館臣撰《蜀中廣記提要》乃據之以斥升庵之非。然《歷代詩餘》卷一百十八及馮金伯《詞苑萃編》皆全録此文，而云出《輟耕録》（按：今本《輟耕録》未見）。若然，則其始誤者，殆非升庵矣。

〔二〕詞見景宋本《雪坡文集》卷四十四，題作「送楊帥參之任」《賀新郎》。全詞云：「唱徹陽關調。伴行人，梅拂征鞍，曉霜寒峭。金甲雕戈開玉帳，樽俎風流談笑。看策馬、從容江表。自是藥堦苔砌，客卷經綸，且泛芙蓉沼。襟量闊，西江小。　允文事業從容了。要岷峨人物，後先相照。見説君王曾有問，似此人才多少。便咫尺，雲霄清要。四世三公氈復舊，况蜀珍，先已登廊廟。但側耳，聽新詔。」楊棟，字元極，號平舟，眉州青神人。紹定二年進士第二，度宗時歷官至簽書樞密院事、兼太子賓客，參知政事。《宋史》有傳。

〔三〕姚勉乃高安人，非蜀人，升庵前已誤「姚」爲「蘇」，此承前誤也。

〔四〕虞集，字伯生，號邵庵，元蜀郡仁壽人，徙居崇仁。虞允文五世孫。成宗大德六年入京，以大臣薦，爲大都路學教授，官終通奉大夫，贈江西行中書省參知政事護軍，封仁壽郡公。其母楊氏之父文仲，爲楊棟族兄。升庵以楊氏爲楊棟妹，誤。虞集受學於其母事，見《元史》卷一百八十一本傳。

〔五〕馬騏，字德駿，祖籍南部，徙居雙流，遂爲廣都人。紹興進士。官起居舍人兼侍講，權中書舍人，終潼川知州。其祖涓，字巨濟，元祐元年進士第一，以忤蔡京坐貶。後入元祐黨籍，遂斥不用。「南部」，原誤作「南郡」，據珥江書屋本、天都閣本改。

慶樂園詞

慶樂園，韓侂胄之南園也〔一〕。張叔夏著《高陽臺》詞云〔二〕：「古木迷鴉，虚堂起燕，歡遊轉眼驚心。南圃東窗，酸風掃盡芳塵。鬢貂飛入平原草，最可憐、渾是秋陰。夜沉沉，不信歸魂，不到花深。　吹簫踏葉幽尋去，任船依斷石，岫裹寒雲。老桂懸香，珊瑚碎擊無音〔三〕。故園已是愁如許，撫殘碑、又却傷今〔四〕。更關情，秋水人家，斜照西林〔五〕。」

【箋證】

〔一〕韓侂胄，字節夫，宋相州安陽人。韓琦五世孫。其父娶高宗吴后之妹，侂胄以恩蔭入仕，歷官至平章軍國事，以外戚專權十四年，封平原郡王。慶元間立黨禁，逐宗室趙汝愚，排斥理學。開禧中力主北伐，失敗後爲史彌遠勾結寧宗楊后所害。

〔二〕此引詞，見張炎《山中白雲詞》卷三。張炎原注云：「慶樂園即韓平原南園。戊寅歲過之，僅存丹桂百餘株，有碑記在荆榛中。故末有『亦猶今之視昔』之感，復歎葛嶺賈相之故廬也。」張炎，字叔夏，號玉田，又號樂笑翁，宋鳳翔成紀人，世居臨安。循王張俊六世孫。早歲以貴胄公子，悠遊臨安都市。宋亡敗落，失意而終。張炎通音律、工文詞，並有《詞源》之著，爲宋元間著名詞學大家。其《山中白雲詞》，存詞三百餘首，與蔣捷、王沂孫、周密並稱「宋末四家」。

〔三〕「音」，《山中白雲詞》作「聲」。

〔四〕「又却」，《山中白雲詞》作「却又」。

〔五〕「林」，《山中白雲詞》作「泠」。句末原注：「秋水觀，賈相行樂處。」按：「西泠」亦作「西林」。《咸淳臨安志》卷八十六：「水竹院落，在西林橋南，太傅平章賈魏公别墅。先是，理宗皇帝御書二閣扁賜公，其一曰『奎文之閣』，公遂擇勝地敞層宇以荷上賜。閣之下爲堂，曰『秋水觀』，則今上皇帝宸畫也。」賈似道，字師憲，宋台州人，理宗貴妃賈氏之弟。以貴戚歷籍田令、太常丞、軍器監、大宗正丞。寧宗淳祐中爲知樞密院事兼兩淮安撫大使。開慶元年以右丞相領兵救鄂州，與元議和，許以劃江爲界，稱臣納幣。兵退後詐稱大勝，加少師，封衛國公。度宗時加太師，晋魏國公，授平章軍國重事。帝㬎德祐元年，罷相，謫循州安置，至漳州木棉庵，爲押送官鄭虎臣所殺。《宋史》入《奸臣傳》。姜南《蓉塘詩話》卷十二「慶樂園詞」條，引此詞而議之曰：「余嘗讀此詞，不覺爲之增歎再三。夫花石之盛，莫盛於唐之李贊皇，讀《平泉莊記》則見之矣。而宋之艮嶽，至南渡愈盛。而臨安園囿如此者，不可屈指數也，今誰在耶？余爲童子時，見所謂慶樂園者，其峰磴石洞猶有存者。至正德間，盡爲有力者移去矣。杭城中假山稱江北陳家第一，許家第二。今陳家者已鬻之而折去矣，止遺一坎。許氏者自余結髮已來，不三十年，已七易主矣。吁，此奢僭之尤者也。君子貽厥孫謀，當訓之以勤儉，慎毋蹈此而取誚於後人焉。余因讀叔夏之詞，重有感也。於戲！」蓉塘此議，正升庵引録此詞未言之意也。

詠雲詞譏史彌遠

彌遠之比周於楊后也，出入宫禁，外議甚譁。有人作「詠雲詞」譏之云：「往來與月爲儔，舒卷和天也蔽。」〔一〕宋人言其本朝家法最正，母后最賢，至楊后則盪然矣〔二〕。

【箋　證】

〔一〕元劉一清《錢塘遺事》卷二「史彌遠」條：「史彌遠，開禧丁卯爲禮部侍郎。自楊太后誅侂胄，其事甚秘。侂胄死，寧宗不知也。居數日，上顧問：『侂胄安在？』左右乃以實對，上深悼之。

彌遠出入宫禁，外議譁然。有詩曰：『往來與月爲儔侶，舒卷合天也蔽蒙。』蓋以雲譏彌遠也。」此升庵之所本，又以「侶」、「蒙」二字與上字義復，故删之而謂之詞。升庵嘗作《寶慶相》詩云：「畫化飛燕啄王孫，夜駕老蟾嬪王母。」自注云：「彌遠表裏楊后，遂有三思之寵。」見《升庵文集》卷二十五。又，所引二詩句，實出劉克莊《雲》詩，句云：「往來與月爲讎敵，舒卷和天盡蔽蒙。」蓋時人改後村詩以譏彌遠也。史彌遠，字同叔，宋鄞縣人。淳熙十四年進士。寧宗時官至太師右丞相，樞密使。開禧三年與楊后合謀，殺韓侂胄而代之。寧宗崩，廢濟王而立理宗。終太師左丞相兼樞密使，封會稽郡王。《宋史》有傳。

〔二〕宋劉時舉《續宋編年資治通鑑》卷十：「（光宗）詔職事官日輪面對。秘書郎、權吏部郎官鄭湜因轉對，首言：『三代以還，本朝家法最正：一曰事親、二曰齊家、三曰教子，此家法之大經也。……本朝歷世以來，未有不賢之后，蓋祖宗家法最嚴，子孫持守最謹也。』」又，其書卷十五附論云：「吁！宋一代家法最正，諸后最賢，傳受最明。至寧宗之末，楊后、彌遠之惡，濟邸之死，理宗之立，而後所謂家法之正，后德之賢，遂掃地矣。」升庵迨據此爲説。「楊后」，指宋寧宗恭聖仁烈皇后楊氏。寧宗韓皇后崩，時楊氏與曹氏並爲貴妃，皆有寵。後楊氏立，以韓侂胄嘗勸寧宗立曹氏，深恨之，遂指使史彌遠謀殺侂胄。寧宗崩，又預史彌遠謀，矯詔廢濟王而立理宗。《宋史》有傳。

趙從橐壽賈似道陂塘柳

趙從橐《陂塘柳》云〔一〕：「指庭前，翠雲金雨〔二〕。霏霏香滿仙宇。一清透徹渾無底，秋水也無流處。君試數。此樣襟懷，頓得乾坤住。閒情半許。聽萬物氤氳，從來形色，每向静中覷。　琪花路。相接西池壽母。年年弦月時序。荷衣菊佩尋常事，分付兩山容與。天證取。此老平生，可向青天語。瑶巵緩舉。要見我何心，西湖萬頃，來去自鷗鷺。」

【箋　證】

〔一〕《齊東野語》卷十二「賈相壽詞」條録壽賈似道生辰之「諂詞囈語」數闋，此其一。《西湖遊覽志餘》卷五亦録此文。趙從橐，生平仕履未詳，當爲賈似道門客。

〔二〕「金」，原作「含」，據珥江書屋本、天都閣本及《齊東野語》、《西湖遊覽志餘》改。

賈似道壁詞〔一〕

似道遭貶，時人題壁云：「去年秋。今年秋。湖上人家樂復憂。西湖依舊流。　吴循州。賈循州。十五年間一轉頭。人生放下休。」此語視雷州寇司户之句尤警〔二〕。「吴循州」，謂履齋之貶，乃賈擠之也〔三〕。

【箋證】

〔一〕此條全録明田汝成《西湖遊覽志餘》卷五，文字悉同。而其所據，則出元無名氏《東南紀聞》卷一。其原文云：「賈似道當國，京師亦有童謡云：『滿頭青，都是假。這回來，不作耍。』蓋時京妝競尚假玉，以假爲賈，喻似道之專權。而丙子之事，非復庚申之役矣。因記似道貶時，有人題壁云云。比之『雷州寇司户』之句，勸儆尤多。」

〔二〕歐陽脩《歸田録》卷上：「寇忠愍公之貶也，初以列卿知安州，既而又貶衡州副使，又貶道州别駕，遂貶雷州司户。時丁晉公與馮相拯在中書，丁當秉筆，初欲貶崖州，而丁忽自疑，語馮曰：『崖州再涉鯨波，如何？』馮唯唯而已。丁乃徐擬雷州。及丁之貶也，馮遂擬崖州。當時好事者相語曰：『若見雷州寇司户，人生何處不相逢。』比丁之南也。寇復移道州。寇聞丁當來，遣人以蒸羊逆於境上，而收其僮僕，杜門不放出。聞者多以爲得體。」

〔三〕「吴循州」云云，此《東南紀聞》原注。理宗景定元年，吴潛爲賈似道所陷，貶竄循州。至德祐元年賈似道謫循州，正好十五年。

劉須溪〔一〕

須溪劉辰翁「元宵雨」詞云〔二〕：「角動寒譙。看雨中燈市，寒意蕭蕭〔三〕。星毬明戲馬，歌管雜鳴刁。泥没膝，舞停腰。餤蠟任風飄〔四〕。更可憐，紅啼桃臉〔五〕，緑顇楊橋〔六〕。　當年樂事朝朝。曾錦鞍呼妓，金屋藏嬌。圍香春醉酒〔七〕，坐月夜吹簫。今老去，倦歌謠。嫌殺杜家喬。漫三杯〔八〕，擁爐覓句〔九〕，斷送春宵。」以《意難忘》按之，可歌也。

【箋證】

〔一〕劉辰翁，字會孟，號須溪，宋廬陵人。景定三年廷試對策言「濟阺無後可憫」，忤賈似道，抑置丙第。以親老，自請濂溪書院山長。薦居史館，除太學博士，皆固辭。宋亡，隱居不出。有《須溪集》，原本久佚，四庫館臣自《永樂大典》輯爲十卷本。

〔二〕此引詞，今存《須溪集》不載，見於元劉應李《新編事文類聚翰墨全書》後甲集卷五（一百三十四卷本）。

〔三〕《翰墨全書》「寒」作「雪」；「蕭蕭」作「瀟瀟」。

〔四〕「飄」，《翰墨全書》作「消」。

〔五〕「臉」，《翰墨全書》作「檻」。

〔六〕「頰」，《翰墨全書》作「黯」。

〔七〕「春醉酒」，《翰墨全書》作「春酒句」。

〔八〕「漫」，《翰墨全書》作「謾」。

〔九〕「擁爐」，《翰墨全書》作「踞鑪」。

詹天游

詹天游以艷詞得名，見諸小説〔一〕。其「送童甕天兵後歸杭」《齊天樂》云〔二〕：「相逢喚醒京華夢，胡塵暗班吟髮〔三〕。倚擔評花，認旗沽酒，歷歷行歌奇跡。吹香弄碧。有坡柳風情，逋梅月色。畫鼓江船〔四〕，滿湖春水斷橋客。當時何限俊侶〔五〕，甚花天月地，人被雲隔。却載蒼烟，更招白鷺〔六〕，一醉修江又別〔七〕。今回記得。再折柳穿魚，賞梅催雪〔八〕。如此湖山，忍教人更説。」此伯顏破杭州之後也。觀其詞全無黍離之感，桑梓之悲，而止以遊樂言。宋末之習，上下如此，其亡不亦宜乎〔九〕。童甕天，失其名氏，有《甕天脞語》一卷傳於今云〔一〇〕。天游又有《清平調》云〔一一〕：「醉紅宿翠。髻嚲烏雲墜。管是夜來不得睡〔一二〕。那更今朝早起。東風滿搦腰肢。階前小立多時。恰恨一番新雨〔一三〕，想應濕透鞋兒。」蓋詠妓訴狀立廳下也。又見《石次仲集》。

【箋　證】

〔一〕詹天游，名玉，一作正，字可大，元江西人。自宋入元，歷翰林應奉、集賢學士。附元相桑哥，桑哥敗被劾，罷歸。元俞焯《詩詞餘話》載其作艷詞事，見宛委山堂本《説郛》卷八十四：「詹天游，名正，字可大。風流才思，不減昔人。故宋駙馬楊鎮有十姬，皆絶色。名粉兒者，尤勝。一日，招天游宴，盡出諸姬佐觴。天游屬意於粉兒，口占一詞云：『淡淡青天兩點春，嬌羞一點口兒櫻。一梭兒玉一窩雲。　白藕香中見西子，玉梅花下見昭君。不曾真個也消魂。』楊遂以粉兒贈之，曰：『天游真銷人魂也。』後爲翰林學士。熊納文嘗以軟香遺之，因作《慶清朝慢》以謝，極形容也。其詞云：『紅雨争妍，芳塵生潤，將春都揉成泥。分明惠風微露，搏搦花枝。欵欵汗酥薰透，嬌羞無奈濕雲癡。　偏廝稱，霓裳霞佩，玉骨冰肌。　梅不似、蘭不似，風流處那更，著意聞時。　驀地生綃，扇内涼浮動。　好風微醉得，渾無氣力。　海棠一色睡胭脂，滋味滯人，花氣争知。』」

〔二〕此詞見元鳳林書院刊《精選名儒草堂詩餘》卷上，又見元周南瑞《天下同文集》卷五十。升庵《百琲明珠》卷三録之。

〔三〕「胡塵」，珥江書屋本、天都閣本、《百琲明珠》及《精選名儒草堂詩餘》、《天下同文集》皆作「吴塵」。「班」，諸書皆作「斑」。

〔四〕「江船」，《精選名儒草堂詩餘》、《天下同文集》作「紅船」。

〔五〕「時」，《天下同文集》作「年」。「俊侣」，珥江書屋本、天都閣本、《百琲明珠》及《精選名儒草堂詩餘》作「怪侣」。

〔六〕「更」字原脱，據《精選名儒草堂詩餘》、《天下同文集》補。

〔七〕「修江」，《天下同文集》作「西門」。

〔八〕「梅」,《精選名儒草堂詩餘》、《天下同文集》作「花」。

〔九〕升庵此議,丁紹儀《聽秋聲館詞話》卷九、況周頤《蕙風詞話》卷三皆力辯其非。蓋元初文網嚴酷,顧忌甚深,文人有所言,無非點到爲止。況周頤云:結末二句「看似平淡,却含有無限悲涼。以此二句結束全詞,可知弄碧吹香,無非傷心慘目,遊樂云乎哉?曲終奏雅,吾謂天游猶爲敢言。」

〔一〇〕升庵此説恐非。按商務本《説郛》卷五十七引元初邵桂子《雪舟脞語》,題下有注云:「先名《甕天脞語》。」又,《本草綱目》卷一「引據古今經史百家書目」有「邵桂子《甕天語》」一書。知《甕天脞語》非童氏所作也。邵桂子,字德芳,宋淳安人。舉博學宏詞,登咸淳七年進士第,授處州教授。宋亡避地雲間,贅曹氏,居泖湖之蒸溪。鑿池構軒其上,名曰雪舟。所著有《雪舟脞録》、《雪舟脞談》、《雪舟脞藁》。

〔一一〕此石孝友詞,見於其集《金谷遺音》。石孝友,字次仲,宋南昌人。乾道二年進士。《豹隱紀談》云:「石次仲『詠妓趨庭陳狀』云云。」所引即此詞(見宛委山堂本《説郛》卷二十)。《詞林萬選》卷三誤作毛幵詞,《草堂詩餘别集》卷一誤作童甕天詞,《詞綜》卷二十七則作詹正詞。

〔一二〕「是」原作「甚」,據珥江書屋本、天都閣本、《詞林萬選》及《金谷遺音》、《豹隱紀談》、《詞綜》改。「不得睡」原脱「得」字,據《金谷遺音》、《豹隱紀談》補。《詞綜》本作「渾不睡」。

〔一三〕「恰」,原作「却」,據天都閣本、《詞林萬選》、《金谷遺音》、《豹隱紀談》改。「新雨」,《詞林萬選》作「春雨」，《金谷遺音》作「雨過」，《豹隱紀談》作「風雨」。

鄧千江〔一〕

金人樂府稱鄧千江《望海潮》爲第一〔二〕。其詞云：「雲雷天塹，金湯地險，名藩自古皋蘭。營屯繡錯〔三〕，山形米聚，喉襟百二秦關〔四〕。鏖戰血猶殷。見陣雲冷落，時有鵰盤。靜塞樓頭，曉月依舊玉弓彎〔五〕。看看。定遠西還。有元戎閫令，上將齋壇。區脱晝空，兜零夕舉〔六〕，甘泉又報平安〔七〕。吹笛虎牙閒。且宴陪珠履，歌按雲鬟。來招英靈醉魄〔八〕，長繞賀蘭山。」此詞全步驟沈公述「上王君貺」一首〔九〕，今録於此：「山光凝翠，川容如畫，名都自古并州。簫鼓沸天，弓刀似水，連營百萬貔貅〔一〇〕。金騎走長楸。少年人一一，錦帶吴鉤。路入榆關，雁飛汾水正宜秋。　近思昔日風流〔一一〕。有儒將醉吟，才子狂遊。松偃舊亭，城高故國，空留舞榭歌樓〔一二〕。方面倚賢侯。便恐爲霖雨，歸去難留〔一三〕。好向西溪〔一四〕，恣携絃管宴蘭舟。」然千江之詞，繁縟雄壯，何啻十倍過之，不止出藍而已。

【箋　證】

〔一〕鄧千江，金臨洮人。生平不詳。金劉祁《歸潛志》卷四記其事云：「金國初，有張六太尉者鎮西邊。有一士人鄧千江者，獻一樂章《望海潮》云云。太尉贈以白金百星，其人猶不慊意而去。詞至今傳之。」

〔二〕《輟耕録》卷二十七「雜劇曲名」條録「近世所謂大曲」十種，其中金人二種，一爲「鄧千江《望海潮》」，一爲「吴彦高《春草碧》」。升庵或即據此爲説。元好問《中州樂府》録此詞，題「上蘭州守」。

〔三〕「營屯繡錯」，《歸潛志》作「繡錯營屯」。

〔四〕「秦」，《歸潛志》作「河」。

〔五〕「依舊」，《歸潛志》作，「猶自」。

〔六〕「兜零」，《歸潛志》作「兜鈴」。

〔七〕「又」，《歸潛志》作「夜」。

〔八〕「來招英靈醉魄」，《中州樂府》作「未拓英靈醉魂」。《歸潛志》此句作「未討先零醉魂」。

〔九〕沈公述，名唐，韓琦門客。官大名府簽判，後改簽判渭州。此引詞，見《唐宋諸賢絶妙詞選》卷六。題作「上太原知府王君貺尚書」。又見《類選箋釋草堂詩餘》卷五，題作「贄賀」。

〔一〇〕「百」，《唐宋諸賢絶妙詞選》、《類選箋釋草堂詩餘》作「十」。

〔一一〕「近」，《唐宋諸賢絶妙詞選》、《類選箋釋草堂詩餘》作「追」。

〔二〕「留」，《唐宋諸賢絶妙詞選》、《類選箋釋草堂詩餘》作「餘」。

〔三〕上二句「雨、歸」二字原脱，據《唐宋諸賢絶妙詞選》、《類選箋釋草堂詩餘》補。

〔四〕「西溪」二字原脱，據《唐宋諸賢絶妙詞選》、《類選箋釋草堂詩餘》補。

王予可

王予可，金明昌時人。或傳其仙去，事不可知。其《生查子》云：「夜色明河浄〔二〕，好風來千里。水殿謫仙人，皓齒清歌起。　前聲金罍中，後聲銀河底。一夜嶺頭雲，繞遍樓前水。」詞之飄逸高妙如此，固謫仙之流亞也。

【箋證】

〔一〕王予可，字南雲，金遼西吉州人。幼嘗爲卒伍。年三十許，大病後忽發狂，即能詩文。居鄜、蔡間，以乞食爲事。衣皮衣露雙膝，好插花，額上繫一銅片如月。所言皆誕詭，莫可測。爲詩多奇語不可曉。人以其衣短，號曰哨腿王，又呼爲王赤腿。紹定五年壬辰之亂，蒙古軍下河南，爲亂軍所繫，三日而卒。後又有人見之於淮上，相傳仙去。《金史》入卷一百二十七《隱逸傳》。《中州集》卷九、《歸潛志》卷六均記其事。　金章宗明昌，當宋光宗紹熙、慶元間也。

〔二〕「浄」，《中州樂府》作「静」。

滕玉霄〔一〕

元人工於小令套數，而宋詞又微。惟《滕玉霄集》中，填詞不減宋人之工。今略記其《百字令》一首云〔二〕：「柳顰花困。把人間恩怨〔三〕，樽前傾盡。何處飛來雙比翼，直是同聲相應。寒玉嘶風，香雲捲雪，一串驪珠引。元郎去後〔四〕，有誰著意題品。　誰料濁羽清商〔五〕，繁絃急管，猶自餘風韻。莫是紫鸞天上曲，兩兩玉童相並。白髮梨園，青衫老傅〔六〕，試與留連聽。可人何處，滿庭霜月清冷〔七〕。」玉霄又有「贈歌童阿珍」《瑞鷓鴣》云：「分桃斷袖絶嫌猜。翠被紅裩興不乖。洛浦乍陽新燕爾，巫山行雨左風懷。手携襄野便娟合，背抱齊宫婉孌懷。玉樹庭前千載曲〔八〕，隔江唱罷月籠階。」蓋鄭櫻桃、解紅兒之流也〔九〕，用事甚工。予同年吴學士仁甫喜誦之〔一〇〕。

【箋證】

〔一〕滕斌，一名賓，字玉霄，元黄岡人。至大間任翰林學士，出爲江西儒學提舉，後棄家入天台爲道士。

〔二〕宛委山堂本《説郛》卷七十八引黄雪蓑《青樓集》：「宋六嫂，小字同壽，元遺山有『賦觱栗工張觜兒』詞，即其父也。宋與其夫合樂，妙入神品。蓋宋善謳，其夫能傳其父之藝。滕玉霄待制嘗賦《念奴嬌》以贈云。」所賦即此詞。

〔三〕「恩怨」，《青樓集》作「恩愛」。

〔四〕「元郎」原作「阮郎」，據珥江書屋本改，《青樓集》亦作「元郎」。此指元好問，參本書《詞品拾遺》「宋六嫂」條。

〔五〕「濁」，《青樓集》作「渴」。

〔六〕「衫」，珥江書屋本、天都閣本作「衿」。

〔七〕「冷」，天都閣本作「泠」。

〔八〕「庭前」，珥江書屋本、天都閣本作「庭花」。

〔九〕明萬曆間周清源著《西湖二集》，於卷十九「俠女散財殉節」採入此詞，以言龍陽之寵。鄭櫻桃，後趙太祖石虎寵惑之優僮，嘗譖殺二后。又所爲酷虐，前後殺人甚衆。解紅兒，五代和凝有《解紅兒歌》云：「百戲罷，五音清，解紅一曲新教成。兩箇瑶池小仙子，此時奪却《柘枝》名。」升庵遂以謂和凝有歌童名解紅兒。

〔一〇〕吴惠，字仁甫，號北川，明鄞縣人。正德六年進士，官南京太常寺卿。有《北川文集》。

牧庵詞

姚牧庵《醉高歌》詞云〔一〕：「十年燕月歌聲，幾點吴霜鬢影。西風吹起鱸魚興，已在桑榆暮景。　榮枯枕上三更，傀儡場中四并〔二〕。人生幻化如泡影。幾個臨危自省。」牧庵一代文章巨公，此詞高古，不減東坡、稼軒也。

【箋　證】

〔一〕姚燧，字端甫，號牧庵。元洛陽人。初以薦爲秦王府文學，後歷官至翰林學士承旨、集賢殿大學士。《元史》有傳。燧從許衡遊，爲當世大儒，著有《國統離合表》、《牧庵集》五十卷，今皆不存。四庫館臣據《永樂大典》輯有《牧庵集》三十六卷，其中末二卷爲詞，而此詞不載。《花草粹編》卷六收載此詞。元楊朝英則以此爲曲，收之入《朝野新聲太平樂府》卷四，題曰「感懷」。

〔二〕「場中」，《朝野新聲太平樂府》作「場頭」。

元將填詞

元將紇石烈子仁《上平南》詞云〔一〕：「蠆鋒搖〔二〕，螳臂振〔三〕，舊盟寒〔四〕。恃洞庭彭蠡狂瀾〔五〕。天兵小試，萬蹄一飲楚江乾〔六〕。捷書飛上九重天。春滿長安。　舜山川，周禮樂，唐日月〔七〕，漢衣冠。洗五州妖氣關山〔八〕。已平全蜀〔九〕，風行何用一泥丸〔一〇〕。有人傳喜日邊〔一一〕，都護先還。」此亦黠虜也。天欲戕我中國人，乃生此種，反指中國爲妖氣也耶。非我皇明一汛掃之，天柱折而地維陷矣。

【箋證】

〔一〕《齊東野語》卷二十「紇石烈子仁詞」條：「開禧用兵，金人元帥紇石烈子仁領兵據濠梁，大書一詞於濠之倅廳壁間。詞名《上平南》，即《上西平》之調云云。子仁蓋女真之能文者，故敢肆言無憚如此。」升庵所引當據此。然《歸潛志》卷四又云：「劉昂次霄，濟南人，有才譽。以先有劉昂之昂，故號小劉昂。泰和南征，作樂章一闋《上平西》，爲時所傳。其詞云云。終鄒平令。」按《歸潛志》金人劉祁所著，以金人記金事當可信據。所記「泰和」，與《齊東野語》之「開禧」，時代亦相當，故知二書所記當爲一事。或時劉昂在紇石烈子仁幕中，作詞書於壁，周密見之而不知其作者，遂附會爲其主帥所作也。據二書，知升庵之改「金」作「元」爲誤也。《花草粹編》卷十五據《歸潛志》收録此詞。

〔二〕「鋒摇」，《歸潛志》作「鋩極」。

〔三〕「振」，《歸潛志》、《花草粹編》作「展」。

〔四〕「舊」，《歸潛志》作「敢」。

〔五〕「恃」，《歸潛志》作「似」。

〔六〕「萬蹄」，《齊東野語》誤作「百蹄」。

〔七〕「舜山川，周禮樂，唐日月」，《歸潛志》作「舜文明，唐日月，周禮樂」，《花草粹編》作「舜明文，周禮樂，唐日月」。

〔八〕「五州妖氣關山」，《歸潛志》、《花草粹編》作「五川烟瘴江山」。

〔九〕「已平全蜀」，《歸潛志》、《花草粹編》作「全蜀下也」。

〔一〇〕「風行」，《歸潛志》、《花草粹編》作「劍閣」。

〔一一〕「喜」，《歸潛志》作「信」。「日邊」下《歸潛志》、《花草粹編》有「來」字。

江西烈女詞〔一〕

戴石屏薄遊江西武寧，有富翁以女妻之〔二〕。留三年，一日思歸。詢其所以，告以曾娶。妻以白其父，父怒〔三〕。妻宛曲解之，盡以嫁奩贈之，仍餞之以詞，自投江而死。其詞云：「惜多才，憐薄命，無計可留汝。揉碎花牋，仍寫斷腸句〔四〕。道傍楊柳依依，千絲萬縷，抵不住、一分愁緒。　捉月盟言，不是夢中語。後回君若重來，不相忘處，把杯酒澆奴墳土。」嗚呼，石屏可謂不仁不義之甚矣。既誑良人女爲妻，三年輿盡而棄之。又受其奩具而甘視其死〔五〕。俗有謔詞云：「孫飛虎好色，柳盜跖貪財，這賊牛兩般都愛。」石屏之謂與？〔六〕出《桂苑叢談》，馮翊子伏著〔七〕。

【箋　證】

〔一〕《輟耕録》卷四：「戴石屏先生復古未遇時，流寓江右武寧。有富家翁愛其才，以女妻之。居二三年，忽欲作歸計。妻問其故，告以曾娶。妻白之父，父怒。妻宛曲解釋，盡以奩具贈夫，仍餞以詞云云。夫既别，遂赴水死，可謂賢烈也矣。」此當爲升庵之所本。《外集》本、《函海》本此條，題作「戴石屏無行」。

〔二〕首二句，《外集》本、《函海》本作「戴石屏未遇時，流寓江西武寧。武寧富翁以女妻之」。首句「江西」下「武寧」二字原脱，據《輟耕録》及《外集》本、《函海》本補。

〔三〕「一日思歸。詢其所以，告以曾娶。妻以白其父，父怒」句，珥江書屋本、天都閣本作「思歸，自言曾娶婦。父怒」。

〔四〕「仍」，《輟耕録》作「忍」。珥江書屋本、天都閣本同。

〔五〕自「石屏可謂」至「甘視其死」，珥江書屋本、天都閣本作「女則烈矣，戴尚得爲人類也乎」。

〔六〕自「這賊牛」至條末，《外集》本、《函海》本作「殆兼之矣。其爲人如此，而台州猶祠於鄉賢，何哉」。

〔七〕袁州本《郡齋讀書志》後志卷一著録《桂苑叢談》，謂是書「雜記唐朝僖、昭時雜事」，「當是五代人」所撰。其作者題作「馮翊子子休撰」，並引李淑《邯鄲圖書志》謂其人「姓韓」。按：唐末五代時人所著書，何能及戴石屏之事？此注「出《桂苑叢談》」云云，非記憶之疏即爲後人所妄加。「子休」作「子伏」亦誤。

升庵詞品箋證卷之六

八詠樓

沈休文《八詠詩》，語麗而思深，後人遂以名樓，照映千古〔一〕。近時趙子昂、鮮于伯機詩詞頗勝。趙詩云〔二〕：「山城秋色静朝暉〔三〕。極目登臨未擬歸。羽士曾聞遼鶴語，征人又見塞鴻飛。西流二水玻瓈合〔四〕，南去千峰紫翠圍。如此溪山良不惡〔五〕，休文何事不勝衣。」鮮于《百字令》云〔六〕：「長溪西注，似延平雙劍，千年初合。溪上千峰明紫翠，放出群龍頭角。瀟灑雲林，微茫烟草，極目春洲闊。城高樓迥，恍然身在寥廓。我來陰雨兼旬，灘聲怒起〔七〕，日日東風惡。須待青天明月夜，一試嚴維佳作。風景不殊，溪山信美，處處堪行樂。休文何事，年年多病如削〔八〕。」二作結句略同，稍含微意，不專爲詠景發。予故取而著之也〔九〕。

【箋　證】

〔一〕元吴師道《敬鄉録》卷十二《八詠樓賦序》末云：「沈休文《八詠詩》，語麗而思深，後人遂以名樓，照映千古，爲吾邦美談。獨恨人累其文耳。」沈約《八詠詩》八首，見《玉臺新詠》卷九。升庵嘗取《八詠詩》八首之題合爲一首，云：「登臺望秋月。會圃臨春風。秋至湣衰草。寒來悲落桐。夕行聞夜鶴。晨征聽曉鴻。解佩去朝市。被褐守山東。」以爲「唐五言律之祖也」。見《升庵詩話》卷三。

〔二〕趙子昂《松雪齋文集》卷四載此詩，題作《東陽八景樓》。又見元建陽張氏梅溪書院刻本《皇元風雅》卷四，題同。

〔三〕「静」，《松雪齋文集》、《皇元風雅》作「浄」。

〔四〕「合」，《皇元風雅》作「會」。

〔五〕「溪山」，《松雪齋文集》、《皇元風雅》作「山川」。

〔六〕鮮于樞此詞，首見於此。明卓人月《古今詞統》卷十三、清朱彝尊《詞綜》卷二十九載此詞，調名《念奴嬌》。鮮于樞，字伯機，漁陽人。早年遊歷浙東，元世祖至元二十四年以材選浙東宣慰司經歷，改江浙行省都事。晚年北歸，營室曰困學齋，自號困學民。大德六年，以太常典簿終。伯機文翰名重當時，行草猶爲趙孟頫所推。

〔七〕「起」字，原缺，據《古今詞統》、《詞綜》補。

〔八〕「年年多病」，原作「多病年年」，按律當作「年年多病」，今據珥江書屋本、天都閣本及《古今詞統》、《詞綜》改。

〔九〕《歷代詩餘》卷一百十九引録《詞品》此條，鮮于樞詞後文字與此不同，不知其所出，今録以備參：「伯機名樞，自號困學民，性嗜古物，圖書、彝鼎，環列一室中。客至則相對吟諷，窮日夜不倦。或命酒徑醉，醉中作放歌、大字，皆奇崛不凡。居吴興時，趙子昂爲貌其神。蜀郡虞伯生贊之曰：『斂風沙裘劍之豪，爲湖山圖史之樂，翰墨軼米薛而有餘，風流擬晋宋而無怍。』可以想其人矣。」所謂虞伯生之贊，見《道園學古録》卷十，題爲「題鮮于伯機小篆」，非像贊也。其文云：「斂風沙裘劍之豪，爲湖山圖史之樂；翰墨軼米薛而有餘，風流儗晋宋而無怍。是以吴興公運畫沙之錐，刻希世之玉，使千載之具眼，識二妙於遐邈。」

杜伯高三詞

杜旟，字伯高，《蘭亭詩》爲世所傳〔一〕。樂府亦佳，《酹江月》「賦石頭城」云：「江山如此，是天開萬古，東南王氣。一自髯孫横短策，坐使英雄鵲起。玉樹聲消，金蓮影散，多少傷心事。千年遼鶴，併疑城郭非是。　當日萬駟雲屯，潮生潮落處，石頭孤峙。人笑褚淵今齒冷，只有袁公不死。斜日荒烟，神州何在，欲墮新亭淚。元龍老矣，世間何限餘子。」〔二〕《摸魚兒》「湖上賦」云：「放扁舟，萬山環處，平鋪碧浪千頃。仙人憐我征塵久，借與夢遊清枕。風乍静，望兩岸群峰，倒浸玻瓈影。樓臺相映。更日薄烟輕，荷花似醉，飛鳥墮寒鏡。　中都内，羅綺千街萬井。天教此地幽勝。仇池仙伯今何在，堤柳幾眠還醒。君試問，問此意只今，更有何人領。功名未竟。待學取鴟夷，仍携西子，來動五湖興。」〔三〕《驀山溪》「賦春」云：「春風如客，可是繁華主。紅紫未全開，早緑遍江南千樹。一番新火，多少倦遊人。纖腰柳，不知愁，猶作風前舞。小闌干外，兩兩幽禽語。問我不歸家，有佳人天寒日暮。老來心事，唯只有春知。江頭路，帶春來，更帶春歸去。」〔四〕

【箋　證】

〔一〕杜旟，字伯高，宋金華人。登吕祖謙之門，傳其學。淳熙、開禧間兩以制科薦。有《橋齋集》。今存詞三首，賴升庵此録而傳於世。其《題蘭亭序》詩爲時所稱之語，見《後村詩話》卷八：「杜旟伯高《題蘭亭序》云：『君勿笑新亭相對泣，却勝蘭亭暮春集。』《白頭吟》云：『長門作賦直千金，不知家有白頭吟。』二詩皆有味。」

〔二〕萬曆本《焦氏筆乘》續集卷八載此詞，題同；又見《花草粹編》卷二十，題作「金陵」，文字與此全同。

〔三〕《古今詞統》卷十五載此詞，文字全同。雍正《浙江通志》卷二百七十、《詞綜》卷十五載之，「此意只今」前多「問」字，按律當有，今據補。

〔四〕此詞又見《古今詞統》卷十一、《花草粹編》卷十六，文字與此全同。

徐一初登高詞

徐一初「登高」《摸魚見》詞〔一〕：「對茱萸，一年一度。龍山今在何處。參軍莫道無勳業，消得從容樽俎。君看取。便破帽飄零，也傳名千古〔二〕。當年幕府。知多少時流，等閒收拾，有個客如許。　追往事，滿目山河晉土。征鴻又過邊羽。登臨莫苦〔三〕。高層望，怕見故宫禾黍。觴緑醑。澆萬斛牢愁，淚閣新亭雨。黄花無語。畢竟是西風〔四〕，朝來披拂〔四〕，猶識舊時主。」亦感慨之詞也。

【箋證】

〔一〕《吴禮部詞話》：「大德丙午，師道侍先君在仙居。郭外數里，南峰僧寺山水頗清絶，嘗一至焉。寺有藍光軒，宋季名士吴諒直翁講授其上，壁間題刻詩詞甚有佳者，略記三首於後。郭三益詩云云。郭南渡後人，嘗爲令。陳碧棲仁玉『騷詞』云云。陳有文名，以白衣召用，作此時年甚少，蓋懷吴諒直翁也。又有徐一初『九日登高』《摸魚兒》詞，蓋丙子後作。云云。亦感慨之作也。」此升庵之所本。《渚山堂詞話》卷二亦載此詞，詳後。

〔二〕「傳」，《吴禮部詞話》作「博」，《渚山堂詞話》卷二作「得」。

〔三〕「苦」，《吴禮部詞話》、《渚山堂詞話》作「上」。

〔四〕「是」，《渚山堂詞話》作「仗」。

〔五〕「朝來」二字，原無，《吴禮部詞話》「披拂」前空缺二字，《渚山堂詞話》作「朝來披拂」，是，今據補。

《渚山堂詞話》卷二「徐一初登高詞」條：「徐一初者，不知何許人。其『九日登高』一詞，殊亦可念。初云：『參軍莫道無勳業，消得從容罇俎。君看取。便破帽飄零，也得名千古。』復云：『登臨莫上高層望，怕見故宮禾黍。觴緑醑。澆萬斛牢愁，淚閣新亭雨。黃花無語。畢竟仗西風，朝來披拂，猶識舊時主。』詞意甚感慨不平，參軍自況之意。豈非德祐時忠賢，位不滿其才者耶？『故宮禾黍』、『無語黃花』，則又有感於天翻地覆之事，蓋谷音之同悲者也。」

南澗詞〔一〕

韓南澗「題采石蛾眉亭」詞云：「倚天絶壁〔二〕，直下江千尺。天際兩蛾橫黛〔三〕，愁與恨、幾時極。暮潮風正急〔四〕。酒闌聞塞笛〔五〕。試問謫仙何處，青山外、遠烟碧。」此《霜天曉角》調也，未有能繼之者。

【箋　證】

〔一〕此條録自《吴禮部詞話》，文字全同。《絶妙好詞》卷二、《陽春白雪》卷二並收此詞爲韓元吉詞，而《中興以來絶妙詞選》卷五則以此爲劉仙倫詞。韓元吉，字无咎，自號南澗翁，宋開封雍丘人，寓居信州上饒。隆興間官至吏部尚書，晉封潁川郡公。有集七十卷並詞《焦尾集》一卷，早佚。今存四庫館臣《永樂大典》輯本《南澗甲乙稿》二十二卷。

〔二〕「天」，《中興以來絶妙詞選》、《絶妙好詞》作「空」。

〔三〕「横」，《南澗甲乙集》卷七、《中興以來絶妙詞選》、《絶妙好詞》、《陽春白雪》並作「凝」。
〔四〕「暮」，《南澗甲乙集》作「怒」。
〔五〕「闌」，《南澗甲乙集》、《中興以來絶妙詞選》、《絶妙好詞》、《陽春白雪》並作「醒」。

高竹屋蘇堤芙蓉詞

高竹屋詠「蘇堤芙蓉」《菩薩蠻》詞〔一〕：「紅雲半壓秋波急〔二〕。艷妝泣露啼嬌色〔三〕。幽夢入仙城〔四〕。風流石曼卿。　宫袍呼醉醒。休捲西風錦。明月粉香殘〔五〕。六橋烟水寒〔六〕。」

【箋　證】

〔一〕此詞見《中興以來絶妙詞選》卷六、《全芳備祖集》前集卷二十四。《西湖遊覽志》卷二引録之。又，《花草粹編》卷五收録此詞，題程正伯作。高觀國，字賓王，號竹屋，宋山陰人。有《竹屋癡語》詞集一卷。
〔二〕「急」，《彊村叢書》本《竹屋癡語》作「碧」。
〔三〕「啼嬌色」，《西湖遊覽志》同，《中興以來絶妙詞選》、《全芳備祖集》、《竹屋癡語》作「嬌啼色」。
〔四〕「幽夢」，《中興以來絶妙詞選》、《西湖遊覽志》、《竹屋癡語》作「佳夢」。「仙城」，《西湖遊覽志》作「便城」。

〔五〕「西風錦」,《花草粹編》作「西風景」。

〔六〕「月」,《花草粹編》同,《中興以來絕妙詞選》、《西湖遊覽志》、《竹屋癡語》作「日」。

〔七〕「橋」,《竹屋癡語》作「朝」。

念奴嬌祝英臺近

德祐乙亥,太學生作《念奴嬌》云:「半堤花雨。對芳辰消遣,無奈情緒。春色尚堪描畫在,萬紫千紅塵土。鵑促歸期,鶯收佞舌,燕作留人語。繞闌紅藥,韶華留此孤主。真個恨殺東風,幾番過了,不似今番苦。樂事賞心磨滅盡,忽見飛書傳羽。湖水湖烟,峰南峰北,總是堪傷處。新塘楊柳,小橋猶自歌舞〔二〕。」又《祝英臺近》云:「倚危闌,斜日暮。驀驀甚情緒。稺柳嬌黃,全未禁風雨。春江萬里雲濤,扁舟飛渡。那更塞鴻無數〔三〕。　歎離阻。有恨落天涯,誰念孤旅。滿目風塵,冉冉如飛霧。是何人惹愁來,那人何處。怎知道、愁來又去〔四〕。」

【箋證】

〔一〕此條見明田汝成《西湖遊覽志餘》卷六文字全同,本自元佚名《湖海新聞夷堅續志》後集卷二「太學嘆世」條。《花草粹編》卷二十、卷十五分別載此二詞,皆題「德祐乙亥」,云出《湖海新聞》，前首題下注云：「時事已非，太學諸生爲此詞以嘆世，意各有所屬。」句中有夾注，與《湖海新聞夷堅續志》同，參後引。

〔二〕「消遣」，《西湖遊覽志餘》作「消却」。

〔三〕「小橋」，《湖海新聞夷堅續志》、《花草粹編》作「小腰」。

〔三〕「塞」，天都閣本作「寒」。

〔四〕「又去」，《湖海新聞夷堅續志》作「不去」，《花草粹編》作「又愁去」。

《湖海新聞夷堅續志》後集卷二「太學嘆世」條所載，句中多夾注，今録以備參：「宋德祐乙亥，太學諸生作《念奴嬌》云：『半堤花雨。對芳辰消遣，無奈情緒。春色尚堪描畫在，萬紫千紅塵土。衆宮女行。鵑促歸期，朝士去。鶯收佞舌，臺官去。燕作留人語。太學上書。繞闌紅藥，韶華留此孤主。只陳宜中在。　真個恨殺東風，賈相。幾番過了，不似今番苦。樂事賞心磨滅盡，忽見飛書傳羽。北軍至。湖水湖烟，峰南峰北，總是堪傷處。新塘楊柳，賈妾名。小腰猶自歌舞。』又《祝英臺近》云：『倚危欄，斜日暮。驀驀甚情緒。穉柳幼君。嬌黄，太后。全未禁風雨。春江萬里雲濤，扁舟飛渡。北軍至。那更塞鴻無數。流民。　歎離阻。有恨落天涯，誰念孤旅。滿目風塵，冉冉如飛霧。是何人惹愁來，賈出。那人何處。賈去。怎知道、愁來不去。』」

文山和王昭儀滿江紅詞〔一〕

王昭儀之詞，傳播中原。文天祥讀至末句，歎曰：「惜也，夫人於此少商量矣。」爲之代作一篇云〔二〕：「試問琵琶，胡沙外、怎生風色。最苦是，姚黄一朵，移根仙闕〔三〕。王母歡闌瓊宴罷〔四〕，仙人淚滿金盤側。聽行宫、半夜雨淋鈴，聲聲歇。彩雲散，香塵滅。銅駝恨，那堪説。想男兒慷慨，嚼穿齦血。回首昭陽離落日〔五〕，傷心銅雀迎新月。算妾身不願似天家，金甌缺。」又和云〔六〕：「燕子樓中，又捱過、幾番秋色。相思處，青年如夢〔七〕，乘鸞仙闕。肌玉暗消衣帶緩，淚珠斜透花鈿側。最無端、蕉影上窗紗，青燈歇。曲池合，高臺滅。人間事，何堪説。向南陽阡上，滿襟清血〔八〕。世態便如翻覆雨〔九〕，妾身元是分明月。笑樂昌一段好風流，菱花缺。」

附王昭儀詞〔一〇〕：「太液芙蓉，渾不似、舊時顔色〔一一〕。曾記得〔一二〕，恩承雨露〔一三〕，玉樓金闕〔一四〕。名播蘭簪妃后裏〔一五〕，暈潮蓮臉君王側〔一六〕。忽一朝〔一七〕，鼙鼓揭天來〔一八〕，繁華歇。龍虎散，風雲滅，千古恨，憑誰説。對山河百二〔一九〕，淚霑襟血〔二〇〕。驛館夜驚塵土夢〔二一〕，宫車晚碾關山月〔二二〕。願嫦娥〔二三〕、相顧肯相容〔二四〕，隨圓缺〔二五〕。」

【箋證】

〔一〕此條珥江書屋本、天都閣本、《外集》本、《函海》本自「附王昭儀詞」以下皆另列一條。所引詞均見《文山集》卷十九《指南後録》一。周密《浩然齋雅談》卷下記云：「宋謝太后北覲，有王夫人題一詞於汴京夷山驛中云云。文宋瑞丞相和云云，又代王夫人再用韻云云。」《西湖遊覽志餘》卷六載王昭儀詞事爲一條，文天祥和詞及代擬之詞爲另一條。

〔二〕此詞《指南後録》題「代王夫人作」。《浩然齋雅談》作「代王夫人再用韻」。

〔三〕「仙」，《浩然齋雅談》作「丹」。

〔四〕「瓊」，《指南後録》、《西湖遊覽志餘》、珥江書屋本、天都閣本作「璚」，字通；《浩然齋雅談》作「瑶」。

〔五〕「離」，《浩然齋雅談》作「辭」。

〔六〕此詞《指南後録》題「和王夫人《滿江紅》，以庶幾後山《妾薄命》之意」。

〔七〕「年」，《浩然齋雅談》作「春」。

〔八〕「清血」，《浩然齋雅談》作「漬血」。

〔九〕「雨」，《浩然齋雅談》作「手」。

〔一〇〕《指南後録》附載王夫人此詞，詞末注云：「王夫人至燕，題驛中云云，中原傳誦，惜末句少商量。」《輟耕録》卷三記云：「至元十三年丙子，春正月十八日，淮安王伯顔以中書右相統兵入杭。宋謝、全兩后以下皆赴北。有王昭儀者，題《滿江紅》詞於驛云云。昭儀名清蕙，字冲華，後爲女道士。」《西湖遊覽志餘》云：「元至元十一年丙子二月，伯顏以宋謝、全兩后以下北去，有王昭儀者，名清惠，題《滿江紅》詞於驛壁云云。」又，《説郛》卷二十七元戚輔之《佩楚軒客談》云：「丙子之變，宫娥多北遷。有王昭儀下張瓊英題《滿江紅》于南京夷山驛云云。」陳霆《渚山堂詞話》卷一云：「然予又按《佩楚軒客語》，以原詞爲張瓊瑛所作，題之夷山驛中。瓊瑛，本昭儀位下也。若然，則後世可以移責矣。第未審信否耳。」

〔一一〕「渾」，《指南後録》作「全」。「舊時」，《佩楚軒客談》作「丹青」。

〔一二〕「曾記」，《指南後録》作「嘗記」，《佩楚軒客談》作「常記」。

〔一三〕「恩承」，《浩然齋雅談》、《輟耕録》、《佩楚軒客談》作「春風」。

〔一四〕「樓」，《指南後録》作「階」。

〔一五〕「簪」，《浩然齋雅談》作「馨」。

〔一六〕「潮」，《佩楚軒客談》作「生」。

〔一七〕「朝」，《浩然齋雅談》、《佩楚軒客談》作「聲」。

〔一八〕「揭」，《佩楚軒客談》作「拍」。

〔一九〕「對」，《指南後録》作「顧」。

〔二〇〕「霑」，《指南後録》作「流」，《浩然齋雅談》作「盈」。「襟」，《佩楚軒客談》作「巾」。

〔一二〕「驛」，《浩然齋雅談》、《佩楚軒客談》作「客」。
〔一三〕「晚碾」，《指南後録》、《浩然齋雅談》、《西湖遊覽志餘》作「曉碾」，《佩楚軒客談》作「曉轉」。
〔一三〕「願」，《指南後録》作「若」，《浩然齋雅談》、《佩楚軒客談》作「問」。
〔一四〕「相顧肯相容」，《指南後録》作「於我肯相容」，《浩然齋雅談》作「於我肯從容」，《輟耕録》、《西湖遊覽志餘》作「相顧肯從容」，《佩楚軒客談》作「垂顧肯從容」。
〔一五〕「隨」，《指南後録》作「從」，《佩楚軒客談》作「容」。

徐君寶妻詞〔一〕

岳州徐君寶妻某氏，被虜來杭，居韓蘄王府。自岳至杭，相從數千里，其主者數欲犯之，而終以巧計脱。蓋某氏有令姿，主者弗忍殺之也。一日，主者怒甚〔二〕，將即强焉。因告曰：「俟妾祭謝先夫，然後乃爲君婦不遲也，君奚怒爲。」〔三〕主者喜諾。某氏乃焚香再拜默祝，南向飲泣，題《滿庭芳》一詞於壁上。書已，投大池中以死。詞云：「漢上繁華，江南人物，尚遺宣政風流。緑窗朱户，十里爛銀鈎。一旦刀兵齊舉，旌旗擁、百萬貔貅。長驅入、歌樓舞榭〔四〕，風捲落花愁〔五〕。　清平三百載，典章人物〔六〕，掃地都休〔七〕。幸此身未北，猶客南州。破鑑徐郎何在，空惆悵、相見無由。從今後，斷魂千里〔八〕，夜夜岳陽樓。」

【箋證】

〔一〕此條出《西湖遊覽志餘》卷六，文字全同。其事則始見《輟耕録》卷三：「岳州徐君寶妻某氏，亦同時被擄來杭，居韓蘄王府。自岳至杭，相從數千里，其主者數欲犯之，而終以巧計脱。蓋某氏有令姿，主者弗忍殺之也。一日，主者怒甚，將欲强焉。因告曰：『俟妾祭謝先夫，然後乃爲君婦不遲也，君奚用怒哉。』主者喜諾。即嚴粧焚香，再拜默祝，南向飲泣，題《滿庭芳》一闋於壁上已，投大池中以死。詞曰云云。杭徐子祥與韓府居相鄰，嘗聞長老嗟悼之，及見所書詞，故能言其詳。某氏，余偶忘其姓。」明孫道易《東園客談》亦録此事，文字略異。而其後有云：「予今歲夏至杭，聞徐子詳言之。徐乃湖州市人也，正與蘄王府鄰，尤及見其親筆。後宣伯裴先生亦言，正與清風嶺同，所謂一時一事也。予因當今喪亂以來，婦人女子盡死者不勝計。其中縱有文筆者，皆出於倉卒，措詞未能盡善。然清風嶺一時一事，其措詞亦萬萬也而不及焉。予足跡不遠，見聞有限，故獨以此篇爲最。好事君子倘有遇於此者，幸録以繼之，亦不幸之中之盛事也。至正庚子十月三日，山陰朱武書。」

〔二〕「怒甚」，《外集》本、《函海》本作「甚怒」。

〔三〕「爲」，原作「焉」，據珥江書屋本、天都閣本改。《西湖遊覽志餘》作「爲」。

〔四〕「歌樓」，《輟耕録》、《東園客談》作「歌臺」。

〔五〕《東園客談》無「捲」字。

〔六〕「人物」，珥江書屋本、天都閣本、《輟耕録》、《東園客談》、《西湖遊覽志餘》並作「文物」。

〔七〕「都」，《輟耕録》、《東園客談》作「俱」。

〔八〕「斷」，《輟耕録》、《東園客談》作「夢」。

傅按察鴨頭緑〔一〕

元時有傅按察者，嘗作《鴨頭緑》一詞「悼宋」云：「静中看。記昔日淮山隱隱〔二〕，宛若虎踞龍盤。下樊襄、指揮湘漢；鞭雲騎、圍遶江干〔三〕。勢不成三，時當混一，過唐之數不爲難。陳橋驛，孤兒寡婦，久假當還。　掛征帆。龍舟催發，紫宸初卷朝班。禁庭空、土花暈碧〔四〕；輦路悄、訶喝聲乾。縱餘得、西湖風景，花柳亦凋殘。去國三千，遊仙一夢，依然天淡夕陽間。昨宵也，一輪明月，還照臨安。」

【箋證】

〔一〕《西湖遊覽志餘》卷六所記與此全同，惟其後復録越僧及瞿佑詩各一首。《輟耕録》卷十五「錢塘懷古詞」條：「傅按察者，忘其名，錢塘懷古嘗作一詞云云。蓋《鴨頭緑》調也。」《渚山堂詞話》卷二「傅按察詞」條亦載此詞。

〔二〕「淮」，《輟耕録》作「湖」。

〔三〕「江干」原作「三千」，珥江書屋本、天都閣本同，與下文「去國三千」重，據《輟耕録》及《渚山堂詞話》、《西湖遊覽志餘》改。

〔四〕「碧」，《外集》本、《函海》本作「壁」。

《渚山堂詞話》卷二「傅按察詞」條議論不同，録以備參：「至元間，有傅按察者，嘗作『錢塘懷古』一長闋，蓋詠宋氏之亡也。中云：『下襄樊、指揮湘漢；鞭雲騎、圍繞江干。勢不成三，時當混一，過唐之數不爲難。陳橋驛，孤兒寡婦，久假當還。』其語大率吠堯之意。中國帝王所自立，久假當還，固也。然正統所在，豈夷狄可得預耶？王猛以正朔相承在江左，臨歿尚阻苻堅南伐之謀。豈謂三百年遺黎而有此語也。『東魯遺黎老子孫，南方心事北方身』，若按察者，有愧於信雲父多矣。『遺老猶應愧蜂蟻，故人久矣化豺狼』，其斯人之謂歟！」

楊復初南山詞

楊復初築室南山，以「村居」爲號。凌彦翀以《漁家傲》詞壽之云〔一〕：「采芝步入南山道。山深宛似蓬萊島。聞説村居詩思好。還被惱。蒼苔滿地無人掃。　載酒亭前松合抱。客來便許同傾倒。玉兔已將靈藥搗。秋意早。月華長似人難老。」復初和詞云：「當時承望求仙道。那知薄命如郊島。留得殘生猶自好。多懊惱。塵緣俗慮何時掃。　子已成童無用抱。醉眠任使和衣倒。今歲砧聲秋未搗。涼風早〔二〕。看來只恐中年老〔三〕。」

瞿宗吉和詞云：「喜來不涉邯鄲道。愁來不竄沙門島。惟有村居閒最好。無事惱。苔階竹徑頻頻掃。　　有酒可斟琴可抱。長年擬看三松倒。臼內靈砂親自搗。歸隱早。朝來未放玄真老。」〔四〕宗吉既和此詞，而復序云〔五〕：「舊譜皆以仄聲起，歐公呼范文正爲『窮塞主』，首句所謂『塞上秋來』者〔六〕，正此格也。他如王荆公之『平岸小橋千嶂抱』〔七〕，周清真之『幾日春陰寒惻惻〔八〕』，謝無逸之『秋水無痕清見底』〔九〕，張仲宗之『釣笠披雲青嶂遶』〔一〇〕，亦皆如是。今二公皆以平聲易之，特著此，以俟知音爾。」

【箋證】

〔一〕此文出《西湖遊覽志餘》卷十二。瞿佑《樂府遺音》載其《漁家傲》詞，題作「壽楊復初先生」，附文並載凌、楊二人詞，當即此條所出。凌雲翰，字彥翀，號柘軒，元錢塘人。至正十九年登浙江鄉試榜，除紹興蘭亭書院山長，不赴。洪武十四年，以薦舉召授四川成都教授，卒於官。有《柘軒集》四卷、《柘軒詞》一卷存世。楊復初，元錢塘人，與凌雲翰同里，治《春秋》經，明初嘗任鄞水縣學訓導。

〔二〕「涼風」，《惜陰堂叢書》本《樂府遺音》作「涼氣」。

〔三〕「只恐」，《樂府遺音》作「只懼」。

〔四〕「朝來」，珥江書屋本、天都閣本、《西湖遊覽志餘》、《樂府遺音》皆作「朝廷」。瞿佑，字宗吉，錢塘人。洪武中以薦歷仁和、臨安、宜陽訓導，升周府右長史。永樂間，以詩禍謫戍保安。洪熙乙巳赦還復官，年八十七卒。有《存齋詩集》、《樂府遺音》、《歸田詩話》、《剪燈新話》等。

〔五〕《樂府遺音》此詞後，瞿佑附以説明，即此所謂序也。其全文曰：「復初以村居自號，凌先生彥翀壽以《漁家傲》詞。復初從而和之，邀予繼和。按：此詞舊譜皆以仄聲起，歐公呼范文正爲『窮塞主』之詞，首句所謂『塞上秋來』者，正此格也。他如王荆公之『平岸小橋千嶂抱』、周清真之『幾日春陰寒惻惻』、謝無逸之『秋水無痕清見底』、張仲宗之『釣笠披雲青嶂遶』亦皆如是，今二公起語以平聲易之，予迫於酬和，不敢有違，特著於此，以俟知音者詳云。」

〔六〕范仲淹《漁家傲》詞云：「塞下秋來風景異。衡陽雁去無留意。四面邊聲連角起。千嶂裏。長烟落日孤城閉。　濁酒一杯家萬里。燕然未勒歸無計。羌管悠悠霜滿地。人不寐。將軍白髮征夫淚。」見《唐宋諸賢絶妙詞選》卷三。宋魏泰《東軒筆録》卷十一云：「范文正公守邊日，作《漁家傲》樂歌數闋，皆以『塞下秋來』爲首句，頗述邊鎮之勞苦。歐陽公嘗呼爲窮塞主之詞。」

〔七〕王安石詞云：「平岸小橋千嶂抱。柔藍一水縈花草。茅屋數間窗窈窕。塵不到。時時自有春風掃。　午枕覺來聞語鳥。欹眠似聽朝鷄早。忽憶故人今總老。貪夢好。茫然忘了邯鄲道。」見《樂府雅詞》卷上。

〔八〕周邦彥《片玉詞》卷上：「幾日輕陰寒惻惻。東風急處花成積。醉踏陽春懷故國。歸未得。黄鸝久住如相識。　賴有蛾眉能暝客。長歌屢勸金杯側。歌罷月痕來照席。貪歡適。簾前重露成涓滴。」「惻惻」，原作「側側」，據珥江書屋本、天都閣本、《西湖遊覽志餘》、《樂府遺音》改。

〔九〕謝逸詞云：「秋水無痕清見底。蓼花汀上西風起。一葉小舟烟霧裏。蘭棹艤。柳條帶雨穿雙鯉。　自嘆直鈎無處使。笛聲吹散雲山翠。鱠落霜刀紅縷細。新酒美。醉來獨枕簑衣睡。」見《樂府雅詞》卷下。

〔一〇〕張元幹詞云：「釣笠披雲青嶂曉。橛頭細雨春江渺。白鳥飛來風滿棹。收綸了。漁童拍手樵青笑。　明月太虛同一照。浮家泛宅忘昏曉。醉眼冷看朝市鬧。烟波老。誰能惹得閒煩惱。」見《蘆川詞》。

凌彥翀無俗念〔一〕

凌彥翀作《無俗念》詞云：「等閒屈指，算今來古往，誰爲英傑。耳目聰明天賦予，怎肯虛生虛滅。去燕來鴻，飛烏走兔，世事何時歇。風波境界，大川不用頻涉。　踏遍萬户千門〔二〕，五湖四海，一樣中秋月。正面相看君記取，全體本來無缺。空裏非空，夢中是夢〔三〕，莫向癡人説。便須騎鶴〔四〕，夜深朝禮金闕。」又《蝶戀花》詞云〔五〕：「一色杏花三百樹〔六〕。茅屋無多，更在花深處〔七〕。鏇壓小槽留客住〔八〕。舉杯忽聽黃鸝語。　醉眼看花花亦舞。風妬殘紅〔九〕，飛過鄰墻去。却似牧童遥指處〔一〇〕。清明時節紛紛雨。」詞格清逸，一洗鉛華，非駢金儷玉者比也。

【箋　證】

〔一〕出《西湖遊覽志餘》卷十二。

〔二〕「踏」字上原有「空」字，彊村本《栢軒詞》無，按律此字當衍，今據《栢軒詞》删。

〔三〕「是」，《栢軒詞》、《西湖遊覽志餘》作「真」。

〔四〕「便」字原無，按律此句缺一字，今據《栢軒詞》補。

〔五〕《栢軒詞》載此詞，題作「杏莊爲暮景行題」。

〔六〕「花」，《栢軒詞》作「林」。

〔七〕「處」，《栢軒詞》、《西湖遊覽志餘》作「住」。

〔八〕「住」，《栢軒詞》、《西湖遊覽志餘》作「醉」。

〔九〕「妬」，《栢軒詞》作「捲」。

〔一〇〕「却」，《栢軒詞》、《西湖遊覽志餘》作「恰」。

瞿宗吉西湖秋泛〔一〕

宗吉「西湖秋泛」《滿庭芳》詞〔二〕：「露葦催黃，烟蒲駐緑，水光山色相連。紅衣落盡，辜負採蓮船。點檢六橋楊柳〔三〕，但幾個、抱葉殘蟬。秋容晚，雲寒雁背，風冷鷺鷀肩。　華筵。容易散。愁添酒量，病減詩顛〔四〕。況情懷沖淡，漸入中年。掃退舞裙歌扇，盡付與、一枕高眠。清閒好，脱巾露髮，仰面看青天。」又「西湖四時」《望江南》詞：「西湖景，春日最宜晴。花底管絃公子宴，水邊羅綺麗人行。十里按歌聲。」「西湖景，夏日正堪遊。金勒馬嘶垂柳岸，紅妝人泛採蓮舟。驚起水中鷗。」「西湖景，秋日更宜觀。桂子岡巒金粟富，芙蓉洲渚綵雲閒。爽氣滿山前。」「西湖景，冬日轉清奇。賞雪樓台評酒價，觀梅園圃定春期〔五〕。共醉太平時。」

【箋　證】

〔一〕全録《西湖遊覽志餘》卷十二。

〔二〕《惜陰堂叢書》本《樂府遺音》載此詞，題作「西湖夜泛」。

〔三〕「六橋」，《樂府遺音》作「六朝」。

〔四〕「病」，《樂府遺音》作「兵」。

〔五〕「定」，珥江書屋本、天都閣本、《樂府遺音》、《西湖遊覽志餘》並作「訂」。

瞿宗吉鞋杯詞〔一〕

楊廉夫嘗訪瞿士衡，以鞋杯行酒，命其姪孫宗吉詠之。宗吉作《沁園春》以呈，廉夫大喜，即命侍妓歌以侑觴。詞云：「一掬嬌春，弓様新裁，蓮步未移。笑書生量窄，愛渠儘小；主人情重，酌我休遲。醞釀朝雲，斟量暮雨，能使麯生風味奇。何須去，向花塵留跡，月地偷期〔二〕。　風流到處便宜〔三〕。便豪吸雄吞不用辭。任凌波南浦，唯誇羅襪；賞花上苑，只勸金巵〔四〕。羅帕高擎〔五〕，銀瓶低注，絶勝翠裙深掩時〔六〕。華筵散，奈此心先醉，此恨誰知。」

【箋證】

〔一〕全録自《西湖遊覽志餘》卷十一。《堯山堂外紀》卷八十所載文字稍異，《樂府遺音》亦載此詞。

〔二〕「何須去，向花塵留跡，月地偷期」，《樂府遺音》作「頻分付，慎莫教涴却，酒暈淋漓」。

〔三〕「風流到處便宜」，《樂府遺音》作「傳觀到手争持」，《西湖遊覽志餘》作「風流到處偏宜」，《堯山堂外紀》作「風流到手偏宜」。

〔四〕「只勸金巵」，《樂府遺音》作「共飲瑶巵」。

〔五〕「羅」，《樂府遺音》作「綾」。

〔六〕「絶」，《樂府遺音》作「全」。

馬浩瀾著花影集〔一〕

馬浩瀾著《花影集》，自序云：「予始學爲南詞，漫不知其要領。偶閱《吹劍録》，中載東坡在玉堂日，有幕士善歌。坡問曰：『吾詞何如柳耆卿？』對曰：『柳郎中詞，宜十七八女孩兒，按紅牙拍，歌楊柳岸曉風殘月。學士詞，須關西大漢，執鐵板，唱大江東去。』〔二〕緣是求二公詞而讀之，下筆略知蹊徑。然四十餘年，僅得百篇，亦不可謂不難矣。法雲道人嘗勸山谷勿作小詞。山谷云：『空中語爾。』〔三〕予欲以『空中語』名其集，或曰不文，改稱《花影集》。花影者，月下燈前，無中生有。以爲假則真，謂爲實猶涉虛也。」〔四〕今漫摘數首，以便展玩云。其《商調少年遊》云：「弄粉調脂，梳雲掠月，次第曉妝成。鸚鵡籠邊，鞦韆墻裏，半晌不聞聲。　原來却在瑤階下，獨自踏花行。笑摘朱櫻，微揎翠袖，枝上打流鶯。」《行香子》云：「紅遍櫻桃，緑暗芭蕉。瑣窗深、春思無聊。雙飛燕嬾，百囀鶯嬌。正漏聲遲，簾影静，篆香飄。　惜月前宵。病酒今朝。有誰知、臂玉微銷。封題錦字，寄與蘭翹。恨樹重重，雲渺渺，水迢迢。」「春夜」《生查子》云：「燒罷夜香時，獨立簾兒下。真個可憐宵，一刻千金價。　啼痕不記行，暗濕鮫綃帕〔五〕。蝶宿牡丹叢，月轉鞦韆架。」「春日」《海棠春》云：「越羅衣薄輕寒透。正晝閣、風簾飄繡。無語小鶯慵，有恨垂楊瘦。　桃花人面應依舊。憶那日、擎漿時候〔六〕。添得暮愁牽，只爲秋波溜。」《鳳凰臺上憶吹簫》云：「淡淡秋容。澄澄夜影，娟娟月掛梧桐。愛簫聲縹緲，簾影玲瓏。彩鳳銜書未至，玉宇浄、香霧空濛。涼如水，翠苔凝露，琪樹吟風。　匆匆。年華暗換，嗟舊歡成夢，芳鬢飛蓬〔七〕。想清江泛鷁，紫陌遊驄。應念佳期虛負，瞻素彩、感慨相同。凝情久，誰家搗衣〔八〕，砧杵丁東。」《青玉案》云：「平川渺渺花無數。明鏡裏，孤舟度。華下美人和笑顧。問郎莫似，乞漿崔護，別久來何暮。　盈盈羅襪凌波步。眉月連娟鬢如霧。人世光陰花上露。勸郎休去，再來恐誤〔九〕，個是桃源路。」「中秋」《鵲橋仙》云：「不寒不暑，無風無雨，秋色平分佳節。桂花香散夜涼生，小樓上、簾兒高揭。　多愁多病，閒憂閒悶，綠鬢紛紛成雪。平生不作負恩人，惟負了、今宵明月。」「九日」《金菊對芙蓉》云：「過雁行低，鳴蛩韻急，紛紛葉下亭皋。向霜庭看菊，飈館題糕。依然賓主東南美，勝龍山，迢遞登高。繡屏孔雀，金盤螃蟹〔一〇〕，銀甕葡萄。　痛飲鯨卷波濤。笑百年春夢，萬事秋毫。問臺前戲馬，海上連鰲。當時二子今安在，乾坤大、容我粗豪。四絃裂帛，雙鬟舞雪，左手持螯。」「梅花」《東風第一枝》云：「餌玉餐香，夢雲情月〔一一〕，花中無此清瑩。儼然姑射仙人，華佩明璫新整。五銖衣薄，應怯瑤臺淒冷。自驂鸞、來下人間，幾度雪深烟暝。　孤絕處、江波流影。憔顇也、春風銷粉。相思千種閒愁，聲聲翠禽啼醒。西湖東閣，休説當時風景。但留取、一點芳心，他日調羹金鼎。」「落花」《滿庭芳》云：「春老園林，雨餘庭院，偏惹蝶駭鶯猜。蔫紅皺白，狼藉滿蒼苔。正是愁腸欲斷，朱箔外、點點飄來。分明似、身輕飛燕、扶下碧雲臺〔一二〕。　當初珍重意，金錢競買，玉砌新栽。正翠屏遮護〔三〕，羯鼓催開。誰道天機繡錦，都化作、紫陌塵埃。紗窗裏，有人憐惜，無語托香腮。」

【箋證】

〔一〕此條全録自《西湖遊覽志餘》卷十三。馬洪，字浩瀾，號鶴窗，明正統間杭州仁和人，徐伯齡内弟。一生布衣未仕。明初以擅詩、詞名於世。按：馬洪詞今存二十九首，見於田汝成《西湖遊覽志》並《志餘》者二十五首。升庵此條及下三條，皆全録田書而不注其所出，頗爲今人所詬。然後人論馬洪詞，多據《詞品》，今人饒宗頤、張璋編《全明詞》，輯馬洪詞十六首，亦全出《詞品》，於田書未見。蓋田書地志遊記之書，治詞史者未必及見。若非升庵博涉，闌入《詞品》，馬洪其人，或於史無聞，至今默默也。則升庵提携之功，實不可没。

〔二〕《吹劍録》，宋俞文豹著，全書四録，續録、三録久佚，今人張宗祥補輯續録、三録若干條，成《吹劍録全編》。輯此文入續録。

〔三〕《冷齋夜話》卷十「邪言罪惡之由」條：「法雲秀關西鐵面嚴冷，能以理折人。魯直名重天下，詩詞一出，人争傳之。師嘗謂魯直曰：『詩多作無害，艷歌小詞可罷之。』魯直笑曰：『空中語耳！非殺非偷，終不至坐此墮惡道。』師曰：『若以邪言蕩人淫心，使彼逾禮越禁爲罪惡之由，吾恐非止墮惡道而已。』魯直頷之，自是不復作詞曲。」黄山谷《小山詞序》云：「余少時間作樂府以使酒玩世，道人法秀獨罪余以筆墨勸淫，於我法中當下犁舌之獄，特未見叔原之作耶？」

僧法秀，宋秦州人，住持東京法雲寺，語論精確，持戒嚴整，人號「秀關西」。《冷齋夜話》所云「法雲秀關西」，意爲「法雲寺主秀關西」，即「法秀」也。馬浩瀾此序稱之爲「法雲道人」，以寺名爲人名，誤矣。

〔四〕明陳天定《古今小品》卷四載馬浩瀾《花影集序》，文字與此全同，惟文末多「須知柳郎中有花影意，蘇學士亦有花影意，文心縹緲才不板煞」數語。

〔五〕「暗濕」，珥江書屋本、天都閣本作「暗滿」，《西湖遊覽志餘》同。

〔六〕「擘漿」，《西湖遊覽志餘》作「擘槳」。

〔七〕「芳鬟」，《歷代詩餘》作「彷彿」。

〔八〕「搗衣」，《歷代詩餘》作「搗練」。

〔九〕「恐誤」，珥江書屋本、天都閣本作「須誤」。

〔一〇〕「金盤」，珥江書屋本、天都閣本作「金橙」。

〔一一〕「情月」，《古今詞統》卷十三、《明詞綜》作「惜月」。

〔一二〕「碧雲」，珥江書屋本、天都閣本作「避風」。

〔一三〕「正」，《明詞綜》作「更」。

馬浩瀾詞〔一〕

馬浩瀾洪，仁和人，號鶴窗。善詩詠而詞調尤工。皓首韋布，而含吐珠玉，錦繡胸腸，褎然若貴介王孫也〔二〕。嘗題許應和「松竹雙清扇景」詞云：「剪蒿萊。曾將雙翠親栽。旋添成、園林佳勝，依稀嶰谷徂徠。鳳飛過、文章燦爛；蛟騰攫、鱗甲毰毸。剉節題詩〔三〕，收花釀酒，鬢黏香粉袖黏苔〔四〕。□□□、□□□□，□□□□□〔五〕。無人識，棟梁之具，管籥之才。　蔭亭臺。儘多風月〔六〕，清無半點塵埃。竿期截、六鰲連舉；巢堪托、孤鶴時來。色瑩琅玕，脂凝琥珀，笑他門柳與庭槐〔七〕。蕭郎去，畢宏已老，誰富寫生才。君看取，歲寒三友，只欠梅開。」蓋《多麗》詞也。許東溟以爲可追跡康伯可，可謂信然。又題「梅花」《江城引》云：「雪晴閒覽瘦筇扶〔八〕。過西湖。訪林逋。湖上天寒，草樹盡凋枯。忽見瓊葩光照眼，仙格調，玉肌膚〔九〕。　夜空雲靜月輪孤。巧相摹，海濤圖。時聽枝頭，啁哳翠禽呼。縱有明珠三百琲〔一〇〕，知似得，此花無〔一一〕。」清氣逸發，瑩無塵想。又「題許東溟小景」《昭君怨》云：「路遠危峰斜照〔一二〕。瘦馬塵風衣帽〔一三〕。此去向蕭關。向長安。　便坐紫薇花底。只似黃粱夢裏。三徑易生苔。早歸來。」言有盡而意無窮，方是作者。徐伯齡言，鶴窗與陸清溪偕出菊莊之門，而清溪得詩律，鶴窗得詞調，異體齊名，可謂盛矣〔一四〕。

【箋　證】

〔一〕此條全録自《西湖遊覽志餘》卷十三。

〔二〕「裒然」，出衆也，原誤作「褎然」，據《西湖遊覽志餘》改。《外集》本不誤。
〔三〕「剉」，《蟫精雋》作「剷」。
〔四〕「鬢」，《蟫精雋》作「鬚」。
〔五〕此十二字空缺原無，《西湖遊覽志餘》、《蟫精雋》同，依律此處當有脱字，《古今詞統》卷十六載此詞，此處空格十二字，今據補。
〔六〕「風月」，《古今詞統》作「風景」。
〔七〕「笑他門柳與庭槐」，《蟫精雋》作「他門折與庭槐」。
〔八〕「閒覽」，《蟫精雋》作「閒見」。
〔九〕「仙格調，玉肌膚」，《蟫精雋》作「仙梅腮，玉肥膚」。
〔一〇〕「縱有」，《古今詞統》作「總有」。
〔一一〕「似得」，《古今詞統》作「得似」。
〔一二〕「路遠」，《蟫精雋》作「遠路」。
〔一三〕「塵風衣帽」，《西湖遊覽志餘》、《蟫精雋》作「塵衣風帽」。
〔一四〕徐伯齡《蟫精雋》卷十一「鶴窻醞藉」條：「予内弟馬浩闌，名洪，號鶴窻，杭之仁和人。善詩詞，極工巧。嘗題予姻家東溟許先生程遠弟應和『松竹雙清扇景』詞云云。蓋《多麗》調也。東溟以爲可繼躅康伯可，信然。又『題梅』作《江城引》云云。清氣逸發，瑩無塵想。又『題東溟小景』《昭君怨》云云。言有盡而意無窮，方是作者之詞。予與鶴窻、清溪偕出菊莊之門，而鶴窻能大肆力於學問，既得詩律之正，復臻詩餘之妙，人以與清溪齊名云。予以二子詩詞豪邁俊快，若孫武奇兵，左右翼出鋒不可攖。已論之於葉南屏奎《春機獨露卷》跋。」此又《西湖遊覽志餘》之所出也。徐伯齡，字延之，明正統間錢塘人。博學强記，洞曉音律，工樂府，尤善鼓琴。所著有《蟫精雋》二十卷、《大音正譜》十卷、《醉桃佳趣》二十卷、《香臺集注》三卷、《舊雨堂稿》若干卷。劉泰，字士亨，號菊莊，錢塘人，景泰、天順間隱於杭。所著有《菊莊》、《晚香》諸集。陸昂，字元偁，號清溪，錢塘人，少遊劉泰之門，同列罕及之。所著有《吟牕涉趣窺豹録》若干卷。

馬浩瀾念奴嬌〔一〕

馬浩瀾《念奴嬌》詞云：「東風輕軟，把緑波吹作，縠紋微皺。彩舫亭亭寬似屋〔二〕，載得玉壺芳酒。勝景天開，佳朋雲集，樂繼蘭亭後。珍禽兩兩，驚飛猶自回首。　學士港口桃花，南屏松色，蘇小門前柳。冷翠柔金紅綺幔，掩映水明山秀。閒試評量，總宜圖畫，無此丹青手。歸時侵夜，香街華月如晝。」

【箋　證】

〔一〕此詞出《西湖遊覽志》卷三。

〔二〕「似屋」，《西湖遊覽志》作「比屋」。

聶大年詞附馬浩瀾和〔一〕

聶大年嘗賦《卜算子》二首，蓋自況也。詞云：「楊柳小蠻腰，慣逐東風舞。學得琵琶出教坊，不是商人婦。　忙整玉搔頭，春筍纖纖露。老却江南杜牧之，懶爲秋娘賦。」「粉淚濕鮫綃，只恐郎情薄〔二〕。夢到巫山第幾峰，酒醒燈花落。　數日尚春寒，未把羅衣着。眉黛含顰爲阿誰，但悔從前錯。」馬浩瀾和云：「歌得雪兒歌，舞得霓裳舞。料想前身跨鳳仙，合作蕭郎婦。　顔色雪中梅，淚點花梢露。雲雨巫山十二峰，未數高唐賦。」「花壓鬢雲低，風透羅衫薄。殘夢瞢騰下翠樓，不覺金釵落。　幾許別離愁，獨自思量着。欲寄蕭郎一紙書，又怕歸鴻錯。」

【箋　證】

〔一〕此出《西湖遊覽志餘》卷十一。又見《堯山堂外紀》卷八十四、《古今詞統》卷四。聶大年，字壽卿，號東軒，明臨川人。博學，通《詩》、《書》二經，篤意古文唐詩，一時官憲皆禮重之。宣德末，舉明經，授仁和訓導，分教常州。遷仁和教諭。景泰六年，薦入翰林，預修遼、金、宋三史，至京而卒。

〔二〕「只恐」，《西湖遊覽志餘》作「只怨」。

一枝春守歲詞〔一〕

守歲之詞雖多，極難其選，獨楊守齋《一枝春》最爲近世所稱。詞云〔二〕：「竹爆驚春，競喧闐夜起〔三〕，千門簫鼓。流蘇帳暖，翠鼎緩騰香霧。停杯未舉。奈剛要、送年新句〔四〕。應自賞〔五〕、歌清字圓〔六〕，未誇上林鶯語。　從他歲窮日暮。縱閒愁，怎減劉郎風度。屠蘇辦了，迤邐柳忻梅妒〔七〕。宮壺未晚〔八〕，早驕馬繡車盈路。還又把，月夕花朝〔九〕，自今細數。」

【箋　證】

〔一〕此出《西湖遊覽志餘》卷三，文字全同，本出宋周密《武林舊事》卷三「歲晚節物」條。周密所著《乾淳歲時記》、《浩然齋雅談》中並載此文，《絶妙好詞》卷三亦選録此詞。此詞又見《花草粹編》卷十五。楊纘，字繼翁，嚴陵人，寧宗楊后兄孫，號守齋，又號紫霞翁。以女爲度宗淑妃，得官列卿。善琴，有《紫霞洞譜》傳世。

〔二〕「詞云」二字，《武林舊事》、《説郛》本《乾淳歲時記》皆作「並書於此」。

〔三〕「闐」，《絶妙好詞》作「填」。

〔四〕「送年新句」，《花草粹編》誤作「送午詩句」。

〔五〕「賞」，《浩然齋雅談》、《絶妙好詞》作「有」。

〔六〕「歌清字圓」，《武林舊事》、《浩然齋雅談》、《絶妙好詞》、《乾淳歲時記》及《花草粹編》並作「歌字清圓」。

〔七〕「忻」，《外集》本、《函海》本作「歡」；《浩然齋雅談》作「忺」，《絶妙好詞》作「欺」。

〔八〕「宮壺」，《西湖遊覽志餘》、《花草粹編》同，珥江書屋本、天都閣本、《外集》本、《函海》及《絶妙好詞》、《武林舊事》、《浩然齋雅談》、《乾淳歲時記》並作「宮壺」。「晚」，《絶妙好詞》、《武林舊事》、《浩然齋雅談》、《乾淳歲時記》並作「曉」。

〔九〕「夕」，《絶妙好詞》作「夜」。

鬭草詞〔一〕

春日，婦女喜爲鬭草之戲。黄子常《綺羅香》詞云：「綃帕藏春，羅裙點露，相約鶯花叢裏。翠袖拈芳，香沁筍芽纖指。偷摘遍、緑逕烟霏，悄攀下、畫闌紅紫。掃花階、褥展芙蓉，瑶臺十二降仙子。　芳園清晝乍永，亭上吟吟笑語，妒穠誇麗。奪取籌多，贏得玉璫瑜珥。凝素靨、香粉添嬌，映黛眉、淡黄生喜。縮胸帶、空繫宜男，情郎歸也未。」

【箋　證】

〔一〕此條及下條並出《西湖遊覽志餘》卷二十，文字全同。《堯山堂外紀》卷七十一「喬吉」下亦附録此文，文字悉同。

賣花聲

黄子常《賣花聲》詞云：「人過天街，曉色擔頭紅紫。滿筠筐、浮花浪蕊。畫樓睡醒，正眼横秋水。聽新腔、一回催起。吟紅叫白，報得蜂兒知未。隔東西、餘音軟美。迎門争買，早斜簪雲髻。助春嬌、粉香簾底。」喬夢符和詞云：「侵曉園丁，叫道嫩紅嬌紫。巧工夫、攢枝飣蕊。行歌佇立，灑洗妝新水。捲香風、看街簾起。深深巷陌，有個重門開未。忽驚他、尋春夢美。穿窗透閣，便憑伊唤取。惜花人、在誰根底。」〔一〕

【箋　證】

〔一〕《西湖遊覽志餘》卷二十記杭州二月花朝云：「十九日，上天竺建觀音會，傾城士女皆往。其時馬塍園丁競以名花荷擔叫鬻，音中律吕。黄子常《賣花聲》詞云。」其後所記與此全同，惟「蜂兒」作「蝶兒」。《堯山堂外紀》「喬吉」下録二人詞，云：「世俗恒言二月十五日爲花朝節，杭城園丁競以名花荷擔叫鬻，音中律吕。黄子常《賣花聲》詞云云。」《明詞綜》卷一收録此詞，題作者黄澄，以爲洪武初人。則子常或名澄。喬吉，字夢符，元太原人。元曲大家，有《惺惺道人樂府》一卷。按子常得與喬吉爲友，則其入明，當已垂垂暮年矣。

梁貢父木蘭花慢

梁貢父曾，燕京人。大德初，爲杭州路總管。政事文學，皆有可觀。嘗作「西湖送春」《木蘭花慢》詞云：「問花花不語，爲誰落，爲誰開。算春色三分，半隨流水，半入塵埃。人生能幾歡笑，但相逢、樽酒莫相推。千古幕天席地，一春翠繞珠圍。彩雲回首暗高臺。烟樹渺吟懷。拚一醉留春，留春不住，醉裏春歸。西樓半簾斜日，怪銜春、燕子却飛來。一枕青樓好夢，又教風雨驚回。」此詞格調俊雅，不讓宋人也〔一〕。

【箋　證】

〔一〕姜南《蓉塘詩話》卷十八「送春詞」條：「元大德初，燕人梁曾貢父爲杭州路總管，政事文學，皆有可觀。嘗有『西湖送春』詞一闋，調《木蘭花慢》云云。觀此詞，孰云元人詩餘不如宋哉。」此升庵之所據。《西湖遊覽志餘》卷十一所記，「杭州」下無「路」字，「政事文學，皆有可觀」八字無，餘文全與此同。《花草粹編》卷二十一收録此詞。梁曾，字貢父，元燕京人。以薦起，歷官湖南、淮西宣慰司副使。至元間兩使安南，授吏部尚書，再改淮安路總管。累遷至昭文館大學士、集賢侍講。延祐元年告歸淮南。《元史》有傳。

花綸太史詞

杭州花綸，年十八，黄觀榜及第三人。初，讀卷官進卷以花綸第一，練子寧第二，黄觀第三。御筆改定以黄第一，練第二，花第三。南京諺有「花練黄，黄練花」之語。故後人猶以花狀元稱之〔一〕。其科《題名記》及《登科録》〔二〕，皆以黄、練二公死革除之難剗毁〔三〕，故相傳多誤。花有詞藻，其謫戍雲南，有「題楊太真畫圖」《水仙子》一闋云：「海棠風，梧桐月，荔枝塵。霓裳舞，翠盤嬌，繡嶺春。錦襁嬉，金釵信，香囊恨。癡三郎，泥太真。馬嵬坡，血污遊魂。楊柳眉，侵顰黛損〔四〕。芙蓉面，零脂落粉。牡丹芽，剪草除根。」其風致不減元人小山、酸齋輩。滇人傳唱，多訛其字，余爲訂之云。

【箋　證】

〔一〕珥江書屋本「綸」作「倫」。《堯山堂外紀》卷七十九「花綸」條：「花綸，杭州人。洪武十八年乙丑會試，黄子澄第一，練子寧第二，綸第三，乃浙江新解首也。及殿試，讀卷官奏綸第一，子寧次之，子澄又次之。是年童謡云：『黄練花，花練黄。』時人莫解。比會試及讀卷所擬，名數正協童謡。先一夕，上夢殿前一巨釘綴白絲數縷，悠揚日下。及拆首卷，乃花綸。上嗛其不協夢，已而得丁顯卷，姓名與夢相符，遂擢爲狀元。然花之被選，一時無不知者，故同榜皆呼爲花狀元。後世遂謂國初有花狀元，非也。」其後並載下引詞。按：王世貞《弇山堂别集》卷八十一《科試考》一：「（洪武）十八年乙丑會試，命待詔朱善前典籍，聶鉉爲考試官，取黄子澄第一，練子寧次之，花綸又次之。綸，浙江解元也。及廷試，綸第一，子寧次之，子澄又次之。既啓封，上自以夢故，用丁顯爲狀元，子寧如故，綸第三，抑子澄三甲，爲庶吉士。然三人俱授修撰，亡何，亦擢子澄爲修撰云。」據此知《堯山堂外紀》所言爲是，升庵誤丁顯爲黄觀，實誤記也。黄觀登第乃在洪武二十四年。花綸，字王言，杭州仁和人，洪武十七年杭州會試解元，明年進士第三，授編修。後爲福建道監察御史、江西按察使。洪武二十一年四月，以貪墨罪謫戍雲南。

〔二〕「科題名記」，原作「題科名記」，珥江書屋本、天都閣本同，據《外集》本、《函海》本改。

〔三〕練子寧，名安，以字行，號松月居士，明江西新淦人。洪武十八年以貢士廷對，擢一甲第二，授翰林修撰，歷遷工部侍郎。建文初改吏部左侍郎，拜御史大夫、左副都御史。燕王起兵，與黄觀等奉詔募兵勤王。燕王即位，被執，斷舌磔死。黄觀，字伯瀾，明安徽貴池人。初以父贅許氏，從許姓。洪武二十四年，會試、廷試並擢第一，累官禮部右侍郎，乃奏復黄姓。建文初，官至右侍中。燕王入京，投江死。

〔四〕「侵」，《堯山堂外紀》作「青」。

〔四〕此《水仙子》當是曲而非詞，故以小山、酸齋比之。小山，謂張可久，已見前。酸齋，謂貫雲石。貫雲石，字浮岑，元高昌畏兀兒人。開國大將阿里海涯之孫，初名小雲石海涯，以父名貫只哥，因以貫爲姓，自號酸齋。先以祖廕襲兩淮萬户達魯花赤，讓爵於弟，從姚燧學。仁宗皇慶二年，上萬言書，以薦爲翰林侍講學士、中奉大夫、知制誥、同修國史。未幾以疾辭歸，變姓名隱錢塘市間，自號蘆花道人，以賣藥爲生。其詩清麗，尤以散曲擅名於世。

鎖懋堅詞

鎖懋堅，西域人，扈宋南渡，遂爲杭人。代有詩名，懋堅尤善吟寫。成化間遊苕城，朱文理座間索賦其家假山，懋堅賦《沉醉東風》一闋云：「風過處，香生院宇。雨收時，翠濕琴書。移來小朵峰，幻出天然趣。倚闌干，盡日披圖。謾説蓬萊本是虛。只此是、神仙洞府。」爲一時所稱〔一〕。

【箋　證】

〔一〕此出《西湖遊覽志餘》卷二十三、《堯山堂外紀》卷八十八，文字全同，惟「本是虛」二書皆作「恐是虛」。此乃曲，非詞也。

升庵詞品箋證拾遺

卓稼翁詞

三山卓田，字稼翁，能賦，馳聲〔一〕。嘗作詞云：「丈夫隻手把吴鈎〔二〕。欲斷萬人頭〔三〕。因何鐵石〔四〕，打成心性〔五〕，却爲花柔〔六〕。　君看項籍並劉季〔七〕，一怒使人愁〔八〕。只因撞着〔九〕，虞姬戚氏，豪傑都休。」其爲人溺志可想。

【箋　證】

〔一〕此條全録元蔣子正《山房隨筆》。卓田，字稼翁，號西山，宋建陽人。開禧九年進士。《中興以來絶妙詞選》卷七載其詞三首，謂爲「建陽之文士」。「三山」，即建陽也。「卓田」，《説郛》卷四十《山房隨筆》誤作「卓用」，珥江書屋本、天都閣本同。

〔二〕《花草粹編》卷七載此詞，注出《山房隨筆》，題作《眼兒媚》「題蘇小樓」。宋謝維新《古今合璧事類備要》外集卷五十七載此詞，題作者「辛稼翁」，當是「卓稼翁」之誤。「隻手」，珥江書屋本、天都閣本作「執手」；《合璧事類》無「隻」字。

〔三〕「欲」，《合璧事類》、《花草粹編》並作「能」。

〔四〕「因」，《合璧事類》、《花草粹編》並作「如」。

〔五〕「打成心性」，《合璧事類》作「打作心肺」；《花草粹編》作「打肝鑿膽」。

〔六〕「却爲」，《花草粹編》作「剗爲」。

〔七〕「君看項籍」，《合璧事類》作「嘗觀項羽」。

〔八〕「使」，《花草粹編》並作「世」。

〔九〕「着」，《説郛》本《山房隨筆》脱。

王昂催妝詞〔一〕

探花王昂，榜下擇婿時，作催妝詞云：「喜氣滿門闌〔二〕，光動綺羅香陌。行到紫薇花下〔三〕，悟身非凡客。不須脂粉污天真〔四〕，嫌怕太紅白。留取黛眉淺處，共畫章臺春色〔五〕。」

【箋證】

〔一〕此條全録自《説郛》卷四十元蔣子正《山房隨筆》，文字悉同。按：宋馬純《陶朱新録》：「嘉王榜王昻作狀元。始婚禮夕，婦家立需催妝詞，昻走筆賦《好事近》云云。」所録少異。《唐宋諸賢絶妙詞選》卷八亦收此詞。二書「昂」均誤作「昻」。王昂，字叔興，宋成都人，王珪弟子也。

重和元年集英殿策進士，禮部奏名以嘉王楷第一，帝不欲楷先多士，遂以第二名王昂爲榜首。然朝野仍以嘉王爲魁，是年榜亦不稱王昂榜而通稱嘉王榜。昂高宗紹興間歷官尚書工部員外郎、守起居舍人、徽猷閣待制、知台州、秘閣修撰。此詞趙長卿《惜香樂府》卷八誤收作趙詞。

〔二〕「滿門闌」，《陶朱新録》、《惜香樂府》作「擁門闌」，《唐宋諸賢絶妙詞選》作「擁朱門」。

〔三〕「行到」，《陶朱新録》、《惜香樂府》、《唐宋諸賢絶妙詞選》皆同，《山房隨筆》無「到」字。

〔四〕「脂粉污」，《陶朱新録》、《惜香樂府》作「朱粉污」，《唐宋諸賢絶妙詞選》作「朱粉涴」。

〔五〕「共」，《陶朱新録》、《唐宋諸賢絶妙詞選》、《惜香樂府》並無。

蕭軫娶再婚〔一〕

三山蕭軫登第〔二〕，榜下娶再婚之婦。同舍張任國以《柳梢青》詞戲之，曰：「掛起招牌。一聲喝采，舊店新開。熟事孩兒，家懷老子，畢竟招財。當初合下安排。又不豪門買獃〔三〕。自古道〔四〕，正身替代，見任添差。」

【箋證】

〔一〕此條全録自《説郛》卷四十七元李有《古杭雜記》，文字全同。《西湖遊覽志餘》卷十六亦記此事。

〔二〕「三山蕭軫」，《西湖遊覽志餘》作「宋時閩人修軫者以太學生」。蕭軫，字方叔，宋永福人。淳熙八年黄由榜進士。張任國，字師聖，亦永福人。紹熙元年余復榜進士。

〔三〕「又不」下，《西湖遊覽志餘》多一「是」字。

〔四〕「自古道」，《西湖遊覽志餘》作「自古人言」。

平韻憶秦娥〔一〕

太學服膺齋上舍鄭文，秀州人。其妻寄以《憶秦娥》云：「花深深。一鉤羅襪行花陰。行花陰。閒將羅帶〔二〕，試結同心〔三〕。　日邊消息空沉沉〔四〕。畫眉樓上愁登臨。愁登臨。海棠開後，望到如今。」此詞爲同舍者傳播〔五〕，酒樓妓館皆歌之。以爲歐陽永叔詞，非也〔六〕。

【箋　證】

〔一〕此條全録自《説郛》卷四十七元李有《古杭雜記》。《西湖遊覽志餘》卷十六亦記其事云：「宋時秀州鄭文者，爲太學生，久寓行都。其妻寄以《憶秦娥》詞云。」本書卷二「花深深」條，升庵以此爲李嬰詞。此條復信據《古杭雜記》，以爲鄭文妻詞。其前後所云不一如此！

〔二〕「羅」，天都閣本作「梅」，《外集》本作「縷」，《古杭雜記》、《西湖遊覽志餘》及各本《草堂詩餘》並作「柳」。

〔三〕「試」，《西湖遊覽志餘》同，《古杭雜記》作「細」。

〔四〕「日邊」，《西湖遊覽志餘》同，《古杭雜記》及各本《草堂詩餘》並作「耳邊」。
〔五〕「同舍者傳播」，《古杭雜記》作「同舍見者傳播」，《西湖遊覽志餘》作「同舍見者傳揚」。
〔六〕以爲歐詞者何人，俟考。

劉鼎臣妻詞〔一〕

婺州劉鼎臣赴省試，臨行，妻作詞名《鷓鴣天》云：「金屋無人夜剪繒。寶釵翻過齒痕輕。臨行執手殷勤送，襯取蕭郎兩鬢青〔二〕。聽囑付，好看成〔三〕。千金不抵此時情。明年宴罷瓊林晚，酒面微紅相映明。」

【箋證】

〔一〕此條全録自《古杭雜記》，見宛委山堂本《説郛》卷四十七，文字全同。《西湖遊覽志餘》卷十六載之云：「宋時婺州劉鼎臣者，僦省試於行都，瀕行，其妻自製彩花一枝贈之，侑以《鷓鴣天》詞云云。」
〔二〕「鬢」，《古杭雜記》作「髻」。
〔三〕「看成」，《西湖遊覽志餘》作「看承」。

易祓妻詞

易祓，字彦章，潭州人。以優校爲前廊，久不歸。其妻作《一剪梅》詞寄云：「染淚修書寄彦章。貪作前廊。忘却回廊。功名成遂不還鄉。石做心腸。鐵做心腸。　紅日三竿懶畫妝。虚度韶光。瘦損容光。相思何日得成雙。羞對鴛鴦。懶對鴛鴦。」〔一〕

【箋　證】

〔一〕此條録自《古杭雜記》，見《説郛》宛委山堂本卷四十七、涵芬樓本卷四，文字全同。惟「相思」二字，宛委山堂本無，涵芬樓本作「不知」。

柔　奴〔一〕

《東皋雜録》云：王定國嶺外歸，出歌者勸東坡酒。坡作《定風波》，序云：「王定國歌兒曰柔奴，姓宇文氏。眉目娟麗，善應對。家世住京師〔二〕。定國南遷歸，余問柔：『廣南風土，應是不好？』柔對曰：『此心安處，便是吾鄉。』因爲綴此詞。」云：「常羨人間琢玉郎〔三〕。天教分付點酥娘〔四〕。自作清歌傳皓齒。風起，雪飛炎海變清涼〔五〕。　萬里歸來年愈少。微笑〔六〕。笑時猶帶嶺梅香〔七〕。試問嶺南應不好。却道，此心安處是吾鄉〔八〕。」

【箋證】

〔一〕此條録自《苕溪漁隱叢話》後集卷四十，《詩話總龜》後集卷四十八並見。宋末皇都風月主人《緑窗新話》卷下引楊湜《古今詞話》云：「東坡初謫黄州，獨王定國以大臣之子不能謹交遊，遷置嶺表。後數年，召還京師。是時東坡掌翰苑。一日，王定國置酒與東坡會飲，出寵人點酥侑尊。而點酥善談笑，東坡問曰：『嶺南景物，可煞不佳。』點酥應聲曰：『此身安處是家鄉。』東坡嘆其善應對，賦《定風波》一闋以贈之，其句全引點酥之語。」記所贈侍兒名爲點酥。而《東坡樂府》卷上收此詞，則又題作《海南歸贈王定國侍兒寓娘》。

〔二〕「世住」，《苕溪漁隱叢話》作「世在」。

〔三〕「常」，《緑窗新話》作「堪」，《東坡樂府》作「長」。

〔四〕「天教分付」，《緑窗新話》作「故教天賦」；《東坡樂府》作「天應乞與」。

〔五〕《緑窗新話》「飛」作「花」，「變」作「起」。

〔六〕「微笑」二字，《緑窗新話》無；《苕溪漁隱叢話》、《詩話總龜》作「微微笑」。

〔七〕《緑窗新話》「時」作「中」，「嶺」作「雪」。

〔八〕《緑窗新話》「心」作「身」，「吾」作「家」。

美　奴〔一〕

苕溪漁隱曰：「陸敦禮藻有侍兒名美奴，善綴詞。出侑樽俎，每乞韻於坐客〔二〕，頃刻成章。《卜算子》云：『送我出東門，乍別長安道〔三〕。兩岸垂楊鎖暮烟，正是秋光老。一曲古陽關，莫惜金樽倒。君向瀟湘我向秦，魚雁何時到。』《如夢令》云：「日暮馬嘶人去。船逐清波東注。後夜最高樓，還肯思量人否？無緒。無緒。生怕黄昏疏雨。」

【箋　證】

〔一〕此條録自《苕溪漁隱叢話》後集卷四十，亦見《詩話總龜》後集卷四十八。陸藻，字敦禮，宋侯官人。政和間爲國子司業，遷給事中。宣和初知泉州，尋入爲吏部侍郎。終顯謨閣直學士、知福州。

〔二〕「乞韻」，《苕溪漁隱叢話》、《詩話總龜》並作「丐韻」。

〔三〕「乍別」，《詩話總龜》同，《苕溪漁隱叢話》作「作別」。

李師師

李師師，汴京名妓〔一〕。張子野爲製新詞，名《師師令》。略云：「蜀綵衣長勝未起。縱亂雲垂地。」「正值殘英和月墜。寄此情千里。」〔二〕秦少游亦贈之詞云：「看遍潁川花，不似師師好。」〔三〕後徽宗微行幸之，見《宣和遺事》〔四〕。《甕天脞語》又載，宋江潛至李師師家，題一詞於壁云〔五〕：「天南地北，問乾坤何處，可容狂客。借得山東烟水寨，來買鳳城春色。翠袖圍香，鮫綃籠玉〔六〕，一笑千金值。神仙體態，薄倖如何銷得。想蘆葉灘頭，蓼花汀畔，皓月空凝碧。六六雁行連八九，只待金鷄消息。〔七〕義膽包天，忠肝蓋地，四海無人識。閒愁萬種〔八〕，醉鄉一夜頭白。」小詞盛於宋，而劇賊亦工如此。

【箋　證】

〔一〕張邦基《墨莊漫録》卷八：「政和間，汴都平康之盛，而李師師、崔念月二妓，名著一時。」周密《浩然齋雅談》：「宣和中，李師師以能歌舞稱。」則知李師師名盛於徽宗政和、宣和年間。宋劉子翬《屏山集》卷十八《汴京紀事》有詩云：「輦轂繁華事可傷，師師垂老過湖湘。縷衣檀板無顔色，一曲當年動帝王。」知南渡時，李師師不過三四十歲，與其宣、政間著名汴京相合。子翬父死靖康之難，南渡後通判興化軍，其詩所紀，當爲親歷親見也。

〔二〕此引分別爲張先《師師令》詞上下闋之末二句，見知不足齋本《張子野詞》卷一。張先天聖八年進士，蘇軾熙寧中倅杭時有《張子野年八十五尚聞買妾述古令作詩》，知其時張先已八十五歲。子野没於元豐元年，下距政和三十餘年，何由得見宣、政盛名之李師師？檢《張子野詞》及《古今詞統》卷十一、《詞綜》卷五所載，調名下皆題曰「贈美人」。古人最忌重疊，若此的係專爲李師師而創調，又何需再題「贈美人」？是知張先《師師令》，實僅只其所創之調名，而其所贈之美人，未必名師師也。

〔三〕此詞升庵《詞林萬選》卷一題作「小山詞」，是也。而此又云爲秦觀詞，則乃升庵記憶之誤，當以據正。今傳本《淮海詞》亦不載之，而見於晏幾道《小山詞》，題作《生查子》。其詞云：「遠山眉黛長，細柳腰肢裊。妝罷立春風，一笑千金少。　歸去鳳城時，説與青樓道。偏看潁川花，不似師師好。」其另一首亦有「醉後莫思家，借取師師宿」之句。是幾道實嘗見一名師師之妓。《詞林萬選》題下升庵注云：「此李師師也。」則其臆定之辭，不足據也。幾道元豐五年嘗監潁昌許田，潁水流經之地也，詞或其時之作。而其時此李師師尚未出生，則其所見之師師，必非此李師師也。又，秦觀另有「年時今夜見師師」之句，見《淮海詞》卷上《一叢花》詞。然秦觀於哲宗紹聖元年出貶南竄，其時李師師尚不足十歲。而至其元符三年得赦北歸，卒於藤州，始終未能再至汴京，無由得見此盛名汴都之李師師也。故知其「年時所見」之師師，亦必非此李師師也。按：宋佚名《李師師外傳》記當時李師師得名之由曰：「爲佛弟子者，俗呼爲師，故名之曰師師。」故知時俗民家舍女入寺，常以「師」稱之。則當時民家女子名師師者必多，惟以此李師師名重京師，得盛傳一時也。

〔四〕《大宋宣和遺事》，講史話本，宋無名氏撰。書分元、亨、利、貞四集，主述北宋王安石變法肇始，至徽宗朝盜賊蜂起、君臣誤國，直至高宗南渡定都臨安故事。其中所記宋江等三十六人梁山泊聚義事、徽宗幸李師師事，皆爲後來小説家所取材。

〔五〕《甕天脞語》，又名《雪舟脞語》，宋邵桂子撰（參本書卷五「詹天游」條箋證〔一〇〕），今存《説郛》本未見此條。明胡應麟《少室山房筆叢》卷四十一《莊嶽委談》下引升庵此條，按云：「此即水滸詞，楊謂《甕天》，或有別據。第以江嘗入洛，則太憒憒也。」明梅鼎祚《青泥蓮花記》卷十三《外編》五引《甕天脞語》云：「山東巨寇宋江將圖歸順，潛入東京訪李師師。酒後書《念奴嬌》詞云云。」復注云：「《水滸傳》亦引江事。」按元施耐庵《水滸傳》引此詞，見容與堂本《李卓吾先生批評忠義水滸傳》第七十二回「柴進簪花入禁院，李逵元夜鬧東京」。丁傳靖《宋人軼事彙編》卷十四「周邦彦」附李師師事中引録《甕天脞語》，所記文字與《青泥蓮花記》全同，或乃據以轉録者也。

〔六〕「鮫綃籠玉」，《水滸傳》、《青泥蓮花記》、《宋人軼事彙編》作「絳綃籠雪」。

〔七〕「待」，《水滸傳》、《青泥蓮花記》、《宋人軼事彙編》作「等」。

〔八〕「閒愁」，《水滸傳》、《青泥蓮花記》、《宋人軼事彙編》作「離愁」。

于湖南鄉子

張于湖送朱元晦行，與張欽夫、邢少連同集，作《南鄉子》一詞云〔一〕：「江上送歸船。風雨排空浪拍天。賴有清樽澆別恨，淒然。寶燭燒花看吸川〔二〕。楚舞對湘絃〔三〕。暖響圍春錦帳氈。坐上定知無俗客，俱賢。便是朱張與少連。」此詞見《蘭畹集》。觀「楚舞湘絃」之句，及朱文公《雲谷寄友絶句》云：「日暮天寒無酒飲，不須空喚莫愁來。」〔四〕則晦翁於宴席，未嘗不用妓。廣平之賦《梅花》〔五〕，又司馬公亦有艷辭〔六〕，亦何傷於清介乎！

【箋證】

〔一〕此詞宋本《于湖居士文集》題作「送朱元晦行，張欽夫、邢少連同集」。宋乾道本《于湖居士長短句》題作「邢監廟餞送朱太傅、張直閣阻雨，賦此詞」，詞末有注云：「少連，謂邢監廟。」朱熹有和作，見《晦庵集》卷十，題作《南歌子》「次張安國韻」，詞云：「落日照樓船。穩過澄江一片天。珍重使君留客意，依然。風月從今别一川。　離緒悄危絃。永夜清霜透幕氈。明月回頭江樹遠，懷賢。目斷晴空雁字連。」張栻，字敬夫，以諱改字欽夫，號南軒，宋漢州綿竹人。孝宗右相張浚之子，以廕補官。孝宗立，張浚開府治兵，辟栻書寫機宜文字、直秘閣。淳熙七年，官終祕閣修撰、湖北轉運副使、知江陵帥本路，以疾卒。栻南宋大儒，乾道中主管嶽麓書院，學者數千，開湖湘一派。與朱熹、吕祖謙稱名東南，學者敬稱南軒先生。

〔二〕「燭」，《于湖居士文集》及《于湖居士長短句》並作「蠟」。

〔三〕「對」，《于湖居士長短句》作「趁」。

〔四〕此詩見《晦庵集》别集卷四，題作《題安隱壁》，其前二句云：「征車少憩林間寺，試問南枝開未開。」

〔五〕「廣平」謂宋璟，唐開元名相，累封廣平郡公，世稱「宋廣平」，所作《梅花賦》爲唐人所艷稱。

〔六〕宋趙令畤《侯鯖録》卷八：「司馬文正公言行俱高，然亦每有謔語。嘗作詩云：『由來獄吏少和氣，皋陶之狀如削爪。』又有長短句云：『寶髻忽忽梳就。鉛華淡淡粧成。青烟紫霧罩輕盈，飛絮遊絲無定。　相見不如不見。有情何似無情。笙歌散後酒初醒，深院月斜人静。』風味極不淺，乃《西江月》詞也。」此即升庵所謂「艷辭」也。

司馬光又有《錦堂春》感舊之作云：「紅日遲遲，虚廊轉影，槐陰迤邐西斜。綵筆工夫，難狀晚景烟霞。蝶尚不知春去，漫遶幽砌尋花。奈猛風過後，縱有殘紅，飛落誰家。　始知青鬢無價。歎飄零、宦路荏苒年華。今日笙歌叢裏，特地咨嗟。席上青衫濕透，算感舊、何止琵琶。怎不教人易老，多少離愁，散在天涯。」陳霆以爲：「公端勁有守，而所賦嫵媚悽婉，殆不能忘情。豈其少年所作耶？古云賢者未能免俗，正謂此耳。」(《渚山堂詞話》卷三)明知傷時嘆逝之作，乃以爲「少年所作」，强欲爲賢者飾「非」。其識見下升庵遠矣。

珠簾秀〔一〕

姓朱氏〔二〕，行第四，雜劇爲當今獨步。駕頭、花旦、軟末泥等〔三〕，悉造其妙。胡紫山宣慰嘗以《沉醉東風》曲贈云：「錦織江邊翠竹，絨穿海上明珠。月淡時，風清處，都隔斷、落紅塵土。一片閒情任捲舒。掛盡朝雲暮雨。」〔四〕馮海粟待制亦贈以《鷓鴣天》云〔五〕：「憑倚東風遠映樓〔六〕。流鶯窺面燕低頭〔七〕。蝦鬚瘦影纖纖織〔八〕，龜背香紋細細浮〔九〕。　紅霧斂〔一〇〕，彩雲收〔一一〕。海霞爲帶月爲鈎。夜來捲盡西山雨，不著人間半點愁。」蓋朱背微僂，馮故以簾鈎寓意〔一二〕。至今後輩，以朱娘娘稱之者。

【箋證】

〔一〕此條録自宛委山堂本《説郛》卷七十八元黄雪蓑《青樓集》，文字全同。明《説集》本元夏庭芝《青樓集》卷一所載，文字小異。《輟耕録》卷二十亦記此事，云：「歌兒珠簾秀，姓朱，姿容姝麗，雜劇當今獨步。故紫山宣慰極鍾愛之，嘗擬《沉醉東風》小曲以贈云云。馮海粟先生亦有《鷓鴣天》云云。皆詠珠簾以寓意也。由是聲譽益彰。」

〔二〕「朱氏」，《説集》本《青樓集》誤作「宋氏」。

〔三〕「軟末泥」，《説集》本《青樓集》作「軟末末」。

〔四〕胡祗遹，字紹聞，號紫山，元磁州武安人。中統初，張文謙宣撫大名，辟祗遹爲員外郎，歷太原路治中、河東按察副使。宋亡，除湖北宣慰副使。後官至江南浙西道提刑按察使，卒。延祐五年，追贈禮部尚書，謚文靖。有《紫山大全集》六十七卷，今存《四庫》輯本二十六卷。

〔五〕馮子振，號海粟，元攸州人。歷官承事郎、集賢待制。能書善畫，以博學英詞，有名於時。今有其與釋明本唱和詩《梅花百詠》一卷傳世。「海粟」下，《説集》本《青樓集》多「待制」。

〔六〕「憑倚東風」，《輟耕録》作「十二闌干」。「樓」，《輟耕録》作「眸」。

〔七〕此句《輟耕録》作「醉香空斷楚天秋」。

〔八〕「瘦影纖纖織」，《輟耕録》作「影薄微微見」。

〔九〕「香紋」，《輟耕録》作「紋輕」。

〔一〇〕「紅霧斂」，《輟耕録》作「香霧斂」，《説集》本《青樓集》作「紅霧斂」。

〔一一〕「彩雲收」，《輟耕録》、《説集》本《青樓集》作「翠雲收」。

〔一二〕此句下，《説集》本《青樓集》多「關已齋亦有數套梓於《陽白雪》，故不録出」十六字。

趙真真楊玉娥〔一〕

趙真真、楊玉娥善唱諸宮調。楊立齋見其謳張五牛、商正叔所編《雙漸小卿》，因作《鷓鴣天》、《哨遍・耍孩兒煞》以詠之〔二〕。後曲多不録。今録前曲云：「烟柳風花錦作園〔三〕。霜芽露葉玉裝船〔四〕。誰知皓齒纖腰會〔五〕，只在輕衫短帽邊。啼玉靨〔六〕，咽冰絃〔七〕。五牛身去更無傳〔八〕。詞人老筆佳人口〔九〕，再喚春風在眼前〔一〇〕。」

【箋證】

〔一〕此條録自宛委山堂本《説郛》卷七十八《青樓集》，文字悉同。又見明抄《説集》本《青樓集》

卷一。

〔二〕《説集》本《青樓集》所載，「趙貞貞」作「趙貞卿」，「雙漸小卿」作「雙漸水曲」。楊立齋，生平仕履不詳，其《鷓鴣天》及《哨遍》套曲，見元楊朝英《朝野新聲太平樂府》卷九。其前有注云：「張五牛、商正叔編《雙漸小卿》，趙真卿善歌。立齋見楊玉娥唱其曲，因作《鷓鴣天》及《哨遍》以詠之。」據此知楊立齋所見，止楊玉娥，《青樓集》轉録失實矣。其套曲《哨遍》中有「張五牛創製似選石中玉，商正叔重編似添錦上花」，又有「趙真真先佔了頭名榜，楊玉娥權充個第二家」之句，四人前後關係交待甚明。此引「雙漸小卿」下原有「怨」字，宛委山堂《説郛》本《青樓集》録作「恕」，皆於義難通，今據《太平樂府》注删。明抄《説集》本《青樓集》所録亦無此字。按：張五牛、商正叔所編《雙漸小卿諸宮調》，今已不存。《水滸》第五十一回記白秀英唱諸宮調《豫章城雙漸趕蘇卿》，當即此也。雙漸、蘇小卿相戀，歷經曲折，終致團圓事，宋、元間盛傳，宋、元諸宮調、雜劇以此爲題材者不少，當爲喜劇而非悲劇也，故著一「怨」字與其内容相悖。張五牛，南宋紹興間臨安勾欄説唱藝人，創講説「唱賺」之體，盛行一時。商正叔，又作政叔，一字平叔，名衡，金曹州濟陰人。金衛紹王至寧元年特恩第一人，授鄜州洛郊主簿。歷官尚書省令史，户部主事、監察御史、右司都事改樞密院經歷官。哀宗正大八年充秦藍總帥府經歷，爲元兵所劫，不屈死。其人滑稽豪爽，與元好問爲友。擅詞曲，嘗改編張五牛《雙漸小卿諸宮調》。《詞綜》卷二十九載《鷓鴣天》詞，題下注云：「聽楊玉娥唱故人所選曲有感。」只言楊玉娥，是矣。

〔三〕「錦作園」，《詞綜》作「錦簇筵」。

〔四〕「霜」，《太平樂府》作「烟」。「露葉玉裝」，明抄《説集》本《青樓集》作「露玉葉裝」。

〔五〕「齒」，《太平樂府》作「首」。

〔六〕「玉」，《詞綜》作「粉」。

〔七〕「咽冰絃」，明抄《説集》本《青樓集》作「咽冰涎」。

〔八〕「五牛身去」，明抄《説集》本《青樓集》作「五牛身後」；《詞綜》作「舊遊一去」。

〔九〕「詞人」，明抄《説集》本《青樓集》作「詩人」。「老」，《詞綜》作「彩」。

〔一〇〕「在」，《太平樂府》、明抄《説集》本《青樓集》、《詞綜》作「到」。

劉燕歌〔一〕

劉燕歌，善歌舞〔二〕。齊參議還山東，劉賦《太常引》以餞云：「故人別我出陽關。無計鎖雕鞍。今古別離難。况隔斷、蛾眉遠山〔三〕。　一樽別酒，一聲杜宇，寂寞又春殘。明月小樓閒。第一夜、相思淚彈。」至今膾炙人口。

【箋證】

〔一〕此條出宛委山堂本《説郛》卷七十八《青樓集》，明抄《説集》本《青樓集》亦載之。《花草粹編》

卷六收此詞，題「餞劉參議歸山東」。

〔二〕明抄《説集》本《青樓集》所載，「劉燕歌」作「劉燕哥」，「善歌舞」下有「通音律」三字。

〔三〕「況隔斷」，天都閣本同，珥江書屋本空作「■■■」三墨釘；《説郛》本、明抄《説集》本《青樓集》、《花草粹編》並作「兀誰畫」，《青泥蓮花記》卷十二引作「倩誰畫」。「蛾」字，明抄《説集》本《青樓集》無。

杜妙隆〔一〕

杜妙隆，金陵佳麗人也。盧疎齋欲見之，行李匆匆，不果所願。因題《踏莎行》於壁云：「雪暗山明，溪深花早〔二〕。行人馬上詩成了。歸來聞説妙隆歌，金陵却比蓬萊渺。　寶鏡慵窺，玉容空好。梁塵不動歌聲悄。無人知我此時情，春風一枕松窗曉。」

【箋證】

〔一〕此條出《青樓集》，見宛委山堂本《説郛》卷七十八，文字全同，明抄《説集》本《青樓集》卷一亦載之。盧摯，字處道，號疎齋，元涿州人。博學有文，元初以詩名。世祖至元間，官陝西按察使。歷官至翰林學士承旨。有《疎齋集》。

〔二〕明抄《説集》本《青樓集》「花早」作「花草」。

宋六嫂〔一〕

宋六嫂，小字同壽。元遺山有「贈觱栗工張嘴兒」詞〔二〕，即其父也。宋與其夫合樂，妙入神品。蓋宋善謳，其夫能傳其父之藝。滕玉霄待制嘗賦《念奴嬌》以贈云「柳顰花困」云云。詞見第五卷，《念奴嬌》一名《百字令》〔三〕。

【箋證】

〔一〕此條全録《青樓集》，見宛委山堂本《説郛》卷七十八，文字全同。明抄《説集》本《青樓集》所載，「宋六嫂」作「宋六姐」。條末注「詞見第五卷」云云，乃升庵編集時所加。

〔二〕元好問《木蘭花慢》九首，其第九首題作「贈吹觱栗者張觜兒曁乃婦田氏合曲賦此」，詞云：「要新聲陶寫，奈聲外，有聲何。愴銀字安清，珠繩瑩滑，怨感相和。風流故家人物，記諸郎、吹管念奴歌。落日邯鄲老樹，秋風太液滄波。　十年燕市重經過，鞍馬宴嗚珂。趁飢鳳微吟，嬌鶯巧囀，紅卷鈿螺。纏頭斷腸詩句，似鄰舟、一聽惜蹉跎。休唱貞元舊曲，向來朝士無多。」見《遺山先生新樂府》卷四。

〔三〕滕詞見本書卷五「滕玉霄」條，所引即題作《百字令》。

一分兒〔一〕

一分兒，姓王氏，京師角妓也。歌舞絶倫，聰慧無比。一日，丁指揮會才人劉士昌、程繼善等於江鄉園小飲，王氏佐樽。時有小姬歌「菊花會」【南吕】曲云：「紅葉落火龍褪甲。青松枯怪蟒張牙。」丁曰：「此《沉醉東風》首句也，王氏可足成之。」王應聲曰：「紅葉落火龍褪甲。青松枯怪蟒張牙。可詠題，堪描畫。喜觥籌席上交雜。答剌蘇頻斟入禮厮麻。不醉呵休扶上馬。」一座歎賞，由是聲價愈重焉。

【箋　證】

〔一〕此條出《青樓集》，見宛委山堂本《説郛》卷七十八，文字全同。

附録一　詞品補輯

《外集》本及《函海》本俱出於嘉靖本，却少十七條，復有四條爲嘉靖本所無；珥江書屋本拾遺「李師師」條後多「武寧貞女」一條，其文字與卷五「江西烈女詞」條略異；再有《總纂升庵合集》增入三條，今以此八條並自他書新輯諸條合爲《詞品補輯》，附於書末。

轉應曲

《升庵外集》卷八十一、《函海》本卷一

《轉應曲》與《宫中調笑》[一]，平仄相合，予常擬之[二]。

【箋　證】

〔一〕《樂府詩集》卷八十二載王建《宫中調笑》四首，引《樂苑》云：「《調笑》，商調曲也。戴叔倫謂之《轉應詞》。」同卷緊隨其後載戴叔倫詩一首，題即作《轉應詞》。以是知此乃同調而異名，非各自爲調也。單調三十二字八句，三仄韻，换二平韻，再轉與前不同韻部二仄韻。此所以爲「轉應」也。

〔三〕升庵所擬《轉應曲》四首、《宫中調笑》二首，並見《升庵長短句》卷一，今各録一首例之。《轉應曲》云：「落葉。落葉。滿院西風時節。秋聲攪盡琅玕。秋雨催成早寒。寒早。寒早。城角驚霜奏曉。」《宫中調笑》云：「銀燭。銀燭。錦帳羅帷影獨。離人無語消魂。細雨斜風掩門。門掩。門掩。數盡寒城漏點。」

鼓子詞　《升庵外集》卷八十一、《函海》本卷一

宋歐陽六一作《十二月鼓子詞》，即今之《漁家傲》也〔一〕。元歐陽圭齋亦擬爲之，專詠元世燕風物〔二〕。

【箋證】

〔一〕歐陽脩《近體樂府》卷二《漁家傲》十二首，末有無名氏跋語云：「荆公嘗對客誦永叔小闋云：『五綵新絲纏角粽。金盤送。生綃畫扇盤雙鳳。』曰：『三十年前見其全篇，今才記三句，乃永叔在李太尉端愿席上所作《十二月鼓子詞》。數問人求之，不可得。』嗚呼！荆公之没二紀，余自永平幕召還，過武陵，始得於州將李君誼。追恨荆公之不獲見也。誼，太尉猶子也。」升庵謂「《十二月鼓子詞》即今之《漁家傲》」，所據即此。然趙令畤《侯鯖録》卷五録其所作《會真記鼓子詞》十二章，乃用《商調蝶戀花》；吕濱老《聖求詞》載其所撰《聖節鼓子詞》，所用調乃《點絳唇》。因知「鼓子詞」並非詞調，乃當時之説唱文體，可任選詞調而作。至升庵所云「《水

鼓子》後轉爲《漁家傲》」（見《升庵詩話》卷十一「無名氏水鼓子」條），則更不足信矣。

〔二〕歐陽玄，字原功，號圭齋，元瀏陽人。延祐二年魁湖廣鄉貢，進士及第，除同知平江州事，調蕪湖、武岡二縣尹。召爲國子博士，遷翰林待制。天歷初，授藝文少監，纂修《經世大典》。至正初，以學士告歸。詔修宋、遼、金三史，起爲總裁官，拜翰林學士承旨。至正十七年卒。文章道德，師表當世。所著《圭齋文集》今存。《圭齋文集》卷四載《漁家傲南詞》十二首，序云：「余讀歐公李太尉席上作《十二月漁家傲鼓子詞》，王荆公亟稱賞之，心服其盛麗。生平思彷彿，一言不可得。近年竊官於朝，久客輦下，每欲倣此作十二闋，以道京師兩城人物之富，四時節令之華，他日歸農，或可資閒暇也。至順壬申二月，玄修大典既畢，經營南歸。屬春雪連日，無事出門，晚寒附火，私念及此，夜漏數刻，腹藁具成，枕上不寐，稍諧叶之，明日筆之於簡。雖乏工緻，然數歲之中，耳目之所聞見，情性之所感發者，無不檃括概見於斯。至於國家之典故，乘輿之興居，與夫盛代之服食器用，神京之風俗方言，以及四方賓客宦遊之況味，山林之士未嘗至京師者，欲有所考焉，此亦可見其大略矣。」升庵乃據此爲說也。

劉會孟 《升庵外集》卷八十四、《函海》本卷六

劉須溪「丁酉元夕」《寶鼎現》詞云〔一〕：「紅妝春騎，踏月花影，牙旗穿市〔二〕。望不盡、歌樓舞榭〔三〕，習習香塵蓮步底〔四〕。簫聲斷，約彩鸞歸去，未怕金吾呵醉。甚輦路、喧闐且

止。聽得念奴歌起。　父老猶記宣和事〔五〕，抱銅仙，清淚如水。還轉盼，沙河多麗。滉漾明光連邸第，簾影凍〔六〕，散紅光成綺。月浸蒲桃十里。看往來神仙才子。肯把菱花撲碎。　腸斷竹馬兒童，空見説，三千樂指。等多時、春不歸來，到春時欲睡。又説向，燈前擁髻。暗滴鮫珠墜。便當日，親見霓裳，天上人間夢裏。」此詞題云「丁酉」，蓋元成宗大德元年，亦淵明書甲子之意也〔七〕。詞意淒婉，與《麥秀歌》何殊〔八〕。尹濟翁壽須溪《風入松》詞云〔九〕：「曾聞幾度説京華。愁壓帽簷斜。朝衣熨貼天香在，如今但、彈指蘭閣。不是柴桑心遠，等閒過了元嘉。　長生休説棗如瓜。壺日自無涯。河傾南紀明奎璧，長教見、壽氣成霞。但得重携溪上，年年人共梅花。」

【箋證】

〔一〕「現」，原誤作「兒」，據《須溪集》卷九、元鳳林書院刊本《精選名儒草堂詩餘》卷上改，《升庵文集》不誤。題「丁酉元夕」，《須溪集》作「春月」。

〔二〕「牙旗」，《升庵文集》作「千旗」。

〔三〕「歌樓舞榭」，《須溪集》、《精選名儒草堂詩餘》並作「樓臺歌舞」，《升庵文集》作「樓歌舞習」。

〔四〕「習習」二字原無，據《須溪集》、《精選名儒草堂詩餘》補。

〔五〕「事」字原無，據《須溪集》、《精選名儒草堂詩餘》補。

〔六〕「凍」，《精選名儒草堂詩餘》作「動」。

〔七〕陶淵明恥事二姓，在晋所作皆題年號，入宋之後惟書甲子。見《南史》卷七十五《陶潛傳》。升庵此言，乃謂須溪宋之遺民，入元之後亦如淵明之紀年惟書甲子也。

〔八〕《樂府詩集》卷五十七《琴曲歌辭》載微子《傷殷操》，解題云：「《琴集》曰：『《傷殷操》，微子所作也。』《尚書大傳》曰：『微子將朝周，過殷之故墟。見麥秀之蔪蔪，黍禾之蠅蠅也，曰：此故父母之國，宗廟社稷之亡也。志動心悲，欲哭則爲朝周，欲泣則近婦人。推而廣之，作雅聲。』即此操也，亦謂之《麥秀歌》。」歌曰：「麥秀漸漸兮，禾黍油油。彼狡童兮，不我好仇。」

〔九〕尹濟翁，字澗民，吉州人。須溪文友也。此詞見《精選名儒草堂詩餘》卷下。

《升庵文集》卷四十九「劉須溪」條論須溪節行云：「廬陵劉辰翁會孟，號須溪，於唐人諸詩及宋蘇、黄而下，俱有批評。《三子口義》、《世説新語》、《史漢異同》皆然。士林服其賞鑒之精，而不知其節行之高也。余見元人張孟浩贈須溪詩云：『首陽餓夫甘一死，叩馬何曾罪辛巳。淵明頭上漉酒巾，義熙以後爲全人。』蓋宋亡之後，須溪竟不出也，與伯夷、陶潛何異哉！同時合志者，如閩中之謝皋羽、徽州之胡餘學、慈溪之黄東發、峨眉之家鉉翁。自以南宋遺人，不肯屈節，不知其幾。宋朝待士之效深矣。」其後亦附録此條。

鏡聽　《升庵外集》卷八十四、《函海》本卷六

李廓、王建，皆有《鏡聽詞》〔一〕。鏡聽，今之響卜也〔二〕。

【箋證】

〔一〕李廓，唐隴西成紀人。元和十三年登進士第，授經局正字。大和中，累官至邢部侍郎。大中二年出爲武寧軍節度使，旋被逐。大中末歷潁州刺史、觀察使，卒。《才調集》卷一載李廓《鏡聽詞》一首，言閨人鏡卜失意之情云：「匣中取鏡辭竈王，羅衣掩盡明月光。昔時長著照容色，今夜潛將聽消息。門前地黑人來稀，無人錯道朝夕歸。更深弱體冷如鐵，繡帶菱花懷裏熱。銅片銅片如有靈，願照得見行人千里形。」題下有注云：「古之鏡聽，猶今之瓢卦也。」王建，字仲初，唐關輔人。貞元、元和中歷佐戎幕。元和八年爲昭應丞，轉渭南尉。入爲太常丞，遷秘書郎。大和二年出爲陝州司馬，卒。有《宮詞百首》盛傳一時。《王建詩集》卷二載王建《鏡聽詞》，形容女子懷鏡卜得郎歸之情態云：「重重摩娑嫁時鏡，夫壻遠行憑鏡聽。迴身不遣別人知，人意丁寧鏡神聖。懷中收拾雙錦帶，恐畏街頭見驚怪。嗟嗟嚓嚓下堂階，獨自竈前來跪拜。出門願不聞悲哀，郎在任郎迴未迴。月明地上人過盡，好語多同皆道來。卷帷上牀喜不定，與郎裁衣失飜正。可中三日得相見，重繡鏡囊磨鏡面。」

〔二〕宋朱弁《曲洧舊聞》卷九云：「《王建集》有《鏡聽詞》，謂懷鏡於通衢間，聽往來之言以卜休咎。

近世人懷杓以聽，亦猶是也。又有無所懷而直以耳聽之者，謂之響卜。蓋以有心聽無心耳，然往往而驗。曾叔夏尚書應舉時，方待省榜，元夕與友生偕出聽響卜，至御街，有士人緩步大言，誦東坡謝表曰：『彈冠結綬，共欣千載之逢。』曾聞之喜，遂疾行。其友生後至，則聞曰：『掩面向隅，不忍一夫之泣。』是歲曾登科，而友生果被黜。」

武寧貞女

珥江書屋本卷六

石屏少時薄遊武寧，有富翁愛其才，妻以女。留三年，思歸。詢其所以，告以曾娶。妻以白其父。父怒，妻宛曲解之，盡以嫁奩贈之，仍餞以詞云：「惜多才，憐薄命，無計可留汝。揉碎花牋，仍寫斷腸句。道傍楊柳依依，千絲萬縷，抵不住、一分愁緒。捉月盟言，不是夢中語。後回君若來，不相忘處，把杯酒澆奴墳土。」是日投江而死。嗚呼！女則貞矣，石屏尚得比於人數哉？始誑之，終棄之，又受其奩具而甘視其死。俗有謔詞云：「孫飛虎好色，柳盜跖貪財，這賊囚兩般兒都愛。」石屏似之？余編《詞品》成，特列此事於宋江後〔一〕。

【箋　證】

〔一〕此條惟見珥江書屋本，載於卷六「李師師」條後，他本皆無。疑升庵深恨石屏之無行，初撰一時過激，比石屏於山東巨寇。後自覺申斥過甚，定稿時乃另作「江西烈女詞」一條，置於卷五而删此，故嘉靖本無之。珥江書屋本爲升庵妹丈劉大昌所刻，以妹丈之親，當得見其初稿也，乃復其舊，故兩見之。今據録於此，以供參考。

尤延之落梅海棠二詞　《總纂升庵合集》卷一百五十六、《升庵文集》卷六十一

尤延之《瑞鷓鴣》詞二首，一詠落梅，一詠海棠，皆絶妙〔一〕。「落梅」詞云：「清溪西畔小橋東。落蕊紛紛水映空。五夜客愁花片裏，一年春事角聲中。　歌殘玉樹人何在，舞破山香曲未終。却憶孤山歸醉路，馬蹄香雪襯東風。」〔二〕「海棠」詩云：「兩株芳蕊傍池陰。一笑嫣然抵萬金。烈火照林光灼灼，彤霞射水影沈沈。　曉粧無力燕支重，夜醉方酣酒暈深。定是格高難著句，不應工部總無心。」〔三〕二首詠二花，句句見題，而風味脱洒，何羨唐人乎！

【箋證】

〔一〕元尤玘《萬柳溪邊舊話》云：「文簡公致仕歸，不居許舍山，專居東帶河大第，數步即出西關渡梁溪。因造圃梁溪之上，後有高岡眺望。沿溪左種梅，右種海棠，各數百樹。公有《瑞鷓鴣》詞二首，一詠落梅，一詠海棠。落梅詞云，海棠詞云云。」升庵此條，全出於此。按：尤袤二詞，實皆七言律，升庵録此以證成其「唐人之七言律，即填詞之《瑞鷓鴣》」（《詞品》序）。參本書卷三

「瑞鷓鴣」條）之説。尤袤，字延之，自號遂初，宋無錫人。紹興十八年進士，累遷樞密院正，兼左諭德。孝宗朝進權禮部侍郎、直學士院。光宗朝除禮部尚書。卒謚文簡。有《遂初小稿》、《梁溪集》，皆佚。尤玘，字君玉，號知非子。自稱尤袤之後，不知其世次。仕元，嘗官户部尚書。著《萬柳溪邊舊話》一卷，皆記尤氏先世事跡。

〔二〕此詞《萬柳溪邊舊話》所載「清溪」作「梁溪」，「落蕊」作「落葉」。《兩宋名賢小集》卷二百二十三、《瀛奎律髓》卷二十並作七言律，題《落梅》，第二句皆作「落月紛紛水映紅」。

〔三〕此詞《萬柳溪邊舊話》所載「兩株」作「兩行」，「池陰」作「溪陰」，「定是」作「定自」。《兩宋名賢小集》卷二百二十三、《瀛奎律髓》卷二十三並作七言律，題《海棠盛開》，「烈火」作「火齊」，「夜醉」作「春醉」，「定是」作「定自」。

玉樹曲

《總纂升庵合集》卷一百五十六、《升庵文集》卷六十一

璧月夜，瓊樓春。蓮舌泠泠詞調新。當時學士盡豐禄，直諫犯顔無一人。歌未闋，歡未歇。晉王劍上粘腥血。君臣猶在醉鄉中，一面已無陳日月。

【箋證】

〔一〕《詩話總龜》卷二十七云：「唐末有宜春人王轂者，以歌詩擅名於時。嘗作《玉樹曲》：『璧月夜夜瓊樹春，蓮舌泠泠詞調新。當時狎客盡豐禄，直諫犯顔無一人。歌舞未終樂未闋，晉王劍

上粘腥血。君臣猶在醉鄉中，面上已無陳日月。』此詞大播于人口。」升庵取之，略加删改而以爲詞。按，此實七言古詩，《唐詩紀事》卷七十載其全詩云：「陳宮内宴明朝日，玉樹新粧逞嬌逸。三閣霞明天上開，靈鼉振擂神仙出。天花數朵風吹綻，對舞輕盈瑞香散。金管紅絃旖旎隨，霓旌玉佩參差轉。璧月夜滿樓風輕，蓮舌泠泠詞調新。當行狎客盡居禄，直諫犯顔無一人。歌舞未終樂未闋，晋王劍上粘腥血。君臣猶在醉鄉中，一面已無陳日月。聖唐御宇三百祀，濮上桑間宜禁止。請停此曲歸正聲，願將雅樂調元氣。」王轂，字虚中，唐宜春人。登乾寧進士第，唐末以尚書郎中致仕。

薛沂叔守歲詞

《總纂升庵合集》卷一百五十六、《升庵文集》卷六十一

薛泳字沂叔。其「守歲」《青玉案》詞云：「一盤清夜江南果。喫果看書只清坐。罪過梅花料理我。一年心事，半生牢落，儘向今宵過。　此身本是山中个。纔出山來便差錯。手種青松應長大。縛茅深處，抱琴歸去，又是明年那。」〔一〕此詞雖俚俗，自是晚宋詞體。曹東畝、劉後村饒爲之。那，乃个切，語助辭。《後漢書》「公是韓伯休那」，注：「那，語反聲。」〔二〕《集韻》作那，又作奈。又那與奈通。《東方朔傳》「奈何乎陛下」〔三〕。韓文「奈何乎公」〔四〕，言無奈之何也。杜詩：「杖藜不睡誰能那。」〔五〕

【箋證】

〔一〕薛泳，字沂叔，號野鶴，宋天台人。與南宋末江湖詩人薛師石有交，當亦江湖詩派中人也。方嶽《深雪偶談》：「『一盤消夜江南果。喫果看書只清坐。罪過梅花料理我。一年心事，半生牢落，盡向今宵過。　此身本是山中箇。纔出山來便希差。手種青松應是大。縛茅深處，抱琴歸去，又是明年話。』此薛泳沂叔《客中守歲》詞也。沂叔久客江湖，瀕老懷歸，遂賦此詞。晚於溪上小築，扁『水竹居』，迄就窆焉。其所爲詩，如《新堤小泛》：『柳斷橋方出，烟深寺欲浮。』《早秋歸興》：『歸心如病葉，一片落江城。』《鎮江逢尹惟曉》：『欲説事都忘，相看心自知。』皆去唐人思致不遠。」薛泳此詞，升庵所録少「罪過梅花料理我」一句，殆偶然疏漏也，今據補。

〔二〕《後漢書·韓康傳》：「韓康，字伯休，一名恬休，京兆霸陵人。家世著姓，常采藥名山，賣於長安市，口不二價，三十餘年。時有女子從康買藥，康守價不移。女子怒曰：『公是韓伯休那，乃不二價乎？』」李賢注曰：「那，語餘聲也，音乃賀反。」

〔三〕見《漢書》卷六十五《東方朔傳》。

〔四〕此韓愈《唐故河南少尹李公墓誌銘》銘文末句，見《五百家注昌黎文集》卷二十五。

〔五〕此杜甫《夜歸》詩末句，見《九家集注杜詩》卷十三。

梁武帝白紵辭　《絕句衍義》卷一

「朱絲玉柱羅象筵，飛琯促節舞少年。短歌流目未肯前，含笑一轉私自憐。」〔一〕此喻君臣朋友相知不盡者也。《楚辭》：「私自憐兮何極。」〔二〕三字極有意。杜詩「喚人看騕褭，不嫁惜娉婷」〔三〕，亦是此意。陳後山詩：「當年不嫁惜娉婷，施朱傅粉學後生。」「不惜捲簾通一顧，怕君著眼未分明。」〔四〕尤見其意矣〔五〕。人君之聘臣，宰相之薦賢，相知必深，相信必素，而後可出。「曰黄昏以爲期兮，羌中道而改路。」〔六〕「交不終兮怨長，期不信兮告予以不閑。」〔七〕屈子所以三致意而怨歎也。還觀古今，炯戒多矣。有相知相信之深，一出而成功者，伊尹、傅説也〔八〕；有相知相信未深，確乎不拔者，嚴子陵、蘇雲卿也〔九〕。孔明感三顧而出，先主終違草廬之言，守小信不取荆州，狼狽當陽，欲奔蒼梧，非孔明求救孫將軍，是亦劉表而已〔一〇〕。後人好議論者，猶云「只合終身作卧龍」〔一一〕。下此，如苻秦之王猛、唐氏之魏徵，不思其身後之言，伐晉，伐高麗，以致敗亡〔一二〕。余謂二君之驕忿甚矣，王猛、魏徵縱不死，亦不能止其行也。又下此則范增、韓生而已〔一三〕，是女之「見金夫而不有躬者」也〔一四〕。

宋人詩話，以此詩爲古今第一，良有深見，而不著其説，余特爲衍之〔一五〕。

【箋證】

〔一〕《玉臺新詠》卷九、《樂府詩集》卷五十五《舞曲歌辭》載梁武帝《白紵辭二首》，此其一。郭茂倩《白紵舞歌詩》題解云：「《宋書·樂志》曰：『《白紵舞》，按舞辭有巾袍之言，紵本吴地所出，宜是吴舞也。』」又引《樂府解題》曰：「古詞盛稱舞者之美，宜及芳時爲樂。其譽白紵曰：『質如輕雲色如銀，製以爲袍餘作巾，袍以光軀巾拂塵。』」所載武帝《梁白紵辭二首》下引《古今樂録》曰：「梁三朝樂第二十設《巾舞》并《白紵》，蓋《巾舞》以《白紵》四解送也。」《文苑英華》卷一百九十三載此詩，「瑄」作「管」，「私自憐」下注「一作自知憐」。

〔二〕此宋玉《九辯》中句。見《楚辭章句》卷八：「私自憐兮何極，心怦怦兮諒直。」王逸注云：「哀禄命薄，常含慼也。志行中正，無所告也。」

〔三〕此杜甫《秦州見敕目，薛三璩授司議郎、畢四曜除監察，與二子有故，遠喜遷官兼述索居凡三十韻》詩中句，見《九家集注杜詩》卷二十。

〔四〕陳後山，陳師道，字無己，號後山居士。與黄庭堅同爲「江西詩派宗社圖」中領袖人物。此其《小放歌行》二首中第一首之前二句及第二首之後二句。升庵合爲一首，誤。

〔五〕此條原出自《絶句衍義》卷一，原編者採録時，以升庵另有「不嫁惜娉婷」一條，乃於此删去「杜詩」至「尤見其意矣」數句，今據《絶句衍義》補之，以存其舊。

〔六〕二句屈原《離騷》中句，見《楚辭章句》卷八。

〔七〕二句屈原《九歌·雲中君》中句，見《楚辭章句》卷二，「終」作「忠」。

〔八〕伊尹，商湯相。《史記》卷三《殷本紀》：「伊尹處士，湯使人聘迎之，五反然後肯往從湯。言素王及九主之事，湯舉任以國政。」傅説，殷高宗武丁相。《史記》卷三《殷本紀》：「武丁夜夢得聖人，名曰説。以夢所見視群臣，百吏皆非也。於是迺使百工營求之野，得説於傅險中。是時説爲胥靡，築於傅險。見於武丁，武丁曰：『是也。』得而與之語，果聖人。舉以爲相，殷國大治。故遂以傅險姓之，號曰傅説。」

〔九〕嚴子陵，名光，會稽餘姚人。漢光武帝微時嘗與遊學。及登帝位，光變姓名垂釣於齊國澤中，光武屢次遣使聘之，授諫議大夫，終不受命。年八十，卒於家。《後漢書》有傳。蘇雲卿，廣漢人，少與張浚爲布衣之交。宋高宗紹興間隱於豫章東湖。張浚爲相後派人招之，雲卿却連夜遁去。《宋史》有傳。

〔一〇〕《三國志·蜀書》載諸葛亮《隆中對》云：「荆州北據漢沔，利盡南海，東連吴會，西通巴蜀，此用武之國，而其主不能守。此殆天所以資將軍，將軍豈有意乎？」後劉表死，劉備不用孔明之策，不忍乘機奪取荆州，卒遭當陽長坂之敗。後經諸葛亮赴江東，説合孫、劉，大破曹軍於赤壁。

〔一一〕唐薛能《開元觀閒遊因及後溪偶成二韻》詩：「山屐經過滿徑蹤，隔溪遥見夕陽春。當時諸葛成何事，只合終身作卧龍。」言孔明不當出仕也。《王直方詩話》引李希聲云：「舒王（王安石）

罷政事時，居州東劉相宅，於東院小廳題『當時諸葛成何事，只合終身作卧龍』者數十處。」亦自悔出仕之意。

〔一二〕王猛，字景略，北海劇人。仕前秦，歷官重職，權傾内外，深得苻堅寵信。及臨終，戒苻堅曰：「臣没之後，願不以晋爲圖。」然苻堅不用其言，大舉伐晋，被晋謝安、謝玄大破於淝水之上，終致敗亡。《晋書》卷一百十四有傳。魏徵，字玄成，鉅鹿人。唐太宗相，以直言敢諫著稱。徵死後，太宗親征高麗，所費過當。太宗深悔之，嘆曰：『魏徵若在，不使我有是行也。』」兩《唐書》有傳。

〔一三〕范增，居鄛人，項羽謀士。項羽尊之爲「亞父」，但並不信任他，多次拒絶其正確建議。後項羽聽信陳平反間計，疑其與漢有私，逐之，疽發背而死。事見《史記·項羽本紀》。韓生，指韓信。信，淮陰人。初事項羽，不見用。奔劉邦，拜爲大將。將兵定齊、趙，立爲齊王。楚人武涉、齊人蒯通皆勸其擁兵自立，不聽。項羽滅，劉邦畏惡其能，奪其兵，徙爲楚王，再降淮陰侯。後以謀反罪被殺，滅三族。見《史記·淮陰侯列傳》。

〔一四〕《周易·蒙卦》：「六三：勿用取女，見金夫不有躬，無攸利。」魏王弼注曰：「六三在下卦之上，上九在上卦之上，男女之義也。上不求三，而三求上，女先求男者也。女之爲體，正行以待命者也，見剛夫而求之，故曰不有躬也。施之於女，行在不順，故勿用取女而無攸利。」其原意謂見了有錢的男子就不由自主地想嫁給他的女人，娶了是没有好處的。升庵於此取其「見金夫不有躬」之義，謂范、韓二人與劉、項相知不深，一見恩倖就貿然相從，竟致凶終。

〔一五〕許顗《彦周詩話》云：「梁武帝作《白紵舞辭》四句，令沈約改其辭爲《四時白紵之歌》。帝辭云云。嗟乎麗矣，古今當爲第一也。」升庵語指此。

案：此詩原意，不過描寫一位酒筵前的歌舞少女，對其屬意之人表現出的宛轉嬌羞的情態，並從而揣摩其矜持躊躕的心理，意味深長。升庵借此生發，將其與才士之出處進退相互比附，引證衆多史實，以明得君行道之不易。告知人們，應當像這位少女一樣，時刻保持矜持，不要輕易以身相許。升庵少年得志，中年廢逐，於此感觸尤深，而又非能明言，故借此一再致意焉。《升庵詩話》卷八「不嫁惜娉婷」條：「杜子美詩『不嫁惜娉婷』，此句有妙理，讀者忽之耳。陳後山衍之云：『當年不嫁惜娉婷，傅粉施朱學後生。』『不惜捲簾通一顧，怕君著眼未分明。』深得其解矣。蓋士之仕也，猶女之嫁也，士不可輕於從仕，女不可輕於許人也。『著眼未分明』，相知之不深也。古人有相知之深，審而始出，以成其功者，伊尹、孔明是也。有相知不深，確乎不出，以全其名者，嚴光、蘇雲卿是也。有相知不深，闖然以出，身名俱失者，劉歆、荀彧是也。白樂天詩：『寄言癡小人家女，慎勿將身輕許人。』亦子美之意乎？」如是言詩，頗存「意内言外」之旨，後清張惠言於《詞選序》中提出「緣情造端，興於微言」，大倡「興寄」之説，其得升庵啓發不少。

江總怨詩

《絶句衍義》卷一

「採桑歸路河流深，憶昔相期柏樹林。奈許新縑傷妾意，無由故劍動君心。」〔一〕六朝之詩，多是樂府，絶句之體未純，然高妙奇麗，良不可及。泝流而不窮其源，可乎？故特取數首於卷首，庶乎免於「賣花擔上看桃李」之誚矣。〔二〕

古樂府「下山逢故夫」詩曰：「新人工織縑，舊人工織素。」〔三〕故劍，用干將、莫邪雌雄二劍離而復合事〔四〕。

【箋證】

〔一〕《樂府詩集》卷四十一《相和歌辭·楚調曲》收江總《怨詩》二首，此其第一首。

〔二〕升庵於《絶句衍義》卷一，首選録梁武帝《白紵辭》、蕭子顯《春别》及簡文帝《和蕭子顯春别》、陳江總《怨詩》、北齊魏收《挾瑟歌》五詩，以示源流。「賣花」句，語出歐陽脩《六一詩話》：「京師輦轂之下，風物繁富，而士大夫牽於事役，良辰美景罕獲宴遊之樂，其詩至有『賣花擔上看桃李，拍酒樓頭聽管絃』之句。西京應天禪院有祖宗神御殿，蓋在水北，去河南府十餘里，歲時朝拜官吏，常苦晨興；而留守達官簡貴，每朝罷，公酒三行，不交一言而退。故其詩曰：『正夢寐中行十里，不言語處喫三杯。』其語雖淺近，皆兩京之實事也。」升庵借此以譏人之止足於一知半解，而不窮求其本原者。

〔三〕此《玉臺新詠》卷一《古詩八首》之第一首中句。

〔四〕干將、莫邪爲吴王闔閭鑄劍事，見《吴越春秋》卷四《闔閭内傳》。二劍離而復合事，見《晋書張華傳》。略云：張華見斗牛間有紫氣，問於豫章人雷焕。焕曰：「此寶劍之精上徹於天，在豫章豐城。」華遣焕往尋，果得雙劍。焕以一劍與華，留一自佩。或謂焕曰：「得兩送一，張公豈可欺乎？」焕曰：「本朝將亂，張公當受其禍。此劍當繫徐君墓樹耳。靈異之物，終當化去，不永爲人服也。」華得劍，報焕書曰：「詳觀劍文，乃干將也，莫邪何復不至？雖然，天生神物，終當合耳。」華誅，失劍所在。焕卒，其子雷華持劍過延平津，劍忽自躍入水。使人没水取之，但見兩龍，各長數丈。於是失劍。華歎曰：「先君化去之言，張公終合之論，此其驗乎！」升庵以詩中「故劍」用此事，恐不確。《漢書》卷九十七上《外戚列傳》：宣帝初娶啬夫許廣漢女平君，及「立爲帝，平君爲倢伃。是時霍將軍有小女，與皇太后有親，公卿議更立皇后，皆心儀霍將軍女。亦未有言。上乃詔求微時故劍。大臣知指，白立許倢伃爲皇后」。詩蓋用此事，謂不忘故也。

魏收挾瑟歌

《絶句衍義》卷一

「春風宛轉入曲房，兼送小苑百花香。白馬金鞍去未返，紅妝玉筯下成行。」〔一〕此詩緣情綺靡〔二〕，漸入唐調。李太白、王少伯、崔國輔諸家皆效法之〔三〕。

【箋證】

〔一〕魏收，字伯起，初仕北魏，典起居注兼中書舍人，與溫子昇、邢邵齊名，世稱「三才」，又與邢邵並稱「邢魏」。至齊受魏禪，拜中書令兼著作郎，後除光禄大夫、尚書右僕射。著《魏書》一百十四卷，今存。《北齊書》有傳。《樂府詩集》卷八十六《雜歌謡辭》載此詩，另有唐陸龜蒙同題五言六句詩一首，皆南方之曲也。後漢宋子侯《董嬌嬈》詩：「吾欲竟此曲，此曲愁人腸。歸來酌美酒，挾瑟上高堂。」（見《玉臺新詠》卷一）此詩蓋取之以爲題。

〔二〕「詩緣情而綺靡」，陸機《文賦》語，見《文選》卷十七。

〔三〕少伯，王昌齡字。李白《長門怨》、王昌齡《西宮春怨》、崔國輔《白紵辭》皆抒寫閨情、宮怨，與此詩相類，即升庵所謂「緣情綺靡」之作。

子美贈花卿

《升庵詩話》卷一、《絶句衍義》卷一

「錦城絲管日紛紛，半入江風半入雲。此曲只應天上有，人間能得幾回聞。」〔一〕花卿名敬定，丹稜人，蜀之勇將也，恃功驕恣〔二〕。杜公此詩，譏其僭用天子禮樂也。而含蓄不露，有風人「言之無罪，聞之者足以戒」之旨〔三〕。公之絶句百餘首，此爲之冠〔四〕。唐世樂府，多取當時名人之詩唱之，而音調名題各異。杜公此詩，在樂府爲「入破第二疊」〔五〕。王維「秦川一半夕陽開」，在樂府名《相府蓮》，訛爲《想夫憐》〔六〕。「秋風明月獨離居」，爲《伊州歌》〔七〕。岑參「西去輪臺萬里餘」，爲《簇拍六州》〔八〕。盛小叢「雁門山上雁初飛」，爲《突厥三臺》〔九〕。王昌齡「秦時明月漢時關」，爲《蓋羅縫》〔一〇〕。張仲素「亭亭孤月照行舟」，爲《胡渭州》〔一一〕。王之渙「黄河遠上白雲間」，爲《梁州歌》〔一二〕。張祜「十指纖纖似筍紅」，爲《氐州第一》〔一三〕。符載「月裏嫦娥不畫眉」，爲《甘州歌》〔一四〕。無名氏「千年一遇聖明朝」，爲《水調歌》〔一五〕、「雕弓白羽獵初回」，爲《水鼓子》，後轉爲《漁家傲》云〔一六〕。其餘有詩而無名氏者尚多，不盡書焉。

唐人樂府多唱詩人絶句，王少伯、李太白爲多。杜子美七言絶近百，錦城妓女獨唱其《贈花卿》一首。蓋花卿在蜀頗僭用天子禮樂，子美作此諷之，而意在言外，最得詩人之旨。當時妓女獨以此詩入歌，亦有見哉。杜子美詩，諸體皆有絶妙者，獨絶句本無所解，而近世乃效之而廢諸家，是其真識冥契，猶在唐世妓人之下乎〔一七〕？

【箋證】

〔一〕此詩見《九家集注杜詩》卷二十二。趙彦材注云：「《古歌辭》所載林鍾宫《水調·入破第二》云：『錦庭絲管曉紛紛，半入靈山半入雲。此曲多應天上去，人間那得幾回聞。』莫能考所以，當俟博聞。」則宋時已有異文矣。

〔二〕《舊唐書》卷一百十一《高適傳》：「梓州副使段子璋反，以兵攻東川節度使李奂。適率州兵從西川節度使崔光遠攻子璋，斬之。西川牙將花驚定者，恃勇，既誅子璋，大掠東蜀。天子怒光遠不能戢軍，乃罷之。」《山谷集》外集卷九《書花卿歌後》云：「花卿家在丹稜之東館鎮，至今有英氣，血食其鄉云。」

〔三〕《詩大序》：「上以風化下，下以風刺上，主文而譎諫，言之者無罪，聞之者足以戒，故曰風。」

〔四〕升庵《唐絶增奇》取杜甫此詩入妙品。序云：「予嘗品唐人之詩，樂府本效古體，而意反近；絶句本自近體，而意實遠。欲求《風》、《雅》之彷彿者，莫如絶句。唐人之所偏長獨至，而後人力追莫嗣者也。擅場則王江寧，驂乘則李彰明，偏美則劉中山，遺響則杜樊川。少陵雖號大家，不能兼善。一則拘乎對偶，二則汩于典故。拘則未成之律詩，而非絶體；汩則儒生之書袋，而乏性情。故觀其全集，自『錦城絲管』之外，咸無譏焉。近世有愛而忘其醜者，專取而効之，惑矣！」升庵此論，後世訾議者頗多。而胡應麟獨亟稱之，以爲「用修平生論詩，惟此精確」。又云：「『近世學杜』，謂獻吉（夢陽）也。」（見《詩藪》内編卷六。）升庵此論雖語含譏刺，而實乃有爲而發。其時王世貞亦謂杜絶爲「變體」，以爲「間爲之可耳，不必多法也」（《藝苑卮言》卷四）。足見當時持此論者，初非升庵一人。蓋絶句重情韻，貴含蓄，而杜絶過於發露；絶句近樂歌，工唱歎，而杜絶時出拗峭。故升庵此論，亦不爲無見也。

〔五〕《樂府詩集》卷七十九《水調歌》題解云：「按唐曲凡十一疊，前五疊爲歌，後六疊爲入破。」杜甫此詩爲「入破第二疊」。

〔六〕此王維《和太常韋主簿五郎温湯寓目之作》詩中句，爲七言律，見《文苑英華》卷二百四十二。《樂府詩集》卷八十《相府蓮》題解云：「古解題曰：《相府蓮》者，王儉爲南齊相，一時所辟皆才名之士。時人以入儉府爲蓮花池，謂如『紅蓮映緑水』，今號蓮幕者，自儉始。其後語訛爲《想夫憐》，亦名之醜爾。」又引《樂苑》曰：「《想夫憐》，羽調曲也。白居易詩曰：『玉管朱弦莫急催，客聽歌送十分杯。長愛《夫憐》第二句，倩君重唱夕陽開。』王維右丞詞云『秦川一半夕陽開』是也。」《白氏長慶集》卷三十五《想夫憐》詩下自注云：「王維右丞詞云『秦川一半夕陽開』，此句尤佳。」

〔七〕《唐詩紀事》卷十六「王維」下載云：禄山之亂，李龜年奔於江潭，曾於湘中採訪使筵上唱此詩，並云：「此皆維所製，而梨園唱焉。」詩失題，《樂府詩集》卷七十九録爲《伊州歌》第一疊。

〔八〕此岑參《赴北庭度隴思家》詩中句，見《岑嘉州集》卷七，「西去」作「西向」。《樂府詩集》卷七十九録爲《簇拍陸州》。《萬首唐人絶句》卷五十八録蓋嘉運所進《樂府辭二十五首》中有此詩，題作《捉拍陸州》。

〔九〕《雲溪友議》卷上「餞歌序」條載：「李尚書訥夜登越城樓，聞歌曰『雁門山上雁初飛』，其聲激切。召至。曰：『在籍之妓盛小叢也。』曰：『汝歌何善乎？』曰：『小叢是梨園供奉南不嫌女甥也，所唱之音，乃不嫌之授也。』」詩見《樂府詩集》卷七十五《雜曲歌辭》，題《突厥三臺》。《萬首唐人絶句》卷五十八録蓋嘉運所進《樂府辭二十五首》中有此詩。

〔一〇〕王昌齡此詩見《才調集》卷九，題作《塞上行》。《樂府詩集》卷八十《近代曲辭》以爲《蓋羅縫》二首之一。《萬首唐人絶句》卷五十八録蓋嘉運所進《樂府辭二十五首》中有此詩。

〔一一〕此《樂府詩集》卷八十所載《胡渭州》二首之一，未署作者姓名。《萬首唐人絶句》卷五十八録蓋嘉運所進《樂府辭二十五首》中有此詩，題作《渭州》。《唐詩紀事》卷四十二《三舍人集》張仲素詩中無此首。《唐詩品彙》卷五十二以爲張祜詩，升庵《詞品》卷一「六州歌頭」條亦注云「《胡渭州》，見張祜詩」，但今傳《張承吉文集》不載。明銅活字《唐五十家詩集》本《韋蘇州集》載此詩。

〔一二〕王之渙此詩，《國秀集》卷下、《文苑英華》卷二百九十九、《萬首唐人絶句》卷八並題《涼州》。又，《文苑英華》卷一百九十七、《樂府詩集》卷二十二題作《出塞》。諸書無作《梁州》者。按，唐梁州屬山南西道，涼州屬隴右道。玉門關在肅州，出涼州而西，亦屬隴右。是升庵作「梁州」爲誤。

〔一三〕《張承吉文集》卷五載此詩，題作《題宋州田大夫家樂丘家箏》，「似」作「玉」。《樂府詩集》不載此詩。按《氏州第一》，唐曲未見，今見最早者爲宋周邦彦《片玉詞》中「波落寒汀」一首，又作《熙州摘遍》。升庵此云「唐世樂府」，不當舉宋曲也。或别有所據。

〔一四〕此詩《全唐詩》卷七百八十六收入無名氏之作，題爲《艷歌》，當出《禪宗頌古聯珠通集》卷三。又卷四百七十二收入符載詩，題作《甘州歌》，則録自升庵《絶句衍義》卷一。《樂府詩集》卷八十《近代曲辭》有《甘州》曲，爲五言絶句。

〔一五〕此詩見《樂府詩集》卷七十九《近代曲辭》，爲《水調》十一疊之「入破第五」。《萬首唐人絶句》卷五十八録蓋嘉運所進《樂府辭二十五首》，此爲《水調歌七首》之七。

〔一六〕《樂府詩集》卷八十「近代曲辭」録此詩，不題作者。《萬首唐人絶句》卷五十八録蓋嘉運所進《樂府辭二十五首》中有此詩。按《水鼓子》，胡震亨《唐音癸籤》卷十三列爲唐曲中「題義無考」者。唐崔令欽《教坊記》有《水沽子》一曲，或當即此。然本調爲平韻，而《漁家傲》爲仄韻，似難轉成。

〔一七〕此段《丹鉛總録》卷二十、《升庵文集》卷五十七皆另作「錦城絲管」條。焦竑編《升庵外集》卷七十四以與「子美贈花卿」條合，《函海》本《升庵詩話》從之。

胡應麟《少室山房筆叢》卷十九《藝林伐山》一「錦城絲管」條云：「『花卿蜀小將耳，雖恃功驕横，然非有韋皋、嚴武之權，王建、孟昶之力，即欲僭用天子禮樂，惡得而僭之？用修以子美贈詩爲諷，真兒童之見也！凡詞人贊歎聲色，不曰傾城，則曰絶代。子美蓋贈歌者，偶姓字相合，亦云花卿，實何戡、薛濤輩。用修便以破段子璋者當之，然求其説不得也，故有僭用禮樂之解。匡衡解頤，阿平絶倒，斯兼之哉！李群玉《贈歌妓》詩：『貌態只應天上有，歌聲豈合世間聞。』與杜合，豈亦有所諷耶？工部諸絶，非漫興則拗體，以入歌曲不宜，獨此首風致翩翩，音節調美，故諸妓女習之。其爲贈歌者益明。信如楊說，則一老頭巾詠史耳，風致音節何在？用修以後世真識在唐妓人之下，不惟誣後世，並誣妓人矣。」胡氏此說，清人多非之，如仇兆鰲、楊倫、王奭嗣諸家，皆贊成升庵之說。吴景旭《歷代詩話》卷三十七曰：「升庵此解甚得，元瑞强欲折之，然宋人已發其旨，不自升庵始也。杜有《戲作花卿歌》，《漁隱叢話》云：『花卿雖有平賊之功，驕恣不法，子美不欲顯言，但云「人道我卿絶世無，既稱絶世無，天子何不喚取守京都」，語句含蓄。』《鶴林玉露》云：『全篇形容其勇鋭有餘，而忠義不足。故雖可以守京都，而天子終不敢信用之。語意涵蓄不迫切，使人咀嚼而自得之。』觀此，則花卿豈何戡、薛濤輩乎？」

張說蘇摩遮　《絶句衍義》卷一

「臘月凝寒積帝臺，齊歌急鼓送寒來。油囊取得天河水，上壽將添萬歲杯。」《蘇摩遮》，當時曲名，宋詞作《蘇幕遮》。說詩凡四首，第一首云：「《摩遮》本出海西胡，琉璃寶眼紫髯鬚。」〔一〕以此考之，即今之舞回回也〔二〕。

【箋證】

〔一〕張說，字道濟，一字說之，唐洛陽人。開元中官至集賢院學士，尚書左丞相，封燕國公。事跡具《唐書》本傳。其文章典麗宏贍，當時與蘇頲並稱，號「燕許大手筆」。《蘇摩遮》，一作《蘇莫遮》。曲名，爲南吕調，時號水調。《唐會要》卷三十四：「（神龍）二年三月，并州清源縣尉吕元泰上疏曰：『比見都邑城市，相率爲渾脱，駿馬戎服，名爲《蘇幕遮》。』」即此。《蘇幕遮》乃舞曲名，本印度語。其舞傳自中亞，持油囊盛水，相潑爲戲，故又稱「潑胡乞寒」之戲，殆與今傣家潑水節之俗相近。《萬首唐人絶句》卷七載張説《蘇摩遮》四首，與升庵説同。《張燕公集》卷十所載則爲五首，然其第五「昭成皇后帝家親」一首與前四首義不相合，或乃誤混入者。升庵此引乃其第三首，「凝寒」作「凝陰」，末句作「將添上壽萬年杯」；《萬首唐人絶句》、《全唐詩》卷八十九所載同。又，所引第一首二句中「琉璃寶眼紫髯鬚」，《萬首唐人絶句》同；《張燕公集》、《全唐詩》作「琉璃寶服紫髯鬍」。張説此詩，頗能盡「潑胡乞寒」之情狀，第三首外，其餘四首，姑録於此，以備參考。《張燕公集》所載，每首末皆注「億歲樂」三字和聲。

摩遮本出海西胡，琉璃寶服紫髯鬚。聞道皇恩遍宇宙，來將歌舞助歡娱。

繡裝帕額寶花冠，夷歌騎舞借人看。自能激水成陰氣，不慮今年寒不寒。

寒氣宜人最可憐，故將寒水散庭前。惟願聖君無限壽，長取新年續舊年。

昭成皇后帝家親，榮樂諸人不比倫。往日霜前花委地，今年雪後樹逢春。

〔二〕「舞回回」，即「回回舞」。《明會典》卷九十五「教坊承應樂舞」：「撫安四夷之舞，引舞樂工二人，歌工四人，樂工十七人。高麗舞、琉球舞、北番舞、回回舞，各四人。」

樂府雙行纏

《丹鉛總録》卷二十五「瑣語」

《墨莊漫録》載婦人弓足始於五代李後主〔一〕，非也〔二〕。予觀六朝樂府有《雙行纏》，其辭云：「新羅繡行纏，足趺如春妍。他人不言好，獨我知可憐。」唐杜牧詩云：「鈿尺裁良減四分，碧琉璃滑裹春雲，五陵少年欺他醉，笑把花前出畫裙。」〔三〕段成式詩云：「醉袂幾侵魚子纈，彯纓長戛鳳凰釵。知君欲作《閒情賦》，應願將身作錦鞋。」〔四〕《花間集》詞云：「慢移弓底繡羅鞋。」〔五〕則此飾不始於五代也。或謂起於妲己，乃瞽史以欺閭巷者，士夫或信以爲真，亦可笑哉！

【箋證】

〔一〕《墨莊漫録》卷八：「婦人之纏足起於近世，前世書傳皆無所自。《南史》齊東昏侯爲潘貴妃鑿金爲蓮花以帖地，令妃行其上，曰此步步生蓮華，然亦不言其弓小也。如《古樂府》、《玉臺新詠》皆六朝詞人纖艷之言，類多體狀美人容色之殊麗，又言妝飾之華，眉目脣口腰肢手指之類，無一言稱纏足者。如唐之杜牧、李白、李商隱之徒，作詩多言閨幃之事，亦無及之者。惟韓偓《香奩集》有《詠屧子》詩云『六寸膚圍光緻緻』，唐尺短，以今校之，亦自小也，而不言其弓。」

〔二〕元陶宗儀《輟耕録》卷十載：張邦基《墨莊漫録》云云，惟《道山新聞》云：「李後主宮嬪窅娘，纖麗善舞，後主作金蓮高六尺，飾以寶物，細帶纓絡，蓮中作品色瑞蓮，令窅娘以帛繞脚，令纖小屈上作新月狀，素韈舞雲中，回旋有淩雲之態。唐鎬詩曰：『蓮中花更好，雲裏月長新。』因窅娘作也。由是人皆效之，以纖弓爲妙。以此知札脚自五代以來方爲之，如熙寧、元豐以前，人猶爲者少，近年則人人相效，以不爲者爲恥也。」

〔三〕「杜牧詩」，詩題爲《詠襪》。見《萬首唐人絶句》卷二十六，「裁良」作「裁量」，「碧琉璃滑裹春雲」作「纖纖玉笋裹輕雲」。

〔四〕「段成式詩」，詩題爲《嘲飛卿》七首之第二首。見《萬首唐人絶句》卷四十四，「錦鞋」作「錦鞖」。

〔五〕「慢移弓底繡羅鞋」，此毛熙震《浣溪沙》：「碧玉冠輕裊燕釵，捧心無語步香階，緩移弓底繡羅鞋。　暗想歡娱何計好，豈堪期約有時乖，日高深院正忘懷。」見《花間集》卷九。「慢移」作「緩移」。

六幺　《丹鉛續録》卷三

古之六博，即今骰子也。《晉·謝艾傳》：「梟者，邀也。六博得邀者勝。」〔一〕是知「梟」即骰子之「幺」也。曲名有《六幺序》，義取六博之采。小説云「緑腰」，又云「録要」，皆是妄説〔二〕。如謂律令爲雷邊迅鬼，皆古之妄人撰説，而文士或信之。此亦道聽塗説也。

【箋證】

〔一〕此見《晉書》卷八十六《張軌傳》附《張重華傳》，原文云：「（重華）以艾爲中堅將軍，配步騎五千擊（麻）秋。夜有二梟鳴于牙中，艾曰：『梟，邀也，六博得梟者勝。今梟鳴牙中，剋敵之兆。』於是進戰，大破之。」此張重華主簿謝艾之言，升庵以爲語出艾傳，誤。《晉書》無《謝艾傳》。

〔二〕程大昌《演繁露》卷十二「六幺」條：「段安節《琵琶録》云：『貞元中，康崑崙善琵琶，彈一曲新翻羽調《緑腰》。』注云：『《緑腰》，即《録要》也。本自樂工進曲，上令録出要者，乃以爲名。誤言《緑腰》也。』據此，即《録要》已訛爲《緑腰》。而白樂天集有《聽緑腰》詩，注云：『即《六幺》也。』今世亦有《六幺》，然其曲已自有高平、仙吕兩調，又不與羽調相協。抑不知是唐世遺聲否耶？」

偏髾髻

《丹鉛總録》卷七

此齊後宮之服制：「女官八品，偏髾髻。」注云：「髾，所交切。」〔一〕髮覆目也，蓋夷中少女之飾。其四垂短髮，僅覆眉目，而頂心長髮繞爲卧髻，宋詞所謂「鬟嚲偏荷葉」也〔二〕。今世猶有之。髾字《玉篇》不收，而獨出此。佛書亦有之，玄應、贊寧不識，而强以爲鬟字之省，非也。

【箋　證】

〔一〕《隋書·禮儀志六》：宫中女官「八品九品俱青紗公服，偏髾髻。」此齊武成帝河清中所定之制也。原無注，《通典》録此，「髾」下有注云：「所交反。」

〔二〕宋吴聿《觀林詩話》云：「東坡名賈耘老之妾爲雙荷葉，初不曉所謂。他日，傳趙德麟家所收

《泉南老人集》記此事云：『兩髻並前如雙荷葉，故以名之。』荷葉髻，見温飛卿詞：『裙拖安石榴，髻嚲偏荷葉。』」按：此句今本《温飛卿集》中未見。宋韓玉《生查子》詞有「裙拖簇石榴，髻綰偏荷葉」之句，見《東浦詞》。

蕃馬胡兒

《丹鉛總録》卷十二

宋柳如京《塞上》詩：「鳴骹直上一千丈，天静無風聲正乾，碧眼胡兒三百騎，盡提金勒向雲看。」〔一〕其詩宋人盛稱之，好事者多圖於屏障，今猶有其稿本。唐人好畫蕃馬於屏，《花間詞》云「細草平沙，蕃馬小屏風」是也〔二〕。又曲名《伊州》、《梁州》、《氐州》，其後卒有禄山、吐蕃之變。宋人愛圖鳴骹胡兒，卒有金元之禍。元人曲有《入破》、《急煞》之名，未幾而亂。

【箋　證】

〔一〕柳開，字仲塗，大名人。宋太祖開寶六年登進士第，補宋州司寇參軍。太平興國中擢右贊善大夫，選知常州。雍熙二年貶上蔡令。以上書言邊事稱旨，擢崇儀使，知寧邊軍。徙全州，再歷桂、潤、貝、全、曹、邢諸州。真宗即位，加如京使，知代州。徙知忻州，再徙滄州，未至卒。宋江少虞《宋朝事實類苑》卷三十五「馮太傅」條云：「馮太傅端嘗書一絶云云，顧坐客曰：『此可畫於屏障。』乃柳如京塞上之作。」末注云：「見《倦遊雜録》。」所書即此詩，首句「鳴骹直上一千丈」作「嗚鶻直上一千尺」，「聲正乾」作「聲更乾」。

〔二〕此薛昭蘊《相見歡》詞中句。見《花間集》卷三。

古詩後人妄改

《丹鉛總録》卷十三

古人詩句，不知其用意用事，妄改一字便不佳。孟蜀牛嶠《楊柳詞》：「吴王宫裏色偏深，一簇烟條萬縷金，不分錢唐蘇小小，引郎松下結同心。」〔一〕按古樂府《小小歌》有云：「妾乘油壁車，郎乘青驄馬。何處結同心，西陵松柏下。」牛詩用此意，詠柳而貶松，唐人所謂尊題格也。後人改「松下」作「枝下」，語意索然矣〔二〕。

【箋　證】

〔一〕《花間集》卷三、《樂府詩集》卷八十一《近代曲辭》並載此詞，「烟條」並作「纖條」，「不忿」並作「不憤」。「松下」，《花間集》同，《樂府詩集》作「枝下」。

〔二〕見《玉臺新詠》卷十、《樂府詩集》卷八十五《雜歌謡辭》，「妾乘」，《玉臺新詠》作「我乘」，「郎乘」，《樂府詩集》作「郎騎」。

文用韻

《丹鉛總録》卷十五

《文心雕龍·聲律篇》云：「異音相從謂之和，同聲相應謂之韻。韻氣一定，故餘聲易遺；和體抑揚，故遺響難契。」〔一〕宋詞、元曲，皆於仄韻用和音以叶平韻，蓋以平聲爲一類，而上去入三聲附之。如東、董是和，東、中是韻也。

【箋　證】

〔一〕見《文心雕龍》卷七。

音韻之原　《丹鉛總録》卷十九

或問余音韻之原，余曰：唐虞之世已有之矣。《舜典》曰「聲依永，律和聲」是也〔一〕。「元首喜哉，股肱起哉，百工熙哉。」又：「元首明哉，股肱良哉，庶事康哉。」〔二〕「熙」之叶「喜」、「起」，「明」之叶「良」、「康」，即吴才老韻之祖也〔三〕。「日出而作，日入而息，鑿井而飲，耕田而食，帝於我有何力哉」，即沈約韻之祖也。王充《論衡》作「帝於我有何力哉」，力與上文「息」、「食」爲韻。《列子》作「帝力於我何有哉」，恐是傳寫之倒。〔四〕大凡作古文賦頌，當用吴才老古韻，作近代詩詞，當用沈約韻。近世有倔强好異者，既不用古韻，又不屑用今韻，惟取口吻之便，鄉音之叶，而著之詩焉，良爲後人一笑資爾。

【箋　證】

〔一〕「聲依永，律和聲」，見《尚書·舜典》。

〔二〕上引二段，皆《尚書・益稷》之文，前段「元首喜哉，股肱起哉」原文作「股肱喜哉，元首起哉」，當據乙正。

〔三〕宋吴棫，字才老，所作《韻補》五卷，即升庵所指。

〔四〕「帝於我有何力哉」句，《論衡》卷五《感虚篇》、卷八《藝增篇》所載並作「堯何等力」四字。今傳《列子》無此文，或升庵記誤。

江平不流 《丹鉛總録》卷二十

杜詩：「江平不肯流。」〔一〕意求工而語反拙，所謂鑿混沌而畫蛇足，必夭性命而失卮酒也。不若李群玉樂府云：「人老自多愁，水深難急流」〔二〕也。又不若巴渝《竹枝詞》云：「大河水長漫悠悠，小河水長似箭流。」詞愈俗愈工，意愈淺愈深〔三〕。

【箋證】

〔一〕此杜甫《陪王使君晦日泛江就黄家亭子二首》第一首中句。見《杜工部詩集》卷十。

〔二〕此二句出李端《古别離》詩，見《樂府詩集》卷七十一。又見本書卷二十一「李端《古别離》詩」，此偶然筆誤。

〔三〕明張萱《疑耀》卷三《楊用修妄改杜詩》：「用修又以杜詩『江平不肯流』，謂意求工而句反拙，不及李群玉『水深難急流』，巴渝《竹枝詞》『大河水長漫悠悠』爲勝於杜。余謂《竹枝詞》此何等語，可以擬杜？即『難急流』，不亦淺而俚乎！杜之妙處全在『不肯』二字，蓋本陶淵明『日月不肯遲』、『晨鷄不肯鳴』來，故『不肯』二字，杜嘗四用之：『秋天不肯明』、『干戈不肯休』、『王室不肯微』，而惟『江平不肯流』最佳。余家有小樓臨長江，每於夏漲時憑闌，輒思杜之『不肯流』句，乃詩中畫也。」清仇兆鰲《杜詩詳注》卷十三於此詩末引升庵此語後亦云：「今按，杜詩《晚登瀼上堂》云：『春氣晚更生，江流静猶湧。』是即『江平不肯流』之轉注也。豈可輕下軒輊語耶？」

詩用惹字 《丹鉛總録》卷二十

王右丞詩：「楊花惹暮春。」〔一〕李長吉詩：「古竹老梢惹碧雲。」〔二〕温庭筠：「暖香惹夢鴛鴦錦。」〔三〕孫光憲：「六宮眉黛惹春愁。」〔四〕用「惹」字凡四，皆絶妙。

【箋證】

〔一〕此王維《送丘爲往唐州》詩中句。見《王右丞集》卷八。

〔二〕此李賀《昌谷北園新笋四首》之第四首詩中句。見《李長吉歌詩》卷二。

〔三〕此温庭筠《菩薩蠻》「水精簾裏頗黎枕」詞中句。見《花間集》卷一。

〔四〕此温庭筠《楊柳枝》「金縷毿毿碧瓦溝」詞中句。見《花間集》卷一，升庵誤記作「孫光憲」。

菩薩鬘　《丹鉛總録》卷二十

唐詞有《菩薩鬘》，不知其義。按小説：開元中，南詔入貢，危髻金冠，瓔珞被體，故號菩薩鬘，因以製曲〔一〕。佛經戒律云：「香油塗身，花鬘被首」是也。白樂天《蠻子朝》詩曰「花鬘抖擻龍蛇動」〔二〕，是其證也。今曲名「鬘」作「蠻」，非也。

【箋　證】

〔一〕唐蘇鶚《杜陽雜編》卷下：「大中初，女蠻國貢雙龍犀。其國人危髻金冠，瓔珞被體，故謂之菩薩蠻。當時倡優遂製《菩薩鬘》曲，文士亦往往聲其詞。」「開元中南詔入貢」，當爲「大中初女蠻國入貢」之誤。

〔二〕《菩薩本生鬘論》卷三：「其八戒者：一不殺生，二不偷盜，三不邪婬，四不妄語，五不飲酒，六者不得過日中食，七者不坐高廣大牀，八者不得歌舞作樂、香油塗身。」又，《佛説觀無量壽佛經疏》：「八戒者，加不上高牀，不著華鬘瓔珞，香塗身熏衣，不得歌舞作樂及往觀聽也。」

〔三〕此白居易《諷諭詩》之《驃國樂》詩中句，見《白氏長慶集》卷三。其前一首爲《蠻子朝》，升庵蓋承前而偶誤。

屏風牒　《丹鉛總録》卷二十一

梁蕭子雲上飛白書屏風十二牒〔一〕。李白詩：「屏風九疊雲錦張。」〔二〕牒，即疊也。唐詩「山屏六曲郎歸夜」〔三〕，宋詞「屏風疊疊聞紅牙」〔四〕，今改「疊」作「曲」，非。

【箋　證】

〔一〕蕭子雲，字景喬，梁晉陵人。官至侍中。善書，諸體兼備，尤工於小篆飛白書。意趣飄然，有若輕舉。著有《飛白書勢》。《梁書》、《南史》有傳。《藝文類聚》卷六十九《梁簡文帝答蕭子雲上飛白書屏風書》曰：「得所送飛白書縑屏風十牒，冠六書而獨美，超二篆而擅奇。乍寫星區，時圖鳥翅；非觀觸石，已覺雲飛。豈待金鐺，便睹蟬翼。間諸衣帛，前哲未巧；懸彼帳中，昔賢掩色。」據知蕭子雲所上屏風乃十牒，非「十二牒」。

〔二〕此李白《廬山謠寄盧侍御虚舟》詩中句。見《李太白文集》卷十一。胡應麟《少室山房筆叢》卷十九《藝林學山》一嘗譏升庵此引，云：「牒即案牒之牒。子雲所書，意如今圍屏十二扇者，以文翰，故借牒爲言耳。太白『屏風九疊』，自詠廬山，楊曲引以證。余戲謂子雲誠善書，然必以天池爲研，五老爲筆，庶可逞尋丈之勢，又恐爲飛瀑所侵也。」按「疊」與「牒」通，太白「屏風九疊」，乃言遠觀廬山如畫，若九牒屏風張列於南斗之傍，非謂廬山峰巒層疊九重也。若曰峰巒層疊，則必不言「雲錦張」矣。應麟解詩未諦而譏升庵，適譏以自貽也。

〔三〕此引句非唐詩，見《西崑酬唱集》卷上，爲錢惟演《無題》三首之二中句，原作「山屏六曲歸來夜」。

〔四〕此秦觀《浣溪沙五首》之五中句，《淮海長短句》卷中作「屏風曲曲鬬紅牙」，升庵批點本《草堂詩餘》卷一同，即升庵所謂「今改『叠』作『曲』」者也。升庵批點本《草堂詩餘》卷一題作張先詞，誤。

踠與涴同

《丹鉛總録》卷二十一

韋莊《應天長》詞云：「想得此時情切，淚沾紅袖踠。」〔一〕「踠」字義與「涴」同，而字則讀如「涴」字入聲，始得其叶。然《説文》、《玉篇》俱無「踠」字，惟元詞中「馬驟踠，人語喧」〔二〕，北音作平聲。四轉作入聲，正叶。

【箋　證】

〔一〕此韋莊《應天長》中句，見《花間集》卷二，「踠」作「黦」。升庵此條，陳耀文《正楊》卷四駁之云：「《花間集》云『淚沾紅袖黦』，不作『踠』字，或所見别本之誤耳。踠，字書音『流』，與『涴』義不相蒙，乃苦欲轉作『涴』讀，何耶？」

〔二〕「馬驟踠，人語喧」，見郭勛《雍熙樂府》卷十三【鬬鵪鶉·大打圍】套曲。

跋七姬帖

《升庵文集》卷十

國朝真行書，當以宋克爲第一，所書《七姬帖》文，其冠絶也，然其事則可疑。七姬之死，蓋出于潘之逼。之謂不幸則可，非徇節也。平居則獿雜子女而漁聚之，一旦有變，恐樂他人之少年而雉經之，潘之惡甚矣。宋之書人多珍之，故其帖盛傳，適以播潘惡耳〔一〕。元末士風類如此，上下荒淫，載胥及溺欲，不亡得乎？余舊料其情若此。近觀高季迪「弔七姬」《多麗》詞云：「倩嫦娥，呼天試問如何。向人間、生成尤物，等閒又把消磨。揉群花，亂飄塵土，毁聯璧碎擲烟波。漫説無雙，傾城曾數，八人少箇六人多。一般樣、細腰裊裊，高髻峩峩。奈干戈、筵上艷曲，翻做帳中歌。忍教受，項纏素帛，渾忘記、臂結紅羅。翠被都閒，玉鈿盡落，魂遊應去馬嵬坡。誰能發、香囊解看，怕肉尚温和。堪腸斷、空樓月落，廢院春過。」其事情信無疑矣。吁，可憐哉！

【箋　證】

〔一〕宋克，字仲温，自號南宫生，元末長洲人。洪武初，官鳳翔同知。高啓等十人爲友，稱十才子。克工草隸，得鍾、王之法，筆精墨妙，風度翩翩。《七姬志》全稱《七姬權厝志》，爲元至正二十七年江浙行省左丞潘元紹七位姬人之墓志。時明軍圍城，潘恐其七妾爲亂兵所辱，令七妾自行引决。七妾應命，皆雉經死。是年八月張羽爲撰墓志，宋克楷書，盧熊篆蓋，勒石追瘞於七姬冢側。王世貞《弇州山人四部稿》卷一百三十六「七姬帖」條云：「《七姬誌銘》爲尋陽張羽撰，東吴宋克書。文既近古，而書復典雅，有元常遺意，足稱二絶。第其事大奇而不情，楊用修跋可謂得其隱，真漢廷老吏也。」

〔三〕高啓字季迪，長洲人。少孤力學，工詩。洪武初，以薦與修《元史》，授編修，擢户部侍郎。以年少辭，居青邱，自號青邱先生。後以魏觀罪連坐死，年三十九。此引詞，見明正統九年刊本《扣舷集》。

跋趙文敏公書巫山詞

《升庵文集》卷十

巫山十二峰在楚蜀之交，余嘗過之，行舟迅疾，不及登覽。近巫山王尹於峰端摹得趙松雪詞十二首傳之，其詞集中不載，以樂府《巫山一段雲》按之，可歌也〔一〕。古傳記稱：「帝之季女曰瑶姬，精魂化草，實爲靈芝。」〔二〕宋玉本此以託諷，後世詞人轉加緣飾，重葩累藻，不越此意。余獨愛袁崧之語，謂：「秀峰疊崿，奇構異形，林木蕭森，離離蔚蔚，乃在霞氣之表。仰矚俯睇，不覺忘返。自所履歷，未始有也。山水有靈，亦當驚知己於古矣。」〔三〕尋此語意，使人神遊八極，而爽然自失於曄花温瑩之外。欲以袁意和趙詞以洗兹丘之黷，未暇也。乃臨松雪墨妙一紙，邀曹太狂作圖藏之行笥，爲他日遊仙興端云。

【箋證】

〔一〕《全蜀藝文志》卷二十五載趙孟頫《巫山一段雲》十二首，今附録於此，以備鑒賞。

其一《浄壇峰》：「叠嶂千重碧，長江一帶清。瑶壇霞冷月朧明。欹枕若爲情。　雲過船窗曉，星移宿霧晴。古今離恨撥難平。惆悵峽猿聲。」

其二《登龍峰》：「片月生危岫，殘霞拂翠桐。登龍峰下楚王宫。千古感遺蹤。　柳色眉邊緑，花明臉上紅。欲尋靈跡阻江風。離思杳無窮。」

其三《松鶴峰》：「松鶴堆嵐靄，陽臺枕水湄。風清月冷好花時。怊悵阻佳期。　别夢遊蝴蝶，離歌怨竹枝。悠悠往事不勝悲。春恨入雙眉。」

其四《上昇峰》：「雲裹高唐觀，江邊楚客舟。上昇峰月照妝樓。離思兩悠悠。　雲雨千重阻，長江一帶秋。歌聲頻唱引離愁。光景恨如流。」

其五《朝雲峰》：「絶頂朝雲散，寒江暮雨頻。楚王宫殿已成塵。過客轉傷神。　月是巫娥伴，花爲宋玉隣。一聽歌調一含嚬。哀怨竹枝春。」

其六《集仙峰》：「雨過蘋汀遠，雲深水國遥。渡頭齊舉木蘭橈。纖細楚宫腰。　映水匀紅臉，偎花整翠翹。行人倚棹正無聊。一望一魂銷。」

其七《望霞峰》：「碧水鴛鴦浴，平沙荳蔻紅。望霞峰翠一重重。帆卸落花風。　澹薄雲籠月，霏微雨洒篷。孤舟晚泊浪聲中。無處問音容。」

其八《棲鳳樓》：「芍藥虛投贈，丁香漫結愁。鳳栖鸞去兩悠悠。新恨怯逢秋。山色驚心碧，江聲入夢流。何時絃管簇歸舟。蘭棹泊沙頭。」

其九《翠屏峰》：「碧水澄青黛，危峰聳翠屏。竹枝歌怨月三更。別是斷腸聲。烟外黃牛峽，雲邊白帝城。扁舟清夜泊蘋汀。倚棹不勝情。」

其十《聚鶴峰》：「鶴信三山遠，羅裙片水深。高唐春夢杳難尋。惆悵至如今。十二峰前月，三千里外心。紅牋錦字信沈沈。腸斷舊香衾。」

其十一《望泉峰》：「曉色飄紅豆，平沙枕碧流。泉聲雲影弄新秋。觸處是離愁。臉淚横波淡，眉攢片月收。佳人無力笑難休。半整玉搔頭。」

其十二《起雲峰》：「裊娜江邊柳，飄颻嶺上雲。卸帆迴棹楚江濱。歸信夜來聞。欲拂珊瑚枕，先熏翡翠裙。江頭含笑去迎君。鸞鳳盡成群。」

〔二〕此見酈道元《水經注》卷三十四所引，或據盛弘之《荊州記》，當即升庵所謂古記也。

〔三〕此見《水經注》卷三十四引袁崧《宜都記》。升庵有所節略，原文如左：「其疊崿秀峰，奇構異形，固難以辭叙。林木蕭森，離離蔚蔚，乃在霞氣之表。仰矚俯映，彌習彌佳，流連信宿，不覺忘返。目所履歷，未嘗有也。既自欣得此奇觀，山水有靈，亦當驚知己于千古矣。」袁崧，一作山松，晋陳郡陽夏人，吴郡太守。博學能文，著《後漢書》一百卷，爲世所稱。安帝隆安三年，爲孫恩所害。

吴二娘　《升庵文集》卷五十七、《詩話補遺》卷二

吴二娘，杭州名妓也。有《長相思》一詞云：「深花枝，淺花枝，深淺花枝相間時，花枝難似伊。　巫山高，巫山低，暮雨瀟瀟郎不歸，空房獨守時。」〔一〕白樂天詩：「吴娘暮雨瀟瀟曲，自別江南久不聞。」又：「夜舞吴娘袖，春歌蠻子詞。」自注：「吴二娘歌詞有『暮雨瀟瀟郎不歸』之句。」〔二〕《絶妙詞選》以此爲白樂天詞，誤矣〔三〕。吴二娘亦杜公之黄四娘也〔四〕，聊表出之。

【箋　證】

〔一〕吴二娘，江南名妓，善歌。白居易守蘇時，嘗與相交。題宋陳應行編《吟窗雜録》卷五十載吴二娘詞題作《長相思令》，詞云：「深黛眉，淺黛眉，十指蘢葱雲染衣，巫山行雨歸。　巫山高，巫山低，暮暮朝朝良不歸，空房獨守誰。」升庵此引，上片則實歐陽脩詞，見《醉翁琴趣外篇》卷六《長相思》四首之四。升庵拼合二詞爲一首，仍覺其天衣無縫，風致彌佳，或其一時興之所至而爲之也。

〔二〕上引二聯，前者爲《寄殷協律》詩尾聯，見《白氏長慶集》卷二十五，「瀟瀟」作「蕭蕭」，「久不聞」作「更不聞」。詩末自注云：「江南吴二娘曲詞云：『暮雨蕭蕭郎不歸。』」後者爲《對酒自勉》詩中句，見《白氏長慶集》卷二十。

〔三〕黄昇《唐宋以來絶妙詞選》卷一載白居易《長相思》二首，其一云：「深畫眉，淺畫眉，蟬鬢鬅鬙雲滿衣，陽臺行雨迴。　巫山高，巫山低，暮雨瀟瀟郎不歸，空房獨守時。」據前引白詩自注，此詞之所屬，自當以升庵所斷爲是。白詞當是據吴二娘詞加工而成者。

〔四〕杜甫《江畔獨步尋花七絶句》之五有「黄四娘家花滿蹊」之句（見《九家集注杜詩》卷二十三），故云。

玉臂銅青

《升庵文集》卷五十八

東坡《贈王定國家姬》詩云：「君家玉臂貫銅青。」次公注：「銅青，所染衣服顔色之名。銅青，銅器上緑色。是以銅青爲臂飾耳。」〔一〕意猶未明白。近觀梅聖俞詩云：「銅青羅衫日月團，紅裙撮暈朝霞乾。」則銅青謂衫色耳，非以銅青爲臂飾也〔二〕。余有《浣溪沙》云：「首夏偏宜淡薄粧。銅青衫子紫香囊。清歌一曲送霞觴。　羅襪凌波回洛浦，澹雲輕雨拂高唐。紗厨今夜賀新涼。」〔三〕

【箋　證】

〔一〕此東坡《和王鞏六首並次韻》第六首中句，見《東坡詩集注》卷十八，趙次公注云：「銅青，所染衣服顔色之名。杜詩：『香霧雲鬟濕，清輝玉臂寒。』又《本草》：『銅青，銅器上緑色。』是以銅青爲臂飾耳。」趙注引《本草》，因謂東坡詩「銅青」爲臂飾。升庵失記「本草」二字，故致注義不明。今詳詩句意，實當以趙注爲是。

〔二〕此梅聖俞《當世家觀畫》中句，《宛陵集》卷四十九。

〔三〕此升庵遺詞，《升庵長短句》正續集失收。

晁　詩

《升庵文集》卷五十九

晁元忠詩：「安得龍湖潮，駕回安河水。水從樓前來，中有美人淚。」「人生高唐觀，有情何能已。」〔一〕晏小山《留春令》云：「别浦高樓曾漫倚，對江南千里。樓下分流水聲中，有當日，憑高淚。」全用其語〔二〕。

【箋　證】

〔一〕晁元忠，未知里第，與黄庭堅相唱酬，蓋元祐時人也。《山谷集》外集卷二《次韻晁元忠西歸十首》之六：「熱避惡木陰，渴辭盜泉水。曾回勝母車，不落抱玉淚。晁氏猛虎行，皦皦壯士意。人生高唐觀，有情何能已。」詩末有注云：「晁詩云：『安得龍山潮，駕回實河水。水從樓前來，中有美人淚。』據知「人生高唐觀，有情何能已」二句，乃山谷和詩之末二句，非晁詩也。今按：詳山谷詩意，所和實非此詩。疑此詩乃後人誤注於《山谷集》中，後之刻本，遂誤爲山谷自注矣。此詩實另有主。宋周行己《浮沚集》卷四有《晁元升集序》，云：「元祐丁卯，行己與王文玉璪同在太學，每見文玉誦元升『安得龍山潮，駕迴馬河水。水從樓前來，中有美人淚』之句。每想其高趣，恨不得即見。嘗識其姓字簡册。後三年，行己應舉開封，幸中有司之選。而无咎實主文事。是歲元升亦自濟來赴禮部，因得相親，遂同登辛未進士。」周行己與晁元升同年相知，其説當非虚言。則此引詩，實晁元升作。又，張表臣《珊瑚鉤詩話》卷二：「晁元升作《田直孺墓表》云：『故承議郎田君，既葬八年，其連姻宣德郎晁端智來治兹城。拜君墓下，感松檟就荒，阡陌蕭然。謂其里人曰：君有德於爾鄉，而不加敬，其流風餘烈，尚接人耳目，而封域遽至此。況歷世之久，拱木盡矣，宜無有知者，奈何。乃屬其族兄晁端中爲文以表之。』將託於金石，未刻也。无咎見之，意若未快，曰：『敢以一字易叔父之未安者乎？』」據知晁元升名端中，晁无咎族叔也。

〔二〕此詞見《小山詞》。按晁元升與小山當年齒相若，小山孤傲出群，大名如蘇軾者尚且不屑，何況元升，此引其詞與晁詩意雖相近，未必襲用也。

寄明州于駙馬

《升庵文集》卷五十九、《絶句衍義》卷二

「平陽音樂隨都尉，留滯三年在浙東。吴越聲邪無法曲，莫教偷入管絃中。」〔一〕南方歌詞，不入管絃，亦無腔調，如今之弋陽腔也。蓋自唐宋已如此。謬音相傳，不可詰也。東坡《贈王定國歌姬》云：「好把鸞黄記宫様，莫教絃管作蠻聲。」〔二〕亦是此意。

【箋證】

〔一〕此白居易《寄明州于駙馬使君三絶句》之二，見《白氏長慶集》卷三十二，「無法曲」作「無法用」。按白集各本皆作「法用」。按「法用」，佛語，《法苑珠林》卷三十「欣厭部」云：「住家者無法用，出家者有法用。」言有律可循也。此處「法曲」，當爲升庵所改。于駙馬，于季友也。《舊唐書》卷一百五十六《于頔傳》：「以第四子季友求尚主，憲宗以長女永昌公主降焉。」後元和中于頔得罪，詔「殿中少監、駙馬都尉季友追奪兩任官階，令其家循省」。其至明州，於史無徵。按：此詩作於大和七年居易病免河南尹，再授太子賓客分司東都以後。先有《同諸客題于家公主舊宅》詩，收句云：「聞道至今簫史在，髭鬚雪白向明州。」此三詩第一首又云：「近海饒風春足雨，白鬚太守悶時多。」則季友乃爲明州刺史也。清朱彝尊《曝書亭集》卷五十《唐阿育王寺常住田碑跋》云：「右唐《阿育王寺常住田碑》，秘書監正字郎萬齊融撰。其初趙州刺史徐嶠之書，既隳於寇，明州刺史于季友於僧惠印所睹舊文，邀處士范的重書。太和七年冬事也。」檢《金石萃編》卷一百八有《育王寺碑後記》，末題「大和七年十二月一日，明州刺史于季友記」。則白詩中于明州即于季友，確定無疑也。平陽公主，漢武帝姊，武帝皇后衛子夫即其家謳者，故稱其音樂。衛青貴後尚平陽公主。都尉，駙馬都尉也。

〔二〕此《和王鞏六首並次韻》第六首中句，見《集注分類東坡先生詩》卷十八，「好把鸞黄」作「勤把鉛黄」，「作鸞聲」作「學鸞聲」。

詩用熨字[一]　《丹鉛總録》卷十八

《説文》：「熨，持火申繒也。」一曰火斗。柳文所謂鈷鉧也[二]。古音鬱，今轉音暈。杜公部詩：「美人細意熨帖平。」[三]白樂天詩：「金斗熨波刀剪文。」[四]温庭筠詩：「緑波如熨割愁腸。」[五]陸魯望詩：「波平熨不如。」[六]又：「天如重熨皺。」[七]王君玉詞：「金斗熨秋江。」[八]晁次膺詞：「去日玉刀封斷恨，見時金斗熨愁眉。」[九]

【箋　證】

〔一〕宋龔頤正《芥隱筆記》「金斗熨波」條云：「白樂天：『金斗熨波刀剪紋。』陸龜蒙：『波平熨不如。』又：『天如重熨皺。』温庭筠：『緑波如熨豁愁腸。』王君玉：『金斗熨沉香。』又：『金斗熨秋江。』」升庵此條，乃據此而敷衍之。

〔二〕《柳河東集》卷二十九有《鈷鉧潭記》、《鈷鉧潭西小丘記》，即升庵所指。《黄氏日抄》卷六十七引范成大《驂鸞録》云：「鈷鉧，熨斗也。潭形似之。」

〔三〕此杜甫《白絲行》詩中句。見《杜工部詩集》卷一。

〔四〕此白居易《繚綾》詩中句。見《白氏長慶集》卷四。

〔五〕此句今温集中未見。

〔六〕此句今陸集中未見。

〔七〕此皮日休和陸龜蒙詩，詩題爲《陸魯望讀襄陽耆舊傳，見贈五百言，過褒庸材，靡有稱是。然襄陽耆事歷歷在目，夫耆舊傳所未載者，漢陽王則宗社元勳，孟浩然則文章大匠，予次而贊之，因而寄答，亦詩人無言不酬之義也。次韻》。見《松陵集》卷一。

〔八〕此《秋日白鷺亭向夕風晦有作》詩中句，《兩宋名賢小集》卷五十七、《宋文鑒》卷十五皆題作王琪。而王珪《華陽集》卷一亦載之。按此詩當爲王琪之作，《華陽集》所載，乃四庫館臣自《永樂大典》誤輯之也。琪爲王珪從弟，字君玉，成都華陽人。第進士，調江都主簿。歷官州、府，以禮部侍郎致仕，卒。

〔九〕此晁端禮《絶句》詩中句。見《侯鯖録》卷二。

書貴舊本　《升庵文集》卷六十、《詩話補遺》卷三

觀樂生愛收古書，嘗言：「古書有一種古香可愛。」〔一〕余謂此言未矣。古書無訛字，轉刻轉訛，莫可考證。余於滇南見故家收《唐詩紀事》抄本甚多，近見杭州刻本，則十分去其九矣〔二〕。刻《陶淵明集》，遺《季札贊》〔三〕。《草堂詩餘》舊本，書坊射利，欲速售，減去九十餘首，兼多訛字。余抄爲《拾遺辯誤》一卷〔四〕。先太師收《唐百家詩》，皆全集，近蘇州刻則每本減去十之一。如《張籍集》本十二卷，今只三四卷，又傍取他人之作入之。《王維詩》取王涯絶句一卷入之，詫於人曰：「此維之全集。」以圖速售。今王涯絶句一卷，在

《三舍人集》之中〔五〕，將誰欺乎？此其大關繫者。若一句一字之誤尤多。略舉數條：如王渙《李夫人歌》「修嫮穠華銷歇盡」，「修嫮」訛作「得所」〔六〕。武元衡詩「劉琨坐嘯風清塞」，訛作「生苑」〔七〕。琨在邊城，則「清塞」字爲是，焉得有「苑」乎？杜牧詩「長空澹澹没孤鴻」，今妄改作「孤鳥没」〔八〕，平仄亦拗矣。杜詩「七月六日苦炎蒸」，俗本「蒸」字作「熱」〔九〕。「紛紛戲蝶過開幔」，俗本「開」作「閒」，不知子美父名閒，詩中無「閒」字。「邀歡上夜關」，今俗本作「卜夜閒」；「曾閃朱旗北斗殷」，妄改「殷」作「閒」，成何文理？前人已辯之矣〔一〇〕。劉巨濟收許渾詩「湘潭雲盡暮烟出」，今俗本「烟」作「山」，亦是淺人妄改。湘水多烟，唐詩「中流欲暮見湘烟」是也，「烟」字大勝「山」字〔一一〕。李義山詩：「瑶池宴罷留王母，金屋妝成貯阿嬌。」俗本作「玉桃偷得憐方朔」〔一二〕，直似小兒語耳。陸龜蒙《宫人斜》詩「草著愁烟似不春」，俗本作「草樹如烟似不春」〔一三〕，尤謬。小詞如周美成「愔愔坊曲人家」，「坊曲」，妓女所居，俗改「曲」作「陌」〔一四〕。張仲宗詞「東風如許惡」，俗改「如許」作「妬花」，平仄亦失貼〔一五〕。孫夫人詞「日邊消息空沉沉」，俗改「日」作「耳」〔一六〕。東坡「玉如纖手嗅梅花」，俗改「玉如」作「玉奴」〔一七〕。其餘不可勝數也。書所以貴舊本者，可以訂訛，不獨古香可愛而已。

【箋　證】

〔一〕許繼，字士修，寧海人。洪武中台州儒學訓導。有《觀樂生詩集》，方孝孺爲之序。

〔二〕此升庵所云杭州刻本十去其九之《唐詩紀事》，或乃《全唐詩話》。按《全唐詩話》原本題宋尤袤撰，《四庫提要》云：「其文皆與計有功《唐詩紀事》相同……周密《齊東野語》載賈似道所著諸書，此居其一。蓋似道假手廖瑩中，而瑩中又剽竊舊文，塗飾塞責。後人惡似道之姦，改題袤名以便行世，遂致僞書之中，又增一僞撰人耳。」其説良是。

〔三〕今傳《陶淵明集》無《季札贊》，嚴可均《全上古三代秦漢三國六朝文》中亦未見。檢《藝文類聚》卷三十六載宋范泰《張長公贊》、《吴季子札贊》，其前有陶潛《張長公贊》、《魯二儒贊》，前後排列相接，或升庵以此疏誤。

〔四〕升庵此書，未見諸家著録。焦竑編《升庵著述目録》有《草堂詩餘補遺》一種，或即此書也。

〔五〕《唐詩紀事》卷四十二：「王涯、令狐楚、張仲素五言七言絶句，共作一集，號《三舍人集》今盡録於此。」其中所録王涯五七言絶句，皆見於顧元緯本、凌初成本《王右丞集》。洪邁《萬首唐人絶句詩序》云：「王涯在翰林，同學士令狐楚、張仲素所賦宫詞諸章，乃誤入於《王維集》。」則王涯詩宋時即已羼入《王維集》中矣。

〔六〕此王涣《惆悵詞》十二首之二「詠李夫人」一首中句。「修嫮穠華」，《才調集》卷七、《唐人萬首絶句》卷八作「得所穠華」；《唐詩紀事》卷六十六、《全唐詩》卷六百九十作「得所濃華」。唯

《全唐詩》於句下注「一作修娉」，當是從升庵此説也。「得所」原作「德所」，據改。參見卷六「王渙惆悵詞」條。

〔七〕此武元衡《酬嚴司空荊南見寄》詩中句，見《唐詩紀事》卷三十三。金元好問《唐詩鼓吹》卷八録此詩，「風清塞」作「風生苑」。

〔八〕此杜牧《登樂遊原》詩中句，《樊川文集》卷二及《唐詩紀事》卷五十六、《萬首唐人絶句》卷二十五、《唐音》、《唐詩品彙》所載並作「孤鳥没」，未見他本有作「没孤鴻」者。唯見元劉秉忠《藏春集》卷五《木蘭花慢》詞中有「長空淡淡没孤鴻」之句，似從杜牧詩化出。胡震亨《唐音戊籤》云：「『孤鳥没』，楊用修改爲『没孤鴻』，趁韻，誤。」蓋絶句詩首句可不必入韻也。參見《升庵詩話箋證》卷十「杜牧登樂遊原」條。

〔九〕此杜甫《早秋苦熱堆案相仍》詩首句，《九家集注杜詩》卷四作「蒸」，《集千家注杜工部詩集》卷四作「熱」。

〔一〇〕宋趙令畤《侯鯖録》卷七：「王立之云：『老杜家諱閑，而詩中有「翩翩戲蝶過閑幔」。或云恐傳者謬。又有「泛愛憐霜鬢，留歡半夜閑」，余以爲皆當以「閑」爲正，臨文恐不自諱也。』迂叟李國老云：『余讀《新唐書》，方知杜甫父名閑。檢杜詩，果無「閑」字。唯蜀本舊杜詩二十卷内《寒食詩》云：「隣家閑不違」，後見王琪本作「問不違」。又云「曾閃朱旗北斗閑」，後見趙仁約説，薛向家本作「北斗殷」。由是言之，甫不用「閑」字明矣。』」又，宋周必大《二老堂詩話》「辨杜詩閱殷闌韻」條：「世言杜子美詩兩押閑字，不避家諱，故《留夜宴》詩『臨櫳卜夜閑』，七言詩『曾閃朱旗北斗閑』。雖俗傳孫覿杜詩押韻亦用二字，其實非也。卞圜杜詩本云『留櫳上夜闌』，蓋有投轄之意。『卜』字似『上』字，『闌』字似『閑』字，而不知者或改作『夜閑』，又不在韻。卞氏本妙不可言。『北斗閑』者，蓋《漢書》有『朱旗降天』。今杜詩既云『曾閃朱旗』，則是因『朱旗降天』，斗色亦赤。本是殷字於斤切，盛也；殷字於顏切，紅也。故音雖不同，而字則一體。是時宣祖正諱殷字，故改作閑，全無義理。今既祧廟不諱，所謂『曾閃朱旗北斗殷』，又何疑焉。」

〔一一〕「湘潭雲盡暮烟出」，許渾《凌歊臺》詩中句，《才調集》卷七所載同。岳珂《寶真齋法書贊》卷六所收許渾《烏絲欄真跡》、《續古逸叢書》景宋本《許用晦文集》卷一並作「暮山」。是宋時即傳有異文矣。劉涇，字巨山，宋簡州人，見知於王安石，爲當時收藏名家。《宋史・文苑》有傳。「中流欲暮見湘烟」，唐李頻《湖口送友人》詩中句也。參本卷「湘烟」條。

〔一二〕清朱鶴齡《李義山詩集注》卷二《茂陵》詩於此句下注曰：「楊慎曰：本是『瑶池宴罷留王母』，俗作『玉桃偷得憐方朔』，直似小兒語耳。愚按：《漢武内傳》：『王母降承華之宫，嚴車欲去，帝叩頭殷勤，乃留。』若瑶池西宴，自是穆王事，如何可合？偏檢宋本，俱無之。不可以語出用修，而不覈其實。」「瑶池西宴」事，見《穆天子傳》卷三：「天子觴西王母于瑶池之上。」

〔一三〕所引詩句，陸龜蒙《唐甫里先生文集》卷十二作「草著愁烟」，《萬首唐人絶句》卷四十五同。未見如升庵所云「草樹如烟」者。參本卷後「唐詩絶句誤字」條。

〔一四〕此周邦彦《瑞龍吟》詞中句，《片玉詞》卷上、曾慥《樂府雅詞》卷中、黄昇《唐宋諸賢絶妙詞選》卷七所載並作「坊陌」。又，雙照樓彙刻《草堂詩餘》卷上、升庵批點本《草堂詩餘》卷五作「坊陌」，沈際飛六卷本《草堂詩餘》卷四作「坊曲」。

〔一五〕此張元幹《蘭陵王》詞句，《蘆川歸來集》卷五、《蘆川詞》及黄昇《中興以來絶妙詞選》卷一並作「茹花」。雙照樓彙刻《草堂詩餘》卷上、升庵批點本《草堂詩餘》卷五、顧從敬《類編草堂詩餘》卷四作「如許」。

〔一六〕此孫夫人《憶秦娥》中句，元至正本、明洪武本《草堂詩餘》卷上、升庵批點本《草堂詩餘》卷一所載，「日邊」並作「耳邊」。

〔一七〕此東坡《四時詞四首》之四「詠冬詞」中句，《集注分類東坡先生詩》卷六、《施注蘇詩》卷十九並作「玉奴」。宋張邦基《墨莊漫録》卷七云：「東坡《四時冬詞》云：『真態生香誰畫得，玉奴纖手嗅梅花。』每疑『玉奴』字殊無意味，若以爲潘淑妃小字，則當爲玉兒，亦非故實。劉延仲嘗見東坡手書本，乃作『玉如纖手』，方知上下之意相貫，愈覺此聯之妙也。」此升庵説之所據也。

詩用兒字

《升庵文集》卷六十、《詩話補遺》卷三

古詩有用近俗字而不俗者，如孫光憲《採蓮》詩曰：「菡萏香連十頃陂，小姑貪戲採蓮遲。

晚來弄水船頭濕，更脱紅裙裹鴨兒。」〔一〕李群玉《釣魚》詩曰：「七尺青竿一丈絲，菰蒲葉裏逐風吹。幾回舉手抛芳餌，驚起沙灘水鴨兒。」〔二〕又《贈琵琶妓》詩，有曰：「我見鴛鴦飛水去，君還望月苦相思。一雙裙帶同心結，早寄黄鸝孤雁兒。」〔三〕盧仝《新年》亦有詩云：「新年何事最堪悲，病客還聽百舌兒。太歲只遊桃李徑，青風肯换歲寒枝。」〔四〕

【箋　證】

〔一〕此詞見《花間集》卷二，題爲皇甫松《採蓮子》。又題張耒作，見於《張右史文集》卷四。以爲孫光憲作，則始於升庵。詩固當屬之皇甫松爲近於實。

〔二〕見《李群玉詩集》後集卷四，「菰蒲」作「菰蔣」。

〔三〕見《李群玉詩集》後集卷四，題作《贈琵琶》，無「妓」字。「飛水去」作「飛水上」。

〔四〕見王安石《唐百家詩選》卷十五，題作《悲新年》，「還聽」作「遥聞」，「青風肯换」作「春風肯管」。

慢字爲樂曲名　《升庵文集》卷六十三、《升庵詩話》卷一

陳後山詩：「吴吟未至慢，楚語不假些。」任淵注云：「慢謂南朝慢體，如徐、庾之作。」〔一〕余謂此解是也，但未原其始。《樂記》云：宫商角徵羽，「五者皆亂，迭相陵，謂之慢。」又曰：「鄭衛之音，亂世之音也，比於慢矣。」〔二〕宋詞有《聲聲慢》、《石州慢》、《惜餘春慢》、

《木蘭花慢》、《拜星月慢》、《瀟湘逢故人慢》，皆雜比成調，古謂之嘖曲〔三〕。「嘖」與「賾」同，雜亂也。琴曲有名散，元曲有名犯，又曲終入破，義亦如此。

【箋證】

〔一〕此陳師道《與魏衍寇國寶田從先二姪分韻得坐字》詩中句，見宋任淵《後山詩注》卷十一，任注二語下，尚有「魯直嘗效其體」一句。蓋黃山谷有《清人怨戲效徐庾慢體三首》，見《山谷集》卷九。

〔二〕宋黃震《黃氏日抄》卷二十一引《樂記》云：「凡音者，生人心者也。情動於中，故形於聲。聲成文，謂之音。是故治世之音安以樂，其政和；亂世之音怨以怒，其政乖；亡國之音哀以思，其民困。聲音之道，與政通矣。宮爲君，商爲臣，角爲民，徵爲事，羽爲物。五者不亂，則無怗懘之音矣。宮亂則荒，其君驕；商亂則陂，其臣壞；角亂則憂，其民怨；徵亂則哀，其事勤；羽亂則危，其財匱。五者皆亂，迭相陵，謂之慢。如此則國之滅亡無日矣。鄭衛之音，亂世之音也，比於慢矣。桑間濮上之音，亡國之音也。其政散，其民流，誣上行私而不可止也。」

〔三〕「嘖曲」，謂里巷間之俗曲。《莊子·天地》篇：「大聲不入於里耳，《折楊》、《皇荂》，則嗑然而笑。」郭象注：「俗人得嘖曲，則同聲動笑也。荂，况花反。《折楊》、《皇華》，皆古歌曲也。」成玄英疏：「大聲，謂《咸池》、《大韶》之樂也，非下里委巷之所聞。《折楊》、《皇華》，蓋古之俗中小曲也，玩狎鄙野，故嗑然動容，同聲大笑也。昔魏文侯聽於古樂，悅焉而睡，聞鄭、衛新聲，欣然而喜。即其事也。」

翰林撰致語

《升庵文集》卷六十八

宋時御前内宴，翰苑撰致語，八節撰帖子。雖歐、蘇、曾、王、司馬、范鎮皆爲之。蓋張而不弛，文武不能。百日之蜡，一日之澤，聖人亦不之非也。成化中，黄編修仲昭、莊檢討昶不撰元宵詞，又上疏論列以去，以此得名〔一〕。然自是而後，内外隔絶，每有文字，别開倖門。有文華門、仁智殿輩每得美官，甚至蠹政害人，曷若仍舊之愈乎！愚謂於麗語中寓規諫意，如六一公「玉輦經年不遊幸，上林花好莫争開」、「君王念舊憐遺族，長使無權保厥家」，亦何不可〔二〕。南唐李後主遊燕，潘祐制詞云：「樓上春寒山四面。桃李不須誇爛漫。已失了春風一半。」〔三〕意謂外多敵國，而地日侵削也。後主爲之罷宴。填詞如此，何異諫書乎？工執藝事以諫，况翰苑本以文章諷諫乎？諸公毋乃未習聲律，而託爲此乎？

【箋證】

〔一〕明成化中，憲宗將以元夕張燈，命詞臣撰詩詞進奉。修撰章懋與同官黄仲昭、檢討莊昶上疏諫止。「帝以元夕張燈，祖宗故事，惡懋等妄言，並杖之闕下，左遷其官。修撰羅倫先以言事被黜，時稱『翰林四諫』。」

〔二〕歐陽脩《文忠集》卷八十二載《春帖子詞》二十首，此引前者爲其《皇帝閣六首》第六首中句，後者爲其《温成皇后閣四首》第四首中句。

〔三〕參本書卷二「潘祐」條。按：致語，宋人春秋令節撰寫頌賀之詞貼於門首，稱帖子，多爲七絶詩。

燕子打海青

《升庵文集》卷八十一

海東青，鷹之鷙猛者也。燕子之弱能剪之，獵者知其事〔一〕。元歐陽玄詞：「持獵回車駕，却道海青逢燕怕。」〔二〕

【箋證】

〔一〕《輟耕録》卷九「續演雅發揮」條云：「白湛淵先生《續演雅·十詩發揮》云『海青羽中虎，燕燕能制之。小隙沈大舟，關尹不吾欺』者，海青，俊禽也，而群燕緣撲之即墜。物受於所制者，無小大也。」

〔二〕此歐陽玄《漁家傲南詞》第二首中句，見《歐陽圭齋文集》卷四，「持」字作「鷹房奏」，當補改。

桐花鳳畫扇

《升庵文集》卷八十一

李德裕《畫桐花鳳扇賦》序云：「成都夾岷江，磯岸多植紫桐。每至春暮，有靈禽五色，小於玄鳥，來集桐花，以飲朝露。及花落，則烟飛雨散，不知其所往。有名工繪於素扇，余戲作小賦，書其上。」其略曰：「續兹鳥於珍箑，動涼風於羅薦。發長袂之清香，掩短歌之孤囀。」〔一〕愚按：此則川扇之始也。今川扇一種以青紙爲地，畫人物花鳥於上，此其遺製乎？劉績《霏雪録》云即東坡詞所謂緑毛幺鳳，俗名倒掛者〔二〕。唐僧隱巒詩：「五色毛衣比鳳雛，深叢花裏只如無。美人買得偏憐惜，移向金釵重幾銖。」〔三〕又劉言史有《題蜀客楊生江亭》云：「垂絲蜀客涕沾衣，歲盡長沙未得歸。腸斷錦城風日好，可憐桐鳥出花飛。」〔四〕李之儀有《阮郎歸》一詞「詠倒掛」云：「朱匳玉羽下蓬萊。佳時近早梅。探花情味久安排。枝頭開未開。　魂欲斷，恨難裁。香心休見猜。果知何遜是仙才。何妨如夢來。」自注云：「此鳥以十二月來，一名收香倒掛，又名探花使。性極馴，好集美人釵上，宴客終席不去。人愛之，無所害。」〔五〕尤爲異也。

【箋　證】

〔一〕《畫桐花鳳扇賦並序》，見李德裕《會昌一品集》別集卷一，「續兹鳥」作「繪斯禽」，「發」字上有「非欲」二字。

〔二〕《霏雪録》二卷，明人鎦績撰，多記元末掌故及詩義辨正。然「緑毛幺鳳」之説，今本《霏雪録》未見。東坡《次韻李公擇梅花》詩：「故山亦何有，桐花集幺鳳。」王十朋注引趙次公注曰：

「西蜀有桐花鳥，似鳳而小，師人謂之倒掛子。公梅詞所謂『倒掛緑毛幺鳳』是也。」見《東坡詩集注》卷二十五。或升庵誤記。

〔三〕此唐僧可鵬詩，見《萬首唐人絶句》卷七十二，題《桐花鳥》，「深叢花裏只如無」作「深花叢裏秖無如」。又見宋李龏《唐僧弘秀集》卷九。升庵以爲隱巒，記憶之疏也。

〔四〕此見《萬首唐人絶句》卷七十五，題作《歲暮題楊録事江亭》，題下注「楊生蜀客」，「沾衣」作「濡衣」，「錦城」作「錦帆」。

〔五〕李之儀此詞，見《姑溪居士集》前集卷四十六，「朱蜃」作「朱唇」，「探花」作「惜花」，「魂欲斷」作「夢欲斷」，「如夢」作「入夢」。末有注云：「朱唇玉羽，湖湘間謂之倒挂子，嶺南謂之梅花使，十二月半放出。」

唐舞妓著靴

嘉靖本《詩話補遺》卷二上

舒元輿詠妓女從良詩云：「湘江舞罷却成悲，便脱蠻靴出鳳幃。誰是蔡邕琴酒客，曹公懷舊嫁文姬。」〔一〕可考唐時妓女舞飾也。按《説文》：「鞮，四夷舞人所著屨也。」《周禮》有「鞮鞻氏」，亦是四夷之舞〔二〕。今之樂部，舞妝皆出四夷。唐人舞妓皆著靴，猶有此意。盧肇《枯枝舞賦》：「靴瑞錦以雲匝，袍蹙金而雁欹。」〔三〕樂府歌：「錦靴玉帶舞回雲。」〔四〕杜牧之《贈妓》詩曰：「舞靴應任傍人看，笑臉還須待我開。」〔五〕黄山谷《贈妓詞》云：「風流，賢太守，能籠翠羽，宜醉金釵。且留取垂楊，掩映庭階。直待朱輪去後，便從伊、窄襪弓鞋。」〔六〕則汴宋猶似唐制。至南渡後，妓女窄襪弓鞋如良人矣。故當時有「蘇州頭，杭州脚」之諺云。「鸞靴」一本作「鸑靴」。盧肇賦，一本云「靴瑞錦以鸑匝，袍蹙金而雁欹」，以「鸑」對「雁」，當是。併識於此。〔七〕

【箋證】

〔一〕舒元輿詩，見《雲溪友議》卷上「舞娥異」條，略云：李翺在潭州，席上有舞柘枝者，匪疾而顏色憂悴。詰其事，乃故蘇臺韋中丞愛姬所生之女也。遂於賓榻中選士而嫁之。舒元輿聞之，自京馳詩贈翺云云。其首句「却成悲」作「忽成悲」，次句「鳳幃」作「絳幃」，末句「曹公」作「魏公」。《唐詩紀事》卷四十三亦載其事，次句「鸞靴」作「鸑靴」，與本條末升庵自注同。《全唐詩》卷四百八十九「舒元輿」下收録此詩，題作《贈李翺》。舒元輿，唐婺州人。元和八年進士。與李訓同相文宗，專附鄭注，詭謀謬筭日與訓比。計有功以謂：「敗天下事，二人爲之也。」見《唐詩紀事》卷四十三。

〔二〕《説文》卷三下：「鞮，革履也。」升庵所引，實出《周禮注疏》卷二十四「鞮鞻氏」，鄭玄注曰：「鞻，讀如屨也。鞮屨，四夷舞者所扉也。」

〔三〕盧肇賦，見《文苑英華》卷七十九，題作《湖南觀雙柘枝舞賦》。

〔四〕此毛滂詠妓女「灼灼」《調笑令》詞前詩中句，見《東堂詞》，原句「舞回雲」作「舞回雪」。

〔五〕此杜牧《留贈》詩中句，見《樊川文集》外集卷一，「旁人」作「閒人」。

〔六〕此黄庭堅詠「妓女」《滿庭芳》詞下闋中句，見《山谷琴趣外篇》卷一，「垂楊」作「垂柳」，「便從伊」作「從伊便」。

〔七〕此升庵自注，《函海》本、丁本《詩話》「盧肇賦」下皆脱「一本云」三字，「以鸞對雁」皆脱「對雁」二字，今據嘉靖本《詩話補遺》卷二上補。

賞梅懸燈

嘉靖本《詩話補遺》卷三

余少年與恒、忱二弟賞梅世耕莊，懸掛燈於梅枝上，賦詩云：「疎梅懸高燈，照此花下酌。只疑梅枝然，不覺燈花落。」〔一〕王渼川見而賞之曰：「此奇事奇句，古今未有也。」〔二〕近閲趙德莊《眼兒媚》詞云：「黄昏小宴到君家。梅粉試春華。暗香素蕊，横枝疎影，月淡風斜。　更燒紅燭枝頭掛。粉蠟鬬香奢。元宵近也，小園先試，火樹銀花。」〔三〕則昔人亦有此興矣。

【箋　證】

〔一〕此詩《升庵詩文補遺》卷三《詩卷上》載之，題作《賞梅懸燈詩》。楊恒，字用貞，號貞庵，升庵異母弟。嘉靖二年進士，官兵部職方司主事。楊忱，字用孚，號孚庵，升庵異母弟。正德十一年舉人。

〔二〕王浚川，謂王廷相也。廷相，字子衡，號浚川，明河南儀封人。弘治壬戌進士。嘉靖中官至南京兵部尚書，兼都察院左都御史，加太子太保。嘉靖二十年以事罷爲民，後三年卒。

〔三〕趙彦端此詞，《介庵詞》題作《王漕赴介庵賞梅》，「到君家」作「史君家」。

附録二　序跋

楊慎：詞品序

詩詞同工而異曲，共源而分派。在六朝，若陶弘景之《寒夜怨》，梁武帝之《江南弄》，陸瓊之《飲酒樂》，隋煬帝之《望江南》，填詞之體已具矣。若唐人之七言律，即填詞之《瑞鷓鴣》也。七言律之仄韻，即填詞之《玉樓春》也。若韋應物之《三臺曲》、《調笑令》，劉禹錫之《竹枝詞》、《浪淘沙》，新聲迭出。孟蜀之《花間》，南唐之《蘭畹》，則其體大備矣。豈非共源同工乎？然詩聖如杜子美，而填詞若太白之《憶秦娥》、《菩薩蠻》者，集中絶無。宋人如秦少游、辛稼軒，詞極工矣，而詩殊不强人意。疑若獨藝然者，豈非異曲分派之説乎？昔宋人選填詞曰《草堂詩餘》，其曰草堂者，太白詩名《草堂集》，見鄭樵書目。太白本蜀人，而草堂在蜀，懷故國之意也。曰詩餘者，《憶秦娥》、《菩薩蠻》二首爲詩之餘，而百代詞曲之祖也。今士林多傳其書，而昧其名，故於余所著《詞品》首著之云。

嘉靖辛亥仲春花朝，洞天真逸楊慎序

劉大昌：詞品後序

《詞品》者，升庵太史公所著也。人列其詞，詞取其粹，侈或連章，約僅一句。上起南北六朝以至於唐，下逮五季宋元以迄於近，可謂之博抑且精焉。蓋自漢魏以還，江左而下，未窺六甲，先製五言，人人自謂握靈蛇之珠，家家自謂抱荊山之玉，於是乎鍾嶸《詩品》出焉。勿欺數行尺牘，即表三種人身，右軍、大令父子争能，仲寶、宋宗君臣角勝，於是乎庾肩吾《書品》出焉。《草堂》謫仙之鬘詞，百代曲調之祖；《蘭畹》樊川之麗什，一時風流之宗，以至《金荃》、《花間》、《遏雲》、《白雪》，纍纍貫珠，靡靡瑶翻。必參以五而定於一，始統其宗而會之元，於是乎太史公《詞品》出焉。然鍾氏以三品品詩，顛倒實夥；庾郎以九品品字，銖兩亦移。升庵兹編，拔其孔翠，菻其蕭稂，既流例不形，俾臨文自見。先民有作，彼時而此時；今吾與人，誰毁而誰譽？不特表汲古修綆之深沈，又以著洪鐘待叩之藴藉，薄言觀者，其垂意焉。

嘉靖辛亥仲春二日，珥江劉大昌序

周遜：刻詞品序

聲音之道，愚未之有考也。近得升庵翁所著《詞品》，三日讀之未嘗釋手。微求其端，大較詞人之體，多屬揣摩不置，思致神遇。然率於人情之所必不免者以敷言，又必有妙才巧思以將之，然後足以盡屬辭之藴。故夫詞成而讀之，使人恍若身遇其事，怵然興感者，神品也。意思流通，無所乖逆者，妙品也。能品不與焉。宛麗成章，非辭也。是故山林之詞清以激，感遇之詞淒以哀，閨閣之詞悦以解，登覽之詞悲以壯，諷諭之詞宛以切。之數者，人之情也。屬辭者，皆當有以體之，夫然後足以得人之性情，而起人之詠歎。不然則補織牽合，以求倫其辭、成其數，風斯乎下矣。然何以知之？《詩》之有風，猶今之有詞也。《語》曰：「動物謂之風。」由是以知，不動物非風也，不感人非詞也。翁爲當代詞宗，平日遊藝之作，若《長短句》，若《填詞選格》，若《詞林萬選》，若《百琲明珠》，與今《詞品》，可謂妙絶古今矣。愚雖未能悉讀諸集，山林之詞，大率清以激也，不然則舒以適也。閨閣之詞，大率悦以解也，不然則和以節也，他可類見矣。然猶未承面命，姑記於此，以俟取正於他日。

嘉靖甲寅仲秋朔日，成都後學周遜序

周懋宗：萬曆本詞品序

樂府者，三百篇之變也。漢興，唐山夫人、李協律、馬卿、枚叔爲最勝，然皆用之於郊廟，蓋猶有姬公、考父之遺風焉。至東京、當塗之世，逐臣怨子、騷人悲士，如《董逃》、《上留》諸篇，一彈三歎，則多慷慨激楚之音矣。靡極於六代，而李唐振之，然自李、杜之外，止能工五七言，而樂府則衰。青蓮《草堂集》復載詩餘，有《菩薩蠻》、《憶秦娥》，則又樂府之變焉。長短成調，參差和律，如唐季《花間集》所録，則皆《草堂》之濫觴也。迨於歐、蘇、秦、黄，而詩餘翕然稱盛。柳三變、周美成能作婉孌語，辛棄疾、岳珂能爲悲壯語，此其選也。及北風日競，關、白、馬、鄭變詞爲曲，而瞿宗吉、聶大年尚存餼羊，然佳者亦不數得也。國朝人文方勝，錦窠老人、康對山、王渼陂皆操北音，祝希哲、唐子畏皆操南音，歌曲勝而詞學則茀廢矣。升庵先生慨然思起而存之，於是上起六朝、下迨國初，搜剔剪截，穿引包籠，撮述編綴，爲《詞品》四卷，稗官正史所未見之人，《花間》、《草堂》所未載之筆，莫不粲然畢備，使讀者知詞學焉。抑予於是而有感也。《三百篇》之詩，《房中》、《朝廟》協以絲竹，漢、魏之際，歌工止能歌四篇，至過江，止傳一篇，而歌旋以亡。唐之梨園坊曲所歌，如《清平調》，及小説所載王涣之「黄河遠上」之句，皆絶句耳，而樂府之聲又廢。故雖傳，雅如升庵先生，止能存其辭，不能考其聲之若何也。予家舊藏此書，丹鉛紛雜，云出自先生之筆。予不忍其不行也，因校録之以公之雅人，必有能嗜而讀之者，則亦先生之志也。

萬曆戊午季春，汝南周懋宗書

王世貞：詞品詞評合刻本詞評序

詞者，樂府之變也。昔人謂李太白《菩薩蠻》、《憶秦娥》，楊用修又傳其《清平樂》二首以爲調首，不知隋煬帝已有《望江南》詞。蓋六朝諸君臣，頌酒賡色，務裁艷語，默啓詞端，實爲濫觴之始。故詞須宛轉綿麗，淺至儇俏，挾春月烟花於閨幨内奏之。一語之艷，令人魂絶；一字之工，令人色飛，乃爲貴耳。至於慷慨磊落，縱横豪爽，抑亦其次。不作可耳，作則寧爲大雅罪人，勿儒冠而胡服也。

弇州山人王世貞書

李調元：函海本詞品序

詞者詩之餘。宋元詩人無不工詞者，明初亦然。李獻吉譚詩，倡爲新論，謂唐以後書可勿讀，唐以後事可勿使。學者群焉信之，東宋元詩弗觀，而詞亦在所不道。焦氏編《經籍志》，二氏百家，采輯靡遺，獨置樂府不録，宜工者之寥寥也。升庵先生逸才絶代，繪古雕今，以風人之筆寫才子之思，倚聲按拍，必能與宋元人争勝，而傳本絶少，豈風氣使然與？抑以工詞者必害詩，而顧棄捐弗顧與？今觀其所著《詞品》五卷，辯晰源流，搜羅散逸，凡曲名所由始，流品所自分，罔不了然大備，一洗《花庵》、《草堂》之剿習，此非工於詞者而能之乎！即其詩集中所載《沅江》、《羅甸》諸曲，雖未可以詞名，而含宫咀商，騞騞乎大小弦迭奏而不失其倫焉。於此見先生手著之書，其逸而不傳者更多也。

童山李調元序

唐錡：升庵長短句序

夫人情動於中而有言，言發於外而爲聲，聲比乎節而成音，孰非心也。心之感物，情有七焉；言之宣情，聲有五焉；音之和聲，律有六焉。雖其舒慘廉厲，噍嘽正變之感不同，然皆性也，皆出於自然也。是故非氣弗昌，豪宕超逸，昌其氣者也；非材弗達，精深宏博，達其材者也；非興弗融，舂容順適，融乎興者也。三者具而後可以言詩矣。升庵太史之寓南中也，池南子嘗過之，既覿其輝而覽其芳矣，太史不以池南子之愚且暗也，授以近稿。池南子函歸，雖歷吴楚韓衛燕趙秦晋之間十餘年，弗暇則已，暇必玩誦。有知己友輒出示，知己友嗜之，無異池南子之嗜也，則相與評曰：太史之詩，殆所謂昌其氣、達其材、融乎其興者乎！所謂本乎性，發乎情，止乎禮義，而出於自然者乎！古不暇論，即今所稱李空同、何大復、鄭少谷、徐迪功、薛西原、孫太初七子頡頏，未知優劣，然則太史固當世之雄也。池南子歸，伏枕席者阻門户，出門户者阻舟車，池涵一水，雲掩千山，迂迴百里，倏忽三年，於太史者懸懸也。太史亦不以池南子之迂且疏也，客便輒通刺，並以《長短句》投之。池南子恍如太史之神交而默契也，讀之盡，且曰：金元部曲，淫鼃妖艷，其溺人也久，乃有黄鐘大吕，希世之音乎！其思沖沖，其情隱隱，其調閑遠悲壯，而使人有奮厲沉窣之心；其寄意於花鳥江山，烟雲景候，旅况閨情，無怨怒不平，而有拳拳戀闕之念。將平其氣，斂其材，忘於興，而出於自然者，亦不知其所以然矣。其晋魏以上古樂府《離騷》之流，風雅之變乎！而知太史之雄也。雖然，代言紀事，史職也；典則謹嚴，史體也。摛雅振頌，發揚鴻烈，銘之金石，載之旗常，奚不可者。顧乃孤吟苦調，嘯詠咨嗟於窮荒寂寞之濱者，謂之何哉？抑聞太史每語人曰：「池南子，池南子，是能知詩者，吾差有取焉。」嗟！予奚足以副教哉！遂詮次爲《長短句序》。

嘉靖庚子仲冬長至日，晋寧池南唐錡

楊南金：升庵長短句序

太史公謫居滇南，託興於酒邊，陶情於詞曲，傳詠於滇雲，而溢流於夷徼。昔人云，吃井水處皆唱柳詞，今也不吃井水處亦唱楊詞矣。吾聞君子之論曰：「公詞賦似漢，詩律似唐，下至宋詞、元曲，文之末耳，亦不減秦七、黄九、東籬、小山。」噫！一何多能哉！或曰：「君子不必多能，王右軍之經濟以字掩，李伯時之詩文以畫掩，公之高文大作毋乃爲詞曲所掩乎？」予答之曰：「君子不必多能，爲能未多而求爲君子者言也。若夫能已多矣，不必去其多能，而後爲君子也。猶女子言在德不在色，爲嫫母言可也；若夫莊姜，則柔荑凝脂，螓首蛾眉，固其自有也，奚必亂髪壞形，而始爲貞專哉！」觀者以是求之。

嘉靖丁酉正月望日，兩依居士楊南金序

王廷表：升庵長短句跋

宋人無詩而有詞，論比興，則月下秦淮海、花前晏小山；較筋節，則妥帖坡老、排奡稼軒，所以擅場絶代也。至元人曲盛，而詞又亡。本朝諸公，於聲律不到心，故於詞曲未數數然也。高季迪之《扣弦》，劉伯温之《寫情》，號爲琤琤矣。吾友升庵楊子，乃至音神解，奇藻天發，率意口占，警絶莫及。嘗語表曰：「李冠、張安國《六州歌頭》，聲調雄遠，哀而不傷，於長短句中，殊爲雅麗，恨少有繼者。」乃援筆爲「吊諸葛」詞，其妥帖排奡，可並蘇、辛而軌張、李矣。表嘗評楊子詞爲本朝第一，而《六州歌頭》，在《升庵長短句》中第一。楊子笑曰：「子豈欲爲稼軒之岳珂乎？」因跋兹集，並附其語。

嘉靖癸卯春正月望，臨安王廷表

許孚遠：楊升庵先生長短句序

新都楊升庵先生名滿天下，不佞孚遠自爲兒童時聞之，則欣欣向慕云。已而得睹先生所著《丹鉛輯録》、《譚苑醍醐》、《藝林伐山》等編，知其博極群書，精究名理，當代儒者希有也。比歲入關中，友人遺我以先生《文集》。展閲篇次，庶幾睹其大全。然頗浩瀚，未暇卒業。頃方伯姚公復示以新刻先生《長短句》，且謂是編出侍御楊公所。侍御公爲先生從子，先生手澤所存，不忍一字之遺，而欲廣其傳於後者也。姚公命孚遠曰：「子盍序之。」孚遠竊惟：先生學問文章，如嶽瀆之高廣，如星斗之燦爛，後世小子曾未窺其涯涘，挹其餘輝，而何敢置一喙於其際。雖然，孟氏不云乎：「觀水有術，必觀其瀾；日月有明，容光必照。」此非獨以喻聖人之道，古今名世述作，超前絶後，固各有源本所自來也。先生以相家子，廷對擢第一，爲館閣之臣，顧無毫髮介其胸次，而抗疏議禮，觸犯忌諱，甘心貶黜，以終其身，此何等人物哉！天生異材，投之閑寂，困之厄窮，達觀造化之理，探索經史之藴，經綸滿腹，無處發伸於致主匡時之略，而僅著爲文詞，其縱橫變化，窮極綺麗，有以也！然則尚論先生者，當先知其人品與其學術，而後可以讀其文詞。長短句，文之末流也，先生蓋出其餘力爲之，而非所以先也。孚遠又竊觀楊文忠勛業之盛，及先生材品之高，而知其世德作求，流芳未艾。今侍御公雅意文□，將紹文忠父子而昌厥家聲者，豈徒以文詞爲訓已哉！敬爲序。

德清許孚遠撰

張　含：陶情樂府序

博南山人集所倚聲爲樂府，傳咏滿滇雲，而人莫知其興攸寄也。予嘗贈之詩云：「事到東都須節義，地當西晋且風流。」故知山人者，莫如予矣。昔人云吃井水處皆唱柳詞，觸情匪陶也。昔人云：「東坡詞爲曲詩，稼軒詞爲曲論。」若博南之詞，本山川，咏風物，託閨房，喻巖廓，謂曲史可也。昔人云：「以世眼觀，無真不俗；以法眼觀，無俗不真。」推此意也，雖與《九歌》並傳可也！

張愈光

陳繼儒：楊升庵先生廿一史彈詞叙

予得之蜀人士，傳先生少時善琵琶，每自爲新聲度之。及第後，猶於暑月夜，綰兩角髻，着單紗半臂，背負琵琶，共二三騷人，携尊酒，席地坐西長安街上，酒酣和歌，撮撥到曉。適李閣老早朝過之，聽其聲異常流，令人往訊，則云楊公子修撰也。李因下車，楊舉卮飲李曰：「朝期尚早，願爲先生更彈。」彈罷而城火將熄，李先入朝，楊亦隨着朝衣而行。朝退進閣，揖李先生及其尊人。李笑謂先生曰：「公子韻度，自足千古，何必躬親絲竹，乃擅風華。」自是長安一片月，絶不聞先生琵琶聲矣。後有《十段錦》出，可歌可弦，亦迦葉之定中起舞也。然亦不概見，故復吾張君，爲梓以傳。

華亭陳繼儒

楊　慎：選詩外編序

予彙次《選詩外編》，分爲九卷，凡二百若干首。反復觀之，因有所興起，遂序以發其義。曰：詩自黄初、正始之後，謝客以排章偶句倡于永嘉，隱侯以切響浮聲傳於永明。操觚軩才，靡然從之。雖蕭統所收，齊梁之間，固已有不純於古法者。是編起漢迄梁，皆《選》之棄餘；北朝陳隋，則《選》所未及。詳其旨趣，究其體裁，世代相沿，風流日下，填括音節，漸成律體。蓋緣情綺靡之説勝，而温柔敦厚之意荒矣。大雅君子，宜無所取。然以藝論之，杜陵詩宗也，固已賞夫人之清新俊逸，而戒後生之指點流傳，乃知六代之作，其旨趣雖不足以影響大雅，而其體裁，實景雲、垂拱之先驅，天寶、開元之濫觴也，獨可少此乎哉！若夫考時風之淳漓，分作者之高下，則君子或有取焉，是亦可以觀矣。

楊慎：五言律祖序

夫仰觀星階，則兩兩相比；頫玩卦畫，則八八入聯。蓋太極判而兩儀分，六律出而四聲俱。豈伊人力，實由天成，驗厥物情，可識詩律矣。五言肇於《風》、《雅》，儷律起於漢京。遊女《行露》，已見半章；孺子《滄浪》，亦有全曲。是五言起於成周也。北風南枝，方隅不忒；紅妝素手，彩色相宜。是儷律本於西漢也。豈得云切響浮聲，興於梁代；平頭上尾，創自唐年乎？近日雕龍名家，凌雲鴻筆，尋濫觴於景雲、垂拱之上，着先鞭於延清、必簡之前。遠取宋、齊、梁、陳，徑造陰、何、沈、范，顧於先律，未有別編。慎犀渠歲暇，隃麋日親，乃取六朝儷篇，題爲《五言律祖》。溯龍舟於落葉，遵鳳輅以椎輪，華琱極摯，本質叵逾矣。今之論詞曲者曰：「套數、小令各有體，套數可以仿小令之嚴，小令不可入套數之諢。」論字學者曰：「分隸、篆籀各有師，分隸可以從篆籀之古，篆籀不可雜分隸之波。」例之詩律，曷云異旃，如曰不然，請俟來哲。

楊慎：絶句衍義序

謝叠山注章泉、澗泉所選《唐詩百絶》，敷衍明暢，多得作者之意，藝苑珍之。頃者愚山張子謂予曰：「唐人絶句之佳者，良不翅是，爲之例也則可，曰盡則未也。」屬予斥取百首注之，久未暇。丙辰之夏，連雨閉門，因取各家全集，及洪氏所集隨閲，得百首，因箋而衍之。或闡其義意，或解其引用，或正其訛誤，或採其幽隱。因序之曰：近日多爲禪梵絶學之説，或以六經爲糟粕而薄之，又以爲塵埃而拂之，又以爲贅疣而去之，又以爲障翳而洗之。不畏天命，狎大人，侮聖言。六經且然，何有於諸子百氏乎？間有志於好古者亦曰：「觀書必去注，詩不必注，諷誦之久，真味自出。」余詰之曰：「《書》云：『孝乎！惟孝，友於兄弟，施於有政，是亦爲政。』非孔子之注《書》乎？『有物必有則，民之秉彛也，故好是懿德。』非孔子之注《詩》乎？譬之食焉：『是蕉是蒦』，『實堅實好』矣，又必「或舂或揄，或簸或蹂，釋之叟叟，烝之浮浮」，而後得饔飧。豈能吞麥芒、食生米乎？真味何由出也？」甚矣！近日學之「鹵莽滅裂」，「喬宇委瑣」，自欺而又欺人也。「卿自用卿法，吾自用吾法」，因以印可於愚山云。

嘉靖丙辰夏五之望，升庵楊慎書

楊　慎：絶句辨體序

梅都官《金針詩格》云：「絶句者，截句也。四句不對者，是截律詩首尾四句也。四句皆對者，是截律詩中四句也。前對後不對者，是截律詩後四句也。後對前不對者，是截律詩前四句也。」此言似矣，而實非也。余觀《玉臺新詠》，齊、梁之間，已有七言絶句，迥在七言律之先矣。然唐人絶，大率不出此四體。其變格，則又有仄韻，蓋祖樂府；有換韻，祖《烏棲曲》；有四句皆韻，祖《白紵辭》；又有仄起平接而不對者，又一體。作者雖多，舉不出此八體之外矣。園廬多暇，命善書者彙而録之，亦遺日之具，勝博弈之爲云爾。

嘉靖癸丑五月朔日，升庵楊慎序

楊　慎：唐絶增奇序

予嘗評唐人之詩，樂府本效古體，而意反近；絶句本自近體，而意實遠。欲求風雅之仿佛者，莫如絶句，唐人之所偏長獨至，而後人力追莫嗣者也。擅場則王江寧，驂乘則李彰明，偏美則劉中山，遺響則杜樊川。少陵雖號大家，不能兼善，一則拘乎對偶，二則汨於典故。拘則未成之律詩，而非絶體；汨則儒生之書袋，而乏性情。故觀其全集，自「錦城絲管」之外，咸無幾焉。近世有愛而忘其醜者，專取而效之，惑矣！昔賢彙編唐絶者，洪邁混沌無擇，珉玉未彰；章、澗兩泉盛行今世，既未發覆於莊語，仍復添足於謝箋。其餘若伯弜、伯謙、柯氏、高氏，得則有矣，失亦半之。屏居多暇，詮擇其尤，諸家膾炙，不復雷同，前人遺珠，兹則綴拾。以《唐絶增奇》爲標題，以神、妙、能、雜分卷帙。逃虚町廬，聊以自娱，跪石之吟，下車者誰與！

臨臯杜祝進書於髻青閣

杜祝進：刻楊升庵百琲明珠引

聲音之有詞也，貫珠也。或曰：「於詩賦爲易。」曰：「無易也，無不易也。本於性情，要於起叶，而可以般衍瀾漫，終不亂者，惟詞有焉。故六朝以來，多著此聲也。若乃規明珠之在握，遊象罔以中繩，則博人通明，换名定格，君子審樂，從易識難，未必非升庵是集之雅言矣。是集留於新都，傳於余婦翁陳春明令新都之明歲，余刻於落第之萬曆癸丑冬，所謂竹有雄雌，可笛可賦，寧直樂爲備之乎。」

任良幹：詞林萬選序

古之詩，今之詞也。二雅二頌，有義理之詞也；填詞小令，無義理之詞也。在古曰詩，在今曰詞，其分以此。故曰詩人之賦麗以則，詞人之賦麗以淫。蓋自漢已然，況唐以降乎。然其比於律吕，叶於樂府，則無古今，一也。雖然，邪正在人，不在世代；於心，不於詩詞。若《詩》之《溱洧》《桑中》，「鶉奔」「雉鳴」，雖謂之今之淫曲可也。張于湖、李冠之《六州歌頭》、辛稼軒之《永遇樂》、岳忠武之《小重山》，雖謂之古之雅詩可也。填詞之不可廢者，以此。升庵太史公家藏有唐宋五百家詞，頗爲全備，暇日取其尤綺練者四卷，名曰《詞林萬選》，皆《草堂詩餘》之所未收者也。間出以示走，走驟而閱之，依緑水、泛芙蓉，不足爲其麗也；茹九畹之靈芝，咽三危之瑞露，不足爲其甘也；分織女之機絲，秉鮫人之卷綃，不足爲其巧也。蓋經流水之聽，受運風之斤者矣。遂假録一本，好事者多快見之，故刻之郡齋，以傳同好云。

時嘉靖癸卯季春吉，奉政大夫守楚雄府桂林任良幹書

毛　晉：詞林萬選跋

予向慕用修先生《詞林萬選》，不得一見，金沙于季鸞貽予一帙，前有任良幹序，不啻咽三危之露，而聆秋竹積雪之曲矣。但據序云，皆《草堂》所未收者，蓋未必然。其間或名或字，或别號，或署銜，却有不衫不履之致。惜乎紫子點照之誤，黮鬱魄托之音，向來莫辨。其尤可摘者，如「曾宴桃源深洞」一詞，本名《憶仙姿》，蘇東坡始改爲《如夢令》，即用修《詞品》亦云「唐莊宗自度曲，或傳爲吕洞賓，誤也」，復作「吕洞賓《如夢令》」，何耶？又「東風撚就腰兒細」一詞，極膾炙人口，舊注云：「有名妓侍燕開府，一士人訪之，相候良久，遂賦此詞投諸開府。開府喜其艷麗，呼士人以妓與之。」《草堂》續集編入無名氏之例。此混作東坡。且調是《玉樓春》，乃於首尾及换頭處增損一字，名《踏莎行》，向疑後人妄改，及考鞋襪輛兩云云，仍是用修傳誤。至於姓氏之逸、譜調之淆，悉注之本題之下。以質諸季鸞，得毋笑余强作解事邪？

毛　晉　識

楊　慎：刻花間集序

李太白《菩薩蠻》、《憶秦娥》二闋，附見本集，爲百代辭曲之祖。其後太原温飛卿有《金荃集》、成都李洵有《瓊瑶集》，蓋詩之外，詞自爲一集也。其會辭衆家，則有吕鵬《遏雲集》、無名氏《蘭畹詞》，皆唐人詞。二書罕傳。《花間集》者，孟蜀之臣趙崇祚所集唐末五代人之詞。自温助教庭筠至李秀才洵，凡十八人，中間韋莊，則王建之相也；牛給事嶠、毛司徒文錫、牛學士希濟、歐陽舍人烱、孫少監光憲、鹿太尉虔扆、閻處士選、李秀才洵，皆蜀之詞人；而皇甫松、薛昭藴、張泌、和凝、顧敻、魏承班、尹鶚、毛熙震，皆五代他國之臣，得於傳誦者也。此本余曾得於蜀之昭覺寺僧龕，雜於佛書中，後有陸放翁手書跋語。其本最善。江南之本，則晁謙之所校定，今多行之。蒙化世守知府黄山左君文臣，耽文好古，蓋自其父三鶴君積書之富，等於古之鄴侯、毋煚。黄山繼之，惟晋帖唐詩之嗜，罕狗馬聲伎之好，觀其則此，足以知其賢矣。昔漢世之盛，有白狼槃木之頌；唐治之隆，有新羅織錦之詩。觀左氏父子所尚如此，益用見聖朝文治之廣且洽焉。因東渟蕭生旭之請，特爲序而傳之。

湯顯祖：花間集序

自三百篇降而騷賦，騷賦不便入樂，降而古樂府，樂府不入俗，降而以絶句爲樂府，絶句少宛轉，則又降而爲詞。故宋人遂以爲詞者詩之餘也。乃北地李獻吉之言曰：詩至唐，古調亡矣，然自有唐調可歌詠，猶足被管弦。宋人主理不主調，於是唐調亦亡。嘗考唐調所始，必以李太白《菩薩蠻》、《憶秦娥》及楊用修所傳其《清平樂》爲開山，而陶弘景之《寒夜怨》、梁武帝之《江南弄》、陸瓊之《飲酒樂》、隋煬帝之《望江南》，又爲太白開山。若唐宣宗所稱牡丹帶露珍珠顆《菩薩蠻》一闋，又不知何時何許人，而其爲《花間集》之先聲，蓋可知已。《花間集》久失其傳，正德初楊用修遊昭覺寺，寺故孟氏宣華宫故址，始得其本，行於南方。詩餘流遍人間，棗梨充棟，而譏評賞譽之者，亦復稱是，不若留心《花間》者之寥寥也。余於《牡丹亭》二夢之暇，結習不忘，試取而點次之，評騭之，期世之有志風雅者，與詩餘互賞。而唐調之反而樂府，而騷賦，而三百篇也，詩其不亡也夫，詩其不亡也夫！

萬曆乙卯春日，清遠道人湯顯祖題於玉茗堂

無暇道人：花間集跋

余自幼讀經讀史，至仁人孝子有被讒謗者，爲之扼腕，輒欲手刃之而後稱快焉。乃戊申秋，梁溪肆毒，爰及于余。餘是以廢舉業，忘寢食，不復欲居人間世矣。搢紳同袍力解之弗得，忽一友出袖中二小書授余曰：旦暮玩閲之，吟詠之，牢騷不平之氣，庶幾稍釋其一二。余視之，則楊升庵、湯海若兩先生所批選《草堂詩餘》、《花間集》也。於是散髮披襟，遍歷吴楚閩粵間，登山涉水，臨風對月，靡不以此二書相校讎。始知宇宙之精英，人情之機巧，包括殆盡，而可興可觀可群可怨，寧獨在風雅乎？嗟嗟！風雅而下，一變爲排律，再變爲樂府，爲彈詞，若元人之《會真》、《琵琶》、《幽閨》、《繡襦》，非樂府中所稱膾炙人口者然？亦不過摭拾二書緒餘云爾，烏足羡哉。烏足羡哉！

時萬曆歲庚申菊月，苕上無暇道人書於貝錦齋中

陳薦夫：四家宫詞序

椒房柘館，蛾眉望幸之區；金屋瑤臺，鉛粉銷魂之地。阿房則五樓十閣，長樂則萬户千門，九華縣璧月爲璫，結綺倚彤雲作檻。鑾輿罷御，長信之草色芳菲；翠輦不來，上林之

花枝繚繞。于中懷春淑女，有美其人，圭訪良家，桂搜令族。嫣紅黛翠，悉是宮妝；巧笑含顰，無非嬪則。又且顔妖穠李，齒盛破瓜，連蟬非自理之鬟，雙鴛豈獨宿之被。妝樓映月，柔情與皓魄同孤；禁籞看花，冶思對風枝俱動。葳蕤雉扇，倏過別宮；隱約羊車，俄歸天上。縷金楚袖，紅綃夜月之啼；織素齊紈，白掩秋風之淚。莫不高旻吊影，薄命嗟身。或悲我生不辰，或歎流光易擲，月計歲積，而幽怨之情生矣。又有寵接更衣，恩深起舞，趙家姊妹錦薦同時，苻氏雌雄紫宮雙入。露臺別館，在在傳宣，白雲回風，頻頻見賞。南溟照夜，咸首集其明璫；西國辟寒，俱先充其瑱珥。於是遊宴恒焉，耳目侈焉。是以金閨上宰，繡闥名姬，處深宮而得知，抄内家之向説。奎章宸翰，親摛秘密之文；禕習徽音，亦載清和之筆。想禁宮之景象，或草澤賡歌；疏昭代之起居，則名公競爽。然皆取材纖麗，構思幽沉，多至百篇，少則數十。他如錯綜歷代，組織四唐，隻韻單辭，合而成詠，裒爲集句，百二十章。唯胡元倏起毳氈，肇基沙漠。茸茸皮帽，紫籠奇氏之親；罟罟珠冠，高戴女真之妹。雖錦宮翠館之樂，頓絶華風；而巡幸宴賞之遺，可徵故實。故流風遺俗，累牘連篇，亦作者所不廢也。予友林志尹，偃蹇髫年，沉冥壯歲。蟲魚失據，怨皇甫之書淫；亥豕訂訛，等征南之傳癖。雖近剛方禀質，實亦宛孌留情。爰集詩詞，古今千首，遍搜載籍，上下四朝。總曰《宮詞》，別以時代，並得情於怨腑，能縷恨於枯腸。叙幽岑則蛩吟泉咽，談綺靡則玉屑珠霏。素粉金箋，錯落青娥之血；彩毫銀管，沾濡丹掖之香。豈徒錦軸霞標，輝煌四代；微吟暢詠，瞬息千年。將使稽古考文，得取盈於成數；屬詞比事，亦縱覽於全篇。故金石並收，瑕瑜相錯，有弗較焉。

晋安陳薦夫幼孺書

楊慎：全蜀藝文志·詩餘序

唐人長短句，宋人謂之填詞，實詩之餘也，今所行《草堂詩餘》是也。或問：「詩餘何以繫於草堂也？」曰：「案梁簡文帝《草堂傳》云：『汝南周顒，昔經在蜀，以蜀草堂寺林壑可懷，乃於鍾山雷次宗學館立寺，因名草堂，亦號山茨。』謂草爲茨，亦述蜀語。地名别有蠶茨，是其旁證也。李太白客遊於外，有懷故鄉，故以『草堂』名其詩集。詩餘之繫於草堂，指太白也。太白作二詞，爲百代詞曲之祖，則今之填詞，非草堂之詩餘而何？故此選蜀志之詞，以太白二闋爲首云。」《全蜀藝文志》卷二十五

陳燿文：正楊序

余觀升庵氏書，而深嘆立言之難也。夫世之稱升庵者，不曰正平一覽，則云管綜百氏。即

其自視也，固已前無古人，後無來者。今兹所見，才數種耳，迺謌螌自相違伐若此，豈率爾師心，在大方之家爾邪？抑蕿菁並蓄，傳載者無藎臣耶？故知舛駁無事於五車，麟角取裁於四百矣。余明興，傳疑者衆，間爲是正數條，持布鼓以過雷門，不覺失笑。葉生梨之，更爲博笑也夫。

隆慶己巳孟冬望，天中筆山山人陳耀文書於敦悦堂

王幼安：詞品校點後記

《詞品》六卷，明楊慎撰。慎字用修，號升庵，四川新都人。正德六年殿試第一，官至翰林學士。嘉靖三年因争大禮廷杖遣戍雲南永昌衛。嘉靖三十八年卒於雲南，年七十二。著述甚富，《明史》云：「明世記誦之博，著作之富，推慎第一。」

詞盛於宋，而宋人論詞專著，傳世者率篇幅寥寥，此獨有六卷之多。其論填詞，窮本溯源，直至梁陳隋六朝，爲前人所未及。升庵博覽，頗有佚篇斷句，賴此以存，如宋梁山領袖宋江之《念奴嬌》一詞，即未見於他書。所據各書雖多未注明書名，但大都可知其出處，如所據《碧鷄漫志》、《貴耳集》、《懷古録》、《豹隱紀談》、《吴禮部詩話》、《古杭雜記》、《青樓集》、《東園客談》、《廣客談》（或《輟耕録》），在當時殆多不易見，即在今日，亦尚有若干

種爲秘笈也。書中對南宋人有詞載於黄昇《花庵詞選》者，幾無一不摘其詞句，給予評語。對北宋詞人，亦多有介紹。金、元、明人亦及之。論述既廣，意旨自豐，其中固不無可供參考之説也。

但此書成於謫戍之時，其行踪不出川滇二地，得書不易，故誤引、誤考之處亦頗有之。誤引者，如姚雪坡詞誤作蘇雪坡（後人因之或誤爲蘇東坡）；歐陽脩詞誤作晏殊；張翥詞誤作吕聖求、張元幹、石孝友等等。誤考者，如蔣捷《水龍吟》全押「些」字，乃效辛稼軒《水龍吟》押「些」字一首，而升庵以爲效稼軒《醉翁操》；陳以莊《水龍吟》「記錢塘之恨」一首，作於宋亡以前十餘年，而以爲紀謝太后北去事；潘牥登第在端平年間，而以爲北宋政和何桌榜等等。其他考證詞調、解釋典故，亦有錯誤。今以係重印，而非訂誤，故未逐條糾正。

《詞話叢編》本排印錯誤較多，已據明刊陳繼儒本校正。至原書誤引或刊本有遺漏，則儘量參考他書校正。如一時無他書參考，則除極少數訛字可以據文義臆改，均用〔　〕號注出，以别於原校。餘姑暫付闕如，以俟博考。原書所引各詞過片處，或空一格，或否，兹一律改空一格，以便讀者。

附録三　批點草堂詩餘簡端記

升庵批點《草堂詩餘》，其批評多可與《詞品》相互發明，更有《詞品》所未及者，實研究升庵詞學不可或缺之重要資料。今摘其簡端批評附之書末，以便讀者。凡其批評全詞者，冠以【總批】；批評詞句者，引出原句，依其所批位置，冠以【眉批】、【旁批】；其書於詞末者，則以【末批】出之。另其解説詞名之語，則冠以【解題】，注於詞名之下。

卷一　小令

搗練子【解題】李後主有《搗練子》詞，即詠搗練，乃唐詞本體也。

秦少游《秋閨》「心耿耿」：「人去秋來宮漏永，夜深無語對銀釭」句【眉批】緊獨無語，誰與共語。

憶王孫

李重元《春景》「萋萋芳草憶王孫」：「雨打梨花空閉門」句【眉批】「空閉門」，望不到也。

無聊之極思。

李重元《冬景》「彤雲風掃雪初晴」：「彤雲風掃雪初晴，天外孤鴻三兩聲」句【眉批】孤寂。「窗外梅花瘦影横」句【旁批】韻甚。

如夢令【解題】此詞創自唐莊宗自度曲，詞中有「如夢」二字，即以名詞。唐多緣題所賦，爾後漸變，與題遠矣。

曹元寵《春景》「門外緑陰千頃」：「人静。人静。風弄一枝花影」句【眉批】只有風弄影，正模出静景。

秦少游《春景》「鶯嘴啄花紅溜」：「依舊。依舊。人與緑楊俱瘦」句【眉批】意想妙甚，然春柳恐未必瘦。「燕尾點波緑皺。指冷玉笙寒，吹徹小梅春透」句【旁批】翻李後主「小樓吹徹玉笙寒」句。

秦少游《春夜》「池上春歸何處」：「孤館悄無人，夢斷月堤歸路。無緒。無緒。簾外五更風雨」句【眉批】孤館聽雨，較洞房雨聲，自是不勝情之詞，一喜一悲。

周美成《春晚》「花落鶯啼春暮」

李易安《春晚》「昨夜雨疏風驟」：【總批】此詞較周詞更婉媚。「應是緑肥紅瘦」句【旁批】甚新。

長相思

白居易《錢塘》「汴水流」：【總批】閨怨。　「吴山點點愁」句【眉批】點點字下得妙。

万俟雅言《山驛》「短長亭」：【總批】景真語近，勝鏤琢者多矣。

生查子【解題】查，古槎字，即張騫乘槎事。

晏叔原《春恨》「金鞍美少年」：「牽繫玉樓人，翠被春寒夜」句【眉批】可憐人度可憐宵。「寒食梨花榭」句【眉批】「榭」，似宜作「謝」，言消息未來，梨花謝尚未至也。

歐陽修《詠筝》「含羞整翠鬟」：「深院鎖黄昏，陣陣芭蕉雨」句【眉批】蕉雨最不可聽。

點絳脣【解題】江淹詞：「明珠點絳唇。」詞名本此。

汪彦章《秋閨》「高柳蟬嘶」：【總批】以下二詞，乃東坡次子蘇叔黨過所作，是時方禁坡文，故隱其名。

汪彦章《冬景》「新月娟娟」：「夜寒江静山銜斗」句【眉批】冬月最幽，「夜寒」句景真。

林君復《詠草》「金谷年年」：【總批】妙在通篇不見一草字，且甚感慨。

浣溪沙

李清照《春景》「小院閑窗春色深」：「遠岫出雲催薄暮，細風吹雨弄輕陰」句【旁批】景語麗語。

賀方回《晚景》「鶩外紅銷一縷霞」：【總批】句句綺麗，字字清新。「鶩外紅銷一縷霞」句【旁批】《玉林詞選》作「樓角」者，非。「笑撚粉香歸繡户」句【旁批】媚甚。

歐陽永叔《春遊》「湖上朱橋響畫輪」：「當路遊絲縈醉客，隔花啼鳥唤行人」句【旁批】此是永叔麗語。「日斜歸去奈何春」句【眉批】「奈何春」三字，新而遠。

蘇東坡《春恨》「風壓輕雲貼水飛」：「此情惟有落花知」句【眉批】自與人知不得。

晏同叔《春恨》「一曲新詞酒一杯」：「無可奈何花落去，似曾相識燕歸來」句【眉批】「無可奈何」二語，工麗，天然奇偶。

秦少游《春閨》「青杏園林煮酒香」：「乍雨乍晴花易老，閑愁閑悶日偏長」句【眉批】「乍雨乍晴」二語見道，不獨情景之真。

張子野《春閨》「樓倚江邊百尺高」：「日長人去又今宵」句【末批】所謂屈指歸期尚早。

趙令畤《春閨》「水滿池塘花滿枝」：「玉窗紅子鬬棋時」句【末批】秦少游詞「整頓著殘棋，沈吟應劫遲」，與此句若翻出。

李璟《秋思》「菡萏香消翠葉殘」：【總批】綺麗委宛，後主詞此爲第一（此李璟詞，原本誤作李後主，故升庵評語如此）。

黄魯直《漁父》「新婦磯頭眉黛愁」：【總批】魯直兩《漁父詞》俱見道語，可以警世。

「新婦磯頭眉黛愁，女兒浦口眼波秋」句【眉批】「新婦磯」、「女兒浦」天然絶對。「青箬笠前無限事，緑簑衣底一時休」句【旁批】達人之言。

歐陽永叔《詠酒》「堤上遊人逐畫船」：【總批】不惟調句宛藻，而造理甚微，足喚醒人。

菩薩蠻【解題】西域婦人編髮垂髻，如中國佛像瓔珞，曰「菩薩鬘」，詞名本此。

李太白《閨情》「平林漠漠烟如織」：【總批】太白《清平調》爲世所傳，此較勝之。

黄叔暘《冬景》「南山未解松梢雪」：【總批】此詞絶不染些子烟火。

孫巨源《離别》「樓頭尚有三通鼓」：【總批】煞甚留戀。

晏幾道《詠筝》「哀筝一弄湘江曲」：【總批】子野《詠筝》二詞，《生查子》差勝，此亦不妨並美。（此詞原本誤作張子野詞，故有此批。）

康伯可《詠雪》「馮夷剪破澄溪練」：【總批】句句是雪，絶不露一雪字，與林君復《詠草》詞同一局。

卜算子

徐師川《春怨》「胸中千種愁」：「門外重重叠叠山，遮不斷、愁來路」句【末批】戲下一轉語：「門外重重叠叠山，盼不到、愁來路。」

僧皎如晦《送春》「有意送春歸」：【總批】老秃也自傷春，故作情語。

蘇子瞻《孤鴻》「缺月掛疏桐」：「驚起却回頭，有恨無人省」句【旁批】以下皆説孤鴻，詞家別是一格。

好事近

蔣子雲《初夏》「葉暗乳鴉啼」：「葉暗乳鴉啼，風定老紅猶落」句【眉批】老紅猶落，不隨春去，纔似初夏。

憶秦娥

孫夫人《閨情》「花深深」：【總批】情自脈脈。　【末批】《玉林詞選》云李嬰之作，今以爲孫夫人，非。

周美成《佳人》「香馥馥」：「一聲聲是，怨紅愁緑」句【眉批】怨之極，舉目皆是。

謁金門

陳子高《春思》「愁脈脈」：【總批】此詞乃陳克字子高所作，非俞克成也。（原誤題俞克成作，故升庵有此批。）　【眉批】工致流麗。

張元幹《春恨》「鴛鴦浦」：「舟子相呼相語。載取暮愁歸去。寒食江村芳草路。愁來無著處」句【眉批】既云「載取愁歸去」，又云「愁來無著處」，到底愁難解也。用意婉轉頓挫之妙。

韋莊《春恨》「春雨足」：「春雨足。染就一溪新緑」句【旁批】麗語。「雲淡水平烟樹簇。寸心千里目」句【旁批】景真如畫。

馮延巳《春閨》「風乍起」：【總批】二詞起語，同一意調。

更漏子

温庭筠《秋思》「玉爐香」：【總批】飛卿此詞亦佳，總不若張子野「深院鎖黄昏，陣陣芭蕉雨」更妙。

阮郎歸

秦少游《春閨》「春風吹雨繞殘枝」：「諱愁無奈眉，翻身整頓著殘棋。沈吟應劫遲」句【旁批】寫想深慧，愁人之致，極宛極真。【眉批】眉不掩愁，棋不消愁，愁來何處著？【末批】此等情景，匪夷所思。

蘇養直《春閨》「西園風暖落花時」：「遣愁愁著眉」句【眉批】不如秦詞「諱愁無奈眉」更

婉轉。

曾純甫《初夏新燕掠水》「柳陰庭館占風光」：「爲憐流去落紅香，銜將歸畫梁」句【眉批】艷麗。

秦少游《旅況》「湘天風雨破寒初」：「衡陽猶有雁傳書。郴陽和雁無」句【眉批】此等情緒，煞甚傷心，秦七太深刻矣。

畫堂春

秦少游《春怨》「落紅鋪徑水平池」：「放花無語對斜暉，此恨誰知」句【眉批】不知心恨誰。

秦少游《春怨》「東風吹柳日初長」：「雨餘芳草斜陽。杏花零落燕泥香。睡損紅妝」句【眉批】情景兼至。

武陵春

李易安《春晚》「風住塵香花已盡」：「只恐雙溪舴艋舟。載不動、許多愁」句【眉批】張元幹《謁金門》詞云「載取暮愁歸去，愁來無著處」，從此翻出。

青衫濕

吴彦高《感舊》「南朝千古傷心事」：「南朝千古傷心地，還唱《後庭花》。舊時王謝堂前燕子，飛入人家」句【眉批】黍離之思，與李後主《浪淘沙》詞相似。

浪淘沙

李後主《懷舊》「簾外雨潺潺」：【總批】後主《玉樓春》詞忒富貴，此極淒淒，醒亦夢耳。

歐陽永叔《懷舊》「把酒祝東風」：「今年花勝去年紅。可惜明年花更好，知與誰同」句【旁批】甚感慨，亦甚達。

錦堂春

趙德麟《閨怨》「樓上縈簾弱絮」：「重門不鎖相思夢。隨意繞天涯」句【末批】沈休文詩：「夢中不識路，何以慰相思。」意反而合致，各自佳。

朝中措

歐陽永叔《平山堂》「平山欄檻倚晴空」：「行樂直須年少，尊前看取衰翁」句【眉批】東坡結語似勝。

眼兒媚

王元澤《春景》「楊柳絲絲弄輕柔」：【總批】元澤詞不多，此其得意者。「相思只在，丁香枝上，荳蔻梢頭」句【旁批】到底愁來無著處。

柳梢青

僧仲殊《春景》「岸草平沙」：【總批】此詞僧仲殊作，誤作少游，非。（原誤題秦少游，故升庵有此批。）

西江月

【解題】魏萬詩：「只今惟有西江月，曾照吴王宫裏人。」

柳耆卿《春日》「鳳額繡簾高捲」：「好夢狂隨飛絮，閑愁濃勝香醪。不成雨暮與雲朝。又是韶光過了」句【眉批】怨甚可惜。

蘇子瞻《重陽》「點點樓前細雨」：「酒闌不必看茱萸，俯仰人間今古」句【眉批】翻杜老案，便自超達。

朱希真《警悟》「世事短如春夢」：【總批】言近而指遠，不必求其深宛。

黄山谷《勸酒》「斷送一生唯有」：「斷送一生唯有，破除萬事無過」句【旁批】歇後語，工而奇，名理之談。「遠山横黛蘸秋波。不飲傍人笑我」句【眉批】如此豈得不飲？元亮諸人有見。古人謂「與其有身後名，不如生前一杯酒。」「杯行到手莫留殘。不道月斜人散」句【眉批】柳耆卿詞「今宵酒醒何處？楊柳岸曉風殘月」，與此意同。

蘇子瞻《梅花》「玉骨那愁瘴霧」：【總批】古今梅花詞，此爲第一。「倒掛緑毛幺鳳」【眉批】幺鳳似鸚鵡而小，其矢亦香，俗人蓄之帳中。

桃源憶故人

秦少游《冬景》「玉樓深鎖薄情種」：「玉樓深鎖薄情種。清夜悠悠誰共。羞見枕衾鴛鳳。悶則和夜擁」句【眉批】自是淒冷。

少年遊

周美成《冬景》「并刀如水」：「低聲問向誰行宿，城上已三更。馬滑霜濃，不如休去，直是少人行」句【眉批】「豈不夙夜，畏行多露。」

林少瞻《曉行》「霽霞散曉月猶明」：「霽霞散曉月猶明。疏木掛殘星。山徑人稀，翠蘿深處，啼鳥兩三聲」句【眉批】如畫。

醉花陰

李易安《重陽》「薄霧濃雲愁永晝」：「莫道不銷魂，簾捲西風，人似黃花瘦」句【旁批】淒語，怨而不怒。

南柯子

蘇子瞻《端午》「山與敧眉斂」：【總批】端午調多用汨羅事，此獨絶不涉，所謂善脱套者。有無限感慨，坡公此詞，必有所爲而作。

僧仲殊《秋日》「十里青山遠」：「白露收殘月，清風散曉霞」句【旁批】直是初唐律句。

卷二　小令

怨王孫

李易安《春暮》「帝里春晚」：「多情自是多沾惹」句【旁批】至情。

鷓鴣天【解題】鄭嵎詩：「春遊鷄鹿塞，家在鷓鴣天。」今詞名本此。

辛幼安《春行即事》「著意尋春懶便回」：「何如信步兩三杯。山纔好處行還倦，詩未成時雨早催」句【眉批】絶似唐律，景事俱真。

秦少游《春閨》「枝上流鶯和淚聞」：「甫能炙得燈兒了，雨打梨花深閉門」句【眉批】無限含愁説不得。

黄山谷《重陽》「黄菊枝頭生曉寒」：【總批】此詞全把老杜詩翻出，自妙。

朱希真《除夕》「檢盡曆頭冬又殘」：「愛他風雪耐他寒」句【旁批】惟其愛，不得不耐。「道人還了鴛鴦債」句【旁批】鴛鴦債不須還。

黄魯直《漁父》「西塞山邊白鷺飛」：【總批】即以張志和詞妝點幾句，便是出藍。「人間欲避風波險，一日風波十二時」句【眉批】末句見破世情語。

晏叔原《詠酒》「彩袖殷勤捧玉鍾」：「舞低楊柳樓心月，歌盡桃花扇底風」句【旁批】工而艷，不讓六朝。「從别後，憶相逢。幾回魂夢與君同。今宵剩把銀釭照，猶恐相逢是夢中」句【眉批】唐詩「乍見翻疑夢，相悲各問年」，即此意。

玉樓春

晏同叔《春思》「緑楊芳草長亭路」：「天涯地角有窮時，只有相思無盡處」【末批】末二句與秦少游《阮郎歸》詞「衡陽猶有雁傳書，郴陽和雁無」同一結想。

謝無逸《寒食》「弄晴數點梨梢雨」：【總批】詞中如「飛破」、「惹殘」，用字之妙；如「露桃嗔」、「風柳妬」，對仗之工。

温飛卿《春暮》「家臨長信往來道」：「衰桃一樹近前池，似惜容顔鏡中老」句【末批】即何籀《春閨》詞「門掩青春老」，有無限感慨。

錢思公《春恨》「城上風光鶯語亂」：【總批】不如宋子京「爲君持酒勸斜陽，且向花間留晚照」更委婉。

李後主《宮詞》「晚妝初了明肌雪」：【總批】何等富麗侈縱，觀此那得不失江山？其《浪淘沙·懷舊》一詞，又極淒楚，宜其有此也。

周美成《天台》「桃溪不作從容住」：「當時無賴鳥聲哀，今日重尋芳草路」句【旁批】雖用劉阮事，極蘊藉。二語大有惺悟。「人如風後入江雲，情似雨餘黏地絮」句【眉批】風後入江雲，散難聚；雨餘黏地絮，牢不解。此等模擬，極真切。

歐陽永叔《妓館》「妖冶風情天與措」：【總批】白樂天詩云：「門前冷落車馬稀，老大嫁作商人婦。」此是翻案。

虞美人

葉少蘊《風情》「落花已作風前舞」：「美人不用斂歌眉。我亦多情無奈、酒闌時」句【末批】酒是消愁物，能消幾個時。

李後主《感舊》「春花秋月何時了」：【總批】此詞想亦是歸朝後所作。【眉批】比《浪淘沙》詞較宛轉蘊藉。

南鄉子

蘇東坡《重陽》「霜降水痕收」：「酒力漸消風力軟，颼颼。破帽多情却戀頭」句【旁批】反用落帽事，奇。【眉批】東坡重陽詞《柳梢青》詞則云「酒闌不必看茱萸」，此詞則云「破帽多情却戀頭」，俱反前人之案，用來妙，是脱胎手。

孫夫人《閨情》「曉日壓重簷」：「厭厭。滿院楊花不捲簾」句【眉批】多情怕逐楊花絮，滿院飄飄不捲簾。

潘庭堅《妓館》「生怕倚闌干」：「惟有舊時山共水，依然。暮雨朝雲去不還」句【眉批】正是高情已逐曉雲空。「月又漸低霜又下，更闌」句【眉批】佇望之至，不顧更闌霜下。「折得梅花獨自看」句【末批】梅花自看，太無聊矣。此詞有許多轉折委婉情思。

雨中花

王逐客《夏景》「百尺清泉聲陸續」：「百尺清泉聲陸續。映蕭灑、碧梧翠竹」【眉批】清韻映骨，冷色侵肌。

醉落魄【解題】元曲訛作《醉羅歌》。

黄魯直《詠茶》「紅牙板歇」：【總批】單説茶，用水厄、乳妖等事，便堆垛。此獨借醉後清波轉入，何等遊衍流暢。

張子野《詠佳人吹笛》「雲輕柳弱」：【總批】古人詩詞詠吹笛，多用梅花落事，如此用法便新警。

梅花引

万俟雅言《冬景旅思》「曉風酸」：「寒梅驚破前村雪。寒鷄啼破西樓月」句【眉批】野店寒鷄，凍梅淡雪，妝點旅思。【末批】雅言精於音律，自號「詞隱」，觀此可見。

踏莎行

黄魯直《賞春》「臨水夭桃」：【總批】山谷詞每多名理之言，令人惺悟。

秦少游《春旅》「霧失樓臺」：「可堪孤館閉春寒，杜鵑聲裏斜陽暮」句【眉批】古人有謂「斜陽暮」三字重出，然因斜陽而知日暮，豈得爲重出乎？「郴江幸自遶郴山，爲誰流下瀟湘去」句【眉批】末二句與「衡陽猶有雁傳書，郴江和雁無」同意。

寇平仲《春閨》「春色將闌」

晏同叔《春閨》「小徑紅稀」：【總批】二詞皆春詞之婉媚藻麗者。

歐陽永叔《離別》「候館梅殘」：「平蕪盡處是春山，行人更在春山外」句【眉批】正是盼不見來時路。

小重山

李漢老《立春》「誰勸東風臘裏來」：【總批】句句是立春時景，更不轉一閑意，不著一套語，自是老手。

和凝《宫詞》「春入神京萬木芳」：「春入神京萬木芳。禁林鶯語滑，蝶飛狂。曉桃凝露妬啼妝。紅日永、風和百花香」句【眉批】藻麗，有富貴氣。

韋莊《宫詞》「一閉昭陽春又春」：「紅袂有啼痕」句【旁批】一作「新揾舊啼痕」【眉批】「長門一步地，不肯暫回車」，此詞可爲善於翻案。

宋豐之《佳人》「花樣妖嬈柳樣柔」：「眼波流不斷，滿眶秋。窺人佯整玉搔頭。嬌無力，舞罷却成羞」句【眉批】描寫欲盡。「無情月，偏照水東樓」句【眉批】思怨之極，翻覺月照東樓爲無情矣。

卷三 中調

一剪梅

李易安《離别》「紅藕香殘玉簟秋」：【總批】離情慾淚。讀此始知高則誠、關漢卿諸人是傚顰。

臨江仙

賀方回《立春》「巧剪合歡羅勝子」：「人歸落雁後，思發在花前」句【眉批】此等句在天地間有限。「思發在花前」句【旁批】「在」一作「晚」。

晁無咎《春暮》「綠暗汀洲三月暮」：「半篙春水滑，一段夕陽愁」句【眉批】情語。

鹿虔扆《宫詞》「金鎖重門荒苑静」：【總批】故宫黍離之思，令人黯然。此詞比李後主《浪淘沙》詞更勝。

陳去非《感舊》「憶昔午橋橋上飲」：【總批】語意超絶，筆力排奡，可摩坡仙之壘。「長溝流月去無聲」句【旁批】巧句。【末批】結語與東坡《九日》詞：「酒闌不必看茱萸，俯仰人間今古」同意。

蝶戀花【解題】梁元帝詩：「翻階蛺蝶戀花情」，故名。

蘇子瞻《春暮》「花褪殘紅青杏小」：「燕子來時，綠水人家繞」【眉批】「曉」字勝於「繞」字，「曉」字有味，「繞」字呆，可悟字法。

晏同叔《春暮》「簾幙風輕雙語燕」：「斜陽只送平波遠」句【旁批】景真。

歐陽永叔《春暮》「庭院深深深幾許」：「庭院深深深幾許」句【旁批】叠用字法，妙。

周美成《曉行》「月皎驚烏棲不定」：【總批】旅行曉景，狀得曲盡。

歐陽永叔《懷舊》「海燕雙飛歸畫棟」：【總批】句調自艷。「半醉海棠春睡重。緑鬢堆枕香雲擁」句【眉批】爲海棠寫照。

王晋卿《感舊》「鐘送黄昏鷄報曉」：【總批】語多有點醒人處。

蘇幕遮【解題】《唐書》：「吕元泰上書：比見方邑相率爲《渾脱隊舞》，駿馬胡服，名曰《蘇幕遮》。」詞名本此。

范希文《懷舊》「碧雲天」：「酒入愁腸，化作相思淚」句【眉批】酒是消愁，如何反作愁？

漁家傲

王介甫《春景》「平岸小橋千嶂抱」：【總批】大有警悟。「貪夢好。茫茫忘了邯鄲道」句【眉批】達人。

周美成《春恨》「幾日輕陰寒惻惻」：【總批】懷舊之思，讀之凄然。

范希文《邊思》「塞下秋來風景異」：【總批】此是塞上曲，少悲壯，似未善。

謝無逸《漁父》「秋水無痕清見底」：【總批】漁家樂形容曲盡。

張仲宗《漁父》「釣笠披雲青嶂繞」：【總批】瀟灑超達，與山谷《鷓鴣天·漁夫詞》相伯仲。　「釣笠披雲青嶂繞」句【旁批】「繞」一作「曉」，更妙。

醉春風

趙德仁《春閨》「陌上清明近」：「惟有窗前，過來明月，照人方寸」句【眉批】致幽。

品　令

黄魯直《詠茶》「鳳舞團團餅」：【總批】山谷詠茶詞俱説到酒後景事，乃知杜康、陸羽作不得兩種人。　「恰如燈下，故人萬裏，歸來對影」句【旁批】下此轉語，「影」字更奇。

行香子

蘇子瞻《晚景》「北望平川」：【總批】境界高曠孤渺，無人狀得出。

聲聲令

俞克成《春思》「簾移碎影」：【總批】艷而媚，可方李易安。　「花飛水遠，便從今，莫追尋。又怎禁、驀地上心」句【眉批】最是没擺佈處。

錦纏道

宋子京《春景》「燕子呢喃」：「海棠經雨臙脂透」【眉批】句倩甚。「問牧童、遥指孤村道，杏花深處，那裏人家有」句【眉批】翻舊話更醒。

風中柳

孫夫人《閨情》「銷減芳容」：【總批】秦少游《阮郎歸》詞云：「諱愁無奈眉，翻身整頓著殘棋，沈吟應劫遲。」與此詞同一結想，深婉之極。「别離情緒，待歸來都告。怕傷郎、又還休道」句【旁批】婉轉欲絶，何物匠心至此。

青玉案

歐陽永叔《春日懷舊》「一年春事都來幾」：【總批】離思黯然。道學人亦作此情語。

賀方回《春暮》「凌波不過横塘路」：【總批】情景欲絶。

陳瑩中《詠雪》「碧空黯淡同雲繞」：「一夜青山老」句【眉批】「一夜青山老」五字，妙。

吴彦高《警悟》「人生南北如歧路」：【總批】道學語，足以警世。

天仙子

張子野《送春》「水調數聲持酒聽」：「雲破月來花弄影」句【眉批】「雲破月來花弄影」，景物如畫，畫亦不能至此，絶倒絶倒！

沈會宗《水閣》「景物因人成勝概」：上闋【眉批】人中影，影中人，翩翩欲仙。　下闋【眉批】胸中無半點塵，方狀得此等境界。

江城子

蘇子瞻《春別》「天涯流落思無窮」：「寄我相思千點淚，流不到，楚江東」句【眉批】結句從李後主「恰似一江春水向東流」轉出，更進一步。

秦少游《離別》「西城楊柳弄春柔」：「便做春江都是淚，流不盡，許多愁」句【眉批】此結語又從坡公結語轉出，更進一步。

千秋歲

「秦少游《春景》「柳邊沙外」：【總批】此詞少游謫處州時作，後人慕「花影亂，鶯聲碎」之句，建鶯花亭。

謝無逸《夏景》「楝花飄砌」：「人散後，一鈎淡月天如水」句【眉批】結句清曠，令人心地生涼。

辛幼安《慶壽》「塞垣秋草」：【總批】獻壽詞不妨富貴。

河滿子

孫巨源《秋　怨》「悵望浮生急景」：「天若有情天亦老，摇摇幽恨難禁」句【眉批】「天若有情天亦老」，此等語誰人敢道？

訴衷情近

柳耆卿《初夏》「景闌晝永」：【總批】寫景真有感慨。

祝英臺近

辛幼安《春晚》「寶釵分」：「是他春帶愁來，春歸何處。又不解、帶將愁去句【眉批】無可埋怨處。

側　犯

周美成《夏景》「暮霞霽雨」：「風定。看步襪江妃照明鏡。飛螢度暗草，秉燭遊花徑。人静。携艷質，追涼就槐影」句【眉批】此數語絶似選詩。

過澗歇

柳耆卿《夏景》「淮楚」：【總批】揮汗冒暑，魚魚鹿鹿，可鄙可鄙。季鷹蓴鱸之思，自是達者。此詞大有點醒人處。

紅林擒近

周美成《冬雪》「高柳春纔軟」：【總批】可比《雪賦》。

新荷葉

趙閲道《采蓮》「雨過回塘」：【總批】「若耶溪頭採蓮女，笑隔荷花共人語」，此詞全從此詩翻案。

爪茉莉

柳耆卿《秋夜》「每到秋來」：【總批】情至詞。

驀山溪

張東父《春半》「青梅如豆」：「小緑間長紅」句【旁批】纔是春半景色。

宋謙父《自述》「壺山居士」：【總批】自是快活人，説得快活話。

曹元寵《早梅》「洗妝真態」：【總批】「竹外一枝斜」，乃用東坡「竹外一枝斜更好」之句。徽宗時禁蘇學，元寵近幸之臣，暗用蘇句，所謂掩耳盜鈴者。噫，奸臣醜正，直徒爲勞耳。

千秋歲引

王介甫《秋思》「別館寒砧」：【總批】荆公此詞大有感慨，大是見道語。既勘破乃爾，何執拗新法，鏟滅正人哉？○夢闌酒醒，正是鷄鳴平旦時。「夢闌時，酒醒後，思量着」句【旁批】思量甚麽？

滿路花

周美成《冬景》「金花落燼燈」：下闋【眉批】相思之極。設身結想，真道人意中事。

周美成《風情》「簾烘淚雨乾」：「簾烘淚雨乾，酒壓愁城破」句【旁批】教人那得不飲？下闋【眉批】何等恨。

華胥引

周美成《秋思》「川原澄映」：「離思相縈，漸看看、鬢絲堪鑷。舞櫬歌扇，何人輕憐細閱」句【旁批】豈無膏沐，誰適爲容。「點檢從前恩愛，鳳牋盈篋。愁剪燈花，夜來和淚雙疊」句【眉批】轉思轉愁，此際實難爲情。

洞仙歌

李元膺《初春》「雪雲散盡」：【總批】人生行樂須及時，可悟此意。

蘇子瞻《夏夜》「冰肌玉骨」：「繡簾開，一點明月窺人」句【眉批】「點」字妙，從「樹點千家小」「點」字用法。「山高月小」，即「一點明月窺人」。

林外《垂虹橋》「飛梁壓水」：【總批】此詞傳入宫中，誤謂吕洞賓作。孝宗笑曰：「『洞天無鎖』與『老』叶韻，則『鎖』音掃，乃閩音也。」問之，果閩人林外也。

江城梅花引

程垓《閨情》「娟娟霜月冷浸門」：【總批】語語淒婉，字字嬌艷。「怕黄昏。又黄昏。手撚一枝，獨自對芳樽」句【旁批】所謂「可憐人度可憐宵」。「斷魂。斷魂。不堪聞，被半温。香半薰。睡也睡也，睡不穩、誰與温存」句【旁批】此數語俗。

八六子

秦少游《春怨》「倚危亭」：【總批】周美成詞「愁如春後絮，來相接」，與「恨如芳草」、「剗盡還生」，可謂極善形容。

魚遊春水

阮逸女《春景》「秦樓東風裏」：【總批】前説景，後説情，一一兼至。

夏雲峰

柳耆卿《夏景》「宴堂深」：「泥歡邀寵難禁」句【眉批】「泥歡」亦作「詎歡」，俗謂柔言索物曰泥，猶輭纏也。

卷四 長調

法曲獻仙音【解題】即《望江南》。白樂天改《法曲》爲《憶江南》，但《法曲》凡三疊，《望江南》止兩疊耳。

意難忘

周美成《佳人》「衣染鶯黄」：「些個事，惱人腸。試説與何妨。又恐伊、尋消問息，瘦減容光」句【眉批】孫夫人詞：「別離情緒，待歸來都告。怕傷郎，又還休道。」即用此意。何等愛惜，何等深婉體貼。

滿江紅【解題】唐人小説《冥音録》載曲名有《上江虹》，即《滿江紅》也。

張仲宗《春暮》「春水連天」：【總批】極婉轉藻麗，膾炙人口。「楚帆帶雨烟中落」句【旁批】景語如畫。

周美成《春閨》「晝日移陰」：「蝶粉蜂黄都過了」句【旁批】宜作「渾退了」，「過」字非。「悄無言，尋棋局」句【眉批】「悄無言，尋棋局」，與秦少游詞「整頓著殘棋，沈吟應劫遲」同意，而用法各妙。「最苦是、蝴蝶滿園飛，無心撲」句【眉批】無心撲蝴蝶、假意尋棋局，此何等情緒。

趙元鎮《秋望》「慘結秋陰」：上闋【眉批】一幅李營丘秋意。「欲待忘憂除是酒，奈酒行欲盡愁無極。便挽將、江水入樽罍，澆胸臆」句【眉批】阮籍詩，胸中磊磈，須以酒澆之。

玉漏遲

韓嘉彦《春景》「杏香飄禁苑」：「天際微雲過盡，亂峰鎖、一竿斜照。歸路杳。東風淚零多少」句【眉批】「亂峰鎖、一竿斜照」，景語也；「東風淚零多少」，情語也。

六幺令

周美成《重陽》「快風收雨」：【總批】杜老《重陽》詩，後來作者俱用其語，總不如東坡「酒闌不必看茱萸，俯仰人間今古」二語絶倒。「明年誰健，更把茱萸再三囑」句【旁批】花如何可囑？

天　香

王觀《冬景》「霜瓦鴛鴦」：上闋【眉批】一派俗俚之談，全不成調。「矮釘明窗，側開朱户，斷莫亂教人到」句【旁批】俗不成話。

劉方叔《對梅花懷王侍御》「漠漠江皋」：「儘做重聞塞管，也何害、香銷粉痕盡。待到和羹，纔明底藴」句【旁批】學究口氣。

滿庭芳【解題】吴融詩：「滿庭芳艸易黄昏」，詞本此。

秦少游《春景》「晚兔雲開」：【總批】景勝於情。「晚兔雲開」句【旁批】《花庵詞選》作「色」字，極是。今人作「兔」，不通。

秦少游《晚景》「山抹微雲」：「天連衰艸」句【眉批】宜作「天黏衰艸」，即「暮烟細艸黏天遠」之意。「黏」字極工，且有出處。今「天連衰艸」，「連」字誤甚。

蘇東坡《警世》「蝸角虚名」：【總批】先生此詞專在唤醒世上夢人，故不作一深語。

胡浩然《吉席》「瀟灑佳人」：【總批】俗而陋。

凰凰臺上憶吹簫

李易安《離别》「香冷金猊」：「生怕離懷别苦，多少事、欲説還休」句【眉批】「欲説還休」，與「怕傷郎、又還休道」同意。「新來瘦，非干病酒，不是悲秋」句【旁批】端的爲著甚的？

水調歌頭

黄山谷《春行》「瑶草一何碧」：「瑶草一何碧，春入武陵溪」句【眉批】首二句直是古詩。

「紅露濕人衣」句【眉批】倩語也。　「明月逐人歸」句【眉批】韻語也。

蘇東坡《中秋》「明月幾時有」：【總批】此等詞翩翩羽化而仙，豈是烟火人道得隻字？○中秋詞古今絶唱。

張安國《詠月》「江山自雄麗」：「風露與高寒」句【旁批】「高寒」二字新。　「幽壑魚龍悲嘯，倒影星辰摇動，海氣夜漫漫。　擁起白銀闕，危駐紫金山」句【眉批】景奇。

蘇子瞻《快哉亭》「落日繡簾捲」：「一點浩然氣，千里快哉風」句【眉批】結句雄奇，無人敢道。

燭影摇紅

張材甫《上元》「雙闕中天」：「滿懷幽恨，數點寒燈，幾聲歸雁」句【眉批】結句甚有感慨。【末批】材甫名掄，南渡故老，詞多應制，有黍離之思，特甚悲感。

吴大年《上元》「梅雪初消」：【總批】張詞感舊，吴詞嘆新，各有所指。

王晉卿《春恨》「香臉輕匀」：「見了還休，争如不見」句【眉批】相見不相親，何如不相見？　「海棠開後，燕子來時，黄昏庭院」句【眉批】正是不勝情時候。

孫夫人《閨情》「乳燕穿簾」：「别久啼多，眼應不似當時俊。　滿園珠翠逞春嬌，没個他風韻」句【眉批】謂道漢宫人未老。

塞垣春

周美成《秋怨》「暮色分平野」：「玉骨爲多感，瘦來無一把」句【眉批】結句不成語。

倦尋芳

潘元質《春閨》「獸環半掩」：「夢草池塘青漸滿，海棠軒檻紅相亞」句【眉批】景語。「香滅羞回空帳裏，月高猶在重簾下」句【眉批】情語。

漢宫春

康伯可《元宵》「雲海沈沈」：「《霓裳》帝樂，奏昇平、天風吹落」句【眉批】《霓裳羽衣》，中秋曲也，用之上元，似未妥。

京仲遠《上元前一日立春》「暖律初回」：【總批】上元前一日立春光景，狀不像。

八聲甘州【解題】此《六州歌頭》之一，本《鼓吹曲》也，音悲壯，使人慷慨。唐人西邊六州，故名。宋人大祀、大卹皆用此。

慶清朝慢

王通叟《春遊》「謂雨爲酥」：「不道吴綾新襪，香泥斜沁幾行斑」句【眉批】一鈎羅襪破香塵。

雙雙燕

史邦卿《詠燕》「過春社了」：【總批】史邦卿詞，奇秀清逸，有李長吉之韻，蓋能融情景於一家，會句意於兩得者。　下闋【眉批】形容想像，極是輕婉纖輭。

孤　鸞

朱希真《早梅》「天然標格」：【總批】未見爽人處。

金菊對芙蓉

辛幼安《重陽》「遠水生光」：上闋【眉批】與其有身後名，不如生前一杯酒。若必如此，是黨太尉羊羹美酒行徑，豈不將軍負此腹耶？　「除非腰佩黄金印」句【旁批】此等情況便陋，豈堪入選。　「座中擁，紅粉嬌容」句【旁批】更陋而俚。

僧仲殊《桂花》「花則一名」：【總批】此等三家村學究話，如何入詞選？

玉蝴蝶

柳耆卿《秋思》「望處雨收雲斷」：「念雙燕、難憑遠信，指暮天、空識歸航」句【眉批】景中情語。

高賓王《秋思》「唤起一襟涼思」：「唤起一襟涼思，未成晚雨，先做秋陰。楚客悲殘，誰解此意登臨。古臺荒、斷霞斜照，新夢黯、微月疏砧」句【眉批】語多不經人道。「想蓴汀、水雲愁凝」句【旁批】凝，去聲。

絳都春

丁仙現《上元》「融和又報」：【總批】天家燈夜，自是富貴。

朱希真《梅花》「寒陰漸曉」：「須便折取歸來，膽瓶頓了」句【旁批】結句少味。

念奴嬌

李易安《春情》「蕭條庭院」：【總批】情景兼至，名媛中自是第一。「清露晨流，新桐初引」句【眉批】二語絕似六朝。

沈公述《春怨》「杏花過雨」：「厚約深盟，除非重見，見了方端的。而今無奈，寸腸千恨堆積」句【眉批】情脈脈，有誰語？

辛幼安《春恨》「野棠花落」：「舊恨春江流不盡，新恨雲山千疊」句【眉批】纖麗語，膾口之極。

僧仲殊《夏日避暑》「故園避暑」：「争知好景，爲君長是蕭索」句【旁批】淒然。與「陽臺人去」句相應。

蘇東坡《中秋》「憑高眺遠」：【總批】東坡「中秋」詞，《水調歌頭》第一，此詞第二。

葉少藴《中秋》「洞庭波冷」：「醉倒清樽，嫦娥應笑，猶有向來心。廣寒宫殿，爲余聊借瓊林」句【眉批】英英獨照。

黄山谷《詠月》「斷虹霽雨」：【總批】詠月詞惟此詞與韓子蒼詞可伯仲，餘皆傚顰而已。

韓子蒼《詠月》「海天向晚」：【總批】此詞亞於東坡《中秋》詞，餘詞皆未之及。

蘇子瞻《赤壁懷古》「大江東去」：【總批】古今詞多脂軟纖媚取勝，獨東坡此詞感慨悲壯，雄偉高卓，詞中之史也。銅將軍鐵拍板唱公此詞，雖優人謔語，亦是狀其雄卓奇偉處。下闋【末批】固一世之雄也，而今安在哉？

張于湖《洞庭》「洞庭青草」：「洞庭青草，近中秋，更無一點風色。玉界瓊田三萬頃，著我扁舟一葉」句【眉批】淼杳曠忽，殊有仙氣。「應念嶺海經年，孤光自照，肝肺皆冰雪」句【眉批】煞足冷心腸。

鄭中卿《自壽》「嗟來咄去」：【總批】亦自適，語無佳處。

僧仲殊《荷花》「水楓葉下」：「雪艷冰肌羞澹泊，偷把臙脂勻注。媚臉籠霞，芳心泣露，不肯爲雲雨。金波影裏，爲誰長恁凝竚」句【眉批】數句直爲荷花寫照。

萬年歡

胡浩然《元宵》「燈月交光」：「休迷戀，野草閒花，鳳簫人在金谷」句【眉批】結語韻。

玉燭新

周美成《梅花》「溪源新臘後」：「終不似、照水一枝清瘦」句【眉批】一語爲梅花傳神。

木蘭花慢

京仲遠《重陽》「算秋來景物」：【總批】用事庸，出語俗，何以爲詞入選？「蜀人從來好事，遇良辰、不肯負時光」句【旁批】句法劣而俚。「婆娑老子興難忘。聊復與平章」句【旁批】用此現成語，却是中秋事。

桂枝香

張宗瑞《秋旅》「梧桐雨細」：【總批】「歲月天涯醉」與「吹老幾番塵世」，皆名理語。

水龍吟

秦少游《贈妓》「小樓連苑横空」：【總批】首句與換頭一句俱隱妓名「樓東玉」三字，甚巧。

辛幼安《慶壽》「渡江天馬南來」：【總批】慶壽詞，有許多感慨，當南渡時作。「緑野風烟，平泉草木，東山歌酒。待他年、整頓乾坤事了，爲先生壽」句【眉批】所謂「直抵黄龍府，與諸君痛飲耳」。

蘇東坡《詠笛》「楚山修竹如雲」：【總批】此詞爲嶺南太守閭邱公顯侍兒懿卿作。「爲使君、洗盡蠻風瘴雨，作《霜天曉》」句【眉批】結在嶺南太守上，妙。

周美成《梨花》「素肌應怯餘寒」：【總批】通篇只形容得一個白字。

章質夫《楊花》「燕忙鶯懶芳殘」：【總批】質夫詞工手，坡老詞仙手。「傍珠簾散漫，垂垂欲下，依前被、風扶起」句【眉批】好形容。

蘇東坡《和章質夫韻》「似花還似非花」：【總批】坡公詞瀟灑出塵，勝質夫千倍。

卷五　長調

瑞鶴仙

陸子逸《春情》「臉霞紅印枕」：【總批】人謂永叔不能作情語，此詞煞甚情至。（按：升庵據誤本，此詞原題「歐陽永叔」作，故有此評。）

黄山谷《醉翁亭》「環滁皆山也」：【總批】泊然無味。

拜星月慢【解題】「慢」與「曼」同。晋鈕滔母孫氏《空侯賦》曰：「樂操則寒條反榮，哀曼則晨華朝滅。」凡詞名有慢字同此義。

石州慢【解題】石州，唐西邊六州之一，故以名詞。

氐州第一【解題】唐人西邊六州：伊、梁、甘、石、渭、氐，即以名樂府，謂之《六州歌頭》，此其一也。

花犯

周美成《梅花》「粉墻低」：「今年對花最悤悤，相逢似有恨，依依愁悴」句【眉批】相逢似有恨，直爲梅花傳心。

喜遷鶯

康伯可《慶壽》「臘殘春早」：【總批】此詞乃壽秦檜者，陋哉。

春雲怨

馮偉壽《上巳》「春風惡劣」：「曲水成空，麗人何處，往事暮雲萬葉」句【眉批】末句無限感慨。

春從天上來

吴彦高《感舊》「海角飄零」：【總批】悲壯。

綺羅香

史邦卿《春雨》「做冷欺花」：「臨斷岸、新緑生時，是落紅、帶愁流處」句【眉批】此情別人狀不出。

雨霖鈴

柳耆卿《秋別》「寒蟬淒切」：【總批】此詞只是「酒醒何處」二句，千古膾炙人口，柳詞遂爲第一。與少游詞「酒醒處殘陽亂鴉」同一景事，而柳猶勝。

永遇樂

解方叔《春情》「風暖鶯嬌」：「青山緑水，古今長在。惟有舊歡何處。空贏得、斜陽暮草，淡烟細雨」句【眉批】不如秦少游詞「但有當時皓月，照人依舊」更悽婉。

送入我門來

胡浩然《除夕》「荼壘安扉」：「須知今歲今宵盡，似頓覺、明年明日催」句【眉批】只此二句好，前後皆惡。

歸朝歡

馬莊父《春遊》「聽得提壺沽美酒」：【總批】纖麗中又甚瀟灑。

張子野《春閨》「聲轉轆轤聞露井」：「蓮臺香蠟殘痕凝」句【旁批】叶去聲，《毛詩》：「膚如凝脂。」凝叶作佞，同此。「等身金，誰能得意，買此好光景」句【眉批】宋賈黄中幼聰慧，父日取書與其身等，使讀之。等身金即此義也。

花心動

阮逸女《春景》「仙苑春濃」：「斷魂遠，閑尋翠徑，頓成愁結」句【眉批】最是可憐時。

瀟湘逢故人慢【解題】柳惲詩：「瀟湘逢故人。」詞名本此。

應天長【解題】國朝大衈樂府用此。

尉遲杯【解題】尉遲敬德飲酒必用大杯，故以名曲。

西　河

周美成《金陵懷古》「佳麗地」：【總批】前半寫景如畫，後段感慨如訴。

秋　霽

胡浩然《秋晴》「虹影侵階」：【總批】此亦胡浩然作也。何等妄人，將此詞添入陳後主名，六朝安得有此慢詞？況「孤鶩落霞」，乃王勃序，後主豈預知而引用之耶？（此詞原題「陳後主」作，故作此語。）

朱希真《隱括東坡前赤壁》「壬戌之秋」：【總批】此與山谷《醉翁亭詞》一格，何意味之有？

解連環

周美成《閨情》「怨懷難託」：「記得當日音書，把閒語閒言，盡總燒却。水驛春回，望寄我、江南梅萼。拚今生，對花對酒，爲伊淚落」句【眉批】泠然泫然。

二郎神

柳耆卿《七夕》「炎光謝」：【總批】不作十分艷語，自是清纖可喜。

望　梅

柳耆卿《小春》「小寒時節」：「有幽光照水，疏影籠月」句【眉批】八字已足盡梅花矣。

傾杯樂

柳耆卿《上元》「禁漏花深」：【總批】此當是應制詞。

望湘人

賀方回《春思》「厭鶯聲到枕」：「厭鶯聲到枕，花氣動簾，醉魂愁夢相半」句【眉批】婉孌可喜。

望海潮

柳耆卿《錢塘》「東南形勝」：【總批】西湖之勝，歷歷如畫。

風流子

秦少游《初春》「東風吹碧草」：【總批】以下四詞俱伯仲。

張文潛《秋思》「亭皋木葉下」。

周美成《秋怨》「楓林凋晚葉」：「酒醒後、淚花銷鳳蠟，風幕捲金泥。砧杵韻高，喚回殘夢。綺羅香減，牽起餘悲」句【眉批】工麗。

周美成《風情》「新緑小池塘」：「欲説又休，慮乖芳信，未歌先咽，愁近清觴」句【眉批】一字一血。「最苦夢魂，今宵不到伊行」句【眉批】可憐。

惜餘春慢

魯逸仲《春情》「門外無窮路歧，天若有情，和天須老」句【眉批】「天若知，和天也瘦」即此意。

丹鳳吟

周美成《春恨》「迤邐春光無賴」：「況是別離氣味，坐來便覺心緒惡。痛引澆愁酒，奈愁濃如酒，無計銷鑠」句【眉批】古詞云「最是酒闌時」，即此意。

賀新郎

劉潛夫《端午》「深院榴花吐」：「靈均標致高如許。憶生平、既紉蘭佩，又懷椒醑。誰信騷魂千載後，波底垂涎角黍。又説是、蛟饞龍怒。把似而今醒到了，料當年、醉死差無苦」句【眉批】此一段議論，足爲三閭千古知己。

宋謙父《七夕》「靈鵲橋初就」：【總批】此詞與劉潛夫《端午》詞並看。「歲月不留人易老，萬事茫茫宇宙。但獨對、西風搔首。巧拙豈關今夕事，奈癡兒、騃女流傳謬」句【眉批】足破千古。「道人識破灰心久。只好風、涼月佳時，疏狂如舊。休笑雙星經歲別。人到中年已後，雲雨夢、可曾常有」句【眉批】達者之言。

宋謙父《隱括東坡後赤壁》「步自雪堂去」：「《醉翁亭》（黄山谷）、前、後《赤壁詞》（朱希真、宋謙父）俱未見佳，當時重此三篇文字，演爲詞以便入調。

劉改之《遊湖》「睡覺啼鶯曉」：「人世紅塵西障日，百計不如歸好。付樂事、與他年少」句【眉批】曠達。「問沈香亭北何時召。心未愜，鬢先老」句【眉批】末句大有意。

辛幼安《吉席》「瑞氣籠清曉」：【總批】此等詞，直須付贊禮人一唱「蓮花落」。

白　苧

柳耆卿《冬景》「繡簾垂」：【總批】不十分堆垛雪事，亦好。

十二時

柳耆卿《秋夜》「晚晴初」：「更漏咽、滴破憂心，萬感並生，都在離人愁耳」句【眉批】秋夜長，寫得出。

蘭陵王【解題】蘭陵王每入陣必先，故歌其勇。

玉女搖仙佩

柳耆卿《佳人》「飛瓊伴侶」：「取次梳妝，尋常言語，有得幾多姝麗。擬把名花比。恐旁人笑我，談何容易。細思算、奇葩艷卉，惟是深紅淺白而已。争如這多情，占得人間，千嬌百媚」句【眉批】問郎花好奴顔好，郎道不如花窈窕。將花揉碎擲郎前，請郎今夜伴花眠。

三臺

万俟雅言《清明》「見梨花初帶夜月」：「見梨花初帶夜月，海棠半含朝雨」句【眉批】首二句纖媚可愛。「正輕寒輕暖漏永，半晴半陰雲暮」句【眉批】。勝上句。（指二疊起句「乍鶯兒百囀斷續，燕子飛來飛去」。）

哨遍

蘇東坡《歸去來辭》「爲米折腰」：【總批】《醉翁亭》、《赤壁前、後賦》，當時俱括爲詞，俱泊然無味，獨此東坡《歸去詞》特勝，不特其音律之諧也。

西平樂

周美成《春思》「稚柳蘇晴」：「嘆事逐孤鴻盡去，身與塘蒲共晚」句【眉批】致語。

附録四　百琲明珠批語輯録

升庵《百琲明珠》五卷，選詞一百三十三首，具批語者二十五首。其書開篇首選齊梁樂府，意在明其論詞宗旨，力圖以六朝風華情致，補偏救弊也。其批語多與《詞品》相互發明，亦有《詞品》未見，而足可參考者。今彙其批語附之書末，以便讀者。

卷一

梁武帝

《江南弄》　填詞起於唐人，然六朝已濫觴矣。特録梁武帝一首爲始。其餘如徐勉之《迎客送客曲》及「美人聯縣」、「江南稚女」諸篇皆是，樂府具載，不盡録也。

隋煬帝

《夜飲朝眠曲》　煬帝之詞，如《春江花月夜》、《江都樂》、《紀遼東》，並載《樂府》。其《金釵兩股垂》，《龍舟五更轉》，名存而亡其詞。《鐵圍山叢話》云：「寒鴉飛數點，流水繞孤村。」乃煬帝詞，然全篇不傳。又傳奇有煬帝《望江南》數首，然不類六朝人語，今不取。

李太白

《清平樂令》　花庵詞客黄叔暘云：「按唐吕鵬《遏雲集》載太白應制《清平樂令》四首，以後二首無清逸氣韻，疑非太白所作。只選此二首云。」太白詩之聖，詞之祖也。《憶秦娥》、《菩薩蠻》二首，久已膾炙人口，而此二詞本集不載，特表出之。

白樂天

《長相思》　白樂天此詞，蓋自度之曲，因情生文者也。花非花，霧非霧。雖《高唐》、《洛神》奇麗不是過矣。張子野衍之爲《御街行》：「夭非花艷輕非霧。夜半來，天明去。來如春夢不多時，去似朝雲無覓處。乳鷄新燕，落月沉星，紞紞城頭鼓。參差漸辨西池樹。朱閣欹斜户。緑苔深徑少人行，苔上屐痕無數。殘香餘粉，閑衾剩枕，天把多情付。」雖襲用白語，而不及多矣。

周德華

《楊柳枝》　唐詞多緣題，如《楊柳枝》詠柳，至今不改。惟和凝《柳枝詞》云云，自賦艷情，與古意異矣。

無名氏

《小秦王》 唐人絶句即是詞調，但隨聲轉腔，以别宫商，如《陽關》、《伊州》、《水調》皆是。以上録其罕傳者三四首，餘不盡録。

無名氏

《後庭宴》 此詞唐人石刻，宣和中掘地得之，與宋初《魚遊春水》事同。其詞語迴絶，當表出之。

無名氏

《醉公子》 花庵云：唐詞多緣題所賦，《臨江仙》則言仙事，《女冠子》則述道情，《河瀆神》則詠祠廟，《巫山一段雲》則狀巫峽。如此詠題曰《醉公子》，即詠公子醉也。爾後漸變，失題遠矣。此詞又名《四换頭》，因其詞意凡四换也。其後製《四换韻》一調，亦名《醉公子》云。

唐莊宗

《如夢令》 此詞唐莊宗自度曲，樂府取詞中「如夢」二字名曲，今誤傳爲吕洞賓。

《江城子二首》 花庵云：唐詞多無换頭，如此詞，兩段兩押情字，自是兩首，故兩押情字。

今人不知，合爲一首，誤矣。

毛文錫

《醉花間》　李義山詩：「本來銀漢是紅墻，只隔盧家白玉堂。」

李後主

《一斛珠》　用韻鮮脆，的是詞手。詞名《一斛珠》，真一斛珠也。

《搗練子》　詞名《搗練子》，即詠搗練，乃唐詞本體也。五代僭僞之主例能作小詞，如王宗衍「月明如水浸宮殿」，元人用之爲傳奇曲子。吳越王錢俶「金鳳欲飛遭掣搦，情脈脈，行即玉樓雲雨隔」，爲宋藝祖所賞，然惜不見全篇。

馮延巳

《舞春風》　此即七言律，而音節婉麗。又名《瑞鷓鴣》，見後賀方回《東山詞》，又名《鷓鴣曲》。

卷　二

李元膺

《鷓鴣天》　秋千「緑索紅旗」及「兩繡旗」，可爲秋千畫譜。

晏同叔

《清商怨》　此乃晏元獻公詞，誤入歐公集。按詩話，或問晏同叔詞「雁過南雲，行人回淚眼」，「南雲」字何所本？劉貢父以江總詩「心逐南雲去，身隨北雁來」答之。不知陸機《思親賦》有「指南雲以寄欽」之句矣。

《人月圓》　此曲王晉卿製，詞名《人月圓》，即詠元宵也，猶是唐人之意。

顔持約

《西江月》　花庵云：「詞簡意高，佳作也。」

王通叟

《慶清朝慢》　花庵云：「風流楚楚，詞林中之佳公子也。世謂柳耆卿工爲浮艷之詞，方之此作，蔑矣。詞名《冠柳》，豈偶然哉」（王觀詞集名《冠柳集》）。

史邦卿

《换巢鸞鳳》　史邦卿在宋宣和中，與晁次膺、万俟雅言齊名，皆工樂府。此詞换頭處换韻，故名《换巢鸞鳳》。諸家詞中無此詞，蓋邦卿所自度曲也。

卷四

秦少游

《望海潮》《隋遺録》云：「隋煬帝命宫女灑明珠於龍舟上，以擬雨雹之聲。」此詞所謂「明珠濺雨」是也。

史邦卿

《杏花天》姜堯章云：「史邦卿之詞奇秀清逸，有李長吉之韻。蓋能融情景於一家，會句意於兩得。」

卷五

蔡伯堅

《大江東去》元裕之云：「金世吴彦高、蔡伯堅工於樂府，世號吴蔡體。此詞在蔡集中第一。」

劉秉忠

《乾荷葉》此詞曲秉忠自度之腔，四首專詠乾荷葉，猶有唐詞之意也。

《乾荷葉》此借腔别詠，後世之詞例也。然其曲淒惻感慨，千載之寡和也。